Susanna Kearsley
Mariana
Glanz und Schatten

SERIE PIPER

Zu diesem Buch

Julia erfüllt sich einen Kindheitstraum und kauft sich ein altes englisches Bauernhaus. Doch schon bald geschieht Seltsames: In Tagträumen meint sie das Leben der jungen Mariana zu führen, die im 17. Jahrhundert in diesem Haus wohnte und eine tragische Liebe erfuhr. Zwischen den Leben der beiden Frauen liegen dreihundert Jahre – doch was verbindet sie? Wie in »Mariana« kreuzen sich auch in »Glanz und Schatten« die Frauenschicksale verschiedener Epochen: Die attraktive Emily läßt sich von ihrem Cousin zu zwei erholsamen Ferienwochen im Loire-Tal überreden. Doch als sie ankommt, ist er bereits auf der Suche nach dem Juwelenschatz, den die Königin Isabelle Plantagenet vor achthundert Jahren in den unterirdischen Gängen eines Schlosses versteckt hatte ... Zwei romantische Liebesgeschichten und fesselnde Zeitreisen in einem Band.

Susanna Kearsley, geboren 1966, hat Politik studiert und lebt mit ihrem Mann in Ontario/Kanada. Ihre intensiven Recherchen führen die Autorin immer wieder nach Europa. Gleich ihr erster Roman »Mariana»(deutsch 1997) war ein großer Erfolg; es folgten »Glanz und Schatten« (deutsch 1999) und »Rosehill« (deutsch 2000). Zuletzt erschien von ihr der Roman »Haus der Stürme« (2001).

Susanna Kearsley
Mariana
Glanz und Schatten

Zwei Romane in einem Band

Aus dem Englischen von
Karin Diemerling und Leon Mengden

Piper München Zürich

Von Susanna Kearsley liegen in der Serie Piper außerdem vor:
Mariana (2769)
Glanz und Schatten (3048)
Rosehill (3309)

Taschenbuchsonderausgabe
Piper Verlag GmbH, München
Februar 2002

Titel der englischen Originalausgaben:
»Mariana« und »The Splendour Falls«,
Corgi Books/Transworld Publishers Ltd.,
London 1994, 1995

Umschlag: Büro Hamburg
Isabel Bünermann, Meike Teubner
Umschlagabbildung: Archiv für Kunst und Geschichte, Berlin
Foto Umschlagrückseite: Paul Orenstein
Satz: Clausen und Bosse, Leck, und KCS Buchholz, Hamburg
Druck und Bindung: Clausen & Bosse, Leck
Printed in Germany ISBN 3-492-23488-7

Mariana

All day within the dreamy house,
the doors upon their hinges creak'd;
The blue fly sung in the pane; the mouse
behind the mouldering wainscot shriek'd,
Or from the crevice peer'd about.
Old faces glimmer'd thro' the doors,
Old footsteps trod the upper floors,
Old voices called her from without.

Tennyson: *Mariana*

Kapitel eins

Ich sah das Haus zum ersten Mal in dem Sommer, als ich fünf wurde. Schuld an allem waren ein Dichter und der Umstand, daß unser Wochenendbesuch bei einer älteren Lieblingstante in Exeter meinen Vater in eine unbestimmt poetische Stimmung versetzt hatte. Mit einer unerwarteten Straßengabelung auf unserer Heimfahrt nach Oxford konfrontiert, entschied er sich für die linke statt für die rechte Abzweigung. »Der weniger beschrittene Pfad«, verkündete er mit milder, träumerischer Stimme. Und gemäß dem Versprechen des Dichters sollte dies tatsächlich eine folgenreiche Entscheidung sein.

Es fing damit an, daß wir uns verfuhren. Und zwar so gründlich, daß meine Mutter die Autokarte wegstecken mußte. Die heranrollenden dunklen Wolken, die allmählich die Sonne verdeckten, schienen nur eine Ausdehnung der sich verdüsternden Stimmung meines Vaters zu sein, der alle Poesie vergessen hatte und sich mit grimmiger Miene über das Lenkrad beugte. Als es Mittag wurde, setzte ein heftiger Regen ein, und meine Mutter verteilte Süßigkeiten an meinen Bruder Tommy und mich, in dem vergeblichen Versuch, uns abzulenken, damit wir Daddy, der sowieso schon kurz vorm Explodieren war, nicht noch mehr reizten.

Die Süßigkeiten bestanden aus Pfefferminzbonbons, rosa und weiß gestreift wie große Murmeln, die uns so wirkungsvoll am Sprechen hinderten, daß wir sie ganz aus dem Mund nehmen mußten, um uns zu unterhalten. Als wir die erste Ansammlung von kleinen Läden und Häusern eines Dorfes erreichten, waren mein Gesicht und meine Hände klebrig vom Zucker und mein neues, gerüschtes Kleidchen fleckig und zerknittert.

Ich weiß bis heute nicht genau, warum mein Vater den Wagen ausgerechnet an jener Stelle anhielt. Ich glaube mich an eine Katze zu erinnern, die vor uns über die Straße sprang, aber das kann auch die Einbildung eines phantasiebegabten und übermüdeten Kindes gewesen sein. Was auch immer der Grund war, das Auto blieb jedenfalls stehen, der Motor versagte, und in der darauffolgenden allgemeinen Verwirrung erhaschte ich durch den Regenschleier hindurch meinen ersten Blick auf das Haus.

Es war ein recht gewöhnliches altes Bauernhaus, groß und verläßlich und massiv stand es etwas abseits von der Straße, geschützt von ein paar vereinzelten ungepflegten Bäumen. Sein dunkel glänzendes Schieferdach fiel in einem beunruhigend spitzen Winkel zu den verwitterten Wänden aus grauem Stein ab, wobei die triste Monotonie der Grautöne von zwei Schornsteinen aus roten Ziegeln und einer Vielzahl von großen Fenstern mit unterteilten Scheiben und frischgestrichenen weißen Rahmen durchbrochen wurde. Ich drückte gerade meine Nase gegen das kalte Glas des Autofensters, um besser sehen zu können, als mein Vater den Motor nach einer Reihe besonders schlimmer Flüche wieder zum Laufen brachte. Meine Mutter drehte sich sichtbar erleichtert um, um nach uns zu sehen.

»Julia, laß das«, bat sie. »Du verschmierst die Fenster.«

»Das ist mein Haus«, sagte ich wie zur Erklärung.

Mein Bruder Tommy zeigte sofort auf ein viel größeres und imposanteres Gebäude, das in dem Augenblick in Sicht kam. »Dann ist das *mein* Haus«, konterte er triumphierend. Zum Entzücken meiner Eltern spielten wir das Spiel auf dem gesamten Nachhauseweg nach Oxford weiter, und das einsame graue Haus war vergessen.

Ich sollte es siebzehn Jahre lang nicht wiedersehen.

Diesen anderen Sommer, den Sommer, in dem ich zweiundzwanzig wurde, habe ich noch in lebhafter Erinnerung. Ich hatte gerade meinen Abschluß an der Kunsthochschule gemacht und allem Anschein nach die perfekte Stelle in einer kleinen Werbeagentur in London ergattert. Mein drei Jahre älterer Bruder Tom hatte kurz zuvor sein Studium in Oxford mit akademischen Ehren beendet und prompt die Familie durch die Ankündigung schockiert, dem anglikanischen Priesterstand beitreten zu wollen. Meine Familie war nicht besonders religiös, aber Tom behauptete scherzend, daß ihm mit seinem Namen schließlich keine andere Wahl geblieben sei. »Thomas Beckett! Was hast du denn erwartet, wenn du mich nach dem Erzbischof von Canterbury nennst?« neckte er meine Mutter.

Um gebührend zu feiern, was wir als unser Mündigwerden

ansahen, beschlossen Tom und ich, einen Kurzurlaub an der Südküste von Devon einzulegen, wo wir Eltern und Verantwortung vorübergehend vergessen und das ungewöhnlich warme und sonnige Wetter ausnutzen wollten, das gerade den Süden Englands beglückte. Wir wurden nicht enttäuscht. Wir verbrachten eine wunderbare Woche damit, uns am Strand von Torquay zu aalen, und waren am Ende unseres Aufenthalts entspannt, erfrischt und sonnenverbrannt.

Tom, der unverbesserliche Optimist, übertrug mir die Aufgabe, uns auf der Heimfahrt zurückzulotsen. Er hätte es besser wissen sollen. Wenn ich auch nicht direkt unfähig im Umgang mit Karten bin, so lasse ich mich doch sehr leicht von der vorbeifliegenden Landschaft ablenken. Unvermeidlicherweise fanden wir uns daher bald jenseits der Hauptstraße wieder und mußten uns durch eine scheinbar endlose Abfolge winziger, gleichaussehender Dörfer quälen, die durch eine schmale und dicht von Baumkronen überdachte Straße verbunden waren, so daß man den Eindruck hatte, durch einen Tunnel zu fahren.

Nach dem siebten Dorf warf Tom mir einen vorwurfsvollen Seitenblick zu. Wir hatten beide von unserer Mutter den Teint und die feingeschnittenen Züge der Leute von Cornwall geerbt, aber während die Kombination von dunklem Haar und dunklen Augen bei mir eher schelmisch als exotisch wirkte, konnte Tom damit richtig bedrohlich aussehen, wenn er wollte.

»Wo befinden wir uns deiner Vermutung nach?« fragte er gefährlich höflich.

Pflichteifrig konsultierte ich die Autokarte. »In Wiltshire, würde ich sagen«, informierte ich ihn strahlend. »Irgendwo mittendrin.«

»Nun, das ist ja eine ziemlich genaue Angabe.«

»Hör mal«, schlug ich vor, als wir uns Dorf Nummer acht näherten, »warum läßt du nicht mal deinen Dickkopf beiseite und fragst im nächsten Pub nach dem Weg? Ehrlich Tom, du bist schon genauso schlimm wie Va-«. Das Wort endete in einem plötzlichen Aufschrei.

Diesmal hatte ich sie mir sicher nicht eingebildet. Eine riesige Katze mit rötlichgelbem Fell huschte direkt vor unserem Auto über die Straße. Die Bremsen quietschten protestierend, als Tom das Pedal durchtrat, und wie auf ein Stichwort erstarb der Motor.

»Verdammt nochmal!«

»Als Hilfspfarrer darfst du solche Ausdrücke nicht gebrauchen«, erinnerte ich meinen Bruder, und er mußte unwillkürlich grinsen.

»Ich versuche nur, sie mir auf diese Weise auszutreiben«, war seine Entschuldigung.

Lachend sah ich aus dem Fenster und erstarrte.

»Ich glaube es nicht.«

»Ich weiß«, stimmte mein Bruder zu. »Aber was sollte ich machen?«

Ich schüttelte den Kopf. »Nein, Tom, sieh doch – da ist mein Haus.«

»Was?«

»Mein graues Haus«, erklärte ich ihm. »Erinnerst du dich nicht an den Tag, als die Katze auf die Straße sprang und Paps auch den Motor abwürgte?«

»Nein.«

»Auf dem Rückweg von Tante Helen«, führte ich aus. »Kurz nach meinem fünften Geburtstag. Es regnete, und Paps nahm die falsche Abzweigung, dann sprang eine Katze auf die Straße, und er mußte plötzlich bremsen.«

Mein Bruder sah mich an, wie ein Zoologe ein seltsames, unbekanntes Tier betrachtet, und schüttelte den Kopf. »Nein, ich kann mich nicht daran erinnern.«

»Aber so war es«, sagte ich hartnäckig, »und das Auto kam genau hier zum Stillstand, und ich sah dieses Haus.«

»Wenn du meinst.«

Der Motor war jetzt wieder angesprungen, und Tom fuhr den Wagen an den Straßenrand, damit ich das Haus besser betrachten konnte.

»Was glaubst du, was das bedeutet?« fragte ich ihn.

»Ich glaube, es bedeutet, daß unsere Familie in Wiltshire verdammt viel Pech mit Katzen hat«, sagte Tom. Ich ignorierte das.

»Ich möchte wissen, wie alt es ist.«

Tom lehnte sich näher zu mir herüber. »Elisabethanisch,

würde ich sagen. Vielleicht auch jakobinisch. Aber jünger nicht.«

Ich hatte vergessen, daß Tom sich während der Schulzeit besonders für Architektur interessiert hatte. Außerdem wußte er immer alles.

»Ich würde es mir schrecklich gern genauer ansehen.« In meiner Stimme schwang Hoffnung mit, aber Tom warf mir nur einen nachsichtigen Blick zu, bevor er den Wagen wieder auf die ins Dorf führende Straße lenkte.

»Ich werde bestimmt nicht in fremder Leute Fenster starren, um deine Neugier zu befriedigen. Außerdem steht an der Auffahrt ganz deutlich ›Privat‹.«

Kurze Zeit später hielten wir auf dem Parkplatz des »Roten Löwen«, einem respektablen Pub in einem Fachwerkhaus mit altem Strohdach und Tischen auf einer improvisierten Terrasse, die dem Andrang zur Mittagszeit Platz bot. Ich blieb im Auto und bereitete mich auf meine Schicht als Fahrerin vor, während Tom in den Pub ging, um ein schnelles Bierchen zu trinken und sich den Weg zurück zur Hauptstraße erklären zu lassen.

Ich war so sehr in meine Überlegungen dazu versunken, wie groß die Wahrscheinlichkeit war, sich zweimal an dieselbe Stelle zu verirren, daß ich völlig vergaß, jemanden nach dem Namen des Örtchens zu fragen.

Es sollten weitere acht Jahre vergehen, ehe ich wieder in Exbury, Wiltshire, landete.

Bei diesem letzten und entscheidenden Mal war es Anfang April, zwei Monate vor meinem dreißigsten Geburtstag, und ausnahmsweise hatte ich mich nicht verfahren. Ich lebte immer noch in London, in einer kleinen Mietwohnung in Bloomsbury, in der ich trotz einer unerwartet großzügigen Erbschaft von Vaters Tante Helen, die wir damals in Exeter besucht hatten, Wurzeln geschlagen hatte. Tante Helen hatte mich nur zweimal gesehen, und daher war es mir ein Rätsel, warum sie gerade mir einen solch unanständig großen Geldbetrag vermacht hatte. Vielleicht lag es daran, daß ich das einzige Mädchen in einer Familie mit vorwiegend männlicher Nachkommenschaft war. Tante Helen hatte nach Aussage meines Vaters konsequent feministische Ansichten vertreten. »Ein Zimmer für dich allein«, sagte Tom zu mir in überzeugtem Tonfall. »Das hat sie dir vermacht. Hast du nie Virginia Woolf gelesen?«

Von dem Geld konnte ich mir in Wirklichkeit etwas mehr als ein Zimmer leisten, aber ich hatte noch nicht die geringste Vorstellung, was ich konkret damit anfangen sollte. Tom hatte sich strikt geweigert, die Erbschaft mit mir zu teilen, und meine Eltern versicherten mir, kein Geld zu brauchen, da es ihnen auch nach dem Ausscheiden meines Vaters aus seinem Beruf als Chirurg finanziell gut gehe. Damit war das Thema erledigt.

Meine Zeit war zudem reichlich ausgefüllt, denn ich hatte mich beruflich neu orientiert und von Graphikdesign zur Buchillustration gewechselt, ein Gebiet, das ich sowohl interessanter als auch lukrativer fand. Durch einen glücklichen Zufall wurde ich gleich zu Anfang mit einer ausgesprochen talentierten Autorin zusammengebracht, und unsere gemeinsame Arbeit an einer Reihe von Kindergeschichten hatte mir einen guten Namen in der Branche und ein gesichertes Einkommen verschafft. Gerade in diesen Tagen hatte ich den Auftrag erhalten, eine umfangreiche Sammlung von Legenden und Märchen aus der ganzen Welt zu illustrieren, ein Projekt, das ich sehr aufregend fand und das mir genügend Arbeit für beinahe ein Jahr verschaffte. Es konnte mir nicht besser gehen.

Normalerweise hätte ich mein Glück mit meiner Familie zusammen gefeiert, aber da meine Eltern sich am anderen Ende der Welt auf Urlaub befanden und Tom mit den Ostergottesdiensten beschäftigt war, hatte ich die nächstbeste Möglichkeit gewählt und das Wochenende mit Freunden in Bath verbracht. Am Montagmorgen war der Verkehr auf der Hauptstraße zu dicht für meinen Geschmack, weshalb ich einen Schlenker nach Norden machte und den sanften Biegungen des Flusses Kennet in Richtung London folgte.

Es war ein noch kühler, aber wunderschöner Frühlingstag, und die Blattknospen der Bäume am Straßenrand entfalteten sich mit fast tropischer Intensität. Der Jahreszeit zu Ehren fuhr ich mit heruntergekurbelten Fenstern, die Luft roch würzig nach Erde und Regen und Wachstum.

Mein altersschwacher, aber verläßlicher Peugeot erklomm mit

protestierendem Schnaufen einen kleinen Hügel. Wieder an Geschwindigkeit gewinnend, lenkte ich den Wagen in eine ausladende Kurve, nach der die Straße hinunter in ein flaches Tal führte, ehe sie den Kennet auf einer schmalen Steinbrücke überquerte. Als ich über die Brücke holperte, spürte ich das leichte Prickeln einer vagen Vorahnung im Nacken, und meine Hände umfaßten das Lenkrad fester.

Das Überraschendste war, daß ich diesmal überhaupt nicht überrascht war, das Haus zu sehen. Irgendwie hatte ich fast erwartet, darauf zu stoßen.

Ich verlangsamte auf Schrittempo, fuhr an den Straßenrand und hielt genau gegenüber der langen kiesbedeckten Auffahrt. Eine riesige, rötlichgelbe Katze stolzierte hochmütig über die Straße, ohne mich auch nur eines Blickes zu würdigen, und verschwand im wogenden Gras. Dreimal in einem einzigen Leben, sagte ich mir, waren auch ohne die Katze eindeutig zuviel für einen ganz normalen Zufall.

Der Besitzer des Hauses würde doch sicher nichts dagegen haben, wenn ich mich mal ein klein wenig umsah...? Während ich noch zögernd auf meiner Lippe kaute, flog von dem Feld nebenan ein Schwarm Stare in einer flügelschlagenden Wolke auf, sammelte sich, kreiste einmal über dem Haus aus grauem Stein und verschwand.

Das entschied die Sache für mich. Zusammen mit dem Aussehen hatte ich auch das abergläubische Wesen meiner Mutter und ihrer aus Cornwall stammenden Vorfahren geerbt, und die Stare waren meiner eigenen Erfindung nach ein gutes Omen. Seit frühester Kindheit glaubte ich stets, wenn ich einen Schwarm Stare sah, daß bald etwas Wunderbares passieren würde. Tom versuchte immer wieder, mir die Unsinnigkeit dieses Glaubens aufzuzeigen, indem er mich daran erinnerte, daß Stare auf dem Land nicht gerade selten waren und daß ihr Zusammenhang mit meinem Glück bestenfalls zufällig sein konnte. Doch das überzeugte mich keineswegs. Ich wußte nur, daß die Stare mich noch nie fehlgeleitet hatten, und als ich sie jetzt umkehren und über dem Haus wieder höher steigen sah, faßte ich plötzlich einen Entschluß.

Ich schnappte meinen unförmigen grünen Anorak vom Beifahrersitz und stieg aus dem Auto, wobei ich vor Eifer beinahe in den Graben fiel. Meine Kleidung war nicht unbedingt besuchsgeeignet, gestand ich mir ein, während ich den Anorak über meine Jeans und den grobgestrickten Pullover zog – aber daran konnte ich jetzt nichts ändern. Ich fuhr mir mit den Händen durchs Haar, in dem hoffnungslosen Versuch, meine kurzen, widerspenstigen Locken etwas zu glätten, aber der feuchte Wind machte alle Bemühungen zunichte.

Als nächstes überlegte ich, welchen Vorwand ich benutzen konnte. Nach dem Weg fragen? Um ein Glas Wasser bitten? Eine Autopanne? Ich warf einen Blick auf den zerbeulten Peugeot und nickte. Autopanne, entschied ich. Das würde jeder glauben. Im Geiste mein Sprüchlein übend, überquerte ich die Straße und betrat den Kiesweg. Eine geborstene, verwitterte Tafel mit der Aufschrift »Privat. Zutritt verboten« in verblaßten roten Lettern hing schief an einem Baum. Unverzagt marschierte ich weiter und hoffte, daß meine Schritte den Leuten im Haus nicht genauso knirschend laut in den Ohren klangen wie mir.

Das Haus sah genauso aus, wie ich es in Erinnerung hatte – dieselben roten Schornsteine mit ihren tönernen Schornsteinkappen, dieselben symmetrisch angeordneten, unterteilten Fenster mit den weißen Rahmen und jeweils vier Scheiben oben und unten, dieselben Mauern aus grobbehauenem, grauem Stein unter dem steilen Schieferdach. Das einzige, was anders war, war die Tür. Ich hatte sie mir immer braun vorgestellt, aber jetzt sah ich, daß sie von einem kräftigen, dunklen Grün war, das sich in scharfem Kontrast von dem massiven Steinportal abhob.

Mein Klopfen hallte dumpf und hohl im Haus wider. Dreimal verstauchte ich mir fast die Handknöchel an dem schweren Holz, bevor ich schließlich einsah, daß niemand öffnen würde.

Was bedeutete, daß niemand zu Hause war. Und da niemand zu Hause war, sagte ich mir vergnügt, würde ich folglich auch niemanden stören, wenn ich um das Haus herum nach hinten ging und in ein paar Fenster spähte. Nachdem ich mein Eindringen auf diese Weise gerechtfertigt hatte, ging ich zur Auffahrt zurück und folgte ihr um die Nordseite des Hauses.

Die Auffahrt endete abrupt vor einem untersetzten, niedrigen Steingebäude mit einem von Unkraut überwucherten Strohdach. Vermutlich hatten sich darin einmal die Ställe befunden, aber das Autoheck, das aus einer der offenstehenden Boxen herausragte, ließ keinen Zweifel über die gegenwärtige Nutzung aufkommen.

Von meinem Standpunkt aus hatte ich einen wunderschönen Blick auf ebenes Ackerland und eine sanft gewellte, grasbewachsene Hügellandschaft, hier und da von hellgrün schimmernden Baumgruppen und wilden Hecken unterbrochen. Es gab keinen richtigen, eingefriedeten Hof, auch wenn ein großer Steinhaufen etwa dreißig Meter hinter dem Haus den Eindruck machte, als sei er einmal Teil einer Grundstücksmauer gewesen. An der Vorderseite hatte ich drei Eichen, einen Obstbaum und mehrere Büsche gezählt, aber in der Nähe der Hinterfront wuchs nur eine einsame Pappel mit knorriger Rinde, deren silbriggrüne Zweige im leichten Wind zitterten.

Es gab eine weitere dunkelgrüne Tür mit einem altmodischen Schloß an der Hinterseite des Hauses und noch eine Doppelreihe weißgestrichener Fenster. Unter einem davon, in dem ich gleich das Küchenfenster vermutete, hatte jemand einen wackligen Stapel alter Blumentöpfe aufgeschichet, die mangels Benutzung an der Außenseite mit dichtem, dunklem Moos überzogen waren. Ich reckte mich auf die Zehenspitzen und beugte mich weiter vor, wobei ich meine Augen mit der hohlen Hand gegen die Reflexion des Sonnenlichts auf der Scheibe schützte. Es war tatsächlich das Fenster zur Küche oder auch zu einer Speisekammer. Ich konnte ein Regal mit Konserven erkennen und ein altes Waschbecken aus Porzellan. Ich verdrehte gerade meinen Kopf, um noch mehr sehen zu können, als hinter mir wie aus dem Nichts plötzlich eine männliche Stimme erklang.

»Er ist nicht mehr da.«

Es war eine freundliche Stimme mit einem leichten, unenglisch-gutturalen Klang darin, die aus einiger Entfernung zu mir gedrungen war. Aber nichts davon war mir sofort bewußt. Ich fuhr erschrocken herum und riß den Stapel Blumentöpfe scheppernd zu Boden.

Zuerst konnte ich niemanden entdecken, aber während ich mich noch verwirrt umblickte, löste sich die Gestalt eines Mannes von der zusammengefallenen Steinmauer und kam über die Wiese auf mich zu. Es war ein noch junger Mann, vielleicht fünf Jahre älter als ich, der grobe Arbeitskleidung trug und lange Lederhandschuhe mit Stulpen, die merkwürdig mittelalterlich und fehl am Platze wirkten.

»Ich wollte Sie nicht erschrecken«, entschuldigte er sich. »Ich dachte nur, wenn Sie nach Eddie suchen – er ist nicht mehr da.«

Er war jetzt nahe herangekommen, nahe genug für mich, um rotbraunes Haar und graue Augen erkennen zu können, eine Kombination, die irgendwie so typisch schottisch ist. Er lächelte ein freundliches Lächeln, das zu der Stimme paßte.

»Sind Sie eine Freundin von Eddie?« fragte er.

Ich schüttelte den Kopf.

»Eine Verwandte also.«

»Nein.« Immerhin wurde ich ein wenig rot. Ein Gefühl sagte mir, daß meine Geschichte mit der Autopanne vor diesen intelligenten grauen Augen nicht bestehen würde. »Nein, ich kenne den Besitzer nicht. Wissen Sie, ob er bald zurückkommt?«

Der Mann neigte den Kopf zur Seite und maß mich mit einem langen, nachdenklichen Blick, der mich sehr an meinen Bruder erinnerte.

»Ich hoffe nicht«, sagte er ruhig. »Wir haben ihn letzten Monat begraben.«

»Oh, das tut mir leid.« Ich wurde noch röter. »Das tut mir wirklich leid.«

»Ist schon in Ordnung.« Er zuckte die Achseln. »Sie schnüffeln also nur ein bißchen herum?«

Mein Gesicht war mittlerweile feuerrot, und ich hatte den Eindruck, daß er mein offensichtliches Unbehagen genoß. Es dauerte eine Weile, aber schließlich begriff ich die volle Bedeutung dessen, was er mir gerade gesagt hatte, und meine Verlegenheit war auf einmal vergessen.

Schnell hob ich den Blick wieder. »Steht das Haus dann zum Verkauf?«

»Ja. Wollten Sie es sich ansehen?«

»Ich will es kaufen. Ich habe fünfundzwanzig Jahre lang auf dieses Haus gewartet.«

Der Mann hob eine rotbraune Augenbraue, und aus irgendeinem absurden Grund hörte ich mich die ganze »Das Haus und ich« überschriebene Geschichte hervorsprudeln, die er sich mit bewundernswerter Geduld anhörte. Ich kann mir nicht vorstellen, daß er sie besonders interessant fand. Als ich meine kindische Erzählung beendet hatte, traf sein gelassener Blick zum zweitenmal auf meinen, und die Ähnlichkeit mit meinem Bruder trat noch deutlicher hervor.

»Ja dann«, sagte er ernsthaft, »sollten Sie Mr. Ridley in der Dorfstraße aufsuchen. Ich habe meine eigenen Zweitschlüssel nicht dabei, sonst würde ich Sie selbst herumführen.« Er zog einen Lederhandschuh aus und streckte mir die Hand entgegen. »Ich heiße übrigens Iain Sumner.«

»Julia Beckett.« Mein Gesichtsausdruck mußte sich beim Anblick seiner Hand verändert haben, denn er lächelte wieder und blickte auf die winzigen Rißwunden, die seine Haut verunstalteten.

»Brombeerhecken«, erklärte er. »Sie überwuchern meinen Garten, wenn ich sie nicht zurückschneide. Es tut nicht weh«, versicherte er mir und zog den Handschuh wieder an. »Ich mache mich jetzt besser wieder an die Arbeit. Viel Glück mit dem Haus.«

»Danke«, antwortete ich, aber er war schon außer Hörweite.

Fünf Minuten später saß ich im Büro von Ridley und Stewart, Immobilienmakler. Ich muß gestehen, daß ich nicht mehr viel von diesem Nachmittag weiß. Ich erinnere mich wohl verschwommen an ein verwirrendes Gespräch, bei dem Mr. Ridley ausführlich über juristische Fragen, Abtretungsurkunden, Grundbucheinträge und Ähnliches sprach, aber ich hörte nicht richtig zu.

»Sind Sie ganz sicher«, fragte Mr. Ridley, »daß Sie das Objekt nicht zuerst besichtigen wollen?«

»Ich habe es schon gesehen«, versicherte ich ihm. Ehrlich gesagt erschienen mir solche Formalitäten überflüssig. Schließlich war es mein Haus. Mein Haus. Ich war immer noch ganz erfüllt von diesem Wissen, das ich hütete, wie ein Kind ein Geschenk hütet, als ich an diesem Abend an die Tür des Pfarrhauses von St. Stephen in Elderwel, Hampshire, klopfte.

»Gratulieren Sie mir, Herr Pfarrer.« Ich grinste in das verblüffte Gesicht meines Bruders. »Wir sind jetzt praktisch Nachbarn. Ich habe gerade ein Haus in Wiltshire gekauft.«

Kapitel zwei

»Wo kommt der hin, Miss?«

Der blonde junge Möbelpacker hievte einen Sessel hoch, als sei er ein Spielzeug, und wartete im Flur auf Anweisungen.

Ich wühlte gerade in einer der ordentlich gepackten Kisten, um meine treue alte Teekanne ausfindig zu machen, bevor das Teewasser im Kessel auf dem Küchenherd zum Kochen kam. Zerstreut warf ich einen Blick über die Schulter.

»In mein Schlafzimmer«, antwortete ich. »Die Treppe rauf, erstes Zimmer auf der rechten Seite. Aha!«

Meine Hand legte sich in dem Moment um die vertraute Form des Teekannenhenkels, als das sprudelnd kochende Wasser den Kessel in ein durchdringendes Pfeifen ausbrechen ließ. Ich schaltete das Gas ab, tat einige Löffel Teeblätter in die Kanne, goß Wasser auf und stellte den Tee zum Ziehen hinten auf den Herd.

»Miss Beckett?« Das war Mr. Owen, der Chef des kleinen Umzugsunternehmens, der mit einem weiteren Gehilfen im Schlepptau an der Hintertür stand. Sein fröhliches, rundes Gesicht war rosig vor Anstrengung. »Wir haben hier Ihren Küchentisch. Dachte, es ist am besten, ihn durch die Hintertür reinzubringen – ich will auf keinen Fall eine Schramme in die Holztäfelung der Diele schlagen.«

Ich machte ihnen zuvorkommend Platz und zog noch die eine oder andere Kiste mit aus dem Weg.

»Ich habe gerade Tee gemacht«, sagte ich, »falls Sie und Ihre Männer welchen möchten. Oh.« Ich sah mich um, denn mir war etwas eingefallen. »Ich habe noch gar keine Tassen ausgepackt.«

»Darüber machen Sie sich mal keine Gedanken, Miss.« Mr. Owen zwinkerte mir gutmütig zu. »Ich habe immer eine Stange Pappbecher im Lastwagen. Für alle Fälle.«

Der blonde junge Gehilfe war wieder heruntergekommen und sah mich verwirrt an. »Sind Sie sicher, daß Sie die *erste* Tür auf der rechten Seite meinen, Miss? Der Raum sieht überhaupt nicht wie ein Schlafzimmer aus – er ist ziemlich klein, und es steht eine Staffelei oder so etwas darin.«

Ich schlug mir mit der Hand an die Stirn und lächelte ihn entschuldigend an.

»Tut mir leid, ich meinte die *dritte* Tür rechts. Das große Zimmer an der Nordseite des Hauses.«

»Alles klar, Miss.« Sein Gesicht hellte sich auf, und er verschwand wieder nach oben.

»So ein Umzug macht einen immer ein bißchen nervös, stimmt's?« Mr. Owen rückte meinen Tisch an der Wand zwischen Küche und Speisekammer in Position. »Sie werden schon bald wieder den Überblick haben. So, ich glaube das wäre jetzt alles an Möbeln. Nur noch die Kisten. Ich gehe dann schnell zum Wagen und hole die Becher für unseren Tee.«

Er war ein kleines Phänomen, jedenfalls der bestorganisierte Mann, dem ich je begegnet war, und den Preis, den ich für seine Dienste bezahlte, unbedingt wert. Als ich das Haus vor drei Wochen gekauft hatte, hatte ich mir nicht viele Gedanken darüber gemacht, wie ich meine Habseligkeiten von London nach Exbury schaffen sollte. Aber als ich in meine Wohnung in Bloomsbury zurückgekommen war und angefangen hatte zu packen, hatte ich schnell gemerkt, daß professionelle Hilfe nötig sein würde. Neben meiner hochgeschätzten viktorianischen Schlafzimmergarnitur – eine weitere Erbschaft von Tante Helen – waren da meine Wohnzimmer- und Küchenmöbel, meine ganze Atelierausrüstung, mein Zeichentisch und ein paar hundert Bücher, die ich während meiner Jahre in London in Antiquariaten und bei Auktionen erstanden hatte. Auf Empfehlung einer guten Freundin hatte ich Mr. Owen angerufen, und er war wie ein Ritter zu meiner Rettung herbeigeeilt.

In der Wohnung hatten die säuberlich mit Klebeband verschlossenen und beschrifteten Umzugskisten riesig und einschüchternd gewirkt. Doch hier im Haus fielen sie kaum auf, da die großzügige Architektur und die geräumigen, sonnigen Zimmer sie kleiner erscheinen ließen. Mit Freuden hatte ich festgestellt, daß das Innere des Hauses mir genauso gut gefiel wie sein Äußeres und meiner Vorliebe für alte Dinge und traditionelle Einrichtung sehr entsprach.

Durch die Vordertür des Hauses gelangte man in eine große Diele, die mit glänzend poliertem Eichenholz getäfelt war.

»Siebzehntes Jahrhundert«, hatte Mr. Owen mit einem Blick festgestellt, »und von hervorragender Qualität.« Direkt von der Mitte des Raumes aus führte eine schwere Eichentreppe mehrere Stufen weit nach oben, schöpfte dann in einem viereckigen Absatz Atem und erklomm nach einer exakten Neunzig-Grad-Wendung das erste Stockwerk. Rechts und links von der Diele aus öffneten sich zwei Türen zum Wohnzimmer und zum Studierzimmer, während rechts hinter der Treppe ein schmaler Flur zur Küche führte. Eßzimmer, Küche und die altmodische Speisekammer füllten den hinteren Teil des Erdgeschosses aus, und durch ihre großen, viel Licht hereinlassenden Fenster blickte man auf eine wellige grüne Ebene, die hier und da frische Tupfer der ersten wilden Frühlingsblumen aufwies.

Im oberen Stockwerk gab es weitere vier Zimmer. Das größte davon, welches die gesamte Nordseite des Hauses über dem Studierzimmer und der Speisekammer einnahm, war die naheliegendste Wahl für mein Schlafzimmer. Es hatte sogar einen funktionierenden Kamin und einen geräumigen Schrank, der sich genau in den Winkel unter der Treppe zum Dachboden einfügte. Das kleine, nach hinten hinausgehende Zimmer hatte ich mir zum Atelier bestimmt, und was die beiden auf der Vorderseite liegenden Räume betraf, so gab ich mich vorerst damit zufrieden, sie leerstehen zu lassen und als Abstellraum zu nutzen, bis ich mich vollständig etabliert hatte. Zwischen meinem Atelier und dem Schlafzimmer ging von dem breiten Flur aus eine Tür zu einem modernen Bad mit Badewanne ab – ein seltener Luxus in älteren Häusern.

Natürlich knarrte und knackte es im Gebälk, die Rohre und Leitungen ließen hin und wieder protestierende Laute hören, und die Feuchtigkeit hatte den Putz über den Fenstern im Obergeschoß krümelig gemacht, aber es gab nichts, was nicht nach und nach instand gesetzt werden konnte.

»Das ist ein wunderbares altes Haus, das Sie da haben«, bestätigte Mr. Owen meine eigenen Gedanken, als er sich auf einer der Umzugskisten neben mir niederließ und mir einen Styroporbecher reichte. »Um 1580 gebaut, sagten Sie?«

»Das hat der Makler mir gesagt«, nickte ich. Ich goß ihm und seinen beiden schwitzenden Gehilfen starken Tee ein und machte es mir dann auf meinem eigenen improvisierten Sitz mit meinem dampfenden Becher bequem. »Ich weiß leider nichts über seine Geschichte, fürchte ich.«

»Oh, dem werden die Dorfbewohner schnell Abhilfe schaffen, da bin ich mir sicher«, sagte Mr. Owen weise. »Alte Häuser wie dieses haben immer eine Vergangenheit. Die meisten Geschichten sind sehr interessant. Und bei einem Bierchen in der Dorfkneipe können Sie mehr erfahren als aus jedem Geschichtsbuch.«

Die beiden jüngeren Männer tranken ihren Tee in respektvollem Schweigen, geduldig darauf wartend, daß Mr. Owen sein Schwätzchen beendete und das Signal zur Wiederaufnahme der Arbeit gab. Nach der zweiten Tasse Tee schließlich erhob er sich. Genau in diesem Augenblick hallte ein lauter Schlag durch die Diele, und ich fuhr erschrocken zusammen.

»Das war nur die Haustür, Miss«, erklärte einer der jüngeren Packer. »Sie geht nach innen auf, wissen Sie, und das Schloß ist nicht sehr robust. Ein starker Windstoß genügt, um die Tür aufzudrücken.«

Mr. Owen sah sich die Tür sofort an, versah den Griff der Innenseite mit einem Schutz, um weitere Schäden an der getäfelten Wand zu vermeiden, und riet mir, sobald wie möglich ein neues Schloß zu kaufen. »Man kann nicht vorsichtig genug sein«, war sein väterlicher Kommentar.

Die drei Männer brauchten weniger als eine Stunde, um den Rest meiner Besitztümer auszuladen und auf die Räume zu verteilen, und um halb drei Uhr nachmittags stand ich im Hauseingang, winkte dem davonfahrenden Möbelwagen noch einmal nach und fühlte mich mit einemmal äußerst unsicher. Und sehr allein.

Die Erkenntnis der Ungeheuerlichkeit dessen, was ich gerade getan hatte, traf mich plötzlich mit einer Wirkung, die weder die unverhohlene Skepsis meines Bruders noch die vorsichtigeren Belehrungen meiner Eltern am Telefon erzielt hatten.

Ich konnte meine Arbeit genauso gut in Exbury wie in London tun, hatte ich allen erklärt. Ich würde in Exbury ohne die Ablenkungen der Großstadt wahrscheinlich sogar produktiver sein. Und Haus und Grundstück waren schließlich solide Investitionen. Der Umstand, daß ich eine vertraute Umgebung und einen festen Freundeskreis gegen eine Gemeinschaft von Fremden tauschte, war mir als nicht besonders wichtig erschienen. Bis jetzt. Ich verspürte auf einmal einen Anfall von Sehnsucht nach meiner Wohnung im dritten Stock und nach meiner Nachbarin Angie, die immer für eine Tasse Kaffee und ein Schwätzchen am Nachmittag zu haben war.

Doch der Anfall legte sich sofort, als ich von der Diele in das Studierzimmer trat. Es war ein wunderbarer, friedvoll wirkender Raum mit dunkler Holztäfelung, Reihen von leeren Bücherregalen, die leicht nach Zitronenöl dufteten, und einem gemütlichen Kamin, der das Gegenstück zu dem oben in meinem Schlafzimmer war. Am Vormittag hatte das Sonnenlicht durch die vorhanglosen Fenster gestrahlt und große Rhombenmuster auf das braune Leder meines alten Sofas gezeichnet. Jetzt war das Licht indirekter und ergab eine ruhevolle Dämmeratmosphäre. Außer dem Sofa hatte ich dem Raum an Möbeln nur noch einen passenden Sessel hinzugefügt, der vor dem Kamin stand, und einen einfachen Schreibtisch und einen Stuhl aus Walnußholz. Im Moment waren sie allerdings noch unter den mitgebrachten Kisten voller Bücher und Papiere begraben.

Die Versuchung war groß, mit dem Auspacken gleich hier zu beginnen, aber ich wußte aus Erfahrung, wie leicht ich mich ablenken ließ. Die freudige Entdeckung eines alten Lieblingsbuches in einer der Kisten würde bedeuten, daß ich den Rest des Nachmittags in seliger, unproduktiver Versunkenheit verbrachte. Ich sollte mir das Studierzimmer lieber bis zum Schluß aufheben, sagte ich mir, und statt dessen an dem Ort beginnen, der sich logisch und praktisch am ehesten anbot – der Küche.

Widerstrebend schloß ich die Tür des Zimmers und begab mich wieder in den hinteren Teil des Hauses, wo ich während der nächsten Stunden die Umzugskisten mit einer Energie in Angriff nahm, die meine Mutter mit Stolz erfüllt hätte. Schließlich war ich nach all der schweren Arbeit staubbedeckt und sehnte mich – wie der Maulwurf in meinem Lieblingskinderbuch – nach der frischen Frühlingsluft.

Mit der Impulsivität des Maulwurfs riß ich die Hintertür weit auf und trat hinaus, wo ich das leichte Lüftchen, das die Locken von meiner feuchten Stirn blies, willkommen hieß. Ich wischte meine Handflächen an den Jeans ab, um den gröbsten Schmutz loszuwerden, verharrte einen Augenblick, die Hände auf die Hüften gestemmt, und genoß das Gefühl wohlverdienter Freiheit.

Mein Blick fiel auf den Steinhaufen, bei dem Iain Sumner an dem Tag, als ich das Haus gekauft hatte, gestanden hatte, und ich ging neugierig darauf zu.

Er lag etwa dreißig Meter oder mehr vom Haus entfernt, deutlich außerhalb meiner Grundstücksgrenze, und obgleich es daher nicht wahrscheinlich war, daß er Teil eines Zaunes dargestellt hatte, so war die Anordnung der Steine doch viel zu gleichmäßig, um ein natürliches Gebilde zu sein. Als ich näher herankam, sah ich, daß die Steine eine Mauer in Form eines »L« bildeten, wobei die längere Seite des »L« parallel zur Rückseite meines Hauses verlief. Stellenweise reichte die Höhe der Mauer an meine eigene Größe heran, und in ihrem Schutz hatte jemand den Boden sorgfältig umgegraben und kultiviert, um einen Garten anzulegen. Die dunkle Erde war säuberlich gefurcht und gedüngt, bereit, bepflanzt zu werden.

»Sie haben es also gekauft.«

Zum zweitenmal schrak ich beim Klang von Iain Sumners Stimme zusammen, bevor ich mich umwandte. Er war kein kleiner Mann, und es schien mir ein Rätsel, wie jemand den Hof hinter mir überqueren konnte, ohne daß ich ihn hörte. Ich erholte mich schnell von dem Schreck und konnte ihn diesmal mit meinem strahlendsten Lächeln begrüßen. Er trug einen grobgestrickten braunen Pullover über Arbeitshosen aus schwerem Stoff sowie eine braune Mütze mit einem fleckigen Schirm. Er schob die Mütze aus der Stirn, und seine grauen Augen lächelten zurück.

»Sie haben das Haus gekauft«, wiederholte er. Es war eine Aussage, keine Frage.

»Sie waren das große Gesprächsthema im Dorf in den letzten Wochen, ich warne Sie lieber vor. Mr. Ridley ließ verlauten, daß Sie Künstlerin sind und noch dazu aus London, also sind alle ziemlich neugierig.« Er grinste. »Wenn Sie nicht schon ein paar verrufene Künstlerfreunde haben, die Sie übers Wochenende einladen können, sollten Sie sich besser welche besorgen, sonst wird das ganze Dorf enttäuscht sein.«

Ich lachte. »Ich fürchte, sie werden mich schrecklich langweilig finden. Und ich habe überhaupt keine wilden Künstlerfreunde.«

»Noch nicht mal einen skandalösen Verwandten?«

»Sie sind alle nach Neuseeland gezogen. Auch meine Eltern sind zur Zeit dort unten, so daß der einzige Mensch, der mich aller Wahrscheinlichkeit nach in nächster Zukunft besuchen kommen wird, mein Bruder ist«, vertraute ich ihm an. »Und der ist Pfarrer.«

»Ah. Na denn.« Er nahm die Information wohlwollend entgegen, wobei er den Kopf auf die Seite legte. »Was halten Sie von meinem Garten?«

»Sieht gut aus«, sagte ich ehrlich. »Ist das Ihr Land?«

»Nein.« Er schüttelte den Kopf. »Es gehört einem Freund. Ich tue ihm nur einen Gefallen damit. Es ist gerade Platz genug für ein paar Blumen, nichts Großartiges.«

»Und Brombeerhecken«, fügte ich hinzu.

»Oh ja«, seufzte er und lächelte verschmitzt. »Und Brombeerhecken. Das gehört einfach zur Gartenarbeit, läßt sich nicht vermeiden.«

Ich legte eine Hand auf die steinerne Mauer, deren sonnenerwärmte rauhe Oberfläche sich angenehm unter meinen Fingern anfühlte.

»Was war das einmal?« fragte ich ihn.

»Ein Taubenschlag, hat man mir erzählt. Nicht mehr viel davon übrig heute.«

»Ist die Ruine sehr alt?«

»So alt wie das Haus, glaube ich. Vielleicht noch älter.«

»Waren die Leute, die hier lebten, ursprünglich Bauern?«

»Pächter vermutlich.« Er zuckte mit den Schultern. »Das Land, auf dem Sie stehen, gehört zum Gutshaus, und das seit jeher, soweit ich weiß.«

»Ich interessiere mich für alte Häuser«, gestand ich, wobei ich immer noch geistesabwesend den verwitterten Stein streichelte, »besonders für dieses. Ich würde gern mehr über seine Geschichte erfahren.«

»Ah, da sprechen Sie leider mit dem Falschen«, sagte er lachend, »ich bin erst seit fünf Jahren hier. Sie sollten Vivien danach fragen.«

»Vivien?«

»Genau.« Seine Augen wurden sanft. »Vivien Wells, im Roten Löwen. Sie ist eine wandelnde Enzyklopädie. Was sie nicht weiß, ist nicht wissenswert.«

Ich hörte nicht mehr richtig zu, denn beim Aufblicken hatte ein einsamer Reiter meine Aufmerksamkeit erregt, der in einiger Entfernung genau über Iain Sumners Schulter aufgetaucht war. Reiter und Pferd standen im Schatten einer Eiche und beobachteten uns. Das Pferd war ein großer, mächtiger Grauer und der Reiter ein Mann in dunkler Kleidung, aber sie waren zu weit weg, als daß ich sie deutlicher erkennen konnte.

Iain Sumner fixierte mich. »Stimmt etwas nicht?«

»Was?« Mein Blick kehrte schuldbewußt zu ihm zurück. »Entschuldigung. Nein, ich habe nur zu diesem Mann dort hinübergesehen.«

»Zu welchem Mann?«

»Den Mann auf dem Pferd, hinter Ihnen.« Ich deutete in die Richtung.

Er wandte sich um, aber im Schatten unter der Eiche war nichts mehr zu sehen.

Ich schüttelte den Kopf. »Er ist schon wieder weg. Ein großer Mann auf einem grauen Pferd.«

»Das könnte Geoff gewesen sein«, sagte Iain nachdenklich. »Das Land dort gehört zum Gut. Obwohl er eigentlich keine Grauen in seinem Stall hat.«

»Ist ja auch nicht wichtig«, sagte ich.

»Vielleicht nicht.« Er lächelte. »Also, ich laß Sie jetzt besser wieder in Ruhe. Ich wollte nur meinen Spaten holen.«

Er holte das vergessene Gerät von seinem Platz in der Mauerecke, wünschte mir einen guten Abend, schob seine Mütze in die Stirn und schritt pfeifend in Richtung Straße.

Nach einem letzten Rundblick ging ich zurück ins Haus, und da meine vorherige Arbeitswut sich nicht wieder einstellte, schob ich den früher gefaßten Vorsatz beiseite und ließ mich im Studierzimmer nieder. Nachdem ich fast zwei Bücherkisten ausgepackt hatte, fiel mir eine eselsohrige Ausgabe von Wilkie Collins' *Der Monddiamant* in die Hände, und so war es nach Mitternacht, als ich mich schließlich nach oben schleppte, badete und erschöpft in mein Bett sank, über dem wie ein Wächter der Schatten der Pappel lag.

Kapitel drei

Es war nicht schwer, Vivien Wells am folgenden Nachmittag in der Bar des Roten Löwen ausfindig zu machen. Es war derselbe Pub, bei dem Tommy und ich vor einigen Jahren angehalten hatten, um nach dem Weg zu fragen, nur die Balken aus der Tudorzeit und der Verputz sahen unter dem neu gedeckten Strohdach etwas sauberer aus als in meiner Erinnerung. Die Bar im Innern wirkte anheimelnd mit ihrer niedrigen Decke, ein bißchen heruntergekommen vielleicht, aber gemütlich, mit einem abgetragenen Teppich auf dem alten Holzboden, der den Gesprächslärm dämpfte.

Abgesehen von einer Gruppe alter Männer, die sich alle um einen Ecktisch drängten, war ich zu dieser Tageszeit der einzige Gast, der die freundliche Atmosphäre des Pubs genoß. Und von den beiden Personen, die die Bar bedienten, war nur eine eine Frau.

Vivien Wells war groß und etwa in meinem Alter, sie hatte ein gesundes Aussehen, lange, honigblonde Haare, ehrliche blaue Augen und ein ungezwungenes Lächeln, bei dem sich Grübchen bildeten. Ich mochte sie auf Anhieb.

Sie schob mir einen Gin Tonic über den Tresen, lehnte sich mit den Ellbogen auf das zerkratzte Holz und taxierte mich anerkennend mit schräggeneigtem Kopf.

»Iain sagte, daß Sie hübsch seien«, bemerkte sie ohne Gehässigkeit, und ich wand mich unbehaglich auf meinem Barhocker.

»Er sagte, Sie seien eine Enzyklopädie«, entgegnete ich.

Sie lachte ehrlich amüsiert. »Was für ein Kompliment. Und wie gefällt Ihnen Greywethers?«

Ich hob fragend eine Augenbraue. »Wie bitte?«

»Ihr Haus«, erklärte sie. »So heißt es.«

»Ich dachte, es hieße Braeside – Haus am Hügel. Das war doch jedenfalls der Name auf der Übertragungsurkunde?«

»Ach, das war Eddies Erfindung«, klärte sie mich auf. »Eddie, der vorige Besitzer. Er dachte, daß es großartig klänge, trotz der unbestreitbaren Tatsache, daß wir hier weit und breit keinen richtigen Hügel haben. Nein, in meiner Kindheit hieß es einfach nur Greywethers, und so nennen es auch heute noch alle.«

»Greywethers.« Ich sprach den Namen langsam aus und horchte seinem Klang nach. »Das klingt sehr romantisch.«

»Ist aber in Wirklichkeit nicht sehr originell.« Vivien Wells lächelte mich an. »Das ist nur ein alter Name für die Sorte Steine, die man hier zum Bauen benutzte. Sandsteinblöcke, wissen Sie. Wie die von Stonehenge. Sie waren zu Hunderten über die Gegend verstreut, und Leute, die bauen wollten, nahmen sich einfach, was sie brauchten.«

»Ach so.«

»Sie hatten schon länger ein Auge auf das Haus geworfen, sagt Iain?«

Ich nickte und fragte mich, wieviel er ihr wohl von meiner albernen Geschichte erzählt hatte. Nicht allzu viel, wettete ich und dachte an diese gleichmütigen, grauen Augen. Iain Sumner war mir nicht wie jemand vorgekommen, der Tratsch liebt.

»Ich habe es vor einigen Jahren schon einmal gesehen und gleich Gefallen daran gefunden«, erklärte ich. »Ein Riesenglück, daß es jetzt zum Verkauf stand. Und zu einem Preis, den ich mir leisten konnte.« *Beinahe* leisten konnte, korrigierte ich mich im Stillen bei dem Gedanken an meine geplünderten Ersparnisse.

»Na ja«, sagte Vivien achselzuckend und griff nach einem Glas, das sie mit geübtem Griff polierte, »es besteht keine große Nachfrage nach Häusern in dieser Gegend. Wir haben nur ein paar Bauernhöfe und ein halbes Dutzend Geschäfte – größtenteils leben heute Rentner hier. Ich fürchte, Sie werden sich nach London tödlich langweilen bei uns.«

»London wird immer überbewertet«, antwortete ich, aber ich war sicher, daß Vivien Wells das bereits wußte. »Außerdem brauche ich die Ruhe für meine Arbeit.«

»Natürlich.« Sie nahm ein anderes Glas und polierte weiter. »Sie sind Künstlerin, stimmt's? Malen Sie?«

»Aquarelle. Genaugenommen bin ich Illustratorin. Ich male Bilder für Bücher.«

»Tatsächlich? Irgend etwas, das ich kennen könnte?«

»Nur wenn Sie Kinderbücher lesen. Ich habe die *Llandrah*-Bücher mit Bridget Cooper gemacht, vor ein paar Jahren.«

»*Wirklich*? Ich habe eine sechsjährige Nichte, die ganz begeistert ist von diesen Geschichten. Sieh an, sieh an.« Vivien hob beeindruckt die Augenbrauen. »Sie haben doch nichts dagegen, wenn ich das herumerzähle, oder? Es würde einige der Einheimischen beruhigen.« Sie grinste. »Sie hatten schon Angst, daß Sie sich als eine von diesen modernen Bildhauerinnen herausstellen könnten. Sie wissen schon, große Klumpen aus verbogenem Metall und sowas.«

Ich schüttelte lachend den Kopf. »Nein, ich habe nichts dagegen.«

»Ich glaube nicht, daß sie... oh, entschuldigen Sie mich einen Moment.«

Ein Ruf von der munteren Gruppe am Ecktisch hatte sie unterbrochen, und während sie die Männer bediente, nahm ich noch einen Schluck Gin Tonic und rutschte auf dem harten Barhocker aus Holz in eine etwas bequemere Position.

Ich hatte die Nacht zuvor nicht gut geschlafen. Obwohl ich körperlich erschöpft war, war mein Gehör wach und aufmerksam geblieben und hatte jedes ungewohnte Geräusch in dem einsam gelegenen Haus registriert: jedes Knarren der Dachbodentreppe neben meinem Schlafzimmer, das Geräusch des tropfenden Wasserhahns im Bad, jeden Ast, der über das Schieferdach kratzte. Ich war immer wieder aus einem unruhigen Schlaf aufgewacht und hatte meinen Kaffee am Morgen nötiger gehabt als sonst.

Trotzdem war es mir gelungen, fast alle Kisten im Arbeitszimmer auszupacken, bevor ich schließlich eine Pause eingelegt hatte und die kurze Strecke in den Ort hinein gelaufen war.

Der Rote Löwe teilte sich Exburys Hauptstraße mit einer Handvoll von Geschäften und Büros, einer Reihe in der Nachkriegszeit erbauter Cottages und ein paar schönen alten Häusern, die etwas zurückgesetzt von der Straße standen und durch niedrige Steinmauern und schmiedeeiserne Gitter vor neugierigen Blicken geschützt waren. Die Straße selbst war geteert, doch der Gehweg an ihrer Seite wies noch das ursprüngliche, alte Kopfsteinpflaster auf, was dem Dorf einen gewissen Charme verlieh. Außerdem gab es, wie ich zu meiner Freude festgestellt hatte, einen altmodischen, hölzernen Torweg mit Sitzbänken und Überdachung, von dem ich annahm, daß er zu der Kirche führte, deren Turm über einem Wall von knospenden Bäumen gerade noch zu sehen war.

Ich fragte mich müßig, wie alt die Kirche wohl sein mochte, und muß die Frage laut ausgesprochen haben, denn Vivien Wells antwortete mir, als sie ihren Platz hinter dem Tresen wieder einnahm. »Sie ist altsächsisch, zum Teil jedenfalls, obwohl sie erst im sechzehnten Jahrhundert ganz fertiggestellt wurde.« Sie warf einen fürsorglichen Blick auf mein leeres Glas. »Möchten Sie noch einen?«

»Vielleicht noch einen kleinen«, räumte ich ein und schob ihr das Glas zu. »Sie sind also wirklich die Lokalhistorikerin hier.«

Vivien lächelte. »Ich interessiere mich eben für Geschichte, und ich hatte eine Großmutter, die gerne erzählte. Iain sagte, daß Sie nach Informationen über Ihr Haus suchen, stimmt das? Leider weiß ich selbst nicht allzu viel. Meine Tante könnte da eine bessere Quelle sein. Seit ich mich erinnern kann, haben die Randalls dort gewohnt, und sie waren nicht gerade eine aufregende Familie. Aber ich bin sicher, daß ich etwas für Sie herausfinden kann. Da fällt mir ein...«

Sie drehte sich zu ihrem Kollegen um, der am anderen Ende des Tresens lümmelte, Zeitung las und eine Zigarette rauchte. »Ned, hat dein Vater nicht mal Arbeiten in Greywethers ausgeführt, zu Zeiten des alten Randall?«

Ned hob die Augen von seiner Zeitung, sah mich kurz an, lächelte Vivien zu und rief über die Schulter, »Hey, Dad.«

Einer der alten Männer am Ecktisch hob den Kopf. »Was ist?«

»Viv will mit dir reden.«

Neds Vater trottete bereitwillig zur Bar herüber und wurde mir als Jerry Walsh, Klempner im Ruhestand, vorgestellt. Ja, bestätigte er Vivien, er habe ein paar Aufträge für den alten Bill Randall erledigt.

»Er wollte sein Bad modernisiert haben«, berichtete er. »Mit neuen Rohrleitungen und allem Drum und Dran. Sie brauchen sich nie Sorgen wegen Ihrer Wasserleitungen zu machen, Miss«, fügte er stolz hinzu und klopfte sich an die Brust. »Ich habe gute Arbeit geleistet, jawohl. Nicht wie diese Grünschnäbel heutzutage.«

Ich verzichtete darauf, den tropfenden Hahn zu erwähnen, oder daß das Wasser zuerst immer in einem schockierend braunen Schwall aus der Leitung kam, wenn man es aufdrehte.

»Du erinnerst dich nicht zufällig daran, von wem die Randalls das Haus gekauft haben, Jerry, oder?« fragte Vivien ihn.

Er runzelte die Stirn. »Ich bin mir nicht sicher... sie haben es kurz nach dem Ersten Weltkrieg gekauft, glaube ich. Mir scheint, vorher gehörte es irgendeinem Offizier. Mein Bruder könnte was wissen... Arthur!« Er rief einen anderen Mann vom Tisch zu uns herüber.

Innerhalb von zehn Minuten war ich von allen sieben umringt, die sich in ihrer Freundlichkeit und Hilfsbereitschaft übertrafen. Mit viel Palaver gingen sie ihre Erinnerung durch und einigten sich schließlich, daß Eddie das Haus in den frühen fünziger Jahren von seinem Vater William geerbt und daß William es 1921 von einem Captain Soundso gekauft hatte, der angeblich zwei sehr hübsche Töchter gehabt hatte. Was die Zeit davor betraf, war sich niemand mehr so richtig sicher, und so sehr sie sich auch bemühten, konnten sie sich doch an keine interessanten Vorkommnisse in der Geschichte meines Hauses erinnern.

»Abgesehen von dem Geist«, brachte einer der Männer vor.

»Geist?« echote ich.

Vivien lächelte. »Den hatte ich glatt vergessen.«

»Er ist seit vielen Jahren nicht mehr gesehen worden«, beruhigte mich Jerry Walsh.

»Das müssen jetzt gut dreißig Jahre sein«, warf sein Bruder ein. »Die Grüne Frau war das, stimmt's?« Die anderen Männer nickten, und er fuhr fort. »Ich habe sie selbst nie gesehen, aber viele andere Leute. Einfach eine junge Frau in einem grünen Kleid. Tauchte immer mal zur Dämmerung im Garten auf.«

»Ich habe sie einmal gesehen«, ließ sich der Alte, der zuerst gesprochen hatte, vernehmen. »Hat mich beinahe zu Tode erschreckt. Stand nur da und sah durch mich hindurch mit diesen traurigen Augen...«

»Sie war kein bösartiger Geist«, mischte sich Jerry Walsh mit einem vorwurfsvollen Blick auf den kleinen Mann ein. »Sie hat keinem je etwas getan. Stand einfach nur manchmal im Garten.«

Also sind sogar die Geister von Greywethers langweilig, dachte ich bei mir. Keine rasselnden Ketten, kein Heulen und Stöhnen um Mitternacht...

»Nicht wie die Geister oben im Herrenhaus, was Jungs?« Arthur Walsh lachte und zeigte eine Reihe nikotinverfärbter Zähne. »Die sind schon etwas munterer. Ich hab zwar noch nie selbst einen von ihnen gesehen, aber man erzählt sich, daß...«

»Schluß jetzt«, schnitt Vivien ihm in gutmütigem Ton das Wort ab. »Das Mädchen bekommt sonst Alpträume.«

»Oh, mir macht das nichts«, lächelte ich. »Ich höre gern mal eine gute Gespenstergeschichte. Wo ist das Herrenhaus?«

Einer der Männer wies mit dem Daumen über seine Schulter. »Crofton Hall«, sagte er. »Das alte Gutshaus auf der anderen Seite der Kirche. Sind Sie etwa noch nicht dort oben gewesen?«

Ich gestand, daß ich mich noch nicht weiter als bis zum Büro des Immobilienmaklers, das dem Roten Löwen genau gegenüber lag, gewagt hatte. Mehrere Augenbrauen schnellten unter einem Chorgesang von ungläubigen Ausrufen in die Höhe.

»Also, Sie müssen das Herrenhaus unbedingt sehen...«

»...in drei Reiseführern haben sie es erwähnt...«

»...der junge Geoff führt Sie sicher gerne herum. Der größte Teil des Hauses ist sowieso für die Öffentlichkeit zugänglich. Er nutzt nur noch den Nordflügel für sich privat.«

Ich gab den Protestrufen nach. »Ich werde es mir ansehen, sobald ich mich fertig eingerichtet habe.«

Besänftigt ließen die Männer von mir ab und begannen eine angeregte Unterhaltung zum Thema Umzug, die ich höchst unterhaltsam fand, auch wenn ich dabei kaum zu Wort kam.

Genau zehn Minuten vor vier Uhr jedoch standen alle sieben plötzlich wie ein Mann auf, wünschten mir höflich noch einen guten Tag und gingen einer nach dem anderen zur Tür hinaus. Vivien Wells beantwortete meinen fragenden Blick mit einem Lächeln. »Teezeit«, erklärte sie. »Zeit, sich die neueste Fortsetzung des Dorftratsches von ihren Frauen anzuhören. Obwohl ich glaube, daß die Männer heute mehr zu erzählen haben werden.«

»Wieso?«

»Weil sie über Sie reden werden.« Sie grinste. »Sie müssen noch viel über das Dorfleben lernen. Es ist hier nicht möglich zu niesen, ohne daß der Nachbar den Kopf zur Tür hereinsteckt und ›Gesundheit‹ sagt.«

»Ich werde mich schon daran gewöhnen.«

Sie nickte. »Daran zweifle ich nicht. Außerdem scheint mir, daß Sie die Gesellschaft hier schwer beeindruckt haben. Warten Sie's nur ab – morgen wird sich ein ganzer Zug von Willkommensbesuchern zu Ihrem Haus begeben, bewaffnet mit Kuchentellern und Geranientöpfen, um zu sehen, wie Sie vorankommen.«

»Ich werde das silberne Teegeschirr abstauben«, versprach ich. »Besuch käme mir morgen sogar ganz gelegen. Ich will einige Möbel im Wohnzimmer umstellen und könnte ein paar zusätzliche Hände gebrauchen.«

Vivien lachte. »Brauchen Sie wirklich Hilfe?« fragte sie. »Ich bin sicher, Iain wäre gern bereit, mit Hand anzulegen.«

»Um Himmels willen, nein«, sagte ich und hob abwehrend eine Hand. »Ich habe nur Spaß gemacht.« Dann fiel mir plötzlich etwas ein. »Was macht Iain Sumner eigentlich? Ist er Gärtner?«

»Landwirt«, verbesserte sie mich. »Er hält Schafe. Besitzt auch eine kleine Apfelplantage, doch das ist eher ein Hobby.«

»Ach so.«

»Aber einen grünen Daumen hat er natürlich auch«, fuhr sie fort. »Er hat viel Zeit damit verbracht, Geoff bei der Instandsetzung der Gärten um das Gutshaus zu helfen, bevor sie für den Publikumsverkehr geöffnet wurden. Geoffs Vater hatte alles ein wenig herunterkommen lassen, und die Gartenanlagen sahen furchtbar aus. Jetzt gibt es einen Vollzeitgärtner dort, der sich um alles kümmert. Sie haben einen wunderschönen Rosengarten – den müssen Sie im Sommer unbedingt sehen.«

»Werde ich bestimmt«, sagte ich. »Schließlich sind wir ja Nachbarn, nicht wahr? Die Rückfront meines Hauses grenzt direkt an die Gutsländereien, wurde mir gesagt.«

»So ist es. Geoff wird Ihnen gefallen. Er ist ein echter Aristokrat – seine Familie ist mit Wilhelm dem Eroberer herübergekommen –, aber er ist sehr bodenständig, und man kann viel Spaß mit ihm haben. Übrigens wird er Ihnen vielleicht auch mehr über Greywethers erzählen können. Er hat viel in den Geschichtsbüchern über die Gegend herumgestöbert, als er den Führer für Crofton Hall verfaßte.« Sie wandte sich um, um sich eine Tasse von dem giftig aussehenden Kaffeegebräu einzuschenken, das in einer Kanne hinter dem Tresen vor sich hin dampfte. »Leider ist er im Moment in Frankreich im Urlaub, aber wenn er zurückkommt, mache ich Sie miteinander bekannt. Und in der Zwischenzeit«, fügte sie hinzu, »werde ich sehen, was ich durch meine Tante und unser örtliches Nachrichtensystem erfahren kann.«

»Vielen Dank, das wäre sehr nett. Was schulde ich Ihnen für die Drinks?«

»Nichts.« Sie wies mein Geld mit einem Schütteln ihres honigblonden Kopfes zurück. »Die gehen aufs Haus. Meine Art, Sie in Exbury willkommen zu heißen, wenn's recht ist.«

»Aber... ich meine, das ist ja sehr nett von Ihnen, aber...« Ich sah zum anderen Ende des Tresens, wo Ned immer noch über seine Zeitung gebeugt saß, und Vivien verstand, was ich meinte.

»Oh, Ned gehört nicht zu der Sorte, die beim Chef petzt«, versicherte sie mir. »Und selbst wenn, würde es ihm nicht viel nützen, denn zufällig bin *ich* der Chef.«

Ich stammelte schnell eine Entschuldigung und wurde tiefrot. Vivien übersah meine Verlegenheit großzügig.

»Ist Ihr Telefon schon angeschlossen? Gut. Wie ist die Nummer?«

Ich sagte es ihr, und sie schrieb sie auf. »In Ordnung«, sagte sie. »Ich rufe Sie an, wenn ich irgend etwas Interessantes herausfinde. Hier.« Sie reichte mir ein Päckchen Streichhölzer. »Meine Nummer steht auf der Rückseite, falls Sie etwas brauchen. Sie können natürlich auch jederzeit vorbeischauen, wenn Sie genug vom Auspacken haben. Ich habe nachmittags immer Zeit für ein Schwätzchen.« Sie sah mir gerade in die Augen und schenkte mir ihr offenes, herzliches Lächeln.

»Ich freue mich, daß Sie hierher gezogen sind«, sagte sie schlicht.

Ich lächelte ebenfalls und empfand eine seltsame, innere Wärme.

»Ich auch«, antwortete ich.

Auf dem Nachhauseweg lächelte ich immer noch vor mich hin und genoß den frischen, belebenden Windhauch dieses späten Apriltages und die Stille der leeren Straße. Mein Haus, das in meinen voreingenommenen Augen schon etwas weniger vernachlässigt aussah, stand da, als ob es auf mich warte.

»Hallo Greywethers«, begrüßte ich es, als ich die Auffahrt hinaufging. Wenigstens hatte ich jetzt seinen richtigen Namen erfahren. Und daß ich einen Geist hatte. Wie hatten die Männer im Roten Löwen sie genannt? Die Grüne Frau. Irgendwo im Garten.

Die Frage war nur, dachte ich, wo genau sich der Garten befunden hatte. Jetzt war jedenfalls keine Spur mehr davon zu sehen, zumindest nicht auf dem vorderen Grundstück. Neugierig geworden ging ich um das Haus herum nach hinten, um nachzusehen.

Nicht beim Taubenschlag, entschied ich. Dieser Garten war neu angelegt. Vielleicht neben der Küche, entlang der Auffahrt? Der Boden sah dort gewiß ebener aus, aber...

Nein, dort auch nicht. Ich wandte meine Aufmerksamkeit der anderen Seite des Grundstücks zu. Dort, dachte ich mit einem Gefühl der Sicherheit. Man konnte sogar noch die leichten Erhebungen im Boden erkennen, wo die Blumenbeete von liebevoller Hand angelegt worden waren. Ich überquerte den Hof und blieb triumphierend an der Stelle stehen.

Die Sonne war tiefer gesunken, und die Brise, die mich streifte, war eindeutig kalt. Ich legte die Arme fröstelnd um mich, während ich mich umdrehte und auf die Baumreihe in der Ferne blickte.

Der Mann auf dem grauen Pferd war da, er stand unter der schützenden Eiche und beobachtete mich.

Herausfordernd hob ich mein Kinn und hätte schwören können, daß er lächelte, obwohl er zu weit weg war, als daß ich seine Züge klar erkennen konnte, geschweige denn seinen Gesichtsausdruck. Nach einem langen Augenblick lenkte er sein Pferd herum und ritt zurück in die Richtung von Crofton Hall, und seine dunkle Silhouette wurde alsbald von den Schatten der uralten Bäume verschluckt.

Die Grüne Frau war vergessen, ich ging zurück ins Haus und achtete darauf, die Küchentür sorgfältig hinter mir zu verriegeln.

Kapitel vier

Am Mittag des folgenden Tages wünschte ich mir, meinen eigenen, scherzhaft dahingesagten Vorsatz befolgt und das Teeservice poliert zu haben. Vor allem wünschte ich, ich hätte genügend Voraussicht besessen, überhaupt ein Teeservice anzuschaffen. Doch wie die Dinge lagen, hatte ich mir mit meiner alten Teekanne aus braunem Ton und einem Sortiment von Porzellantassen, die nicht ganz zu ihren Untertassen paßten, behelfen müssen, um meine Gäste zu bewirten.

Denn Gäste hatte ich nicht wenige gehabt. Die ersten Besucher um neun Uhr morgens waren Mr. Ridley, der Hausmakler, und seine Frau, offenbar echte Frühaufsteher, da sie einen Teller selbstgebackener, noch ofenwarmer Rosinenbrötchen mitbrachten. Dicht auf ihren Fersen folgten Jerry Walsh und seine liebenswürdige Frau Eva mit zwei Gläsern von Evas schwarzem Johannisbeergelee; darauf Arthur und Marie Walsh mit einem Teller Schokoladenkekse. Noch einige andere waren in einer Art verschwommenem Defilee gekommen und gegangen, darunter eine ältere Dame mit sanfter Stimme namens Mrs. Hutherson, die mir zwei Dutzend buttertriefende Früchteküchlein und ihre besten Wünsche überbrachte. Alle waren sie sehr nett, sehr freundlich und sehr gut informiert.

»Kinderbücher, nicht wahr meine Liebe?« hatte Mrs. Hutherson mit ihrer angenehmen Stimme gefragt. »Wie klug von Ihnen.« Ihre blauen Augen kamen mir irgendwie bekannt vor, aber sie war schon wieder weg, bevor mir einfiel, an wen sie mich erinnerte.

Das ruhige Paar, das zuletzt mit einer Flasche Himbeerlikör kam, hatte den Vorteil, die größte Auswahl an Köstlichkeiten angeboten zu bekommen. Der Couchtisch in meinem Wohnzimmer war zu dieser Zeit so mit Eßbarem überladen, daß es den Eindruck machte, als hätte ich Stunden mit der Vorbereitung einer nachbarschaftlichen Teeparty zugebracht.

Alle eventuell noch verbliebenen Zweifel meiner Besucher hinsichtlich meiner Respektabilität wurden nachdrücklicher-

und unerwarteterweise durch die Ankunft meines Bruders zerstreut, der seinen Priesterkragen trug und überaus fromm aussah. Derart fromm, daß ich mir nicht sicher war, ob seine eigenen Gemeindemitglieder ihn erkannt hätten.

Kurz nach Mittag, als sich die Menge aufgelöst hatte, lehnte Tom sich schließlich in seinem Sessel zurück, verschränkte die Hände hinter dem Kopf und grinste.

»Meinen Glückwunsch«, sagte er. »Meine Nachbarn haben mich erst belagert, als ich schon eine Woche im Dorf war. Wie lange bist du jetzt hier? Zwei Tage?«

»Ich bin am Dienstag eingezogen, also ist dies mein dritter Tag. Schuhe vom Tisch, bitte.«

»Entschuldige.« Er nahm seine Füße gehorsam herunter. »Ich hoffe, du hast nichts dagegen, daß ich so hereinplatze. Eigentlich hätte ich auch vorher anrufen können.«

»Du hättest dir keinen besseren Moment aussuchen können«, versicherte ich ihm herzlich. »Das wird Wunder für mein Image bewirken. Bis zum Nachmittagstee weiß der ganze Ort, daß ich mit einem Pfarrer verwandt bin.«

»Hmm. Oder daß du eine Affäre mit einem hast.« Tom grinste wieder. »Dorfbewohner sind furchtbar mißtrauisch, weißt du.«

Ich überhörte das. »Hast du demnach heute deinen freien Tag?«

»Genau. Ich habe die Gemeinde in den fähigen Händen meines neuen Hilfspfarrers, des jungen Mr. Ogilvie, zurückgelassen. Du würdest ihn mögen, Julia. Er ist viel weniger ermüdend als sein Vorgänger. Seine Ansichten sind vielleicht etwas zu fortschrittlich für meine Schäfchen, aber er hat die besten Absichten.«

»Er *kann* nur besser sein als dein letzter Hilfspfarrer«, stimmte ich im Brustton der Überzeugung zu. »Michael Irgendwas, richtig? Streng protestantisch ausgerichtet, lächelt nie, plappert statt dessen immer was von Höllenfeuer und Verdammnis?«

»Genau der.«

»Was ist aus ihm geworden?«

»Es gelang mir, ihn in eine Gemeinde weiter im Norden versetzen zu lassen. Ich fand, ich hatte genug gebüßt«, lachte Tom.

»Doch zurück zu meinem freien Tag. Ich habe den Eltern versprochen, diese Woche bei dir vorbeizuschauen, um zu sehen, wie du zurechtkommst. Wie kommst du also zurecht?«

»Ganz gut, danke. Die meisten Räume im Erdgeschoß habe ich soweit eingerichtet.«

»Es sieht schon sehr gut aus.« Er ließ seinen Blick durch das sonnige, geräumige Zimmer schweifen. »Das ist wirklich ein wunderbares Haus. Ich bin einigermaßen beeindruckt. Veranstaltest du jetzt den großen Rundgang für mich, oder«, er sah auf den geschirrbeladenen Couchtisch, »muß ich dir zuerst beim Abwaschen helfen?«

Ich versicherte ihm, daß der Abwasch warten könne, und begann mit dem Rundgang in dem Raum, in dem wir saßen.

»Also, das ist, wie du siehst, das Wohnzimmer. Ich will noch einen größeren Teppich kaufen, um diesen Boden zu schonen, und die Vorhänge müssen natürlich weg...«

»Ich verstehe, was du meinst.« Tom betrachtete das grelle Blumenmuster des Chintzstoffes. »Aber die Fenster selbst sind schön. Und der Kamin gefällt mir besonders. Was ist dahinter?« Er deutete auf eine Verbindungstür in der gegenüberliegenden Wand.

»Das Eßzimmer.« Ich führte ihn hinein.

»Julia!« In der Stimme meines Bruders schwang Bewunderung. »Wo in aller Welt hast du diesen Geschirrschrank her?«

»Das ist ein tolles Stück, oder? Er war im Kaufpreis des Hauses enthalten.«

Der Geschirrschrank stammte aus der späten viktorianischen Zeit, war aus massivem Walnußholz und beinahe zwei Meter siebzig hoch, so daß er an den Verputz der Eßzimmerdecke reichte. Ich vermutete, daß er nur deshalb im Preis des Hauses inbegriffen gewesen war, weil man einen Kran gebraucht hätte, um ihn von der Stelle zu bewegen. Dieses eine Möbelstück beherrschte den Raum so völlig, daß man das Fehlen von Tisch und Stühlen kaum bemerkte.

Zu beiden Seiten des Schrankes gingen hohe Fenster auf die rückwärtige Rasenfläche hinaus, was den Eindruck stattlicher Eleganz noch verstärkte.

Vom Eßzimmer gelangten wir durch eine Schwingtür in die

saubergeschrubbte und spartanisch eingerichtete Küche mit der altmodischen Speisekammer, und danach kamen wir durch den schmalen Flur in die holzgetäfelte Diele. Nach einem kurzen Abstecher in das Studierzimmer, in dem Tom sich am liebsten für den Rest des Tages niedergelassen hätte, hätte ich ihn nicht weitergezogen, stiegen wir die gewinkelte Treppe zum ersten Stockwerk hinauf.

»Hier oben habe ich noch nichts gemacht, seit ich eingezogen bin«, warnte ich ihn, »deshalb herrscht in einigen Zimmern noch etwas Durcheinander. Nur damit du nicht zuviel erwartest.«

»Verdammt seien diese Decken.« Tom hatte sich zu spät gebeugt und rieb sich den Hinterkopf, als er den Treppenabsatz erreichte. »Sind ja für Zwerge gemacht. Wieviele Zimmer hast du oben?«

»Vier. Aber ich nutze nur zwei davon. Diese beiden«, ich zeigte auf die geschlossenen Türen zu unserer linken, »dienen im Moment bloß als Abstellräume.«

»Sehr vernünftig.« Neugierig wie immer steckte Tom seinen Kopf in eines der Zimmer und sah sich um. Es war ein langgestreckter, schmaler Raum, der von meinem Schlafzimmer durch die Dachbodentreppe hinter der Wand am anderen Ende getrennt war. Das Licht, das durch die beiden symmetrisch angeordneten Fenster hereinfiel, wurde teilweise von den Ästen eines Birnbaumes gefiltert, der dicht an der Vorderseite des Hauses wuchs. Der andere Raum nahm die vordere Südecke ein, und der Umstand, daß er nur ein Fenster hatte, wurde durch das Vorhandensein eines weiteren Kamins wettgemacht.

»Du wirst lernen müssen, Holz zu hacken, meine Liebe«, bemerkte mein Bruder, und ich zog eine Grimasse.

»Vergiß es, Tom. Du hast mich schon einmal ein Feuer anzünden gesehen. Das ganze Haus würde wie eine Leuchtkugel in Flammen aufgehen.«

Tom grinste und beugte sich vor, um die Schnitzerei der hölzernen Kamineinfassung genauer zu betrachten. Ich ließ ihn dort zurück und ging weiter zur nächsten Tür, die zu dem kleinen, auf der Rückseite gelegenen Eckzimmer gehörte, das ich zu meinem Atelier bestimmt hatte. Ich hatte mir bisher noch nicht die Mühe gemacht, nach meinen Materialien und Arbeitsgeräten zu sehen, da ich beschlossen hatte, in der ersten Woche noch nicht an Arbeit zu denken, aber plötzlich kam mir der Gedanke, daß ich Tom, wo er nun gerade einmal da war, vielleicht überreden konnte, mir beim Aufbauen des Zeichentisches zu helfen.

Normalerweise war ich nicht gerade unfähig, was gängige technische Probleme betraf, aber dieser besondere Zeichentisch – von einem sadistischen schwedischen Designer entworfen – brachte meine Bemühungen jedesmal zum Scheitern und ließ mich frustriert inmitten einer Ansammlung von Chromstangen, allem möglichen Werkzeug und einer Schraube weniger, als nach der Gebrauchsanweisung erforderlich gewesen wäre, zurück.

Wenn ich es recht betrachte, dachte ich auf einmal hoffnungsfroh, habe ich gar nicht *gesehen*, wie die Möbelpacker den Tisch hinauftrugen. Vielleicht ist er ja beim Umzug verlorengegangen. Ich stieß die Tür zum Atelier auf, machte zwei Schritte hinein und hielt völlig verwirrt inne.

Es stand nichts darin. Nichts von meinen Sachen jedenfalls. Abgesehen von einem niedrigen, schmalen Bett an der Wand und einem alten Wäscheschrank in einer Ecke war das Zimmer total leer.

»Also das ist ja komisch«, sagte ich laut.

»Was ist komisch?« rief mein Bruder zurück.

»Diese Möbel gehören nicht mir«, erklärte ich und ging durch den Flur zurück in das vordere Zimmer. »Sie müssen meine Ateliersachen statt dessen in eines dieser Zimmer gestellt haben. Es müßte eine Staffelei da sein und mein Zeichentisch und der große, häßliche Stuhl. Ich kann mir einfach nicht vorstellen, wo...«

Ich verstummte allmählich, während ich zwischen den Kisten herumsuchte und sah, wie der Schatten meines Bruders sich an mir vorbei in den Flur bewegte.

»Julia«, rief er einen Augenblick später. »Komm mal her.«

Er stand in der Tür zu meinem Atelier, die Hände auf den Hüften. »Also«, sagte er, als ich neben ihn trat, »was siehst du?«

Ich sah hin, kniff die Augen zusammen und sah noch einmal hin. Alles war da – die Staffelei, die Ateliermöbel, die unordentlichen Schachteln mit Farben, Pinseln und Papier... alles, wie es sein sollte. Dazu kam, daß nichts von einem Bett oder einem Wäscheschrank zu sehen war.

»Du hast nicht zufällig am Kochsherry genippt, oder?« witzelte Tom.

»Aber Tom«, ich schüttelte fassungslos den Kopf, »diese Sachen waren vor einer Minute nicht hier, ehrlich.«

Mein Bruder sah mit besorgter Miene zu mir herab, und als er schließlich etwas sagte, hatte seine Stimme den spöttischen Ton verloren. »Hör zu«, sagte er, »warum verschieben wir den Rest der Besichtigungstour nicht auf später? Du mußt völlig erschöpft sein nach diesem Vormittag.«

»Ich bin nicht verrückt.«

»Natürlich nicht. Wie wär's mit einem Tee?«

Unglücklich folgte ich ihm die Treppe hinunter.

»Das Zimmer war leer, als ich hineinsah.«

»Ich sage ja nicht, daß es das nicht war. Ich sage nicht, daß du nicht gesehen hast, was du meinst, gesehen zu haben. Ich glaube nur, daß es wahrscheinlich einen guten *Grund* dafür gibt, daß du es gesehen hast.«

»Verstehe«, sagte ich. »Zum Beispiel?«

Tom hob die Schultern zu einem Achselzucken. »Ich weiß es nicht. Du bist müde, du hast dir zuviel zugemutet... wann bist du gestern nacht zu Bett gegangen?«

»Spät«, gab ich zu. »Aber ich kann nicht glauben, daß es etwas damit zu tun hat...«

»Und wann bist du heute morgen aufgestanden?«

»Kurz nach sechs. Aber...«

»Da hast du es«, sagte er und hob die Hände wie zur Bekräftigung. »Du bekommst nicht genug Schlaf.«

Ich kannte die Stimmungen meines Bruders. Ich wartete, bis der Tee fertig gezogen hatte und wir uns am Küchentisch gegenübersaßen, bevor ich es wagte, ihm zu widersprechen.

»Tatsache ist«, erklärte ich ihm fest, »daß ich ausreichend Schlaf bekomme. Und ich bin wirklich nicht müde. Ich habe keine richtige Arbeit getan, seit ich hier eingezogen bin, nur ein paar Kisten ausgepackt.«

»Du siehst aber müde aus.«

»Tom, hör mir zu.« Ich mußte über seine Dickköpfigkeit lächeln. »Ich fühle mich sehr ausgeruht. Ich schlafe hier wie ein Stein. Und träume übrigens auch jede Nacht.«

»Wirklich? Das ist recht ungewöhnlich bei dir, oder? Ich dachte, du träumst fast nie.«

»Vielleicht liegt es an der Landluft.«

»Was sind das für Träume?«

»Ich kann mich an die meisten nicht richtig erinnern«, antwortete ich und runzelte leicht die Stirn, während ich meinen Tee trank. »In einem ging es um Kometen, glaube ich. Ja, das war es ... zwei Kometen waren erschienen, einer gleich nach dem anderen, und alle sagten, daß dies ein Zeichen sei, daß etwas Furchtbares geschehen werde. Was hat Freud über Träume mit Kometen zu sagen?«

»Nicht Freud.« Tom schüttelte den Kopf. »Jung. Aber ich habe wirklich nicht die leiseste Ahnung. Ich habe nicht Psychologie studiert. Was mich aber daran erinnert«, er neigte sich plötzlich vor, »Rod Denton gibt Samstag in einer Woche eine Dinnerparty in seinem Haus in London.«

»Wie kann mein Kometentraum dich bloß an Rod Dentons Dinnerparty erinnern?«

»Rod *hat* nämlich Psychologie studiert am College«, erklärte Tom. »Unter anderem.« Roderick Denton hatte seinen Abschluß in Oxford zur selben Zeit wie mein Bruder gemacht, war jedoch für weltlichere Ziele bestimmt gewesen. Er hatte die Tochter eines Grafen geheiratet, ein Haus in Belgravia geerbt und erzielte selbst inzwischen in der Finanzwelt beachtliche Erfolge.

»Jedenfalls«, fuhr Tom fort, »sind seine Partys meistens ziemlich lustig. Ich dachte, du würdest vielleicht mitkommen wollen. Könnte dir guttun, mal einen Tag herauszukommen.«

»Du klingst, als ob ich hier schon seit Wochen eingesperrt wäre.«

»Ich dachte nur«, er warf mir einen seiner dunklen Seitenblicke zu, »daß du eine Pause von all der Arbeit hier gebrauchen könntest.«

»Könnte ich wirklich«, räumte ich ein, lächelte und trank meinen Tee aus. »Danke. Samstag in einer Woche, sagtest du? Um wieviel Uhr?«

»Cocktails um halb sieben. Weißt du noch, wo er wohnt?«

Ich nickte. »Ich treffe dich dann dort, wenn es dir recht ist. Sicher bringt mich meine Freundin Cheryl gern für die Nacht unter. Ich kann das Auto bei ihr oben in Islington abstellen und dann die U-Bahn hinunter zu Rod nehmen. In Ordnung?«

»Sehr gut.«

»Schön. Bist du bereit für den Rest meiner Führung?«

»Wenn du wirklich wieder kannst?«

»Natürlich. Außerdem«, sagte ich und legte zärtlich meinen Arm um seine Schultern, »möchte ich, daß du dir meinen Zeichentisch ansiehst.«

Er runzelte die Stirn. »Ich habe deinen Zeichentisch schon gesehen.«

»Du sollst ihn dir richtig *genau* ansehen, wenn du verstehst, was ich meine.«

Tom verstand und seufzte tief. »Du brauchst gar nicht mit den Augen zu plinkern, Schätzchen, ich weiß, wann ich in der Falle sitze.« Er stieg vor mir wieder die Treppe zum ersten Stock hinauf, und ich hörte einen schockierend unfrommen Fluch, als sein dunkelhaariges Haupt ein zweites Mal mit der niedrigen Decke zusammenstieß.

»Sei froh«, sagte er und sah mich mit breitem Grinsen an, »daß deine Nachbarn *das* nicht gehört haben.«

Später an diesem Nachmittag befand ich mich erneut auf der schmalen, geteerten Straße, die ins Dorf führte, und genoß, mein Gesicht dem Wind zugewandt, die kühle, würzige Landluft, die den Staub der Umzugskisten aus meinen Lungen blies.

Tom war seit fast einer Stunde wieder fort. Der Rest seines Besuches war reibungslos verlaufen – ich hatte keine Halluzinationen mehr gehabt, und zu meiner großen Erleichterung war mir jeder Raum so erschienen, wie ich ihn verlassen hatte. Ich entschied, daß mein Bruder schließlich doch recht gehabt hatte. Tom, sagte ich mir, besaß einfach die ärgerliche Eigenschaft, ständig recht zu behalten. Vielleicht hatte ich mich wirklich übernommen, indem ich zuviel auf einmal erledigen wollte.

Ich hatte mir vorgenommen, nach Toms Abfahrt die Überbleibsel der improvisierten Teeparty vom Vormittag zu beseitigen, das Geschirr abzuwaschen und zu versuchen, den tropfenden Wasserhahn im Bad abzudichten, aber statt dessen beschloß ich, seinen Rat zu befolgen und das Haus eine Weile hinter mir zu lassen.

Mein ursprünglicher Gedanke war gewesen, im Roten Löwen auf eine leichte Mahlzeit und einen freundlichen Schwatz mit Vivien vorbeizuschauen, aber die Sonne schien, und die Straße lag verlockend vor mir, und je länger ich lief, desto mehr Lust bekam ich, weiterzulaufen.

Ich ging am Roten Löwen vorbei, vorbei am Büro von Ridley und Stewart, Immobilienmakler, und an der wie zusammengekauert wirkenden Ansammlung kleiner Geschäfte. Ein Stück weiter erhob sich ein massives Steinportal zu meiner Rechten, sein eisernes Tor stand einladend offen. Ein schmaler, ungepflasterter Weg mit säuberlich gezogenen Rändern, überschattet von einem dicht gewebten Baldachin aus eng zusammenstehenden Bäumen, wand sich von dort in das kühle Zwielicht hinein. Dies also, vermutete ich, mußte der Eingang zu dem berühmten Herrenhaus sein.

Ich widerstand der Versuchung, das Grundstück unbefugt zu betreten, und hielt mich an den kopfsteingepflasterten Gehweg der Dorfstraße. Mir würde noch genug Zeit bleiben, das Gutshaus anzusehen, sagte ich mir. Außerdem war der Besitzer verreist, wie Vivien erzählt hatte. Nach Frankreich. Besser war es zu warten, bis er zurückkam, und sich das Haus richtig von innen zeigen zu lassen. Ich ging weiter zu dem malerischen, überdachten Holztor, das ich schon zuvor bewundert hatte, drückte einen schwingenden Torflügel auf und betrat den stillen Friedhof.

Es gibt wenige Orte in England, die so friedlich oder seltsam schön sind wie ein Dorffriedhof, wo der Efeu sich üppig in schattigen Ecken rankt und um verwitterte Grabsteine windet, deren Inschriften nach unzähligen Jahren unter dem Einfluß von Sonne und Regen kaum noch lesbar sind. Viele der Grabsteine hier neigten sich in einem bedenklichen Winkel nach vorn oder zur Seite wie betrunkene Wächter. Manche waren ganz umgefallen, und man hatte sie vorsichtig von ihrem Standort entfernt und gegen die äußere Kirchenmauer gelehnt.

Die Kirche selbst war klein und einfach, ein trutziges Gebäude aus sonnengebleichten Steinen, das von einem quadratischen, mit zinnenartigen Ornamenten versehenen Turm gekrönt wurde. Ein verblichenes, handgeschriebenes Plakat verkündete, daß es sich um St. John handelte, wo sonntags und Mittwoch abends Gottesdienste abgehalten wurden. Ein leichter Stoß gegen die dicke Eichentür genügte, und sie schwang zuvorkommend an ihren eisernen Angeln auf und gab ein genauso schlichtes Inneres preis, das dennoch den Eindruck einer erhabenen Weiträumigkeit vermittelte. Die späte Nachmittagssonne strömte durch die Buntglasfenster hinein und tauchte die kahlen Steinwände in ein warmes, intensives Licht.

Meine Schritte hallten ungewöhnlich laut, wie ein neuzeitlicher Mißklang an diesem friedvollen, heiligen Ort, als ich langsam zum Mittelpunkt der Kirche schritt und dabei die ehrwürdigen Namen auf den rechteckigen Steinplatten unter meinen Füßen las: Staynor, Alleyn, Hatch, de Mornay …

Ein lautes, explosionsartiges Geräusch ließ mich erschreckt herumfahren, und ich fühlte mein Herz wie wild gegen meinen Brustkorb hämmern. Es war nur eine Taube, die einen kurzen Moment lang hinter dem Gitter des Lettneraltars gefangen war und panikartig mit den Flügeln geschlagen hatte, bevor sie sich befreien konnte und sich hastig durch die halb geöffnete Tür aus dem Staube machte.

Mein Herz schlug langsam wieder normal, doch behielt ich ein leichtes Schwindelgefühl und ein dumpfes Klingen in meinen Ohren zurück, als ob ich gleich in Ohnmacht fallen würde. Das sonnendurchflutete Innere der kleinen Kirche wirkte auf einmal so muffig und beklemmend wie eine Grabkammer, und ich taumelte zurück nach draußen, wo ich die Luft in tiefen, unregelmäßigen Zügen einsog.

In meiner Verwirrung kehrte ich der Hauptstraße den Rücken und fand mich auf einem schattigen, unbefestigten Weg wieder, der von riesigen Buchen mit überhängenden Ästen flankiert war, deren Blätter sacht im Wind rauschten. Mein Gesicht war feucht von Schweiß, und ein stetig stampfendes Geräusch übertönte das Klingen in meinen Ohren, als ich erschöpft innehielt und mich mit ausgestreckter Hand an einem der rissigen Baumstämme abstützte. Das Stampfen wurde immer lauter, rhythmischer, bis es schließlich als das Geräusch von Pferdehufen auf dem festgetretenen Erdreich zu erkennen war. Als ich aufblickte, sah ich ein einzelnes Pferd und seinen Reiter näherkommen. Ein graues Pferd, das einen hochgewachsenen Mann in dunkler Kleidung trug.

Ich blinzelte, das Bild vor meinen Augen verschwamm, und die Farbe des Pferdes veränderte sich, es war jetzt nicht mehr grau, sondern kastanienbraun, mit dunkel fließender Mähne und ebensolchem Schweif. Der Mann im Sattel veränderte sich ebenfalls, doch eher unmerklich, wie auf einer Töpferscheibe geformter Ton, und seine Umrisse in dem gefleckten Schatten des Weges waren nur undeutlich erkennbar. Sie kamen immer näher, und immer noch bewegte ich mich nicht und sprach nicht, stand wie festgewachsen auf der Stelle und glotzte wie der Dorfidiot.

Näher und näher kam die gespenstische Erscheinung, bis das Pferd plötzlich vor mir zum Halt gebracht wurde. Ich blickte auf. Die Sonne stand genau hinter dem Reiter. Durch die Bäume gefiltert, bildeten ihre Strahlen eine Art blendenden Ring um den dunklen Kopf des Mannes, und ich erahnte sein Lächeln mehr, als daß ich es sah.

»Hallo«, sagte er. »Sie müssen meine neue Nachbarin sein. Ich bin Geoffrey de Mornay.«

Ich vergaß vorübergehend die Regeln der Etiquette. Ich hob meine Hand, lächelte zu ihm hinauf und fiel prompt vor den Hufen seines Pferdes in Ohnmacht.

Kapitel fünf

Unser Zusammentreffen, entschied ich, als ich mit dem Kopf zwischen den Knien auf Geoffrey de Mornays Polstersofa saß, stand nicht gerade unter einem günstigen Stern. Was immer ich für einen Eindruck auf meinen illustren Nachbarn hatte machen wollen, dieser war es sicherlich nicht.

»Ich habe Ihnen etwas Wasser geholt«, sagte er und trat wieder in das Zimmer. »Nein, setzen Sie sich noch nicht auf. Wie fühlen Sie sich?«

»Gut.« Meine Stimme klang zwangsläufig etwas erstickt.

Er drückte mir das Glas Wasser in die Hand, und ich hob den Kopf, um einen Schluck zu nehmen, was mir den ersten richtigen Blick auf meinen Gastgeber ermöglichte.

Selbst ohne seine kultivierte Stimme, gut geschnittene Kleidung und kostspielige Umgebung – oder vielleicht trotz dieser Attribute – wäre Geoffrey de Mornay von meiner früheren Kollegin Bridget als »erstklassig« eingestuft worden. Bridget hätte seinen hochgewachsenen, athletischen Körperbau und das strahlend aufblitzende Lächeln bemerkt. Ich bemerkte seine klassischen Gesichtszüge und die ruhige Tiefe seiner braunen Augen.

»Vielen Dank«, sagte ich und schenkte ihm das strahlendste Lächeln, das ich in diesem Moment aufbieten konnte. Ich war mir nicht sicher, wie lange ich ohnmächtig gewesen war, aber es konnte sich nur um ein paar Minuten gehandelt haben, da die Sonne immer noch durch das große Erkerfenster hereinströmte. Ich hatte eine vage Erinnerung daran, aufgehoben und ein Stück getragen worden zu sein, doch dann wußte ich nichts mehr, bis ich vor wenigen Minuten die Augen aufgeschlagen und versucht hatte aufzustehen, woraufhin ich unsanft wieder in meine gegenwärtige, unwürdige Position zurückgeschoben worden war.

»Gern geschehen.« Er setzte sich direkt mir gegenüber in einen Sessel und beobachtete mich wachsam, als ob er erwartete, mich plötzlich aufspringen zu sehen. »Es tut mir leid, wenn wir Sie erschreckt haben. Brutus ist ein ziemlich großes Pferd, und ich vergesse oft...«

»Es war nicht Ihre Schuld, wirklich. Ich habe mich in den letzten Tagen etwas zu sehr verausgabt, und das rächt sich nun, das ist alles.«

»Sie sind sicher, daß es Ihnen wieder gut geht?«

»Ganz sicher.« Meine Stimme war fest, und nachdem er mir einen Augenblick lang ins Gesicht gesehen hatte, lächelte er.

»Dann könnten wir es vielleicht noch einmal mit dem Vorstellen versuchen«, schlug er vor, beugte sich zu mir und streckte seine Hand aus. »Geoffrey de Mornay, zu Ihren Diensten.«

»Julia Beckett.« Ich schüttelte seine Hand. Vorsichtig begab ich mich in eine aufrechte Sitzhaltung und versuchte, die Situation zu retten, indem ich Konversation machte. »De Mornay ... dann bin ich in der Kirche gerade auf einige Ihrer Vorfahren gestoßen. Ihre Familie muß eine der ältesten hier sein.«

»Das kommt auf die Betrachtungsweise an«, antwortete er mit einem Achselzucken. »Es gab zwar schon de Mornays in Crofton Hall unter der Regierung der ersten Elisabeth, aber sie haben es ein Jahrhundert später oder so verkauft. Mein Vater hat viele Jahre darauf gewartet, daß das Haus zum Verkauf angeboten wurde, und als es schließlich soweit war, kaufte er es zurück. Er war sehr an Familiengeschichte interessiert.«

Ich sah mich anerkennend um und bemerkte, wie der langgestreckte, sonnenhelle Raum mit seiner Stuckdecke und den geschmackvoll tapezierten Wänden den ganzen Charme und die Vornehmheit eines vergangenen Zeitalters ausstrahlte. »Es ist eine wunderbare Sache, diese alten Häuser zu erhalten«, sagte ich.

»Und eine teure«, entgegnete er und schwächte meine Schwärmerei mit einem Schuß Realismus ab. »Um nicht zu sagen eine unpraktische. Ein bißchen viel Platz für eine Person allein.«

»Haben Sie deshalb das Haus für Besichtigungen freigegeben?«

»Nein.« Er lächelte wieder, amüsiert. »Nein, ich bin nicht ganz so sozial eingestellt, fürchte ich. Ich habe vor ein paar Jahren staatliche Gelder für ein paar Restaurationsarbeiten beantragt, und eine der Bedingungen für die Bewilligung der Mittel war, daß ich das Haus für die Öffentlichkeit zugänglich machen muß.«

»Schön für die Öffentlichkeit«, bemerkte ich. »Mehrere Leute haben mir schon gesagt, daß es den Eintrittspreis wert sei.«

»Es ist wirklich ein wunderschönes Haus. Ich würde gleich

jetzt eine Gratisführung für Sie veranstalten, aber Sie sehen nicht so aus, als ob Sie schon wieder in der Lage dazu wären.«

Mir war tatsächlich noch etwas weich in den Knien, aber ich zog es vor, nicht über die Ursache nachzudenken. Ich lächelte. »Lieber ein andermal.«

»Natürlich. Irgendwann nächstes Wochenende vielleicht, wenn ich mich selbst wieder etwas eingerichtet habe. Ich bin gerade aus dem Urlaub zurückgekommen.«

»Ich weiß. Frankreich, nicht wahr?«

Geoffrey de Mornay lächelte, ein langsam sich ausbreitendes Lächeln, das unbewußt verführerisch und ein kleines bißchen vorwurfsvoll war. »Sie sind im Roten Löwen gewesen«, sagte er. »Ja, ich habe ein Boot im Hafen von Antibes liegen. Ich fahre gern ein- bis zweimal im Jahr dort hinunter, um es zu bewegen. Tut gut, hin und wieder aus dem Regen herauszukommen.«

»Und wer kümmert sich um Crofton Hall, wenn Sie nicht da sind?«

»Ich habe furchtbar tüchtige Angestellte, die alles für mich erledigen.« Er lehnte sich im Sessel zurück und veränderte dabei die Haltung seiner breiten Schultern. »Zwei Fremdenführerinnen, eine Haushälterin, eine Teilzeitputzhilfe, einen Gärtner – wenn es die Jahreszeit erfordert – und einen Mann, der sich um die Pferde kümmert. Es ist schon ein richtiger Betrieb, wirklich.«

»Natürlich!« Ich nickte, plötzlich verstehend. »Das erklärt es.«

»Erklärt was?«

»Entschuldigung. Ich habe nur gerade ein kleines Rätsel gelöst. Ich habe öfter einen Reiter auf Ihren Feldern gesehen, einen dunklen Mann auf einem grauen Pferd. Das muß Ihr Stallbursche gewesen sein.«

»Nicht, wenn es ein graues Pferd war. Ich habe nur Braune und Füchse in meinem Stall.« Er fuhr spielerisch mit dem Daumen an der Sessellehne entlang, wie um den Bezug zu glätten, und seine Stimme klang unbefangen, als er sprach. »Sind Sie sicher, daß es ein Grauer war?«

»Pferde sind vielleicht nicht gerade meine Stärke«, beschied ich ihm, »aber mit Farben kenne ich mich aus.«

Er grinste. »Ich vergaß. Sie sind Malerin, stimmt's? Na, ich würde mir weiter keine Gedanken darüber machen. Ich bin nicht so mittelalterlich gegenüber meinen Gebietsrechten eingestellt. Wenn jemand meinen Reitweg benutzen will, kann er das gerne tun. Wie sah er denn aus?«

Ich zuckte mit den Schultern. »Ich habe ihn nicht genau gesehen, er war zu weit weg. Er war ziemlich groß, glaube ich – obwohl das bei einem Mann im Sattel schwer zu schätzen ist, oder? Er war dunkel gekleidet, und ich bilde mir ein, daß er langes Haar hatte.«

»Klingt wie ein Junge von der Herberge. Es gibt eine Jugendherberge etwa fünf Kilometer westlich von hier«, erklärte er. »Eine ziemlich große sogar, stark von Touristen besucht. Sie verleihen dort auch manchmal Pferde.«

»Ach so.« Das war sicher eine vernünftige Erklärung. Ich leerte mein Glas Wasser, und Geoffrey de Mornay machte Anstalten aufzustehen.

»Möchten Sie noch etwas trinken?«, bot er an. »Etwas Stärkeres vielleicht?«

»Oh, nein. Mir geht es gut, wirklich.« Ich stellte das Glas auf dem Beistelltisch zu meiner Seite ab, erhob mich etwas verlegen und fuhr mir mit der Hand durch das zerzauste Haar. »Sie sind sehr nett gewesen, aber jetzt muß ich wirklich gehen. Ich habe genug von Ihrer Zeit in Anspruch genommen.«

»Nicht annähernd genug. Aber ich streite mich nie mit meinen Nachbarn.« Er stand ebenfalls auf, so daß ich das Gefühl hatte, neben ihm zusammenzuschrumpfen, und neigte galant den Kopf. »Kommen Sie, ich bringe Sie hinaus.«

Ich folgte ihm durch einen schmalen, dunklen Gang zum Seitenausgang, wo ich ihm auf der Schwelle noch einmal dankte.

»Es war mir ein Vergnügen«, versicherte er mir, lehnte sich mit einer Schulter gegen den Türrahmen und faltete die Arme über der Brust. »Eine ziemlich nette Abwechslung von meiner normalen täglichen Routine. Es kommt nicht oft vor, daß sich mir schöne, junge Damen zu Füßen werfen.«

»Ja, also«, sagte ich, und die Farbe stieg mir ins Gesicht, »es wird bestimmt nicht wieder vorkommen.«

Er lächelte zu mir hinunter, und nach einem letzten Händedruck ging ich davon. Ich hatte schon fast das Ende des sauber eingefaßten Weges erreicht, als er noch einmal sprach.

»Wie schade«, sagte er, aber ich glaube nicht, daß ich das hören sollte.

»Du solltest dich vorsehen, meine Liebe«, bemerkte mein Bruder weise, als ich ihm von meinem Zusammentreffen mit Geoffrey de Mornay erzählte. »Der Gutsherr besitzt gewisse historische Privilegien, weißt du. Darf sich die schönste Dorfjungfrau aussuchen und solche Sachen.«

»Red keinen Quatsch«, war meine Antwort.

Es war eine Woche später, am Samstagabend, und wir saßen in dem unverwechselbar schicken Ambiente von Roderick Dentons Haus in London. Die Dinnerparty war ein großer Erfolg gewesen, wie unweigerlich alle von Rods gesellschaftlichen Unternehmungen, und nicht zum ersten Mal mußte ich zugeben, daß der Rat meines Bruders genau richtig gewesen war.

Der Abend hatte mir eine willkommene Pause vom scheinbar endlosen Kreislauf des Auspackens und Einrichtens verschafft, und ich fühlte mich beinahe wieder wie ein Mensch. Außerdem bot sich mir endlich ein Grund, mal ein elegantes Kleid anstelle der Jeans und unförmigen Hemden zu tragen, in denen ich die letzten vierzehn Tage verbracht hatte. Das gab mir ein wunderbar kultiviertes, erwachsenes Gefühl. Wenn ich mich nur nicht so furchtbar gelangweilt hätte...

Zwei Wochen raus aus London, dachte ich, und schon scheinen die im Raum umherschwirrenden Gespräche nichts mehr mit mir zu tun zu haben, kommen mir flach und narzißtisch vor. Tom erwischte mich beim Gähnen und stieß mich spielerisch in die Seite.

»Ich hab dir doch gesagt, du sollst dich mit dem Wein zurückhalten«, erinnerte er mich.

»Tut mir leid«, gähnte ich wieder. »Ich glaube, ich habe meine Grenze erreicht, Tom. Ich muß gehen.«

»Na gut. Ich bringe dich zur Tür.«

»Julia, meine Liebe.« Roderick Denton kam mit ausgestreckten Armen auf mich zu und blockierte meinen Fluchtweg. »Ich freue mich so, daß du gekommen bist.«

Ich umarmte ihn. »Danke für die Einladung. Ich hatte einen wunderbaren Abend. Und sag auch Helen meinen Dank.«

»Du willst doch nicht schon gehen?«

»Leider doch. Es wartet jemand auf mich.«

»Ah ja?« Er hob, Klatsch witternd, eine Augenbraue. »Du verbringst die Nacht in der Stadt, nicht wahr?«

»Ja, bei meiner Freundin Cheryl. Du erinnerst dich doch an Cheryl, Rod? Sie arbeitet in Whitehall.«

Er runzelte die Stirn, aber nur einen kurzen Moment. »Rote Haare?« fragte er nach. »Ziemlich intelligent? Wohnt in Camden Town?«

»Jetzt in Islington«, verbesserte ich ihn. »Sie hat eine Gehaltserhöhung bekommen.«

Rod sollte dies zu schätzen wissen, überlegte ich, da er doch selbst ein gesellschaftlicher Aufsteiger war. Es war ziemlich unaufrichtig von mir, Cheryl als Ausrede zu benutzen, um die Party verlassen zu können. Sie wartete nämlich überhaupt nicht auf mich. Sie war noch nicht einmal in London. Ihr Freund hatte sie zu einem Wochenende im Lake District eingeladen, und sie hatte mir gutgelaunt ihre Wohnung für den Abend zur Verfügung gestellt, einschließlich Katze und Parkplatz.

»Wenn du ein paar Minuten wartest, kann ich jemanden finden, der dich mitnimmt«, bot Rod, stets der aufmerksame Gastgeber, an.

»Nein, danke.« Ich schüttelte den Kopf. »Mit der U-Bahn geht es genauso schnell. Und du«, riet ich Tom, »solltest auch gehen. Du wirst morgen bei deiner Predigt einschlafen.«

»Zusammen mit dem Rest der Gemeinde«, warf Rod ein, und ich kicherte.

Tom lächelte mich nachsichtig an. »Lach du nur«, forderte er mich großzügig auf. »Jedenfalls lasse ich dich in diesem Zustand nicht die U-Bahn nehmen. Ich werde dir ein Taxi besorgen.«

»Ich will kein Taxi«, protestierte ich. »Ich will die U-Bahn nehmen. Oder laufen. Ich atme gern ein bißchen frische Luft.«

Aber Tom war unnachgiebig. Er brachte mich hinunter zur Straße, winkte ein Taxi herbei, packte mich hinein und gab dem Fahrer die Adresse von Cheryls Wohnung. Sobald das Taxi um die nächste Ecke war, lehnte ich mich nach vorn und tippte dem Fahrer auf die Schulter. »Ich habe es mir anders überlegt«, sagte ich. »Zur U-Bahn-Station Embankment, bitte.«

Aber vielleicht hätte ich doch im Taxi bleiben sollen. Der Eingang zur U-Bahn war von Ansammlungen junger Leute verstopft, und das Gedränge der Bier und Samstagnachtschweiß ausdünstenden Körper gab mir ein klaustrophobisches Gefühl. Ich hatte eigentlich die Nord-Linie direkt bis hinauf nach Islington nehmen wollen, doch der grell erleuchtete U-Bahn-Schacht erschien mir plötzlich wenig einladend. Schließlich habe ich es ja nicht eilig, sagte ich mir. Ich konnte auch noch ein Stück am Fluß entlangschlendern und dann eine Station weiter in die Circle-Linie einsteigen. Mit einem letzten Blick auf die lärmende Menge lenkte ich meine Schritte auf das weichere Licht der Straßenlampen an der Uferpromenade und die Millionen von glitzernden Lichtspiegelungen auf der schlummernden Themse zu.

Hinter mir, auf der anderen Seite der Westminster-Brücke, wölbte sich die imposante Fassade des alten County Hall Gebäudes, und vor mir ragte die vertraute, hell angestrahlte Kuppel von St. Paul wie ein Leuchtfeuer in den Nachthimmel. Es war eine wunderbare Nacht, überraschend ruhig und recht mild, trotz der Feuchtigkeit. Ich ging weiter, an Cleopatra's Needle mit den wachsamen Sphinxen vorbei, vorbei an der drohend aufragenden Masse von Somerset House und dem eher majestätischen Tor, das zum Temple und zu den Inns of Court führte.

Anfangs genoß ich das Gefühl des Alleinseins. Aber nach einigen Minuten machte meine weinselige Selbstzufriedenheit allmählich einem schleichenden, wachsamen Unbehagen Platz. Immerhin war es schon recht spät am Abend, und so schön es am Flußufer auch sein mochte, so war es doch nicht der beste Ort für eine Frau, um dort nachts allein spazierenzugehen. Ich beschleunigte meine Schritte, irgendwie beunruhigt. An der nächsten U-Bahn-Station, versprach ich mir selbst, würde ich hinuntersteigen. Für diese Nacht war ich genug gelaufen. Außerdem hatte ich etwas mehr getrunken, als ich sollte, und ich fühlte mich auf einmal furchtbar müde. Mein Gang wurde ein wenig schwankend, unsicher, und mein Kopf fühlte sich seltsam leicht an und war von einem merkwürdigen, klingenden Geräusch erfüllt.

Eine Minute später hatte ich den Plan, mit der U-Bahn zu fahren, völlig aufgegeben und schwenkte vom Flußufer ab, um nach einem Taxi zu suchen. Aber weit und breit war keines in Sicht, und je mehr ich in dem Gewirr von Straßen Ausschau hielt, desto mehr verirrte ich mich. Die Straßen verengten sich zuerst zu Sträßchen, dann zu Gassen, und wurden nach und nach immer düsterer und holpriger, während das Klingen in meinen Ohren ständig anschwoll. Nachdem ich ein paarmal die falsche Abzweigung genommen hatte, stieß ich schließlich auf eine Straße, die mir bekannt vorkam – eine verwinkelte Gasse mit Fachwerkhäusern, deren dichtaneinandergedrängte, überstehende oberste Stockwerke bemalt und mit Schnitzwerk versehen waren. Als ich an einem überdachten Hauseingang vorbeikam, trat ein kleiner, zerlumpter Junge daraus hervor und hielt eine Laterne in die Höhe. »Brauchen Sie Licht, Mistress?« fragte er hoffnungsvoll, aber ich schüttelte den Kopf und eilte weiter.

Etwas weiter die Straße hinunter hielt ich an einem der dicht gedrängten Häuser an und schlug mit dringlichem Klopfen an die Tür. Es schien lange zu dauern, bevor auf mein Klopfen schließlich eine kleine Frau mittleren Alters mit freundlichen Augen und unscheinbarem Gesicht erschien. Sie war im Nachthemd und hatte zum Schutz gegen die Nachtkühle einen Schal um Kopf und Schultern gewickelt.

Als sie mich sah, weiteten sich ihre Augen vor Erstaunen. »Mein Kind! Was machst du dort draußen zu nachtschlafener Zeit? Komm herein ... komm herein und wärme dich auf!«

Ich wurde praktisch über die Schwelle gezogen und vor ein knisterndes Feuer gesetzt. Ich starrte in die Flammen, von einer hohlen Kälte erfüllt, die die Wärme des Feuers nicht erreichen konnte.

»Meine Mutter ist krank«, sagte ich.

Die Frau sah mich an, und zwischen uns entstand ein schmerzliches Verstehen, das sprechender war als Worte.

»Seit wann?« fragte sie.

»Es kam ganz plötzlich.« Meine Stimme klang hölzern. »Beim Abendessen. Jetzt hat sie schon Fieber und erkennt mich nicht mehr. Die Bediensteten haben mich aus dem Haus geschickt.«

»Daran haben sie recht getan. Du kannst nicht dorthin zurückkehren.« Sie ließ sich schwerfällig neben mir nieder. »Aber hier kannst du auch nicht bleiben. Meine Nachbarn fürchten die

Krankheit zu sehr. Sie würden es nicht zulassen.« Sie schwieg lange und dachte nach. »Du wirst aufs Land gehen«, sagte sie endlich. »Zum älteren Bruder deiner Mutter.«

»Zu meinem Onkel Jabez?« Ich biß mir auf die Lippe.

Sie kannte den Grund meiner Befürchtungen. »Er ist zwar nicht wie dein Onkel John, Gott sei seiner lieben Seele gnädig. Aber er ist hochgeachtet und ein ehrlicher Mann. Ich werde dir morgen einen Platz in der Kutsche besorgen. Hast du nichts von zu Hause mitgenommen?«

Ich schüttelte den Kopf, und sie runzelte die Stirn. »Du wirst ein paar Kleider brauchen. Meine Tochter Ellen hat ungefähr die gleiche Größe wie du. Sie dürfte etwas Passendes haben.«

Sie erhob sich von ihrem Hocker und eilte geschäftig auf die schmale Treppe zu. Ich rührte mich in schwachem Protest.

»Tante Mary...«.

»Mariana.« Ihre Stimme klang fest. »Es ist der Wille des Herrn. Die Sache ist entschieden.«

Das tanzende Feuer flackerte, wurde schwächer und verschwand.

Ich blinzelte. Ich stand in der Blackfriars Lane inmitten von Bauschutt auf einem dunklen und leeren Grundstück. Es hatte zu regnen begonnen, ein kalter, anhaltender Frühlingsregen, und ein vorbeifahrendes Auto spritzte eisige Gischt auf, deren Kälte meinen ganzen Körper durchdrang und mich mit den Zähnen klappern ließ. Wenige Häuser weiter strömten gelbliches Licht und Gelächter vermischt mit Musik durch die offene Tür des örtlichen Pubs, und ich lenkte meine taumelnden Schritte in diese Richtung.

Das Taxiunternehmen reagierte schnell auf meinen Anruf. Ich ließ mich für die kurze Fahrt nach Islington auf den Rücksitz sinken und verkroch mich in die schattige Ecke, wo ich für die Lichter der schnell vorbeifliegenden Straßenlampen nicht erreichbar war.

Im Taxi war es nach dem Regenwetter draußen überhaupt nicht kalt; aber ich zitterte und zitterte, als würde mir nie wieder warm werden.

Kapitel sechs

»Mariana.« Vivien schmeckte den Namen auf ihrer Zunge wie einen Wein von fragwürdigem Jahrgang und legte ihren blonden Kopf stirnrunzelnd in den Nacken. »Nein, ich erinnere mich nicht, von jemandem mit diesem Namen gehört zu haben. Du vielleicht, Ned?«

Ohne von seiner Zeitung aufzusehen, verneinte der Barmann mit einem Kopfschütteln, und Vivien fuhr fort, den Kassenbericht zu machen.

»Ein ziemlich ungewöhnlicher Name, oder?« bemerkte sie. »Altmodisch.«

»Komisch, daß du diesen Ausdruck verwendest.« Ich lächelte in mein Glas Orangensaft, und sie sah interessiert von ihrer Arbeit auf.

»Du hast wohl alte Liebesbriefe unter den Dielenbrettern gefunden?« fragte sie.

»So etwas Ähnliches. Es ist wirklich nicht wichtig.« Ich stellte mein Glas auf dem Tresen ab und warf einen Blick auf den leeren Tisch in der Ecke.

»Wie ich sehe, sind die Jungs heute gar nicht da.«

Vivien folgte meinem Blick und lächelte. »Es ist noch früh.«

Ich sah auf meine Armbanduhr und stellte einigermaßen überrascht fest, daß es erst halb eins war. Zugegebenermaßen noch etwas zu früh für die guten Leute von Exbury, um schon in den Pub zu eilen, besonders an einem Sonntag. Mir dagegen kam es vor, als sei es schon mitten am Nachmittag.

Ich hatte die Nacht zuvor schlecht geschlafen. »Geschlafen« war im Grunde das falsche Wort, da ich den größten Teil der Nacht mit aufgerissenen Augen in die Dunkelheit gestarrt und die leuchtende Digitalanzeige der Nachttischuhr dabei beobachtet hatte, wie sie die Minuten abzählte, eine nach der anderen.

Ich hatte diese seltsamen und beängstigenden Augenblicke in der Blackfriars Lane von neuem durchlebt, sie in meinem Kopf hin- und hergewendet, bis ich das Gefühl hatte, langsam verrückt zu werden. Das Erlebnis gehörte nicht zu der Sorte Erfahrungen, über die ich mit irgend jemandem sprechen konnte, wirklich nicht. Tom hätte mir vielleicht zugehört, aber es war Sonntag, und Tom war sonntags nicht verfügbar. Am Frühstückstisch in der einsamen Londoner Wohnung hatte Cheryls Katze mich nur ausdruckslos angestarrt.

»Was meinst du?« hatte ich sie gefragt. »Bin ich dabei, wahnsinnig zu werden?« Die Katze hatte einfach weitergestarrt. Von der Seite waren also keine Antworten zu erwarten, entschied ich. Also war ich nach Hause gefahren.

Merkwürdig, dachte ich, wie dieses kleine, verschlafene Dorf so schnell zu meiner Heimat geworden war. Noch merkwürdiger, wie London, wo ich so viele Jahre verbracht hatte, mir jetzt seltsam fremd und weit entfernt schien.

»War es schön, mal wieder in der Stadt zu sein?« nahm Vivien mit fast unheimlicher Treffsicherheit meine Gedanken auf.

»Weißt du«, sagte ich nachdenklich, »ich habe gerade überlegt, wie schön es ist, aus London *heraus* zu sein. Zu Hause zu sein.«

Sie nickte verständnisvoll. »Wenn man hier lange genug lebt, kommt einem London allmählich ziemlich unwirklich vor. Die Menschen sind so angespannt dort. Ich frage mich oft, wie überhaupt jemand diesen Streß aushalten kann, Tag für Tag. Was meinst du dazu, Iain?«

Ich schreckte von meinem Sitz auf und drehte mich um. Wie immer hatte ich sein Kommen nicht gehört.

»Ich? Ich habe nichts übrig für London«, sagte Iain Sumner, lehnte einen Ellbogen auf den Tresen und kreuzte seine Füße mit den schweren Stiefeln übereinander.

»Du schleichst wie eine verdammte Katze«, beschuldigte ich ihn gereizt. Meine Nerven lagen bloß durch den Schlafmangel. Er wandte seinen Kopf, um mich anzusehen, und hob eine Augenbraue in einem sonst unergründlichen Gesicht.

»Es tut mir leid«, sagte er gelassen. »Möchtest du, daß ich pfeife oder so etwas, damit du weißt, daß ich komme?«

»Das wäre doch eine Idee.« Vivien lachte, ihre blauen Augen funkelten. Ich hatte den deutlichen Eindruck, daß sie Iain Sumner sehr gern mochte. »Willst du dein übliches Gift?«

»Ja.« Er nickte und sah zu, wie sie ihm ein Glas mit schäumendem, dunklem Bitterbier zapfte. Er zog ein zerdrücktes Päckchen Zigaretten aus der Hemdtasche, klopfte eine heraus und sah mich fragend an. »Stört es dich?«

»Daß du rauchst?« Ich schüttelte den Kopf. »Überhaupt nicht.«

»Danke.« Er zündete sich die Zigarette an, wobei er das aufflammende Streichholz mit seinen erdigen Händen abschirmte und Viviens mißbilligenden Blick ignorierte.

»Ich dachte, du hättest das aufgegeben«, sagte sie.

»Das denkt meine Mutter auch.« Er sah sie mit unschuldigem Blick an. »Ich komme übrigens mit einem Auftrag vom Herrenhaus. Geoff sagt, er habe die Papiere gefunden, nach denen du gefragt hast, diejenigen, die er für die Geschichte des Gutshauses durchgesehen hat, und möchte wissen, ob du ihn heute abend auf einen Kaffee einladen würdest, damit er dir und Julia den Kram zeigen kann.«

»Ob ich ihn einladen würde? Hört euch diese Frechheit an!« Vivien grinste breit. »Was ist los, werden Bauern sonntags nicht empfangen im Herrenhaus?«

Iain hob sein Glas zum Mund und zuckte mit den Schultern. »Wahrscheinlicher ist, daß die Putzhilfe länger nicht da war. Du kennst doch Geoff. Und er hat eine ziemliche Unordnung veranstaltet, als er nach diesen Papieren suchte.«

»Na schön«, kapitulierte Vivien, »sag ihm, er könne sich als eingeladen betrachten. Das heißt, wenn Julia heute abend Zeit hat. Hast du?«

Ich nickte.

»Gut. Sagen wir um sieben Uhr? Iain?«

Seine Augenbrauen hoben sich wieder. »Bin ich etwa auch eingeladen?«

»Du bist immer eingeladen.«

»Dann solltest du besser für etwas zu essen sorgen.«

»Ich werde ein paar Sandwiches machen«, versprach Vivien feierlich. »Übrigens, sagt dir der Name ›Mariana‹ irgend etwas?«

»Shakespeare«, lautete seine spontane und höchst unerwartete Antwort.

»Shakespeare?« echote ich, und er nickte.

»Angelos hinterhältige Verlobte in *Maß für Maß*.«

»Ach so.«

»Sollte mir der Name noch etwas anderes sagen?«

»Nein, es ist nicht wichtig«, antwortete ich. »Ich bin nur... beim Aussortieren... in einem Brief auf den Namen gestoßen und habe mich gefragt, ob jemand wohl weiß, wer sie war.« Niemand bemerkte mein leichtes Stolpern bei der Lüge.

»Nun, ich bin vermutlich nicht die richtige Person für solche Fragen«, räumte Iain mit einem leichten Lächeln ein. »Deine Tante Freda könnte etwas wissen«, sagte er zu Vivien gewandt. »Oder einer der Jungs.« Er deutete mit dem Kinn auf den leeren Tisch in der Ecke.

»Es ist wirklich nicht wichtig«, wiederholte ich. Es tat mir schon fast leid, daß ich Vivien überhaupt danach gefragt hatte. Schließlich konnte mein seltsames Erlebnis in der Blackfriars Lane vergangene Nacht auch einfach auf zuviel Alkohol zurückzuführen sein oder auf zuviel Streß... oder auf eine latent vorhandene Spur von Wahnsinn, die fest im Geflecht meines Erbgutes verwoben war. In jedem Fall war die Wahrscheinlichkeit gering, daß die junge Frau namens Mariana und ihre besorgte Tante Mary jemals existiert hatten. Zumindest wollte ich das glauben. Denn wenn es *wirklich* eine Mariana gegeben hatte, würde das bedeuten, daß ich...

»Gut.« Iain setzte sein Glas mit einem zufriedenen Knall auf dem Tresen ab und unterbrach damit meine Gedanken. »Ich muß los.«

»Du vergißt doch nicht, Geoff meine Nachricht auszurichten?« fragte Vivien, und Iain drehte sich an der Tür noch einmal um.

»Nein, ich werde nicht vergessen, Geoff deine Nachricht auszurichten. Aber weißt du«, grinste er, »andererseits könntest du auch lernen, das Telefon zu benutzen, um meine müden Beine zu schonen.«

»Der Spaziergang wird dir guttun«, gab sie prompt zurück.

»Zweifellos. Ich sehe euch also heute abend.«

»Er ist wirklich ein sehr netter Kerl«, sagte Vivien, als die Tür hinter ihm zuschlug.

»Und er liest Shakespeare.«

Sie grinste. »Das hat dich überrascht, stimmt's? Iain hat Englisch in Cambridge studiert, ob du's glaubst oder nicht. Dort haben er und Geoff sich auch kennengelernt.«

»Wirklich? Und jetzt züchtet er Schafe?«

»Mmm. Er ist einfach mit Leib und Seele Bauer, unser Iain. Er hätte eine Menge Möglichkeiten gehabt – ich meine, er ist finanziell gut versorgt, und er kann ziemlich genial sein, wenn er will. Aber ich glaube, er ist am glücklichsten, wenn er in der Erde herumwühlen kann.«

»Und was hat Geoffrey de Mornay in Cambridge studiert?« fragte ich mit dem, wie ich hoffte, richtigen Grad an Desinteresse in der Stimme.

»Politik, glaube ich. Nicht, daß er es nötig gehabt hätte. Es war eigentlich nie eine Frage, wie Geoffs Zukunft aussehen würde.« Sie lächelte. »Sein Vater hat Morland Electronics gegründet.«

»Verstehe.« Das war ein kleiner Schock. Das blutrote Morland-Firmenzeichen war ungefähr genauso bekannt wie die Silhouette von Stonehenge und etwa genauso ehrfurchtgebietend. Von einer kleinen Firma, die zu Kriegszeiten Funkausrüstungen hergestellt hatte, war Morland zu einem der größten multinationalen Konzerne Großbritanniens herangewachsen. Seine jährlichen Gewinne, schätzte ich, mußten einige Milliarden Pfund betragen.

»Du hast ihn noch nicht kennengelernt, oder?« fragte Vivien.

»Doch, habe ich. Letzten Donnerstagabend. Wir sind quasi ineinandergelaufen, auf dem Weg hinter der Kirche.«

»Tatsächlich? Komisch, daß er es nicht erwähnt hat.« Sie betrachtete mich neugierig. »Er sieht verdammt gut aus, oder? Ich denke manchmal, es ist nicht fair, daß ein einziger Mensch so viel Geld und dann noch dieses Aussehen hat.«

»Ich kann mir vorstellen, daß jedes Mädchen im Dorf hinter ihm her ist«, sagte ich. Das war ein schamloser Aushorchversuch, und Vivien mußte wieder lächeln.

»Ich war selbst einmal hinter ihm her«, gab sie zu, »als ich noch zur Schule ging. Wenn du denkst, daß er heute gut aussieht, hättest du ihn damals sehen sollen. Er hatte gerade fünf Jahre in Kalifornien verbracht und war wunderbar gebräunt, sprach sogar mit einem leichten amerikanischen Akzent.« Sie schloß halb die Augen in genüßlicher Erinnerung. »Aber das verlor sich natürlich bald. Cambridge hat es ihm ausgetrieben.«

»Kalifornien?« Das erstaunte mich. »Was hat er dort getan?«

Sie zuckte die Achseln. »Geoffs Eltern ließen sich scheiden, als er elf Jahre alt war. Seine Mutter verschwand mit jemand anderem, und Geoff ging mit seinem Vater nach Amerika. Morland hat ein großes Büro dort, soweit ich weiß, in der Nähe von San Francisco. Jedenfalls war Geoff sechzehn, als sie schließlich zurückkamen. War eine ganz schöne Umstellung für ihn, kann ich dir sagen«, bemerkte sie mit einem neuen Lächeln. »Er hat sich immer noch nicht mit dem Klassensystem hier angefreundet, und damals war er noch schlimmer – er hat schlichtweg mit allen geredet. Sogar mit mir«, fügte sie grinsend hinzu. »Du mußt wissen, wir lebten zu der Zeit unter demselben Dach, daher war es das mindeste, was man an Höflichkeit erwarten konnte, aber es hat trotzdem ein paar befremdete Blicke gegeben. Tut es manchmal immer noch.«

Ich runzelte leicht die Stirn, während ich versuchte, ihr zu folgen. »Du hast in Crofton Hall gewohnt?« fragte ich nach. »Als du jünger warst?«

»Ja. Entschuldige, ich vergaß, daß du das nicht wissen kannst.« Sie schenkte mir ein schnelles, leicht verlegenes Lächeln. »Ich muß mich dauernd selbst daran erinnern, daß wir uns ja gerade erst kennengelernt haben, weißt du. Manchmal kommt es mir vor, als ob wir schon seit Jahren befreundet wären, geht dir das auch so? Jedenfalls, ja, es stimmt, ich habe als kleines Mädchen im Gutshaus gewohnt. Meine Tante hat Geoffs Vater das Haus geführt, und ich habe bei ihr gelebt. Meine Eltern«, erklärte sie, bevor ich fragen konnte, »sind bei einem Zugunglück umgekommen, vor vielen Jahren. Ich kann mich kaum noch an sie erinnern. Tante Freda hat mich aufgezogen und alles in allem ziemlich gute Arbeit geleistet, obwohl ich sicher bin, daß sie mir jedes einzelne ihrer grauen Haare verdankt.« Sie lächelte angesichts ihrer Erinnerungen. »Eines Abends fand sie heraus, daß ich mit Geoff im Kino war, und das war es dann. Sie führte mich sofort mit all meinen Koffern über die Straße zum Haus meiner Großmutter. *Ihre* Nichte würde nicht zum Gegenstand des Dorfklatsches werden. Arme Tante Freda.«

Ich zog müßig mit meinem Glas ein Muster auf den Tresen. »Dann warst du mit Geoffrey de Mornay...«

»Um Gottes willen, nein. Es war nichts Ernstes. Überhaupt hatte Geoff noch nie etwas richtig Ernstes, wenn ich es mir recht überlege.« Viviens Lächeln breitete sich über ihr Gesicht aus, als sie mir in die Augen sah. »Bis jetzt.«

Ich errötete ein wenig und nahm schnell einen Schluck Saft.

»Bist du sicher, daß du nicht noch etwas Stärkeres willst?«

»Ganz sicher«, sagte ich und sah auf meine Uhr. »Ich sollte mich jetzt sowieso auf den Nachhauseweg machen. Ich muß immer noch mein Atelier fertig einrichten, und wenn ich Glück habe, kann ich mich vor heute abend noch ein wenig hinlegen. Ich habe nicht gut geschlafen in London.«

»Du siehst wirklich müde aus«, sagte Vivien. »Wir können die Geschichtsstunde auch verschieben, wenn du möchtest.«

»Oh nein, ich werde schon wieder munter werden. Um sieben, richtig?«

Sie nickte. »Komm einfach zur Hintertür. Das ist der Eingang zu meiner Wohnung. Ned kann sich einen Abend mal allein um die Gäste kümmern, nicht wahr, Schätzchen?«

Am anderen Ende der Bar blätterte Ned eine Seite des Sportteils um. »Ja, klar«, sagte er.

Etwas in meinem Gesicht mußte verraten haben, was ich davon hielt, daß Ned die Bar allein bedienen sollte, denn Vivien lachte laut auf.

»Siehst du, was du für einen Eindruck auf das Mädchen gemacht hast, Ned?« fragte sie ihn. »Sie kann sich überhaupt nicht vorstellen, wie du arbeitest.«

»Sie hat mich noch nicht in Aktion gesehen«, entgegnete Ned mit einem lässigen Achselzucken.

Vivien senkte ihre Stimme und wies mit dem Kopf in Richtung ihres Mitarbeiters. »Eigentlich behalte ich ihn nur, weil er so gut zur Einrichtung paßt«, vertraute sie mir an. »Aber er bewegt sich tatsächlich ab und zu von der Stelle. Ziemlich aufregend mitanzusehen.«

»Mach nur so weiter«, forderte der Barmann sie ruhig heraus, »und heute abend ist an den Zapfhähnen Selbstbedienung, Schätzchen. Freibier auf Kosten des Hauses.«

Ich mußte lachen. »Soll ich etwas mitbringen für heute abend?«

»Nur dich selbst. Bist du sicher, daß es dir nicht zuviel ist?«

»Ein paar Stunden Schlaf, und ich bin wie neu«, versicherte ich ihr.

Ich fühlte mich wirklich erschöpft. Doch statt direkt vom Roten Löwen aus nach Hause zu gehen, wandte ich mich aus irgendeinem Grund nach rechts und spazierte wieder die Dorfstraße entlang auf die Kirche zu.

Offensichtlich hatte es hier vergangene Nacht geregnet, genau wie in London. Abgesehen von dem verräterisch bedeckten Himmel war das Pflaster noch feucht, und der Geruch von Erde, nassem Gras und regendurchtränkten Blumen hing schwer in der Nachmittagsluft. Man hätte mit einer Kanone auf die Straße schießen können, ohne eine Menschenseele zu treffen, so ruhig war das Dorf, aber hier und da bezeugten schlammige Fußspuren auf dem kopfsteingepflasterten Gehweg, daß immerhin einige Leute früh genug aufgestanden waren, um am Morgengottesdienst teilzunehmen.

Fußspuren waren auch auf dem überschatteten Weg zu sehen, der zum Herrenhaus führte. Iain Sumners Fußspuren, schloß ich, da eine doppelte Reihe zum Haus führte, aber nur eine einfache in die Gegenrichtung. Einer spontanen Regung folgend, verließ ich die Straße und betrat den Weg, wobei meine Schuhe schmatzende Geräusche auf dem trocknenden Schlamm machten. Es ist einfach nur müßige Neugier, sagte ich mir. Ich hatte mir das Haus bei meinem letzten Besuch nicht richtig angesehen und glaubte nicht, daß Geoffrey de Mornay etwas dagegen hätte, wenn ich mich ein wenig umsah.

Der Weg lag ruhig und verlassen da. Zu meiner Linken konnte ich durch die dicht gepflanzten Bäume hindurch gerade noch die Umrisse der Kirche erkennen, deren Mauern aus gelblichem Stein jetzt, da kein Sonnenlicht darauf fiel, stumpf wirkten. Der Pfad wand sich in einer enganliegenden Biegung um eine Ecke des Friedhofs herum und streckte sich dann wieder, um in gerader Linie zum Herrenhaus zu führen. Vor mir erhob sich einschüchternd das Parktor für Fußgänger, ein freistehender Torbogen, der aus blassem Kalkstein gehauen war und von einem mit Ornamenten versehenen Gesims und einer Kugel gekrönt wurde. Ein seitlich des Tores aufgestelltes Schild verkündete höflich: »Willkommen auf Crofton Hall. Dieser Flügel ist privat. Besucher werden gebeten, den Osteingang zu benutzen, der von der Hauptstraße aus zu erreichen ist.«

Eine ziemlich nette Art, Leuten mitzuteilen, daß sie verschwinden sollen, dachte ich. Man mußte noch nicht einmal denselben Weg zurückgehen. Ein kleines, schwingendes Gatter, das auf der linken Seite in die niedrige Mauer eingelassen war, führte auf den Friedhof und bot eine Abkürzung zurück zur Hauptstraße.

Zu meiner Rechten stand, auf gleicher Höhe mit der Vorderfront des imposanten Parktores, ein langgestrecktes, niedriges Gebäude mit einem Dach aus Steinziegeln. Der angenehm strenge Geruch, der durch die weit geöffnete Tür drang, sagte mir sofort, daß es sich um die Ställe handelte. Mein Zögern dauerte nur einen kurzen Moment. Noch nie hatte ich der fast magnetischen Anziehung, die Pferde auf mich ausübten, widerstehen können. Das Gutshaus selbst vergaß ich völlig und strebte auf die Doppeltür aus dicken Brettern zu. Nachlässig schlug ich nach einer Fliege, die um mein Ohr herum brummte.

Das Stallgebäude war unverkennbar alt, aus einem groben, grauen Stein gebaut, der dem glich, der für mein Haus verwendet worden war. Sandsteinblöcke, hatte Vivien gesagt. Die Fliege schwirrte wieder an mir vorbei, mit noch lauterem Brummen, und ich verjagte sie abermals. Der Duft und die Wärme der Ställe umgaben mich, und ich hielt einen Moment inne, um meine Augen an das Dämmerlicht zu gewöhnen.

Es gab sieben Fensternischen, und die meisten der zweigeteilten, holzgerahmten Fenster enthielten noch die ursprüngliche Bleiverglasung, vor der bläulich schimmernde Fliegen zufrieden summten. In sechs der neun Stallplätze standen Pferde, deren Farben von Tiefschwarz bis zu einem goldschimmernden Kastanienbraun reichten. Aber es war das graue Pferd in der Eckbox am anderen Ende, das meine Aufmerksamkeit erweckte und von dem ich meinen Blick nicht lösen konnte.

Es war ein Hengst von gut einem Meter sechzig Stockmaß, mit stolz geschwungenem Hals und edlem Gesicht, das von brennender Hitze, Sandstürmen und Wüste und den weit entfernten Königreichen der Söhne Allahs sprach. Als ich mich näherte, wandte mir der Graue seinen Kopf mit den dunklen, etwas forschend blickenden Augen zu und schnaubte sanft. Ich streckte eine Hand aus, um seine samtige Nase zu streicheln, und die fein gezeichneten Nüstern bebten zur Antwort und sogen meinen Geruch ein.

»Hallo Navarre«, begrüßte ich ihn liebevoll, »wie geht's dir, mein Schöner?«

Der Hengst schmiegte sein Maul in meine Hand, auf der Suche nach einer unerlaubten Nascherei. Und er hätte wohl auch eine bekommen, wenn ich nicht in diesem Moment näher kommende Schritte gehört hätte – schwere, sichere Schritte, die von einem fröhlichen, unmusikalischen Pfeifen begleitet wurden. Ich fuhr schuldbewußt zur Tür herum, meine Hände hinter dem Rücken verborgen wie ein ungezogenes Schulmädchen.

Aber niemand kam herein.

Die Fliegen brummten lauter gegen die Fensterscheiben und übertönten das Geräusch meines schnell schlagenden Herzens, als ich in die plötzlich grelle, elektrische Beleuchtung blinzelte, die vor einem Augenblick noch nicht dagewesen war. Verschwunden waren die bleigefaßten Fensterscheiben, ersetzt durch energiesparende Doppelverglasung. Verschwunden waren auch die alten, schmalen Stallplätze, an ihrer Stelle befanden sich nun fünf geräumigere, untadelig sauber gehaltene Boxen. Und das hinter mir stehende Pferd war, als ich den Mut aufbrachte hinzusehen, kein Grauer mehr, sondern ein dunkler Rotbrauner, der mich von seiner sicheren Warte an der hinteren Wand neugierig beobachtete.

Ich nahm mir keine Zeit zu analysieren, was gerade geschehen war. Ich rannte. Ich rannte aus dem Stall hinaus, über den Fußweg und durch das Schwinggatter in die stille Zuflucht des Friedhofs hinein, und wenn ich nicht mit dem Fuß an einer herausragenden Baumwurzel hängengeblieben wäre, wäre ich wahrscheinlich immer weitergerannt.

Aber so landete ich mit ausgestreckten Gliedern unrühmlich in einem Gewirr von Unkraut, das sich vom Boden bis zur Friedhofsmauer hinaufrankte, und war gezwungen, einige Augenblicke ganz still zu liegen, weil der Sturz mir den Atem geraubt hatte. Und während ich dort lag, nach Luft schnappte und entgegen jeder Wahrscheinlichkeit hoffte, daß mich niemand in dieser unwürdigen Lage sah, fiel mein herumirrender Blick auf einen verwitterten Grabstein, nicht weit von meiner Hand entfernt.

Es war ein alter Stein, der sich in einem unmöglichen Winkel neigte und so dicht von Efeu überwuchert war, daß man nur den Vornamen der Person lesen konnte, die darunter begraben lag:

Mariana...

Kapitel sieben

Der Zugang zu Viviens Privaträumen auf der Rückseite des Roten Löwen führte durch einen der wunderbarsten Gärten, die ich je gesehen hatte – es war die Art von Garten, die man immer in Reiseführern sieht, versehen mit der Unterschrift »Ein englischer Garten auf dem Land«. Oder jedenfalls würde er das im Sommer sein, wenn alles in voller Blüte stand. Sogar jetzt, Mitte Mai, war der Garten herrlich üppig, und in jeder Ritze der alten Steinmauer, die ihn umgab, klammerten sich winzige Blüten fest. Ich blieb einen Moment auf der Hintertreppe stehen, versunken in stille Bewunderung.

»Achtung, ich bin hinter dir und komme auf dich zu«, verkündete Iain Sumner aus einigen Metern Entfernung. »Na«, fragte er, als er zu mir auf die Stufen trat, »war das besser?«

Ich schüttelte lachend den Kopf. »Leider nein. Ich bin trotzdem zusammengefahren.«

»Nun«, seufzte er, »dann müssen wir uns etwas anderes ausdenken. Ich will doch nicht, daß du meinetwegen einen Herzinfarkt bekommst.«

»Hallo!« Geoffrey de Mornay kam um die Hausecke gebogen, merkwürdig elegant selbst in Jeans und sportlichem Hemd. Sein Gruß war an Iain gerichtet, aber sein Lächeln, wie ich mir einbildete, an mich.

»Warum solltest du einen Herzinfarkt bei ihr auslösen?« fragte er.

Iain grinste. »Weil ich mich wie eine verdammte Katze bewege.«

»Wie bitte?«

»Er schleicht sich immer an mich heran«, erklärte ich.

Iain reagierte beleidigt darauf und hob die Augenbrauen in gespielter Empörung. »Ein Schotte«, informierte er mich, »schleicht nicht.«

»Wie auch immer. Ich höre ihn nie kommen.«

Geoff runzelte die Stirn. »Du könntest schwerere Stiefel tragen, zum Beispiel«, schlug er vor, aber Iain schüttelte den Kopf.

»Schwerer als diese geht nicht.«

Wir blickten alle drei mit nachdenklichen Mienen auf Iains schlammbespritzte Stiefel hinunter, bis ein gewichtiges Räuspern uns gleichzeitig die Köpfe heben ließ.

»Hallo.« Vivien strahlte uns von der offenen Tür her an. »Wollt ihr drei hereinkommen, oder soll ich zu euch rauskommen?«

»Hallo, Viv.« Geoff beugte sich vor, um sie auf die Wange zu küssen. »Danke für die Einladung.«

Er glitt an ihr vorbei ins Haus, und Iain und ich folgten ihm auf den Fersen. Vivien schloß die Tür hinter uns mit einem Kopfschütteln. »Was habt ihr denn bloß da draußen gemacht?«

»Meine Stiefel betrachtet«, gab Iain zur Antwort, wobei er das fragliche Schuhwerk von den Füßen streifte und auf Socken in die kleine Küche schlenderte. Er trug ebenfalls Jeans und ein Flanellhemd, und ich wäre mir in meinem Rock und meinem Pullover beinahe zu elegant vorgekommen, hätte Vivien nicht ein Kleid getragen, ein schön geschnittenes, dunkelblaues Kleid, das ihr blondes Haar vorteilhaft zur Geltung brachte.

»Du hast einen wunderschönen Garten«, sagte ich ihr, worauf sie lächelte.

»Danke, aber das Lob gebührt nicht mir. Iain hat die meiste Pflanzarbeit geleistet.«

»Gibt es hier irgendeinen Garten, bei dem er *nicht* die Finger im Spiel hat?«

»Wahrscheinlich nicht«, antwortete Iain selbst über die Schulter, während er im Kühlschrank stöberte. »Ich mag Gärten. Kann es nicht leiden, sie verkommen zu sehen.« Er richtete sich mit einem Sandwich in der Hand auf. »Es gab übrigens auch einmal einen hübschen Garten oben bei deinem Haus. Der alte Eddie hat ihn verwuchern lassen. Wollte sich nicht damit abgeben.«

»Der Garten, in dem die Grüne Frau erschien.«

»Genau«, mischte sich Geoff ein und setzte sich auf das lange Sofa in dem kombinierten, großzügigen Wohn- und Eßraum. »Du hast nach dem örtlichen Legendenschatz gegraben, stimmt's?«

»Ich finde so etwas faszinierend. Ich hatte noch nie einen Geist.«

»Du hast auch jetzt nicht unbedingt einen«, schränkte er ein.

»Die Grüne Frau ist nicht mehr gesehen worden, seit ich im Sandkasten gespielt habe. Es sei denn, du hast sie selbst gesehen in letzter Zeit?«

»Nein, leider nicht.« Vivien durchquerte den Eßbereich und gab Geoff ein Glas mit einer hellen, bernsteinfarbenen Flüssigkeit.

»Sie hat dafür alte Briefe gefunden, die irgendwo versteckt waren«, erzählte sie ihm. »Hat dort einmal eine Mariana gelebt, weißt du etwas darüber?«

»Mariana...« Geoff nippte gedankenvoll an seinem Drink. »Ich bin mir nicht sicher. Kennst du ihren Nachnamen?«

»Farr«, sagte ich und ergänzte als Antwort auf Viviens fragenden Blick, »ich habe ihr Grab auf dem Friedhof gefunden.«

»Mariana Farr. Nein, ich kann mich nicht erinnern. Aber vielleicht ist sie ja hier erwähnt.« Er tippte auf den dicken Ordner, den er mitgebracht hatte und der jetzt auf dem niedrigen Couchtisch vor seinen Knien lag, flankiert von Tabletts mit sorgfältig arrangierten Käsehäppchen und Crackern.

»Am besten setzt du dich neben Geoff, Julia, damit du alles sehen kannst.« Vivien manövrierte geschickt. »Iain, wolltest du auch ein Glas Scotch?«

»Ist es Single Malt?«

»Nein, Blended.«

»Dann bleibe ich bei dem hier, danke.« Er nahm eine Flasche Bier aus dem Kühlschrank und kam ebenfalls ins Wohnzimmer, wo er sich auf dem Zweisitzer gegenüber Sofa und Tisch niederließ.

»Und was möchtest du, Julia?« fragte Vivien. »Zu trinken, meine ich.«

Normalerweise schaffte ich es mit ziemlicher Treffsicherheit, dasjenige Getränk zu wählen, das die Gastgeber gerade nicht da hatten. Diesmal versuchte ich es mit einem neuen Ansatz.

»Du bist die Barkeeperin«, lächelte ich. »Such du etwas für mich aus.«

»Vertrauensvolle Seele«, bemerkte Geoff zu mir, als Vivien ging, um meinen Drink zu holen. »Also, was genau interessiert dich?«

»Wie bitte?«

»Historisch gesehen. Alles was dein Haus und Grundstück betrifft?«

»In erster Linie, ja. Aber mich interessiert auch die Geschichte von Crofton Hall ziemlich.«

»Wirklich?« Er sah erfreut aus.

Iain stöhnte hörbar auf. »Da haben wir's«, sagte er, den Mund voll Bier und Sandwich.

»Was denn? Was habe ich gesagt?«

»Nichts«, warf Vivien ein, die mit zwei hohen, mit einer hellen Substanz gefüllten Gläsern zurückkam. »Nur daß Geoff dazu neigt, etwas sehr ausführlich zu werden, wenn er mit der Geschichte des Gutes anfängt.« Sie stellte meinen Drink vor mir ab und setzte sich neben Iain, der ihr einen kurzen Seitenblick zuwarf.

»Das ist wirklich freundlich ausgedrückt«, kommentierte er.

Ich beäugte neugierig mein Getränk, und Vivien lächelte. »Es ist Rum darin«, warnte sie, »aber die restlichen Zutaten sind streng geheim.«

Mein erster, vorsichtiger Probierschluck war eine freudige Überraschung. »Das schmeckt großartig. Danke.«

»Keine Ursache. Also, Geoff, los geht's mit dem Vortrag. Ich denke, du fängst am besten ganz früh bei der Gründung der Benediktinerabtei an, da es Julia interessiert, und gehst von da an weiter.«

»In Ordnung.« Er schlug seinen Aktenordner auf und blätterte eifrig in den Papieren darin, genau wie ein Schuljunge, der ein Klassenprojekt vorstellt. »Das war 1173, glaube ich...«

»Vierundsiebzig«, korrigierte Iain, der sich mit einer Hand die Augen rieb.

»...als Heinrich der Zweite einem gewissen Thomas Killingbeck ein Stück Land gewährte, um darauf ein Benediktinerkloster zu errichten. Der Orden der Benediktiner war recht groß und einflußreich in jenen Tagen.«

»Heinrich der Zweite«, überlegte ich und beugte mich weiter vor. »Das ist der Vater von Richard Löwenherz, oder? Der, der Thomas Becket ermorden ließ?«

Geoff sah mich anerkennend an. »Ja, das stimmt. Nicht viele Leute können sich so etwas merken.«

»Na ja, es ist der Name meines Bruders, weißt du«, erklärte ich. »Thomas Beckett. Bei diesem Teil habe ich im Geschichtsunterricht in der Schule aufgepaßt.«

Iain streckte seine Beine vor sich aus und legte einen Arm über die gepolsterte Lehne des Zweisitzers. »Dein Bruder heißt Thomas?« Seine grauen Augen zwinkerten amüsiert. »Da haben deine Eltern ja den passenden Namen ausgesucht, nicht wahr?«

»Und ob.« Für Geoff und Vivien erklärte ich: »Tom ist Pfarrer in Hampshire, nicht weit von hier entfernt.«

Geoff lachte. »Tatsächlich? Also, wenn er es bis zum Erzbischof von Canterbury schafft, wird er Aufsehen erregen, was?«

»Ich glaube nicht, daß er so ehrgeizig ist. Tom liebt das Landleben. Aber wir schweifen vom Thema ab. Wie ging es mit der Abtei weiter?«

»Nun, die Mönche lebten dort friedlich, bis Heinrich der Achte beschloß, die Klöster zu verstaatlichen. Der letzte Abt wurde wegen Widerstands gegen die königliche Autorität gehängt.«

»Er ist einer der Geister, nicht wahr?« fragte Vivien.

»Angeblich. Mehrere Personen haben davon berichtet, einen geisterhaften Mönch in den Gängen herumschweben gesehen zu haben, aber ob es sich dabei um den Geist des Abtes handelt, unterliegt der Spekulation.« Er sprach mit erstaunlicher Gelassenheit, als ob es eine alltägliche Sache wäre, einem Geist in seinem Flur zu begegnen. »Jedenfalls«, fuhr er mit einem Blick in die Aufzeichnungen fort, »wurde der Besitz 1547 an Sir James Crofton verkauft, der anstelle des zerstörten Klosters ein Gut errichtete. Das Haus erhielt seinen Namen von ihm. In den alten Karten wird es als ›Crofton's Hall‹ bezeichnet, und mit der Zeit haben die Leute einfach das ›s‹ weggelassen. Er lebte dort nur vierzehn Jahre, bevor er es an Nicholas Hatch verkaufte, der es später seinem Sohn Edmund als Hochzeitsgeschenk übergab.

Edmund Hatch hatte jedoch auch nicht viel Zeit, sich an dem Haus zu erfreuen, denn er starb 1594. Offenbar bei einer Art Jagdunfall. Er hinterließ den Besitz seiner Frau Ann, die, Gott segne sie, prompt meinen Ahnen William de Mornay ehelichte.«

»Womit verdiente William seinen Lebensunterhalt?« fragte ich.

»Er war Soldat im Ruhestand. Ich weiß nicht, warum sie ihn geheiratet hat – ihr Trauerjahr war kaum beendet und der alte Kauz doppelt so alt wie sie.«

»Vielleicht war er reich«, warf Iain ein.

»Vielleicht.«

Ich war jedoch im stillen anderer Meinung. Wenn Geoffs Charme und sein Aussehen auch nur im geringsten von seinen Vorfahren ererbt waren, dann konnte ich mir sehr gut vorstellen, warum die verwitwete Ann Hatch sich beeilt hatte, William de Mornay zu heiraten.

»Ann und William hatten einen Sohn, der auch William getauft wurde, nur um die Sache verwirrender zu machen. Vater hatte eine Heidenmühe damit, herauszufinden, welche Papiere und Urkunden von William dem Älteren und welche von William dem Jüngeren sprachen. William der Jüngere war jedenfalls eine interessante Persönlichkeit. Während des Bürgerkriegs, als das Land gespalten war zwischen den Anhängern König Karls des Ersten und denjenigen, die Cromwells Parlament unterstützten, beging William junior den ehrenhaften, aber fatalen Fehler, sich auf die Seite seines Königs zu schlagen.

Als der König seinen Kopf verlor, verlor William der Jüngere sein Gut und wurde obendrein in den Tower geworfen. Man entließ ihn 1660 aus dem Kerker, als Karl der Zweite wieder auf den Thron erhoben wurde, und seine Ländereien wurden ihm zurückerstattet, aber sein Gesundheitszustand erholte sich nicht mehr. Er starb innerhalb eines Jahres. Im Speisezimmer des Hauses hängt ein recht gutes Porträt von ihm – ich glaube, ich habe sogar ein Foto davon dabei... ja, hier ist es. Das ist William junior.«

Er schob mir das Foto über den Tisch zu, und ich lehnte mich weiter vor, um es besser betrachten zu können. Meine Vermutung war richtig gewesen. Das gute Aussehen war eindeutig ererbt. William de Mornay war auf seinem lebendig wirkenden Porträt eine schneidige Gestalt mit gelocktem dunklem Haar, einem Van-Dyck-Bart und träge blickenden, dunkelbraunen Augen, die auf eine sinnliche Natur schließen ließen. In seinem scharlachroten Umhang und seinen Reithosen, eine Hand auf den Schwertknauf und die andere herausfordernd auf die

Hüfte gestützt, war er jeder Zoll der tapfere Edelmann und Royalist.

Ich gab das Foto widerstrebend zurück. »Es ist ein ausgezeichnetes Porträt.«

»Ja. Wir haben leider nie eine Aufzeichnung über eines seiner Kinder gefunden, aber er muß welche gehabt haben, denn das Gut ging auf seinen Enkel, Arthur de Mornay, über. Was übrigens ein Fehler war. Arthur scheint so etwas wie ein zwanghafter Spieler gewesen zu sein und verlor nicht nur das Familienvermögen, sondern mußte am Ende auch das Herrenhaus selbst verkaufen, um seine Schulden zu bezahlen. Auf diese Weise verloren die de Mornays ihren Besitz ein zweites Mal. Wir haben es erst wieder zurückbekommen, als 1964 mein Vater Crofton Hall kaufte.« Er blätterte mit abwesendem Stirnrunzeln weitere Seiten um. »Ich sollte mich wirklich mal wieder damit befassen, wißt ihr. Mein Vater interessierte sich leidenschaftlich für Genealogie – er vergrub sich tagelang im Staatsarchiv, um nach Testamenten und solchen Sachen zu suchen. Aber im Alter verlor er irgendwie das Interesse, und ich scheine nie die Zeit dafür zu finden...«

Iain rutschte unruhig auf seinem Sitz herum. »Es wird dann ein bißchen langweilig nach dem alten Arthur, findest du nicht, Geoff? Warum suchst du uns nicht etwas über Julias Haus heraus?«

»Wie?« Geoff sah verständnislos auf und mußte dann lächeln. »Ach so, natürlich. Eine Sekunde, ich suche nur ein bißchen herum.«

Ich betrachtete fasziniert seine Hände, als er in den Papieren stöberte. Er hatte sehr schöne Hände, schlank und kräftig und gebräunt, und er bewegte sie mit einer gewissen lässigen Eleganz.

»Aha!« Er zog eine Seite aus dem Stapel. »Hier ist es. Greywethers. Nach den Vermessungsurkunden wurde es im Jahr 1587 von einem Mann namens Stephen Sharington erbaut, einem Bauern, der das Land von unserem alten Freund Edmund Hatch gepachtet hatte. Stephens Sohn John erbte das Haus, der es 1626 an einen Robert Howard, Kaufmann von Beruf, verkaufte. Alles in Ordnung mit dir?«

Ich nickte. »Nur ein kleines Frösteln. Bitte mach weiter.«

»Die Howards behielten es bis ins frühe neunzehnte Jahrhundert, als sie es an Lawrence Alleyn verkauften. Der war ein interessanter Bursche, kämpfte mit Wellington bei Waterloo, nichts Geringeres, und verbrachte ein paar Jahre in Indien. Er hatte nur ein Kind, seine Tochter Mary, die ihrer Zeit ein wenig voraus war. Sie trug Hosen und schrieb Romane.«

»Schreckliche Romane«, führte Vivien mit leichtem Schaudern aus. »Ich habe einmal einen gelesen. Typisch viktorianisches Zeug. Voll endloser Beschreibungen und knochentrokken.«

»Wie auch immer.« Geoff lächelte nachsichtig. »Sie starb 1896, und das Haus wurde an einen Captain James Guthrie verkauft.«

»Das war der ›Captain Soundso‹, von dem die Jungs neulich gesprochen haben«, bemerkte Vivien. »Ich habe meine Tante nach ihm gefragt. Sie sagte, er sei ein Marineoffizier gewesen oder so etwas, irgendwie ein bißchen mysteriös. Manche Leute dachten, er sei ein Spion. Er kommandierte offenbar im Haus wie auf einem seiner Schiffe. Hatte drei Töchter, die fast nie ausgehen durften, die armen.«

»Was geschah mit ihnen?« fragte ich.

»Oh, ihr Vater starb schließlich.« Sie lächelte. »Vergiftet, glaubten die meisten. Und die Mädchen zogen weg und heirateten. Das muß so in den frühen Zwanzigern gewesen sein.«

»Ja, das paßt«, räumte Geoff ein, »denn im Jahr 1921 wurde das Haus an William Randall, Eddies Vater, verkauft. Er überredete den damaligen Besitzer von Crofton Hall – ich glaube, Pilkington war sein Name –, diesen Teil des Besitzes abzutrennen und zu verkaufen, so daß die Randalls die ersten waren, die auf ihrem eigenen Grund und Boden lebten.«

»Und nach den Randalls bist du die nächste Besitzerin«, sagte Vivien zu mir. »Nirgends eine Erwähnung einer Mariana, oder?«

Iain zuckte mit den Achseln. »Sie könnte eine Dienstbotin gewesen sein.«

»Oder jemandes Ehefrau«, vermutete Geoff. »Diese alten Urkunden erwähnen nur selten die Frauen des Haushaltes.«

Ich nickte. »In jedem Fall ist es sehr interessant. Du könntest mir nicht vielleicht eine Kopie davon machen?«

»Von der Geschichte deines Hauses? Aber gerne.« Er sah mir mit einem warmen Lächeln in die Augen, und ich hatte auf einmal das Gefühl, nicht genug Luft zu bekommen. Ich unterbrach den Blickkontakt, wandte mich ab und griff nach meinem Drink.

»Möchtest du noch einen?« bot Vivien mit einem Blick auf mein Glas an.

»Oh nein, danke, mir ist schon etwas schummrig.«

»Aber ich nehme gern noch einen Scotch.« Geoff hielt sein Glas hoffnungsvoll in die Höhe, und Vivien erhob sich lächelnd.

»Na, das versteht sich ja wohl von selbst, oder? Iain? Noch ein Bier?«

»Klar, warum nicht?« Er übergab ihr grinsend die leere Flasche. Er sah fast genauso müde aus, wie ich mich fühlte, und mir fiel ein, daß er als Landwirt wahrscheinlich jeden Tag mit den Hühnern aufstand.

Geoff lehnte sich mit seinem neu gefüllten Glas zurück und veränderte seine Position auf dem Sofa, um mich besser ansehen zu können. »Also, wie hast du dich dort bisher eingelebt?«

»Ganz gut, danke«, antwortete ich. »Ich habe inzwischen die wichtigsten Sachen ausgepackt und die Zimmer sauber gemacht, und den Rest mache ich nach und nach, wenn ich in der Stimmung dazu bin.«

Vivien ließ sich wieder auf dem Zweisitzer nieder und zog die Beine unter sich. »Das machst du richtig, finde ich. Schließlich sind die einzig wirklich wichtigen Räume die Küche und das Schlafzimmer.«

»Und das Bad«, fügte Geoff hinzu.

»Und mein Atelier.« Ich lächelte. »Ich war furchtbar faul in den letzten beiden Wochen, ich habe überhaupt nicht gearbeitet. Meine Verlegerin würde in Ohnmacht fallen, wenn sie das wüßte.«

»Julia«, verkündete Vivien den anderen, »zeichnet nämlich Illustrationen für Kinderbücher.«

Iain nahm einen tiefen Zug von seinem Bier, seine grauen Augen zwinkerten in dem unbewegten Gesicht. »Hm ja, ich glaube, ich habe schon so etwas gehört.«

»Eine interessante Arbeit«, war Geoffs Kommentar. »Sie läßt dir bestimmt eine Menge Freiraum.«

»Das stimmt. Aber ich muß mich trotzdem an eine Art von Zeitplan halten, sonst bringe ich nie etwas zustande. Gewöhnlich arbeite ich vormittags und nehme mir den Rest des Tages frei.«

»Was für ein Buch illustrierst du gerade?« fragte Vivien. »Wieder eines von Bridget Cooper?«

Ich schüttelte den Kopf. »Es ist eine Sammlung von Märchen, eine sehr gute Sammlung. Viele der Geschichten stammen aus dem Orient, und die Übersetzungen sind hervorragend.«

»Zeichnest du allein nach der Phantasie«, wollte sie wissen, »oder arbeitest du nach Fotos oder so etwas?«

»Sowohl als auch. Manchmal muß ich nach der Natur zeichnen, je nachdem, was ich für einen Eindruck erzielen will.«

»Dann brauchst du auch Modelle«, bemerkte Geoff und stellte sein Profil mit dramatischer Gebärde zur Schau.

Iain grinste. »Du siehst dich wohl als Prinz Charming, was?«

»König, wenn schon«, verbesserte ihn Geoff mit einem geringschätzigen Blick. »Warum sich nur mit der Rolle des Prinzen zufriedengeben?«

»Der Prinz bekommt das Mädchen«, gab Iain zu bedenken, und Geoff legte abwägend den Kopf schräg.

»Du hast recht. Also gut, ich biete mich als Prinz Charming an. Wenn du mich brauchen kannst«, fügte er mit einem erneuten umwerfenden Lächeln hinzu.

Ich zog es vor, lieber nicht darauf zu reagieren, obwohl ich mir eingestehen mußte, daß Geoffrey de Mornay sich ganz bestimmt für die Rolle des Märchenprinzen eignete.

Unsere Unterhaltung plätscherte noch eine weitere halbe Stunde gemütlich dahin, bis ich allmählich Mühe hatte, die Augen offenzuhalten. Ich bemerkte, wie Iain Sumner mich mit einem verständnisvollen Lächeln beobachtete, da auch sein Kopf auf der Polsterlehne immer tiefer rutschte.

»Wenn du wirklich Prinz Charming sein willst«, unterbrach er Geoff schließlich mitten in einer Anekdote, »könntest du mal aufhören zu reden und das arme Mädchen nach Hause begleiten, bevor sie uns hier einschläft.«

Geoff sah mich überrascht an. »Entschuldige«, sagte er. »Ich hatte vergessen, daß du dir die letzte Nacht auf einer Party in London um die Ohren geschlagen hast. Möchtest du, daß ich dich nach Hause fahre? Ich könnte den Wagen holen.«

»Nimm mein Auto, wenn du möchtest«, schlug Vivien vor. »Es steht um die Ecke.«

Offenbar war die Entscheidung für mich getroffen worden, und wenige Augenblicke später fand ich mich neben Geoff in Viviens gut gepflegtem Vauxhall wieder, nachdem ich einen etwas schläfrigen Abschied von meiner Gastgeberin und Iain genommen hatte, der auf dem weich gepolsterten Sofa Wurzeln geschlagen zu haben schien.

Die Fahrt nach Hause dauerte nur wenige Minuten. Als er den Wagen auf der Kiesauffahrt zum Halten gebracht hatte, wandte sich Geoff zu mir um und sah mich an, und ich war mir plötzlich der rein körperlichen Wirkung seiner Nähe im Halbdunkel des Autos bewußt.

»Was machst du morgen?« fragte er.

»Ich weiß es noch nicht genau. Warum?«

»Ich dachte, du hättest vielleicht Lust zu der Besichtigungstour durch Crofton Hall, die ich dir versprochen hatte. Eine Art Blick hinter die Kulissen, wenn du willst. Viel interessanter als das, was die Touristen zu sehen bekommen.« Sein Lächeln war sehr sexy und von großer Überredungskraft.

»In Ordnung.«

»Prima. Dann komm einfach irgendwann am Nachmittag vorbei. Ich werde den ganzen Tag zu Hause sein.«

»Gut, dann komme ich. Gute Nacht, Geoff.« Ich tastete nach dem Türgriff. »Danke fürs Nachhausebringen.«

»Jederzeit.«

Es war irgendwie nur natürlich, daß er sich herüberbeugte und mir einen Gutenachtkuß gab. Und genauso natürlich, daß ich ihm etwas entgegenkam, um die Geste zu empfangen. Es war eine ganz und gar harmlose und freundschaftliche Berührung, und doch konnte ich ihre Wärme noch spüren, als die Rücklichter des Vauxhall auf der Straße, die ins Dorf zurückführte, verschwunden waren.

Mit einem kleinen Seufzer drehte ich mich um und ging über

den Rasen auf das Haus zu, meine Füße schwer vor plötzlicher Erschöpfung. Der Wind hatte seit dem Abend merklich aufgefrischt. Die Nachtluft versprach Regen, und zu meiner Rechten hörte ich durch das Stöhnen des Windes in den knarrenden Bäumen ein fernes Donnergrollen.

Ich war noch einige Schritte von der Haustür entfernt, als diese plötzlich aufflog, einen schrägen Streifen gelben Lichts auf den Rasen warf und die Silhouette eines Mannes einrahmte, der meine Ankunft mit vor der Brust verschränkten Armen beobachtete.

»Onkel«, sagte ich, aber meine Stimme ging im Wind unter.

Der Donner erscholl wieder, und meine Beine versagten einen kurzen Moment lang. Ich nahm meinen Mut zusammen, raffte den tropfnassen Saum meines Kleides vom Gras auf und zwang mich, die letzten Meter zur Tür zurückzulegen.

Der Mann hob seinen Kopf ein Stück, so daß ich seine Züge klarer erkennen konnte – die Augen meiner Mutter blickten mich aus einem raubvogelartigen Gesicht an, das keine Spur ihrer Sanftheit aufwies. Ich reckte mein Kinn und sah stumm zu ihm hinauf. Eigentlich hatte ich gerade vorgehabt zu lächeln, aber aus irgendeinem Grund schien sein Gesichtsausdruck eine solche Vertraulichkeit zu verbieten. Einen langen Moment starrten wir einander an, während der Sturm hinter uns aufzog und das Geräusch des Windes sich zu einem wilden Heulen verstärkte.

»So«, sagte er endlich. »Du bist also gekommen.«

Kapitel acht

Es ist schwer zu beschreiben, wie es ist, in der Zeit zurückzugleiten, eine Realität gegen eine andere auszutauschen, die genauso wirklich, genauso greifbar, genauso vertraut ist. Ich sollte vielleicht nicht von »Gleiten« sprechen, denn in Wahrheit wurde ich gestoßen – abrupt und ohne Vorwarnung von einer Zeit in die andere gestoßen, als wäre ich durch ein plötzlich aufgetauchtes, unsichtbares Tor getreten, das die Gegenwart von der Vergangenheit trennt.

Wenn dies passierte, in dem Augenblick also, in dem ich durch dieses Tor trat, war mir wunderbarerweise nicht bewußt, daß sich etwas verändert hatte. Das Bewußtsein davon und von der Tragweite und Bedeutung des Ganzen kam erst später, wenn ich wieder Julia Beckett war.

Doch als ich an diesem Abend auf der Haustreppe von Greywethers stand und zu dem Mann hinaufstarrte, der die Tür blokkierte, war ich nicht mehr Julia. Julia und all ihre gesammelten Erinnerungen waren von mir abgefallen. Meine Gedanken waren die einer anderen Person, mein Körper nicht mein eigener, und wenn ich mich bewegte und handelte, erlebte ich jede Erfahrung zum ersten Mal. Ich war Mariana, und mit Marianas Augen blickte ich nun auf meinen Onkel.

Jabez Howard war ein großer Mann mit breiten Schultern und einem kräftigen Stiernacken. Er brauchte keine Polsterung in seinen Strümpfen, um den Eindruck von Wadenmuskeln zu suggerieren, und der Wollstoff seiner enggeschnittenen Kniebundhosen und seiner Jacke spannte an den Nähten, als ob die Kleider für einen viel schmaleren Mann gemacht worden wären. Sein kurzgeschorener Kopf, der das Tragen der neumodischen Perücken erlaubte, wirkte seltsam grotesk und unmenschlich in diesem Licht. Aber als er schließlich doch lächelte, sah ich wieder das Gesicht meiner Mutter, und meine kalte Abneigung machte einem warmen Gefühl des Nachhausekommens Platz.

»Ich habe die Kutsche gar nicht gehört«, sagte er und spähte über mich hinweg in die Dunkelheit.

»Eines der Pferde begann zu lahmen, und der Kutscher wollte es nicht riskieren, mit dem Gespann in einer solchen Nacht noch weiterzufahren. Er setzte mich am Gasthaus ab.«

»Und du bist unbegleitet weitergegangen. Du hättest bis zum Morgen warten sollen.«

»Ich wollte so schnell wie möglich zu Euch kommen.« Das beharrliche, hinterhältige Gerede des lüstern blickenden Kutschers und der Dunst von Bier, Tabak und reisenden Männern hatten zusammen alle Furcht vertrieben, die ich unter anderen Umständen vielleicht davor gehabt hätte, nachts allein auf offener Straße zu laufen. Der Wirt war so freundlich gewesen, mir den Weg zu beschreiben, und hatte versprochen, meine Truhe für mich aufzubewahren, bis ich sie abholen konnte.

Mein Onkel gab ein mißbilligendes Geräusch von sich, kehrte sich ab und bedeutete mir, ihm zu folgen. Die weitläufige Diele war hell erleuchtet von so vielen Kerzen, daß es mir beinahe hundert zu sein schienen; ihre Flammen tanzten auf den reflektierenden Kerzenleuchtern und schimmerten auf der dunkel polierten Wandtäfelung. »Schließ die Tür«, befahl er mir kurz angebunden, und ich gehorchte, schloß die Dunkelheit und den heraufziehenden Sturm aus und schob den eisernen Türriegel vor.

»Du hast mit dem Wirt vom Roten Löwen gesprochen?« fragte er.

Ich wußte, was die Frage bedeutete.

»Ich sagte ihm, ich sei die Tochter Eurer Schwester aus Southampton und sei gekommen, eine Weile bei Euch zu wohnen. Tante Mary hat diese Geschichte erfunden und mir geraten, sie zu benutzen.«

Onkel Jabez nickte zufrieden. »Mein Bruder John hat bei all seinen Fehlern weise geheiratet«, bemerkte er. »Deine Tante ist eine gute Frau, und klug. Beherzige ihren Ratschlag. Die Furcht vor der Pest ist groß hier, und Reisende aus London sind nicht willkommen.«

»Ich bin Euch dankbar«, sagte ich, eingedenk meiner guten Manieren, »daß Ihr mich in Eurem Heim aufnehmt, obwohl Ihr selbst Ansteckung fürchten müßt.«

Seine Augen blickten sanfter. »Ich brauche die Pest nicht zu fürchten. Ich bin ein rechtschaffener Mann. Komm mit.«

Er ging durch den schmalen Flur voran in den hinteren Teil des Hauses, und ich folgte ihm, wobei mein geliehenes Gewand schwer an meinen müden Beinen zog. Zwei Tage unbequemen Reisens hatten mich an den Rand der Erschöpfung gebracht, mein helles Haar war dunkel vor Schmutz und Ruß, meine blauen Augen hatten tiefe Schatten und waren rot gerändert. Der Staub der Straße hing überall an mir, er hatte mein grünes Kleid mit einem häßlichen Grau überzogen und klebte mit einer derart lästigen Hartnäckigkeit in meiner Kehle, daß selbst wiederholtes Husten ihn nicht löste.

Wir traten aus der hell erleuchteten Diele in das weichere Licht der langgestreckten Küche und in die Wärme des Holzfeuers. Eine Frau saß zur einen Seite des Kamins und wiegte ein rundes, rotgesichtiges Baby in den Armen. Neben ihnen beugte sich eine jüngere Frau über das Feuer und hielt ihre Röcke mit geübter Hand von den Flammen weg, während sie den dampfenden Inhalt eines eisernen Kessels umrührte. Beide Frauen wandten die Köpfe, als wir in die Küche traten, ihre Augen richteten sich zuerst kurz auf das Gesicht meines Onkels und dann auf meines. Er deutete mit dem Kopf auf die Frau mit dem Baby.

»Deine Tante Caroline.«

Sie hatte ein hübsches Gesicht, fest und jung, trotz der weißen Strähnen, die die Schönheit der dunklen Masse ihres Haares beeinträchtigten. Aber ihr Gesichtsausdruck war beunruhigend. Er war weder freundlich noch bösartig; es war eher gar kein Ausdruck, ohne Zeichen einer Persönlichkeit, die Augen blickten stumpf und leer wie die eines Schafes. Sie nickte unmerklich zu meiner Begrüßung und fuhr fort, das Kind zu wiegen.

»Rachel, die jüngere Schwester meiner Frau«, sagte mein Onkel, als die andere Frau sich von der glühenden Kochstelle aufrichtete. Sie wenigstens wirkte sehr lebendig und war näher an meinem Alter von zwanzig Jahren – vielleicht ein oder zwei Jahre jünger. Ihr honigblondes Haar fiel in Locken über ihre geröteten Wangen, und ihr offenes Lächeln war herzlich.

»Ich habe etwas Bier heiß gemacht«, verkündete sie, »und auf dem Tisch steht Brot, falls du hungrig bist.«

Ich war in der Tat völlig ausgehungert, da ich seit dem späten Morgen nichts mehr gegessen hatte. Dankbar setzte ich mich meinem Onkel gegenüber an den groben Eichentisch und nahm den irdenen Krug mit würzig duftendem Bier und die großzügig geschnittenen Scheiben des schweren Brotes an, die mir gereicht wurden. Das Mädchen Rachel setzte sich neben mich, und ihre dunklen Augen sahen mich mit unverhohlener Neugier an.

»Was gibt es Neues aus London?« fragte sie. »Ist es wahr, daß der König nach Hampton Court zieht, aus Furcht vor der Krankheit?«

»Ich weiß nicht, was der König für Pläne hat, aber im einfachen Volk ist viel die Rede von Fortgehen.«

Von Rachel angestachelt, erzählte ich von der Panik, die die Stadt ergriffen hatte, dem endlosen Geflüster und den ständig gemurmelten Gebeten und von den verrammelten Häusern, die ich in Westminster gesehen hatte, mit zur Warnung auf die Türen gemalten roten Kreuzen, unter die eine verzweifelt hoffnungsvolle Hand die Worte »Herr, erbarme dich unser« gekritzelt hatte.

Mein Onkel zuckte nur mit den Achseln.

»London ist ein gottloser, sündhafter Ort«, sagte er, »und die Hand des Herrn übt Vergeltung. Die rechtschaffen sind, haben nichts zu fürchten.«

Ich hob das Kinn, meine Augen brannten.

»Meine Mutter hat nicht gesündigt«, widersprach ich ihm, »und doch ist sie tot.«

Mein Onkel kaute einen Mundvoll Brot zu Ende, sein Gesicht blieb ausdruckslos. Seine hellen Augen nahmen plötzlich einen harten und abwesenden Ausdruck an, obwohl seine Stimme ruhig blieb. »Sie war ihrem Vater ungehorsam. In den Augen Gottes ist das eine Sünde.«

Ich mußte nicht weiter nachfragen. Ich wußte sehr gut, daß meine Mutter gegen den Willen ihres Vaters geheiratet und einen armen Amtsschreiber den Aufmerksamkeiten des allgemein akzeptierten Verehrers vorgezogen hatte. Da ich die Liebe meiner Eltern selbst miterlebt hatte, eine Liebe, die über meiner Kindheit gestrahlt und meiner Mutter noch während neun einsamer Jahre des Witwentums Kraft gegeben hatte, konnte ich ihre Wahl einfach nicht als Sünde bezeichnen. Aber ich schluckte meine Widerrede herunter, weil mir einfiel, daß das unabhängige

Denken, zu dem meine Eltern mich ermutigt hatten, in anderen Häusern nicht erwünscht war.

Ich senkte die Augen und hätte auch den Kopf gesenkt, wenn mein Onkel nicht über den Tisch hinweg mit einer seiner riesigen Hände nach meinem Kinn gefaßt und es in den Schein des Feuers gedreht hätte.

»Du siehst deiner Mutter nicht ähnlich«, sagter er grob, nachdem er mich eine Weile betrachtet hatte. »Annie war ein schönes Mädchen. Aber ich kann gottlob auch deinen Vater nicht in dir erkennen.«

»Man sagt, ich komme nach der Mutter meines Vaters.«

Er grunzte, verlor das Interesse und ließ mein Kinn wieder los.

»Das Mädchen ist todmüde, Jabez«, ließ sich meine Tante unerwarteterweise von ihrem Platz in der Ecke vernehmen, mit einer Stimme, die genauso leblos war wie ihre Augen. »Rachel kann sie auf ihr Zimmer bringen.«

»Gut«, gewährte er. »Ins Bett mir dir, Kind. Wir stehen früh auf zum Gebet.«

Ich machte Anstalten aufzustehen, aber er beugte sich plötzlich nach vorne und richtete seine Augen mit einem fanatischen Blick auf mich. »Fürchtest du Gott, Mariana Farr?« fragte er.

»Man hat es mich gelehrt.«

Er berührte mich nicht körperlich, aber seine Augen hielten mich auf meinem Platz fest, und seine Stimme war beinahe angsteinflößend in ihrer Intensität. »›Blaset mit der Posaune zu Zion‹«, zitierte er leise, »›rufet auf meinem heiligen Berge; erzittert, alle Einwohner im Lande!‹« Er brach ab und wartete, und ich verstand, daß es ein Test war.

Ich beendete die Bibelstelle für ihn. »›... denn der Tag des Herrn kommt‹«, sagte ich, »›und ist nahe.‹«

»Braves Mädchen«, lobte mein Onkel und lehnte sich wieder entspannt und mit einem zufriedenen Lächeln auf seinem Stuhl zurück. »Sehr gut. Wir werden gut miteinander auskommen, du und ich.«

Damit war ich entlassen. Ich erhob mich, wünschte Onkel und Tante eine gute Nacht und folgte Rachel aus dem Raum. Sie ging ein paar Schritte voraus und hielt eine tropfende Kerze in die Höhe, um uns auf dem Weg über die breite Treppe hinauf in den ersten Stock zu leuchten. Die Luft war kälter hier und feucht, und die Kerzenflamme warf lange, schräge Schatten auf die kahlen Putzwände.

»Dein Zimmer ist hier«, sagte Rachel und führte mich durch den dunklen Gang zu einer Tür in der hinteren Ecke des Hauses.

Es war ein ärmliches, spartanisch eingerichtetes Zimmer mit einem schmalen Bett und einem leeren Wäscheschrank, und ich merkte, wie Rachel mein Gesicht beobachtete, als ich mich umsah. »Es ist ein kleines Zimmer«, sagte sie, »aber es ist wunderbar ruhig, und vom Fenster aus kannst du bis hinunter zum Fluß sehen.«

Sie wollte es mir so offensichtlich recht machen, daß ich mich zu einem Lächeln zwang und irgendeine hohle Floskel äußerte. Die Erleichterung des Mädchens war sichtbar und rührend in ihrer Ehrlichkeit. »Ich habe dir eines von meinen Nachthemden herausgelegt«, sagte sie und deutete auf die weiße, geisterhafte Form auf dem Bett. »Wir wußten nicht, ob du Gepäck mitbringst.«

»Danke.«

Ich nahm das Nachthemd und strich glättend darüber, während Rachel die Kerze neben meinem Bett anzündete. Es mußte ihr allerbestes Nachthemd sein, aus feinem weißen Batist gemacht und mit winzigen, geschnitzten Knöpfen versehen. Ich bezweifelte, daß sie es je getragen hatte.

»Keine Ursache.« Sie errötete vor Freude und blieb einen Moment zögernd an der Tür stehen, die Hand auf dem Knauf. »Ich bin froh, daß du bei uns wohnen wirst«, sagte sie schüchtern.

Bevor ich antworten konnte, hatte sie die Tür schon hinter sich geschlossen, und ich hörte, wie sich ihre leichten Schritte über den Flur entfernten. Ich fühlte mich nur noch müde und leer und hoffnungslos. Schnell zog ich das beschmutzte grüne Kleid aus und legte es vorsichtig in den Wäscheschrank, zog dann das schöne Nachthemd über, schlüpfte unter die Bettdecke und löschte mit einer Hand die Kerze.

Dort im Dunkeln spürte ich auf einmal das ganze Gewicht meiner Lage auf mir lasten, und Traurigkeit und Schmerz stiegen wie bittere, dicke Galle in meiner Kehle auf und drohten, mich zu ersticken. Ich vermißte London und den Trost meines eigenen Bettes und die sanfte Berührung der Lippen meiner Mutter, die ich kühl auf meiner Stirn gefühlt hatte. Meine Mutter...

Der Gedanke an sie ließ meine Augen von neuem feucht werden. Dies war einmal ihr Zuhause gewesen, dachte ich, als sie so alt war wie ich. Bevor sie meinen Vater getroffen hatte und mit ihm fortgegangen war. Kein Wunder, daß sie so bereitwillig geflohen war. Dies war ein düsteres und freudloses Haus, kein geeigneter Ort für die lachende, lebensprühende Frau in meiner Erinnerung.

War das einmal ihr Zimmer gewesen, fragte ich mich, und hatte sie sich einst so wie ich hier in den Schlaf geweint und ihr Gesicht in den Leinenlaken vergraben, um ihre Verzweiflung zu verbergen?

Ich erwachte in der Stille und dem kalten, grauen Licht der Morgendämmerung. Die Stille war es, die mich am meisten verstörte. Auch zu dieser frühen Stunde hallte die Straße unter meinem Fenster in der Stadt schon von den Geräuschen menschlicher Aktivitäten wider – die Straßenhändler mit ihren Schubkarren und Handwagen und Körben, die von ihren Armen baumelten, füllten die klare Morgenluft mit einer Kakophonie von halbgesungenen Rufen, während müde blickende Kavaliere und ihre zerknitterten Damen nach einer Nacht ausgelassenen Feierns nach Hause in ihre Betten eilten.

Ich starrte an die Decke, kämpfte mit wachsendem Heimweh und überlegte, was mich wohl geweckt hatte, als es an meiner Tür klopfte und Rachel, ohne eine Antwort abzuwarten, in das Zimmer trat. Sie war ordentlich angezogen, in einem schlichten kaffeebraunen Kleid, die Haare einfach und ohne Getue zurechtgemacht, ihr saubergeschrubbtes Gesicht glänzend und gesammelt. Sie trug eine Waschschüssel und einen groben Waschlappen.

»Ich dachte, daß du dich vielleicht waschen willst vor dem Morgengebet«, begrüßte sie mich gut gelaunt und stellte die Schüssel neben meinem Bett ab. »Hast du gut geschlafen?«

»Sehr gut, danke«, log ich.

Ein fröhliches Pfeifen zerriß die Stille draußen und klang so sehr wie das Pfeifen meines Vaters, daß ich aus dem Bett gesprungen und zum Fenster hinübergelaufen war, ehe mein Bewußtsein meine Handlungen registrieren konnte. Durch das Fenster sah man über den rückwärtigen Garten und den Stall bis zum Fluß hinaus, der sich zwischen Wald und Feldern und den weiter entfernten sanften, grünen Hügeln dahinwand.

Ein Mann schritt von der Straße aus den Abhang hinauf und trug meine schwere Kleidertruhe mit einer Mühelosigkeit auf dem Rücken, als handelte es sich um einen Sack Federn. Er ging mit langen, federnden Schritten, und wenn auch ein breitkrempiger Hut sein Gesicht verdeckte, so erhaschte ich doch einen Blick auf ein kantiges, glattrasiertes Kinn und ein paar lange Locken echten braunen Haares.

»Rachel«, sagte ich und winkte sie zum Fenster, »wer ist der Mann dort unten? Er spricht jetzt mit meinem Onkel.«

Rachel kam und sah folgsam hinaus, wandte sich aber gleich wieder ab, die Wangen seltsam gerötet. »Das ist Evan Gilroy«, erklärte sie mir. »Er wohnt im Herrenhaus, beim Dorf.«

»Er hat meine Truhe vom Dorfkrug heraufgebracht.«

Mein Onkel, der aus der Küche getreten war, um den Mann zu begrüßen, schien nicht erfreut über diesen Gefallen zu sein. Indem ich mich auf die Zehenspitzen stellte und mich dicht an die Scheibe drängte, konnte ich die beiden Männer unter mir deutlich sehen. Das Gesicht meines Onkels sah düster und unfreundlich aus, und obwohl ich seine Worte nicht verstehen konnte, hörte ich, daß seine Stimme hart und barsch klang. Der Fremde gab etwas zur Antwort, und ich sah das Aufblitzen seines Lächelns, als er meine Truhe mit einem Schwung auf den Boden stellte, kehrt machte und mit demselben beschwingten, unbekümmerten Schritt zurück ins Dorf ging.

Mein Onkel stierte ihm eine ganze Weile nach, murmelte dann etwas zu sich selbst und hob meine Truhe lässig auf eine Schulter, was mir seine ungeheure Größe und Kraft wieder vor Augen führte. Ich hörte die Küchentür unter mir zuschlagen und hob die Augen, bereit, vom Fenster wegzutreten, aber meine Aufmerksamkeit wurde von einem Schatten unter der riesigen Eiche in einer Senke am Randes des Feldes gefangengenommen. Ein Schatten, der sich bewegte und zu einem Mann wurde, einem dunklen Mann auf einem grauen Pferd, der kühn zu meinem Fenster hinaufstarrte.

Während ich dort stand und hinaussah, veränderte sich die Landschaft langsam und verflüssigte sich, die Farben liefen ineinander wie auf der Palette eines Malers, und das ganze Bild erzitterte schließlich, bis ich mich verzweifelt an das Fensterbrett geklammert wiederfand und die Welt um mich herum schwarz wurde.

Kapitel neun

Als Kind hatte ich die Augen immer fest geschlossen gehalten, wenn ich aus einem Alptraum erwachte, aus Angst, daß ich eine wirklich furchtbare Erscheinung neben meinem Bett vorfinden könnte, wenn ich sie öffnete. Derselbe kindische Instinkt ließ mich auch jetzt die Augen geschlossen halten. Ich lag totenstill an die Wand geschmiegt, und das Blut rauschte laut in meinen Ohren, als ich schließlich tastend die Hand ausstreckte.

Meine suchenden Finger berührten die kühle, leicht uneben gemaserte Oberfläche einer Holzbodendiele, strichen über einen abgenutzten Wollteppich und blieben dann auf einem beruhigend vertrauten Stück kalten, röhrenförmigen Stahls liegen. Entweder hatte sich mein Zeichentisch irgendwie auch in der Zeit zurücktransportiert, überlegte ich, oder ich lag auf dem Fußboden meines Ateliers. Ich setzte auf letzteres, öffnete vorsichtig die Augen und blinzelte ein paarmal, um den Blick richtig einzustellen.

Das Zimmer erbebte einmal und stand dann still, und mit einem überwältigenden Gefühl der Erleichterung sah ich mich von einem soliden Durcheinander von Dingen des zwanzigsten Jahrhunderts umgeben – Packkisten, Papier und Pinsel lagen unordentlich über den Boden verstreut. Ich hob den Kopf, um mich besser umsehen zu können, und sank dann mit einem heiseren Seufzer auf den Holzboden zurück.

Ich war auf ein freies Stück Fußboden direkt unter dem ungeschützten Ostfenster gefallen, was die kühle Zugluft erklärte, die ich auf Gesicht und Nacken spürte. Draußen erhellten die ersten Strahlen des Tageslichts einen Himmel, der so blaß war, daß er fast farblos schien. Ich trug immer noch dieselben Kleider, die ich am Abend zuvor bei Vivien angehabt hatte, mein Baumwollpullover und der Rock waren zerdrückt und voller Falten, als hätte ich in ihnen geschlafen.

Ich war allein im Zimmer.

Langsam schob ich mich in die Sitzposition, holte Atem und stand dann, mich am Zeichentisch abstützend, vorsichtig auf.

Ich fühlte mich so benommen und desorientiert wie Ebenezer Scrooge, als er an jenem berühmten Weihnachtsmorgen in Charles Dickens' Erzählung schließlich erwachte. Dort war die Ecke, wo mein Bett gestanden hatte, dachte ich, als ich um mich blickte; dort die Stelle, an der ich mich ausgezogen und das staubige grüne Kleid weggelegt hatte; dort die Türschwelle, an der das Mädchen Rachel gestanden und ihr freundliches, schüchternes Lächeln gelächelt hatte.

Ich taumelte in den Flur und stieg mit unsicheren Beinen die Treppe hinab. Die Küche kam mir kleiner vor, als ich sie in Erinnerung hatte, und ich stand einen Moment stirnrunzelnd da, bis mir die Erklärung aufging – die Küche, in der ich vergangene Nacht gewesen war, hatte keine Speisekammer gehabt. Meine Küche war, nach den Wandschränkchen und Zierleisten in der Speisekammer zu urteilen, wahrscheinlich erst in der viktorianischen Zeit unterteilt worden.

Ich ging in die Speisekammer hinein, um sie mir genauer anzusehen, und fuhr dort mit einer Hand über die nach Norden zeigende Wand. Dort gab es keine Fenster, und der Putz fühlte sich rauh und uneben an, als ob er über einer vorher vorhandenen baulichen Struktur aufgetragen worden war. Einem offenen Kamin vielleicht…

»Was geschieht mit mir?« Ich hatte die Worte nur geflüstert, doch sie hallten in dem stillen Raum wider.

Weil ich auf einmal das Gefühl hatte zu ersticken, stolperte ich zurück in die Küche, riß die Hintertür weit auf und fiel in meiner Hast, aus dem Haus zu kommen, beinahe in den Hof. Nach einer kurzen Distanz hielt ich an, schlang die Arme um meinen fröstelnden Körper und atmete schluchzend tiefe Züge der feuchten Morgenluft ein.

Schon bevor sich die Haare in meinem Nacken aufstellten, wußte ich, daß ich beobachtet wurde. Ich fuhr herum, um zu der Eiche in der Bodensenke und dem dunklen Reiter auf dem grauen Pferd hinzusehen, von denen ich wußte, daß sie dort sein würden. Eine plötzliche Welle blinder, rasender Wut stieg in mir auf.

»Geh weg!« schrie ich ihn an. »Geh weg und laß mich in Ruhe. Ich will dich hier nicht haben!«

Langsam, widerstrebend zogen sich Pferd und Reiter ein paar

Schritte zurück, und der graue Morgennebel füllte die Stelle, auf der sie gestanden hatten. Immer noch zitternd durch die Wucht meiner Gefühle, legte ich die Arme fester um mich und senkte den Kopf.

Zu meinen Füßen schmiegten sich zarte, blaue Wildblumen, naß vom Tau, in das lange Gras. Der Boden war eben und fest hier, und man konnte ohne weiteres die leichte Vertiefung erkennen, wo einmal jemand, vor langer Zeit, einen Garten angelegt hatte...

Das Pfarrhaus von Elderwel, Hampshire, war ein solides viktorianisches Gebäude aus tiefroten Ziegeln, das nahe an der Straße und gegenüber der anmutigen, aus dem fünfzehnten Jahrhundert stammenden Kirche von St. Stephen gebaut worden war. Efeu hatte sich an der Nordseite des Hauses angesiedelt, und das verschlungene Gewirr der üppig knospenden Kletterpflanze rankte sich zielstrebig schon fast bis zu den Fenstersimsen des oberen Stockwerks. Außer Reichweite des Efeus blickten die Giebelfenster im steil abfallenden Dach wie freundliche, wohlwollende Augen über das Dorf.

Innen war das Pfarrhaus ein Kaninchenbau aus schmalen, dunklen Räumen, so angelegt, um die großen Familien des vergangenen Jahrhunderts unterzubringen. Da mein Bruder Tom unverheiratet war, beschränkte er sich auf das Erdgeschoß des verschachtelten Hauses und stellte die oberen Stockwerke seinem Hilfspfarrer, einem gelegentlichen Gast oder obdachlosen Gemeindemitglied zur Verfügung. Die meiste Hausarbeit erledigte er selbst, aber montags kam Mrs. Pearce, seine Putzfrau, um gründlich sauberzumachen.

Mrs. Pearce war es auch, die mir an diesem Morgen auf mein Klopfen hin mit dem Staubwedel in der Hand die Tür öffnete und mich in das gemütlich und maskulin wirkende Arbeitszimmer führte. Mrs. Pearce, staunte ich, besaß ein bemerkenswertes Taktgefühl. Ich sah fürchterlich aus, und ich wußte es. Nie werde ich begreifen, wie ich die Fahrt von Exbury nach Elderwel überstanden habe, ohne mir oder dem Auto Schaden zuzufügen, aber als ich das Pfarrhaus erreichte, war es noch eine ganze Stunde bis zur Frühstückszeit.

Mittlerweile ließ der Schockzustand nach, und ich zitterte so schlimm, daß ich es kaum noch kontrollieren konnte, aber falls Mrs. Pearce es bemerkte, gab sie keinen Kommentar dazu ab. Sie zog die Vorhänge auf, verfrachtete mich in Toms Lieblingssessel und zog sich in ihrer stillen, tüchtigen Art zurück, um den Teekessel aufzusetzen.

Tom kam ein paar Minuten später herein und war noch dabei, sich sein Hemd zuzuknöpfen. Er hatte zweifelsohne vorgehabt, irgendeinen Witz über meine morgendliche Invasion seines Allerheiligsten zu machen, doch sobald er mich sah, erstarb das spöttische Lächeln auf seinen Lippen.

»Was ist los?« fragte er.

Mein letzter, dünner Kontrollfaden riß, und ich brach in Tränen aus. Später wünschte ich mir, eine Kamera dabeigehabt zu haben, um Toms Gesichtsausdruck zu dokumentieren – ich bezweifle, daß dieser Blick reinen, ungemilderten Entsetzens jemals seit der Stummfilmzeit wieder erreicht worden war.

Seine Reaktion war zwar komisch, aber ganz und gar verständlich. Ich weinte nie. Ich gab kaum je einen Klagelaut von mir. Das letzte Mal, bei dem Tom mich in Tränen gesehen hatte, war fast zwanzig Jahre her; damals hatte er aus Versehen beim Zuschlagen der Autotür meine Hand eingequetscht. Selbst da war der Strom eher bescheiden gewesen und nicht mit dem beängstigenden Ausbruch lauten, seelengequälten Schluchzens zu vergleichen, dem er sich nun gegenübersah.

»Julia?« Sein Ton war unsicher. Es dauerte mehrere Minuten, bevor ich mich soweit erholt hatte, daß ich ihm antworten konnte.

»Es ist alles in Ordnung, wirklich«, verkündete ich schniefend, »ich verliere nur gerade den Verstand.«

Tom setzte sich mir gegenüber, die Brauen besorgt zusammengezogen. »Was?«

»Verrückt«, erklärte ich. »Übergeschnappt. Es gibt keine andere Erklärung dafür.«

»Ich kann dir nicht folgen.«

Die Tränen waren nun versiegt, ich nahm einen tiefen, bebenden Atemzug und wischte mit dem Handrücken über mein nasses Gesicht. »Du wirst es mir nicht glauben, wenn ich es dir erzähle.«

»Versuch es.«

Ich maß ihn mit einem langen, einschätzenden Blick, seufzte noch einmal unsicher auf und begann zu reden. Ich erzählte alles von Anfang an, von dem Augenblick an, als ich zum ersten Mal den Mann auf dem grauen Pferd gesehen hatte, über den Zwischenfall in der Blackfriars Lane bis zu meiner Entdeckung von Mariana Farrs Grabstein auf dem Friedhof und meinem Wachtraum von vergangener Nacht. Mrs. Pearce glitt geräuschlos hinein und hinaus, brachte Tee und Teller mit Brötchen und ließ die Überbleibsel wieder verschwinden, ohne meine Geschichte auch nur einmal zu unterbrechen, während mein Bruder schweigend in seinem Sessel saß und zuhörte. Als ich geendet hatte, lehnte er sich zurück und runzelte nachdenklich die Stirn.

»Diese... Erlebnisse«, sagte er schließlich, »kommen sie plötzlich, oder erhältst du vorher irgendeine Form von Warnung?«

Ich bemühte mich, zurückzudenken. Mein erster Impuls war zu antworten, daß es nicht die geringste Warnung gab, aber... »Manchmal höre ich ein Klingen in den Ohren oder fühle mich ein wenig schwindelig. Oder beides.«

»Und du bist eindeutig eine aktive Teilnehmerin an der Handlung. Du hast nicht das Gefühl, im Publikum zu sein und einem Theaterstück zuzusehen?«

»Eindeutig nicht. Ich fühle mich noch nicht mal wie das Mitglied eines Ensembles, um genau zu sein. Schauspieler haben Drehbücher und Rollentexte, aber ich habe nicht die leiseste Ahnung, was als nächstes passieren wird. Es ist genau wie im richtigen Leben... genau wie *jetzt.*« Ich breitete die Hände mit nach oben gewandten Handflächen aus, in einer Geste, die das Zimmer und uns beide umfaßte. »Selbst Zeit und Raum verhalten sich wie in Wirklichkeit. Ich gehe offensichtlich auch herum, denn es begann vor dem Haus letzte Nacht, und heute morgen fand ich mich im Atelier wieder.«

Tom dachte darüber nach. »Und wenn du diese Erfahrungen machst, erinnerst du dich überhaupt nicht mehr daran, Julia Beckett zu sein?« Ich schüttelte den Kopf. »Aber wenn du wieder zurück bist, kannst du dich deutlich daran erinnern, diese andere Frau gewesen zu sein?«

»Ich kann mich an alles erinnern.«

»Wenn wir die Hypothese des Wahnsinnigwerdens einmal für den Moment außer acht lassen«, sagte er langsam, »was glaubst *du* denn, was geschieht?«

Ich zuckte mit den Schultern. »Ich denke... ich denke, es könnte mit dem Geist zusammenhängen.«

»Diese Grüne Frau, von der sie alle reden, meinst du?«

Ich nickte. »Das Kleid, das ich letzte Nacht trug, als ich... *sie* war... als ich Mariana war... war grün. Ich weiß nicht. Könnte ein Geist Besitz von einem lebenden Menschen ergreifen, meinst du?«

»Ich bin schwerlich eine Autorität auf diesem Gebiet«, gab Tom zu. »Vielleicht ist so etwas möglich, aber in deinem Fall halte ich es nicht für wahrscheinlich. Es sei denn, der Geist ist dir vergangenes Wochendende nach London gefolgt.« Er zog die Stirn in Falten. »Es gibt da eine Möglichkeit, die du noch nicht in Betracht gezogen hast.«

»Und die wäre?«

Er hob den Kopf und sah mich an. »Daß alles, was du siehst, alles, was du erlebst, aus deiner eigenen Erinnerung stammt. Daß du tatsächlich Mariana *bist*.«

»Das ist nicht dein Ernst.«

»Warum nicht? Wiedergeburt ist in vielen Kulturen ein als selbstverständlich geltendes Phänomen. Es gibt sogar ein paar angesehene Obere der anglikanischen Kirche, von denen ich weiß, daß sie diese Theorie unterstützen.«

»Und was glaubst du?« fragte ich ihn herausfordernd.

»Nun ja«, lächelte er, »es gehört zu den Voraussetzungen meines Berufs, daß ich an das ewige Leben der menschlichen Seele glaube. Doch wohin diese Seele nach dem Tode geht, ist eine Frage, die nur die Toten beantworten können.«

»Du glaubst also, daß ich in einem vergangenen Leben schon einmal in diesem Haus gewohnt haben könnte?« Es klang lächerlich, aber Toms Gesicht war ernst.

»Ich glaube, daß es eine Idee ist, der es sich nachzugehen lohnt, ja. Denn wenn du das Gefühl hast, schon einmal irgendwo gewesen zu sein, ist die logische Erklärung gewöhnlich, daß du schon einmal dort gewesen *bist*.«

Ich runzelte die Stirn. »Das würde erklären, warum ich von dem Haus so angezogen wurde, vermute ich.«

»Und warum du wußtest, wo der alte Garten einst war. Und warum du dein Atelier in dem kleinen Hinterzimmer eingerichtet hast, statt eines der größeren vorderen Zimmer zu wählen.«

Als er diese Worte sprach, entstand eine verschwommene Szene vor meinen Augen, in der der junge Möbelpacker mich mit verwirrter Stimme fragte: »Sind Sie sicher, daß Sie das *erste* Zimmer auf der rechten Seite meinen?«

Ich zwang mich mit einem Ruck wieder in die Gegenwart. »Mein Gott«, sagte ich schwach.

»Ich könnte versuchen, mehr über dieses Thema für dich herauszufinden«, bot Tom an. »Wir haben hier einen wunderbar exzentrischen Bibliothekar, der es liebt, ungewöhnliche Informationen aufzustöbern.«

»Du glaubst wirklich an die Möglichkeit früherer Leben?« fragte ich ihn, und er zuckte mit den Achseln.

»Die Wege des Herrn sind unergründlich«, antwortete er lächelnd.

»Oh, das erinnert mich an etwas«, sagte ich und setzte mich gerade auf. »Hast du schon einmal von einer Bibelpassage gehört, die beginnt ›Blast die Posaune zu Zion‹ oder so ähnlich? Ich kann mich an den Rest nicht erinnern, irgend etwas mit erzitternden Bewohnern und dem Tag des Gerichts.«

Tom verdrehte die Augen. »Klingt nach einem der Untergang und Finsternis verkündenden Burschen des Alten Testaments«, riet er. »Michäa vielleicht oder Joel.« Er stand auf, ging zu seinem Schreibtisch hinüber und nahm eine vielbenutzt aussehende Bibelausgabe zur Hand. Mehrere Minuten lang blätterte er schweigend darin, und ich wollte ihm schon sagen, daß es doch nicht so wichtig sei, als er plötzlich triumphierend mit dem Finger auf eine Seite stieß. »Aha! Es *ist* Joel. Kapitel zwei, erster Vers. Hier hast du es.«

Er reichte mir die aufgeschlagene Bibel und zeigte auf die Stelle. Während ich die kurze, düstere Passage las, setzte sich Tom wieder in seinen Sessel und kratzte sich müßig die Stirn. »Mein voriger Hilfspfarrer liebte es, aus Texten des Propheten Joel zu lesen«, sagte er grinsend. »Richtiges Hölle-und-Verdammnis-Zeug, nicht sehr anregend für die Gemeinde. Aber ich glaube, der alte Joel schrieb während einer Heuschreckenplage, so daß er wohl ein Recht hatte, düster zu klingen.«

Plage… Pest… etwas rührte sich in meiner Erinnerung, und ich hob den Blick von der Seite. »Wann war die große Pest zu London, weißt du das?«

»Es gab mehrere, soweit ich weiß«, antwortete Tom. »Den Schwarzen Tod, natürlich, um 1300.«

Ich schloß die Augen halb und ließ die Szenen vor mir ablaufen, versuchte, mich auf die Kleidermode zu konzentrieren, die Frisuren, die Möbel im Haus…

»Nein«, ich schüttelte den Kopf, »die Pest, die ich meine, muß später gewesen sein.«

»Es gab noch eine schlimme Pestepidemie Mitte des siebzehnten Jahrhunderts, kurz vor dem großen Brand.«

»Das ist sie.« Ich war mir nicht sicher, woher ich das wußte, aber ich wußte es.

»Was möchtest du darüber wissen?«

»Alles.« Ich hob vielsagend die Schultern. »Ich weiß nicht viel über diese Zeit. Aber es ist die Zeit, in der Mariana lebte, da bin ich mir sicher. Ihre Mutter starb an der Pest.«

»Nun, mein Wissen über das siebzehnte Jahrhundert ist auch ziemlich eingerostet. Ich erinnere mich noch ganz gut an die Geschichte mit dem Bürgerkrieg und die Enthauptung Karls des Ersten und an Cromwell natürlich, aber was die Pest betrifft… warte mal«, unterbrach er sich und sein Gesicht hellte sich auf, »ich habe eine Ausgabe von Pepys' Tagebuch irgendwo hier herumliegen. Er hat das Pestjahr recht genau festgehalten, glaube ich. Mal sehen, ob ich es für dich finden kann.«

Er stand zum zweiten Mal auf und durchforstete das überfüllte Bücherregal am anderen Ende des Zimmers. Nach langer Suche zog er einen eingezwängten Band heraus und schlug ihn auf. »Hier ist es. Eine ganz schöne Ausgabe sogar. Ich habe sie bei einem Ramschverkauf in Oxford erstanden.« Er gab mir das kleine Buch, das bequem in meiner offenen Hand lag, und ich sah auf den Titel und las ihn laut vor:

»*Samuel Pepys, F.R.S.: Tagebuch aus dem London des 17. Jahrhunderts.* Wofür steht das ›F.R.S.‹?«

»Fellow of the Royal Society, Mitglied der Königlichen Gesellschaft«, ergänzte Tom. »Er arbeitete im Admiralitätsbüro und führte von 1659 bis 1669, als er fürchtete, daß sein Augenlicht nachließ, ein Tagebuch. Ursprünglich hatte es einen Umfang von mehreren Bänden. Meine Ausgabe ist leider eine gekürzte Version, bei der wahrscheinlich alle pikanten Stellen gestrichen wurden, aber es ist immer noch eine sehr interessante Lektüre.«

»Danke.« Ich schloß das Buch und umklammerte es fest.

Tom betrachtete mich nachdenklich. »Du kannst gerne ein paar Tage bleiben, weißt du. Das heißt, wenn du willst –«

»Danke. Mal sehen, wie ich mich später fühle.«

Mrs. Pearce erschien in der Tür. »Ich habe das Bett im blauen Gästezimmer hergerichtet«, verkündete sie sachlich, als sei es das Normalste von der Welt, daß die Schwester des Pfarrers noch vor dem Frühstück vorbeikam, um dann den Tag zu verschlafen. »Möchten Sie noch ins Bad, bevor ich dort mit dem Saubermachen beginne?«

»Nein, danke.« Ich lächelte sie an. »Bett klingt himmlisch.«

»Großartige Frau«, bemerkte Tom, als sie wieder gegangen war. »Ich wette, noch nicht einmal der Gutsherr von Exbury erfährt eine solch zuvorkommende Behandlung von seinen Angestellten.«

»Oh Gott!« Ich sprang auf. »Wieviel Uhr ist es?«

»Gerade Mittag vorbei. Warum?«

»Kann ich mal telefonieren?«

Es brauchte mehrere Minuten, bis ich die Nummer von Crofton Hall über die Auskunft erfahren hatte, weitere Minuten, bevor ich eine Verbindung erhielt, und achtmaliges Läuten, bevor jemand am anderen Ende den Hörer abnahm.

»Hallo?«

»Hallo. Ist dort Geoff?«

Es entstand eine kleine Pause. »Nein, tut mir leid«, sagte die Stimme bedächtig und mit einem unverwechselbaren schottischen Akzent. »Er ist im Moment nicht zu Hause. Kann ich etwas ausrichten?«

»Iain«, antwortete ich, »ich bin es, Julia Beckett. Könntest du Geoff bitte ausrichten, daß ich es zur Besichtigung heute nachmittag nicht schaffe? Er weiß dann Bescheid. Es hat einen… kleinen Familiennotfall gegeben, und ich mußte zu meinem Bruder nach Hampshire fahren.«

»Hoffentlich nichts Ernstes?«

Er klang besorgt, und ich fühlte mich schuldig wegen der Lüge.

»Nein, nein«, gab ich zurück. »Ich denke, ich bin morgen vormittag wieder zu Hause.«

»Ist gut. Ich werde es ihm ausrichten.«

»Danke.« Ich legte den Hörer einigermaßen erleichtert auf und stellte fest, daß mein Bruder mich beobachtete, als ich mich umdrehte.

»Ist alles in Ordnung?« fragte er.

»Ja, alles bestens.«

»Dann wollen wir dich mal ins Bett bringen. Du siehst aus, als ob du gleich umfällst.«

In bemerkenswert kurzer Zeit fand ich mich sorgfältig zugedeckt zwischen den kühlen, frisch duftenden Laken des breiten Messingbettes im blauen Gästezimmer im ersten Stock wieder und steckte zusätzlich in einem der reichlich großen Nachthemden meines Bruders, dessen Ärmel ich aufrollen mußte. Mrs. Pearce hatte die Jalousien heruntergelassen, um das Zimmer zum Schlafen abzudunkeln, aber es war noch hell genug zum Lesen.

Ich seufzte angenehm schläfrig und griff mit träger Hand nach dem kleinen Buch, das ich auf dem Nachttisch abgelegt hatte. Ich öffnete das Tagebuch von Samuel Pepys an einer beliebigen Stelle und las den Eintrag vom 6. April 1665:

Überall Gerede von einem neuen Kometen, hatte er geschrieben, *er soll mindestens genauso hell erstrahlen wie der letzte; aber ich selbst habe ihn noch nicht gesehen.* Zwei Kometen…

Ich rutschte unwillkürlich in den Kissen hin und her, und mein Nacken prickelte, als hätte eine eisige Hand darübergestrichen. Müdigkeit und Erschöpfung waren vergessen, ich umfaßte das Buch fester und begann zu lesen.

Kapitel zehn

Ich hatte erwartet, alles mögliche zu empfinden, als ich am nächsten Morgen zurück nach Exbury fuhr. Besorgnis auf jeden Fall, aber auch Angst oder sogar Aufgeregtheit. Doch ich war völlig unvorbereitet auf das Gefühl vollkommener Heiterkeit, das sich, noch bevor die Turmspitze der Kirche meines Bruders im Rückspiegel von den Bäumen verschluckt worden war, wie eine wärmende Decke um mich legte. Es war ein sehr intensives Gefühl, beruhigend und alles durchdringend. Und ganz und gar irrational, angesichts der verstörenden Ereignisse vom Vortag.

Mechanisch reagierte ich auf die unberechenbaren Manöver der anderen Autofahrer, die sich durch den Berufsverkehr schlängelten, während meine Gedanken müßig zum vergangenen Tag zurückwanderten.

Ich hatte fast ein ganzes Jahr aus Pepys' Tagebuch gelesen, bevor die Müdigkeit mich schließlich besiegte. Als ich wach wurde, war es später Nachmittag, und die durch die halbgeöffneten Fenster hereinströmende Luft duftete wunderbar rein und frisch. Meine Kleider waren von Mrs. Pearce gewaschen und gebügelt worden und lagen über einem Stuhl neben dem Bett wie eine wartende Spielgefährtin. Ich stand auf, badete und ging hinunter, um meinen Bruder zu suchen.

Ich fand ihn in dem langgestreckten Patio hinter dem Haus, wo er gedankenverloren auf einem Bleistift kaute und mit blickleeren Augen auf den weitläufigen, gepflegten Rasen starrte. Beim Geräusch meiner Schritte tauchte er aus seinen Gedanken auf, sah mich lächelnd an, nahm den Bleistift aus dem Mund und legte ihn auf das aufgeschlagene Notizbuch auf dem kleinen Tisch neben sich.

»Na, du siehst ja wirklich besser aus«, begrüßte er mich. »Vielleicht solltest du ein paar Tage bleiben und dich gründlich ausruhen.«

»Danke, aber ich kann nicht.« Ich setzte mich auf einen bunt bezogenen Stuhl ihm gegenüber. »Ich muß morgen zurück. Woran arbeitest du?«

Er hielt das Notizbuch schräg und zeigte mir die eng bekritzelten Seiten. »Predigt. Du hast doch so einen guten Wortschatz, soweit ich mich erinnere. Was ist ein anderes Wort für ›spontan‹?«

»›Ungeplant‹?«

»Sehr gut.« Er schrieb weitere unleserliche Zeichen mit dem Bleistift und legte dann das Notizbuch wieder weg. »Konntest du schon etwas in dem Pepys lesen?«

»Mmm.« Ich lehnte mich zurück, schlug die Beine übereinander und wippte lässig mit dem Fuß. »Ich habe fast alles aus dem Pestjahr gelesen. Es war 1665, übrigens. Ziemlich schreckliches Zeug.«

Soweit ich es hatte rekonstruieren können, hatte sich die Pest allmählich ausgebreitet und war durch die Handelsschiffe, die unkontrolliert über den Kanal von Amsterdam nach London und zurück segelten, herübergekommen. Als sich die Seuche einmal festgesetzt hatte, hatte sie sich ausgebreitet wie eine schwärende Wunde und war mit tödlicher Zielstrebigkeit durch die übervölkerten Vororte bis in die Stadt selbst vorgedrungen. Mit einem Gefühl der Tragik, geboren aus der nachträglichen Einsicht des zwanzigsten Jahrhunderts, hatte ich gelesen, wie die Londoner in ihrer abergläubischen Unwissenheit schleunigst alle Hunde und Katzen abgeschlachtet hatten, wo doch gerade diese Tiere die wachsenden Populationen der pestbringenden Ratten hätten eindämmen können. Selbst heute, mit all unserer modernen Medizin, wäre ein Ausbruch von Beulenpest ein beängstigendes Ereignis. Den Menschen des siebzehnten Jahrhunderts mußte die Seuche wie die Apokalypse selbst vorgekommen sein.

»Bist du auf irgend etwas Interessantes gestoßen?«

»Auf einiges. Weißt du noch, wie ich dir erzählte, daß ich von zwei Kometen geträumt hätte? Offenbar wurden nämlich tatsächlich zwei Kometen über London gesichtet, einer im Dezember 1664 und der zweite im Frühjahr des Pestjahres. Sie erregten viel Aufsehen, nach Pepys. Galten als böses Omen.«

»Ja, das kann ich mir vorstellen«, nickte Tom. »Kometen wurden als Zeichen bevorstehenden Unheils angesehen zu dieser Zeit. Und nicht einmal ohne Grund. Auch der berühmte Wandteppich von Bayeux zeigt bei der Krönung des armen alten Harald zum König, kurz bevor Wilhelm der Eroberer die englische Armee in den Boden stampfte und einen Pfeil durch Haralds Auge schoß, einen auftauchenden Kometen.«

»Stimmt nicht«, widersprach ich ihm. »Du hattest den falschen Geschichtslehrer, mein Lieber. Der Bursche auf dem Teppich mit dem Pfeil im Auge ist nicht Harald. Harald wird mit einem breiten Schwert oder so was erschlagen, in einer späteren Szene.«

»Egal. Jedenfalls bedeuteten Kometen immer Unglück. Die historische Antithese zu deinen verdammten Staren, wenn du so willst. Kam dir sonst etwas in dem Tagebuch bekannt vor?«

»Eigentlich nicht.« Ich schüttelte den Kopf. »Ein paar Dinge, die er zu Beginn des Jahres erwähnt, schienen etwas in meiner Erinnerung zum Klingen zu bringen, aber wenn er über die Sommermonate schreibt, in denen die Menschen wie Fliegen auf den Straßen starben, fühle ich überhaupt nichts.«

Mein Bruder lächelte mich an, mit diesem gewissen, selbstzufriedenen Lächeln, das gewöhnlich bedeutete, daß er gleich eine besserwisserische Bemerkung machen würde. »Na ja, kannst du ja auch nicht, oder?«

»Was meinst du damit?«

»Angenommen, du warst in einem früheren Leben wirklich diese Mariana, dann kannst du schlecht wissen, wie es in London auf dem Höhepunkt der Pestepidemie zuging. Du warst zu dieser Zeit schon aus London fortgeschickt worden, erinnerst du dich? Aufs Land.«

»Nach Exbury«, grübelte ich. Dann nahm ich mich zusammen und lächelte ein wenig beschämt. »Das klingt alles ziemlich weit hergeholt, nicht wahr? Wie aus einem Schauerroman.«

»Oh, ich weiß nicht«, sagte Tom achselzuckend. »Für mich klingt es eher faszinierend. Ich habe übrigens unseren Gemeindebibliothekar auf die Spur angesetzt, wir müssen also abwarten, was er zum Thema Reinkarnation ausgräbt.«

Ich sah ihn lächelnd an. »Er fand nicht, daß das ein etwas seltsames Forschungsfeld für den Pfarrer des Ortes ist?«

»Um Himmels willen, nein.« Tom wischte den Einwand beiseite. »Ich habe ihm gesagt, daß ich die Informationen für eine bevorstehende Predigt benötige.«

Was tatsächlich eine logische und plausible Erklärung war,

entschied ich, als ich darüber nachdachte. Toms Predigten waren notorisch unorthodox, und wenn er auf der Kanzel stand, war es genauso wahrscheinlich, daß er über Kricket sprach, wie daß er aus der Bibel zitieren würde. Zweifellos hatte sich seine Gemeinde an seine Exzentrizitäten gewöhnt und akzeptierte sie mittlerweile fraglos.

»Ich muß ein paar von meinen alten Lehrbüchern über vergleichende Religionswissenschaft heraussuchen«, war mein Bruder inzwischen fortgefahren. »Darin sollte auch einiges über Reinkarnation stehen. Sowohl Hindus als auch Buddhisten glauben daran, soviel weiß ich.«

»Also ich weiß nicht, ob ich selbst völlig davon überzeugt bin«, gestand ich ihm. »Aber was immer geschieht, hängt eindeutig mit meinem Haus zusammen.«

»Und du bist sicher, daß du dorthin zurückkehren willst?«

Ich dachte an mein schönes, sonniges Atelier; an die freundlich-gesellige Atmosphäre des Roten Löwen, wo Ned ständig am Ende der Bar seine Zeitung las; an Geoffrey de Mornay und wie seine Augen sich verdunkelten, wenn er lächelte...

»Ja«, antwortete ich, »ganz sicher. Es ist fast, als ob – ich weiß, das klingt idiotisch –, aber es ist fast, als ob ich aus einem bestimmten Grund nach Greywethers gerufen wurde. Als ob ich dorthin gehörte.«

»Gar nicht idiotisch. Ich glaube, daß alles aus einem bestimmten Grund geschieht.« Da sprach der Pfarrer aus ihm. »Und ich glaube, daß du recht hast. Du mußt zurückgehen und dich dieser Sache stellen, wenn du jemals Frieden haben willst. Du mußt herausfinden, was du kannst, über diese Mariana. Wenn dir das gelingt, erfährst du vielleicht, warum das alles mit dir geschieht. Irgendeine unerledigte Geschichte vielleicht, die zu ihrem Ende gebracht werden muß.«

»Das wäre eine Möglichkeit, nehme ich an.«

»Oder«, fügte er grinsend hinzu, »meine Theorie mit dem früheren Leben ist totaler Blödsinn, und du wirst am Ende doch einfach nur langsam verrückt. Wie Großtante Sarah.«

Ich zog eine Grimasse. »Ein sehr tröstlicher Gedanke.«

»Wozu hat man schließlich einen großen Bruder?« fragte Tom, immer noch grinsend.

»Allerdings«, räumte ich ein, »ist Verrücktwerden vielleicht wirklich die naheliegendste Erklärung. Ich bin immer noch nicht sicher, ob ich an das Prinzip der Wiedergeburt glauben kann. Es kommt mir doch ein bißchen unwahrscheinlich vor, meinst du nicht?«

Tom warf mir einen Seitenblick zu und zuckte die Achseln. Dann ließ er seinen Blick wieder über den ausgedehnten, grünen Rasen schweifen, wo die langen Schatten des frühen Abends sich auf dem frisch gemähten Gras ausbreiteten wie sanft streichelnde Finger. »1665 war das Pestjahr, sagtest du? Wer war damals auf dem Thron?«

»Karl der Zweite, soweit ich weiß.«

»Ach so, stimmt. Noch einer von den unglücklichen Stuartkönigen, nicht wahr? Hast du den Eintrag über seine Krönung gelesen?«

»Nein, so weit bin ich nicht zurückgegangen.«

»Nun«, Tom lehnte sich zurück, »da wir schon über böse Omen gesprochen haben – es hat damals den ganzen Tag über wie aus Eimern gegossen.«

Ich schüttelte vage verneinend den Kopf. »Es hat erst am Abend angefangen zu regnen«, verbesserte ich ihn. »Als die Zeremonie beendet war.«

»Es war an einem Samstag, glaube ich.«

Meine Antwort kam diesmal mit längerer Verzögerung. »Nein. Es war ein Dienstag.«

»Und der Boden war mit einem roten Teppich ausgelegt.«

»Er war blau ...« Ich drehte mich wie vor den Kopf geschlagen zu ihm um und traf auf seinen wissenden Blick.

»Du hast recht«, sagte er. »Vermutlich hat es nicht viel Sinn, der Reinkarnationstheorie nachzugehen.«

Ich hatte ihn angestarrt, zunächst unfähig zu antworten, mein Verstand vor Verblüffung wie betäubt. »Verflucht noch mal«, hatte ich langsam gemurmelt. Denn schließlich, Pfarrer hin oder her ...

»Genau«, hatte Tom geantwortet und sich lächelnd wieder seiner Predigt zugewandt.

Der Verkehr vor mir löste sich auf, und das plötzliche Lärmen einer Autohupe riß mich ruckartig aus meinen Erinnerungen.

Immer noch in wärmende Heiterkeit gehüllt, brachte ich den kleinen Peugeot auf die schnellere Spur, trat fester auf das Gaspedal und richtete meine Schultern mit einem leisen Seufzer am Fahrersitz auf. Den Rest des Weges fuhr ich still konzentriert.

Als ich über die kleine Brücke holperte, die Exbury ankündigte, legte sich die Decke der Zufriedenheit noch enger um mich und ein kleiner Schauer der Erwartung lief durch meinen reisemüden Körper. *Fast zu Hause*. Die Worte erklangen in meinem Kopf wie eine Stimme, sanft und beruhigend.

Da war dieses Wort wieder, dachte ich. Zuhause. Es kam mir so einfach und selbstverständlich in den Sinn, beinahe als ob ...

»Ich weiß nicht«, sagte ich laut zu der fleckigen Windschutzscheibe, »habe ich hier wirklich schon einmal gelebt, in einem früheren Leben?«

Die Antwort strömte unverzüglich und schlicht zurück, entweder aus meiner Einbildung oder aus den tiefsten Winkeln meines Unterbewußten: *Ja*.

Die Straße beschrieb eine Kurve, und mein Haus erhob sich majestätisch aus der Landschaft, um mich willkommen zu heißen, wunderschön im Sonnenlicht des späten Morgens, an der Nordseite bekränzt von frisch erblühten Forsythien. Es lief immer wieder alles auf das Haus hinaus, dachte ich, als ich in die schmale Auffahrt einbog. Ich hatte dieses Haus nicht ausgesucht, wie andere Leute ein Haus aussuchen, aus freiem Willen und unter vernünftigen Überlegungen; das Haus hatte mich ausgesucht. Und wenn ich tatsächlich aus einem bestimmten Grund hierher gerufen worden war, dann sollte ich besser herausfinden, worin dieser Grund bestand, und gleich heute damit beginnen. Sofort damit beginnen.

»Also gut«, sagte ich fest und hob entschlossen mein Kinn. »Ich bin zurückgekommen. Jetzt zeig mir, was es ist, das ich tun soll.«

Das war in Wirklichkeit schamlos gespielte Tapferkeit. Als ich die Worte sprach, war ich mir noch nicht einmal sicher, ob ich sie an einen Geist, das Haus oder an mich selbst richtete. Und ganz sicher erwartete ich keine Antwort.

Aber als ich in dem umgebauten Stall auf der Rückseite des Hauses parkte, nahm ich aus dem Augenwinkel eine schemenhafte Bewegung wahr, und als ich den Kopf wandte, sah ich die Gestalt einer jungen Frau im Taubenschlaggarten stehen. Die regungslose, aufrechte Gestalt einer jungen Frau in Grün.

Einen Augenblick lang geriet ich in Panik, meine Brust wurde eng, doch dann drehte sich die Frau herum und lächelte und winkte, und ich sah, daß es überhaupt kein Geist war, sondern nur Vivien in einem unförmigen, alten, grünen Overall, ihr blondes Haar fiel wirr um ihre Schultern, und ihr Gesicht leuchtete gesund und rosig. Erleichtert ging ich langsam durch das lange Gras auf den verfallenen Taubenschlag zu. Vivien unterbrach ihre Arbeit und stützte sich auf die Harke, während sie mein Herankommen mit freundlichem Blick begleitete.

»Du bist also wieder zu Hause«, bemerkte sie überflüssigerweise. »Ist alles in Ordnung mit deiner Familie?«

»Ja, danke.« Neuigkeiten verbreiteten sich in Windeseile. Sie sah aus, als ob sie mehr erfahren wollte, aber ich wechselte schnell das Thema. Ich hatte noch nie gern gelogen. »Ich wußte nicht, daß du dich an der Gartenarbeit versuchst«, sagte ich.

»Normalerweise nicht. Ich gehe nur Iain ein wenig beim Unkrautjäten zur Hand. Es ist so ein schöner Morgen«, erklärte sie und deutete mit der Hand auf den ungetrübten blauen Himmel. »Ich wollte nicht im Haus eingesperrt sein.«

»Du gehst mir nicht gerade sehr *viel* zur Hand, Schätzchen«, warf Iain Sumners Stimme trocken ein. Ich hatte ihn wegen der Steinmauer nicht sehen können, aber als ich näher an den Garten herantrat, richtete er sich auf und streckte sich. »Du harkst jetzt schon seit zwanzig Minuten dasselbe Stück Erde«, beschuldigte er Vivien.

Sie zuckte gutmütig die Achseln. »Ich bin eben gründlich.«

»Ach so. Na, ich werde nicht mit dir darüber streiten.« Er bedachte sie noch mit einem schrägen Blick und lächelte mir dann einen Gruß zu, wobei er eine Handvoll erdbehangenen Unkrauts auf einen beachtlichen Haufen neben sich warf. Er sah ganz nach Landbewohner aus an diesem Morgen, in seinen Hosen aus grobem Stoff und einem verblichenen blauen Flanellhemd, die Lederhandschuhe mit den langen Stulpen bis über die Unterarme gezogen. Er sah außerdem erschöpft aus. Seine grauen Augen lagen überanstrengt und tief umschattet in seinem gleichmütigen Gesicht. Ich dachte an meinen Cousin Ronald in Cornwall, der jeden Morgen um vier Uhr aufstand, um seine dreißig Kühe zu melken, und fragte mich zum hundertsten Mal, warum jemand freiwillig Bauer wurde.

Iain warf einen der vielgetragenen Arbeitshandschuhe von sich und wischte sich mit einer großen, sonnenverbrannten Hand den Schweiß von der Stirn. »Ich habe Geoff deine Nachricht ausgerichtet«, informierte er mich. »Es war überhaupt kein Problem. Er wurde selbst weggerufen, mußte aus Geschäftsgründen für die nächsten paar Tage nach Norden, aber er sagte, er riefe dich an, wenn er zurück ist.«

»Ach ja?« Vivien legte den Kopf auf die Seite.

»Er hat mir eine Führung durch das Herrenhaus versprochen«, erklärte ich in der Hoffnung, daß im Sonnenlicht niemand mein Erröten bemerken würde. Zum zweiten Mal wechselte ich das Thema. »Der Garten sieht wunderschön aus«, sagte ich.

Das tat er wirklich. Die ordentlichen Reihen winziger grüner Sprossen waren nun von knospenden Büscheln von Hyazinthen und Primeln umgeben. Er hatte auch eine Kletterrose hinzugefügt, vielleicht ein Ableger aus dem berühmten Rosengarten von Crofton Hall, dessen schlafende Ranken sich träge über die sonnenerwärmten Steine wanden. In etwa einem Monat würde das kleine Stück Land geradezu vor Leben und Farben explodieren.

Iain folgte meinem anerkennenden Blick und zuckte mit den breiten Schultern. »Er macht sich so langsam«, sagte er bescheiden.

Ich sah auf meine Armbanduhr. Es war fast halb zwölf. »Möchte jemand vielleicht eine Tasse Tee?« bot ich an.

»Großartige Idee.« Vivien ließ ihre Harke mit sichtbarer Erleichterung fallen, und Iain warf ihr einen Blick nachsichtiger Zärtlichkeit zu, bevor seine müden grauen Augen auf meine trafen und er lächelte.

»Ich würde nicht nein sagen«, war seine Antwort.

Ich hätte es keiner Seele eingestanden, am wenigsten mir selbst, aber ich war froh, daß ich nicht allein war, als ich die Tür des stillen grauen Hauses aufschloß und mit einem tiefen Atemzug der Entschlossenheit über die wartende Schwelle trat.

Kapitel elf

Ich hätte mir keine Sorgen zu machen brauchen. Die restlichen Tage der Woche vergingen in ruhiger, vollkommener Normalität, so langweilig, wie man es sich nur vorstellen kann. Perverserweise war ich enttäuscht. Das war sicher keine rationale Reaktion, aber ich konnte es nicht ändern. Geduld gehörte, wie meine Familie aus vollem Herzen bestätigen würde, nicht zu meinen hervorragendsten Eigenschaften, und nun, da ich darauf vorbereitet – sogar begierig – war, eine weitere Szene aus Mariana Farrs Leben zu erfahren, fand ich es frustrierend, daß mir die Gelegenheit versagt blieb. Selbst mein Beobachter auf dem grauen Pferd hatte mich verlassen, und die Stelle unter der alten Eiche war jedesmal leer, wenn ich den Mut aufbrachte hinzusehen.

Am Freitagmorgen schließlich hatte sich meine Ungeduld in Unruhe verwandelt, und ich richtete meine Gedanken auf die Arbeit, um mich abzulenken. Es war sowieso höchste Zeit, daß ich wieder zu arbeiten begann, sagte ich mir in resolutem Ton. Als ich in gewohnter Haltung vor dem Zeichentisch saß, die markierte Manuskriptseite an der oberen Leiste befestigt und ein sauberes Blatt Zeichenpapier unter meinem Bleistift ausgebreitet hatte, fühlte ich mich sofort konzentrierter und entspannter.

Es war über einen Monat her, seit ich das letzte Mal an den Illustrationen zu dem Märchenbuch gearbeitet hatte. Ich war nach dem Kauf des Hauses zu aufgeregt gewesen, während des Umzugs zu beschäftigt und von den darauffogenden Ereignissen zu abgelenkt, um auch nur daran zu denken, meine Kobolde und Königinnen zu zeichnen. Die kleinen Figuren hatten die ganze Zeit über wie im Brutstadium gewartet, und nun sprangen sie geradezu aus meiner Vorstellungskraft in die Bleistiftspitze und auf die unberührte Seite und brachten Leben in die Bearbeitung einer koreanischen Sage über einen verärgerten Drachen.

Die Geschichte erforderte insgesamt vier Illustrationen. Bis zum frühen Nachmittag hatte ich mit der fast peniblen Ausführung der Details, die mein Markenzeichen war, die Bleistiftskizzen fertiggestellt. Die Skizzen mußten noch mit Aquarellfarben ausgefüllt werden, aber das konnte bis morgen warten. Ich lehnte mich in dem hohen, gepolsterten, speziell angefertigten Stuhl zurück, reckte die Arme über den Kopf, um die Knoten zwischen meinen Schulterblättern zu lösen, und sah mich zufrieden im Zimmer um.

Ich hätte mir keinen besseren Platz zum Arbeiten aussuchen können. Der Raum war klein, quadratisch und hatte eine niedrige Decke, aber die Wände waren in einem hellen Sonnenaufgangsgelb gestrichen und entlockten den breiten, polierten Bodenbrettern einen leuchtenden Widerschein. Es war ein gemütliches, freundliches kleines Zimmer.

Wenn ich meinen Stuhl drehte, hatte ich durch das Fenster eine gute Sicht auf die dunkle Baumreihe, die die gemächliche Windung des Flusses im Osten meines Grundstücks markierte, und jenseits davon auf das klar umrissene Flickenmuster der Felder und die flach gewellte Hügellandschaft. Im Südosten, gerade noch in meiner Sichtweite, wachte der untersetzte, zinnenverzierte Kirchturm über das Dorf, und die hohen Ziegelschornsteine von Crofton Hall erhoben sich herrschaftlich über einem grünen Baldachin aus Bäumen.

Ich hatte noch nichts von Geoffrey de Mornay gehört und nahm daher an, daß er noch geschäftlich unterwegs war. Irgendwo oben im Norden, hatte Iain gesagt. In Lancashire vielleicht, spekulierte ich, oder in Northumberland. Morland Electronics hatte Werke in beiden Grafschaften.

Jedenfalls, rief ich mich selbst zur Ordnung, wartete ich nicht mit angehaltenem Atem auf seinen Anruf. Schließlich war ich ja kein liebeskranker Teenager und hatte genug andere Dinge im Kopf, die meine Zeit in Anspruch nahmen. Außerdem, überlegte ich, als ich nach unten ging, um mir eine längst überfällige Tasse Tee zuzubereiten, kannte ich den Mann erst seit einer Woche.

Was nicht erklärte, weshalb ich, als das Telefon tatsächlich zu läuten begann, fast über den Küchentisch sprang, um den Hörer abzunehmen. Oder warum meine Stimme plötzlich schwül klang und Bilder von der frühen Greta Garbo heraufbeschwor.

»Halloo?«

»Julia?«

»Ach, du bist's«, antwortete ich, unüberhörbar enttäuscht.

»Entschuldigung.« Tom klang betroffen. »Wer sollte ich denn sein?«

»Niemand.« Ich fand meine normale Stimme wieder. »Was gibt's?«

Mein Bruder schwieg einen Moment, entschied sich, der Sache nicht weiter nachzugehen, und sprach dann etwas zurückhaltender weiter. »Ich komme gerade von der Bibliothek«, teilte er mir mit, »und dachte, dich würden vielleicht ein paar von den Sachen interessieren, die mein Bibliothekar für mich ausgebuddelt hat.«

»Schon? Er ist ja wirklich ganz schön schnell.«

»Er ist ein ungeheuer fleißiger junger Mann. Jedenfalls«, fuhr Tom fort, »hat er es geschafft, neben der Erstellung einer ellenlangen Liste von berühmten Leuten, die an Wiedergeburt glaubten – von Plato bis Voltaire –, die offiziellen religiösen Auffassungen sowohl des Hinduismus als auch des Buddhismus zum Thema zusammenzutragen. Seitenweise Informationen! Die grundlegende Theorie lautet, daß die menschliche Seele immer wieder in ein Leben auf der Erde zurückgeschickt wird, bis sie die Lektionen gelernt hat, die nötig sind, um in einen höheren Seinszustand überzugehen.«

»Und was sind das für Lektionen?«

»Das wird nicht genauer bestimmt. Es gibt allerdings das Gesetz des Karma, welches besagt, daß alles, was man in einem Leben tut, sich auch auf zukünftige Leben auswirkt; wenn du also ein richtiger Fiesling in diesem Leben bist, wirst du es im nächsten ordentlich schwer haben. Aber das«, schränkte Tom in seiner üblichen rationalen Art ein, »ist natürlich nur die religiöse Sichtweise. Ich habe hier auch eine Menge Berichte über wissenschaftliche Forschungen, die das Phänomen der Wiedergeburt unterstützen, ohne die religiösen Aspekte in Betracht zu ziehen.«

»Wissenschaftliche Forschungen?« echote ich. »Du nimmst mich auf den Arm.«

»Nein, wirklich.« Ich konnte das Rascheln von Papieren im Hintergrund hören. »Einige Leute nehmen das todernst. Zum Beispiel hat ein Professor für Psychiatrie an der Universität von Virginia 1700 Fälle von Leuten gesammelt, die bewußte Erinnerungen an frühere Leben haben. Die meisten davon sind Kinder, die aus heiterem Himmel heraus behaupten, daß sie eine bestimmte Person in einem vergangenen Leben gewesen sind und ein früheres Zuhause oder sogar frühere Freunde und Ehepartner identifizieren können. Sehr seltsam alles. Es gibt da einen faszinierenden Fall in Indien...«, er hüstelte, und ich hörte wieder Seitenrascheln. »Aber ich schweife ab. Der andere Hauptforschungszweig scheint von Hypnotherapeuten auszugehen, wenn man denn an so etwas glauben will. Sie haben buchstäblich Tausende von Menschen in vergangene Leben zurückversetzt und festgestellt, daß die meisten ganz gewöhnliche Leute mit ganz gewöhnlichen Leben waren. Oh, hier ist noch etwas Interessantes. Ein Artikel über spontane Erinnerungen an vergangene Leben, und darin steht, daß die im Zusammenhang mit der Studie befragten Leute alle von einem Klingen in den Ohren, begleitet von Schwindelgefühlen, kurz vor dem Erlebnis berichteten. Kommt dir das bekannt vor?«

»Mir kommt es vor, als ob du da eine ganze Menge Material hättest«, kommentierte ich und versuchte den leichten Schauder zu ignorieren, der über meinen Körper lief.

»Stapelweise«, bestätigte Tom. »Hör zu, warum schicke ich dir nicht einfach das ganze Paket, damit du die Sachen selbst lesen kannst, statt hier am Telefon weiterzuschwafeln?«

»Gute Idee. Du hast doch meine Adresse, oder?«

»Irgendwo, ja.«

Da ich dem Gedächtnis meines Bruders nicht traute, gab ich sie ihm noch einmal und hörte das Kratzen seines Bleistifts, als er sie aufschrieb. Als wir unser Gespräch wieder aufnahmen, schien er genau wie ich enttäuscht zu sein, daß seit meiner Rückkehr nichts passiert war.

»Gar nichts?« wollte er wissen. »Noch nicht einmal ein ungewöhnlicher Traum?«

»Ich kann mich an keinen meiner Träume erinnern.«

»Vielleicht versuchst du es zu sehr.«

»Ich mache das nicht mit Absicht, Tom.« Meine Stimme klang abgehackt und ungeduldig. »Ich bin genauso begierig darauf, daß etwas geschieht, wie du, weißt du.«

»Ich weiß. Tut mir leid.« Selbst durch das Telefon konnte ich sein Lächeln spüren. »Eigentlich lustig, wenn man darüber nachdenkt.«

»Was ist lustig?«

»Na ja, am Dienstag warst du noch besorgt, *weil* etwas passierte, und jetzt sind wir beide unruhig, weil *nichts* passiert.«

»Ach so, verstehe. Also, ich empfinde es nicht unbedingt als lustig, von meiner Seite aus. Es ist eher ein ominöses Gefühl, wie eine Vorahnung, wenn du es genau wissen willst.«

»Die Ruhe vor dem Sturm?«

»Eher so, als ob ... als ob ich beobachtet würde«, erklärte ich ihm. »Als ob jemand hinter mir stünde und mich beobachtete. Und wartete.«

»Wartet auf was, was glaubst du?«

»Ich weiß es nicht. Ich nehme nicht an, daß du in deinem Informationsstapel von eurem Bibliothekar irgendwelche nützlichen Hinweise hast?«

»Dazu nicht, nein.« Er blätterte wieder in den Seiten. »Oh, aber ich hatte hier noch zwei andere Aussagen, die du interessant finden könntest ...«

»Ja?«

»Es scheint viele Hinweise darauf zu geben, daß wir uns in jedem Leben mit denselben Menschen umgeben – daß dein Vater in einem nächsten Leben dein Freund wird und so weiter. Sie werden manchmal als ›Seelengefährten‹ bezeichnet und sind oft Leute, zu denen du dich sofort hingezogen fühlst, ohne wirklich zu wissen, warum.«

»Also hättest du auch in einem früheren Leben schon mein Bruder sein können.«

»Oder dein Ehemann«, neckte mich Tom. »Oder dein Sohn. Oder auch deine Tochter. Das Geschlecht scheint nicht immer gleich zu bleiben von einem Leben zum nächsten.«

»Gut«, akzeptierte ich die Information. »Und was war die andere Sache, von der du glaubst, daß sie mich interessiert?«

»Ah«, sagte Tom. »Also, das ist ein bißchen heikel, aber ... die meisten Personen in einer dieser Studien gaben an, daß sie regelrecht *beschlossen* hatten, wiedergeboren zu werden; daß sie sozusagen in einer Art Schwebezustand verharrt waren, bis der rechte Augenblick sich bot.«

»Und?«

»Hast du nicht gesagt, daß dieser Geist, diese Grüne Frau in deinem Garten, seit etwa dreißig Jahren von niemandem mehr gesehen worden sei?«

»So hat man es mir erzählt.«

»Und ist dir noch nicht aufgefallen«, sagte Tom langsam, »daß auch etwa dreißig Jahre seit deiner Geburt vergangen sind?«

Leise sprich, leise geh ... Die Worte kamen mir automatisch und ungerufen in meinen verstörten Sinn, als ich allein auf dem von Mauern eingefaßten Friedhof stand und auf das überwucherte Grab von Mariana Farr hinuntersah. Sie gehörten zu einem Gedicht von Oscar Wilde. Ich hatte es einmal in der Schule auswendig lernen müssen, und selbst jetzt, nach vielen Jahren, konnte ich mich noch an die letzte, unvergeßlich traurige Zeile erinnern: *All meine Welt liegt hier – wirf Erde nieder!*

Aber war das nicht gerade das Falsche? fragte ich mich. Ich sollte doch eher graben, um die Vergangenheit aufzudecken, und nicht Erde darauf häufen. Stirnrunzelnd bohrte ich meine Hände tiefer in die Taschen meiner Jeans und starrte auf den einfachen kleinen Stein. *All meine Welt liegt hier* ...

Ein kalter Windhauch blies mir die Haare aus der Stirn, und ich wandte mich ab, den Kopf in tiefem Nachdenken gesenkt, während ich mit schweren Schritten auf die Kirche zustapfte. Wie schon zuvor öffnete sich die riesige Holztür leicht auf meine Berührung hin. Als ich in dem stillen, kühlen Inneren stand, staunte ich wieder über die außerordentliche Ruhe, die dieser Ort verströmte, und über die romantische, verlassene Atmosphäre, von der er durchdrungen war. Wie die Abtei von Glastonbury, bei der das Gras hoch oben auf den dachlosen Mauern wuchs, vermittelte diese kleine Kirche den Eindruck, daß alle ihr zugehörigen Menschen schon vor sehr langer Zeit fortgegangen waren.

Was Unsinn war, überlegte ich, da am Sonntag die Bänke wahrscheinlich voll mit den heutigen Gläubigen von Exbury sein würden. Aber der Eindruck blieb dennoch. Ich hätte mich selbst eine Weile in eine der zerkratzten, blankgeriebenen Bänke gesetzt, aber ein Geräusch außerhalb der Kirche erregte meine

Aufmerksamkeit. Zuerst war es nur ein schwaches, entferntes Geräusch, das wie das beharrliche Klopfen eines Astes gegen eine Fensterscheibe durch die dicken Mauern drang, aber es kam näher und wurde stetig lauter, bis ich den Klang von Pferdehufen auf der festgestampften Erde des Pfades, der hinter der Kirche vorbeiführte, erkennen konnte – des Pfades, der zum Herrenhaus führte.

Neugierig ging ich hinaus, umrundete die Westseite der Kirche und lief das kurze Stück über den Rasen zu dem niedrigen Gatter, durch das man auf den Gutshauspfad gelangte. Obwohl ich das Pferd deutlich hörte, konnte ich nichts erkennen und trat auf den Pfad, um besser sehen zu können.

Das Schwindelgefühl überkam mich ganz plötzlich. Ich hatte kaum Zeit, meine Fingerspitzen auf die klopfenden Schläfen zu legen und meine Augen gegen die blendende Lichtexplosion zu schließen, als ich auch schon einen lauten Fluch hinter mir hörte und beim Umdrehen ein Paar gewaltige Hufe erblickte, die die Luft nur wenige Zentimeter vor meinem Gesicht durchschnitten. Benommen fiel ich nach hinten und stieß meine Hüfte dabei an einem Stein. Von dem Gewicht des Kleides, das sich um meine Beine gewickelt hatte, am Boden festgehalten, konnte ich nur halb sitzend, halb liegend zu dem Mann hinaufstarren, dessen hervorragende Reitkunst mir ohne Zweifel gerade das Leben gerettet hatte.

Ich konnte sein Gesicht nicht sehen – die Sonne stand in seinem Rücken, und ich hatte nur den flüchtigsten Eindruck von einem kantigen Profil, als er sich darum bemühte, das tänzelnde graue Pferd zu beruhigen. Doch obwohl ich seinen Gesichtsausdruck nicht erkennen konnte, war ich sicher, daß er nicht lächelte.

»In drei Teufels Namen, Weib!« fluchte er wieder und bestätigte damit meine Vermutung. »Könnt Ihr nicht aufpassen, wo Ihr hintretet? Wünscht Ihr den Tod herbei?«

Mit aufgerissenen Augen schüttelte ich stumm den Kopf, unsicher, auf welche der beiden Fragen ich antwortete. Seine Kinnlinie spannte sich an, als ob er mir gleich eine Strafpredigt halten wolle, aber er stieß nur einen gepreßten, verärgerten Seufzer aus und blickte einen Moment zur Seite, so daß ich das kantige, fein gezeichnete Profil genauer betrachten konnte. Als er mich wieder ansah und zu mir sprach, war seine Stimme ruhiger und beinahe freundlich.

»Seid Ihr verletzt?«

Wieder schüttelte ich den Kopf und ahnte sein Lächeln.

»Könnt Ihr nicht sprechen, Mariana Farr?« fragte er. »Ich habe gehört, daß Mädchen aus London darin besonders gut sein sollen.«

Mir stockte das Blut. »Ich bin nicht aus London, Herr. Ich komme aus Southampton.«

»Seltsam«, sagte er wie nebenher, »vor noch nicht einer Woche gab ich einem Mann ein Bier aus, der behauptete, Kutscher zu sein und aus London zu kommen. Er erzählte mir, daß er nur einen Passagier bis hierher gebracht habe, und das sei ein Mädchen mit Haar so hell wie reife Gerste gewesen. Er wurde etwas poetisch beim Bechern, dieser Kutscher, aber er kam mir nicht wie ein Lügner vor.« Ich sagte nichts, und er sprach weiter, immer noch in diesem leichten, unbekümmerten Tonfall. »Ihr braucht mich nicht so ängstlich anzusehen – ich werde nichts verraten. Ich bin kein Bauer, Mistress, der sich bekreuzigt und Gebete murmelt, wenn jemand das Wort ›Pest‹ flüstert, und ich möchte Euch nicht aus dem Dorf gejagt sehen von Leuten, die zu dumm sind zu erkennen, daß Ihr nicht die Krankheit in Euch tragt.«

Ich kämpfte mich auf die Beine und klopfte den Staub von meinem Rock mit Händen, die nur ganz leicht zitterten. »Ihr seht mich im Nachteil, Herr«, antwortete ich ihm mit soviel Würde, wie ich aufbringen konnte, wobei ich gegen die Sonne zu ihm aufblinzeln mußte. »Ihr kennt meinen Namen.«

»Nun ja, wir haben recht wenig Fremde hier in Exbury in diesen Zeiten«, erklärte er, »und noch weniger sind es, die … mein Interesse erregen.« Sein überschatteter Blick traf mich mit brennender Intensität, und das Lächeln in seiner Stimme war noch deutlicher. Vielleicht weil er sich meiner geblendeten Augen erbarmte, wendete er sein Pferd, so daß die Sonne nicht mehr direkt hinter ihm stand, zog seinen Hut mit schwungvoller Geste und neigte den Kopf in einer scherzhaften Verbeugung.

»Richard de Mornay, zu Euren Diensten«, stellte er sich vor.

»Mein Herr.« Ich neigte zur Antwort ebenfalls den Kopf, zum Teil eingedenk meiner guten Manieren und zum Teil, weil ich es nicht länger ertragen konnte, sein Gesicht anzusehen. Es war ein schönes Gesicht, hager, edel geschnitten und von dunklem Teint, eingerahmt von einem gepflegten schwarzen Bart und locker gewelltem, natürlichem dunklem Haar, nicht von einer der aufwendigen Perücken, an deren Anblick ich mich in der großen Stadt so gewöhnt hatte.

Auch seine Kleidung folgte nicht der neuen, verweiblichten Mode. Er trug eine einfache, schwarze Weste und enge Reithosen mit einer langen schwarzen Jacke und hohen Lederstiefeln. Die Sachen waren aus feinstem Material und die Stoffe reich bestickt, aber nicht protzig, und sahen daher um so kostbarer aus. Ich fragte mich, wer dieser Richard de Mornay war. Er schien ganz anders zu sein als die einfachen Bauern und Kaufleute, denen ich seit meiner Ankunft begegnet war.

»Ihr seid sicher, daß Ihr nicht verletzt seid?«

»Ich bin sicher. Ich danke Euch.« Meinen Kopf immer noch gesenkt, wartete ich darauf, daß er weiterritt. Als er das nicht tat, riskierte ich einen neuerlichen Blick zu ihm hinauf und sah, daß er mich beobachtete.

»Dann wünsche ich Euch einen guten Tag, Mistress«, sagte er bedächtig und nickte noch einmal, bevor er seinen Hut wieder aufsetzte und das Pferd in Richtung des Dorfes lenkte. »Denkt daran, Euch künftig vorzusehen auf diesem Weg.«

Ich hatte den seltsamen Eindruck, daß er mich noch vor etwas anderem warnte, als von einem Pferd niedergeritten zu werden, doch bevor ich seine Worte noch richtig begreifen konnte, war er schon fort, und ich blieb wie ein Dummkopf mitten auf dem Weg stehend zurück. Ich riß mich mit Mühe zusammen, verließ den Pfad und ging über die Felder nach Hause, um die Möglichkeit eines weiteren Treffens mit Richard de Mornay auf der Dorfstraße zu umgehen.

Das Haus meines Onkels, auf das ich nun von hinten über die unebenen Felder zuging, war ein trostloser und abschreckender Anblick. In den wenigen Tagen, die ich seit meiner Flucht aus London dort verbracht hatte, hatte ich gelernt, diesen Ort zu fürchten, so wie ich als Kind den drohenden Anblick des Towers von London gefürchtet hatte. Beide waren auf ihre Art Gefängnisse.

Es gab keinen konkreten Grund für diesen Eindruck, auch nicht für meine wachsende Angst vor meinem Onkel. Ich war nicht mißhandelt worden, man hatte mich ohne Umstände in das alltägliche Leben der Familie aufgenommen, und Onkel Jabez' Verhalten mir gegenüber war durchweg höflich, wenn auch etwas distanziert. Dennoch hatte mich ein furchtsames Gefühl beschlichen, wie es ein Kind empfindet, das mitten in der Nacht durch die Flure eines fremden Hauses streift und an jeder Ecke erwartet, einem unbeschreiblich schrecklichen Ungeheuer zu begegnen. Als die Tage vergingen, wurde mir die Gegenwart dieses Ungeheuers immer bewußter; ich konnte beinahe spüren, wie es unter der Fassade der täglichen Routine lauerte wie die Schlange im Garten Eden. Und obwohl ich ihm noch kein Gesicht verleihen konnte, war ich mir seiner Existenz sicher.

Mit schleppenden Schritten betrat ich das Haus durch die Hintertür und fand Rachel in der Küche vor, die Arme bis zu den Ellbogen in Teig. Sie sah auf, lächelnd und mit Mehl bestäubt.

»Hattest du einen schönen Spaziergang?« fragte sie, und als ich nickte, fuhr sie fort: »Ich begann schon, mir Sorgen zu machen, du warst so lange weg.«

»Ich war auf dem Friedhof, um das Grab meines Großvaters zu sehen«, erklärte ich mit abwesender Stimme. »Rachel, was weißt du über einen Mann namens Richard de Mornay?«

Sie blickte mit einem Ruck auf, zögerte, und ihre Augen glitten an mir vorbei und weiteten sich in plötzlicher Furcht. Ich hatte meinen Onkel nicht hereinkommen hören, aber ich spürte seine Gegenwart hinter mir, noch bevor er sprach.

»Richard de Mornay«, wiederholte er den Namen und betonte die Worte unangenehm. »Woher weißt du von ihm?«

»Wir sind uns heute auf der Straße begegnet«, antwortete ich wahrheitsgemäß, »und er sprach zu mir.«

»Er ... sprach zu dir. Und das ist alles?«

»Ja.«

»Und doch erkundigst du dich nach ihm.«

Das Verhör zerrte an meinen Nerven, aber ich unterdrückte meinen Ärger und hielt meine Stimme so ruhig wie möglich.

»Ich habe nach ihm gefragt, weil ich neugierig war«, sagte ich und hob ein wenig das Kinn. »Seine Kleidung war ungewöhnlich edel, und er ritt ein schönes Pferd.« Ich schluckte und sah meinem Onkel in die Augen. »Ich war neugierig«, wiederholte ich.

Jabez Howard hielt meinen Blick einen langen Moment fest, bevor er die Augen abwandte und mich lächelnd freigab.

»Richard de Mornay«, sagte er in normalem Unterhaltungston, »ist der junge Herr von Crofton Hall. Er stammt aus adeliger Familie und erbte den Rang eines Baronet von seinem Vater, der vor fünf Jahren starb. Er ist ein Mann, den man respektieren muß, aber«, er sah mich wieder direkt an, »er ist kein Ehrenmann. Der Teufel wohnt in Richard de Mornay. Du wirst nicht wieder mit ihm sprechen.«

Er drehte sich um, ging in das Speisezimmer und ließ mich in einem plötzlichen, kalten Schauder beim Kamin stehen. Ein seltsames Geräusch durchdrang die bedrückende Stille, ein schrilles, hartnäckiges Klingen, das stetig lauter wurde und in kurzen, stakkatoartigen Stößen kam. Der Raum um mich herum begann zu schwanken und flimmerte wie der Horizont an einem heißen Sommernachmittag, und dann ordneten sich die Wände und Möbel neu an, wurden wieder deutlich sichtbar und beruhigend greifbar und solide.

Ich stand in der Speisekammer meines Hauses, gegenüber der Küchentür, und hörte auf das unnablässige Läuten des Telefons in der Diele. Ich ließ es einfach läuten, während ich benommen auf die offene Tür starrte, bis die letzten Klangwellen verebbt waren. Die Wirklichkeit floß langsam, in unzusammenhängenden Schüben zurück, und es schien eine Ewigkeit zu vergehen, bevor ich den Willen aufbringen konnte, mich von meiner Stelle nahe der Speisekammerwand in die geräumige, luftige Diele zu bewegen, wo ich auf das glänzend schwarze Telefon starrte, als sei es ein Wesen von einem anderen Planeten.

Während ich so stand und starrte, eine Hand halb ausgestreckt, begann es wieder zu läuten.

Kapitel zwölf

Der nächste Tag dämmerte sonnig und warm herauf und brachte eine erste Ahnung von der kommenden Hitze des Sommers mit sich. Bis zum frühen Nachmittag waren die Wolken, die am Morgen noch zu sehen gewesen waren, zu Fetzen von durchsichtigem Weiß geschrumpft, die am strahlend blauen Himmel gerade noch erkennbar waren, und die Sonne hing wie ein großer, gelber Edelstein in ihrer Mitte.

In den breiten Blumenrabatten, die die kiesbedeckte Auffahrt nach Crofton Hall begrenzten, waren die Bienen fleißig bei der Arbeit und kümmerten sich in ihrem Eifer nicht um die recht lautstarke, unübersehbare Schlange von Touristen, die gutgelaunt drängelnd und schwatzend auf die Führung um ein Uhr fünfzehn warteten.

Neben mir blieb Geoff plötzlich auf dem Rasen stehen und bückte sich, um einen Schnürsenkel zuzubinden, wobei er einen schnellen, einschätzenden Blick auf die sich versammelnde Menge warf.

»Samstag ist immer unser bester Tag«, bemerkte er zu mir. »Wir lassen der Menge lieber eine Viertelstunde Vorsprung, damit sich nicht irgendwelche Nachzügler unserem Rundgang anschließen.« Er richtete sich auf und lächelte. »Hast du Lust, vorher im Rosengarten eine Runde zu drehen?«

Eine Woche hatte die Wirkung dieses Lächelns nicht gemindert. Ein paar neugierige Augen folgten uns, als wir die Rasenfläche vor dem Haupteingang überquerten, aber es war eine müßige Neugier, und ich bezweifelte, ob einer der Touristen erriet, daß der gutaussehende, lässig in Jeans und ein leuchtendrotes Polohemd gekleidete junge Mann der Eigentümer von Crofton Hall war.

Möglicherweise fragten sie sich jedoch, wer zum Teufel *ich* war. Geoff hatte gestern am Telefon so förmlich geklungen, daß ich unbewußt die gleiche Förmlichkeit auch der Führung selbst zugeschrieben und aus meiner Garderobe einen eleganten Paisleyrock, eine cremefarbene Seidenbluse und absurd teure italienische Pumps mit unvernünftigen Absätzen gewählt hatte, die bei jedem Schritt im weichen Rasen einsanken. Um nicht steckenzubleiben, mußte ich einen etwas gestelzten Gang annehmen, der das meiste Körpergewicht auf die Fußballen verlagerte. Ich segnete im Stillen Geoffrey de Mornay, der, unfehlbar ritterlich, seinen Schritt verlangsamt und dem meinen angepaßt hatte.

Der Rosengarten, erfuhr ich, nahm einen großen Teil des Geländes vor der nördlichen Grenzmauer ein, die den Friedhof vom Gutsbesitz trennte. Hoch gegen den Himmel aufragend, lugte der quadratische Kirchturm über die hohe Steinmauer auf uns hinunter, als wir die friedlichen Pfade entlanggingen. Der Garten selbst erinnerte an Renaissanceanlagen – sehr sauber, sehr präzise, sehr ordentlich; doch konnten all die geometrisch angelegten Beete mit ihren exakten Rändern nicht von den wunderbaren Pflanzen ablenken, die auf ihnen gediehen.

»Natürlich«, gab Geoff zu bedenken, »ist es im Sommer beeindruckender, wenn alles blüht ...«

»Es ist auch so wunderschön«, versicherte ich ihm. »Ich glaube nicht, daß ich je ein derart ausgeklügeltes Gartendesign gesehen habe.«

»Ja, wir hatten auch die größten Schwierigkeiten bei seiner Restaurierung, bis Iain herausfand, daß es dem Deckenmuster des Speisesaals folgte.« Geoff lächelte. »Ich habe gehört, daß es auf der Westseite des Hauses einmal einen Irrgarten gab, der nach demselben Muster gepflanzt war – große Eibenhecken, sehr eindrucksvoll –, aber einer der Besitzer in viktorianischer Zeit ließ alles abholzen. Baute einen ziemlich häßlichen Brunnen an die Stelle. Pseudoitalienisch. Massen von Statuen.«

»Eine Schande.« Ich hatte eine kindische Vorliebe für Irrgärten. Ich erinnerte mich noch gut, wie wir uns im Labyrinth von Hampton Court auf einem unserer denkwürdigen Familienausflüge verirrt hatten. Mein Vater hatte uns in immer ausgedehnteren Kreisen darin herumgeführt, bis Tommy, der hungrig war und sein Abendessen nicht verpassen wollte, die Sache in die Hand genommen und uns unbeirrbar zum Eingang zurückgebracht hatte ...

»Was gibt es zu lachen?« wollte Geoff wissen, also erzählte ich ihm die Geschichte.

Er hatte ein sympathisches Lachen – in tiefem, volltönendem Bariton –, und ich mochte die Fältchen, die sich in seinen Augenwinkeln bildeten.

»Hast du nur einen Bruder?« fragte er mich.

Ich nickte. »Es gibt nur uns beide. Ich glaube nicht, daß meine Eltern mehr Kinder verkraftet hätten, offen gestanden. Sie hatten mit uns genug zu tun.«

»Wirklich?« Er sah interessiert zu mir hinunter. »Du siehst nicht aus, als seist du ein schwieriges Kind gewesen.«

»Das Äußere täuscht«, versicherte ich ihm. »Wenn ich nicht gerade im Büro der Schuldirektorin war, wurde ich in der Notaufnahme des Krankenhauses zusammengeflickt. Siehst du das hier?« Ich drehte mein Kinn schräg nach oben und zeigte ihm die Narbe. »Die habe ich bekommen, als ich Mary Poppins spielte und vom Dach fiel. Und diese«, ich schob den Ärmel hoch und legte meinen linken Unterarm frei, »stammt von einem Stacheldraht, der sich zwischen mich und einen Fußball stellte. Und mein Bruder war noch schlimmer.«

»Und jetzt bist du eine angesehene Illustratorin«, bemerkte Geoff, »und dein Bruder ist Pfarrer.«

»Ja.« Ich grinste zu ihm hinauf. »Meine Eltern stehen immer noch unter Schock, glaube ich.«

»Aber es ist doch alles in Ordnung mit deiner Familie? Iain sagte, daß du wegen eines Notfalls nach Hampshire gerufen worden seist.«

»Es stellte sich als falscher Alarm heraus«, antwortete ich schnell – ein bißchen zu schnell. Komisch, wie eine kleine Lüge so verdammt viel Schuldgefühle auslösen konnte. »Allen geht es gut, danke.«

»Gut.«

Wir gingen schweigend ein paar Schritte, und dann räusperte ich mich und versuchte, dem Gespräch eine neue Richtung zu geben.

»Hat dir dein Aufenthalt im Norden gefallen?« fragte ich.

Er lächelte. »Ich bin mir nicht sicher, ob *gefallen* das richtige Wort ist«, sagte er. »Ich mußte ein paar kleinere Schwierigkeiten mit der Belegschaft in unserem Werk in Manchester schlichten und habe daher die letzten Tage in stickigen Versammlungsräumen mit zornigen Leuten verbracht und literweise Kaffee getrunken. Aber am Ende konnten wir uns einigen.«

»Du bist gestern zurückgekommen?«

Er nickte. »Gestern nachmittag. Ich muß dich ja gerade verpaßt haben.«

Ich sah überrascht auf. »Wie bitte?«

»Bist du nicht hiergewesen gestern? Nein? Ich habe mir damit geschmeichelt.« Er lächelte wieder, einen warmen Ausdruck in den Augen. »Du bist über die Felder zu deinem Haus zurückgegangen, als ich die Auffahrt hinaufgefahren kam. Ich habe dir zugerufen, aber du mußt zu weit weg gewesen sein, um mich zu hören. Also habe ich statt dessen angerufen.«

»Ich habe mir gestern die Kirche angesehen«, erklärte ich, wobei ich versuchte, ihn nicht merken zu lassen, wie sehr seine Worte mich erschüttert hatten. Ich wußte bereits, daß meine »Rückblenden« – in Ermangelung eines besseren Wortes nannte ich sie so – in Echtzeit und wirklichem Raum geschahen; daß ich also, wenn ich als Mariana Farr ein Zimmer durchquerte oder ein Fenster öffnete, dieselbe Handlung mit meinem gegenwärtigen Ich ausführte. Aber die Auswirkungen dieses Phänomens waren mir vorher noch nicht richtig klar gewesen.

Was würden die Leute denken, fragte ich mich, wenn ich eines Tages auf der Hauptstraße mit ausdruckslosem, starrem Blick an ihnen vorbeiging und kein Zeichen des Erkennens gab? Was würde passieren, wenn ich über die Straße ging, ohne den Verkehr zu sehen, oder durch einen Zaun marschieren wollte, der 1665 noch nicht dagestanden hatte? Die Chance, mich zu verletzen oder in peinliche Situationen zu kommen, war sehr groß. Wenn ich nur einen Weg finden könnte, den Prozeß zu kontrollieren; wenn ich nur Zeit und Ort selbst bestimmen könnte ...

»Jetzt sollte es sicher sein.«

Ich blickte Geoff erschrocken an, aber er hatte sich zu dem jetzt verlassenen Haupteingang von Crofton Hall umgewandt.

»Die Führung sollte mittlerweile im Dienstbotentrakt angekommen sein, ein gutes Stück voraus. Bist du bereit, zurückzugehen?«

Ich nickte und folgte ihm aufgrund meiner lästigen hohen Hacken reichlich unbeholfen über den weitläufigen Rasen.

»Ich sollte diese Führung richtig beginnen«, sagte Geoff, »indem ich dich darüber aufkläre, daß du dich gerade der Südfassade von Crofton Hall näherst, die 1598 von William de Mornay dem Älteren erbaut wurde.« Er vollführte mit einem Arm eine ausholende Geste, die das mächtig aufragende Gebäude mit seinen steilen Giebeln und den Reihen von abweisend starrenden Fenstern umfaßte, die durch Mittelpfosten getrennt waren; sein alter Verputz war durch hartnäckig rankende Flechtgewächse und den jahrhundertelangen Einfluß des englischen Klimas ergraut und mürbe geworden.

»Mein Flügel des Hauses ist älter und historisch interessanter«, gestand Geoff, »aber längst nicht so beeindruckend wie dieser.« Er grinste. »Das hier ist natürlich die Ansicht auf all unseren Postkarten.«

Mehrere Ansichtskarten waren auf einem schmalen Tisch neben der Eingangstür ausgebreitet, um die wartenden Touristen in Versuchung zu führen, dazu ein kleiner Stapel von Führern als Souvenir, über den ein Mädchen im Teenageralter mit frischem Gesicht, weizenblonden Haaren und einem gewollt unbefangenen Lächeln wachte.

»Wie läuft das Geschäft?« fragte Geoff.

»Siebzehn in der letzten Gruppe«, strahlte sie ihn stolz an. »Wir haben heute schon über fünzig Leute durchgeschleust. Cathy hat noch nicht einmal eine Pause gehabt, aber sie sagt, daß sie mich die nächste Führung machen läßt.«

»Schön. Cathy ist unsere reguläre Führerin«, fügte er für mich hinzu. »Sally hier kommt an den Wochenenden, um bei den größeren Besuchermengen auszuhelfen. Sally, das ist Julia Beckett.«

»Die Dame, die gerade in Greywethers eingezogen ist? Die Künstlerin?« Die Augen des Mädchens weiteten sich vor Respekt, und ich würde lügen, wenn ich behauptete, daß mein Ego daraufhin nicht ein wenig anschwoll. »Ist mir ein Vergnügen, wirklich, Miss«, sagte Sally und schüttelte meine Hand mit jugendlichem Ungestüm.

»Ich werde Miss Beckett durch das Haus führen«, fuhr Geoff fort, »also halte bitte nach uns Ausschau, ja? Wir müßten genug Vorsprung vor deiner nächsten Gruppe haben, um dir nicht im

Weg zu sein, aber versuch, uns möglichst nicht zu sehr auf die Pelle zu rücken, okay?«

»Klar, Mr. de Mornay.«

»Sie ist in Ordnung«, bemerkte Geoff zu mir, als wir unter dem großen Steinportal durch die offene Eingangstür gingen. »Ihre Mutter ist die Apothekerin des Ortes, eine recht eindrucksvolle Frau.« Er grinste. »Sie ist fest entschlossen, mich mit einer ihrer Töchter zu verheiraten, deshalb dachte ich, das Wenigste, was ich tun könnte, wäre, eine von ihnen einzustellen.«

»Wie ausgesprochen edel von dir.«

»Na ja, das gehört irgendwie zur Rolle des ›Gutsherren‹. Ich bin jung, ich bin wohlhabend, und ich bin nicht verheiratet. Das macht mich zu einer begehrten Beute an einem Ort wie diesem.«

Ich hob die Augenbrauen und warf einen Blick zu ihm hinüber. Entweder war er unglaublich bescheiden oder unglaublich naiv. Er war nicht einfach nur jung und wohlhabend – er sah schlichtweg umwerfend aus und war obendrein Millionär. Kein Wunder, daß die Mütter von Exbury sich für ihre Töchter ins Zeug legten.

Vom Eingang aus traten wir in einen Raum, der mich einen Moment lang sprachlos machte.

Mit exquisitem Samt behangene Wände ragten majestätisch in die Höhe, wo sie auf eine üppig gearbeitete Stuckdecke trafen, die mindestens sechs Meter über dem glänzenden Eichenfußboden und seinen unbezahlbaren persischen Teppichen schwebte. Der Raum war gestaltet worden, um zu beeindrucken, und diesen Effekt erzielte er mit einiger Leichtigkeit; aber was mich völlig für ihn einnahm, war der Kamin.

Noch nie zuvor hatte ich einen solchen Kamin gesehen, noch nicht einmal in Filmen. Er war so groß, daß zwei hochgewachsene Männer mit ausgebreiteten Armen darin stehen konnten, und aus einem wunderbaren weißen Stein gemauert. Detailliert gemeißelte Phantasiefiguren rankten sich an beiden Seiten hinauf und quer über den schweren Sims, und über dem Sims hing zur Krönung ein wunderschön gemeißeltes und bemaltes Wappen.

»Die große Empfangshalle«, sagte Geoff neben mir. »Sie ist schon etwas, nicht wahr? Das ist ein Genueser Samtbehang an der Wand, spätes elisabethanisches Zeitalter und ein ziemlich seltenes Stück, wie man mir sagte. Wir haben extra einen Restaurator kommen lassen, der ihn für uns zusammengeflickt hat – erstaunlich, daß sich das ganze Ding nicht schon vor Jahrhunderten in Fetzen aufgelöst hat.«

Ich hob unwillkürlich die Hand und ließ sie dann gleich wieder fallen. Ich wußte, daß ich ihn nicht berühren sollte. Einer meiner Nachbarn in London hatte als Führer im Britischen Museum gearbeitet und oft über die irreparablen Schäden gestöhnt, die unwissende Finger und Kamerablitzlichter anrichteten. Die Hände hinter dem Rücken verschränkt, sah ich mich in ehrfürchtigem, anerkennendem Schweigen um.

»Der Kamin ist natürlich absolut einzigartig«, fuhr Geoff mit seinen Erläuterungen fort. »Der weiße Stein stammt aus Compton Basset, nur wenige Kilometer von hier entfernt, und die Meißelarbeiten wurden von einem örtlichen Steinmetz ausgeführt.«

»Ist das dein Wappen darüber?«

»Ja. Das meiner Familie jedenfalls. Es wurde William de Mornay dem Jüngeren im siebzehnten Jahrhundert verliehen. Als direkter männlicher Nachkomme habe ich das Recht, es zu benutzen, wenn ich will – es auf mein Briefpapier drucken zu lassen und so etwas. Aber das kam mir immer ein wenig snobistisch vor. Außerdem gilt es da noch die Frage der Differenzierung zu bedenken.« Auf meinen verständnislosen Blick hin erklärte er: »Arthur de Mornay – das ist mein Vorfahr – war nach eigenen Angaben Williams Enkelsohn, aber ohne urkundliche Nachweise können wir nicht entscheiden, ob Arthurs Vater der Erst- oder Zweitgeborene war, oder gar der dritte oder vierte Sohn. Sie alle hätten verschiedene Zeichen auf ihre Wappen setzen müssen – Rosen und Kreuze und Halbmonde und solche Sachen – je nach Rangordnung der Geburt. ›Abstammungszeichen‹ werden sie genannt. Nur das Oberhaupt einer Familie darf das vollständige Wappen tragen.«

»Das wußte ich nicht«, gestand ich und ging näher heran, um mir das Wappenschild genauer anzusehen. »Ich fürchte, mein Wissen über Heraldik ist ein wenig eingerostet. In der Kunstschule hatte ich einen Lehrer, der für das Wappenamt arbeitete, daher habe ich ein bißchen über die Gestaltung und die Fachausdrücke gelernt ...«

»Dann wollen wir doch mal sehen, was du noch weißt«, grinste Geoff und trat hinter mich. »Was kannst du mir über den Schild erzählen?«

Es war eine offene Herausforderung, und ich hatte einer offenen Herausforderung noch nie widerstehen können. Ich verschränkte meine Hände fester und sah nachdenklich zu der bemalten Meißelarbeit hinauf. Ich wußte jedenfalls, daß der Schild nur einen Teil des Wappens bildete und daß die beiden Bezeichnungen nicht synonym waren.

»Also«, begann ich, »zunächst einmal ist er in der Mitte waagerecht unterteilt. Die Farbe der unteren Hälfte ist Gold, aber die der oberen kann ich nicht erkennen ...«

»Rot«, half Geoff, »Blutrot. Das ist recht selten.«

»Der untere Teil heißt also ›in Gold eine rote Rose versehen mit Dornen und Samen‹«, sagte ich und blickte auf die rote Rose mit ihren grünen Dornen und der goldenen Mitte, die vor dem goldenen Hintergrund leuchtete. »Wie mache ich das?«

»Erstaunlich gut«, gab er zu. »Was ist mit der oberen Hälfte?«

Ich überlegte und betrachtete die beiden mit Hauben bedeckten Falken, die sich goldglänzend vor dem tiefen Blutrot abhoben, ihre Hauben von leuchtendem Silber, ihre Flügel und Krallen ausgestreckt. »Blutrot, hast du gesagt? Dann ist es ›in Blutrot zwei goldene Falken ... versehen mit silbernen Hauben‹?«

Bei dieser Zeile war ich mir weniger sicher, aber sein zustimmendes Lächeln machte mir Mut.

»Ich bin beeindruckt«, sagte er. »Die Rose symbolisiert den Patriotismus der Familie und ihre Loyalität zur Krone, und die Falken bedeuten unser blindes Vertrauen und unsere unbedingte Verläßlichkeit. Hauben und Krallen. Versuch es weiter«, drängte er. »Was sagt dir der Helm auf der Spitze des Schildes?«

Das konnte ich beantworten.

»Daß der Inhaber des Wappens ein Ritter oder Baronet ist«, sagte ich mit Gewißheit in der Stimme.

»Und woher weißt du das?«

»Weil der Helm nach vorne zeigt und das Visier hochgeklappt ist und keine Querbalken hat.«

»Und weil der Helm aus Stahl ist«, fügte er hinzu, »nicht aus Gold oder Silber. Nicht schlecht. Und der Helmschmuck?«

»Das ist das Ding oben auf dem Helm, oder? Der Falkenkopf auf dem gewundenen Kranz.«

Auch dieser Falke trug eine Haube und sah sehr grimmig aus.

»So«, Geoff verschränkte die Arme über der Brust, »jetzt sag mir noch, wie dieses vorhangartige Ding heißt, das den Schild einrahmt, und ich verspreche, daß ich vor Erstaunen umfallen werde.«

»Tut mir leid«, grinste ich. »Ich weiß nicht mehr, wie es heißt, aber ich erinnere mich, daß es den Umhang darstellen soll, den Ritter trugen, um sich in ihrer Rüstung vor der Hitze der Sonne zu schützen.«

»Es heißt ›Lambrequin‹«, erklärte er mit einem triumphierenden Lächeln. »Wenigstens eine Sache, die ich weiß, und du nicht. ›Mein Wissen über Heraldik ist ein wenig eingerostet‹«, ahmte er mich nach und sein Lächeln wurde breiter. »Willst du dir einen Job als Fremdenführerin angeln?«

Ich errötete leicht und schüttelte den Kopf. »Nein. Ich habe nur ein gutes Gedächtnis für Einzelheiten. Ich sehe Dinge oder lese über sie und kann sie mir gleich merken.«

»Ich wollte dich nicht in Verlegenheit bringen«, sagte er stirnrunzelnd. »Nur ein wenig necken. Es sollte dir nicht peinlich sein, etwas auf dem Kasten zu haben.«

»Ist es mir auch nicht, natürlich nicht, ich ...«

»Ich mag intelligente Frauen«, sagte er mit einem gutmütigen Zwinkern. »Intelligenz ist äußerst sexy.«

Ich errötete tiefer und konzentrierte mich finster auf das Wappen über meinem Kopf. »Was bedeutet das Motto?« fragte ich ihn.

»Ist dein Latein auch ein wenig eingerostet?« Er grinste und kam näher heran, bis ich die Wärme seines Körpes durch meine dünne Bluse spüren konnte.

»*Everti non potest* «, las er vor, langsam, respektvoll und ernst. »Es bedeutet ›Unzerstörbar‹.«

Das Wort hing mehrere Sekunden lang zwischen uns in der Luft, bevor näherkommendes, aufgeregtes Stimmengemurmel uns aus unserer Versenkung riß. Wir hatten zu lange in der großen Halle verharrt, und die nächste Führung nahm gerade ihren Anfang.

»Verdammt«, fluchte Geoff mit gespieltem Entsetzen und sah sich nach einem Fluchtweg um. »Komm schnell«, sagte er, ergriff meine Hand und zerrte mich regelrecht durch eine Tür auf der linken Seite des Kamins und in den schmalen Gang dahinter.

Kapitel dreizehn

»Und das ist der Westkorridor«, sagte Geoff. Er zog die Tür hinter sich zu und lehnte sich mit einem wölfischen Grinsen dagegen. »Ich konnte es nicht erwarten, ihn dir zu zeigen.«

»Ganz toll«, sagte ich lachend. »Sind all deine Führungen so?«

»Gewöhnlich ja«, gab er zu. »Ich hab nicht viel übrig für Menschenmengen. Du solltest dich glücklich schätzen – als ich Vivien vor zwei Jahren durch die restaurierten Räume führen wollte, mußten wir uns zwanzig Minuten lang in einem Schrank verstecken.«

»Glückliche Vivien«, entfuhr es mir beinahe, doch ich hielt mich gerade noch rechtzeitig zurück. Statt dessen konterte ich: »Dafür gibt es doch einen Namen, oder? Für die krankhafte Angst vor Menschenmassen?«

Er nickte. »Ja. Sinn für Privatsphäre.« Er zeigte auf die gegenüberliegende Tür. »Dort geht es zur Dienstbotenstube, aber da die Führung dort als nächstes hinkommt, werden wir schon mal zu den Küchenräumen vorgehen, wenn du nichts dagegen hast.«

Ich folgte ihm durch den langen Gang mit dem leicht abfallenden Fußboden aus Steinfliesen. »Stört es dich nicht, all diese Leute durch dein Haus trampeln zu haben?«

»Eigentlich nicht«, antwortete er achselzuckend und in freundlichem Ton. »Wie gesagt, habe ich den schönsten Teil des Hauses für mich selbst behalten, und der ist auch mein Zuhause – dort sind die Zimmer, in denen ich aufgewachsen bin. All das hier ist einfach ... überflüssig, würde ich sagen. Es ist viel zu groß für eine Familie, geschweige denn für eine Person. Die meisten dieser Räume würden wahrscheinlich nie das Tageslicht sehen, wenn die Touristen nicht wären. Außerdem ist es wirklich ein bißchen riesig, findest du nicht? Ich meine, kannst du dir vorstellen, wie ich mir *hierdrin* schnell einen Mitternachtsimbiß zurechtmache?«

Er hielt an und wies mit der Hand auf eine Küche von wahrlich herrschaftlichen Ausmaßen, überall Ziegeleinfassungen und poliertes Kupfer und eine monströse Feuerstelle. Der Ofen aus der Jahrhundertwende sah aus, als ob zwanzig Truthähne darin braten könnten und immer noch Platz für anderes wäre.

»Ich verstehe, was du meinst«, entgegnete ich mit hochgezogenen Brauen.

Wir besichtigten in gemütlichem Tempo die Küchenräume, das Brauhaus, die Molkerei, die Speisekammern und schließlich die Spülküche, die um einen ungewöhnlichen Hausbrunnen herum gebaut worden war. Von der Spülküche aus führte eine kleine, schwere Tür auf einen quadratischen, unüberdachten Innenhof hinaus, der von drei Seiten von den Wänden des Gutshauses selbst umgeben war. Die vierte Seite des Quadrats wurde von einer hohen Mauer beschlossen, die von wucherndem Efeu überwachsen und oben mit eindrucksvollen Eisenspitzen besetzt war.

Wie ein kleiner Privatpark mitten im Haus, dachte ich. Nur daß er furchtbar verwuchert war. Man konnte an manchen Stellen den Erdboden überhaupt nicht mehr erkennen, und verschlungene Büschel von Unkraut und Wildblumen hatten den Gehweg aus Steinplatten überdeckt, der um den Innenhof führte. Ich war überrascht, daß Iain hier noch nichts unternommen hatte, und sprach den Gedanken aus.

»Eine Art geheimen Garten daraus machen, meinst du? Ich habe ihm schon einmal so etwas vorgeschlagen, aber er war nicht sehr angetan davon. Er mag diesen Hof nicht«, antwortete Geoff. »Er sagt, er wirke wie ein Grab.«

Das tat er auch, bei näherer Betrachtung. Die Luft innerhalb der Mauern war unbewegt und leblos, die Stille greifbar, und wenn auch die Sonne hell auf uns herabstrahlte, so seufzten doch die Gräser zu meinen Füßen vor Traurigkeit und Vernachlässigung.

»Aber wenn du an Gärten interessiert bist, dann komm und sieh dir dies an«, lud mich Geoff ein. Er führte mich über den Gartenpfad zurück zum Hauptflügel des Hauses und zog mich erneut in den Westkorridor. Gegenüber dem Küchenflügel führten wenige Stufen hinunter in den Wintergarten, einen wunderbar formbewußten viktorianischen Raum, dominiert von Glas und Licht und lackierten Korbmöbeln, der von Lilienduft erfüllt war.

Zum zweiten Mal zwang uns das Geräusch herannahender Schritte zu einem hastigen Rückzug. Geoff leitete mich durch einen weiteren Gang zu einer im Halbdunkel liegenden Treppe, über der der kühle Geruch feuchten Steins lag. Auf halbem Wege die Stufen hinauf legte er mir die Hand auf den Arm und zeigte auf eine Stelle zu unseren Füßen.

»Siehst du das? Das Stück Steinmetzarbeit unterhalb der Täfelung? Das stammt aus dem zwölften Jahrhundert. Aus der Zeit der Benediktinerabtei. Außer ein paar Geistern und einigen gotischen Bögen in der Westmauer ist das alles, was uns die Mönche hinterlassen haben.«

Ich beugte mich hinunter und fuhr die Meißelung mit den Fingern nach. »Sie haben dir wohl eine Menge Geister hinterlassen?«

»Oh, den einen oder anderen. Ich glaube, das sind die einzig respektablen, die ich habe. Die Geister von Crofton Hall sind sonst eine wilde Bande«, grinste er.

»Du glaubst also an sie.«

»Ich will die Möglichkeit nicht ausschließen«, erklärte er. »Denn wenn ein Dutzend oder mehr Menschen, die einander nicht kennen und nichts über das Haus wissen, behaupten, dasselbe gesehen zu haben, muß wohl etwas dran sein. Sie können nicht alle verrückt sein.«

»Und gibt es da oben auch irgendwelche Geister?« fragte ich und starrte mit offenkundiger Neugier die Treppe hinauf.

Geoff lachte. »Mehr als genug. Die Schlafräume sind oben, weißt du, und Geister scheinen eine Vorliebe für Schlafzimmer zu haben. Meine Geister jedenfalls. Einer besonders – nicht so sehr ein richtiger Geist, eher ein *Gefühl* – scheint sich bei vielen Leuten bemerkbar zu machen ... aber ich lasse dich das lieber selbst herausfinden.«

»Oh, vielen herzlichen Dank«, entgegnete ich trocken. »Es handelt sich nicht zufällig um die Axtmördersorte von Geist, oder?«

»Nein, nichts dergleichen.« Er schüttelte lächelnd den Kopf. »Es ist sehr schwer zu erklären, vor allem, da ich es selbst nie gefühlt habe. Hier ist es«, er hielt auf der obersten Stufe an, um eine massive Eichentür aufzustoßen. »Nach dir.«

Die Zimmer im ersten Stock waren wunderschön und mit viel Sinn fürs Detail reich möbliert. Üppig bestickte Vorhänge und Überwürfe ließen die schweren Himmelbetten noch prunkvoller und luxuriöser aussehen, wie kleine Zimmer in sich selbst, und die viereinhalb Meter hohen Decken gaben mir zusätzlich das Gefühl, sehr klein und plebejisch zu sein.

Besonders gefiel mir das riesige König-Karl-Schlafzimmer, in dem der unglückliche König angeblich einige Nächte verbracht hatte, während er seine Truppen gegen Cromwell zusammenstellte. Das Schlafzimmer befand sich direkt über der großen Empfangshalle und hatte dieselben ausladenden Proportionen und eine wunderschöne Decke mit geschwungenen, rippenartigen Stuckverzierungen, die dem Raum eine beinahe kontinentale Anmut verliehen.

»Und das ist das Kavalier-Schlafzimmer«, sprach Geoff weiter und führte mich durch die letzte Tür. »Früher war es das ›Karmesinrote Schlafzimmer‹, aber ›Kavalier‹ klingt viel romantischer für die Touristenbroschüren und paßt besser zum König-Karl-Schlafzimmer nebenan.«

Der ursprüngliche Name war jedenfalls der naheliegendere, entschied ich, als ich meinen Blick über die verblichenen, mit rotem Stoff bezogenen Wände und das tiefere Karminrot der schweren Draperien schweifen ließ, die vor dem imposanten jakobinischen Bett hingen. Und dann spürte ich die Kälte.

Geoff fuhr mit seiner Erzählung fort, aber ich hörte nicht länger zu. Eine Kraft, eine unwiderstehliche, unerklärliche Kraft zog mich zu dem einzigen Fenster im Raum, einem riesigen, durch einen Mittelpfosten und mehrere Quersprossen geteilten Fenster, durch das man auf den ausgedehnten Rasen vor dem Haupteingang und auf den ummauerten Friedhof sah.

Er hörte auf zu sprechen, beobachtete mich und sagte dann so etwas wie »Du spürst es also auch«, und mein Körper wurde auf einmal von einer Flutwelle machtvoller Gefühle erfaßt, über die ich keine Kontrolle hatte. Zuerst empfand ich Sehnsucht, eine so tiefe und wehmütige Sehnsucht, daß es mir in der Seele weh tat, und dann kam eine Art fieberhaften Betens, eine verzweifelte Litanei, die in meinem panischen Bewußtsein herumraste, und schließlich ein schmerzlicher Kummer, so tief wie ein tödlicher

Messerstich. Ich sank gegen den Fensterrahmen, meine Augen voll plötzlicher Tränen.

»Ist alles in Ordnung?« Geoff umfaßte meine Schulter mit warmer, starker Hand, seine Stimme klang besorgt.

Ich blinzelte die Tränen weg und zeigte ein beschwichtigendes Lächeln, das nur ein klein wenig zitterte. »Alles in Ordnung«, sagte ich. »Das ist also der Geist, ja?«

»Ja. Hör zu, es tut mir wirklich leid.« Er sah mit ernster Miene auf mich nieder. »Ich hätte dich warnen sollen – dir sagen sollen, was du zu erwarten hast, statt so verdammt geheimnisvoll zu tun.«

»Ist ja nichts passiert.« Ich rückte vom Fenster ab und glättete meinen Rock mit einer geistesabwesenden Handbewegung. »Wie du sagtest, es ist nur ein Gefühl ... nichts weiter.«

»Eine Art tiefer Traurigkeit, nicht wahr?«

»Ja.« Ich unterdrückte einen Schauer der Erinnerung. »Kennst du die Ursache dafür?«

Geoff schüttelte den dunklen Kopf, eine Falte auf der Stirn. »Nein. Es ist die Traurigkeit einer Frau, nehme ich an. Nur Frauen scheinen sie wahrnehmen zu können, und es geschieht immer an derselben Stelle – genau hier vor dem Fenster. Aber ich habe nie die Quelle dafür finden können. Nichts in der Familiengeschichte, was es erklären könnte. Niemand starb in diesem Zimmer, soweit wir wissen, oder warf sich aus dem Fenster oder Ähnliches.«

»Ich glaube nicht, daß es in erster Linie mit dem Zimmer zusammenhängt«, sagte ich langsam. Er sah mich mit einem seltsamen Blick an, und ich wurde rot und senkte befangen den Kopf. »Tut mir leid«, sagte ich, »das ist nur so ein Eindruck. Es schien mir, als ob sie – wenn es eine ›sie‹ war – etwas durch dieses Fenster gesehen hat. Etwas dort draußen ...« Ich deutete mit dem Kinn auf die glatte, ebene Fläche frischen Grüns, die sich unter uns erstreckte, bis sie auf die Kirchhofsmauer mit ihren überhängenden Bäumen stieß. Alles wirkte unberührt, still und unschuldig – selbst die Schatten lagen ruhig und unbeweglich auf dem Gras. »Sie hat etwas Furchtbares gesehen. Etwas, das ihr das Herz brach. Und das hat seine Spur hinterlassen, hier in diesem Raum.«

»Möglich ist es, vermute ich.« Geoff sah mich immer noch befremdet an, mit dieser merkwürdigen Mischung aus Besorgnis und Vorsicht. »Hör mal, vielleicht sollten wir die Führung an einem anderen Tag beenden.«

»Aber nein, mir geht es gut«, versicherte ich ihm nochmals und lächelte zu ihm hinauf. Diesmal war es ein echtes Lächeln. Es wäre dumm von mir gewesen, mir von einem kleinen Zwischenfall den Tag verdüstern zu lassen. »Was steht als nächstes auf dem Programm?«

»Die Bibliothek«, antwortete er, sichtlich entspannter. »Oder ist dir das zu langweilig?«

»Überhaupt nicht. Ich liebe Bibliotheken. Ich werde aber wahrscheinlich ein paar von deinen Büchern stehlen wollen, sei also vorgewarnt. Du hast nicht zufällig einige Erstausgaben von Dickens, oder?«

»Nicht von *Dickens*, nein«, grinste er.

»Oh Gott«, ich verdrehte die Augen, »ich hab's gewußt. Es wird eine dieser ekelhaft wunderbaren Sammlungen seltener Werke sein, alle handgebunden in farblich passendem Leder, stimmt's?«

»So ähnlich«, sagte er und lachte bei meinem Aufstöhnen, »aber wenn es dich tröstet, kann ich dir verraten, daß ich die wirklich seltenen und wertvollen Bände hinüber in meinen Flügel geschafft habe. Ich kann sie schlecht den Touristen anvertrauen, oder?«

»Das ist das einzige, was ich den Reichen mißgönne«, bemerkte ich, als ich ihm über die feucht riechende Treppe nach unten in das Erdgeschoß folgte.

»Und was ist das?«

»Daß sie sich Bücher kaufen können, die wir Normalsterblichen niemals hoffen können zu besitzen.«

Geoff grinste voll Verständnis. »Also, wenn du dir welche von meinen ausleihen willst, laß es mich einfach wissen.«

Ich seufzte. »Das ist nicht dasselbe.«

Wir hatten in dem breiten, vorderen Korridor angehalten, die große Halle im Rücken, und meine schlimmsten Befürchtungen wurden bestätigt, als Geoff die Tür aufstieß, um den Blick auf deckenhohe Mahagoniregale voll mit Büchern aller Umfänge und Formate und jeglichen Alters freizugeben. Die Regale bedeckten alle vier Wände des fast quadratischen Raumes, an drei Stellen unterbrochen von hohen, schmalen Fenstern mit Buntglaseinsätzen, unter denen sich gepolsterte Sitzbänke und eine großzügige Auswahl von Kissen befanden – genau die Sorte von Fenstersitzen, von denen jeder Bücherliebhaber träumt, die er sich vorstellt, nach denen es ihn verlangt ...

Ich trat in den Raum, stumm vor Bewunderung, und sog den kräftigen Duft von eingeölten Ledereinbänden, altem Papier und poliertem Holz ein.

»Wie absolut wunderbar«, sagte ich.

»Ja«, stimmte Geoff zu. »Du mußt meinem Vater dafür danken. Er liebte Bücher – verbrachte sein ganzes Leben damit, sie zu sammeln und restaurieren zu lassen. Die ursprüngliche Bibliothek des Hauses war ein vollgestopfter, kleiner Raum, der vom Südkorridor abging, nahe der alten Küche. War meinem Vater zu klein. Er hat diesen hier, angefangen bei den Wänden, neu gestalten lassen, weißt du. Die früheren Besitzer benutzten ihn als eine Art Spielzimmer – für Billard und so weiter –, und davor war er, glaube ich, nur ein großer Abstellraum. Mein Vater fand ihn perfekt geeignet als Bibliothek.«

»Er hatte recht. Wo hat er nur diese Regale aufgetrieben?«

»In einem Landhaus in West Sussex. Es sollte abgerissen werden, und die Eigentümer erklärten sich bereit, Vater die Regalwände für ein bescheidenes Vermögen zu überlassen.«

»Sie sind jeden Pfennig wert«, rechtfertigte ich den Kauf seines Vaters. »Sie sind einfach unglaublich schön. Das einzige, was fehlt, ist die Leiter an der Messingschiene.«

»Ha«, lachte Geoff, »da hast du nicht genau genug hingesehen.« Er zeigte auf die entfernteste Ecke des Raums. »Wenn mein Vater etwas machte, dann richtig, und zwar bis ins kleinste Detail.«

Dort stand tatsächlich die Leiter, die bis zum obersten Regalbord reichte und auf kleinen Walzrädern entlang der polierten Messingschiene geschoben werden konnte. Es sah aus wie in einer Filmkulisse, ich konnte kaum glauben, daß es so etwas wirklich gab, und wollte meinem Entzücken gerade Ausdruck verleihen, als ein anderer Gegenstand in derselben Ecke meine

Aufmerksamkeit erregte. Ich erstarrte und meine Kehle zog sich wie im Krampf zusammen.

»Richard?« flüsterte ich mit seltsam gebrochener, undeutlicher Stimme.

»Wie bitte?« Geoff trat vor mich, so daß er in meinem Gesichtsfeld stand, aber ich konnte nicht anders als weiter über seine Schulter hinweg auf das große, dunkle Porträt zu starren, das an der gegenüberliegenden Wand hing. Das Porträt eines hochgewachsenen Mannes mit wissenden Augen und einem arroganten Lächeln, ein Mann mit dunklen Haaren und schwarzer Kleidung und einem über eine Schulter geworfenen Umhang, der mit der freien Hand ein glänzendes Schwert umfaßte …

Ich befeuchtete meine Lippen und versuchte es noch einmal, indem ich die Worte sorgfältiger aussprach. »Das Bild …«, begann ich und deutete mit dem Kopf darauf.

Er drehte sich um und sah hin. »Ach das. Wir haben ihn den ›Playboy‹ getauft. Er war in der Hauseinrichtung enthalten. Es könnte der alte Arthur de Mornay selbst sein, oder vielleicht sogar sein Vater. Die Ähnlichkeit ist bemerkenswert, findest du nicht?«

Ich mußte nicht fragen, auf welche Ähnlichkeit er sich bezog. Es hätte ein Porträt von ihm selbst sein können, das dort hing. Ich blickte von dem Bild zu Geoff und wieder zurück, mit aufgerissenen Augen.

»Es ist von Lely«, fuhr er fort, als ob das alles zur Führung gehörte. »Er hatte einen ziemlich individuellen Stil.«

Ein sanftes, entschuldigendes Klopfen an der Tür hinter uns unterbrach die nachdenkliche Stille und ließ uns beide herumfahren, wie zwei schuldbewußte Schulkinder. Eine große, ältere Frau stand in der offenen Tür. Die sauber gebügelte Schürze über ihrem schlichten blauen Kleid und das klassische Arrangement ihres grauweißen Haares boten ein Bild ruhiger, wohlgeordneter Tüchtigkeit, und ihr Gesicht mit den lächelnden blauen Augen und dem freundlichen Ausdruck kam mir merkwürdig bekannt vor.

Aber sie sah nicht mich an, sondern Geoff.

»Da ist ein Anruf für dich«, verkündete sie mit angenehm melodischer Stimme. »Ich hätte dich deswegen nicht gestört, aber es ist Mr. McCandless vom Werk in Manchester, und er klang recht dringlich.«

»In Ordnung.« Geoff zog eine Grimasse. »Ich gehe ran. Danke Freda. Oh«, fiel es ihm plötzlich ein, »kennt ihr euch schon? Julia Beckett, Alfreda Hutherson, meine Haushälterin.«

Wir lächelten einander an und gaben uns die Hand, und dann erinnerte ich mich. »Wir sind uns schon begegnet«, sagte ich. »Sie sind zu meinem Haus gekommen, um mich willkommen zu heißen.«

»Das stimmt«, antwortete die ältere Frau. »Sie haben sich inzwischen gut eingerichtet, ja?«

»Ja, danke.«

Geoff berührte leicht meine Schulter, im Begriff, an uns vorbeizueilen. »Ich nehme nur schnell dieses Gespräch an, einverstanden? Geht ganz schnell.«

Mrs. Hutherson ging einen Schritt zur Seite, um ihn vorbeizulassen, trat dann wieder nach vorn und legte den Kopf zur Seite, als sie zuerst mich und dann das dunkle Bildnis in der Ecke ansah.

»Ein schönes Bild, nicht wahr?« bemerkte sie, und ich nickte.

»Sehr schön.«

»Ein äußerst gutaussehender Mann.«

»Ja.«

Sie richtete ihre Augen wieder auf mich, und für einen Augenblick verspürte ich ein merkwürdiges Gefühl der Nacktheit, als ob sie mir direkt ins Herz hinein sähe. Es war nur ein Augenblick, und dann war da wieder nur eine ältere Dame mit freundlichen blauen Augen, die mich ansah.

»Schade, daß niemand weiß, wer er ist«, sagte sie. »So ein schöner Mann und eine so schneidige Gestalt. Jemand muß ihn einmal geliebt haben.«

Sie sah mich wieder an und lächelte.

»Sie müssen mich jetzt entschuldigen, ich muß noch die Fenster im ersten Stock putzen. Ich hoffe, Sie haben noch eine schöne Führung.«

Ich mußte mich räuspern, bevor ich antworten konnte. »Danke.«

Sie nickte huldvoll und entschwand, ihre Schritte hallten in gelassener Gleichmäßigkeit auf dem polierten Holzfußboden des langen Korridors wider. Seltsam, daß weder Geoff noch ich sie kommen gehört hatten, dachte ich.

Allein in dem wunderbaren, ruhigen Zimmer, blickte ich erneut auf das Porträt.

Richard de Mornay lächelte zu mir herab.

Es war Richard de Mornay – dessen war ich mir sicher. Diese stolze, attraktive Arroganz sowie der leichte Zynismus in seinem dunklen, überschatteten Blick waren unverwechselbar. *Jemand muß ihn einmal geliebt haben*, hatte Mrs. Hutherson gesagt, und wieder antwortete jene kleine, wissende Stimme in mir.

Ja, sagte sie mit schmerzlicher Klarheit ... *ich habe ihn geliebt.*

Aber schließlich wußte ich das schon. Wußte es, wie es schien, schon seit einiger Zeit. Und ich hatte das höchst befremdliche Gefühl – welches nur auf Intuition und auf keinerlei objektiven Tatsachen beruhte –, daß Alfreda Hutherson es ebenfalls wußte.

Kapitel vierzehn

Der Rote Löwe war so voll, wie ich ihn bisher noch nie gesehen hatte, gleich mehrere Tische waren von der Samstagsnachmittagskundschaft belagert, so daß es eine ganze Weile dauerte, bevor Vivien sich wieder zur Bar durcharbeiten konnte, um uns zu bedienen. Sogar Ned hatte sich veranlaßt gesehen, in Aktion zu treten, und war schon zweimal mit Tellern voll Sandwiches und Pommes frites beladen von der Küche aus an uns vorbeigeschlendert.

»Also«, Vivien warf sich hinter dem Tresen in Positur, und ihr blondes Haar wirbelte um ihr erhitztes Gesicht, »laßt mich raten.« Sie blickte auf Geoff. »Du hast für Julia heute eine Führung durch Crofton Hall veranstaltet.«

Geoff nickte.

»Und als Dank für dieses großartige Privileg hat sich Julia bereit erklärt, sich von dir einen Drink spendieren zu lassen.«

»Korrekt.«

Vivien zuckte die Achseln und grinste.

»Klingt nach einem selten guten Geschäft, mein Kind«, sagte sie zu mir gewandt. »Was möchtest du?«

»Einen Gin Tonic bitte«, lächelte ich zurück.

Zwei Barhocker weiter, neben Geoff, lehnte sich Iain Sumner mit einem mißbilligenden Stirnrunzeln zu mir herüber.

»Was soll das eigentlich für ein Getränk sein?« fragte er, wobei seine eigene Hand ein beschlagenes Glas dunklen Bitterbieres umfaßte.

»Achte nicht auf ihn«, riet mir Vivien. »Er hat heute seinen launischen Tag.«

Iain hob zur Antwort eine Augenbraue. »Hab ich nicht.«

»Siehst du, was ich meine«, zwinkerte Vivien und schob meinen Drink über den Tresen.

Geoff drehte sich auf dem Hocker um, um seinen Freund anzusehen.

»Dir scheint heute wirklich eine Laus über die Leber gelaufen zu sein, Iain. Ist alles in Ordnung?«

»Alles ist in wunderschönster Ordnung«, gab Iain zurück, »und ich bin in verdammt guter Stimmung, danke.« Er zog eine Zigarette aus dem vor ihm liegenden Päckchen und zündete sie an, seine ganze Haltung eine einzige Herausforderung.

Geoff und Vivien tauschten bedeutungsvolle Blicke. Vivien wandte ihre Aufmerksamkeit wieder mir zu und stützte sich mit den Ellbogen auf dem Tresen ab, um ihre müden Füße ein wenig zu entlasten.

»Und«, fragte sie fröhlich, »wie hat dir die Führung gefallen?«

»Es war toll«, antwortete ich. »Sie haben sich viel Mühe gegeben bei der Restaurierung der alten Räume – es ist, als ob man der Vergangenheit gegenüberträte.«

»Das kann man übrigens wörtlich nehmen«, warf Geoff ein. »Julia hatte eine Begegnung mit dem Geist im Kavalier-Schlafzimmer.«

Viviens Augen leuchteten erregt auf. »*Wirklich*? Und was für ein Gefühl hattest du dabei?«

»Ein Gefühl von Schock«, sagte ich, zurückdenkend, »und von tiefem Schmerz und ... so eine Art Beten, falls das irgendeinen Sinn ergibt.«

»Genau das ist es«, nickte Vivien. »Es ist ganz schön beeindruckend, oder? Ziemlich unheimlich, aber trotzdem aufregend.«

Iain beugte sich abermals zu mir herüber und sah mich mit einem seltsam starren Blick an. »Du glaubst also an sie. Geister, meine ich.«

»Ja, das tue ich«, entschied ich und reckte mein Kinn ein wenig. »Ich glaube ganz sicher, daß es Dinge auf dieser Welt gibt, die wir nicht auf wissenschaftliche Weise erklären können – noch nicht, jedenfalls –, aber das macht sie nicht weniger wirklich. Hamlet hat das schließlich auch schon gesagt.«

»›Mehr Dinge zwischen Himmel und Erde, Horatio‹?« zitierte er. »Na ja, Hamlet war ja auch ein kleiner Spinner.«

»Du glaubst nicht an ihre Existenz?« fragte ihn Geoff.

»Ich bitte dich«, Iains graue Augen lächelten spöttisch. »Schließlich bin ich Schotte. Du kannst in Schottland keinen halben Kilometer gehen, ohne auf die Rockschöße des einen oder anderen Geistes zu treten. Aber oben im Gutshaus habe ich noch keinen gesehen.«

»Du solltest dich mit Tante Freda unterhalten«, riet ihm Vivien. »Sie sieht sie die ganze Zeit. Sie sagt sogar, daß sie die Frau im Kavalier-Schlafzimmer gesehen habe.«

»Sie sieht eine ganze Menge, deine Tante Freda«, gab Iain zurück und zog an seiner Zigarette. »Vor fünfhundert Jahren hätte man einen Scheiterhaufen unter ihr angezündet.«

Vivien lehnte sich über den Tresen und schlug ihn lachend auf den Ärmel. »So etwas Furchtbares sagt man nicht«, tadelte sie. »Paß bloß auf, sonst verrate ich es ihr!«

»Nicht nötig«, antwortete Iain schulterzuckend. »Sie weiß genau, was ich denke. Außerdem habe ich nie gesagt, daß ich etwas gegen Hexen habe ...«

Geoff lachte. »Sie ist wirklich bemerkenswert«, stimmte er zu. »Du mußt zugeben, Viv, daß ihre Fähigkeit, bei mir Ordnung zu halten, auf übernatürliche Kräfte schließen läßt ...«

»Ach, hört schon auf!« Vivien tat sie beide mit einer Handbewegung ab. An mich gewandt fragte sie: »Hast du Tante Freda schon kennengelernt?«

Ich war mir nicht ganz sicher, bis Geoff einsprang und für mich antwortete. »Ja, sie hat sie heute getroffen. Freda ist meine Haushälterin«, erklärte er für mein Verständnis.

»Oh.« Ich überlegte einen Moment. »Mrs. Hutherson meint ihr? Ja, ich habe sie sogar schon zweimal getroffen. Sie kam vor ein paar Wochen mit der Willkommensabordnung des Dorfes zu mir. Sie macht einen sehr netten Eindruck.«

»Na also, seht ihr?« forderte Vivien die Männer heraus. »Julia findet sie nett.«

»Natürlich ist sie nett«, schoß Iain zurück.

»Eine nette Hexe«, bestätigte Geoff und versuchte erfolglos, ein Grinsen zu unterdrücken.

Ich ignorierte sie beide. »Sie hat also den Geist in dem Zimmer im ersten Stock gesehen, ja?«

»Ja«, sagte Vivien. »Vor ein paar Jahren, als sie anfing, im Gutshaus zu arbeiten. Anscheinend ist es wirklich eine junge Frau, wie alle dachten. Eine sehr hübsche junge Frau, sagt Tante Freda, mit langen blonden Haaren.«

»Sie trägt nicht zufällig ein grünes Kleid?« Ich versuchte, es wie einen Scherz klingen zu lassen.

»Nein, ich glaube nicht. Ich bin mir ziemlich sicher, daß sie sagte, das Kleid sei dunkel. Aber sie sagte auch, die ganze Erscheinung sei irgendwie grau und undeutlich gewesen.«

Geoff sah mich lächelnd an. »Glaubst du, daß deine Grüne Frau sich in meinem Schlafzimmer versteckt?« fragte er.

»Wohl ein etwas langweiliger Ort für sie«, neckte ihn Vivien.

Selbst Iain mußte daraufhin lächeln, und seine Stimmung besserte sich. Er zündete sich eine zweite Zigarette an und setzte sich auf seinem Hocker zurecht.

»Apropos Grüne Frau«, sagte er zu mir, »ich grabe gern den alten Garten wieder für dich aus, wenn du möchtest.«

»Oh nein, danke.« Ich hob flehend eine Hand. »Ich könnte im Leben keinen Garten pflegen. Ich bringe Pflanzen schon um, wenn ich sie nur ansehe.«

»Julia findet, du solltest etwas mit dem Innenhof oben im Gutshaus machen«, mischte sich Geoff ein. »Sie war ganz überrascht, daß du ihn noch nicht bepflanzt hast.«

»Was, die Gruft meinst du?« Iain kniff nachdenklich die Augen zusammen. »Vielleicht komme ich noch einmal dazu«, sagte er. »Man weiß nie.«

»Und wann, bitteschön, willst du dafür auch noch Zeit finden?« Vivien betrachtete ihn nachsichtig. »Mir scheint, du hast wahrlich genug Arbeit am Hals.«

»Gartenarbeit ist keine Arbeit«, korrigierte Iain. »Das ist Erholung. Und du sagst doch immer, ich bräuchte mehr davon.«

»Und weniger von *diesen*«, deutete sie mit dem Kopf auf die Zigaretten.

Geoff kam seinem Freund zur Hilfe, indem er das Thema wechselte. »Ich habe gehört, daß es am nächsten Wochenende eine große Nachlaßversteigerung in der Nähe von Calne gibt. Lord Ashburns Haus, glaube ich. Hat jemand Lust, mit dorthin zu fahren?«

»Werden auch Bücher versteigert?« fragte ich.

»Nur ein paar hundert.«

Ich lächelte. »Dann kannst du auf mich zählen.«

»Wunderbar. Vivien?«

»Ich würde sehr gerne«, sagte sie, »aber die Versteigerung ist am Samstag, und ich habe Ned versprochen, daß er den Tag frei haben kann, um seinem Sohn beim Rugby zuzusehen.«

Ich wußte nicht, welche Information mich mehr erstaunte – daß Ned, der Barmann, verheiratet war, oder daß sein Sprößling die Energie hatte, Sport zu treiben.

»Schade.« Geoff sah Iain an. »Was ist mit dir?«

»Kann nicht«, lautete die knappe Antwort des Schotten. »Die Scherer kommen am Samstag.«

»Scherer?« fragte ich.

»Ja. Für die Schafe. Sie müssen alle Farmen in der Gegend abdecken und deswegen einen genauen Zeitplan einhalten.«

»Du scherst die Schafe also nicht selbst?«

»Um Gottes willen, nein«, grinste er. »Ich habe kein Geschick mit Schurscheren – die Schafe würden verdammt schrecklich aussehen, wenn ich das selbst machen würde. Nein, meine Scherer kommen extra aus dem Norden. Junge Kerle. Profis. Sie schaffen meine Herde an einem Nachmittag.«

»Also bist du Samstag auch nicht frei«, schloß Geoff. Es schien mir, daß die Tatsache ihn nicht sonderlich betrübte. »Tja«, sagte er, »das ist schade. Dann bleiben wohl nur Julia und ich.«

»Genau.« Iain warf mir einen brüderlichen Blick zu. »Sieh dich vor, Julia«, warnte er. »Er mag harmlos aussehen, aber Äußerlichkeiten können trügen.«

Geoff grinste. »Das ist Verleumdung, mein Lieber. Du weißt, daß ich mich immer wie ein perfekter Gentleman benehme.«

»Na schön, Sir Galahad«, sagte Iain spöttisch, »glaubst du, du kannst einen Moment erübrigen und mir wie versprochen helfen, den Zaun an der Westseite des Obstgartens zu reparieren?«

»Mist, das hatte ich ganz vergessen. Ich habe es wirklich versprochen, ja?«

»Ja. Und die Schafe werden sich auf der Straße verteilen und den halben Weg bis Beckhampton zurücklegen, wenn ich den Zaun bis zum Einbruch der Dunkelheit nicht repariert habe.« Er deutete mit dem Kopf auf Geoffs Glas und versuchte, nicht über den geknickten Gesichtsausdruck seines Freundes zu lachen. »Trink aus«, forderte er ihn streng auf.

Geoff trank wiederwillig sein Glas aus und erhob sich auf seine volle Höhe von weit über einem Meter achtzig. »Meine Damen« sagte er theatralisch, »ich nehme meinen Abschied von Euch.« Sich mir zuwendend, fügte er hinzu: »Danke für deine Gesellschaft heute.«

»Danke für die Führung«, lächelte ich zurück. »Sie hat mir gut gefallen.«

»Jederzeit.« Die Wärme in seinem Blick war fast greifbar. »Ich rufe dich irgendwann in der nächsten Woche an, und wir machen etwas für Samstag aus, in Ordnung?«

»Gern.«

»Uff«, seufzte Vivien erleichtert, als die Männer gegangen waren, »wenigstens hat er wieder gelächelt, als er ging. Iain, meine ich. Ehrlich«, vertraute sie mir grinsend an, »dieser Mann und seine Launen. Er klebte fast den ganzen Nachmittag auf diesem Hocker, trank und rauchte und sah finsterer drein als der Teufel. Ich hoffte, daß Geoff hereinschauen würde, um ihn aus dieser Stimmung zu reißen.«

»Sie sind sehr gute Freunde, stimmt's?« sagte ich nachdenklich. Merkwürdigerweise dachte ich dabei nicht an Geoff und Iain, sondern an einen dunklen Mann auf einem grauen Pferd, der einem anderen Mann nachsah, der leichtfüßig über die Felder schritt und eine schwere Reisetruhe auf einer Schulter balancierte, als ob es sich um ein Kinderspielzeug handelte. *Das ist Evan Gilroy*, hörte ich Rachels klare Stimme sagen, *er lebt im Herrenhaus ...*

»Die besten Freunde«, antwortete Vivien in nachdrücklichem Ton. »Man könnte glauben, daß sie sich schon ihr ganzes Leben lang kennen, wenn man ihnen so zuhört.«

Ich runzelte leicht die Stirn und malte mit einem Finger ein Muster in die Feuchtigkeit auf der Wand meines Glases. »Deine Tante Freda«, begann ich vorsichtig. »Warum haben Geoff und Iain sie ... ich meine, warum glauben sie beide, daß sie ...«

»Eine Hexe ist?« beendete Vivien die Frage für mich mit einem aufblitzenden Lächeln. »Ich weiß es nicht. Vielleicht ist sie ja wirklich eine. Sie war schon immer ein bißchen hellsichtig, meine Tante. Wußte immer, wann ich vom Baum gefallen war, oder wann ich etwas Verbotenes angestellt hatte. Sie scheint immer alles zu wissen, irgendwie. Darüberhinaus ist sie«, sie lehnte sich wieder gegen den Tresen und legte den Kopf schräg, »einfach eine bemerkenswerte Frau. Sehr erdverbunden, wenn du weißt, was ich meine. Sie kann verletzte Tiere heilen und ein Baby zur Welt bringen und mit Singvögeln sprechen *und*«, wieder blitzte das Lächeln auf, »sie zieht größere Tomaten in ihrem Garten als irgendwer sonst im Dorf. Das ist es wohl, worin Hexenkunst besteht, soweit ich weiß. Möchtest du noch einen?«

Ich sah verständnislos auf mein Glas und schüttelte dann den Kopf.

»Nein, danke. Ich sollte mich auch auf den Heimweg machen. Ich muß noch ein paar Skizzen fertigstellen, denn meine Verlegerin bekommt einen Anfall, wenn ich ihr diese Woche nicht etwas schicke, zum Beweis, daß ich noch eifrig dabei bin. Das muß das Landleben sein«, beschwerte ich mich und streckte meinen Rücken. »Es saugt meine ganze Energie auf.«

»Wie ich es dir gesagt habe«, nickte sie. »Es gibt hier keinen Streß, der einen auf Trab hält. Nicht wie in London. In einem Ort wie Exbury passiert nie etwas.«

Das würde ich nicht unbedingt sagen, dachte ich einige Minuten später, als ich langsam die Straße zu meinem Haus hinuntertrottete, vorbei an grünenden Hecken und nach Erde duftenden Feldern. Nein, dachte ich, in mich hineinlächelnd, ich würde nicht sagen, daß hier nie etwas passiert ...

Ein Schaf, vielleicht ein abtrünniges Mitglied von Iains Herde, war auf die Straße gelaufen und geschäftig dabei, einen jungen, blühenden Busch zu verzehren. Es hob seinen Kopf, als ich näherkam, und starrte mich aus sanften, gleichgültigen Augen an. Es hätte ein perfektes Werbemotiv für Viviens Bild vom idyllischen Landleben abgegeben – lethargisch und einfach und todlangweilig.

»Du täuschst mich nicht«, sagte ich zu ihm.

Während des letzten Monats war so viel mit mir passiert, daß ich wohl kaum mit der Wimper gezuckt hätte, wenn das Tier sich aufgerichtet und mir geantwortet hätte. Aber das tat es nicht. Es stand einfach nur da und fuhr fort zu kauen und mich mit diesem ausdruckslosen, hochnäsigen Schafsblick anzusehen, als ob es mich für bekloppt hielte.

Es regnete den ganzen nächsten Tag – ein andauernder, deprimierender Regen, der unermüdlich gegen das Fenster meines kleinen Ateliers prasselte. Immerhin war ich dankbar, daß es nichts gab, was mich von der Arbeit ablenken konnte – kein sanft lockender Windhauch, gesättigt mit dem Duft von Frühlingsblumen, keine zwitschernden Vögel, die mich mit ihrem Gesang aus dem Haus riefen. Es gab nur den Regen und den grauen Himmel und einen garstigen Wind, der an den Fensterscheiben rüttelte und die Bäume erschauern ließ.

Als es Zeit war zum Abendessen, hatte ich alle Skizzen für das koreanische Märchen koloriert, die Seiten aus dickem Papier strotzten vor kaleidoskopartigen Aquarelltönen. Ich wusch mit verkrampften und schmerzenden Händen meine Pinsel aus, räumte die Farben weg und ging hinunter in die Küche, wo ich mir eine Mahlzeit aus kaltem Fleisch und Käse bereitete. Dann trug ich meinen Tee in die Bibliothek, wählte einen Lieblingskrimi aus und ließ mich im Ledersessel zu einer entspannenden abendlichen Lesestunde nieder. Ich war eingeschlafen, bevor der Detektiv die Leiche gefunden hatte.

Ich erwachte kurz vor Morgengrauen mit einem steifen Hals und dem fast schmerzhaften Kältegefühl, das dem Sonnenaufgang vorausgeht. Der Himmel war noch dunkel, und das nach Westen blickende Fenster warf mein eigenes Spiegelbild zurück, ein unheimlicher Schemen im Licht der kleinen Leselampe neben dem Sessel. Meine Tasse stand leer auf dem Tisch zu meiner Seite. Ich nahm sie, stand unsicher auf und ging in die Küche zurück. Ich sehnte mich nach der tröstlichen Wärme des pfeifenden Kessels und einer frischen Kanne Tee.

Während ich dort saß, auf die Stille des Hauses lauschte und meine Hände an der dampfenden Tasse wärmte, kam mir plötzlich die Idee. Seit vergangenem Samstag hatte mich der Gedanke beunruhigt, daß ich keine Kontrolle über das hatte, was mit mir geschah – daß ich zu jeder Zeit und an jedem Ort in der Zeit zurückgeworfen werden könnte und beispielsweise durch das Dorf streifen könnte, wo mich dann jeder sehen, ich aber niemanden erkennen würde. Das Problem bestand darin, daß die »Rückblenden« willkürlich eintraten, ohne Vorwarnung, und mir keine Chance ließen, mich auf das Erlebnis vorzubereiten.

Was aber, wenn ich mich vorbereiten *konnte*? Wenn ich einen Weg finden konnte, die Rückblenden selbst auszulösen, nämlich dann, wann ich es wollte, und sie zu unterdrücken, wenn ich sie nicht wollte? Wenn ich es tatsächlich mit Erinnerungen zu tun hatte – mit Szenen, die mein eigener Geist hervorbrachte –, dann sollte ich auch in der Lage sein, mich auf irgendeine Weise auf Wunsch zu »erinnern«.

Es war zumindest einen Versuch wert, sagte ich mir. Und jetzt war gerade der perfekte Zeitpunkt für ein solches Experiment. Ich befand mich in der sicheren Umgebung meines eigenen Hauses, unterstützt von der trügerischen Kühnheit, die der Zustand des Halbwachseins manchmal mit sich bringt, und war für den Fall, daß ich mich doch aus dem Haus bewegen sollte, wenigstens vollständig angezogen, wenn auch in meinen verwaschenen Jeans und dem zerknitterten T-Shirt, das ich zum Malen trug. Aber ich war anständig bekleidet. Außerdem waren es noch einige Stunden hin, bevor jemand im Dorf aufwachen würde.

Nachdem ich mich selbst von der Durchführbarkeit meines Plans überzeugt hatte, verbrachte ich die nächsten Minuten damit, meine unaufgeräumten Schränke auf der Suche nach einer Kerze zu durchwühlen. Irgendwo hatte ich gelesen, daß Kerzen unabdingbar für die Selbsthypnose waren. Schließlich fand ich einen Stummel im Besteckkasten und klebte ihn auf einen flachen Unterteller. Ich löschte das Licht, setzte mich an den sauber gescheuerten Küchentisch, stellte die Kerze vor mich hin und zündete sie mit angehaltenem Atem an.

Die Flamme flackerte erwartungsvoll, senkte sich und tanzte in den Luftströmen, die in dem stillen Raum umherspielten. Meine ganze Welt schien auf diese einzelne Lichtquelle reduziert zu sein, auf die winzige, zitternde, hypnotisierende Flamme, die in der fast vollständigen Dunkelheit strahlte. Ich hielt meine Augen auf sie gerichtet, starr und konzentriert, während ich im Geist ständig einen einzigen Gedanken wiederholte: *Ich will mich erinnern. Ich will mich erinnern.* Immer und immer wieder, wie ein Motiv aus Händels »Messias«, beharrlich und mit monotoner, absichtsvoller Intensität. *Ich will mich erinnern. Ich will zurückgehen ...*

Ein Luftzug fuhr singend an meinen Ohren vorbei, und die Kerzenflamme zog sich zur Antwort jäh zusammen.

»Hast du deinen Schluck immer noch nicht ausgetrunken?« fragte Rachel verwundert. »Der Markt hat schon angefangen, und wir werden noch die besten Angebote verpassen.«

Ich leerte schuldbewußt meinen Becher und verschluckte mich beinahe an dem starken Wein. »Es tut mir leid« entschuldigte ich mich. »Ich habe nachgedacht.«

»Du denkst zuviel nach. In diesem Haus kann dir das nur Unbill bereiten«, sagte sie und lächelte mich von der Türschwelle her an, während sie ihren schweren Umhang richtete und die Kapuze über ihr helles Haar zog. »Wenigstens hat es aufgehört zu regnen, und der Himmel klart auf. Es verspricht, ein schöner Tag zu werden.«

Ich ließ meine eigene Kapuze unten. Ich mochte es, den Wind in meinen Haaren zu spüren, besonders den reinigenden Wind, der oft einem Regen im Spätfrühling folgt. Mein dunkelblauer Umhang war abgetragen und an einigen Stellen geflickt, aber das Kleid darunter war neu, und ich freute mich auf einen Vormittag fern vom Haus und dem Einfluß meines Onkels. Den Riegel der Küchentür aufzuschieben war wie eine Gefängniszelle aufzuschließen, und ich lächelte strahlend, als ich Rachel durch den rückwärtigen Garten auf die Straße folgte, die uns weg vom Haus, weg vom Dorf zu einem Marktplatz voll Menschen und Lachen und Leben führen würde.

Kapitel fünfzehn

Der Marktflecken Wexley Basset lag östlich von Exbury an der Straße nach Marlborough. Wir waren nicht die einzigen Reisenden auf dieser Straße – dreimal wurden wir von Karren überholt, die Menschen und Güter zum Markt trugen, und wenig später überholten wir selbst einen jungen Burschen, der eine sanfte, braune Kuh und ihr großäugiges Kalb führte. Die Versuchung, mit Leuten zu sprechen, war groß nach den Wochen der Einsamkeit, aber ich folgte Rachels Beispiel und hielt mich dicht am Straßenrand, die Augen sittsam niedergeschlagen.

Das war das Schwerste – zu warten, bis die Fremden weitergefahren oder zurückgefallen waren, so daß ich wieder den Kopf heben und die Umgebung in mich aufnehmen konnte. Die Freiheit war ein neuer, zu Kopfe steigender Wein für mich, und der frische Duft der regentriefenden Wildblumen vertrieb den bitteren Geruch der Verzweiflung aus meinen Nasenflügeln und ließ mich für den Moment die hoffnungslose Unsicherheit meiner Lage vergessen.

Der Weg verlief pfeilgerade wie eine römische Straße und wies tiefe Furchen auf, die der gestrige Regen ausgewaschen hatte. Zu unserer Rechten erstreckten sich ebene Felder sprießenden Weizens und eingezäunte, mit Schafen gesprenkelte Weiden; links sah man die ausgedehnte, grüne Hügellandschaft von Wexley und das hügelige Jagdgebiet dahinter. Zur Zeit meines Großvaters, erzählte mir Rachel, habe der erste König Karl selbst hier gejagt, sei im Galopp hinter seinen Falken her, seine Edelleute auf den Fersen und das halbe Dorf stolpernd im Gefolge.

Die Vorstellung ergab ein schwärmerisches, farbiges Bild, und ich war so sehr damit beschäftigt, daß Rachel mich zweimal ansprechen mußte, bevor ich sie hörte.

»Es ist nicht mehr weit jetzt«, sagte sie. »Du wirst es sehen können, wenn wir auf diesem Hügel angelangt sind.« Und dann kam die Sonne hinter der Wolkendecke hervor, gerade als wir den Kamm des Hügels erreichten, und ich erhielt meinen ersten Blick auf Wexley Basset.

Die Märkte, die ich kannte, waren Stadtmärkte, Londoner Märkte, die in enge Straßen oder auf kleine, kopfsteingepflasterte Plätze gezwängt waren, auf denen heisere Händler ihre Waren anpriesen und wo um mich herum ein unablässiges Gedränge von Menschen und nochmals Menschen herrschte. Es war eine angenehme Abwechslung, die buntgestreiften Markisen zu sehen, die in fröhlichen Kreisen rund um das verwitterte Marktkreuz standen, während die Sonne den Marktplatz in helles Licht tauchte. Auch hier gab es eine Menschenmenge, gewiß, aber sie bestand aus freundlichem Landvolk mit klaren, unverstellten Stimmen und ehrlichen, von Wind und Wetter rotgescheuerten Gesichtern.

»Nun, was sagst du?« fragte mich Rachel.

Ich konnte nur mit aufgerissenen Augen schauen wie ein verzaubertes Kind, und sie lachte ihr schönes, melodisches Lachen und packte meine Hand, um mich hinunter in das Gewühl der Menge zu führen. Wir wurden gedrängt und gestoßen, aber es machte mir nichts aus, und zu meiner eigenen Verwunderung hörte ich mich ebenfalls lachen. Der leichte Wind fuhr mir ins Haar, und die Sonne wärmte mein Gesicht, und ich fühlte mich plötzlich wunderbar lebendig.

»Es ist herrlich!« rief ich Rachel zu, aber meine Stimme wurde von einem Meer von Stimmen verschluckt, und sie konnte mich nicht hören. Sie führte mich noch ein Stück weiter und drehte sich dann zu mir um, das Gesicht vor Erregung gerötet.

»Komm, du mußt die Schauspieler sehen«, sagte sie.

Eine große Menschentraube hatte sich in einer Ecke des Platzes angesammelt, und dorthin zog sie mich. Als wir die Stelle erreicht hatten, lächelte Rachel einen der größeren Männer lieblich an, woraufhin er zur Seite trat und uns vor ihn schlüpfen ließ, wo wir das Geschehen gut beobachten konnten. Es waren acht Schauspieler an der Zahl, die merkwürdige Phantasiekostüme in allen Farben des Regenbogens trugen. Einer von ihnen, ein junger Bursche von etwa vierzehn Jahren, sprach gerade einen Prolog mit hoher, schallender Stimme.

»Ich hatte gehofft, daß sie hier sein würden«, gestand Rachel mir aufgeregt flüsternd. »Sie kommen oft am Markttag, um die Leute zu unterhalten.«

Der junge Prologsprecher hatte geendet, und die Zuschauer verfielen in erwartungsvolles Schweigen. Es war ein kurzes Stück, nur wenige Minuten lang, aber ausgezeichnet gespielt.

Einer der Männer trat nach vorn, in düsteres Schwarz gehüllt, mit einem Puritanerhut auf dem Kopf und dem Wort »Parlament« auf einem Streifen Stoff über seiner Brust. Er sprach ausführlich über die verkommenen Sitten der englischen Nation, aber mit solch komischen Wendungen und entstellenden Bedeutungen, daß er sich selbst verspottete und das Publikum zum Lachen über seine Torheit brachte. Nach und nach kamen Oliver Cromwell selbst, ein Soldat der Rundköpfe und ein lüstern blikkender Priester hinzu, und alle drei stimmten in das Klagelied mit ein und schmiedeten derart böse und finstere Pläne, daß die Menge lautstark mit Rufen und Zischen protestierte.

Ein Engel trat auf, der mit trauriger Miene und unbemerkt zuhörte, dann hinüber zum »Parlament« ging und es berührte, woraufhin die dunklen, puritanischen Kleider abgeworfen wurden, um ein neues Parlament in strahlendem Weiß und Gold zu enthüllen. Ein Schauspieler, der das Volk darstellte, ganz in Rot gekleidet war und ein Flammenschwert schwang, vereinte sich mit diesem neuen und heiligen Parlament, und gemeinsam forderten die beiden die teuflischen Verschwörer heraus und besiegten sie. Und als ein glaubwürdiger Doppelgänger des guten König Karl erschien und seine Krone einforderte, erklangen so laute Beifallsrufe von der versammelten Menge, daß sie dem Getöse des Krönungstages selbst Konkurrenz machten.

Es gab viele »Hurras!«, und viele Münzen wurden geworfen, als die Schauspieler mit ihrem Stück fertig waren.

»Das war ein gutes Stück«, sagte ich zu Rachel, als wir uns entfernten.

»Oh ja«, stimmte sie zu, »aber dein Onkel hätte das nicht gefunden.«

»Warum sollte er nicht?«

Sie sah mich an und schien ihre Worte abzuwägen, überlegte es sich dann aber plötzlich anders.

»Sieh mal«, sagte sie statt dessen, »dort ist ein Orangenverkäufer. Sollen wir uns eine Orange teilen? Ich habe etwas Geld für mich selbst.«

Ich hatte auch etwas eigenes Geld, ein paar zusammengesparte Pennies, die ich sicher im Saum meines Kleides versteckt hatte, aber ich ließ Rachel die Orange kaufen, die wir genau aufteilten, um dann das süße, saftige Fruchtfleisch und den exotischen Duft der Schale zu genießen, ein Duft, der noch lange, nachdem wir die Frucht verspeist hatten, an unseren Händen hing.

»So«, sagte Rachel und erinnerte sich an unsere Aufträge, »ich soll für Caroline eine Gans kaufen und ein Stück Rindfleisch. Die Schlachter sind dort drüben, jenseits des Ganges.«

Ich blieb zögernd etwas zurück. »Wenn es dir nichts ausmacht«, sagte ich, »würde ich mich gern ein bißchen alleine umsehen.«

In Wahrheit fürchtete ich den Gestank der Schlachterstände und hatte noch nie den Anblick von Tieren, die zum Schlachten bestimmt waren, ertragen können. Rachel schien mir mein Widerstreben nicht übelzunehmen.

»Tu, was du möchtest«, lud sie mich mit einem leichten Achselzucken ein. »Ich werde dich schon wiederfinden, wenn ich mit den Einkäufen fertig bin.«

Ich empfand leichte Gewissensbisse. »Brauchst du denn nicht meine Hilfe? Um das Fleisch zu tragen vielleicht?«

»Aber nein. Mach dir keine unnötigen Sorgen«, lachte sie. »Gewöhnlich gehe ich ganz allein auf den Markt. Fort mit dir, und amüsier dich gut. Du kannst deinen Teil der Last auf dem Nachhauseweg tragen.«

Es fiel mir nicht schwer, mich zu amüsieren, umgeben von einem solchen Aufgebot an kuriosen Dingen und billigem Tand und wunderschöner Ware: Tränke zur Verbesserung der Gesundheit, herbeigeschiffte französische Seidenstoffe und flämische Spitze, Äpfel und Zitronen, die von ihren Karren auf das Kopfsteinpflaster rollten, getrockneter Fisch und Blechkannen und hölzerne Eimer und zierlicher Schmuck. Verzückt schlenderte ich von einem Stand zum nächsten, verweilte bei Menschenansammlungen, um einen Händler schreiend seine Ware anpreisen zu hören oder einem anderen dabei zuzusehen, wie er mit einer starken Wunderflüssigkeit aus weißem Leinen Talgflecken entfernte.

An einem der Stände fiel mir ein schön gearbeitetes Armband

ins Auge, und ich blieb stehen, um es zu bewundern. Es war aus glänzendem vergoldeten Metall zierlich gearbeitet und zeigte einen Reigen nach der Phantasie gestalteter Paradiesvögel mit Augen aus blauem Glas, die wie königliche Juwelen glitzerten. Ich betrachtete es sehnsüchtig und fuhr mit meinen Fingern über die feingliedrigen Kreaturen. Meine Pennies schienen sich ungeduldig in ihrem Versteck zu bewegen, und der Verkäufer, der meine Versuchung spürte, kam unauffällig näher.

»Das ist wahre Qualität, Mistress«, sagte er und begleitete seine Worte mit einem einnehmenden Lächeln. »Genau wie die Sachen, die die feinen Damen heutzutage bei Hofe tragen. Nur zehn Schillinge.«

Zehn Schillinge! Ich zog meine Hand widerstrebend zurück. Ich hatte nur Münzen im Wert von Sixpence in der Tasche und konnte nicht hoffen, ihn jemals so weit herunterzuhandeln. Meine Enttäuschung hielt jedoch nur einen Moment an, denn als ich mich abwandte, fiel mein Blick auf den Karren eines Buchhändlers, der abseits in einer schattigen Ecke am Rand des Marktplatzes stand, und mein Herz hüpfte vor Freude. Wie herrlich würde es sein, dachte ich, wieder einmal ein Buch in der Hand zu halten, die glatten, festen Seiten zu fühlen und den starken, berauschenden Duft von eingeöltem Leder und von Papier zu riechen.

Unser Haus in London war voll von Büchern gewesen. Sie standen in Schränke gezwängt, und jedes Regal hatte unter ihrem Gewicht geächzt. Aber im Haus meines Onkels gab es nur den schweren, respektgebietenden Band der englischen Bibelversion, sonst nichts.

So glücklich war ich über den Anblick einer solchen Menge an Büchern, daß ich kaum auf den Buchhändler selbst achtete, einen hageren, ruhigen Mann, der gegen den Karren gelehnt stand, seine Pfeife anzündete und mir mit nachsichtigem Schweigen zusah, als ich die Titel seiner Sammlung studierte. Es gab mehrere, die ich gern gekauft hätte, aber ich entschied mich schließlich für *Bilder der Natur mit dem Bleistift der Phantasie lebensnah gezeichnet* von Margaret Cavendish, der gefeierten Herzogin von Newcastle. Es war kein neues Buch – es war tatsächlich etwas über zehn Jahre alt, geschrieben während der Verbannung der

Herzogin aus dem Commonwealth –, aber mein Vater hatte es gelesen und sich beifällig darüber geäußert. Und vor allem kostete es nur vier Pence.

»Eine gute Wahl«, lobte mich der Buchhändler mit einem Lächeln, »vorausgesetzt, daß Ihr Euch ihre schwärmerischen Phantasien nicht zu Kopfe steigen laßt. Die Dame ist einzigartig und verdient Bewunderung, aber sie sollte, denke ich, besser nicht nachgeahmt werden.«

Ich erwiderte sein Lächeln. »Ich werde Euren Rat beherzigen, Herr«, versprach ich in der Gewißheit, daß ich nie in Versuchung geraten würde, mit der extravaganten Kleidung und Lebensführung der Herzogin von Newcastle wettzueifern.

Ich wollte ihm meine Pennies reichen, aber er schüttelte leicht den Kopf und schob mir einen kleinen Teller mit einer Flüssigkeit zu. Der starke, beißende Geruch von Essig stieg mir in die Nase.

»Eine Vorsichtsmaßnahme gegen diese verfluchte Pest«, erklärte er. »Ihr selbst mögt zwar nicht aus London sein, mein Kind, aber niemand weiß, wo Eure Münzen schon gewesen sind.«

Ich warf die vier Pennies mit zitternden Fingern in den Essig, sicher, daß er von meinem gesenkten Blick mein Schuldbewußtsein ablesen konnte. Ich schnappte meinen Kauf, entfernte mich hastig von dem Karren und verlangsamte meinen Schritt erst wieder, als ich mich in der Anonymität der sich weiterwälzenden Menge verloren hatte.

Mein Orientierungssinn hatte mich verlassen, ich lief ziellos im Kreise und konnte weder Rachel noch die Reihe der Schlachterstände finden. Nachdem ich eine scheinbar endlose Runde um den Marktplatz gedreht hatte, machte ich im Schutz einer Gasse Halt, um einen Moment zu verschnaufen, und sah mich plötzlich einem riesigen grauen Hengst gegenüber, der mir bekannt vorkam.

Das Tier war an einem in die Wand eingelassenen Eisenring angebunden und stand ganz ruhig da. Mit großen, feuchten Augen, die nur eine schwache Neugier verrieten, sah er auf mich herab.

»Oh«, entfuhr es mir leise.

Ich hatte schon immer eine Schwäche für Pferde gehabt. Schon als kleines Kind hatte ich keine Furcht vor diesen Tieren gezeigt, sondern die lästige Gewohnheit entwickelt, auf die Straße zu laufen, um die Zug- und Kutschpferde zu streicheln, die sich überall in London drängten. Auch jetzt verspürte ich keine Angst, als ich näher an den hochbeinigen Hengst herantrat und meine Hand ausstreckte.

»Oh«, sagte ich wieder, »du schönes Geschöpf. Ist ja gut, ich tu dir nichts.«

Die großen Nüstern bebten, als sie meinen Geruch erforschten.

»Ja, mein Schöner«, sprach ich weiter in dem törichten Ton, den man Kindern und Tieren gegenüber anschlägt, »hab keine Angst. Ich will dich nur streicheln, so ist's gut.«

Ich legte die hohle Hand über die Nüstern des Pferdes und streichelte sie sanft, und nach einer Weile spürte ich, wie der Hengst ruhig wurde und sein Maul in meine Handfläche stupste. Ich lachte triumphierend, beugte mich vor, um seine schnuppernde Nase zu küssen, und fuhr mit der Hand über den schön gebogenen Hals.

Die Männerstimme, die direkt hinter mir erklang, erschreckte mich und zerstörte den Zauber.

»Ihr setzt leichtfertig Euer Leben aufs Spiel, Mistress«, sagte die Stimme lakonisch. »Er ist ein bösartiger Teufel und seine Zuneigung oft falsch.«

»Unsinn«, sagte ich. »Er ist ein wunderbares Tier.« Und ich wandte meinen Kopf, um Richard de Mornay selbstbewußt in die Augen zu sehen.

Ich mußte dazu allerdings ziemlich hoch aufblicken. Er wirkte im Stehen nicht kleiner als auf einem Pferd, und mein Scheitel reichte kaum an seine Schulter heran.

Er zog seinen Hut mit galanter Geste und verbeugte sich tief, bevor er mich mit lachenden Augen ansah.

»So begegnen wir uns wieder.«

»Mylord«, begrüßte ich ihn und neigte den Kopf zur Antwort.

Er hat schönes Haar, dachte ich träumerisch. Als er sich aufrichtete und es zurückwarf, fing es die Sonnenstrahlen ein, und ich bedauerte, es wieder von dem breitkrempigen Hut bedeckt zu sehen. Von nahem betrachtet, schien er mir auch viel jünger zu sein, als ich ihn bei unserer ersten Begegnung geschätzt hatte. Bestimmt war er nicht mehr als fünfzehn Jahre älter als ich, nicht über Fünfunddreißig.

»Ich gratuliere Euch dazu, Navarres Vertrauen gewonnen zu haben«, sagte er, auf sein Pferd deutend.

»Navarre? Ist das sein Name?« Ich streichelte den muskulösen Kiefer des Tieres. »Ein schöner Name.«

Richard de Mornay zuckte mit den Achseln und ging an mir vorbei, um ein Päckchen in einer seiner ledernen Satteltaschen zu verstauen.

»Ich habe kein Ohr für Namen. Ich habe ihn Navarre genannt, weil ich ihn an diesem Ort gekauft habe. Habt Ihr Rachel verloren, oder seid Ihr einfach des Markttreibens müde geworden?«

Ich sah ihn argwöhnisch an. »Woher wißt Ihr, daß ich mit Rachel hier bin?«

»Ich sah Euch schon vorhin. Es ist schwer, zwei hellhaarige Schönheiten an einem solchen Ort zu übersehen.« Dann tat er etwas Ungewöhnliches. Er streckte die Hand aus und berührte meinen Arm direkt über dem Handgelenk, seine Finger fühlten sich warm an auf dem dünnen Stoff meines Ärmels.

»Ihr hättet das Armband kaufen sollen, wißt Ihr«, sagte er in nachdenklichem Ton. »Die Steine würden gut zu Euren Augen passen.«

Stolz hielt mich davon ab, ihm zu gestehen, daß das einfache Schmuckstück zu teuer für meine Geldbörse gewesen war. Ich trat einen kleinen Schritt zurück, und er ließ seine Hand fallen, sein Gesichtsausdruck unbekümmert.

»Ich habe dies statt dessen gekauft.« Ich hielt mein Buch in die Höhe, um es ihm zu zeigen.

»Ihr könnt also lesen.«

»Mein Vater war ein Schreiber. Er sah es als unverzeihliche Sünde an, jemandem die Lesekunst zu verweigern.«

»So habt Ihr Glück gehabt. Ich kann mir nicht vorstellen, daß es im Haus Eures Onkels viel zu lesen gibt.«

Ich mußte unwillkürlich lächeln. »Sehr wenig.«

»Dann müßt Ihr mich im Gutshaus besuchen kommen. Ich

habe eine gute Bibiliothek. Ihr seid eingeladen, Euch auszuleihen, was Ihr möchtet.« Sein Blick ließ mich für einen Moment los und schweifte über den Marktplatz hinter uns. »Da ist Rachel.«

Ich drehte mich um und riß die Augen ein wenig auf, als ich Rachel in Begleitung eines Mannes sah. Der Mann war ebenfalls hochgewachsen, hatte breite Schultern, große, geschickt aussehende Hände und ein markantes, anziehendes Gesicht. Ich betrachtete diese Schultern genauer und wußte plötzlich wieder, wo ich ihn schon einmal gesehen hatte.

»Ist das Evan Gilroy?« fragte ich.

»Ja.« Richard de Mornay betrachtete mich mit einem seltsamen Blick. »Ich wußte nicht, daß Ihr ihn kennt.«

»Wir sind einander noch nicht vorgestellt worden. Ich sah ihn nur, als er meine Truhe aus dem Dorf heraufbrachte. Rachel sagte mir seinen Namen. Er ist ein Freund von Euch.«

Es war eigentlich keine Frage, aber er antwortete trotzdem.

»Ja, wir sind Freunde. Eure Rachel ist in guten Händen.«

Daran bestand wenig Zweifel, dachte ich ein wenig sarkastisch, und sah zu, wie Evan Gilroy Rachel mehrere Päckchen reichte und sich dann hinunterbeugte, um ihr etwas zuzuflüstern. Was immer er sagte, ließ die Röte in ihre blassen Wangen steigen, und als er sich abwandte und auf uns zukam, sah sie ihm mit Augen nach, die sich keine Mühe gaben, ihr Verlangen zu verbergen. Sie sah mich nicht, da ich in der dunklen Ecke neben dem hohen grauen Pferd stand, und ich seufzte in unbewußter Erleichterung.

»Evan«, rief Richard de Mornay seinen Freund herbei, »das ist Mistress Farr, die vor kurzem nach Greywethers gekommen ist.»

Evan Gilroy zog seinen Hut, als er zu uns trat. Der intelligente, offen taxierende Blick seiner grauen Augen war nicht unangenehm, und ich lächelte ihn unbefangen an.

»Ich glaube, Ihr habt mir schon einen Dienst erwiesen, mein Herr, für den ich Euch Dank schulde.«

»Das Liefern Eurer Truhe, meint Ihr? Das war keine große Mühe, versichere ich Euch. Und es ist Richard, dem Ihr danken solltet, denn er war es, der mich bat –«

»Wir müssen uns auf den Weg machen«, schnitt ihm Richard de Mornay das Wort ab und warf Evan Gilroy einen finsteren Blick zu, der jedoch an dem arglosen Lächeln des letzteren abprallte. »Du solltest dein Pferd holen, mein Freund.«

»Es steht in der nächsten Gasse«, sagte der kräftige Mann und nickte mir noch einmal zu, bevor er ging. »War mir ein Vergnügen, Mistress.«

Richard de Mornay schwang sich in den Sattel, zog die Zügel fest an und wendete das Pferd, so daß sein glänzender Stiefel im Steigbügel nur wenige Zentimeter von meinem Gesicht entfernt war.

»Denkt daran«, sagte er zu mir, »daß Ihr kommt und meine Bibliothek anseht.«

Ich reckte den Hals, um zu ihm hinaufzusehen. »Ich bedaure«, antwortete ich, »aber das kann ich nicht.«

»Kann ich den Grund erfahren?«

»Mein Onkel«, sagte ich geradeheraus, »hat mir verboten, mit Euch zu sprechen.«

Er blickte einen langen Augenblick unbeweglich auf mich herab, die Augen gedankenvoll zu Schlitzen verengt.

»Seltsam«, sprach er dann langsam, »ich hätte Euch nicht für einen Feigling gehalten.«

Noch bevor ich die Chance hatte, etwas zu erwidern, berührte er den Hals des Hengstes lose mit den Zügeln, ritt davon, und zum zweiten Mal starrte ich in tölpischer Verwirrung hinter ihm her.

»Mariana!« Rachel rief mich von der Straße aus, und ich ging zögernd auf sie zu.

»Ich dachte schon, du seist verlorengegangen«, sagte sie, reichte mir ein eingepacktes Stück Rindfleisch und verteilte ihre eigenen Päckchen so, daß sie sie tragen konnte. »Hast du gefunden, wonach du gesucht hast?«

»Ich habe ein Buch gekauft«, nickte ich und zeigte es ihr.

Rachel hob die Augenbrauen.

»Du wirst es vor Jabez verstecken müssen«, bemerkte sie sachlich. »Er hält nichts davon, wenn Frauen zum Vergnügen lesen.«

Ich fing an zu glauben, daß mein Onkel nichts davon hielt,

wenn irgend jemand irgend etwas zum Vergnügen tat, aber ich biß mir nur auf die Lippen und umfaßte mein Buch fester. Wir machten uns schweigend auf den langen Heimweg, jede mit ihren eigenen Gedanken beschäftigt. Mit jedem Schritt schien das schwere Fleischstück noch schwerer und sperriger zu werden. Als wir erst ein kurzes Stück zurückgelegt hatten, ließ ich es beinahe ganz fallen.

»Schade, daß Evan Gilroy nicht ritterlich genug war, um dieses elende Stück für uns nach Hause zu tragen«, sagte ich bedauernd zu Rachel, während ich versuchte, meine Last neu zu greifen.

Ihr Kopf fuhr erschrocken herum, ihre Augen blickten groß und beunruhigt. »Du hast uns gesehen?«

Ich nickte, gerührt von ihrer Verlegenheit. »Er ist ein gutaussehender Mann, Rachel.«

Sie senkte den Kopf, um mich nicht anzusehen.

»Ich bin Elias Webb versprochen, dem Sheriff von Exbury«, sagte sie mit ruhiger, klarer Stimme.

Ich hatte den Sheriff gesehen. Er war ein strenger, unnachgiebiger Mann mit einem harten, humorlosen Mund und einem ständig finsteren Gesichtsausdruck, der zu seiner dunklen Kleidung paßte.

»Oh Rachel.« Ich konnte meine Bestürzung nicht verbergen.

Sie sprach stoisch weiter.

»Er ist ein Freund deines Onkels und ein ehrlicher Mann. Die Hochzeit findet Ende des Sommers statt.«

Ich sagte nichts mehr, und nach einem Moment sah sie mir wieder ins Gesicht, ihr Ausdruck fast flehend.

»Verstehst du«, bat sie, »es würde sich daher nicht für mich ziemen, mit Evan Gilroy zu sprechen. Und natürlich würde ich so etwas niemals tun.«

Ich drückte beschwichtigend ihre Hand. »Ich habe nichts gesehen«, antwortete ich.

Die Anspannung in ihrem Gesicht löste sich in einem Lächeln auf, und ich sah das Zwinkern in ihre vergißmeinnichtblauen Augen zurückkehren.

»Und ich auch nicht«, war ihre rätselhafte Antwort.

Wir sprachen nicht mehr, bis wir nach Exbury und zu dem

einsam gelegenen grauen Haus kamen. Tante Caroline war in der Küche, als wir eintraten, und stillte das Baby John neben dem Kamin. Sie sah unglaublich grau und erschöpft aus, und ihre Augen waren gerötet.

»Jabez ist für eine Zeitlang nach Salisbury geritten«, teilte sie uns teilnahmslos mit. »Er hat dort irgendwelche Geschäfte zu erledigen.«

Das war keine unwillkommene Neuigkeit. Caroline war zwar farblos und schwach, aber doch von angenehmem Wesen, und ich hatte das Gefühl, daß wir mit der Zeit Freundinnen werden konnten. Sie war nicht viel älter als ich, obwohl sie so aussah und ihr Haar durch die Bürde ihres elenden Daseins schon weiß wurde. Ich lächelte sie an, aber sie zeigte keine Reaktion.

»Ein Mann kam vorhin vorbei«, sagte sie zu mir. Es lag kein Interesse in ihrer Stimme. »Ein Bediensteter vom Herrenhaus. Er hat ein Päckchen für dich dagelassen. Sagte, du hättest es auf dem Markt fallen gelassen. Es liegt dort auf dem Tisch.« Sie wies vorsichtig mit der Schulter in die Richtung, um ihr saugendes Baby nicht zu stören.

Ich sah hin. Es war ein kleines, flaches Päckchen, das in helles Papier verpackt und mit einem farbigen Band umwickelt war. Ich war äußerst verwundert darüber, wollte aber Rachel und ihre ältere Schwester nicht sehen lassen, was ich empfand.

»O wie schön«, rief ich strahlend. »Ich hatte schon befürchtet, daß ich es verloren hätte. Danke, Caroline.«

Meine Tante blickte mit einem Anflug von Neugier darauf, sah kurz auf das Buch in meiner anderen Hand und hob eine farblose Augenbraue, sagte aber nichts. Noch machte Rachel eine Bemerkung, zu meiner Erleichterung.

Kurze Zeit später, allein oben in meinem Zimmer, legte ich das Päckchen auf mein Bett und wickelte es vorsichtig aus, mein Herz pochte vor Erwartung. Ich konnte den festen Umriß des Inhalts schon durch das Papier spüren, bevor ich es noch ganz entfernt hatte.

Dennoch war ich unvorbereitet auf den tatsächlichen Anblick des schönen Armbands mit dem Reigen aus blauäugigen Paradiesvögeln, welches auf die grobe, handgewebte Bettdecke fiel.

Kapitel sechzehn

»Julia.«

Ich zitterte am ganzen Körper, oder zumindest fühlte ich mich so. Vielleicht war es der Raum selbst. Auf jeden Fall schienen die Wände nicht ganz fest zu sein; sie schimmerten und tanzten vor meinen Augen, als ob das unmerklich sich verändernde Tageslicht durch tausend schwankende Prismen gefiltert würde.

»Julia.« Wieder sprach diese Stimme, und ich drehte langsam und mit großer Mühe meinen Kopf in ihre Richtung.

Zuerst konnte ich nichts erkennen außer der offenen Tür meines Zimmers und einer komischen, grauen, formlosen Gestalt, die mir die Sicht auf den Flur versperrte. Eine graue, formlose Gestalt, die anschwoll und wie eine Wolke auf mich zu schwebte und mich mit einer männlichen Stimme ansprach, die entschieden schärfer im Ton wurde.

»Julia.«

Mein erster Gedanke war: *Das ist nicht mein Name*, und dann dachte ich: *Aber ich kenne diese Stimme*, und dann: *Oh, es ist Tommy*, und wirklich stand da mein Bruder über mich gebeugt, mit demselben Ausdruck auf dem Gesicht, den mein Vater immer hatte, wenn eines von uns Kindern krank geworden war. Es war eine Mischung aus Bestürzung und Besorgnis, gemischt mit einer Art mitleiderregender Hilflosigkeit, und meine Reaktion darauf kam automatisch.

»Mit mir ist alles in Ordnung, Tommy. Ehrlich.« Und dann, als die Wirklichkeit wieder die Oberhand gewann: »Was um Himmels willen machst du hier?«

Er überhörte meine Frage und starrte weiter auf mich herab, doch in seinen Augen lag nun eher Faszination als Besorgnis. »Du warst gar nicht hier«, stellte er mit gepreßter Stimme fest, »stimmt's? Du warst woanders. Jemand anders.«

Ich erhob mich steif, zuerst in die kniende, dann in die stehende Position, und meine Gelenke knarrten unwillig. Stumm nickte ich zur Bestätigung.

Es gab für mich keinen Zweifel über das, was gerade passiert war. Mein Haar war naß, als ich es aus dem Gesicht schob, und an meinen Schuhen klebte Matsch, der auch auf dem Holzfußboden Spuren hinterlassen hatte, wo ich durch das Atelier gelaufen war. Meine Hände waren steif und rot vor Kälte, ich sah stumpf auf sie herab, als wäre ich überrascht, daß sie zu meinem Körper gehörten.

»Mein Gott«, schnaufte Tom, der mich immer noch anstarrte.

Es war das erste Mal, daß ich ihn das sagen hörte, seit er Oxford verlassen hatte. Er legte seinen Kopf schräg und verengte die Augen. »Hast du etwas Brandy im Haus?«

»Was?« Verwirrt sah ich auf meine Armbanduhr. »Tom, es ist noch nicht einmal halb elf. Meinst du nicht, daß es dafür noch ein bißchen früh ist? Besonders für einen Mann der Kirche.«

Mein Bruder grinste respektlos. »Ich bin sicher, Gott würde mir verzeihen, wenn ich ein ganzes Fäßchen tränke unter diesen Umständen. Aber er soll nicht für mich sein. Du bist es, die einen Brandy braucht, Schätzchen. Du siehst verdammt schlecht aus.«

»Pfarrer dürfen nicht ›verdammt‹ sagen«, erinnerte ich ihn mechanisch.

»Dann ist es ja gut, daß der Bischof nicht hier ist und mich hören kann«, gab Tom zurück und lenkte mich am Arm durch das Zimmer, in den oberen Flur und zur Treppe.

»Ich habe keinen Brandy im Haus«, gab ich nach, »aber im Schrank über dem Küchenherd ist noch etwas Grand Marnier.«

»Ausgezeichnet. Der tut's auch.«

Ich hatte Schwierigkeiten mit den Treppenstufen wegen der seltsamen Steifheit in meinen Beinen, ein Zustand, der mich verwunderte, bis mir klar wurde, daß ich als Mariana Farr an diesem Morgen einiges an Kilometern gelaufen sein mußte.

Tom plazierte mich wortlos an den Küchentisch, fand den Grand Marnier und schenkte mir eine großzügige Menge in ein hohes Glas ein. Unter seinem strengen, insistierenden Blick trank ich. Der Alkohol floß prickelnd warm durch mein Inneres, ließ mein Gesicht erglühen und vertrieb die Taubheit aus meinen Fingerspitzen. Ich nahm noch einen Schluck, strich mir die feuchten Locken aus den Augen und hob den Kopf, um dem Blick meines Bruders zu begegnen.

»Du hast mir immer noch nicht gesagt, was du hier treibst«, beharrte ich.

»Ich besuche dich«, war die schlichte Antwort. »Ich hatte heute nichts Dringendes zu erledigen, daher habe ich meinem Hilfspfarrer alles übergeben und bin hierher gefahren. Dachte, ich sehe mal nach, wie du zurechtkommst – überzeuge mich, daß alles in Ordnung ist. Und ich wollte dir das hier bringen«, fügte er hinzu und wies auf den dicken Stapel Papier auf dem Tisch zwischen uns. Der Titel des obenauf liegenden Artikels verkündete deutlich, daß dies das Material war, das Toms Bibliothekarsfreund ausgegraben hatte. Tom betrachtete es jetzt, als habe es etwas von seiner Bedeutung verloren, als sei es irgendwie überflüssig geworden durch das, was er gerade miterlebt hatte.

»Jedenfalls«, fuhr er fort, »als ich ankam, fand ich die Hintertür weit offen und das Haus verlassen. Ich rief nach dir, aber niemand antwortete, also ging ich nach oben, um in deinem Schlafzimmer nachzusehen, und stellte fest, daß dein Bett gemacht war, was entweder hieß, daß du früh aufgestanden warst und es schon gemacht hattest«, sein Gesicht zeigte mir deutlich, wie unwahrscheinlich er diese Möglichkeit fand, »oder daß du überhaupt nicht darin geschlafen hattest. Von dem Moment an begann ich, mir Sorgen zu machen, und war gerade wieder heruntergekommen, um zu entscheiden, was ich als nächstes tun sollte, da kamst du wie ein Schaf glotzend durch die Hintertür hereingeschneit und hast mit deinen triefenden Sachen auf dem ganzen Fußboden Wasserpfützen hinterlassen.«

»Habe ich etwas gesagt?«

»Nein«, er schüttelte den Kopf. »Nein, du standest einfach einen Moment bei der Tür, dann gingst du direkt an mir vorbei die Treppe hinauf und in dein Atelier. Ich schätze, ich hätte auch einfach warten können, bis du von selbst wieder aus deinem Zustand herauskamst, aber ich bin leider ein wenig panisch geworden. Habe ich etwas Wichtiges unterbrochen?«

Ich dachte an das hübsche Armband, fühlte es fast durch meine Finger gleiten und hörte Richard de Mornays Stimme sagen »Ihr hättet das Armband kaufen sollen«, während er mein Handgelenk festhielt. Mein Handgelenk. Marianas Handgelenk. Ich hob eine Hand an die Stirn und schloß die Augen.

»Nein«, antwortete ich, »es war nichts Wichtiges.« Aber ich konnte das Bedauern in meiner Stimme hören und fragte mich, ob Tommy es auch hörte.

»Du hast Glück, daß du angezogen warst, als es geschah«, kommentierte er, wobei er mein feuchtes, zerknittertes T-Shirt und die Jeans beäugte. »Es wäre vielleicht ein bißchen peinlich gewesen, wenn man dich in Nachthemd und Pantoffeln durch die Landschaft streifen gesehen hätte.«

Ich lächelte. »Oh, ich habe darauf geachtet, daß ich angezogen war. Ich habe nur nicht bedacht, daß ich auch Türen aufschließen könnte, das ist alles.«

»Ich glaube, ich verstehe nicht.«

»Ich habe es geplant, Tommy«, sagte ich, unfähig, eine Spur von Stolz in meiner Stimme zu unterdrücken. »Es war eine Art Experiment, weißt du. Ich wollte wissen, ob ich selbst ein Zurückgehen auslösen kann, zu einer Zeit und an einem Ort meiner Wahl.«

»Und?«

»Es funktionierte offenbar, obwohl es nicht *genau* so ablief, wie ich gehofft hatte. Ich hatte geglaubt, ich könnte das Geschehen auf das Innere des Hauses beschränken.«

Tom warf einen Blick über seine Schulter auf die halb offenstehende hintere Küchentür, durch die der belebende, feuchte Duft eines späten Maimorgens hereindrang.

»Und Mariana hat die Tür geöffnet«, riet er. »Ich verstehe. Es kann aber wohl kaum dasselbe Schloß wie im siebzehnten Jahrhundert sein.«

Ich sah neugierig auf das schwere Schnappschloß. »Nein, aber es sitzt an derselben Stelle, und die Machart ist ähnlich. Man muß es nur anheben, verstehst du, und die Tür geht auf.«

»Allerdings verstehe ich.« Er runzelte die Stirn. »Es ist nämlich ein Antikschloß. Bietet überhaupt keinen Schutz. Was du brauchst, ist ein richtiges, gutes Riegelschloß. Wir können heute nachmittag eines kaufen, und ich werde es auch selbst für dich anbringen.«

»Du klingst wie mein Möbeltransporteur«, sagte ich und zog die Nase kraus. »Er sagte auch, ich bräuchte neue Schlösser.«

»Vernünftiger Mann.«

»Du machst dir zu viele Sorgen, Tom. Niemand schließt hier die Türen ab, die Gegend ist sehr sicher. Außerdem, was ist, wenn ich wieder in die Vergangenheit zurückgehe und versuche, die abgeschlossene Tür zu öffnen? Ich könnte mich verletzen.«

»Das kann ich mir nicht vorstellen. Es würde die Rückblende einfach an Ort und Stelle unterbrechen, denke ich. Die Mariana der Vergangenheit würde die Tür öffnen und irgendwohin hinauseilen wollen, aber du würdest zurückgehalten.« Er blickte erneut voll Neugier auf mein feuchtes, zerzaustes Äußeres. »Wohin hat sie dich überhaupt geführt heute morgen?«

Ich trank den Likör aus und stellte das Glas entschlossen auf den Tisch. »Komm mit«, forderte ich ihn auf und erhob mich. »Ich zeig's dir.«

»Wie, jetzt?« Er warf einen erschrockenen Blick zum Küchenfenster. »Bei dem Wetter?«

Es regnete wieder, leicht aber beständig, und ich konnte das Wasser durch die Dachrinne hinuntergurgeln und sich zu einem schlammigen kleinen Teich bei der Hintertür sammeln hören.

»Ich dachte, wir könnten vielleicht das Auto nehmen«, erklärte ich mit übertriebener Geduld. »Ich war heute morgen schon im Regen spazieren.« Ich hielt mein durchweichtes T-Shirt zum Beweis von mir ab.

Tom lächelte. »Eindeutig. Willst du dich nicht zuerst noch umziehen?«

»Das sollte ich wohl besser.« Ich sah an mir herab. »Warte solange, ich bin gleich wieder da.«

Ich brauchte wirklich weniger als fünf Minuten, um in ein Paar trockene Jeans und einen leuchtend roten Pullover zu schlüpfen, meinen alten Anorak überzuwerfen und meinem Bruder zum Auto hinaus zu folgen.

»Welche Richtung?« fragte Tom, als er den Rückwärtsgang einlegte.

»Am Ende der Auffahrt nach links und dann die rechte Abzweigung, wenn wir den Fluß überquert haben.«

Tom befolgte meine Anweisungen in folgsamem Schweigen, fuhr seinen sportlichen Ford über die kleine Brücke und bog dann von der Hauptstraße ab, um der schmaleren, weniger befahrenen Route zu folgen.

»›Old Marlborough Road‹«, las er das Schild. »Bist du auf diesem Weg gekommen?«

Ich nickte. »Ja, ich glaube.«

Wenige Minuten später war ich mir sicher, als die Bäume weniger wurden und die hügelige grüne Landschaft von Wexley Chase sich zu unserer Linken ausbreitete. Die Straße war geteert und naß vom Regen – wenn ich hier gegangen war, so hatte ich keine Spuren hinterlassen –, aber die idyllische Szenerie hatte einen lebhaften Eindruck in meinem Gedächtnis hinterlassen.

Sie hatte sich in dem Zeitraum von einer Stunde oder mehr, seit ich sie zuletzt gesehen hatte, verändert. Moderne Häuser drängten sich am Straßenrand und ragten aus den Wiesen, auf denen einst Schafe geweidet hatten. Es gab Bäume, wo vorher keine gewesen waren, und kahles, flaches Land, wo ein Wald gestanden hatte. Und doch war mir die Straße so vertraut wie die Straßen meiner Kindheit, und als wir die Anhöhe erreichten und hinab nach Wexley Basset fuhren, konnte ich einen kleinen, aufgeregten Schauer des Wiedererkennens, wie bei einer Heimkehr, nicht unterdrücken.

Es war im Grunde ein nichtssagender kleiner Ort – nur ein paar Geschäfte um den quadratischen Marktplatz verteilt, restaurierte Fachwerkfassaden, die mit viktorianischen Häusern aus roten Ziegeln und der häßlichen Zweckmäßigkeit moderner Gebäude wetteiferten. Wie in vielen englischen Kleinstädten zeigte sich auch hier eine merkwürdige Mischung verschiedener architektonischer Stile und Phantasien, ein durch Tradition gemilderter Fortschritt, und insgesamt ergab sich der Eindruck eines recht liebenswerten Kompromisses.

Das mittelalterliche Marktkreuz, das nach meiner Erinnerung mitten auf dem Platz gestanden hatte, war verschwunden, vielleicht einem Feuer zum Opfer gefallen oder der Modernisierung oder einfach dem Zahn der Zeit. An seiner Stelle stand die einigermaßen gelungene Statue eines strengblickenden Mannes, der nach der Mode der Regentschaftszeit Georgs des Vierten gekleidet war; zweifellos handelte es sich um einen der nüchternen Stadtväter des vergangenen Jahrhunderts.

Tommy parkte den Wagen im Schatten der Statue und wandte sich in seinem Sitz zu mir um.

»Das ist ein ganz schöner Marsch«, bemerkte er. »Fast sieben Kilometer. Du mußt mehr als eine Stunde pro Strecke gebraucht haben.«

»Wahrscheinlich. Aber es kam mir natürlich nicht so lange vor, weil ich in Begleitung war.«

»Was für eine Begleitung?«

»Rachel.«

»Wer?«

»Rachel«, wiederholte ich, bevor mir klar wurde, daß all diese Menschen aus der Vergangenheit, die mir schon so vertraut schienen, Tom völlig unbekannt waren. Sie waren Fremde aus einem fernen Land, ohne Persönlichkeit oder Bedeutung.

Also begann ich, meinem Bruder alles zu erzählen, was ich über Greywethers wußte – daß es Marianas Großvater gehört hatte und dann auf dessen ältesten Sohn übergegangen war, den allgegenwärtigen, unnachgiebigen Jabez Howard. Ich erzählte ihm von der hohläugigen Tante Caroline und von Rachel, die bei ihrer Schwester und ihrem Schwager gelebt hatte, seit diese verheiratet waren. Ich ließ die Bewohner des Herrenhauses mehr oder weniger beiseite, aber Tom hörte auch schon nicht mehr so genau zu. Er war mehr an meinem Ausflug zum Markt an diesem Morgen interessiert.

»Also du und Rachel, ihr seid auf diesem Platz angekommen«, faßte er zusammen, »und ... was war dann? Was hast du gemacht?«

»Wir standen dort drüben«, ich wies mit der Hand auf einen Zeitungshändler jenseits der Statue, »und haben einem kleinen Theaterstück zugesehen, und dann haben wir uns getrennt, und ich bin einfach ein wenig herumgeschlendert, wenn du weißt, was ich meine. Bin an einigen Ständen stehengeblieben, aber meistens nur so herumgelaufen. Zum Schluß war ich in dieser Gasse hier, zwischen der Teestube und der Bank.«

Eigentlich keine Gasse mehr, korrigierte ich mich im Stillen. Sie war für den motorisierten Verkehr verbreitert worden, wenn auch immer noch eng für eine Straße, und das Kopfsteinpflaster lag unter einer glatten, schwarzen Teerdecke begraben.

Tom sah zu der Stelle hin.

»Was hast du dort gemacht?«

»Ich habe ein Pferd gestreichelt.«

»Und dann bist du gegangen?«

»Ja. Rachel hatte mich wiedergefunden, und wir gingen nach Hause, und zwar auf demselben Weg, den wir gekommen waren.«

»Aha.«

Ich sah ihn mißtrauisch an. »Du glaubst, ich bin übergeschnappt, stimmt's?«

»Nein, tu ich nicht! Ich habe nie gesagt –«

»Ach, hör schon auf.« Müde stützte ich meinen Kopf in die Hand.

»Tut mir leid, Tom. Es liegt nicht an dir. Es ist nur ... ich weiß nicht, es ist nur, daß alles so verdammt wirklich ist, wenn es passiert, und wenn es dann vorbei ist, fühle ich mich so ... so verloren. Als hätte ich alles nur geträumt, ich weiß nicht ...«

Meine Stimme erstarb unglücklich, und Tom unterzog mich einer scharfen, brüderlichen Musterung, bevor er die Fahrertür öffnete.

»Also gut«, sagte er munter, »es gibt einen Weg herauszufinden, ob du wirklich heute morgen hier warst.«

»Und der wäre?«

Er warf mir ein herablassendes Lächeln zu. »Meine Liebe, du bist im strömenden Regen auf dem Marktplatz herumgestapft. Irgend jemand hat dich sicher gesehen.«

»Aber die Geschäfte können noch gar nicht auf gewesen sein.«

»Ich wette mit dir, daß zumindest eines schon geöffnet hatte«, war seine entschlossene Antwort, und ich sah ihm nach, als er über den Platz ging und im Zeitungsladen verschwand. Als er etwa zehn Minuten später wieder herauskam, trug er zwei Styroporbecher und sah furchtbar selbstzufrieden aus.

»Kaffee?« bot er an und reichte mir einen Becher, als er wieder in den Sitz glitt und die Tür zuschlug. Es regnete immer noch leicht, und er brachte die Feuchtigkeit mit sich herein; Regentropfen glitzerten auf seinem schwarzen Haar und dem dunkelblauen Mantel.

»Dieses Zeug kann ich nicht trinken«, beschwerte ich mich, in den Becher zwischen meinen Händen spähend. »Das ist kein richtiger Kaffee, Tom.«

»Wie du willst.« Er nahm einen großen Schluck aus seinem eigenen Becher, bevor er berichtete. »Du warst tatsächlich hier heute morgen. Die Dame aus dem Laden hat dich gesehen. Oder jedenfalls sah sie eine ›zierliche kleine Frau mit kurzen, dunklen Locken‹, die gegen halb acht auf dem Platz stand. Zuerst dachte sie, daß du in ihr Schaufenster gucken würdest, aber als sie hinausging, um dich anzusprechen, warst du schon fort. Sie hat dich noch ein paarmal gesehen, wie du um den Platz gelaufen bist. Dachte sich, daß du wohl auf jemanden wartetest, der dich abholen sollte.«

»Und wie hast du sie dazu gebracht, dir das alles zu erzählen?« fragte ich ihn höflich. »Oder sollte ich das besser nicht wissen?«

»Da ist nichts dabei«, sagte Tom achselzuckend. »Ich habe ihr gesagt, ich sei ein Arzt aus der psychiatrischen Klinik und vermisse eine unserer Patientinnen. Sie war entsprechend verständnisvoll.«

»Tom!« Ich war schockiert. »Das ist nicht dein Ernst! Das sind kleine Gemeinden hier – so etwas spricht sich doch schnell herum. Ich werde keinen Fuß mehr vor die Tür setzen können!«

»Du machst es mir immer noch viel zu leicht, Schätzchen.« Sein Lächeln war nachsichtig. »Dich auf die Palme zu bringen, meine ich. Du kannst dich wieder abregen, ich habe ihr nur gesagt, daß ich dich vor einiger Zeit hier treffen wollte, aber Probleme mit dem Auto hatte und deshalb zu spät kam. Ich fragte sie, ob sie dich gesehen habe, und sie sagte ja, und dann gab ich mich ganz schuldbewußt und kaufte die beiden Kaffee. Sie denkt jetzt wahrscheinlich, daß du es leid wurdest, auf mich zu warten, und nach Hause gegangen bist und daß ich mich jetzt aufmache und versuche, dich wieder zu versöhnen. Alles klar?«

»Ja.«

»Gut. Dann geh ein bißchen in Deckung, wenn wir am Laden vorbeifahren, ja? Ich möchte nicht, daß mich die Frau auch noch für einen Casanova hält, zusätzlich zu einem unzuverlässigen Windhund, der seine Freundinnen im Regen stehen läßt.«

Entgegenkommend rutschte ich im Sitz tiefer, und wir umrundeten die Marktplatzstatue und machten uns auf der Old Marlborough Road wieder auf den Weg zurück nach Exbury.

»So«, sagte ich und richtete mich auf, als wir sicher außer

Reichweite waren, »womit möchtest du den Rest deines Besuchs verbringen? Dieses ganze Melodram muß furchtbar langweilig für dich sein.«

»Im Gegenteil, seit einer Ewigkeit hatte ich nicht so viel Aufregung.« Tom grinste breit. »Aber ich muß zugeben, daß meine Pläne für den Tag etwas prosaischer waren. Ich dachte, daß wir in deinem Pub dort zu Mittag essen könnten ...«

»Was, im Roten Löwen?«

Er nickte. »Ich denke, es ist höchste Zeit, daß ich ein paar von deinen neuen Freunden kennenlerne. Einfach, um meine Neugier zu befriedigen. Und dann, nachdem ich neue Schlösser an deinen Türen angebracht habe, dachte ich, könnte ich dich für den Rest des Tages nach Swindon entführen. Wir könnten ein wenig durch die Geschäfte bummeln, wenn du möchtest, irgendwo schick essen gehen und vielleicht sogar hinterher ins Kino. Weißt du noch, wie es ist, ins Kino zu gehen?«

»Nein.«

»Ich auch nicht«, seufzte er. »Also, wie findest du meinen Vorschlag?«

»Ich finde, er klingt himmlisch«, gestand ich.

»Sehr gut. Dann machen wir es so.«

Wir fuhren eine Zeitlang schweigend dahin, doch dann zog Tom auf einmal die Stirn in Falten und sah mich an.

»Julia, ich habe über etwas nachgedacht.«

»Ja?«

»Diese Vergangenheitssache. Ich glaube nicht, daß du damit herumexperimentieren solltest, Geschehnisse absichtlich herbeizuführen und so.«

Ich starrte ihn an. »Aber letzte Woche hast du noch gesagt –«

»Ich weiß. Aber das war, bevor ich gesehen habe ... wie es ist. Wie du bist, wenn es passiert. Und jetzt, da ich es gesehen habe, habe ich meine Meinung geändert. Überleg doch mal«, flehte er mich an. »Du könntest auf der Straße von einem Auto niedergemäht werden oder sonst etwas. Und die Vergangenheit könnte genauso gefährlich sein. Woher willst du wissen, daß sich diese Mariana nicht aufgehängt oder im Fluß ertränkt oder sich von einer Klippe gestürzt hat?«

»Es gibt keine Klippen in der Nähe von Exbury.«

»Du weißt, was ich meine. Wir wissen einfach noch nicht genug über dieses ganze Phänomen, und ich finde, die Unsicherheiten sind zu groß, als daß du damit herumspielen solltest. Schon schlimm genug, daß es manchmal spontan passiert.«

Ich wandte den Kopf ab, um aus dem Fenster auf die vorbeiziehende Landschaft zu sehen, und antwortete ihm nicht, worauf Tom in vorsichtigem Tonfall fortfuhr.

»Julia? Ich möchte, daß du mir versprichst, so etwas nicht wieder zu versuchen, bis wir ein bißchen mehr über die Dinge wissen, die da geschehen. Wirst du mir das versprechen?«

Jenseits der regendurchweichten, kleinen Anhöhen von Wexley Chase erhob sich ein Vogelschwarm in einer flügelschlagenden, schnell ziehenden Wolke und flog dann in enger Formation einen Kreis über die regenverschleierten grünen Felder. Ich drehte mich vom Fenster weg und lächelte meinen Bruder zukkersüß an.

»Ja, Tom, natürlich«, sagte ich. »Ich verspreche es.«

Kapitel siebzehn

»Ich finde deinen Bruder großartig«, kommentierte Vivien. »Er ist gar nicht wie ein richtiger Pfarrer.«

Es war halb zehn Uhr morgens am folgenden Samstag, und ich wollte den strahlenden Sonnenschein und die milde Temperatur ausnutzen und versuchen, auf meine amateurhafte Weise den Taubenschlaggarten hinter meinem Haus von Unkraut zu befreien, während Vivien auf den Ruinen der Steinmauer hockte, Tee aus einer meiner angesprungenen Tassen trank und mir bei meiner Fron Gesellschaft leistete.

»Ja, schon«, sagte ich, richtete mich auf und warf eine Handvoll von etwas, das hoffentlich Unkraut war, zur Seite, »ich fürchte nur, die Kirche ist mit dir einer Meinung. Er hat nichts von einem richtigen Pfarrer, obwohl die Leute seiner Pfarrei auf ihn schwören. Und er kann auch ernst sein, wenn er will. Meinst du, das ist eine Blume?«

Ich sah zweifelnd mit schräggeneigtem Kopf auf eine kleine, zarte Pflanze mit farnartigen Blättern.

»Ich kann es dir wirklich nicht sagen«, antwortete Vivien. »Ich bin ein hoffnungsloser Fall, was Gartenarbeit betrifft. Sag mal, bist du sicher, daß du das tun willst? Iain wird dir das Fell über die Ohren ziehen, wenn du aus Versehen eine seiner preisgekrönten südafrikanischen Dingens-Sowiesos ausreißt.«

Ich ließ die fragliche Pflanze stehen, zog statt dessen etwas heraus, das wie ein Klumpen Gras aussah, und reckte mein Kinn auf eine Weise, die mein Bruder sofort als herausfordernd erkannt hätte.

»Ich habe keine Angst vor Iain Sumner. Außerdem kann er schließlich nicht alles machen. Er kann nicht im Herrenhaus helfen und diesen Garten pflegen *und* gleichzeitig noch seine Schafe hüten.«

»Er hat auch noch einen Obstgarten.«

»Siehst du.« Ich zog einen weiteren Klumpen heraus, um meinen Standpunkt zu bekräftigen. »Ich rette ihn vor einem Nervenzusammenbruch.«

Vivien grinste. »Sag bloß nicht, ich hätte dich nicht gewarnt. Du bist noch nie Zielscheibe einer seiner Tiraden gewesen.«

»Die können auch nicht schlimmer sein als die meines Bruders.«

»Was, dieser liebenswerte, nette Mann, der den ganzen Nachmittag an meiner Bar saß und lustige Geschichten erzählte? Du willst mir doch wohl nicht weismachen, daß er richtig wütend werden kann?«

»Er kann Feuer und Schwefel speien«, bestätigte ich. »In biblischem Ausmaß.«

»Na«, lächelte Vivien und schwang ihre Beine, »wenn Iain anfängt zu schreien, wird wenigstens sein Akzent stärker, so daß man gewöhnlich kein Wort von dem versteht, was er ... nein, reiß das nicht aus«, hielt sie mich plötzlich ab. »Das kenne ich zufällig. Es ist eine Art Gänseblümchen oder so was.«

Ich zog meine Hand folgsam zurück, hockte mich auf die Fersen und betrachtete meine Arbeit voll Zufriedenheit. Der Garten sah in der Tat gepflegter aus, dachte ich, und konnte nun freier atmen, ohne die kriechenden grünen Ranken, die die schönen, blühenden Büsche von Akelei, Pfingstrosen und blauen Iris erstickt hatten.

»Es ist wirklich ein schöner Garten«, sagte ich laut, und Vivien nickte.

»Auf Taubenkot von mehreren Jahrhunderten angelegt«, bemerkte sie nüchtern. »Dieser Boden muß kiloweise Stickstoff enthalten.«

»Daran hatte ich gar nicht gedacht.« Ich stand auf und sammelte das Unkraut zu einem ordentlichen Haufen für die Entsorgung zusammen. »Ab wann wurde der Taubenschlag eigentlich nicht mehr benutzt?«

»Ich weiß es nicht. Da muß ich Tante Freda fragen. Vermutlich wurde er irgendwann im letzten Jahrhundert aufgegeben. Es ißt kaum noch jemand Tauben, oder?«

»Ich nicht. Ich vermute, in diesen kleinen Nischen haben die Vögel genistet.«

Vivien beugte sich vor, um nachzusehen, und steckte eine Hand in eines der schmalen Löcher zwischen den Steinen. »Ja. Man kann sie kaum noch erkennen, nicht wahr, der Stein ist so abgenutzt inzwischen. Die Löcher werden hinter der Öffnung breiter, siehst du, und die Tauben konnten –« sie brach abrupt ab, ihr Gesicht zeigte Überraschung. »Nanu, das kann doch wohl nicht sein!«

»Was ist denn?«

»Da ist etwas drin«, sagte sie stirnrunzelnd. »Ich kann es von hier aus leider nicht erreichen. Willst du es versuchen? Es ist irgend etwas aus Metall, da bin ich mir sicher, ganz hinten im Nistloch.«

Sie zog ihre Hand heraus, und ich trat an die Mauer und ließ meine Finger über den feuchten, verwitterten Stein gleiten. Der schmale Eingang des Nistloches setzte sich in einem rechtwinkligen Knick fort und öffnete sich zu einem höhlenartigen Innenraum, der den nistenden Tauben vermutlich die Illusion der Ungestörtheit vermitteln sollte.

Meine Finger fuhren über eine sandige Erdschicht und ein kleines Polster, das sich wie Moos oder Flechten anfühlte, bevor sie auf Metall stießen. Meine Hände waren zwar schmal, meine Finger jedoch günstigerweise lang, und indem ich mit meinem Handgelenk leicht an den einengenden Wänden der Öffnung entlangschabte, konnte ich den Gegenstand gerade noch zwischen die Fingerspitzen klemmen.

Ich zog die Hand langsam zurück und starrte mit ungezügelter Neugier auf das kleine Objekt in meiner Handfläche.

»Es ist ein Schlüssel«, sagte Vivien überflüssigerweise. »Was für ein seltsamer Platz dafür.«

Ich hörte ein schwaches, summendes Geräusch in meinen Ohren, spürte das erste, leichte Anzeichen von Schwindel und schloß resolut die Augen, die Zähne vor Entschlossenheit aufeinanderbeißend. *Nicht jetzt*, befahl ich mir fest, *es darf jetzt nicht sein*.

Der Boden schwankte und festigte sich wieder, und ich öffnete die Augen und sah Vivien ungerührt über unseren Fund gebeugt. Ich wurde immer noch von einer Welle der Erleichterung getragen, als sie wie nebenbei fragte:

»Ist das Geoff, der da gerade kommt?«

Ich blickte zur Hinterfront meines Hauses und sah eine vertraute, dunkle Gestalt über das Gras auf uns zuschreiten. Wie sie sein Herankommen bemerkt hatte, obwohl der weiche Boden das Geräusch seiner Schritte verschluckte und sie mit dem Rükken zu ihm stand, war mir nicht klar. Entweder hatte Vivien Wells ein äußerst sensibles Gehör, oder ihre Tante Freda war nicht die einzige Hexe in der Familie.

»Ja«, antwortete ich schlicht, »er ist es.«

Er trug einen schwarzen Pullover über dunklen Jeans, und sein Haar war neu geschnitten, seit ich ihn zuletzt gesehen hatte. Er trat zu der Mauerruine, lehnte seine Ellbogen darauf und blinzelte in die Sonne.

»Guten Morgen«, sagte er. »Und was macht ihr ...« Sein Gesicht nahm einen bestürzten Ausdruck an, als er meiner dreckbeschmutzten Arbeitskleidung und des Unkrauthaufens zu meinen Füßen gewahr wurde. »Du vergreifst dich doch nicht etwa an Iains Garten, oder?«

Ich fühlte mich unsinnigerweise schuldig.

»Ich habe sie gewarnt«, verteidigte sich Vivien, »aber sie wollte nicht hören.«

»Tja«, Geoff sah mich leicht mitleidsvoll an, »geschehen ist geschehen. Wir werden aber dafür sorgen, daß du ein anständiges Begräbnis erhältst.«

Ich öffnete gerade den Mund zu einer Antwort, als er das angelaufene Stück Metall in meiner Hand erspähte.

»Was zum Teufel ist das?« Er hob eine Augenbraue.

»Ein Schlüssel.«

»Wir haben ihn in einem der Nistlöcher in der Wand hier gefunden«, ergänzte Vivien, als ich keine weitere Erklärung anbot. »Ziemlich rätselhaft, findest du nicht?«

Er streckte die Hand aus. »Kann ich ihn mal sehen?«

In seiner Hand sah er noch viel kleiner aus als in meiner. Er drehte ihn ein-, zweimal herum und kratzte stirnrunzelnd mit einem Fingernagel an dem Metall. »Es ist Messing, glaube ich. Es könnte ein Türschlüssel sein, nehme ich an, obwohl er dafür nicht groß genug scheint. Wie interessant.« Er betrachtete ihn noch einen Moment länger und gab ihn mir dann zurück. »Ich wußte nicht, daß Tauben Schlüssel sammeln.«

»Jemand könnte ihn dort hingelegt haben«, vermutete Vivien.

»Aber warum sollte sich jemand die Mühe machen?« fragte Geoff.

Ich steckte den Schlüssel in die Hosentasche und zuckte mit den Schultern. »Ich schätze, das werden wir nie erfahren.«

Wir schwiegen alle drei einen Augenblick lang, bis Vivien ihren Kopf zurückwarf und uns anstrahlte.

»Ihr zwei fahrt jetzt also zu der Nachlaßversteigerung bei Calne, ja?«

»Ja«, nickte ich und wandte mich an Geoff. »Ich bin doch nicht zu spät dran, oder?«

Er schüttelte den Kopf. »Ich glaube, ich bin zu früh.«

»Ich muß mich sowieso noch umziehen«, sagte ich und blickte an meinen Gartenarbeitsklamotten hinunter. »Macht es dir etwas aus, ein paar Minuten zu warten?«

Vivien schickte mich mit einer wedelnden Handbewegung fort. »Laß dir Zeit«, sagte sie. »Ich werde ihn solange für dich unterhalten. Ich muß den Roten Löwen erst in einer halben Stunde aufschließen.«

»Danke.«

Ich eilte über die Wiese und ins Haus, wo ich mit klopfendem Herzen bei der Hintertür anhielt, um meine abgetretenen Schuhe abzustreifen. Ich war noch aufgeregter über die Tatsache, daß ich ein bevorstehendes »Erlebnis« kraft meines eigenen Willens hatte abwenden können, als über die Entdeckung des geheimnisvollen Schlüssels.

Daß der Schlüssel irgendeine Verbindung zu Mariana Farr darstellte, bezweifelte ich nicht, aber ich wußte, daß ich abwarten mußte, bis sich mir diese Verbindung enthüllte. In der Zwischenzeit konnte ich in dem Wissen schwelgen, daß ich nicht nur in der Lage war, meine Rückblenden selbst auszulösen, sondern sie auch zu verhindern. Im Moment jedenfalls hatte ich die Kontrolle, und das war ein beflügelndes Gefühl.

Nicht weniger beflügelnd, dachte ich, als die Vorstellung, den Rest des Tages in der Gesellschaft eines gutaussehenden jungen Mannes zu verbringen und im Sonnenschein eines strahlenden englischen Frühlingsnachmittags zu baden. Oben angekommen legte ich den Schlüssel sorgfältig auf meinen Schlafzimmertoilettentisch und lächelte in den Spiegel.

Kurze Zeit später, nachdem ich gebadet und frische Sachen angezogen hatte, die zu Geoffs lässiger Kleidung paßten, fand ich mich auf dem säuberlich gemähten Rasen einer ausladenden viktorianischen Villa nördlich von Calne wieder, mitten in dem fröhlichen Trubel und Geschrei einer echten Nachlaßauktion auf dem Lande.

Schwere Schränke und Kommoden und elegante Anrichten waren entlang der Kiesauffahrt aufgestellt wie Truppen zur Musterung. Zahllose kleinere Gegenstände bedeckten auf Bökken ruhende Tischplatten und diverse Truhen oder quollen aus Kisten, die aus Platzmangel unter die Tische gezwängt worden waren. Ich begleitete Geoff durch das verwirrend vielfältige Angebot, hielt hier und da an, um eine Kaminsimsuhr oder eine Spieldose zu begutachten oder über ein besonders ansprechendes Möbelstück aus indischem Satinholz zu streichen.

Mein Vater hatte solche Versteigerungen immer geliebt. Schon als ich noch sehr klein war, hatte er mich oft mitgenommen und mir beigebracht, die Qualität eines alten Stuhls zu erkennen oder einen Antiquitätenhändler unter der Menge des normalen Landvolks ausfindig zu machen. Ich weiß noch, wie ich einmal die kleine Figur eines Jagdhundes erspäht hatte, die ich unbedingt haben wollte. Sie war nichts Besonderes, einfach eine mit Kunststoffarbe angemalte Gipsfigur, ein billiges viktorianisches Stück – aber ich wollte sie. Ich muß damals ungefähr sieben Jahre alt gewesen sein.

Ich hielt Wache bei meinem Schatz, bis sich der Auktionator zu ihm durchgearbeitet hatte und jeder in der Menge wußte, worauf ich meinen Anspruch angemeldet hatte. Das Eröffnungsgebot – von fünfzig Pence – kam von mir, und ich war so begierig und entschlossen, daß ich, als der Auktionator fragte, ob jemand fünfundsiebzig böte, meine Hand in die Höhe schnellen ließ und mich zur ersten Person in unserer Grafschaft machte, die sich bei einer Versteigerung selbst überbot. Wäre der Auktionator ein weniger ehrenhafter Mann gewesen, hätte er mich wahrscheinlich bis auf zwei Pfund hinauftreiben können, denn das war der Betrag, den ich in der Tasche hatte, aber statt dessen lachte er nur und gab mir das kitschige Stück für mein ursprüngliches Gebot von fünfzig Pence.

Später beugte er sich zu mir herunter und warnte mich, niemals andere wissen zu lassen, wie sehr ich etwas besitzen wollte. »Du bist noch jung, mein Kind«, hatte er gesagt, »und die Chancen stehen gut, daß niemand gegen dich bieten wird. Aber wenn du älter wirst, kann es dich teuer zu stehen kommen.«

Ich hatte schon lange vergessen, was mit dem Gipsjagdhund passiert war, aber den Rat des Auktionators hatte ich nie vergessen. Auch jetzt erinnerte ich mich an ihn, als ich an einer Kiste voller Bücher vorbeiging und eines, das wie eine Erstausgabe von J. R. R. Tolkiens *Hobbit* aussah, mich aus einem Haufen von billigen, gebundenen Krimis heraus anblinzelte. Gleichmütig – oh so gleichmütig –, ohne eine Miene zu verziehen, schlug ich ein paar der Bücher in der Kiste auf und blätterte nachlässig durch die vergilbten Seiten.

»All das gehörte nur einem einzigen Mann, sagtest du?« fragte ich Geoff, wobei ich mich um einen normalen Tonfall bemühte.

»Genau. Lord Ashburn. Er ist vergangenen Monat gestorben, glaube ich. Der alte Knabe war immerhin über neunzig. Ich habe ihn jahrelang nicht gesehen, aber er hat mit meinem Vater immer Golf gespielt, als ich noch ein Kind war.«

Ich schlug das Tolkienbuch auf und sah nach dem Erscheinungsjahr, dann wandte ich mich der hinteren Klappe des Schutzumschlags zu und las die Inhaltsangabe, wobei meine Aufregung wuchs, als ich einen Rechtschreibfehler entdeckte, der später mit der Hand korrigiert worden war, ein weiteres Detail, das das Buch als Erstausgabe auswies. Ich schloß das Buch und sah Geoff lächelnd an.

»Lord Ashbury hatte jedenfalls einen vielfältigen, aber ausgesuchten Geschmack«, bemerkte ich.

»Und tonnenweise Geld dazu«, antwortete er nickend. »Er war schon so eine Art Exzentriker, fast ein Einsiedler. Lebte noch nicht einmal im Haupthaus. Er wohnte in dem Cottage dort drüben.« Er zeigte auf ein Dach zwischen Bäumen im hinteren Teil des Anwesens. »Verwandelte das Haus in ein Museum, nur zu seinem eigenen Vergnügen.«

»Ich schätze, wir sollten ihm dafür dankbar sein«, sagte ich und ließ meine Augen über den vollgestellten Rasen und die sich umherschiebende Menge von Stöberern und Käufern schweifen.

»Hast du etwas gesehen, das dich interessiert?« Er nickte und deutete mit dem Kopf auf ein Paar von Bibliotheksgloben, einen Erdglobus und einen Himmelsglobus, die ein paar Meter links von uns in ihren Ständern ruhten. »Sie sind auf 1828 datiert und in ziemlich gutem Zustand. Rosenholzständer, glaube ich, was ihren Wert noch erhöht. Ich bin immer auf der Suche nach Dingen, die dem Haus etwas mehr Charakter verleihen.«

In diesem Augenblick räusperte sich der Auktionator probehalber über dem Mikrofon und rief die Menge zur Ruhe. Geoff legte ganz zwanglos seinen Arm um meine Schultern und führte mich zu einem Punkt, der guten Überblick über die dicht zusammengedrängte Menschengruppe bot. Er beugte den Kopf und flüsterte mir ins Ohr: »Wirst du auf ihn bieten?«

»Auf wen bieten?«

»Auf den Tolkien«, entgegnete er lächelnd. Ich konnte dieses Lächeln an meinem Haar spüren und versuchte, die Empfindung zu ignorieren. »Es ist doch eine Erstausgabe, oder?«

»Ja.« Ich erwiderte sein Lächeln unwillkürlich. »Und ja, ich habe vor, auf ihn zu bieten.«

Doch als die Bücherkiste schließlich aufgerufen wurde, wollte es das Schicksal, daß ich nicht sehr weit kam. Ich warf einen Blick auf den Mann, der gegen mich bot, zog meine Hand zurück und weigerte mich, höher zu gehen. Geoff stieß mich an.

»Warum bietest du nicht weiter?« fragte er.

»Weil dieser Mann ein professioneller Händler ist«, erklärte ich ihm. »Er weiß genau, was das Buch wert ist, und ich kann es mir nicht leisten, mit dem Gebot so hoch zu gehen.«

Geoff folgte meinem Blick zu dem täuschend uninteressiert aussehenden Mann, der mit den Händen in den Hosentaschen und einer altgedienten Bruyèrepfeife zwischen den Zähnen inmitten der Menge stand, jeder Zoll der einfache Bauer.

»Bist du sicher?«

»Ganz sicher.«

Er überlegte einen Moment. »Möchtest du, daß ich es für dich kaufe?«

»Nein.« Das kam etwas zu hastig und zu schroff heraus, aber ich wollte nicht, daß Geoffrey de Mornay auch nur im Entferntesten glaubte, ich sei an seinem Geld interessiert. »Nein«, wiederholte ich sanfter, »vielen Dank, aber so wichtig ist es mir nicht.«

Ich biß mir auf die Unterlippe und verfolgte, wie die Gebote weiter in die Hunderte stiegen, bis klar schien, daß der Händler den Zuschlag bekommen würde, um dann mit Entzücken zu beobachten, wie der selbstzufriedene Ausdruck von seinem Gesicht verschwand, als ein neuer Bieter ihm in der letzten Minute die Bücherkiste mit einem unerhörten Gebot von fünfhundert Pfund vor der Nase wegschnappte. Eine Welle der Erregung ging durch die Menge, als der ältere, graubärtige Herr nach vorne trat, um seine Erwerbung in Empfang zu nehmen. Der Händler, der begierig, aber nicht *so* begierig gewesen war, wog sich auf den Fersen, verschränkte die Arme und zog wütend an seiner Pfeife, wobei er eine Reihe von kleinen, blaustichigen Wölkchen in die sonnige, klare Luft sandte.

Ich selbst tröstete mich, indem ich in das Bieten für das nächste Objekt, ein einfaches, kleines Schoßpult aus Eichenholz, einstieg, das ich schließlich für mehr Geld kaufte, als es wert war. Ich drückte es triumphierend an mich, während der Auktionator weiterging.

»Hier haben wir«, sagte er mit verheißungsvoller Stimme, »ein Paar von Carys Bibliotheksgloben von 1828, hergestellt aus Rosenholz und lackierter Buche mit Halterungen aus Buchsbaum. Wer gibt mir fünftausend Pfund als Anfangsgebot?«

Die Antiquitätenhändler wurden alle aktiv, und neben mir nickte Geoff dem Auktionator zu, mit dem er offenbar gut bekannt war. Als die Gebote bei einundzwanzigtausend Pfund aufhörten, schien die versammelte Menge – einschließlich meiner selbst – kollektiv aufzuatmen, und nicht wenige Köpfe wandten sich um, um den gutaussehenden, unprätentiösen jungen Mann anzustarren, der das letzte Gebot abgegeben hatte.

Geoff zog sein Scheckbuch heraus und ging, um zu bezahlen, und ich sah ihm einen Augenblick lang mit gerunzelter Stirn nach und dachte an den breiten gesellschaftlichen Graben, der uns trennte. Er war schließlich der Herr des Gutshauses, rief ich mich selbst zur Ordnung. Und so mittelalterlich das auch klingen mochte, so war doch nichts Mittelalterliches an der Tatsache, daß sein Kontostand meine bescheidenen Einkünfte wie Taschengeld aussehen lassen würde. Ich mußte von allen guten Geistern verlassen sein.

Doch als er zurückkam, brauchte ich ihm nur ins Gesicht zu sehen, und all meine Mittelklassebedenken waren vergessen. In diesem Augenblick sah Geoffrey de Mornay überhaupt nicht wie ein Lord aus. Er sah, fand ich, genau wie ein kleiner Junge aus – glücklich und sorglos und sehr zufrieden mit sich.

»War irgend etwas los, während ich weg war?«

»Nicht viel. Ein paar von den älteren Damen fielen in Ohnmacht, als sie dich den Scheck ausschreiben sahen, aber ansonsten war es recht öde.«

Er lachte, warf seinen dunkelhaarigen Kopf zurück und sah mich voll Wärme an. Er hatte mir einmal gesagt, ich solle mich nicht dafür entschuldigen, intelligent zu sein, und er entschuldigte sich jetzt auch nicht bei mir dafür, reich zu sein. Ich mochte das an ihm. Statt dessen legte er wieder seinen Arm um meine Schultern und lenkte meine Aufmerksamkeit auf eine in der Nähe stehende Anrichte. »Die Anrichte selbst taugt nicht viel«, sagte er, »aber ich wette mit dir, daß die beiden Urnen, die darauf stehen, für mindestens sechstausend Pfund weggehen werden.«

Ich betrachtete sie. »Die Wette gilt«, nahm ich an. »Ich wette um fünfzig Pence mit dir.«

Wir blieben noch etwa eine Stunde – lange genug für mich, um meine fünfzig Pence zu verlieren und weitere fünfundzwanzig Pfund für ein völlig überflüssiges Gemälde für den Flur ausgeben zu können – und schlenderten dann zögernd zurück zum Anfang der Auffahrt, etwas behindert durch unsere sperrigen Erwerbungen.

Der graubärtige Herr, der meine Bücherkiste erstanden hatte, lehnte am Kofferraum von Geoffs Wagen, rauchte eine Zigarette und blickte mit ruhigem, zufriedenen Ausdruck auf die noch weiter fortschreitende Versteigerung zurück. Er trat zur Seite, als wir herankamen.

»Entschuldigen Sie«, sagte er zu Geoff. »Ich warte hier nur, bis mein Sohn kommt und mich abholt. Ich hatte keine Lust, die da«, er deutete auf die Kiste, »weiter zu schleppen, als unbedingt nötig.«

»Kann ich Ihnen nicht verdenken«, sagte Geoff, während er versuchte, seine heißbegehrten Bibliotheksgloben im Kofferraum unterzubringen, ohne sie zu beschädigen.

Ich lächelte den alten Mann an. »Da haben Sie ja einen ganz guten Fang gemacht.«

»Ich weiß«, nickte er bedächtig. »Mein Vater hat die meisten dieser Kriminalromane geschrieben. Sie sind für mich praktisch von unbezahlbarem Wert.«

Geoff unterbrach seine Verstauungsaktion, um mir einen ahnungsvollen Seitenblick zuzuwerfen, aber ich hatte meine Chance schon erkannt.

»Oh, sieh doch mal!« Ich beugte mich herunter und zog mit geheucheltem Erstaunen den Tolkien aus den wild durcheinanderliegenden Büchern. »*Der Hobbit!* Sieh doch, Darling, ist das nicht das Lieblingsbuch unseres kleinen Jimmy?«

Geoff grinste mich nur an und weigerte sich, mitzuspielen, doch ich sah den freundlichen alten Mann mit hoffnungsvoll fragendem Gesicht an und wünschte mir, daß ich wenigstens noch ein bißchen von dem kindlichen Charme besaß, den ich als Siebenjährige gehabt hatte.

»Sie möchten es wohl nicht zufällig ...« begann ich, ein wenig unsicher werdend, »Sie wollen es nicht vielleicht ...«

»Sie können es haben«, sagte er großzügig. »Ich will nur die Krimis. Nehmen Sie das Buch ruhig für Ihren kleinen Jungen.«

Immerhin empfand ich einen kleinen Gewissensbiß.

»Lassen Sie es mich wenigstens bezahlen«, bot ich an und reichte ihm eine Zehn-Pfund-Note, die er zu meiner großen Erleichterung annahm. »Schließlich«, lächelte ich breit, »hat es ja sicher auch irgendeinen Wert.«

Geoff schlug den Kofferraumdeckel mit einem seltsamen Hüsteln zu und hielt mir die Beifahrertür auf. »Komm jetzt, *Darling*«, sagte er. »Wir müssen los.«

Im Auto warf er mir erneut einen langen Seitenblick zu, bevor wir beide in Lachen über mein unverschämtes Glück ausbrachen.

»Du bist schamlos«, beschuldigte er mich. »Erschreckend gut, aber schamlos.«

»Ich hatte einen ausgezeichneten Lehrer«, erklärte ich und unterhielt ihn über die nächsten Kilometer mit Geschichten von den Auktionshaus-Geniestreichen meines Vaters und dem bei uns stillschweigend geduldeten Hang zur Verschlagenheit, der ein ererbtes Familienmerkmal war.

»Ich glaube, ich würde deinen Vater gern kennenlernen«, sagte Geoff.

Meine Antwort bestand aus kaum mehr als einem unverbindlichen Gemurmel. Es war ganz gut für Geoff, fand ich, daß mein Vater immer noch außer Landes war. Meine bisherigen männlichen Freunde waren in der Regel vor ihm geflohen. Paps konnte manchmal sehr schwierig sein, und er hatte bis jetzt noch keinen jungen Mann getroffen, der seinen hohen Ansprüchen genügte. Am besten war es, hatte ich herausgefunden, sie ihm einfach nicht vorzustellen. Es ersparte uns allen viele Unannehmlichkeiten.

Die Fahrt zurück nach Exbury war viel zu kurz, und allzu schnell hielten wir wieder vor meinem Haus. Geoff griff nach hinten und reichte mir mein Schoßpult und das kleine gerahmte Gemälde, das ich unsinnigerweise gekauft hatte. Zum ersten Mal an diesem Tag wurde unsere Unterhaltung befangen.

»Das hat Spaß gemacht«, sagte ich. »Ich hatte wirklich einen schönen Tag.«

»Ich auch.« Er blickte auf seine Hände auf dem Lenkrad. »Weißt du«, sagte er, »ich muß wieder für ein paar Tage nach Norden rauf, vielleicht sogar für eine ganze Woche, aber wenn ich zurückkomme, würde ich mich gerne wieder mit dir verabreden.« Er drehte den Kopf, um mich anzusehen. »Ich würde dich gern zum Essen einladen.«

»Das klingt gut«, sagte ich, und er lächelte auf eine Weise, daß mich der volle Zauber seines Charmes vorübergehend benommen machte.

Unser Kuß war besser als der erste. Schließlich, analysierte ich, kannten wir uns jetzt beinahe zwei Wochen länger, und wir hatten gerade einen absolut perfekten Tag miteinander verbracht. Als der Kuß geendet hatte, schenkte ich ihm ein glückliches Lächeln und tastete nach dem Türgriff.

»Mach's gut.«

Er lehnte sich über den Sitz und half mir mit der Tür.

»Bist du sicher, daß du mit den Sachen allein zurecht kommst?«

»Ja, danke.« Ich nickte und umfaßte meine Trophäen fester.

»Also dann.« Wieder dieses Lächeln. »Ich ruf dich an, wenn ich zurück bin.«

Ich sah zu, wie er davonfuhr, fühlte mich lächerlich glücklich und tanzte fast um das Haus herum zur Hintertür. In widerspenstigem Gegensatz zu meiner Stimmung weigerte sich der Schlüssel, sich in dem neuen Schloß herumdrehen zu lassen, und im Eifer des Gefechts entschlüpfte mir das Schoßpult aus Eichenholz und fiel mit lautem Poltern zu Boden, wobei es die Steinstufen nur um wenige Zentimeter verfehlte.

»Verdammt!« Ich verfluchte meinen Bruder und das Schloß und kniete mich ins Gras, um das Pult aufzuheben. Es war bei dem Fall aufgesprungen, und die unverschlossene, samtbezogene Schreibfläche hing aufgeklappt in den Scharnieren. Ich schloß es und wischte mit dem Finger etwas Dreck von dem ziselierten Buchstaben »H« auf dem Messingschild des Deckels.

Als ich das Pult anhob, klapperte etwas darin, und ich stöhnte innerlich auf. Mit neuer Energie nahm ich die Hintertür in Angriff, und diesmal gab das Schloß, wenn auch recht schwerfällig, nach. Ich stieß die Tür mit der Schulter auf und mit einem kräftigen Fußtritt wieder hinter mir zu.

Nachdem ich meine Käufe auf dem Küchentisch abgesetzt hatte, öffnete ich das Schoßpult erneut und untersuchte die Aushöhlung unter der Schreibfläche. Es schien nichts zerbrochen zu sein, aber ein schmales Geheimfach war offenbar durch den Sturz aufgesprungen. Mit neugierigen Fingern zog ich es vollständig auf.

In dem kleinen Schubfach lag ein zierlich gearbeitetes Armband aus abgestoßenem und angelaufenem vergoldetem Metall, das einen Reigen phantasievoll gestalteter Paradiesvögel mit Augen aus blauem Glas zeigte, die wie königliche Juwelen funkelten.

Kapitel achtzehn

Mit leicht zitternden Händen nahm ich das Armband aus der flachen Schublade, wo es – ja, wie lange eigentlich? Jahrhundertelang? – verborgen gelegen hatte. Es *war* dasselbe Armband, das wußte ich mit einer jegliche Logik überschreitenden Sicherheit. Sein Anblick, das Gefühl seines Gewichts und seiner Form in meiner Handfläche waren mir derart vertraut, daß kein Zweifel darüber bestand, daß es einmal mir gehört hatte.

Aber wie war es in ein hölzernes Schoßpult gelangt, das – wenn man der Herstellerinschrift glauben konnte – erst Mitte des achtzehnten Jahrhunderts gefertigt worden war, also siebzig Jahre oder mehr nach Mariana Farrs Ankunft in Exbury? Das Armband immer noch fest in der Hand, schloß ich den Deckel des Pults und betrachtete erneut nachdenklich den verschlungenen Buchstaben »H« auf dem Namensschild. War es denn möglich, fragte ich mich, daß das »H« für »Howard« stand? Hatte dieses einfache, kleine Tischchen einmal einem der Howards von Greywethers gehört?

Ich schüttelte verwirrt den Kopf. All das erschien mir so unglaublich phantastisch, jenseits aller Wahrscheinlichkeit. Soviel Zufall war einfach nicht möglich, dachte ich. Oder ... etwa doch? Ich ließ das Armband durch meine Finger gleiten wie die Perlen eines Rosenkranzes, und die Paradiesvögel schienen mir zuzuzwinkern, wenn das Licht ihre Glasaugen in einem bestimmten Winkel traf. Vielleicht, grübelte ich, wenn vielleicht wirklich alles aus einem bestimmten Grund geschah und wenn es wirklich eine geheimnisvolle Kraft gab, die uns unserer Bestimmung oder unserem Schicksal zuführte, war mein Auffinden des Armbands am Ende doch kein so großer Zufall. Vielleicht war es sogar *notwendig* ...

Ein lautes, forderndes Klopfen an meiner Hintertür schreckte mich aus meinen Überlegungen, und ich warf schnell das Armband zurück in das Schoßpult, bevor ich ging, um zu öffnen. Mein Verstand jedoch hatte den Gedankengang noch nicht ganz aufgegeben, und die Zerstreutheit muß deutlich auf meinem Gesicht zu lesen gewesen sein, als ich die Tür aufriß und mich dem Mann gegenübersah, der draußen auf der Schwelle stand.

Iain Sumner füllte den Türrahmen aus und hielt fast das ganze Sonnenlicht ab. Seine Miene war vorwurfsvoll.

»Du hast Unkraut gejätet«, sagte er ausdruckslos, »stimmt's?«

Er wollte zweifellos gerade mit einer seiner temperamentvollen Standpauken beginnen, vor denen mich Vivien gewarnt hatte, aber ich wurde im letzten Moment durch einen recht außergewöhnlichen Zwischenfall gerettet – zum zweiten Mal innerhalb von zwei Wochen brach ich in Tränen aus.

Dieser Ausbruch, muß ich zugeben, war nicht annähernd so spektakulär wie der in Toms Haus in Hampshire, aber immerhin verschleierten sich meine Augen, und mein Mund begann leicht zu zittern, und Iain hörte sofort auf, finster dreinzusehen, um mich dafür mit einer Mischung aus Besorgnis und Zerknirschung anzustarren. Es war beinahe komisch, den selbstgewissen Schotten so völlig sprachlos zu sehen, weshalb ich es nicht verhindern konnte, daß meine Lippen sich zu einem kleinen Lächeln verzogen.

»Tut mir leid«, sagte ich und wischte mir die Augen, »es liegt nicht an dir. Es ist nur, daß ...« Ich zögerte und suchte nach einer Erklärung, kam aber zu dem Schluß, daß es keine einfache Erklärung für meinen überreizten Zustand gab. »Jedenfalls«, schniefte ich, »es stimmt, ich habe in deinem Garten gejätet. Habe ich sehr viel Chaos angerichtet?«

Iain blickte einfach nur auf ein schlaffes, verwelktes Pflänzchen in seiner Hand, schien zu überlegen, sagte dann aber nichts. Er nahm die Hand hinter seinen Rücken, ließ die Pflanze fallen und sah mir gerade in die Augen.

»Nein, so schlimm ist es gar nicht«, sagte er.

Er war ein charmanter Lügner, und ich sagte es ihm. Lachend legte er den Kopf zur Seite, und als er befriedigt feststellte, daß ich mein Gleichgewicht wiedergefunden hatte, sagte er: »Hör zu, ich mach dir einen Vorschlag. Wenn du so darauf versessen bist, mir bei der Arbeit zu helfen, dann komm doch einen Augenblick mit raus, damit ich dir zeigen kann, was Unkraut ist und was nicht.«

»Ich dachte, du kannst es nicht leiden, wenn andere Leute in deinen Gärten herumpfuschen.«

»Das ist nur ein häßliches Gerücht«, grinste er. »Komm mit, es wird nicht lange dauern.«

Als ich über die Schwelle nach draußen trat, um ihm zu folgen, bückte ich mich und hob die ausgerissene Pflanze auf, die er so galant weggeworfen hatte. »Das war aber keine südafrikanische Irgendwas, oder?« fragte ich vorsichtig.

Er sah mich mit einem kaum wahrnehmbaren Zwinkern in den Augen an. »War es nicht«, versicherte er mir nachdrücklich. »Wenn du eine von denen ausgerissen hättest, hättest du was zu hören bekommen, Tränen hin oder her.«

Es war, wie ich hinterher feststellte, genau das, was ich gebraucht hatte – eine halbe Stunde in der Erde herumzuwühlen, das trockene, staubige Gefühl des Bodens an meinen Fingerspitzen zu spüren und den scharfen, süßen Geruch der von der Sonne erwärmten Blätter und Blüten einzuatmen. Das tröstete mich, gab mir ein Gefühl der Geborgenheit und verwurzelte mich wieder in der Wirklichkeit. Iain erwies sich sogar als recht guter Lehrer. Mit gewissenhafter Gründlichkeit benannte er jede Blume und Pflanze des Gartens und wies auf die unscheinbaren Schößlinge, die erst im Spätsommer richtig erblühen würden. Er erklärte mir, was getan werden mußte, und zeigte mir, wie man es macht, und als wir fertig waren, traute ich mir immerhin zu, den Garten zu jäten, ohne ihn zu zerstören.

»Du wirst schon dahinterkommen«, versprach er. »Es braucht nur ein wenig Übung.«

»Bist du sicher, daß es dir recht ist?« Ich zog skeptisch die Stirn in Falten, woraufhin er mich ungerührt ansah.

»Vertraust du mir nicht?«

»Na ja, Vivien und Geoff schienen zu glauben, daß ich mich geradezu in Todesgefahr begebe ...«

Er grinste und knipste eine welke Blüte von einem Irisstengel ab. »Es ist mir recht«, sagte er. »Außerdem wird es dir guttun, hin und wieder hier herauszukommen. Es hält einen gesund, das Gärtnern.« Er sah auf seine Armbanduhr, richtete sich auf und streckte sich. »Gut, ich lasse dich dann alleine weitermachen. Höchste Zeit, daß ich nach Hause komme.«

Ich selbst hatte keine Ahnung, wie spät es war, aber die Sonne stand tief am Himmel, es mußte fast sieben Uhr sein. Ich richtete mich mit ihm auf.

»Danke«, sagte ich. Ich dankte ihm im Grunde für mehrere Dinge. Dafür, daß er nicht wütend auf mich war, daß er meine Gemütslage verstand, daß er so verdammt *nett* war …

Er zuckte nur die Achseln und lächelte.

»Keine Ursache.«

Mit großen Schritten ging er über das Feld davon, während ich mich umwandte, um die untergehende Sonne zu betrachten, meinen Rücken gegen die warme, zerfallene Steinmauer lehnte und träumerisch halb die Augen schloß. Es war ein perfekter, märchenhafter Sonnenuntergang, goldrot leuchtend, mit Wattebauschwölkchen, deren vergoldete Ränder ihnen ein beinahe künstliches Aussehen verliehen, als entstammten sie einer meiner Illustrationen. Alles, was fehlte, um das Bild zu vervollständigen, war der Reiter unter der Eiche, ein romantischer, dunkler Ritter auf seinem edlen Roß, der die fernen Hügel nach Drachen absuchte. Ich drehte den Kopf, um mit beinahe hoffnungsvollen Augen nach der Senke zu blicken, aber es war nichts zu sehen.

Über der Eiche kreiste träge ein Falke in ziellosen Runden, und sein Ruf war ein einsamer Schrei.

Die Tage vergingen schnell und ereignislos, und ich widmete mich meinen Illustrationen mit einem Eifer, der meinem Wesen völlig fremd war. Ich zögerte damit andere Geschehnisse hinaus und wußte das auch. Merkwürdigerweise hatte die Erfahrung, daß ich die Macht hatte, mich aus eigenem Willen in das siebzehnte Jahrhundert zu transportieren, dazu geführt, daß ich zögerte, es zu tun. Die ganze Woche über, während ich skizzierte, zeichnete und malte und mit meiner normalen Tagesroutine weitermachte, hoffte ich wohl, daß einfach etwas *passieren* würde, auf nette, spontane Art, so daß ich nicht bewußt und direkt für die möglichen Folgen verantwortlich war.

Aber natürlich passierte nichts, außer daß ich am Ende der Woche rundum von Aquarellen in den verschiedenen Stadien des Trocknungsprozesses umgeben war, was mir immerhin – wenn schon sonst nichts geschah – das Gefühl gab, unglaublich produktiv zu sein. Am Freitag rief Geoff an, um mir mitzuteilen, daß seine Woche im Norden sich auf zwei Wochen ausdehnen würde – ob es mir etwas ausmache, noch ein wenig länger auf das versprochene Essen zu warten? Natürlich nicht, antwortete ich.

Um ganz ehrlich zu sein, war ein Abendessen in diesem Moment das letzte, woran ich dachte. Die Vertiefung in meine Arbeit machte mich wie gewöhnlich ungesellig. Mehrere Tage hintereinander arbeitete und schlief ich und sah niemanden, aß Dosenmahlzeiten und kroch erst am frühen Morgen ins Bett. Als Vivien mich am darauffolgenden Dienstag kurz vor Mittag anrief, konnte sie nicht umhin, einen Kommentar über den rostigen Klang meiner Stimme abzugeben. Meine Erklärung – daß ich drei Tage lang mit keinem Menschen gesprochen hatte – machte sie nur noch neugieriger.

»Sprichst du noch nicht einmal mit dir selbst?« wollte sie wissen.

»Nein«, grinste ich in den Hörer. »Ich habe eine Kusine, die das tut, und möchte lieber nicht mit ihr in einen Topf geworfen werden, vielen Dank.«

»Verstehe. Aber hättest du nicht Lust, heute nachmittag ein wenig herauszukommen? Oder strömt gerade der kreative Strom?«

»Oh, ich bin sicher, daß ich mich überreden ließe, mich für ein paar Stunden loszureißen« antwortete ich. »An was hast du gedacht?«

»Tee auf Crofton Hall.«

Ich runzelte die Stirn. »Aber Geoff ist doch noch nicht zurück, oder?«

»Nein, er ist immer noch oben im Norden. Die Einladung kommt auch von meiner Tante Freda. Sie liegt mir schon seit Tagen in den Ohren, daß ich dich auf einen Schwatz vorbeibringen soll, aber heute ist der erste Tag, an dem ich mir frei nehmen konnte. Ned lag nämlich mit einer Erkältung zu Bett.«

Die gute Hexe von Exbury lud mich also zum Tee ein. Das war eine ganz und gar wunderbare Aussicht.

»Ich komme sehr gern«, sagte ich.

»Großartig. Ist dir drei Uhr recht? Du kannst bei mir vorbeikommen, wenn du möchtest, und mich abholen.«

»Gut. Soll ich etwas mitbringen?«

»Nur dich selbst. Und einen gesunden Appetit«, riet sie. »Tante Fredas Nachmittagstees könnten eine hart arbeitende, vierköpfige Familie sattmachen, und von uns wird erwartet, daß wir alles aufessen, was wir geboten bekommen.«

Um drei Uhr an diesem Nachmittag war ich froh, daß ich Viviens Rat befolgt und das Mittagessen ausgelassen hatte, denn ich bezweifelte, daß ich sonst Platz genug für all die guten Sachen gehabt hätte. Der Tisch vor mir bog sich unter dem Gewicht von überladenen Tellern mit Kuchen und Sandwiches, eingelegten Appetithäppchen und kaltem Schinken in Blätterteigtorte.

»Du mußt nicht alles aufessen, Kind«, beruhigte mich Mrs. Hutherson. Sie goß kochendes Wasser in die Teekanne nach und setzte sich mir gegenüber. »Egal was Vivien dir erzählt hat, ich bin nicht ganz so schrecklich.«

Wir saßen in der Küche von Crofton Hall. Nicht in dem großen, widerhallenden Saal, den ich während meiner Führung durch das Herrenhaus gesehen hatte, sondern in einem kleineren, praktischer eingerichteten Raum im privaten Nordostflügel, der einen glänzenden Pinienholzboden, Spitzengardinchen und zahlreiche Pflanzen auf jedem Fensterbrett aufwies. Alfreda Hutherson verbrachte offensichtlich eine Menge Zeit in dieser Küche, denn der Raum hatte viel von ihrer Persönlichkeit aufgesogen und strahlte Wärme und Freundlichkeit und Geborgenheit aus.

Ich fand sie faszinierend – eine große, magere Frau in einem einfachen, dunklen Kleid mit lachenden blauen Augen, die denen Viviens so gleich waren, daß ich nicht verstand, wie ich die Ähnlichkeit zuerst nicht hatte bemerken können. Sie bewegte sich mit einer königlichen, ganz natürlichen Anmut, und obwohl ihr Haar fast vollständig weiß war, war es mir nicht möglich, ihr Alter zu erraten. Wie ihre Nichte war sie eine gute Gesprächspartnerin, intelligent und belesen, mit einem köstlich verschmitzten, leisen Witz, der von Zeit zu Zeit aufschimmerte.

»Ich muß sagen,«, bemerkte sie und reichte die Sandwiches zum dritten Mal herum, »es ist sehr nett, Gesellschaft im Haus zu haben. Ich fühle mich immer ein wenig verloren, wenn Geoffrey weg ist.«

»Du hast statt seiner in dieser Woche Iain gefüttert – er hat es mir erzählt.« Vivien grinste vorwurfsvoll. »Er wird noch dick werden.«

»Er arbeitet hart«, argumentierte ihre Tante. »Bei ihm setzt es nicht an. Und es ist schön, jemandem zuzusehen, der gutes Essen zu schätzen weiß.«

»Sie wohnen also noch hier?« Ich nahm noch ein Sandwich. »Im Herrenhaus?«

Sie lächelte. »Oh nein. Nein, ich habe ein eigenes kleines Haus im Dorf. Ich arbeite nur tagsüber hier, mache sauber und beaufsichtige die jungen Mädchen, und bevor ich gehe, stelle ich Geoffreys Abendessen in den Ofen, und er wäscht hinterher ab. Es ist ein sehr formloses Übereinkommen.«

»Tante Fredas Haus steht genau gegenüber dem alten Pfarrhaus«, warf Vivien ein. »Es war das Haus meiner Großmutter, als sie noch lebte. Ein kleines Steinhaus mit grünen Fensterläden. Ist das das Telefon?« Sie neigte plötzlich horchend den Kopf. »Ja, ist es. Nein, bleib nur sitzen, ich geh schon ran«, sagte sie zu ihrer Tante, schob ihren Stuhl zurück und verschwand in dem langen, dunklen Korridor. Einen kurzen Moment später kam sie kopfschüttelnd zurück.

»Kleine Krise«, verkündete sie. »Das war Ned. Offenbar arbeiten die Zapfhähne nicht mehr, und die Jungs werden langsam nüchtern. Ich laufe lieber rüber und sehe nach, was ich tun kann. Ich bin sobald wie möglich zurück.«

»Du brauchst dich nicht zu beeilen, Liebes«, erwiderte Alfreda Hutherson mit einem Augenzwinkern. »Es ist ja genug zu essen da. Wir heben dir ein paar Kekse auf.«

Vivien lachte. »Das glaub ich euch aufs Wort.«

Die Tür schloß sich hinter ihr, während die Frau mir gegenüber ihre Teetasse zum Mund hob und plötzlich nachdenklich blickte, als sie mich über den Tassenrand hinweg beobachtete.

»Du siehst sehr müde aus«, sagte sie unerwarteterweise. »War das alles ein bißchen viel für dich?«

Ich zögerte einen Augenblick mit der Antwort, weil ich nicht wußte, wie ich die Frage deuten sollte, und mit einer eigenen Frage zu kämpfen hatte. Ich sah sie unsicher an, und sie lächelte und setzte ihre Teetasse auf dem Unterteller ab.

»Du möchtest wissen, ob ich Bescheid weiß, und wenn ja, was ich weiß und woher ich es weiß«, sagte sie ruhig, »aber du fürchtest, daß ich dich für verrückt halten könnte, wenn du zuerst davon sprichst. Deshalb werde ich dir die Mühe ersparen. Ja, ich weiß Bescheid. Ich weiß, was mit dir geschieht, seit du hierher gezogen bist. Ich habe mir sogar ziemliche Sorgen um dich gemacht«, gestand sie mir offen. »Deshalb habe ich Vivien veranlaßt, dich zu mir zu bringen. Ich wollte mich selbst davon überzeugen, wie du vorankommst.«

Nach dieser bemerkenswerten Rede nahm sie erneut ihre Teetasse auf und wartete auf meine Antwort. Sie mußte nicht lange warten. Ich hatte kerzengerade auf meinem Stuhl gesessen und sie angestarrt, aber jetzt blinzelte ich ihr zu und lächelte mit erhobenen Augenbrauen.

»Man hat mir ja erzählt, daß Sie eine Hexe sind.«

Sie lachte, widersprach jedoch nicht. Sie schenkte mir eine frische Tasse Tee ein und lehnte sich zurück, wobei sie erwartungsvoll ihre Arme verschränkte. »Du hast Fragen.«

»Dutzende«, gestand ich. »Aber ich bin mir nicht ganz sicher, ob ich auch die Antworten wissen will.«

Sie nickte nur einmal, aber mit Nachdruck. »Das ist auch gut so. Du hast eine Art Reise begonnen, Julia, und niemand kann dir den Weg zeigen. Du mußt die Richtung selbst herausfinden.«

»Aber *Sie* könnten mir doch sicher ...«

»Ich könnte dir bestimmte Dinge erzählen, ja. Aber meine Einmischung könnte dich mehr behindern als dir von Nutzen sein.«

»Oh.« Ich war enttäuscht, und sie lächelte über meinen Gesichtsausdruck.

»Sieh nicht so niedergeschlagen drein, Kind«, sagte sie. »Du bist schon recht weit ohne mich gekommen, und du hast dich sehr gut gehalten. Du weißt etwas über Mariana, und du hast eine Realität akzeptiert, die die meisten Menschen nicht akzeptieren könnten oder wollten. Und das Wichtigste ist, daß du beginnst zu begreifen, daß du mehr Kontrolle über die Situtation hast, als du zuerst glaubtest, vermute ich richtig?«

Ich nickte.

»Na, also«, erwiderte sie und breitete die Hände in einer vielsagenden Geste aus. »Mir scheint, daß du sehr gut allein zurechtkommst. Du mußt Geduld haben, Julia, und dem Entwicklungsprozeß vertrauen. Du wirst deine Antworten schon bald bekommen, und zwar ganz ohne meine Hilfe.«

»Ich habe vergangene Woche etwas gekauft«, sagte ich und fuhr mit dem Finger den Rand meiner Tasse entlang. »Eine Art Tischchen.«

»Das Schoßpult. Ja.«

Ich hob den Kopf. »Der Buchstabe ›H‹ ist in den Deckel eingeschnitzt.«

Sie legte den Kopf schräg, vogelgleich, und betrachtete mich eingehend. »Das ›H‹ steht natürlich für Howard. Das wußtest du doch, oder?«

»Ja. Aber...«

»Aber welcher Howard? Nun, ich denke, ich kann keinen Schaden anrichten, wenn ich dir das verrate.« Ihr Blick schweifte ab. »Es gehörte John Howard.«

»John?« Ich wälzte den Namen in meinem Kopf herum. »John? Carolines Baby John?« Ich dachte an den winzigen, rotgesichtigen Säugling und dann an das stumpf gewordene Armband, das sorgfältig im Geheimfach des Pults verstaut gewesen war. »Aber wie ist er denn ...?«

Sie unterbrach mich mit einem Kopfschütteln. »Das mußt du selbst herausfinden«, sagte sie. »Und das wirst du auch. Möchtest du noch einen Keks?«

Sie reichte mir den Teller, ich nahm eine Schokoladenwaffel und fühlte mich etwas benommen. Es ist ziemlich merkwürdig, dachte ich, hier in dieser völlig normalen, gemütlichen Küche zu sitzen und mit einer Hexe über Reinkarnation zu sprechen. In dieser gewöhnlichen, einfachen, alltäglichen Umgebung wirkte unser Gespräch seltsam unwirklich, so als würden Leute auf einer Beerdigung über Stoffmuster sprechen. Aber hier war ich, kaute ungerührt meine Waffel und saß keinen Meter von einer Frau entfernt, die meine Gedanken genauso leicht lesen konnte wie ich eine Buchseite las. Sie las gerade in diesem Moment in mir, was ich an der Art, wie unsere Augen sich begegneten, erkannte...

»Es tut mir leid, wenn es dich verstört«, sagte sie leise. »Daß ich mehr Dinge weiß als du. Aber ich bin nicht umsonst eine alte Frau geworden. Ich habe viele Jahre erlebt, und ich habe das Verstreichen der Zeit beobachtet, und wenn ich sonst nichts gelernt hätte, so doch, daß das Schicksal nach seinem eigenen Zeitplan arbeitet.« Sie lehnte sich auf ihrem Stuhl zurück und sah mich mit philosophischer Gelassenheit an. »Es ist wie ein Kreislauf, das Leben, weißt du«, fuhr sie fort. »Man beginnt irgendwo und wählt seinen Weg, und wenn man am Ende angekommen ist, stellt man fest, daß man wieder genau da angelangt ist, wo man angefangen hat. Und das ist es, was du jetzt mit Marianas Leben tust. Wenn du den ganzen Weg zurückgelegt hast, wenn du den Kreis geschlossen hast, dann und erst dann wird dir der Zweck deiner Reise klar werden.«

»Und Sie sind absolut sicher«, fragte ich, »daß ich sie bin ... ich meine, daß sie ... daß Mariana Farr und ich dieselbe Person sind?«

»Oh ja.« Ihre Augen blickten sanft. »Ich habe dich gleich erkannt.«

»Mich erkannt?«

»Ich habe dich schon einmal gesehen«, erklärte sie. »Nicht als die, die du jetzt bist, natürlich, aber du warst es trotzdem.«

»Aber natürlich«, erinnerte ich mich. »Die Grüne Frau.«

»Und die Frau im Kavalier-Schlafzimmer oben«, fügte sie hinzu. »Mariana spukte lange Zeit an beiden Orten.«

Ich überlegte. »Aber ich habe gedacht, daß der Geist oben immer noch aktiv ist. Es ist doch nicht möglich, daß eine Seele sich an zwei Stellen gleichzeitig befindet, oder?«

Alfreda Hutherson schüttelte geduldig den Kopf. »Es gibt keinen Geist oben«, verriet sie mir. »Nicht mehr. Was du gefühlt hast, war einfach die Aura von etwas, das vor langer Zeit geschehen ist. Sie hat das in diesem Zimmer hinterlassen, verstehst du, ungefähr so wie jemand einen Schatten an die Wand wirft.«

Ich schwieg einen Moment nachdenklich.

»Manchmal sehe ich einen Mann«, sagte ich dann langsam. »Einen Mann auf einem grauen Pferd ...«

»Richard.« Sie nickte. »Er ist ebenfalls eine Art Schatten, wenn du ihn so siehst. Unter der alten Eiche in der Senke, nicht wahr? Ja, er hat dort viel Zeit verbracht. Es ist kein Wunder, daß etwas von ihm dort zurückgeblieben ist. Teilweise ist es jedoch auch eine Projektion deines eigenen Geistes, mußt du verstehen. Wenn du zu lange in die Sonne starrst, siehst du sie auch überall.«

Mein Instinkt war also richtig gewesen, dachte ich. Wenn Richard de Mornay kein Geist war, dann konnte auch er, wie Mariana, munter und lebendig in Exbury leben. Er konnte sogar, theoretisierte ich, in Crofton Hall wohnen. Was hatte Tom mir doch gesagt? Daß Menschen, die wiedergeboren werden wollen, dazu neigen, sich mit anderen Menschen, die sie in einem früheren Leben kannten, zu umgeben. Wir waren alle irgendwie miteinander verbunden. Vivien und Iain und Geoff und ich ... und vielleicht sogar ...

»Sind wir uns schon einmal begegnet?« fragte ich Mrs. Hutherson, plötzlich neugierig geworden. »Zuvor, meine ich. Waren Sie jemand, den ich kannte?«

Sie lächelte auf die Frage, aber es schien mir ein trauriges kleines Lächeln zu sein, und ihre Augen blickten, als sie meinen begegneten, weit in die Ferne. »Ach«, sagte sie, von mir zum Fenster sehend, »wir waren alle schon einmal jemand, früher.« Sie neigte ihren Kopf und lauschte. »Das wird Vivien sein«, sagte sie in entschlossenem Ton. »Ich setze besser den Kessel für eine neue Kanne Tee auf.«

Ich selbst hörte nichts außer dem Wind und fernem Vogelgezwitscher, aber ich war kein bißchen erstaunt, als wenige Minuten später Vivien schwungvoll durch die Küchentür trat und gleichzeitig der Kessel auf dem Herd zum Kochen kam.

Kapitel neunzehn

In dieser Nacht träumte ich von meiner Mutter. Ich träumte, daß ich wieder ein kleines Kind war, mit aufgestoßenen Knien und Rattenschwänzen, das im Garten unseres Hauses in Oxford spielte, während meine Mutter neben mir auf dem Rasen saß und las. In meinem Traum hatte meine Mutter blaue Augen. Sie ist ein sehr dunkler Typ, so wie ich, und ich weiß noch, wie ich dachte, wie merkwürdig das doch sei, daß ihre Augen sich plötzlich von ihrem normalen Braun in Blau verwandelt hatten, aber als ich sie danach fragte, lächelte sie nur und küßte mich und schickte mich wieder spielen.

Unser Garten war eigentlich recht klein, doch als ich auf den Zaun zulief, schien sich die Begrenzung immer weiter vor mir zurückzuziehen, bis ich auf einmal durch ein wogendes Blumenfeld ging, wo die Sonne warm auf meine Schultern schien und die Luft erfüllt war vom Summen zufriedener Insekten. Wenn ich eine Hand ausstreckte und über die Blumenköpfe strich, konnte ich das süße und plötzliche Ausströmen ihres Duftes wahrnehmen.

Ich war auf einmal sehr weit vom Haus entfernt. Als ich mich umdrehte und zurücksah, war es nur noch ein kleiner Fleck in der Ferne. So schön und verlockend das Blumenfeld auch war, so wußte ich doch, daß meine Mutter sich Sorgen machen würde, wenn ich zu weit weglief. Widerstrebend machte ich mich auf den Rückweg. Der Weg schien diesmal noch länger zu sein, und ich mußte mit großer Mühe den Zaun überklettern, um wieder in den Garten zu gelangen. Als ich schließlich zurück war, schien die Sonne nicht mehr, und die Luft war kühl und feucht. Meine Mutter saß nicht mehr auf dem Rasen.

Ich ging ins Haus hinein, aber auch dort war niemand. Es stand leer und düster da, und die Stille war beunruhigender als jedes unheimliche Geräusch, das ich mir hätte vorstellen können. Verwirrt und verängstigt rannte ich stolpernd die Straße entlang zum Haus einer Freundin und hämmerte verzweifelt gegen die Tür. Die Freundin öffnete, aber sie war kein Kind mehr wie ich – es war eine erwachsene Frau, die dort auf der Türschwelle stand und mitleidsvoll zu mir herunterblickte.

»Es tut mir so leid«, sagte sie. »Hat es dir denn niemand erzählt? Deine Mutter ist schon vor Jahren gestorben ...«

Die Tränen liefen mir noch die Wangen herunter, als der Traum schon zu Ende war. Ich konnte sie schmecken, als ich dort in der Dunkelheit lag, dem Tropfen der Wasserhähne im Bad zuhörte und beobachtete, wie der Schatten der Pappel auf der Bettdecke tanzte, während ich versuchte, mein wie wild gegen die Rippen pochendes Herz zu beruhigen. Als ich wieder normal atmen konnte, knipste ich die Leselampe auf dem Nachttisch an und setzte mich auf, fuhr mir durch mein schweißfeuchtes, verworrenes Haar und legte dann beide Hände über die Augen.

Es war nur ein Traum, sagte ich mir. *Du bist kein Kind mehr, du bist fast dreißig Jahre alt, und deine Mutter ist nicht tot.* Ich hob meinen Morgenrock vom Fußboden auf, wo ich ihn vor dem Zubettgehen fallen gelassen hatte, schlüpfte hinein und schlang den Gürtel um meine Taille, während ich hinaus in den Flur schlurfte. Ich würde nicht schlafen können, bis ich die bedrückende Erinnerung an diesen Traum abgeschüttelt hatte. In solchen Momenten wünschte ich mir oft, einen Fernseher zu besitzen wie andere Leute, aber ich hatte mein Gerät schon vor Jahren verschenkt. Es war eine zu verlockende Ablenkung von meiner Arbeit gewesen.

Statt dessen gab ich mich jetzt mit einem spätnächtlichen Talkshowprogramm auf meinem Transistorradio und einer beruhigenden Tasse Kakao zufrieden. Als das nicht half, versuchte ich es mit Lesen. Eine volle Stunde später, immer noch unfähig, mein vages Unbehagen und die schleichende, kalte, unbenennbare Angst, die ihren Klammergriff um mein Herz gelegt hatte, abzuwerfen, gab ich schließlich auf, ging zum Telefon und wählte mit unsicherer Hand die Nummer in Neuseeland.

Meine Mutter nahm nach dem achten Läuten ab, ihre Stimme klang abwesend, aber wohlartikuliert. Sekunden später war sie hellwach.

»Julia? Ist alles in Ordnung?«

Ich mußte etwas kleinlaut zugeben, daß es das war, und erklären, daß ich nur anrief, um hallo zu sagen und zu hören, wie es ihnen ging.

»Um vier Uhr morgens?« Meine Mutter rechnete schnell zurück und klang nicht überzeugt.

Ich seufzte. »Also gut, ich hatte einen Alptraum. Ich habe geträumt, daß du tot seist.«

»Oh, Liebling ...« Ihre Stimme war wie eine Umarmung durch die Telefonleitung. »Wie schrecklich. Ich bin aber keineswegs tot und habe auch nicht vor, in absehbarer Zukunft zu sterben, also kannst du aufhören, dir Sorgen zu machen.« Ich hörte ein leichtes Rascheln und wußte, daß sie es sich in ihrem Sessel bequem machte und sich Kissen in den Rücken stopfte. »Wie gefällt dir das Leben in deinem Dorf?« fragte sie. »Tommy hat uns erzählt, daß dein Haus wunderbar sei, er habe allerdings so seine Bedenken, was die Sanitäranlagen betrifft ...«

Ohne eine Antwort zu erwarten, stürzte sich meine Mutter in ein eher einseitiges Gespräch, in dem es vorwiegend um Ereignisse bei unseren verschiedenen Verwandten in Auckland ging und das in regelmäßigen Abständen von dem Gemurmel meines Vaters unterbrochen wurde, der sicher neben ihr saß und zu lesen oder zu dösen versuchte.

»Was meinst du, Edward, Schatz?« fragte sie ihn dann gutgelaunt. »Oh ja, das darf ich nicht vergessen. Und dann, Julia, schneite sie herein und trug einen absolut unglaublichen *Hut* ...« Und meine Mutter erzählte weiter und brachte eine neue, an Familientratsch reiche Anekdote an, um mich auf ihre kluge Art den Schrecken des Alptraums vergessen zu lassen.

Meine Eltern waren wirklich großartig, dachte ich, als ich den Telefonhörer fast eine Stunde später wieder auflegte. Ich reckte die Arme über den Kopf und sah mich mit trägem Interesse im Flur um. Der Trick meiner Mutter hatte eindeutig gewirkt. Ich hatte keine Angst und keine bösen Vorahnungen mehr. Aber ich war leider auch kein bißchen mehr schläfrig.

Na schön, sagte ich mir resolut, wenn ich schon wach und auf bin, kann ich mich auch gleich richtig anziehen. Ich stapfte wieder die Treppe hinauf und vertauschte meinen Morgenmantel mit Jeans und einem weiten T-Shirt, was unserer kürzlich eingetretenen Warmwetterphase entsprach. Als ich vor dem Spiegel meine Haare bürstete, fiel mein Blick auf den kleinen, geschwärzten Schlüssel, der immer noch auf dem Toilettentisch vor mir lag. Langsam, mit grüblerischen Falten auf der Stirn, legte ich die Haarbürste ab, nahm den kleinen Schlüssel auf und wog ihn nachdenklich in der Handfläche.

Welche verborgenen Geheimnisse konnte er wohl für mich erschließen? Ich dachte an Mrs. Huthersons sanftes, wissendes Gesicht und wie es mich gestern über den Küchentisch in Crofton Hall hinweg angelächelt hatte. *Du hast eine Art Reise begonnen*, hatte sie gesagt. Ich schloß meine Finger einen Augenblick um den Schlüssel und betrachtete meine entschlossene Miene im Spiegel. Es hatte keinen Sinn, das Unvermeidliche hinauszuschieben, dachte ich. Es war Zeit, den nächsten Schritt auf meiner Reise zu machen. Es war Zeit, zurückzugehen.

Wieder unten, zündete ich die Kerze an, die ich bei meiner letzten experimentellen Sitzung verwendet hatte, und stellte sie gut sichtbar in die Mitte des Tischs. Es wurde jetzt langsam hell draußen, daher wirkte die Kerzenflamme weniger hypnotisierend, aber ich konzentrierte mich mit etwas Anstrengung darauf und schloß halb die Augen. Die Zeit hielt an und bebte. Das Geräusch meines Atems war sehr laut in dem stillen Raum.

»Mariana!« Carolines Stimme war schneidend, und ich riß den Kopf hoch, sofort wachsam. Meine Tante lächelte ein wenig über meine Reaktion, ihre Stimme wurde sanfter. »Du wirst dich noch verletzen«, warnte sie mich, »wenn du weiterhin so vor dich hinträumst. Haben wir dich zu früh geweckt?«

»Ich habe schlecht geschlafen«, entschuldigte ich mich mit einer kleinen Lüge, da ich keine Lust hatte zu gestehen, daß meine Unaufmerksamkeit von den Gedanken an einen gewissen dunkelhaarigen Nachbarn herrührte. Ich nahm das Messer fester in die Hand und fuhr fort, Gemüse für die Suppe zu schneiden, die Rachel über der Feuerstelle kochte.

»Es ist ungewöhnlich warm«, sagte Rachel zu meiner Verteidigung. »Das macht uns alle etwas schläfrig.« Sie richtete sich auf, trat mit gerötetem, feuchtem Gesicht vom Feuer zurück und warf Caroline einen verschmitzten Seitenblick zu. »Selbst dich habe ich heute morgen bei deinen Gebeten einnicken sehen, Schwester.«

»Ich nicke nicht ein beim Gebet«, antwortete Caroline spröde, aber ihre Augen zwinkerten fröhlich, und sie sah beinahe jung aus, als sie Rachels Neckerei zurückgab. »Ich war nur ganz in die Andacht vertieft.«

Rachel wollte gerade darauf reagieren, aber bevor sie etwas sagen konnte, öffnete sich die Küchentür, und mein Onkel kam herein. Augenblicklich verschwand die Lebendigkeit aus Carolines Augen, als ob eine unsichtbare Hand sie weggewischt hätte. Mein Onkel bemerkte die Verwandlung nicht. Er hatte ein rotes Gesicht und fühlte sich offensichtlich unwohl bei der Hitze, seine Miene war übellaunig.

»Das ist der heißeste Tag, den ich je erlebt habe«, klagte er und wischte sich Schweißtropfen vom Kinn. »Es ist die Hitze des Teufels selbst. Mariana, hol mir einen Schluck Wasser, Mädchen, und spute dich.«

Ich gehorchte wortlos, reichte ihm den Becher und ging wieder an meine Arbeit. Er trank das Wasser wie ein Vieh, mit lauten, schlürfenden Geräuschen, und setzte den Becher dann zufrieden auf den Tisch. Seine harten, funkelnden Augen richteten sich auf mich.

»Du siehst müde aus, Mariana.«

Caroline bewegte sich in ihrer Ecke beim Kamin. »Sie hat nicht wohl geschlafen, Jabez. Es ist keine große Sache.«

Seine Augen zogen sich zusammen. »Sie hat zuwenig Bewegung. Ein Spaziergang in frischer Luft wird ihre Beschwerden vertreiben.« Er sprach zu mir in fast freundlichem Ton. »Wenn deine Arbeit hier beendet ist, kannst du den Rest des Morgens außer Haus verbringen. Geh unten am Fluß spazieren, dort wird es kühler sein.«

Ich versuchte, meine Überraschung über seine Worte zu verbergen. Es schien eine so seltsame und unwahrscheinliche Wendung zu sein, daß dieser Mann, der mich selten aus seinem Blick ließ, von sich aus vorschlug, ich solle einige Zeit außer Haus verbringen, daß ich es kaum glauben konnte. Selbst Caroline hob erstaunt die Augenbrauen, war aber weise genug, nichts zu sagen.

Onkel Jabez wandte sich an Rachel. »Es werden Gäste zu Mittag kommen«, teilte er ihr mit. »Außer mir noch vier andere. Ich will eine Taubenpastete zum Mahl, mit nicht weniger als zwei Tauben für jeden, und einen Krug von dem guten Apfelwein aus dem Keller. Mariana kann die Vögel holen, bevor sie geht.«

Ich gab einen kleinen Protestlaut von mir und sah entsetzt drein, aber Rachel blickte von ihrem Suppenkessel auf. »Ich werde die Vögel schon selbst holen«, antwortete sie ihm. »Mariana ist zu weichherzig. Sie bringt es nicht über sich, ihnen die Hälse umzudrehen.«

Der Onkel zuckte mit den Achseln. »Mir ist es egal, wer die erbärmlichen Biester schlachtet, solange sie rechtzeitig auf meinem Tisch stehen.« Er warf seiner Frau einen kurzen Blick zu. »Ich vertraue darauf, daß du das Kind still hältst. Ich wünsche nicht, daß ein schreiendes Balg meinen Gästen den Appetit verdirbt.«

Caroline murmelte eine Antwort, den Kopf unterwürfig gebeugt. Ich wußte, daß seine unfreundliche Bemerkung sie tief verletzt hatte. Rachel hatte mir erzählt, wie sehr sich ihre Schwester nach einem Kind gesehnt hatte, wie unglücklich sie in all den Jahren der Unfruchtbarkeit gewesen war und wie groß ihre Freude war, als sie endlich dem kleinen John das Leben geschenkt hatte. Daß Jabez ihren Stolz auf das Kind nicht teilte, war eine ständige Quelle des Kummers für sie.

»Johnnie ist ein gutes Kind«, hörte ich mich selbst sagen. »Ich bezweifle, daß er irgend jemanden stören würde.«

Mein Onkel ließ seine kalten blauen Augen erneut auf meinem Gesicht verweilen. »Du kannst gehen, wenn du fertig bist«, sagte er mit ruhiger Stimme. »Und sorg dafür, daß du ausreichend spazierengehst. Ich will dich vor dem Nachmittag hier nicht wieder sehen.«

Er drehte sich unvermittelt um und verließ die Küche, und Caroline folgte ihm wie ein schwacher Schatten auf den Fersen. Rachel sah mich mit erstaunten Augen an und tadelte mich sanft: »Du hättest nicht so zu ihm sprechen sollen. Es hat keinen Zweck, sich für meine Schwester einzusetzen, Mariana. Sie geht wie ein Lamm zur Schlachtbank.«

»Ich weiß«, sagte ich. »Aber ich konnte die Worte einfach nicht zurückhalten.«

»Nun«, Rachel durchquerte den Raum und stellte sich neben

den Tisch, »es ist ja kein großer Schaden angerichtet. Und du wirst einen ganzen Vormittag für dich haben, wie es scheint, um dein Mütchen zu kühlen. Das ist bestimmt eine angenehme Aussicht für dich.«

Ich freute mich tatsächlich darauf, ein paar Stunden im Freien zu verbringen, aber meine Freude war getrübt. Mein Onkel wollte mich nicht im Haus haben, wenn seine Besucher kamen, so viel war klar, und ich hatte große Mühe, meine Neugier zu bezähmen.

»Rachel«, fragte ich beiläufig, »wer sind diese Gäste, von denen Onkel gesprochen hat? Kennst du sie?«

Ich hatte schon bemerkt, daß Rachel nicht leicht lügen konnte. Wenn sie keine wahrheitsgemäße Antwort geben konnte, versuchte sie immer, der Frage auszuweichen. Das versuchte sie auch jetzt und senkte den Kopf dabei, so daß der Vorhang ihres blonden Haares ihr Gesicht verbarg. Sie wählte ihre Worte mit Bedacht und Vorsicht.

»Manchmal ist es besser«, riet sie mir, »die Augen zu bedecken und die Ohren zu verstopfen, als Fragen zu stellen.«

Ich wußte, daß sie nichts weiter darüber sagen würde, deshalb ließ ich das Thema fallen, trug meine Schüssel mit Gemüse hinüber zum Kamin und leerte sie in den kochenden Kessel.

»Soll ich jetzt gehen?« fragte ich und wischte mir die feuchten Hände an meinem Rock ab.

Rachel hob die Schultern. »Es sei denn, du möchtest die Tauben aus dem Schlag holen«, sagte sie und lachte dann über meinen Gesichtsausdruck. »Fort mir dir«, befahl sie und ahmte mutwillig meinen Onkel nach, »und sorg dafür, daß du ausreichend spazierengehst.«

Ich gehorchte nur allzu gern. Der Himmel leuchtete weit und einladend, und das Gras war kühl und wunderbar erfrischend unter meinen bloßen Füßen, als ich über die wogende Wiese auf den Fluß zuging. Es war kein weiter Weg, aber ich beeilte mich nicht, sondern ließ meine Seele das wunderbare Gefühl von Freiheit und Leichtigkeit aufsaugen.

Selbst die Hitze konnte mein Glück nicht trüben. Das Brennen der Sonne hatte eine reinigende Wirkung, es versengte die kranken, absterbenden Teile meines Wesens, so daß die gesunden wieder voller und lebendiger nachwachsen konnten. Näher am Fluß gab es Schatten, tiefen, ausgedehnten Schatten, den die Waldsäume von dicht stehenden Bäumen warfen, die zu beiden Seiten des träge dahinfließenden Gewässers wuchsen.

Die einzigen Geräusche hier waren die der Natur – Vögel, die in den höchsten Wipfeln zwitscherten, das leise Rascheln eines unsichtbaren Tieres im Gehölz und das plötzliche Platschen eines Fisches, der die Oberfläche des seichten Flusses durchbrach. Es war, sinnierte ich, wie in den Paradiesgarten zu treten, nachdem man der Unterwelt entstiegen war. Die Pest und London schienen weit entfernt zu sein, und die düsteren Räume von Greywethers sogar noch weiter.

Ich raffte meine Röcke und watete in den Fluß, wobei ich versuchte, den Saum meines Kleides vom Wasser fern zu halten. Die plätschernde Kühle umfloß meine Füße bis über die Knöchel, und ich ging nicht tiefer hinein, sondern watete statt dessen stromaufwärts und genoß das Gefühl der glattgewaschenen Kiesel unter meinen müden Füßen.

Ich ging so ein gutes Stück, planschte ein wenig dabei und summte glücklich ein selbsterfundenes, unmelodisches Liedchen vor mich hin. Als ich an eine Stelle kam, wo der Fluß eine Biegung machte und die Bäume am Ufer noch dichter wuchsen, hob ich meine Röcke höher und wagte mich noch tiefer hinein.

Die Vögel erschreckten mich, als sie ohne Vorwarnung mit panischem Flügelschlagen aufstoben, in perfekter Übereinstimmung einen Sturzflug vollführten und schließlich in den brennenden Himmel segelten. Der plötzliche Lärm war wie Kanonendonner an dem stillen Ort, und vor Panik verlor ich die Balance und fiel rückwärts mit lautem Klatschen und einem undamenhaften Fluch ins Wasser. Nachdem ich mir das nasse Haar aus den Augen gestrichen hatte, sah ich mich danach um, was die Vögel in Furcht versetzt haben mochte, und mein Herz trommelte ein Echo ihrer Flucht.

Zuerst konnte ich nur Schatten erkennen. Bis sich einer der Schatten bewegte und das Unterholz sich teilte, um einen großen, dunklen Reiter auf einem grauen Pferd freizugeben, der mit lässiger Anmut am Flußufer entlang auf mich zuritt.

Kapitel zwanzig

Richard de Mornay zügelte Navarre und brachte ihn geschickt etwa einen Meter vor dem langsam dahinfließenden Fluß zum Stehen, lehnte dann einen Ellbogen auf den Sattelknauf und betrachtete mich mit Interesse über den kräftigen Hals des Pferdes hinweg.

»Guten Morgen, Mistress Farr.« Er schwenkte den breitkrempigen Hut von seinem dunklen Kopf und beehrte mich mit einer beinahe überzeugenden Verbeugung. »Ich wußte nicht, daß Ihr zu Euren zahlreichen Fertigkeiten auch das Schwimmen rechnen könnt.«

Mit einem formgerechten Knicks zu antworten hätte lächerlich gewirkt. Außerdem spottete er über mich, und das machte mich wütend. Ich kämpfte mich schnell auf die Beine und warf den Kopf stolz zurück. »Ich habe eine Vielzahl von Talenten, Mylord«, entgegnete ich kurz und breitete meine Röcke aus, um den Schaden zu betrachten.

»Daran habe ich keinen Zweifel.« Ein nachdenklicher Ausdruck trat statt des Lachens in seine Augen, und er schwang sich vom Sattel und nahm die Zügel in einer seiner großen Hände zusammen. »Ihr habt Euer Kleid naß gemacht«, sagte er, als wäre es eine neue Entdeckung. »Ihr müßt in die Sonne gehen, um es zu trocknen.«

Ich behauptete mich dickköpfig. »Ich wünsche nicht, in die Sonne zu gehen, Mylord. Ich finde die Kühle des Waldes erfrischend.«

»Dann müßt Ihr eben im Wald gehen. Kommt, laßt Euch von mir helfen.«

Er streckte seine freie Hand nach mir aus, seine Augen blickten herausfordernd in die meinen. Nach kurzem Zögern reichte ich ihm meine Hand und ließ mir aus dem Wasser ans Ufer helfen. Es war eine willkommene Hilfe, mußte ich mir eingestehen, denn der nasse Stoff meines Kleides wog schwer und drohte, mich wieder in den Fluß zurückzuziehen. Sowie ich aufrecht auf dem Trockenen stand, ließ ich seine Hand, als wäre es eine

Schlange, sofort wieder los und unterbrach damit den warmen Kontakt.

»Ich danke Euch, mein Herr«, sagte ich mit süßester Stimme zu ihm. »Ihr wart sehr freundlich.« Mit diesen Abschiedsworten begann ich, wieder flußaufwärts zu gehen, diesmal allerdings am Ufer, wobei ich mir wenig elegant vorkam in meinen triefenden Röcken, aber meinen Kopf doch weiterhin hoch hielt.

»Es war mir ein Vergnügen.« Richard de Mornay paßte sich problemlos meinem Schritt an und führte das Pferd hinter uns. »Ihr habt doch sicher nichts dagegen, wenn ich Euch begleite. Ich wäre kein ehrenhafter Soldat, wenn ich eine Dame allein durch die Wälder laufen ließe.«

Ich versuchte, ein unbefangenes Betragen an den Tag zu legen. »Ich wußte nicht, daß Ihr Soldat seid.«

»Ich komme aus einer Familie von Soldaten.« Er lächelte, aber es war kein humorvolles Lächeln. »Tapfere Ritter und schneidige Kavaliere, und ich bin als einziger übriggeblieben, die Familienehre hochzuhalten.«

»Dann muß ich also nicht fürchten, in Eurer Gesellschaft meine Tugend zu verlieren.« Das war ein gewagter Ausspruch, und ich wußte es. Er sah mich erstaunt an und lachte laut los, ein fröhliches Geräusch, das in dem abgeschiedenen Wald widerhallte.

»Ihr seid ein freches Frauenzimmer«, grinste er. »Nein, Ihr habt nichts zu befürchten. Ich werde nicht auf meinen Privilegien als Gutsherr bestehen. Ich hatte es bisher noch nie nötig, einer Frau meinen Willen aufzuzwingen.«

Ich sah zu seinem edlen, lachenden Gesicht auf und zweifelte nicht, daß er die Wahrheit sprach. Vielleicht waren es meine eigenen Absichten, die mir Sorgen machten, und nicht die seinen …

»Sagt mir«, fuhr er fort, »wie ergeht es Eurem Onkel? Er muß wohl sehr krank sein, daß er Euch so aus dem Haus läßt. Wirklich, es ist erst das zweite Mal, daß ich Euch alleine gehen sehe. Kommt, verratet es mir, warum hat er Euch heute morgen von der Leine gelassen?«

Ich lächelte über den Ausdruck. »Er schickte mich auf seinen ausdrücklichen Befehl aus dem Haus«, erklärte ich. »Er fürchte, sagte er, für meine Gesundheit.«

»Ah«, entgegnete mein Begleiter ironisch, »er ist ein sehr mitfühlender Mann. Daher führt er seinen Haushalt auch mit so viel Freundlichkeit und Anstand.«

Ich warf ihm einen Blick zu. »Ihr mögt meinen Onkel nicht, wie ich merke.«

»Ich halte ihn für grausam und gefühllos«, sagte er mit einem lässigen Zucken seiner breiten Schultern, »und wir beide haben nicht viel füreinander übrig.«

Ich nickte zustimmend. »Er sagte mir einmal, daß der Teufel in Euch wohne.«

Er grinste wieder. »Ohne Zweifel glaubt er das auch. Und was glaubt Ihr, Mariana Farr?«

Er sah in der Tat leicht teuflisch aus, wie er so zu mir herablächelte, in seinen dunklen Kleidern, mit seinem dunklen Haar und diesen schimmernden Augen, die die Farbe des Waldes hatten, der uns umgab und uns von der Welt dort draußen abschloß. Ich betrachtete ihn eingehend und hob ebenfalls die Schultern.

»Ich bin kein dummes, unselbständiges Kind, Mylord. Ich habe selbst Augen zu urteilen, und ich sehe keine Hörner.«

Er sah mich mit nüchternem Blick an, während wir weitergingen. »Es muß schwer für Euch sein«, sagte er ruhig, »in diesem Haus zu leben.«

Ich richtete mich steif auf, sein Mitleid wollte ich nicht. »Ich bin nur eine Waise, Mylord, und von der Mildtätigkeit meiner Verwandten abhängig. Ich beklage mich nicht.«

Seine Augen verrieten, daß er mir nicht ganz glaubte, aber er ließ meine Bemerkung durchgehen, worauf wir ein Stück des Weges schweigend gingen. Als wir zu einer weiteren leichten Biegung des Flusses gelangten, warf der graue Hengst hinter uns seinen Kopf zurück und zog heftig an den Zügeln, so daß mein Begleiter stehenblieb.

»Ich glaube, Navarre ist durstig. Kommt und setzt Euch zu mir, während er trinkt. Es ist ein schöner Platz, um ein wenig zu verweilen.«

Ich ließ mich auf eine grasbewachsene Lichtung einige Meter entfernt vom Wasser führen und setzte mich auf den Stamm eines umgestürzten Baumes, wobei ich ein leichtes Schuldgefühl beiseite wischte, das auf einmal an meinem Gewissen nagte.

Mein Onkel würde nie davon erfahren, sagte ich mir, und selbst wenn, was wäre schon dabei? Schließlich hatte ich Richard de Mornay nicht um seine Begleitung gebeten, und man konnte den Gutsherrn ja nicht einfach fortschicken wie einen einfachen Bauernlümmel. Die Tatsache, daß ich ihn nicht unbedingt fortschikken wollte, tat meiner Meinung nach dabei nichts zur Sache.

Er ließ sich zu meinen Füßen nieder, den Rücken gegen die grobe Rinde des Baumstamms gelehnt und ein bestiefeltes Bein angewinkelt, um seinen ausgestreckten Arm darauf zu legen. Mit müßigem Blick sah er dem grauen Pferd beim Trinken zu.

»Ihr sagtet, Ihr wäret der Letzte Eurer Familie«, nahm ich den Faden wieder auf, in dem Versuch, Konversation zu machen. »Habt Ihr keine Brüder?«

»Ich habe fünf Brüder«, sagte er, »aber sie liegen alle im Grab. Sie starben im Dienst des ersten Karl.«

Ich senkte betreten den Kopf. »Euer Vater hielt also zum König und stellte sich gegen das Parlament.«

»Ja.« Es klang bitter. »Und für ihre Mühe haben sie ihr Leben verloren, ihre Ländereien und alles, was sie besaßen und je liebten.«

»Ihr seid nicht gestorben«, bemerkte ich.

»Nein, ich bin nicht gestorben.« Er bewegte seine Schultern gegen den Stamm und schenkte mir ein halbes Lächeln. »Der Jüngste von uns war achtzehn Jahre alt und frisch verheiratet, als er fiel. Dann wurde der König getötet. Ich war selbst gerade erst zwanzig und floh nach der Hinrichtung nach Frankreich zu der Familie meiner Mutter an den Hof des französischen Königs. Ich hatte keinen Willen mehr zu kämpfen, und da mein Vater im Tower war, konnte ich ihm in England kaum von Nutzen sein.«

Ich sah ihn entsetzt an. »Euer Vater war im Tower?«

»Er wurde bei der Verteidigung von Exeter gefangengenommen, im Jahre sechsundvierzig. Vierzehn Jahre lang hielten sie ihn in den Mauern des Verlieses fest, ohne einen rechtmäßigen Prozeß. Er wurde alt an diesem schrecklichen Ort. Er erlebte seine Freilassung noch und die Rückerstattung seiner Ländereien, aber nicht meine Rückkehr aus Frankreich.« Er rupfte einen Grashalm aus und zog ihn durch seine Finger, ein Schatten des alten Schmerzes überzog seine gleichmütigen Züge.

»Das tut mir leid.« Ich lehnte mich ein wenig nach vorn vor Mitgefühl. »Ich weiß, wie es ist, den Vater zu verlieren. Ihr habt also niemanden mehr?«

»Nicht ganz. Ich habe einen Neffen, Arthur. Er ist der Sohn meines jüngeren Bruders und lebt in Holland bei seiner Mutter. Er ist fünfzehn und schon ein eitler Galan, aber er ist dennoch mein Neffe. Und ich habe Evan. Das ist mir genug Familie.«

Evan Gilroy, erzählte er, war schon in den alten Tagen ein Freund gewesen, bevor die Feuer des Krieges das Land verwüsteten und seinem Herrscher den Tod brachten. Als Richard de Mornay vor fünf Jahren Karl Stuart zurück nach England gefolgt war, hatte Evan Gilroy dem neuen Herrn von Crofton Hall seine Dienste angeboten und die Aufsicht über die Ställe und die Pachthöfe übernommen.

Der Mann zu meinen Füßen lächelte bei der Erinnerung. »Es ist kein schöner Empfang für einen Mann, in ein leeres Haus und zu brachliegendem Land zurückzukommen«, sagte er. »Ich bezweifle, daß ich geblieben wäre, wenn ich Evan nicht gehabt hätte.«

Schweigend erkannte ich an, daß ich in Evan Gilroys Schuld stand. Ich fühlte mich trotz meiner nassen Kleider sehr wohl, wie ich dort in dem schattengesprenkelten Sonnenlicht der kleinen Lichtung saß und mich mit einem Mann unterhielt, der gesellschaftlich mehrere Stufen über mir stand. Mein Vater hätte diesen Mann gemocht, dachte ich, auch wenn Onkel Jabez gegen ihn war.

Ich lehnte mich zurück und verschränkte meine Hände um die Knie. »Seid Ihr demnach dem König begegnet?«

»Offiziell? Nur einmal.« Er sah mich über die Schulter hinweg an. »Aber ich habe ihn recht oft gesehen und sogar ein- oder zweimal mit ihm gejagt. Am französischen Hof, während seines Exils, ließ er sich oft blicken.«

»Ich selbst habe ihn nur einmal gesehen. Bei der Krönung.«

Er hatte damals großen Eindruck auf mich gemacht, wie ich mich erinnerte, mit seiner edlen und kraftvollen Gestalt, seinem langen, lockigen Haar, dem sinnlichen Mund und den schwerlidrigen, dunklen Augen. »Er schien mir ein gütiger Mann zu sein«, bemerkte ich.

»Er ist wohl gütig«, stimmte Richard de Mornay zu, »und gerechter als die meisten. Er hat ein großes Herz, aber er ist kein großer König. Die Zeit der großen Könige ist vorbei.«

Ich legte nachdenklich die Stirn in Falten. »Man sagt, er sei im Herzen ein Katholik.«

Der Mann neben mir hob gleichgültig seine kräftigen Schultern. »Meine Mutter war auch Katholikin«, sagte er. »Es ist keine große Sünde, glaube ich.«

Ich tat gleichmütig. Ich war noch nie einem Katholiken begegnet. »Und Ihr?« fragte ich ihn. »Was ist Euer Glaube?«

Richard de Mornay senkte den Kopf, seine Züge verfinsterten sich. »Ich habe nichts übrig für Gott«, antwortete er mit ausdrucksloser Stimme. »Und er nicht für mich.«

Er warf den zerdrückten Grashalm weg, umfaßte gelassen meine beiden Hände und zog sie zu sich, damit er meine Handgelenke sehen konnte. »Ihr tragt das Armband nicht«, stellte er fest.

Ich wurde tiefrot und versuchte erfolglos, mich aus seinem Griff zu befreien. »Ich kann es nicht tragen«, protestierte ich. »Glaubt mir, ich kann es nicht annehmen, es wäre nicht schicklich. Ich wollte es Euch zurückgeben.«

»Ich will es nicht zurückhaben.« Er sah ernstlich gekränkt aus. »Ich habe es als Geschenk für Euch gekauft und möchte, daß Ihr es tragt.«

»Mein Onkel wäre sicher nicht einverstanden, Mylord«, erinnerte ich ihn sanft, aber er zuckte nur die Achseln, ließ meine Hände los und stand auf, um sein grasendes Pferd zu holen, dessen schleifende Zügel er in der Faust zusammenhielt.

»Darauf gebe ich nichts«, erwiderte er. »Was gehen Euren Onkel meine Angelegenheiten an?«

»Nichts, Mylord«, mußte ich zugeben, »aber er zeigt großes Interesse an meinen Angelegenheiten, und ich möchte nicht seinen Zorn erregen.«

Bei diesen Worten fuhr er herum, hoch aufgerichtet vor dem grauen Hengst, und sah mich mit ernster Miene an. »Wenn Jabez Howard es wagt, Euch anzurühren, werde ich davon erfahren.«

Ich stand ebenfalls auf und trat ihm gegenüber. »Ich fühle

mich geschmeichelt, Mylord, aber das geht Euch nichts an. Ich unterstehe nicht Eurer Verantwortung.«

»Da irrt Ihr Euch, Mistress«, teilte er mir mit honigsüßer Stimme mit. »Ihr untersteht sehr wohl meiner Verantwortung, da ich die Verantwortung für Euch übernommen habe.« Er ging auf mich zu, eine Hand am Sattel. »Kommt, steigt auf, ich bringe Euch zurück.«

Ich sah nervös zu ihm auf. »Ich reite hinter keinem Mann im Sattel, Mylord.«

»Dann reitet allein«, lud er mich ein und lächelte über mein Unbehagen.

Ich schaute zum Himmel hinauf und stellte mit halber Erleichterung fest, daß die Sonne immer noch tief im Osten stand. »Es ist noch viel zu früh für mich, um zurückzukehren«, entschuldigte ich mich. »Mein Onkel wies mich an, bis zum Nachmittag spazierenzugehen.«

Richard de Mornay blickte mich ungläubig aus schmalen Augen an. »Das ist wahrlich ein schöner Haushalt, in den Ihr da geraten seid. Wie auch immer«, wischte er meinen Einwand beiseite, »Ihr könnt mit mir nach Crofton Hall reiten und den Nachmittag dort als mein Gast verbringen.«

Das Angebot brachte mich in große Versuchung, aber am Ende schüttelte ich verneinend den Kopf, trat einen kleinen Schritt zurück und stolperte dabei beinahe über den Baumstamm.

»Habt Dank für Eure Freundlichkeit, Mylord«, antwortete ich schwach, »aber das sollte ich besser nicht.«

»Es ist Eure Entscheidung«, versicherte er mir und schwang sich mit einer fließend eleganten Bewegung in den Sattel. Er brachte das Pferd näher an mich heran und zügelte es dann fest, so daß sein muskulöser Oberschenkel nur eine Handbreit von meinem Gesicht entfernt war, wohl wissend, daß der schwere Stamm hinter meinen Fersen meinen Rückzug verhinderte. »Ich habe Euch schon einmal gesagt, daß ich Euch niemals zwingen werde, mir zu Willen zu sein«, erinnerte er mich und fuhr mit einem Finger meine stolz erhobene Kinnlinie nach. »Wenn wir Liebende werden, dann weil Ihr es genauso wünscht wie ich.« Sein Finger strich über meine Lippen, das flüchtige Versprechen eines Kusses, bevor er die Hand an den Hut hob und mir höflich noch einen guten Tag wünschte.

Der graue Hengst bewegte sich trotz seiner Masse mit großer Leichtigkeit und Schnelligkeit. Ich sah zu, wie die Bäume Pferd und Reiter verschluckten, und stand dann noch einige Minuten still und lauschte den leiser werdenden Hufschlägen nach. Ich hätte mich wohl regen können, wenn ich gewollt hätte, aber ich wollte es nicht. Ich stand einfach da im Halbschatten und versuchte, den Augenblick so lange wie möglich festzuhalten, während ich ihn schon wie Sand durch meine gespreizten Finger fließen fühlte ...

Mein Blick verschwamm, und der Augenblick war vorüber.

Ich stand allein am Ufer des trägen Flusses, wo nur hier und da kniehohe Büsche und eine vereinzelte Weide an den einst dichten Wald erinnerten. Der Fluß floß jetzt in einer Art Mulde mit steilaufragenden Ufern zu beiden Seiten, und ich konnte nur Wasser und über mir Gras und blauen Himmel sehen. Ich hatte keine Ahnung, wo ich mich befand.

Ich kletterte das steile Ufer hinauf und blickte über die Felder, um meine Orientierung wiederzugewinnen. Weit entfernt zu meiner Linken konnte ich die eingezäunten Weiden und schiefen Dächer eines Dorfes sehen, das Exbury sein mochte. Es war schwer zu erkennen von diesem unvertrauten Standpunkt aus. Wenige Meter vor mir verlief eine steinerne Einfriedung, und ein Stück dahinter stand ein kleines, weißverputztes Cottage, das gut gepflegt wirkte und vor jedem Fenster Kästen mit bunt blühenden Blumen hatte. Ein Miniaturwald aus knorrigen Apfelbäumen erstreckte sich in Reih und Glied zu einer Seite des Hauses, und mehrere frisch geschorene Schafe starrten mich friedlich von ihrer Seite des Steinwalls an.

Ich wußte schon, wessen Anwesen das war, bevor Iain Sumner pfeifend um die Ecke kam und vor einem windschiefen Schuppen anhielt, wo er mit irgendeinem Werkzeug hantierte, das ich aus dieser Entfernung nicht erkennen konnte. Er stand mit dem Rücken zu mir, seine Muskeln spannten sich unter dem T-Shirt, und sein rotes Haar wirkte beinahe blond gebleicht im hellen Licht der Morgensonne.

Als ich über die Steinmauer sprang und mir einen Weg durch

die gleichmütigen Schafe bahnte, war es zuerst nur meine Absicht, zu Iain zu gehen und um eine Tasse Kaffee zu bitten, aber als ich näher an das Cottage herankam und er mich noch nicht bemerkt hatte, begann mich auf einmal, ein kleiner Teufel zu reiten.

Das ist meine Chance, dachte ich, ihm all die Gelegenheiten heimzuzahlen, bei denen er mich durch sein Heranschleichen fast zu Tode erschreckt hat. So eine gute Möglichkeit würde sich nie wieder bieten. Ich verlangsamte meine Schritte, um mich geräuschloser anschleichen zu können.

Als ich immer noch ein paar Meter entfernt war, konnte ich den Grund für seine Unaufmerksamkeit erkennen. Er war mit einem schweren Flaschenzug beschäftigt, wie ich ihn schon öfter an Scheunen aufgehängt gesehen hatte. Blauer Zigarettenrauch kräuselte sich über seinem Kopf, während er sich vorbeugte und beide Hände benutzte, um an der sperrigen Vorrichtung etwas einzustellen.

Ich war jetzt weniger als eineinhalb Meter von ihm entfernt. Noch einen Schritt, und ich konnte meine Hand ausstrecken und seine Schulter berühren. Meine Hand hatte ihn auch schon fast erreicht, als Iain seinen Kopf hob und die Zigarette mit seinen geschickten, ölverschmierten Fingern aus dem Mund nahm.

»Guten Morgen, Julia«, sagte er.

Kapitel einundzwanzig

Wenigstens konnte er den unschuldigen Gesichtsausdruck nicht lange wahren. Grinsend nahm er einen neuen Zug von seiner Zigarette, richtete sich von seiner Arbeit auf und drehte sich um, um mir ganz ins Gesicht zu sehen. »Ein Königreich für eine Kamera«, sagte er, seine grauen Augen von amüsierten Fältchen umgeben. »Du solltest dein Gesicht sehen.«

Ich schloß meinen offenstehenden Mund und schüttelte erstaunt den Kopf.

»Woher um alles in der Welt wußtest du, daß ich hinter dir stehe?« fragte ich.

Iain stemmte beide Fäuste ins Kreuz und streckte sich, sein Grinsen wurde noch breiter. »Ich bin kein Hellseher«, versicherte er mir. »Ich habe gesehen, wie du über den Zaun gesprungen bist. Hab mich schon gewundert, wieso du so verdammt lange hierher brauchst. Außerdem«, fügte er hinzu und deutete auf die klaren Umrisse unserer Schatten an der Schuppenwand, »solltest du darauf achten, daß die Sonne nicht in deinem Rücken steht, wenn du dich an einen Schotten heranschleichen willst.« Er betrachtete mich von oben bis unten. »Du hast ein kleines Bad genommen«, kommentierte er.

Ich war überrascht, daß ich diese Tatsache selbst noch nicht bemerkt hatte. Vielleicht hatte ich mich so an das Gefühl von Marianas triefenden Röcken an meinem Körper gewöhnt, daß mein Bewußtsein das Unbehagen gar nicht mehr registrierte. Neugierig sah ich an mir herunter, plötzlich der schweren Jeans und des übergroßen T-Shirts gewahr, die naß an meiner Haut klebten. Ich fuhr mir tastend mit der Hand durchs Haar und stellte erleichtert fest, daß es trocken war, wenn auch etwas windzerzaust und widerspenstig. Ich mußte einen schönen Anblick bieten.

»Ich bin in den Fluß gefallen«, berichtete ich ihm. »Aber jetzt bin ich fast trocken, glaube ich.«

Iain blickte auf meine bloßen Füße und meine fröstelnde Miene und hob eine Augenbraue. »Du wirst dich erkälten, wenn du so bleibst«, warnte er. »Komm mit rein und trockne dich ab. Du kannst auch ein paar von meinen Sachen leihen, wenn du möchtest.«

»Na ja«, schwankte ich, »wenn es keine Mühe macht ...«

»Überhaupt keine«, sagte er. »Ich freue mich über Gesellschaft beim Frühstück.«

Du lieber Himmel, dachte ich, ist es erst Frühstückszeit? Ich konnte es kaum glauben, bis mir einfiel, daß ich das Haus ja um fünf Uhr früh heute morgen verlassen hatte. Eine Wanduhr in Iains Küche schlug achtmal, als wir durch die Hintertür in das Cottage traten, und bestätigte die frühe Stunde.

»Ich muß mich waschen«, sagte er und hob wie zur Erklärung die Hände, »aber du kannst schon mal deine nassen Kleider loswerden. Das Schlafzimmer findest du am Ende des Flurs auf der rechten Seite, und im Wandschrank ist genug zum Anziehen.«

Merkwürdig, dachte ich, als ich in Iain Sumners Schlafzimmer stand, wie die Garderobe eines Mannes ihn irgendwie charakterisierte. In Iains Schrank hingen säuberlich geplättete Hemden Bügel an Bügel, einfache Baumwollhemden und karierte aus Flanell, flankiert von mehreren Hosen und einem seltsam unpassend wirkenden Smoking. Ich schälte mich aus den nassen Sachen – behielt aber aus Anstandsgründen die Unterwäsche an – und wählte ein Paar Jeans und ein blaukariertes Hemd aus dem Angebot vor mir.

Die Jeans waren lächerlich lang und standen wie eine Clownshose von meiner Taille ab, aber indem ich die Hosenbeine mehrmals umschlug und das Hemd über den Bund hängen ließ, erzielte ich einen modisch schlampigen Effekt, der sich gut auf der Titelseite eines Teenagermagazins gemacht hätte.

Iain, immer ganz der Gentleman, machte keine Bemerkung über mein Aussehen, als ich zu ihm in die Küche kam. Das Cottage hatte eine sehr einfache und praktische Aufteilung. Ein großer Raum war gleichmäßig in Küche und Wohnzimmer unterteilt worden, und von der Mitte ging ein schmaler Flur ab, der zu den Schlafzimmern und dem Bad führte. Man hätte einen Pfeil durch die Vordertür schießen können, der zur Hintertür wieder ausgetreten wäre, ohne auf das kleinste Möbelstück zu treffen, so klar und frei von Überflüssigem war die Einrichtung des Hauses.

»Wo soll ich die aufhängen?« fragte ich Iain und hielt mein Bündel durchweichter Kleider in die Höhe.

»Ich habe einen Wäschetrockner im Schuppen«, sagte er und zeigte mit dem Kopf in Richtung Hintertür. »Er ist nicht mehr der Jüngste, aber er tut es, wenn du ihm zeigst, wer der Boß ist. Du mußt etwas Gewalt anwenden.«

Ich verstand, was er meinte, als ich den Trockner zwischen einem Haufen Werkzeuge in dem hell erleuchteten Schuppen entdeckte. Vier Versuche und ein schneller Fußtritt waren nötig, um die Maschine zum Laufen zu bringen, aber ich kam mit dem Gefühl, etwas erreicht zu haben, in die Küche zurück.

»Alles o.k.?« Iain sah fragend auf, und als ich nickte, wandte er seine Aufmerksamkeit wieder dem brutzelnden Inhalt einer Pfanne auf dem Herd zu. Ich sah, daß er wie selbstverständlich für zwei kochte, und eine dampfende Tasse Kaffee wartete schon auf dem Tisch daneben auf mich. »Kann sein, daß er schon ein wenig abgestanden ist«, warnte er mich, als ich nach dem Becher griff. »Ich habe ihn schon vor zwei Stunden gemacht. Magst du Eier und Würstchen?«

Ich nahm einen vorsichtigen Schluck. »Ja, und ob.«

»Eher eine rhetorische Frage, ehrlich gesagt«, bemerkte er, als er die Pfanne vom Herd hob und ihren Inhalt gerecht auf zwei Teller verteilte. »Es ist alles, was ich kochen kann. Toast?«

»Ja, bitte.«

Er legte eine dicke Scheibe gebutterten Toasts auf den Rand meines Tellers und stellte ihn vor mich auf den Tisch, worauf er sich auf den Stuhl gegenüber fallen ließ.

»So.« Er bedachte mich mit einem fragenden Blick. »Was führt dich zu dieser Zeit hier heraus?«

Ich hob die Schultern. »Mir war nach einem Spaziergang, das ist alles. Ich war noch nie vorher unten am Fluß und wollte sehen, wie er verläuft.«

»Und jetzt weißt du es.«

»Ja.« Ich erwiderte sein Lächeln und schaufelte eine neue Gabelvoll des herzhaften Frühstücks in mich hinein.

»Du bist ungefähr fünf Kilometer gelaufen, wenn du den ganzen Weg entlang des Flusses gekommen bist, weißt du das? Auf der Straße sind es nur etwa eineinhalb Kilometer von dir bis hierher. Noch kürzer, wenn du über die Felder gehst.«

»Dann ist das also doch Exbury, was ich dort drüben gesehen habe?« Ich deutete vage in die Richtung, und er nickte.

»Aber ja. Hast du geglaubt, du hättest dich verirrt?«

»Lach nicht«, entgegnete ich, »das ist alles schon vorgekommen. Ich habe einen schrecklichen Orientierungssinn.«

»Du kannst auch nicht schlimmer sein als meine Mutter«, sagte er. »Sie macht jedesmal eine Tour durch die Highlands, wenn sie nur mal auf den Markt will, glaube ich.«

Ich lachte über die Vorstellung. »Sind deine Eltern auch Bauern?«

»Um Gottes willen, nein.« Er nahm einen Schluck Kaffee, um einen Mundvoll Toast hinunterzuspülen. »Keiner von beiden könnte das untere Ende einer Hacke vom Griff unterscheiden. Nein, mein Vater ist Buchhalter, er arbeitet in Balloch. Meine Mutter war Rechtsanwältin, bevor sie in den Ruhestand ging.«

Was zum Teil wohl erklärt, warum ihr Sohn Cambridge besucht hat, dachte ich. Ich sah mich mit kritischerem Blick in dem großen Raum um und entdeckte die verstreuten Spuren eines luxuriöseren Lebens – ein wirklich exquisites Möbelstück, ein Paar wunderschöner Drucke an der Wand, ein Vitrinenschrank voller ledergebundener Bücher...

»Ich betätige mich nicht als Einbrecher in meiner Freizeit«, sagte er, meine Gedanken mit unheimlicher Leichtigkeit lesend. »Manche Sachen stammen von meiner Familie, und den Rest habe ich gekauft, als ich für Geoffs Vater in Paris arbeitete.«

»Du hast also für Morland gearbeitet?«

»Oh ja, ein paar Jahre lang. Ich bin beinahe wahnsinnig dabei geworden«, gestand er grinsend. »Lieber wühle ich mit den Händen in der Erde herum, vielen Dank. Also gab ich Morland auf und kaufte vor fünf Jahren dieses Anwesen. Es ist in der Nähe von Geoff, und es entspricht meinem Lebensrhythmus.«

Ich versuchte, ihn mir hinter einem Schreibtisch in irgendeinem modernen Büro vorzustellen, aber es gelang mir nicht. »Du hast Geoff in Cambridge kennengelernt, hat mir Vivien erzählt.«

»Ja, das war eine schlimme Zeit.« Er grinste in seine Tasse hinein. »Meine Noten sanken von da an in den Keller. Ich wundere mich nur, daß sie uns nicht beide hinausgeworfen haben.«

»Du hast Englisch studiert?«

Er nickte. »Mehr aus Interesse als zu einem bestimmten Zweck. Man kann seinen Lebensunterhalt nicht mit Gedichteschreiben verdienen.«

Irgendwie konnte ich Iain Sumner auch nicht beim Verfassen von Gedichten sehen. Er war im Grunde recht schwer zu beschreiben. Nicht wirklich gutaussehend – sein Kinn war zu eigenwillig und seine Augen blickten zu scharfsinnig – aber dennoch war etwas an ihm... Er war solide, dachte ich. Solide und warmherzig und zuverlässig, und ich spürte eine seltsame, fast verführerische Geborgenheit in seiner Nähe. Er lehnte sich auf seinem Stuhl zurück und schob den leeren Teller zur Seite.

»Stört es dich, wenn ich rauche?«

Ich legte meine Gabel weg und schüttelte den Kopf. »Überhaupt nicht.«

Er zündete sich eine Zigarette an, wedelte das Streichholz aus und legte es ordentlich neben seinen Teller. »Du warst gestern zum Tee oben im Herrenhaus, habe ich gehört.«

»Es war eher ein fünfgängiges Mahl«, verbesserte ich. »Viviens Tante ist eine wunderbare Köchin.«

»Das ist sie«, pflichtete er mir bei. »Ich habe vergangene Woche öfter im Rosengarten gearbeitet, daher hat Freda mir meine Abendmahlzeiten bereitet. Wenn die Arbeit nicht bald getan ist, werde ich nicht mehr in meine Hosen passen.«

»Sie sagt, daß du dir das leicht wieder abarbeitest.«

»Sagt sie das?« Er blies Rauch aus und lächelte. »Na ja, sie wird es schon wissen. Sie weiß es meistens am besten. Das ist auch die Bedeutung des Namens ›Alfreda‹, weißt du – ›übernatürlich weise‹ oder etwas in dieser Richtung. Vivien hat es einmal in einem Namensbedeutungsbuch nachgelesen.«

»Das überrascht mich nicht.« Ich nahm die Teller vom Tisch und trug sie zum Spülbecken hinüber. »Namen sind schon eine komische Sache, nicht?«

»Wahrscheinlich.« Seine Stimme klang zerstreut. »Ich habe allerdings einen langweiligen abbekommen.«

»Iain? Wieso? Ich finde, das ist ein hübscher Name.«

»Langweilig«, beharrte er. »Es ist einfach eine schottische Form von ›John‹, nichts weiter. Völlig phantasielos. Iain, Evan, Sean, Hans – alles Variationen eines Themas.«

Die Teller ratterten mit einem häßlichen, krachenden Geräusch in das Becken, und Iain drehte sich auf seinem Stuhl zu mir um.

»Entschuldigung«, sagte ich, »ich glaube, ich habe einen zerbrochen.« Ich sah auf die Scherben hinunter, mein Herz klopfte wie wild. *Evan…*

»Hast du dir wehgetan?«

Ich erwachte aus meinem Tagtraum und schüttelte den Kopf. »Nein, nur der Teller ist kaputt, fürchte ich.«

»Macht nichts«, beruhigte er mich. »So hab ich einen weniger abzuwaschen. Möchtest du noch etwas Kaffee?«

»Gern.«

Er stand auf und füllte unsere Tassen nach. »Hast du Lust auf eine Besichtigung des Anwesens?« bot er großartig an. »Es ist zwar nicht so beeindruckend wie das Herrenhaus, gebe ich zu, aber es gibt doch einiges zu sehen.«

Ich stieß mich von der Spüle ab. »Ja, mit Vergnügen.«

»Du gehst aber besser nicht barfuß«, riet er mir mit einem Blick auf meine Erscheinung, »sonst trittst du noch in etwas und bereust es. Hinter der Küchentür steht ein Paar Gummistiefel, glaube ich.«

Ich fand die Stiefel, schlüpfte hinein und fühlte mich mehr denn je wie ein verkleideter Clown. Iain sah mich an und grinste.

»Sind wohl ein bißchen groß, was?« war sein Kommentar. »Keine Angst, ich werde langsam gehen.«

Ich grinste zurück. »Kein Problem. Sorg nur dafür, daß mich sonst niemand so sieht.«

»Nur die Schafe«, versprach er, »und ich gebe dir mein Wort, daß sie schon merkwürdigere Dinge gesehen haben.«

Ich trat zur Seite, um ihn vorbeizulassen, und kickte dabei versehentlich mit einem meiner lächerlich wirkenden Stiefel gegen eine Keramikschale, so daß sie über den Boden schlitterte.

»Ich wußte nicht, daß du einen Hund hast«, sagte ich.

»Hab ich auch nicht.« Sein Lächeln war befangen. »Meine

Hündin ist vor ein paar Monaten gestorben. Ich hab es einfach noch nicht übers Herz gebracht, ihre Sachen wegzuräumen.«

»Du solltest dir eine neue besorgen.«

»Ja, das muß ich wohl. Es ist keine leichte Aufgabe, Schafe ohne einen Hund zu hüten. Ich habe einen Nachbarn, der mir solange seinen Collie leiht, wenn ich ihn brauche.«

Er hielt mir die Hintertür auf, und wir traten hinaus in die Sonne. Wir brauchten eine gute Stunde, um das Grundstück zu umrunden, und als wir zurückkamen, lag ein leicht versengter Geruch über der näheren Umgebung des Schuppens, der anzeigte, daß meine Kleider vollständig getrocknet waren.

»Wenn du dich wieder umziehen willst, kann ich dich danach mit in den Ort nehmen«, bot Iain an. »Mit dem Auto geht es schneller, und du solltest nicht gerade barfuß auf der Straße laufen.«

»Ich will nicht noch mehr Umstände machen«, begann ich, aber er schob meine Einwände beiseite.

»Das sind keine Umstände. Ich muß sowieso kurz in den Roten Löwen und kann dich hinterher nach Hause bringen.«

Iain brauchte ein paar Versuche, um seinen alten Wagen zum Laufen zu bringen, und ich vermutete richtig, daß er ihn nur selten benutzte, da er immer zu Fuß unterwegs zu sein schien, wenn ich ihm begegnete. Es war, wie er sagte, nur eine ganz kurze Fahrt nach Exbury, so daß es sich für ihn nur selten lohnte, das Auto anzulassen. Felder und Hecken flogen an uns vorbei, und bevor ich sie noch richtig wahrnehmen konnte, waren sie durch Häuser und Gärten ersetzt worden, und wir bogen in den Parkplatz des Roten Löwen ein.

Vivien war vor dem Haus und putzte Fenster, sie kam herüber, um uns zu begrüßen, und verschränkte wartend die Arme vor der Brust, während wir ausstiegen.

»Ich habe gerade deinen Bruder am Telefon gehabt«, teilte sie mir mit.

»Tommy?« Ich hob erstaunt die Augenbrauen. »Warum ruft er denn bei dir an?«

»Er war auf der Suche nach dir, so wie es klang«, sagte sie und lächelte strahlend. »Er ist bei dir zu Hause und ißt sich durch den Kühlschrank, während er auf dich wartet.«

»Das ist dein Bruder, der Pfarrer, oder?« fragte Iain nach, und ich nickte zur Bestätigung.

»Du hast ihn nicht kennengelernt, als er das letzte Mal hier war, nicht wahr, Iain?« Vivien sah ihn an. »Du warst, glaube ich, in Marlborough an dem Tag. Er ist ein ziemlicher Spaßvogel. Sag mal«, wandte sie sich mit einem plötzlichen Einfall an mich, »warum rufst du ihn nicht an und sagst ihm, daß er dich hier treffen soll? Ich muß erst in zwei Stunden aufmachen; wir können uns an die Bar setzen und eine kleine Party abhalten.«

Iain blickte zu ihr hinüber. »Es ist noch ein bißchen früh zum Trinken, findest du nicht?«

»Du kennst Julias Bruder nicht«, lautete ihre Antwort. »Komm durch die Hintertür rein, Julia, du kannst ihn von dort aus anrufen.«

Mein Bruder zügelte seine Neugier auf bewundernswerte Weise, als ich mit ihm am Telefon sprach, und zeigte kein Erstaunen über meine etwas mysteriöse Bitte, ein Paar Schuhe für mich aus dem Wandschrank zu holen und zum Roten Löwen zu kommen, um uns dort zu treffen.

»Formell oder Freizeit?« war seine einzige Frage.

»Wie bitte?«

»Die Schuhe«, führte er aus. »Formell oder Freizeit?«

»Ach so.« Ich grinste in den Hörer. »Freizeit.«

»In Ordnung. Ich bin in fünf Minuten da.«

Ich gab die Nachricht an Vivien weiter, die sich freute wie ein Kind, das ein Geschenk bekommt. »Wunderbar«, sagte sie. »Kommt mit in die Bar, ihr beiden, ich mache eine Flasche Wein auf.«

Iain folgte uns durch die Verbindungstür aus Viviens Räumen in den Pub, die Stirn in Falten. »Ein Pfarrer, der morgens um zehn Uhr Wein trinkt«, murmelte er nachdenklich. »Das muß ich sehen.«

Er bekam bald Gelegenheit dazu, denn Tom fuhr wie versprochen fünf Minuten später auf dem Parkplatz vor. Als Vivien ihm die Tür öffnete, stand er auf der obersten Stufe der Eingangstreppe und balancierte einen meiner Tennisschuhe auf den Fingerspitzen, als sei es der gläserne Schuh Aschenbrödels.

»Ich habe einen Tennisschuh mitgebracht«, sagte er mit theatralischer Stimme. »Genügt dies als Unterpfand, um mich in diese Gemächer eintreten zu lassen?«

»Idiot«, begrüßte ich ihn. »Komm schon rein.« Ich nahm ihm den Schuh aus der Hand. »Wie, hast du etwa nur einen mitgebracht?«

»Ich konnte nur den einen finden«, kam die lakonische Antwort. »Dein Schrank ist ein einziges Chaos.«

»Du kannst ein Paar von meinen Schuhen leihen«, beruhigte mich Vivien lachend. »Ich glaube, ich habe etwa deine Größe.«

Sie suchte mir ein Paar gut eingelaufener Slipper heraus, und wir verbrachten zwei fröhliche Stunden an der Bar und sahen zu, wie der Pegel in der Weinflasche sank. Ich freute mich darüber, wie gut Tom und Iain sich verstanden, nachdem sie einander vorgestellt worden waren. Eine dahingeworfene Bemerkung über Politik genügte, und die beiden Männer waren bald in eine angeregte Unterhaltung vertieft und sprangen mit Lichtgeschwindigkeit von Thema zu Thema, während Vivien und ich gemütlich auf unseren Hockern saßen und langsam unseren Wein schlürften.

»Ich mag Iain Sumner«, verriet mir Tom später, als wir aus dem Roten Löwen gewankt waren und uns im Auto angeschnallt hatten.

»Das freut mich«, sagte ich. »Solltest du überhaupt fahren?«

Mein Bruder warf mir einen überlegenen Blick zu. »Ich hatte nur ein Glas. Im Gegensatz zu manchen anderen Leuten.«

Ich bemühte mich um ein würdevolles Aussehen. »Willst du damit andeuten, daß ich betrunken bin, oder so etwas?«

»Blau wie ein Veilchen.« Er nickte. »Und das noch vor dem Mittag.« Er schnalzte tadelnd mit der Zunge. »Ich muß sagen, ich bin schockiert.«

»Versuch es zu verwinden«, gab ich gutmütig zurück und rollte meinen Kopf an der Rückenlehne zur Seite, um ihn anzuschauen. »Es ist schön, dich zu sehen, Tom. Ich glaube nicht, daß du mich in London so oft besucht hast. Du wirst noch Spurrillen auf der Autobahn hinterlassen.«

Er lächelte. »Diesmal ist es nur ein Abstecher. Ich bin auf dem Weg zu einer Konferenz in Bristol. Ich dachte, ich schau mal kurz bei dir herein, wenn ich schon in der Gegend bin.«

Ich betrachtete mir sein Gesicht genauer. »Mutter schickt dich, um nach mir zu sehen, stimmt's?«

»Erraten.«

»Also, du kannst ihr sagen, daß es mir gut geht«, sagte ich und richtete meinen Blick wieder auf die Windschutzscheibe. Wir fuhren jetzt auf der Landstraße und hatten gerade das Dorf hinter uns gelassen, zu beiden Seiten wuchsen dichte Heckenreihen.

»Du kannst es ihr nicht verdenken, daß sie sich Sorgen macht«, war Toms Kommentar. »So sind Mütter eben. Aber ich war auch ziemlich besorgt heute morgen, als ich ankam und du nicht da warst.«

»Ich konnte nicht wieder einschlafen nach dem Telefongespräch mit Mam«, erklärte ich. »Also habe ich einen Spaziergang gemacht.«

Mein Bruder ging vom Gas, um einen Igel über die Straße rennen zu lassen. »Du hast die Tür nicht abgeschlossen, als du weggegangen bist.«

»Ich bin nicht besonders angetan von diesem neuen Schloß«, antwortete ich. »Es ist ziemlich schwergängig, und ich kann den Schlüssel manchmal nicht umdrehen. Wenn ich mich also nicht gerade kilometerweit entferne, mache ich mir einfach nicht die Mühe. Außerdem« fügte ich mit pragmatischer Note hinzu, »arbeitet Iain manchmal im Garten hinterm Haus, und er könnte ein Glas Wasser benötigen oder auf Toilette müssen.«

»Tja, das ist richtiges Dorfleben.« Mein Bruder deutete ein Lächeln an. »Wenn ich ein mißtrauischer Mensch wäre, würde ich vermuten, daß du dich auf einen deiner kleinen Ausflüge ins Mittelalter begeben hast.«

»Ins siebzehnte Jahrhundert«, verbesserte ich ihn.

Wenn er mich direkt danach fragen würde, dachte ich, müßte ich es ihm sagen. Ich hatte Tom noch nie gut anlügen können, er merkte es fast immer. Aber er fragte mich nicht.

»Was soll's.« Er zuckte mit den Achseln, gab wieder Gas, und wir fuhren den Rest des Weges schweigend.

Kapitel zweiundzwanzig

Der Monat Juni war strahlend schön, mit langen Tagen voll Sonnenschein und warmen Nächten, die dufteten, wenn eine Sommerbrise über die grünenden Felder strich, während eine Nachtigall unten beim murmelnden Fluß für ihren Partner ein Lied sang. Selbst der Regen fiel sanfter, und der kleine Garten beim Taubenschlag begann schüchtern zu blühen. Akelei und Iris beugten sich, um Platz für die kühneren Zweige des roten Baldrian zu machen, und eine verstreute Mischung aus dichten Büschen von Glockenblumen und Bartnelken, verwobenes Blaßblau und Rosa, tanzte zu Füßen der stattlicheren Lanzen von tiefpurpurnem Fingerhut und Eisenhut.

Die ständig wechselnde Erscheinung des Gartens faszinierte mich. Indem ich mir Bücher von Iain auslieh, lernte ich nach und nach den Namen jeder neuen Blume, und bald schlichen sich die Blumen selbst in meine Zeichnungen ein und verliehen den dunklen, mittelalterlichen Wäldern meiner Märchenillustrationen fröhliche Farbtupfer und eine neue Vielfalt. Meine Verlegerin war begeistert von den Proben, die ich ihr schickte, und falls ihr auffiel, daß all meine Prinzen sich merkwürdig ähnlich sahen, so erwähnte sie es nicht.

Ich selbst blühte auch auf und aalte mich in der verzückten Hochstimmung, die dem Beginn einer neuen Liebe vorausgeht.

Geoff war zwei Tage nach meinem Spaziergang am Fluß zurückgekommen, und am Samstagabend führte er mich wie versprochen zu Abendessen und Tanz in ein elegantes Restaurant diesseits von Swindon aus.

Es war ein Abend voller Zauber, wie aus einem der Märchen, die ich so fleißig illustrierte. Das Restaurant selbst hätte aus einem Film stammen können – überall Kerzen und Blumen und Damast und Kellner, die nie gehetzt wirkten. Zu dem Zeitpunkt, als wir nach dem Essen unseren Cognac getrunken hatten, war ich praktisch in Geoffrey de Mornay verliebt. Ich hätte ein übermenschliches Wesen sein müssen, es nicht zu sein.

Unser Verhalten zueinander änderte sich nicht wahrnehmbar,

aber als der Monat zu Ende ging, wurde deutlich, daß unsere Freundschaft um etwas reicher geworden war, die Andeutung einer noch nicht ausgesprochenen Möglichkeit, die unter der Oberfläche des gegenseitigen Anlächelns und der freundlichen Unterhaltungen lag. Ich wurde umworben.

Da meine Tage auf diese Weise gleichmäßig zwischen Arbeit und Vergnügen aufgeteilt waren, blieb mir wenig Zeit für weitere experimentelle Ausflüge in die Vergangenheit. Immer wenn ich das vertraute Schwindelgefühl in mir aufsteigen spürte, unterdrückte ich es schnell, schloß die Augen fest und widerstand der wirbelnden Dunkelheit mit jeder Faser meines Seins. Dafür ist später noch genug Zeit, überlegte ich. Aber jeden Morgen, wenn mein Blick auf Marianas Armband fiel, starrten mich die glänzenden Augen der Paradiesvögel in stummem Vorwurf an. »Ich habe es nicht vergessen«, rechtfertigte ich mich sowohl vor dem Gesicht im Spiegel als auch vor den vergoldeten Vögeln. »Ich möchte doch nur ein bißchen Vergnügen, das ist alles.«

Es war ein wenig, wie im Urlaub zu sein. Geoff und ich machten Spaziergänge über die langen Pfade, die sich durch Felder und Landschaft wanden, verbrachten ganze Nachmittage damit, in Antiquitätenläden herumzustöbern, und ganze Abende mit Dartspielen und Geschichtenerzählen, unter Viviens nachsichtigen Blicken, im Roten Löwen. Ich feierte meinen dreißigsten Geburtstag im Löwen, und das Bier floß in Strömen, da jeder der alten Männer am Ecktisch darauf bestand, mir einen Geburtstagsdrink auszugeben. Ich hatte allen verboten, mir Geschenke zu kaufen, aber Geoff überreichte mir trotzdem Rosen, und Vivien holte ein Paar Ohrringe hervor, und sogar Iain schenkte mir etwas – einen glänzenden Pflanzenheber mit einer Schleife drumherum. »Damit du nicht immer nur meine verlierst«, kommentierte er trocken. »Es müssen inzwischen ungefähr zehn Pflanzenheber auf dem Feld verrosten.«

Am Ende des Monats kamen meine Eltern endlich aus Auckland zurück, und Tom und ich fuhren zusammen nach Heathrow, um sie abzuholen. Energiegeladen wie immer, bestanden sie darauf, zuerst mein Haus zu sehen, bevor sie nach Hause fuhren. Ihre Reaktionen waren in etwa so, wie ich sie erwartet hatte. Meine Mutter, den Kopf voller Ideen für Tapeten und Vorhänge, wanderte mit angeregt gedankenverlorener Miene durch die Zimmer, während mein Vater ein-, zweimal auf die Fußbodenbretter hüpfte, um die Solidität der Bausubstanz zu prüfen. Mit den Händen in den Taschen drückte er sein Kinn auf die Brust und nickte leicht. »Sehr schön«, sagte er. Das war das höchste Lob, das ich erhoffen konnte, und ich platzte vor Stolz.

Ich wurde verwegen in meinem Glück. An einem denkwürdigen Nachmittag in der ersten Juliwoche überredete Geoff mich, mit ihm auszureiten, ungeachtet der Tatsache, daß ich seit meiner Schulzeit nicht mehr auf einem Pferd gesessen hatte. Glücklicherweise schien nur das Pferd meine mangelnden Reitkünste zu bemerken, und ich gab mich tapfer, indem ich meinen Rücken kerzengerade und meinen Gesichtsausdruck ruhig hielt.

»Na, siehst du?« Geoff schickte ein ermutigendes Lächeln in meine Richtung, als wir anhielten, um den Pferden eine Pause zu gönnen. »Du hättest dir keine Sorgen machen müssen. Du reitest richtig gut.«

Ich beugte mich im Sattel vor und tätschelte den Hals meiner Stute, ihr im Stillen dankend, daß sie mir so großzügig gestattete, auf ihrem Rücken zu bleiben. »Nun ja«, sagte ich in gespielt lässigem Tonfall, »manche Dinge verlernt man wahrscheinlich nicht.« Die Ohren der Stute zuckten ob der Lüge, aber Geoff sah schon in eine andere Richtung.

»Also, da ist es«, sagte er. »Die Grenze des Besitzes.«

»Wo?« Ich hielt nach einem Zaun Ausschau, sah aber keinen.

»Gleich hinter dieser Baumreihe. Früher war er natürlich noch viel größer, aber das meiste Land ist über die Jahre verkauft worden. Heutzutage wäre es unsinnig, so viel Grund und Boden zu besitzen, denke ich. Und selbstsüchtig.«

Alles kam immer ganz auf die jeweilige Betrachtungsweise an, dachte ich. Schließlich erstreckte sich der Gutsbesitz praktisch bis zu meiner Hintertür, und wir hatten gerade eine halbe Stunde gebraucht, um vom Herrenhaus zur westlichen Grenze des Besitzes zu reiten.

Nach einer Weile wendete Geoff sein Pferd und folgte der Baumreihe, woraufhin meine Stute anmutig hinterherschritt und sich so vorsichtig und rücksichtsvoll bewegte wie ein Pony, das ein kleines Kind auf dem Rücken trägt. Ich ließ die Zügel locker auf ihrem Hals liegen und genoß die Landschaft.

»Es ist so schön hier, Geoff«, sagte ich, während ich einen Falken beobachtete, der langsam über unseren Köpfen kreiste. »Wie kannst du es nur ertragen, so oft fortzugehen?«

Er zuckte die Achseln und drehte sich halb im Sattel um, um mir über die Schulter zu antworten. »Ich weiß es nicht. Ich mag die Abwechslung, glaube ich. Mein Zuhause in Frankreich ist genauso schön. Ich könnte nicht mein ganzes Leben an einem einzigen Ort verbringen. Außerdem war Crofton Hall immer mehr das Haus meines Vaters als das meine.«

Ich schwieg und dachte über das nach, was er gesagt hatte. »Warum Frankreich?« fragte ich.

Er drehte sich erneut um. »Wie bitte?«

»Warum hast du ein Haus in Frankreich gekauft? Hast du dort Familienbande?«

»Eigentlich nicht«, antwortete er. »Obwohl ich wahrscheinlich, wenn ich der Familiengeschichte über den Kanal nachgehen würde, eine ganze Armee von de Mornay-Cousins finden würde, die das Land bevölkern. Immerhin war der erste de Mornay ein Normanne. Nein, ich habe das Haus gekauft, weil es mir gefiel. Es hat einen wunderbaren Blick auf das Mittelmeer und einen Hafen in der Nähe, wo mein Boot liegt. Und immer scheint dort die Sonne«, fügte er grinsend hinzu, »was ihm meiner Ansicht nach einen deutlichen Vorteil vor Exbury verschafft.«

»Ich dachte, du magst die Abwechslung«, erinnerte ich ihn mit einem Lächeln, doch er schüttelte entschieden den Kopf.

»Nicht, was das Wetter betrifft.«

Aus dem Augenwinkel erhaschte ich einen flüchtigen Schatten, der sich zwischen den Bäumen zu unserer Rechten bewegte. Aufgeregt machte ich Geoff darauf aufmerksam, einen Sekundenbruchteil, bevor ein Hirsch – ein majestätischer, mächtiger Hirsch mit einem ausladenden Geweih – aus dem Schutz des Wäldchens hervorbrach und in langen Sätzen über das vor uns liegende Feld sprang. Als er in einer weiteren Baumgruppe verschwunden war, wandte ich mich mit leuchtenden Augen zu Geoff um und sah, daß er mich mit fragendem Gesicht betrachtete.

»Wer ist Richard?« fragte er ruhig.

»Wie?«

»Du hast mich gerade Richard genannt.«

Mein Lächeln war nicht ganz echt. »Habe ich das? Ich weiß nicht, wieso. Tut mir leid.«

»Er ist wohl eine alte Flamme?« Geoff ließ nicht locker.

»So etwas Ähnliches«, nickte ich und versuchte, einen Scherz daraus zu machen. »Warum, bist du eifersüchtig?«

Statt zurückzulächeln, wie ich es erwartet hatte, blickte er mich unverwandt einen langen Augenblick an, bevor er antwortete.

»Ich bin mir nicht sicher«, sagte er gedehnt. Nach einem weiteren Augenblick kam das Lächeln, auf das ich gewartet hatte, dann doch. »Komm«, forderte er mich auf und wendete sein Pferd in Richtung der gerade noch sichtbaren Schornsteine von Crofton Hall, »wir machen ein Wettrennen zurück zu den Ställen.«

Der Himmel war mir gnädig, und durch irgendein Wunder schaffte ich es, während des donnernden Galopps auf dem Rückweg oben zu bleiben. Im Stallhof stieg ich würdevoll vom Pferd, doch meine Knie zitterten noch bei dem Gedanken daran, wie knapp ich einem Sturz in den Misthaufen entgangen war, weil meine Stute so plötzlich zum Stehen kam, daß ich fast über ihren Kopf gesegelt wäre.

»Steif?« Geoff betrachtete mich prüfend, als der Pferdepfleger unsere Tiere wegführte.

»Ein bißchen.« Was eine Untertreibung war. Ich ging wie ein O-beiniger Cowboy und wußte es. »Es ist schon ein Weilchen her, seit ich das letzte Mal geritten bin.«

Er lächelte wissend. »Du hast dich gut gehalten. Mehr als gut sogar.« Er faßte mich am Ellbogen und lenkte mich auf das Haus zu. »Komm, wir wollen mal sehen, was wir in Fredas Küche finden können.«

Was wir unerwarteterweise fanden, war Iain, der auf einem Küchenstuhl schaukelte, die Stiefel auf der Querleiste unter dem Tisch abgestützt hatte und in einer Haltung vollkommener männlicher Zufriedenheit eine Zigarette rauchte.

»Was war das?« fragte Geoff und wies auf den verdächtig leergeputzten Teller seines Freundes vor ihm auf dem Tisch.

Iain grinste. »Steak und Nierenpastete«, sagte er, »mit selbstgemachten Pommes frites, Salat und Brombeercrumble.«

»Verflixter Kerl«, sagte Geoff mit einem langsam sich ausbreitenden Lächeln. »Wie schaffst du das bloß immer?«

Iain hob entrüstet das Kinn. »Ich habe den ganzen Tag hart gearbeitet, mein Lieber, statt durch die Landschaft zu galoppieren wie der verdammte Adel. Wie war übrigens euer Ausritt?«

»Ich bin auf dem Pferd geblieben«, antwortete ich. »Ein voller Erfolg.«

Wir bekamen Iain nicht oft zu sehen dieser Tage, schien es. Jetzt, da die wirklich warme Jahreszeit begonnen hatte, hatte er wohl zu viel Arbeit mit seiner Farm und dem Obstgarten, um regelmäßig in den Ort zu kommen. Ich stellte fest, daß ich ihn und seine angenehme, anspruchslose Art vermißte.

»Was machen die Schafe?« fragte ich im Gegenzug.

»Sind dumm wie immer. Ich dachte, daß ich heute mal Pause von ihnen mache und mich etwas um den Rosengarten hier kümmere.«

Geoff warf ihm einen väterlichen Blick zu. »Wir haben einen Gärtner für die grobe Arbeit, Iain. Du brauchst dich nicht darum zu kümmern, du verausgabst dich nur.«

»Sobald dein Gärtner lernt, seine Arbeit richtig zu machen, höre ich auf, mich darum zu kümmern«, versprach Iain ungerührt. »Außerdem habe ich mir überlegt, dieses Jahr etwas Neues auszuprobieren. Dazu brauche ich deine Meinung, wenn du die Zeit erübrigen kannst.«

»Wann?«

Iain zuckte mit seinen breiten Schultern. »Wie wär's mit jetzt gleich? Es dauert nicht lange.«

Geoff sah auf seine Armbanduhr und wartete auf mein zustimmendes Nicken, bevor er antwortete. »O.k.«, sagte er. »Wenn du meinst, daß du dich noch bewegen kannst nach der Mahlzeit, die du verdrückt hast. Wo ist Freda übrigens?«

»Sie ist die Bibliothek abstauben gegangen.« Iain nahm seine Füße von der Tischleiste und setzte krachend mit dem Stuhl auf. »Das war vor etwa einer Viertelstunde.«

»Gut.« Geoff wandte sich an mich. »Meinst du, du könntest sie für mich ausfindig machen?«

Ich sah ihn zweifelnd an. »Im öffentlichen Teil des Hauses, meinst du?«

»Sicher. Du wirst keine Schwierigkeiten haben«, versicherte er mir. »So spät am Nachmittag machen wir kaum noch Führungen. Weißt du, welche Tür du nehmen mußt? Sehr gut. Versuch doch, Freda zu überreden, uns etwas annähernd Gleichwertiges zu Iains Festmahl hier zu zaubern.«

»Ich werde mein Bestes tun«, versprach ich.

Er zwinkerte mir zu und schenkte mir ein gewinnendes Lächeln, bevor er Iain zur Hintertür hinaus folgte. Das gedämpfte Gemurmel von Unterhaltung und Lachen ließ die Fensterscheiben vibrieren, als die beiden Männer auf ihrem Weg zum Rosengarten an ihnen vorbeigingen.

Als sie fort waren, ging ich durch den dämmrigen, uneben gefliesten Korridor und stieß die schwere Tür an dessen Ende auf, jene Tür, die Geoffs privaten Bereich vom öffentlichen Teil des Herrenhauses trennte. Nachdem ich durch eine weitere Tür getreten war, fand ich mich in der großen Halle wieder, wo ich den riesigen Kamin und das gemeißelte und bemalte Wappen darüber anstarrte. Die Falken mit ihren Hauben auf dem blutroten Schild blickten noch grimmiger, als ich es in Erinnerung hatte, ihre goldenen Klauen krallten sich in Luft. *Unzerstörbar*. Das war Geoffs Übersetzung für das lateinische Motto der Familie. Ich sah noch einmal zu diesen Klauen hinauf und fröstelte.

Das große Haus war still, wie Geoff angekündigt hatte. Nur meine eigenen Schritte hallten in dem höhlenartigen Raum wider, als ich mich aus dem schattigen Halbdunkel in das Sonnenlicht unter den hohen, nach Osten zeigenden Fenstern bewegte. Ich erwartete nicht wirklich, Mrs. Hutherson noch in der Bibliothek vorzufinden, aber es konnte nichts schaden, dort zuerst nachzusehen. Und wenn ich dort zufällig ein paar Minuten mit dem Betrachten der Bücher vertrödelte, nun, daran ließ sich eben nichts ändern, nicht wahr? Besonders da keine Fremdenführer oder andere Besucher da waren, die mein Vergnügen an dem wunderbaren Raum stören konnten.

Ich hatte natürlich nicht mehr an das Porträt gedacht. *Sein* Porträt. Von dem Moment an, als ich in die gelehrte Stille der Bibliothek trat, spürte ich Richard de Mornays Augen auf mir, so deutlich, als ob das gemalte Bildnis ein lebendiger Mann wäre. Ich betrachtete mit eiserner Konzentration ein Regal voll Bücher, las sogar die Titel von einigen der besonders prächtigen Bände, doch ständig kehrte mein Blick zu der schwarzen, überragenden Gestalt zurück, die mich unablässig aus ihrer Ecke des Raums beobachtete.

Schließlich gab ich auf und ging zum Porträt hinüber, wobei ich merkte, daß die geschickt gemalten Augen mir folgten. Ich verschränkte die Hände hinter dem Rücken, legte den Kopf in den Nacken und bewunderte die Kunstfertigkeit eines Malers, der so perfekt den arroganten Zug einer Kinnlinie einfangen konnte, die aufgestützte Hand auf der Hüfte, das kaum wahrnehmbare Lächeln, das wissend auf diesen Lippen lag ...

Was war aus diesem Mann geworden, grübelte ich, daß zukünftige Generationen seinen Namen vergessen hatten. »Wir haben ihn den ›Playboy‹ getauft«, hatte Geoff gesagt, als ich das Porträt zum ersten Mal erwähnte. Sicherlich kein ruhmreicher Nachruf für einen Mann. Ich hatte in den schweren, umfangreichen Kirchenregistern, die der Pfarrer von St. John in der Sakristei verschlossen hielt, nach Richard de Mornays Namen gesucht. Der Pfarrer selbst hatte mir geholfen und mit seinen schwach gewordenen Augen die sauberen, handschriftlichen Eintragungen abgesucht, Zeile für Zeile. »Meine Augen sind nicht mehr das, was sie einmal waren«, hatte sich der freundliche alte Mann entschuldigt. »Früher habe ich so etwas oft stundenlang gemacht und Namen für Amerikaner herausgesucht, die nach ihren Vorfahren suchten. Nein«, hatte er schließlich gesagt, »es scheint kein Richard dabei zu sein. Aber schließlich«, hatte er wie zum Trost hinzugefügt, »haben wir auch nicht mehr alle Register. Einige gingen während des Interregnums verloren, als Cromwell an der Macht war. Das war keine angenehme Zeit für die Kirche, fürchte ich.« Er lächelte sanft. »Die Rundköpfe haben viele Aufzeichnungen und alles, was unserer Kirche heilig ist, zerstört, und selbst wenn sie die Register weitergeführt haben, sind die Eintragungen oft bedauerlich unvollständig. Dieses Register, sehen Sie, endet im Jahr 1626, und das nächste beginnt erst wieder 1653, fast dreißig Jahre später. Aber vielleicht finden Sie noch einen späteren Hinweis ...«

Ich hätte wissen müssen, daß die Mühe vergebens sein würde. Geoffs Vater mit seinem passionierten Interesse für Familiengeschichte hatte diese Kirchenregister sicher schon nach William de Mornays Nachkommen durchsucht und nichts gefunden.

Der Tod Mariana Farrs am dritten Oktober 1728 war in einer flüssigen, sachlichen Handschrift getreulich verzeichnet worden. Aber Richards Schicksal blieb ein Geheimnis.

Mit abwesendem Stirnrunzeln starrte ich jetzt zu dem Bildnis hinauf. Ich hob eine Hand und fuhr mit den Fingern die fließende Linie des gemalten Umhangs nach, der in kunstvollen Falten von den Schultern des leblosen Richard fiel. Es war ein Fehler. Schon als meine Fingerspitzen sich von der Leinwand lösten, begannen die Wände zu schwanken, die Farben des Gemäldes verliefen, als hätte die Hand des Künstlers nachlässig mit dem Pinsel darüber gestrichen, und der Umriß des stolzen, spöttischen Gesichts verschwamm. Ich trat hastig einen Schritt zurück und kniff die Augen zusammen.

Ich kann nicht, flehte ich still. *Siehst du denn nicht, daß ich jetzt nicht kann? Ich habe nicht genug Zeit ...*

Wie als Antwort auf meine Gedanken ließ das Schwindelgefühl nach, die schwankenden, bebenden Wände verfestigten sich und wirkten friedlich und unschuldig, als ich es wagte, die Augen zu öffnen. Mein Atem ging in kurzen, nervösen Zügen, die meine Lungen schmerzen ließen. Schnell wandte ich mich von dem Porträt ab und stolperte aus dem Raum, wobei ich mich kurz an dem tröstlich massiven und soliden Türpfosten abstützte. Schallendes Mädchenlachen drang durch die halboffene Vordertür in den dunklen Flur, und ich lenkte meine Schritte dorthin wie eine Gefangene, die sich nach frischer Luft und der Wärme des Sonnenlichts sehnt.

Ich kam nicht bis zur Tür. Ich war nur ein paar Schritte gegangen, als das Gefühl wieder über mich kam, diesmal mit einer gewaltsamen, fast strafenden Macht, die mir die Schweißperlen auf die Stirn trieb und mich zwang, mich mit den Fingern an der getäfelten Wand anzuklammern, um nicht zu stürzen. Ich versuchte, die Empfindung zurückzukämpfen, aber es gelang mir nicht. Diesmal schwoll das hohe Klingen betäubend in meinen Ohren an, und ich taumelte hinab in die Dunkelheit. Es schien eine Ewigkeit zu dauern, bevor der Sturm sich legte und ich mich in dem stillen Flur stehend wiederfand, mit vor Erwartung zitternden Händen.

Das Geräusch von Schritten erklang in dem Hauptkorridor hinter mir, und ich fuhr herum, so daß meine Röcke über den glänzenden Holzboden fegten. Richard de Mornay blieb jäh ein paar Meter von mir entfernt stehen, und ich wartete auf seine Reaktion.

Es war ein schockierendes, dreistes Verhalten von mir, ihn so unangekündigt zu besuchen, und ich war mir nicht ganz sicher, warum ich es getan hatte. Vielleicht weil mein Onkel und meine Tante nach Salisbury gefahren waren und die ungewohnte Freiheit mich kühn gemacht hatte. Oder es lag an dem, was Richard an jenem Markttag zu mir gesagt hatte, nämlich daß ich ihm nicht wie ein Feigling vorkäme. Ich hatte die lachende Herausforderung in seinen Augen an diesem Tag wohl bemerkt, und ich sah sie auch jetzt wieder aufblitzen, als er einen Schritt nach vorn ins Licht trat und galant seinen Kopf beugte.

»Willkommen auf Crofton Hall«, sagte Richard de Mornay.

Kapitel dreiundzwanzig

Er kam mit einem wohlwollenden Lächeln auf mich zu. »So seid Ihr also doch kein Feigling«, sagte er, und ich glaubte, eine Spur von Freude in seinem Ton zu vernehmen. »Ihr wagt Euch in die Höhle des Löwen.«

Er selbst sah an diesem Tag weniger einschüchternd aus. Statt seiner üblichen schwarzen Kleidung trug er einen Umhang aus feinem, hellgrauem Stoff, und sein einfaches Halstuch lag über einem Wams aus gelber Seide, das mit einer breiten Schärpe gehalten wurde. Es gefiel mir, daß er nicht der geckenhaften Londoner Mode folgte. Seine grauen Kniebundhosen waren nicht weit und mit Bändern versehen; sie lagen eng um seine muskulösen Oberschenkel und verschwanden in den hohen, praktischen Stiefeln des Landedelmannes. Keine hochhackigen Schuhe mit Schnallen und Schleifen für den Gutsherrn von Exbury.

Ich strich mit den Händen über meinen einfachen Rock und sah ihm tapfer ins Gesicht. »Ich nehme nur die Einladung eines Gentleman an, Mylord«, verbesserte ich ihn schlagfertig, »mir einige seiner Bücher auszuleihen.«

»Ein Glück für Euch, daß ich ein Gentleman bin«, antwortete er mit lachenden Augen, »denn Ihr geht in der Tat ein Wagnis ein, so ungeleitet hierher zu kommen. Zweifellos sind meine Bediensteten der Ohnmacht nahe ob dieser Unschicklichkeit.«

Ich lächelte und dachte an den Gesichtsausdruck des Mannes, der mir die Tür geöffnet hatte, und an seine stotternde Fassungslosigkeit, als er ging, um seinen Herrn zu suchen. Plötzlich fiel mir etwas ein, und ich sah ihn ernüchtert an.

»Sie werden doch nichts verraten?« fragte ich schnell. »Das heißt, mein Onkel …«

»… wird nie von Eurem Abenteuer erfahren«, beendete Richard de Mornay den Satz für mich. »Meine Bediensteten mögen zwar Puritaner sein, was ihre Moral betrifft, aber sie sind mir treu ergeben. Euer Onkel ist nicht zu Hause, nehme ich an.«

Ich schüttelte den Kopf. »Er ist hinunter nach Salisbury gefahren, zusammen mit Tante Caroline.«

»Nach Salisbury?« Ich glaubte, daß seine Augen sich einen Moment verhärteten, aber der Eindruck war flüchtig und bald wieder vergessen. »Nun, dann braucht ihr Euch mit Eurem Besuch nicht zu beeilen«, entschied er. »Wollt Ihr zuerst die Bibliothek sehen, oder das ganze Haus besichtigen?«

Die Frage war leicht zu beantworten. »Die Bibliothek, bitte.«

»Wie Ihr wünscht.« Er neigte seinen Kopf und war nicht überrascht. »Folgt mir, wenn es Euch beliebt.«

Er führte mich einen dunklen Gang entlang und hinaus in eine Art Kreuzgang um einen ruhigen Innenhof herum, der kühl und grün und friedlich dalag. Hier blühten keine Blumen, außer einer Handvoll zarter Blüten, die sich liebevoll über eine in den Boden eingelassene weiße Steinplatte rankten.

»Das Grab meiner Mutter«, sagte Richard, als ich ihn danach fragte. »Als Katholikin verweigerte man ihr ein Begräbnis auf dem Friedhof.«

Ich runzelte nachdenklich die Stirn. »Ist das der Grund, weshalb Ihr nicht an den Gottesdiensten teilnehmt?«

Er zuckte mit den Schultern. »Ich zahle lieber die Bußgelder und bete nach meinem eigenen Gewissen«, antwortete er. »Ich kann keine Kirche anerkennen, die so über eine fromme Frau urteilt.«

Er stieß eine schwere, knarrende Tür auf und führte mich in einen anderen Gang, in dem die Luft schwer war von dem wunderbaren Duft von Leder. Ich hatte oft von Zimmern geträumt, die mit nichts als Büchern gefüllt waren, aber ich hatte noch nie wirklich eines gesehen, so daß mich der Anblick von Richard de Mornays Bibliothek einen Moment lang sprachlos machte.

»Die gehören alle Euch?« fragte ich voll Staunen, während meine Augen Reihe um Reihe der schön gebundenen Bände absuchten, und er lachte über den unverhohlenen Neid auf meinem Gesicht.

»Ja. Eines Tages werde ich einen größeren Raum für sie herrichten, aber einstweilen muß dieser genügen. Ihr könnt Euch ausleihen, was immer Ihr wollt.«

Ich hätte einen Monat gebraucht, um alle Titel zu lesen. Ich trat vor und wählte geschwind einen kleinen, dicken Band aus einem der unteren Regale. »Kann ich dieses hier borgen?« fragte ich ihn.

»Shakespeare?« Er begutachtete meine Wahl und hob neugierig eine Augenbraue. »Nehmt es, wenn Ihr mögt. Das ist der zweite Folioband, er enthält einen merkwürdigen Vers von Milton, dem alten Sünder, in Form eines Epitaphs.«

Ich strich ehrfürchtig mit den Fingern über den Einband. »Mein Vater sprach achtungsvoll von Miltons Dichtkunst«, sagte ich, »obwohl er seine politischen Ansichten nicht guthieß.«

»Er ist ein abscheulicher Mann«, pflichtete Richard bei, »aber ein ausgezeichneter Dichter. Er hat gerade ein Epos über den Sündenfall beendet, wie ich höre, doch kann er die nötigen Mittel nicht aufbringen, es drucken zu lassen.«

Seit der Restauration war der einst so feurige Milton in Ungnade gefallen, und der Mann, der so bösartige Rechtfertigungsschriften für das Morden von Königen verfaßt hatte, lebte nun in blinder und bitterer Einsamkeit. Ich konnte seinen Niedergang jedoch nicht bedauern. Ein Fanatismus wie der seine hatte mir stets Angst eingejagt.

Nachdem ich meine Wahl getroffen hatte, verließen wir die Bibliothek, umrundeten wieder den Innenhof und betraten den Hauptflügel des Hauses diesmal durch eine andere Tür. Ich folgte meinem Gastgeber durch eine lange Galerie, in der düstere Porträts von ihren erhöhten Posten an den getäfelten Wänden auf mich herabstarrten. Ihre Augen drückten alle Mißbilligung aus. Alle, bis auf ein Paar, das zu einem herausfordernd blickenden jungen Mann auf dem vorletzten Gemälde gehörte.

»Euer Porträt, Mylord?« Ich blieb stehen, um es zu betrachten. »Ihr seid gut getroffen.«

»Lely hat es gemalt«, erzählte er und betrachtete sein Bildnis abschätzend, »kurz nachdem ich aus Frankreich zurückgekehrt war. Eine kleine, eitle Schwäche von mir.«

»Und dieses?« Ich ging weiter zum nächsten Porträt und sah stirnrunzelnd in das Gesicht eines Jungen mit lockigem, blonden Haar und träge blickenden Augen.

Richard sah ebenfalls hinauf. »Mein Neffe Arthur«, stellte er den Jungen vor. »Er hat das Aussehen meines Bruders, aber leider nicht seinen Charakter.«

Ich hätte noch länger in der Galerie verweilt, doch er drängte mich weiter durch eine neue Tür in einen großen, luftigen Saal mit glänzenden Glasfenstern und einer Decke, die so hoch schien wie die Deckenbögen einer Kathedrale.

»Oh«, staunte ich, und meine Augen wanderten nach oben. Das war ein Raum, dachte ich schwärmerisch, der Prinzen zur Ehre gereichen würde. Die Wände waren mit Samt und aus scharlachroter und blauer Wolle gewebten Teppichen behangen, auf denen dunkeläugige Satyrn und blasse, weiße Nymphen, Vulkan und Venus und eine Reihe alter Helden dargestellt waren. Um den ganzen Raum verteilt hingen silberne Wandleuchter mit Kerzen darin, bereit, ihn mit hundert Lichtpunkten zu erhellen und die Dunkelheit für immer zu verbannen. Auch der Kamin würde viel Licht spenden, dachte ich, dieser riesige, steinerne Kamin, der brennende Baumstämme von der Größe und Breite eines Mannes fassen konnte...

»Es ist ein stattlicher Raum«, sagte Richard neben mir. »Ich bedaure, daß die Ausstattung so ärmlich ist, aber ein großer Teil der Möbel wurde während der Gefangenschaft meines Vaters verkauft.«

Es gab tatsächlich nur eine Handvoll Stühle und kleine Tische, die um den kalten Kamin herum gruppiert waren, aber das tat dem Ganzen keinen Abbruch. Ich trat einen Schritt vor und reckte den Hals, um das gemeißelte Wappen über dem Sims zu betrachten.

»Das Wappen meiner Familie«, erklärte er. »Die Falken tragen Hauben, um uns daran zu erinnern, daß wir in der Schlacht nicht unseren Augen trauen, sondern blind unserem Herrscher folgen sollen. Wir kämpfen mit unseren Herzen«, ergänzte er, »und nicht mit unseren Köpfen. Und das hat uns schon viel gekostet.«

»Aber Ihr könnt nicht zerstört werden«, betonte ich. »Das besagt Euer Motto. Das ist doch immerhin tröstlich.«

»Ihr könnt Latein?« Sein Ton war ungläubig, und ich senkte verlegen die Augen.

»Mein Vater hat es mir beigebracht«, sagte ich mit leiser, trotziger Stimme. »Er sagte, wenn eine Königin Latein lesen kann, so sollte ich das auch können.«

»Er muß ein bemerkenswerter Mann gewesen sein, Euer Vater. Ist er erst kürzlich gestorben?«

Ich schüttelte den Kopf. »Vor neun Jahren. Ein Fieber überkam ihn, wovon er sich nicht mehr erholte. Ich war elf Jahre alt.«

»Habt Ihr keine seiner Bücher für Euch behalten?«

»Sie wurden verbrannt«, antwortete ich tonlos. »Alles in unserem Haus wurde nach dem Tod meiner Mutter aus Furcht vor der Pest verbrannt.«

Er starrte auf mich herab. »Eure Mutter starb an der Pest?«

Ich nickte, unfähig zu sprechen, und er schüttelte mitfühlend den Kopf. »Es ist eine furchtbare Seuche«, sagte er. »Ich habe gehört, daß allein in der vergangenen Woche fünfhundert Menschen an ihr gestorben sind, und es ist kein Ende abzusehen.«

»Die Strafe des Herrn für ein sündiges Volk«, murmelte ich nachdenklich und sah dann entschuldigend auf. »Das sind die Worte meines Onkels.«

Sein Gesicht verhärtete sich. »Euer Onkel ist ein Dummkopf. Die Strafe existiert nur in seinem Kopf und sonst nirgends. Seine Seite hat den Kampf verloren, und nun möchte er die Sieger leiden sehen.«

Ich starrte ihn verständnislos an, und er lächelte plötzlich, so daß die Düsternis aus seinen Zügen verschwand. »Aber unser Gespräch ist trübselig geworden«, beklagte er sich. »Verzeiht mir. Kommt, laßt mich Euch das Haus zeigen, bevor wir zu Abend speisen.«

»Ich kann nicht mit Euch speisen, Mylord«, protestierte ich kopfschüttelnd.

»Aber ich bestehe darauf. Ich werde nicht oft von Besuchern beehrt.«

Ich gab nicht nach. »Ich kann nicht«, wiederholte ich. »Rachel würde sich Sorgen machen, wenn ich nicht rechtzeitig nach Hause käme.«

Er lächelte hinterhältig. »Ich könnte Evan nach Greywethers schicken, damit er sie über Eure Verspätung in Kenntnis setzt«, schlug er vor. »Sie würde dann weniger begierig auf Eure Rückkehr warten.«

Ich warf ihm einen kurzen, erschrockenen Blick zu. »Ihr würdet doch sicher nicht Evan zu ihr schicken!«

»Wie ich ihn kenne, ist er wahrscheinlich sowieso schon dort.«

»Aber Rachel ist verlobt«, erwiderte ich, »mit Elias Webb.«

»Na und?« Er hob die Schultern. »Es ist nicht zu übersehen, daß sie diesen korrupten alten Mann nicht liebt. Und ich wette, daß Evan nicht so einfach für unseren hartherzigen Sheriff das Feld räumen wird.«

»Sie kann sich meinem Onkel nicht widersetzen«, sagte ich leise.

»Dann ist sie die Liebe meines Freundes nicht wert. Beim Blute Christi, ich verachte schwache und gezierte Frauenzimmer!«

Er wollte mich herausfordern, ich wußte es. Er trat einen Schritt näher und drängte mich gegen den Kamin. »Werdet Ihr mit mir speisen oder nicht?«

Ich schüttelte wieder den Kopf, aus Angst, daß mir meine Stimme nicht gehorchen würde.

»Dann ein Tanz«, schlug er unerwartet mit einem Glitzern in den Augen vor. »Ich muß einen Lohn für meine Gastfreundschaft haben.«

»Ich kann nicht tanzen.«

»Ich bleibe bei einem einfachen Schritt«, versprach er, und ich schüttelte nur hilflos den Kopf. Es wäre eine unerhörte Sache, dachte ich, allein mit einem Mann zu tanzen, der nicht der eigene Ehemann ist. Es wäre unschicklich, liederlich, und doch ließ die Vorstellung meinen Puls in undamenhafter Aufregung rasen.

»Es gibt keine Musik«, bemerkte ich und wich einen weiteren Schritt zurück.

Richard de Mornay lächelte. »Wollt Ihr, daß ich nach meinem Stallburschen schicken lasse? Er spielt die Laute unvergleichlich gut, und ich bin sicher, daß er uns mit einer Tanzweise beglücken würde.«

»Nein«, antwortete ich hastig. Ich wollte keinen Zeugen für meine Torheit haben.

»Dann müßt Ihr ohne Musik auskommen. Ich könnte auch singen, wenn Ihr es möchtet.« Er reichte mir seine Hand. »Kommt, Ihr seid kein Feigling. Ein Tanz, ein einfacher Schritt, und die Schuld ist beglichen.«

Ich saß in der Falle, also nahm ich seine Hand.

Er sang tatsächlich, leise und auf Französisch. Er hatte eine tiefe, angenehme Stimme, und sein warmer Atem streifte meine Wange, als er mich in dem leeren, widerhallenden Raum herumdrehte. Es war ein sündhaftes Gefühl.

Ich räusperte mich ein wenig, um meine zugeschnürte Kehle freizubekommen. »Was ist das für ein Lied, das Ihr singt?«

»*Aux plaisirs, aux délices, bergères*«, antwortete er. »Meine Mutter hat das immer gesungen, als ich ein kleiner Junge war.«

»Es klingt nach einem fröhlichen Lied.«

»Das ist es auch. Es fordert uns auf, unser Leben in Liebe zu leben, denn die Zeit geht dahin, Stunde für Stunde, bis nur die Reue übrigbleibt.« Er wirbelte mich in einem großen Bogen unter den hohen Fenstern herum. »*A l'amour, aux plaisirs, aux boccages*«, zitierte er sanft und übersetzte dann die Worte für mich: »In Liebe, in Freude, in den grünen Wäldern verbringe deine schönen Tage ...«

Ich starrte wie betäubt zu ihm hinauf, mein Herz schlug bis zum Hals. Ich merkte nicht mehr, wann genau wir zu tanzen aufhörten, wann er seine tiefen, waldgrünen Augen auf meine richtete und meine Gesichtszüge mit sanfter Berührung nachfuhr.

»Dies sind deine schönen Tage, Mariana Farr«, sagte er zärtlich, und dann verdeckten seine Schultern das Sonnenlicht, als er seinen Kopf beugte und mich küßte.

Er mußte gewußt haben, daß es das erste Mal war, daß ein Mann mich küßte. Ich hatte keine Ahnung, was ich tun sollte, keine Ahnung, wie ich auf diese Flut von seltsamen, neuen Empfindungen reagieren sollte. Die Berührung seines Mundes war süß, unbeschreiblich und schmerzlich wunderbar, und als sie endete, fühlte ich mich beraubt.

Er sah zu mir hinunter und lachte, nahm mein Gesicht in seine Hände und sagte leise etwas auf Französisch, einen Satz, den ich nicht verstand, und sein Gesicht verschwamm vor meinen Augen, als er sich wieder hinabbeugte, um mich erneut zu küssen ...

Mein Blick wurde wieder klar. Ich stand ganz allein bei den hohen Fenstern der großen Empfangshalle und sah auf den Rasen hinaus, auf dem die Schatten des Spätnachmittags dichter und länger wurden. Ich konnte Geoff und Iain sehen, die immer noch im Rosengarten in der Nähe der Friedhofsmauer standen, der dunkle Kopf war lauschend dem rostroten zugeneigt, indes Iain sich auf seinen Spaten gestützt hatte und sprach.

Ich beobachtete sie nur einen kurzen Augenblick, bevor mein Blick ein zweites Mal verschwamm, diesmal vor Tränen. So schnell ich sie auch wegzublinzeln versuchte, so schnell stiegen sie aus einer scheinbar unversiegbaren Quelle in mir wieder auf und traten heiß in meine brennenden Augen. Es war dumm zu weinen, sagte ich mir fest. Absolut dumm. Schließlich war es nur ein Kuß, und er war vor so langer Zeit geschehen ... vor gar so langer Zeit ...

Ich hörte zögerliche Schritte auf dem Parkettboden hinter mir, gefolgt von einem unsicheren Räuspern. »Entschuldigen Sie, Miss, aber ... kann ich Ihnen irgendwie helfen?« Es war die Stimme eines Mädchens, und auf einmal fielen mir die Fremdenführerinnen wieder ein.

Ich drehte mich um und sah, wie das Gesicht des Mädchens sich aufhellte, als sie mich erkannte. »Ach Sie sind's, Miss Beckett. Ich konnte mir nicht vorstellen, wer ... aber«, unterbrach sie sich stirnrunzelnd, »fühlen Sie sich nicht wohl?«

Ich hob eine Hand an mein brennendes Gesicht und fühlte, wie die Tränen mir über die Wangen liefen, schockiert, daß ich nichts tun konnte, um sie zu stoppen. Mit Erleichterung hörte ich die ruhige, klare Stimme von Mrs. Hutherson von der Tür her zu mir dringen.

»Keine Sorge, Sally«, sagte sie gleichmütig und entließ damit das junge Mädchen, »Miss Beckett hatte nur einen kleinen Schock, das ist alles. Du kannst jetzt weiter abschließen.«

Sie hätte meine Mutter sein können, wie sie mich fest am Arm nahm, mich aus der großen Empfangshalle und durch den langen Korridor in die Küche führte und die ganze Zeit dabei freundlich auf mich einredete. Ich hörte nicht wirklich etwas von dem, was sie sagte, aber die stille Kraft ihrer Stimme beruhigte mich, und als sie mich schließlich auf einem der Küchenstühle plaziert hatte, hatten sich meine Tränen zu einem leichten, von kleinen Schluckaufanfällen unterbrochenen Schniefen abgeschwächt.

»Na also«, sagte sie und tätschelte beschwichtigend meine Schulter. »Was du jetzt brauchst, ist eine gute, starke Tasse Tee.«

Eine gute, starke Tasse Tee, dessen war ich mir sicher, würde Alfreda Huthersons erste Reaktion auf jede Krise sein.

Sie setzte den Kessel auf den Herd und sah mich mit mitfühlenden Augen an. »Es war ein ganz schöner Schock für dich, nehme ich an, daß es auf diese Weise passiert ist.«

»Er hat mich geküßt«, sagte ich, als ob das alles erkläre.

»Ja, mein Liebes, ich weiß. Nun wisch dir dein Gesicht damit ab«, wies sie mich an und reichte mir ein feuchtes Tuch. »Die Männer werden jede Minute aus dem Garten hereinkommen.«

Ich wischte mir das Gesicht und trocknete es ab, wobei ich mich mit Mühe zusammenriß. Plötzlich fiel mir wieder etwas ein, und ich sah mit einem Ruck auf, denn der Gedanke beunruhigte mich. »Ich konnte es nicht zurückhalten«, berichtete ich ihr. »Zuvor konnte ich es immer unterdrücken, aber diesmal konnte ich es nicht zurückhalten.«

»Nun ja«, ihre blauen Augen blickten mich sehr weise an, »dann hast du also eine wertvolle Lektion gelernt, nicht wahr? Du kannst das Schicksal nicht betrügen, Julia. Wenn du nicht nach den Lehren der Vergangenheit suchst, dann wird die Vergangenheit dich aufsuchen.«

Kapitel vierundzwanzig

Ich dachte oft an diese Worte während der nächsten Tage und grübelte lange über ihre Bedeutung nach. Nicht daß ich damals irgendeine Vorstellung davon gehabt hätte, was die Lehren der Vergangenheit sein könnten. Ich wußte nur, daß sich die Vergangenheit – meine Vergangenheit – nicht ignorieren ließ und daß die Reise dorthin immer schwerer werden würde, je länger ich sie aufschob, und zwar sowohl körperlich als auch seelisch. Und nach meinem letzten Erlebnis war ich mir auch nicht mehr sicher, ob ich diese Reise noch länger aufschieben wollte. Wie verstörend dies auch sein mochte, so mußte ich doch zugeben, daß die Erinnerung an einen schon lange toten Mann einen mächtigeren Einfluß auf mich hatte als alles, was mir im heutigen Leben begegnete.

Wenn dieser Gedanke auf mich verstörend wirkte, so wirkte er auf Tom ganz und gar erschreckend. Ich konnte das Ausmaß seiner Mißbilligung sogar durch die Telefonleitung spüren.

»Es ist zu gefährlich«, lautete sein Urteil.

»Nun ja, die Entscheidung liegt nicht mehr in meiner Hand, oder?« erwiderte ich schonungslos. »Es wird geschehen, ob ich es will oder nicht.«

»Ich dachte, du könntest es kontrollieren. Du sagtest, du habest einen Weg gefunden, es zu unterdrücken, es beiseite zu schieben.«

»Das funktioniert aber nicht immer«, gestand ich. »Hör zu Tom, ich verspreche, daß ich vorsichtig sein werde. Ich werde alle Türen verschließen und die Schlüssel verstecken, wenn du möchtest. Ich bleibe im Haus. Und ich mache es nur einmal pro Woche, ich ver –«

»Nein, versprich nichts.« Er lächelte endlich. Ich konnte es hören und merkte, wie ich mich daraufhin entspannte. Als er weitersprach, klang seine Stimme weniger kompromißlos. »Mir gefällt der Gedanke nicht«, sagte er. »Ich glaube immer noch, daß du ein zu großes Risiko eingehst. Aber wenn du vorsichtig und vernünftig bist und versuchst, die Dinge im Rahmen zu halten, schätze ich, daß ich nichts dagegen einwenden kann, oder? Ich meine, wie du schon sagst, es scheint nicht viele Alternativen zu geben.«

Jetzt war es an mir zu lächeln. »Exorzismus kommt in solchen Situationen nicht in Frage, was?«

»Nein.« Er lachte. »Aber sonst geht es dir doch gut, oder?«

»Wunderbar«, versicherte ich ihm. »Meine Arbeit geht gut voran, und bisher habe ich keine Probleme, was das Haus betrifft.«

»Du triffst dich immer noch oft mit diesem Geoff, nehme ich an?«

Ich bejahte und war dankbar, als er das Thema wieder fallenließ. Ich hatte Tom noch nichts von meinem Verdacht erzählt, daß Geoffrey Richard war. Noch hatte ich ihm von Mrs. Hutherson erzählt. Vermutlich befürchtete ich, daß ich die Bereitschaft meines Bruders, mir zu glauben, auf eine zu harte Probe stellte, wenn ich ihm sagte, daß ich mich praktisch mit einem Medium beriet und mit der Reinkarnation von Marianas Liebhaber befreundet war. Und ich hatte es bitter nötig, daß er mir glaubte.

Bis jetzt schien er das jedenfalls zu tun. »Paß gut auf dich auf« war der einzige Rat, den er mir gab, bevor ich den Hörer auflegte. Ich wollte ihn beherzigen.

Ich wählte eine günstige Stunde am Morgen, wenn nur wenige andere Leute schon wach waren. Ich schob sämtliche Möbel in meinem Atelier in eine Ecke, so daß nichts Marianas Weg von der Tür zu ihrem Bett und zum Fenster behinderte. Ich verriegelte beide Haustüren von innen und vergrub die Schlüssel unter Rechnungen und Briefen in meiner Schreibtischschublade. Erst dann ließ ich mich am Küchentisch nieder und entzündete die Kerze.

Meine erste Reise dauerte weniger als eine halbe Stunde, was nach diesen ausführlichen Vorbereitungen eine kleine Enttäuschung war. Sie war außerdem, mußte ich zugeben, todlangweilig. Fast die ganze Zeit putzte Mariana am Küchentisch Gemüse, während Caroline beim Herdfeuer das Baby John stillte. Keine der beiden Frauen sprach ein Wort. Als ich in die Gegenwart zurückkehrte, war ich total entmutigt.

Doch meine nächsten Versuche erwiesen sich als fruchtbarer. Neugierig geworden, probierte ich mein Kerzenritual im Wohnzimmer statt in der Küche aus und fand mich über einem Stickrahmen sitzend, während ich Caroline und Rachel bei der Besprechung von Hochzeitsplänen zuhörte. Es war allerdings ein eher einseitiges Gespräch. Caroline sprach mit ungewöhnlich angeregter Stimme von Blumen und Kleidern und Gästen, während Rachel sich tief über ihre Näharbeit beugte und unverständliche Antworten murmelte. Sie hielt ihre Miene vor ihrer Schwester verborgen, doch hinter dem Vorhang ihres flachsfarbenen Haares sah ihr Gesicht gerötet und gequält aus.

Das Hochzeitsfest sollte in Greywethers abgehalten werden, da das Zuhause des Bräutigams zu klein war, um alle Gäste aufzunehmen, und aus Carolines Reden schloß ich, daß das ganze Dorf eingeladen worden war. Braut und Bräutigam würden ihre erste Nacht unter dem Dach meines Onkels verbringen, bevor sie in das Haus des Sheriffs im Dorf zogen. Es war schwer, sich vorzustellen, daß Rachel mit Elias Webb in diesem engen, düsteren, kleinen Haus mit seinen dunklen Schornsteinen und freudlosen Fenstern leben sollte; noch schwerer, tanzende Hochzeitsgäste im Wohnzimmer meines Onkels vor sich zu sehen. Ich versuchte gerade, mir dieses Bild auszumalen, als die Stimme meiner Tante in meine Gedanken drang.

»... und natürlich müssen wir aus Höflichkeit Lord de Mornay einladen, wenn Jabez auch die Gegenwart des Mannes an keinem anderen Tag dulden würde. Und ich bezweifle nicht, daß Mylord auch diesen Gilroy mitbringen wird, selbst wenn der gar nicht eingeladen ist. Das ist der Ärger mit den Adeligen«, beklagte sie sich. »Sie machen, was sie wollen, und wir müssen die Folgen tragen.«

Neben mir hielt Rachel die Luft an, als die Nadel schmerzhaft in ihren Finger stach, und ich sah, wie ein winziger Blutstropfen auf das Leinen fiel, an dem sie arbeitete ...

Dieser Ausflug in die Vergangenheit endete hier, und ich wartete ein paar Tage, bevor ich es wieder versuchte. Indem ich mich auf das Innere meines Hauses beschränkte und den Prozeß in verschiedenen Räumen wiederholte, gewann ich ein recht vollständiges Bild von Marianas Alltag und dem der Menschen ihrer

Umgebung. Das Mitleid, das ich für Caroline empfand, wurde mit der Zeit tiefer. Rachel erzählte mir, daß Caroline einst genauso lebendig und munter wie sie selbst gewesen sei. Daß Jabez ihr die Munterkeit nach und nach herausgeprügelt hatte, war eine Erkenntnis, die mir erst allmählich dämmerte, nachdem der Verdacht durch einen gelegentlichen Bluterguß auf Carolines blassem Gesicht oder einer neuen Ängstlichkeit in ihrem Blick, wenn sie das schreiende Baby hielt und wiegte, erhärtet worden war. Auch mit dem Kind hatte ich Mitleid. Keine Liebe lag in Jabez Howards Augen, kein Anflug von Zärtlichkeit, wenn er seinen Sohn ansah, nur eine kalte, distanzierte Form des Abscheus. Ich dachte an meinen eigenen Vater und an alles, was er mir beigebracht hatte, und mein Herz weinte für den kleinen John.

Mir gegenüber bewahrte Jabez Howard eine kurzangebundene Höflichkeit, meist war er gleichgültig und oft ärgerlich geheimnistuerisch. Es gab Tage, an denen er in irgendeiner Geschäftssache unterwegs war, und andere, an denen ein Klopfen an der Vordertür erklang und ich ohne Erklärung auf mein Zimmer geschickt wurde, um dort Stunden in frommer Stille zu verbringen. Das machte mir wenig aus, denn dann konnte ich, nachdem ich das kostbare, geliehene Buch aus seinem Versteck unter meinem Bett hervorgezogen hatte, im Shakespeare lesen.

Einmal jedoch verließ ich, erfüllt von kühner Verwegenheit und brennender Neugier, mein Zimmer und schlich mich bis zum Treppenabsatz, als die Gäste meines Onkels ankamen. Als ich mich niederhockte und durch das Geländer spähte, konnte ich nur den Hinterkopf des Onkels und das Gesicht des finster blickenden Sheriffs Elias Webb, Rachels Verlobtem, erkennen, obwohl auch die Stimmen von anderen, nicht sichtbaren Männern zu mir heraufdrangen. Nach der allgemeinen Begrüßung gingen sie ins Wohnzimmer und schlossen die Tür hinter sich, so daß ihre Stimmen nicht mehr zu hören waren. Enttäuscht stahl ich mich in mein Zimmer zurück, ohne etwas über die seltsamen Aktivitäten meines Onkel erfahren zu haben.

Da ich während dieser Reisen in die Vergangenheit nie das Haus verließ, traf ich natürlich auch nicht mehr mit Richard de Mornay zusammen, obwohl ich ihn mehrmals über die Felder hinter dem Haus reiten sah. Ich wußte außerdem, daß Mariana mindestens einmal wieder nach Crofton Hall zurückgekehrt war. Dies wußte ich, weil das Buch, das ich gerade las, nicht mehr Shakespeare, sondern Fletcher war, und weil ich in meinem Gedächtnis eine Erinnerung an meinen letzten Besuch bei Richard trug, bei dem wir zum Mittelpunkt des weitläufigen Irrgartens, über welchem der Duft von regennassen Eiben gelegen hatte, spaziert waren und uns dann auf dem Weg hinaus verlaufen hatten, so daß wir uns lachend in diese und jene Richtung gewandt und vergeblich nach der schwer zu findenden Öffnung in den Hecken gesucht hatten.

Er hatte mich auch bei dieser Gelegenheit geküßt, so wie damals in der großen Empfangshalle, und die Erinnerung an diesen Kuß ließ mir die brennende Röte in die Wangen steigen. Ich war den ganzen Weg im Regen nach Hause gerannt, und Rachel hatte nur einen Blick auf mein triefendes Kleid und meine glänzenden Augen geworfen und sofort erraten, wo ich gewesen war. Sie hatte mich angelächelt, ein trauriges, verzeihendes Lächeln, und ich wußte, daß sie nichts verraten würde. »Wenigstens eine von uns soll eine Zeitlang glücklich sein«, hatte sie gesagt.

Doch obwohl Richard de Mornay Mariana Farr unzweifelhaft geküßt hatte, und bei mehr als einer Gelegenheit, waren sie doch noch kein Liebespaar. Ich war mir so sicher, daß sie sich lieben *würden*, daß ich mich selbst dabei ertappte, wie ich die Häufigkeit meiner Ausflüge in die Vergangenheit erhöhte. Was als wöchentliches Ritual begonnen hatte, wurde zu einem täglichen, und als die letzte Juliwoche herangekommen war, verbrachte ich jeden Morgen zwei bis drei Stunden im siebzehnten Jahrhundert.

Ich erklärte meine morgendliche Zurückgezogenheit, indem ich allen erzählte, daß ich an meinen Zeichnungen arbeitete, aber es schien sowieso niemandem etwas aufzufallen. Geoff stand selten eher als eine Stunde vor Mittag auf – seine Entschuldigung war, daß er nachts lange aufblieb und las –, während Tom ungewöhnlich viel mit seiner Gemeinde zu tun hatte und Iain sich so hingebungsvoll seiner Arbeit widmete, daß ich ihn kaum zu Gesicht bekam. Auch Vivien verschwand neuerdings an einigen Vormittagen, und niemand wußte genau, wohin sie ging.

Manchmal erstreckte sich ihre Abwesenheit auf den Nachmittag, und als Geoff und ich am letzten Samstag im Juli im Löwen einkehrten, fanden wir Ned vor, der die Bar allein bediente.

»Hat keinen Zweck, mich zu fragen«, sagte er, als er unsere Gläser mit mürrischer Miene vollzapfte, »ich hab keine Ahnung, wo sie steckt. Mir sagt ja nie jemand was.« Er wandte sich wieder seiner Zeitung zu, und da am Tresen offenbar nichts weiter zu erfahren war, zogen Geoff und ich uns an einen Tisch am Fenster zurück.

Jerry Walsh hatte nichts von der schweigsamen Art seines Sohnes. Er begrüßte mich fröhlich von dem gut besetzten Ecktisch her. »Hallo, Schätzchen! Wie steht's denn so in letzer Zeit?« fragte er mich mit vom Alkohol geölter Stimme.

Ich lächelte ihm zu und versicherte ihm, daß es eigentlich ziemlich gut stünde.

»Sie haben sich mit diesem Hallodri zusammengetan, stimmt's?« Er wies mit dem Daumen auf Geoff und schüttelte seinen Kopf in gespieltem Mitleid. »Sie müssen aufpassen, Mädchen, er ist ein echter Herzensbrecher.«

Geoff grinste. »Paß du lieber auf, was du sagst, Jerry«, warnte er den älteren Mann gutmütig, »oder ich erzähl dem Mädchen ein paar von den Geschichten, die ich über dich gehört habe.«

»Dann sind wir quitt«, sagte Jerry. Er zwinkerte mir auffällig zu und drehte sich wieder zu seinen übermütigen Tischgenossen um, von denen einige interessiert in unsere Richtung spähten, als sie ihre Gläser hoben, und zweifellos Überlegungen über die Ausschlachtbarkeit dieser neuesten Klatschepisode anstellten. »Ich habe heute den jungen de Mornay mit diesem Künstlermädchen im Pub gesehen …« – so würde an diesem Nachmittag manche Unterhaltung beim Tee zu Hause beginnen, wettete ich.

»Also«, sagte ich zu Geoff, um unser Gespräch fortzusetzen, das wir auf dem Weg zum Pub begonnen hatten, »du wirst im September wieder nach Frankreich fahren.«

»Für sechs Wochen«, nickte er. »Ein paar davon werden leider mit Geschäften in unserem Büro in Paris ausgefüllt sein, aber dann geht's hinunter nach Antibes und zu meinem Boot. Und meine Mutter ist wahrscheinlich in Spanien im September, jedenfalls sagt sie das. Vielleicht mache ich einen Abstecher dorthin und besuche sie für ein paar Tage. Ich weiß es noch nicht.« In den Monaten, die ich ihn nun kannte, hatte er seine Mutter noch nicht oft erwähnt.

»Hat sie denn ein Haus in Spanien?« bohrte ich in meinem bestmöglich unbeteiligten Tonfall nach.

»Nein.« Geoff schüttelte den Kopf. »Sie lebt dieser Tage meistens in Italien. Aber sie erwähnte Spanien, als sie das letzte Mal anrief – ich glaube, sie will nach Pamplona.«

»Wo die Stierkämpfe stattfinden?«

»Ja.« Er verzog bitter den Mund. »Meistens ist es eine Qual, meine Mutter zu besuchen. Sie versucht ständig, mich mit einer der Töchter ihrer Freundinnen zu verkuppeln, damit ich endlich heirate. Sie meint es wahrscheinlich gut, aber es ist verdammt anstrengend.« Er grinste schließlich und wechselte das Thema. »Was soll ich dir Schönes mitbringen von dort?«

»Ich brauche nichts.«

»Unsinn. Also, was möchtest du haben?«

Ich dachte nach. »Naja«, antwortete ich, »du könntest mir ein Paar von diesen großen Kaffeeschalen mitbringen, die sie in Frankreich benutzen. Du weißt, diese Frühstücksschalen, in die literweise Kaffee paßt. Von denen wollte ich schon immer welche haben.«

»Gut«, versprach Geoff theatralisch, »du sollst sie haben. Wäre dir ein gerades Dutzend recht?«

Ich lachte. »Zwei wären völlig ausreichend, danke. Außerdem würden sie dich mit einem Dutzend von diesen Dingern nicht ins Flugzeug lassen.«

»Ich fliege nicht mit den üblichen Verkehrslinien«, erinnerte er mich, und sein Blick vergab meiner Unwissenheit. »Ich kann mitnehmen, soviel ich will. Außerdem hast du diesen riesigen Geschirrschrank in deinem Eßzimmer und kein Geschirr dafür, also bekommst du ein Dutzend Kaffeeschalen, ob du willst oder nicht. Sonst noch Wünsche?«

Ich grinste ihn verschlagen an. »Irgendwie habe ich das Gefühl, daß dies genau der richtige Zeitpunkt wäre, um nach diesem Louis-Vuitton-Reisegepäck zu fragen, auf das ich schon immer ein Auge geworfen hatte, aber ich will mein Glück nicht herausfordern.«

»Aber warum denn nicht?«

»Ich habe Angst, daß Gott mich für meine Gier mit einem Blitz erschlägt«, erklärte ich, und Geoff lachte.

»Es ist nicht immer eine Sünde, weißt du«, sagte er, »gierig zu sein.«

Ich warf ihm einen langen, mütterlichen Blick zu. »Du mußt unbedingt mit meinem Bruder sprechen«, riet ich ihm. »Deine Seele schwebt in tödlicher Gefahr.«

Vivien segelte auf einer Welle von Energie und strahlender Gesundheit in den Pub, ihr blondes Haar vom Wind zu einer wilden Masse gesponnenen Goldes verweht. »Wer ist in tödlicher Gefahr?« fragte sie und blieb interessiert an unserem Tisch stehen.

»Ich«, informierte Geoff sie. »Oder wenigstens meine Seele, wenn man Julia hier glauben darf.«

Vivien nickte bestätigend. »Rettungslos verloren, würde ich sagen«, entgegnete sie.

»Na, dann kann ihr ein weiteres Bier auch keinen Schaden mehr zufügen.« Er trank aus und hielt sein Glas hoffnungsvoll in die Höhe. »Aber nur, wenn du es zapfst.«

»Du könntest einem Mädchen soviel Zeit lassen, ihren Mantel abzulegen«, lachte Vivien und schnappte sich sein Glas. »Habt ihr mich so sehr vermißt? Ich dachte, Ned würde euch solange unterhalten«, neckte sie, und der Barmann sah träge von seiner Zeitung auf, ohne sich im geringsten aus der Ruhe bringen zu lassen.

»Du hast etwas verpaßt, ich habe vorhin einen Steptanz aufgeführt«, erwiderte er trocken.

»Erzähl mir nichts«, sagte Vivien und gab ihm im Vorbeigehen einen Klaps auf den Arm. »Du würdest schon bei dem Versuch einen Herzinfarkt bekommen, das wissen wir doch.« Sie zapfte noch ein Bier für Geoff und setzte sich dann zu uns an den Fenstertisch.

»Du hast ja besonders gute Laune heute«, bemerkte ich, und sie grinste breit und machte ein geheimnisvolles Gesicht.

»Dazu hab ich auch allen Grund«, war alles, was sie sagte, und so sehr wir sie auch bedrängten, konnten wir sie nicht dazu bringen, uns zu verraten, wo sie gewesen war.

»Sie trifft sich wahrscheinlich mit einem verheirateten Mann«, scherzte Geoff, als wir etwa eine Stunde später auf der Straße in Richtung meines Hauses gingen.

Ich sah ihn entsetzt an, weniger aus moralischen Gründen schockiert, als wegen Iain Sumner. »Oh nein, das hoffe ich nicht.«

»Ich habe nur Spaß gemacht«, beruhigte mich Geoff und umfaßte lachend meine Schultern. »Sie wird uns ihr Geheimnis schon verraten, wenn sie bereit dazu ist. Wie sehen deine Pläne für den Rest des Nachmittags aus? Wirst du arbeiten?«

Ich nickte. »Ich muß den nächsten Schwung an Illustrationen fertigstellen, damit ich ihn meiner Verlegerin schicken kann, sonst reißt sie mir den Kopf ab. Und du?«

»Ich glaube, ich gehe mal hinüber und sehe nach, was Iain so macht«, sagte er und sah zum Fluß hin. »Ich ruf dich später an, o.k.?« Er beugte sich zu mir und küßte mich flüchtig, und wir trennten uns, wobei Geoff die kleinere Abzweigung nahm, die nach rechts führte, während ich auf der Hauptstraße weiter zu meinem Haus ging.

Der Wind hatte während des Nachmittags allmählich nachgelassen, und als ich an meiner Auffahrt ankam, war es fast windstill, und die schweren Wolken hingen unbeweglich am Himmel und verdeckten die Sonne. Trotz der Wärme überlief mich ein Frösteln, als ich um das Haus herum zur Hintertür ging und den Schlüssel ins Schloß steckte.

Die Küche wirkte dunkel, verlassen und kühl, und ich ließ die Tür halb offenstehen, um die wärmere Luft von draußen hereinzulassen. Irgendwo weinte ein Baby, das Geräusch drang in den Raum, entfernt, aber stetig. Ich warf die Schlüssel auf den Tisch und legte die Hand an die Stirn, als mich ein neuer Schauer überkam und mir Schweißperlen auf das Gesicht trieb.

Das Weinen des Kindes wurde zum Gebrüll, und ich ließ die Hand sinken und bemerkte, daß Rachel mich besorgt beobachtete.

»Schmerzt dein Kopf?« fragte sie.

Das wäre sein gutes Recht, dachte ich. Johnnie jammerte seit einer Stunde unablässig, trotz aller Bemühungen Carolines, ihn zu beruhigen. Aber in Wirklichkeit tat mein Kopf nicht weh, ich hatte nur versucht, meine Gedanken zu ordnen. Das wollte ich Rachel gerade sagen, als sich die Küchentür öffnete und mein Onkel hereinkam, seine Miene finster wie ein Gewittersturm.

Er hatte schon seit Tagen schlechte Laune, und wir mußten alle darunter leiden. Jetzt entlud sich die Wucht seines Mißfallens auf seine Frau. »Bist du nicht in der Lage, Weib, dein eigenes Kind vom Schreien abzuhalten?«

Ohne zu überlegen, kam ich Caroline zu Hilfe. »Er zahnt«, teilte ich meinem Onkel ruhig mit. »Er kann nichts dafür, er muß schreien.«

Ich hätte genausogut unsichtbar sein können. Jabez Howard beugte sich näher zu seiner Frau, sein Gesichtsausdruck war unbeweglich. »Bring ihn dazu, den Mund zu halten«, riet er ihr mit falscher Freundlichkeit, »sonst schwöre ich dir, daß ich es tun werde.«

Verängstigt drückte Caroline das Baby gegen ihre Brust und wiegte sich verzweifelt vor und zurück. Als ob er die Gefahr spüre, hörte John auf zu weinen. Zufrieden richtete sich mein Onkel auf und sah mich an, seine Augen waren beängstigend, denn in ihrer Tiefe lag Grausamkeit.

»Mariana«, sagte er, »ich möchte Täubchen zum Abendessen. Geh zum Taubenschlag, und hol mir einen Vogel.«

Ich sah Rachel an, und sie stand bereitwillig von ihrer Arbeit auf und wischte sich die Hände an ihrem Rock ab. »Ich werde gehen« erbot sie sich, aber mein Onkel hielt sie mit erhobener Hand zurück.

»Ich habe nicht mit dir gesprochen«, sagte er mit aalglatter Stimme, »sondern mit Mariana. Ich will, daß sie mir einen Vogel holt, und ich werde hier warten, bis sie ihn mir tot in die Hand legt. Es wird Zeit, daß sie lernt, wie man tötet.«

Meine Hände zitterten, und ich verschränkte sie hinter dem Rücken, damit er meine Schwäche nicht sah. Von keiner Seite war Hilfe zu erwarten. Rachels Augen blickten mitfühlend, aber sie konnte nichts tun, und Caroline war dem Weinen nahe in ihrer Ecke beim Herdfeuer. Unter dem beharrlichen Blick meines Onkels drehte ich mich um und ging hinaus in den sonnigen Hof, das Herz in meiner Brust schwer wie Stein.

Kapitel fünfundzwanzig

Der Taubenschlag stand im hinteren Teil des Gartens, ein stabiler, quadratischer Bau aus unbehauenen Steinen mit einem Dach aus Holzschindeln und einer offenen Kuppel obendrauf. Die Tauben flogen durch diese Kuppel ein und aus und kehrten mit unfehlbarer Verläßlichkeit immer wieder zum Taubenschlag zurück, wo sie in den dämmrigen, engen Nisthöhlen Generation für Generation von Jungen ausbrüteten und aufzogen. Es war eine äußerst wirkungsvolle Anlage – eine bequeme, raffinierte und tödliche Falle.

Ein ruckartiges Ziehen an einer von der Decke hängenden Leine genügte, und eine Falltür fiel herunter und schloß die Öffnung der Kuppel. Da ihnen somit der Fluchtweg in den Himmel abgeschnitten war, konnten die Vögel nur panisch umherflattern, während ihre Nester geplündert und ihre Zahl verringert wurde. Warum sie danach trotzdem im Taubenschlag blieben, konnte ich nie verstehen. Warum flogen sie nicht davon, sobald sich die Falle wieder öffnete? Warum blieben sie und warteten auf den Tod, wie die Kaninchen, die in einem Gehege neben der Küchentür aufgezogen wurden? Fehlte ihnen die Fähigkeit, ihr Schicksal vorauszusehen, fragte ich mich, oder hatte die Angst vor dem Leben ihre kleinen Gehirne abgestumpft, so daß sie nicht mehr wußten, wohin sie sonst gehen konnten, weil sie sich so sehr an die Sicherheit ihres Gefängnisses gewöhnt hatten?

Auch ich stand in der Gefahr, so zu werden, dachte ich plötzlich. Wenn ich nicht aufpaßte, konnte ich so werden wie die zum Tode verurteilten Vögel im Taubenschlag. Wie die hübsche Caroline mit den toten Augen, deren Haar mit fünfundzwanzig Jahren schon weiß wurde vor Kummer. Denn wie der Taubenschlag eine Falle darstellte, so auch Greywethers, und die Hand meines Onkels hielt die Leine, die die Tür zuziehen und meine Flucht verhindern konnte.

Ich konnte jetzt seine Augen auf mir fühlen, die mich vom Haus aus beobachteten, und ich rückte trotzig meine Schultern gerade, bevor ich die niedrige Holztür öffnete und einen entschlossenen Schritt in das kleine Haus tat. Zuerst konnte ich nur das hohe Quietschen der Tür hinter mir hören, als ich mich gegen sie lehnte, um sie zu schließen. Doch dann drang leise, doch allgegenwärtig das Geräusch an mein Ohr – das sanfte Gurren aus hundert leicht vibrierenden Kehlen, hundert Tauben, die sich rund und warm in ihren Nischen aneinanderdrängten.

Der Ort sah aus wie eine Grabkammer, düster und vernachlässigt. Die Schatten in den Ecken waren undurchdringlich, und von dort, wo ich stand, konnte ich die Wände nur erahnen. Das wenige Licht fiel durch die offene Kuppel über meinem Kopf herein und beleuchtete den Staub in der Luft, der schwebend vor der Dunkelheit tanzte.

Ich suchte den unteren Teil der Wand nach einer besetzten Nisthöhle ab und fand ein geeignetes, noch nicht flügges Täubchen auf einem Vorsprung. Der Vogel kam gleich in meine Hände, ganz ohne Angst, und lag dort und sah mit runden, halbwegs neugierigen Äuglein zu mir auf. Ich konnte das geringfügige Gewicht der Kreatur spüren, deren kleines Herz gegen den zerbrechlichen Brustkorb pochte.

»Jesus, hilf mir«, flehte ich flüsternd und schloß die Augen. »Ich kann es nicht.«

Die tiefe Stimme, die aus dem Dunkeln hinter mir antwortete, ertönte so unerwartet, daß sie mich in plötzlicher Furcht herumfahren ließ, wobei ich das erschrockene Täubchen gegen mein Mieder preßte.

»Es steht eine Geldstrafe auf den Diebstahl eines meiner Vögel«, sagte die Stimme.

Bevor die Worte verklungen waren, hatte ich den Sprecher erkannt, und mein eigener Herzschlag nahm langsam wieder sein normales Tempo an. Richard de Mornay trat einen Schritt näher an das Licht heran, aber sein lächelndes Gesicht blieb halb im Schatten.

»Wie seid Ihr hier hereingekommen?« fragte ich ihn grob, mit einer Stimme, die kaum mehr als ein Flüstern war.

»Durch die Hintertür«, antwortete er und zeigte auf den wenig benutzten Eingang in der nach Westen zeigenden Mauer. »Euer Onkel hat mich nicht gesehen, wenn es das ist, was Euch Sorgen macht.«

»Und wie könnt Ihr dessen so sicher sein?«

»Weil ich ihn gesehen habe. Er war zu diesem Zeitpunkt ausreichend im Stall beschäftigt, kann ich Euch versichern. Ich war Soldat, Mariana«, tadelte er mich sanft. »Ich kenne mich aus mit der Kunst des Hinterhalts.«

»Und dies ist also ein Hinterhalt?«

»In Wahrheit war es der Hunger, der mich hertrieb.« Er streckte eine Hand ins Licht und zeigte mir die zwei toten Vögel darin, aber das überzeugte mich nicht ganz.

»Ihr habt doch aber Diener«, erwiderte ich, »die die Tauben für Euch holen könnten.«

»Ja.« Ein schwaches Glitzern seiner Augen aus der Dunkelheit. »Doch dann wäre mir das Vergnügen Eurer Gegenwart entgangen.«

Ich blickte schnell weg von den leblos hängenden Täubchen und hielt mein lebendiges fester in der Hand. »Ihr schmeichelt mir, Mylord.«

»Ja. Und Zeit ist's, daß es jemand tut.« Er schwieg einen Moment, und ich fühlte, wie er mich prüfend betrachtete. »Gefällt Euch Euer neuestes Buch?« fragte er schließlich.

»Sehr gut«, nickte ich. »Ich werde bald ein anderes brauchen, denn ich habe es fast ausgelesen.«

Er lächelte. »Ihr werdet ein paar Tage warten müssen, fürchte ich. Ich muß für kurze Zeit fortgehen.«

»Für wie lange?« Ich sah jäh auf, selbst überrascht, wie sehr der Gedanke an seine Abwesenheit mich verstörte.

»Eine Woche vielleicht. Nicht länger. Ich reite nach Portsmouth, um den König von dort nach Salisbury zu begleiten.«

Meine Augen wurden rund wie die eines Kindes. »Der König zieht nach Salisbury um?«

»Er wagt nicht, länger in London zu bleiben. Die wöchentliche Totenliste führt allein für die vergangene Woche mehr als tausend Menschen auf, die an der Pest gestorben sind. Die Ratgeber des Königs haben ihn davon überzeugt, daß es klüger sei, die Landluft zu suchen.«

»Aber warum müßt Ihr mit ihm reiten?«

Er hob die Schultern. »Es ist meine Pflicht und die Pflicht meiner Familie, den König zu schützen. Wir haben immer noch unsichere Zeiten, Mariana. Das Erbe der Rundköpfe befleckt das Land, und es gibt viele, die sehen möchten, wie dieser Karl gleich seinem Vater den Kopf verliert.«

»Und Ihr seht es als Eure Verantwortung an, sie aufzuhalten?«

»Mein Schwert ist genauso scharf wie das eines anderen Mannes.«

»Ja, und Euer Fleisch genauso verletzlich.« Bitterkeit lag in meiner Stimme, und er kam auf mich zu und neigte den Oberkörper, um mir ins Gesicht zu sehen.

»Ihr fürchtet für mich?« Er berührte meine Wange mit sanftem Finger. »Das braucht Ihr nicht.«

Meine Durchschaubarkeit machte mich verlegen. »Ich fürchte nichts, Mylord«, gab ich zurück, »als daß ich mich langweilen könnte während Eurer Abwesenheit.«

»Die Antwort eines Diplomaten«, lobte er mich lächelnd. »Nun gut, dann überlasse ich Euch die Verwaltung meiner Bibliothek, solange ich weg bin. Damit Ihr nicht unter Langeweile zu leiden habt.« Er griff in seine Jackentasche und zog einen Schlüssel hervor, den er mir hinhielt. »Dieser Schlüssel öffnet die Pforte zu dem Innenhof auf der Westseite des Hauses. Von dort könnt Ihr in die Bibliothek gelangen, wann immer Ihr es wünscht.«

»Ich kann Euren Schlüssel nicht annehmen«, protestierte ich.

»Warum nicht?«

Ich suchte nach einer Ausrede. »Ich weiß nicht, wo ich ihn aufbewahren soll«, sagte ich, »so daß er nicht entdeckt wird.«

»Dann versteckt ihn hier«, sagte er, indem er das Problem ohne weiteres löste. Er beugte sich vor, so daß sein Arm den meinen streifte, und ließ den Schlüssel in eine der leeren Nisthöhlen gleiten. »Er ist in der Höhle mit der zerbrochenen Sitzstange, seht Ihr. So werdet Ihr keine Schwierigkeit haben, ihn wiederzufinden, wenn Ihr ihn braucht.« Er richtete sich auf, wich aber nicht zurück. Die Luft zwischen uns wurde schwül. »Bleibt nur noch die Frage Eurer Strafe zu klären«, sagte er mit tiefer, sinnlicher Stimme.

»Meiner Strafe?«

»Dafür, daß Ihr eine meiner Tauben stehlen wolltet«, erinnerte er mich.

»Ich habe diesen Vogel nicht gestohlen, Mylord«, sagte ich gelassen, »und außerdem hatte ich angenommen, daß der Taubenschlag meinem Onkel gehöre.«

»Euer Onkel benutzt ihn, das steht fest, aber er wurde von meinen Vorfahren gebaut und steht auf meinem Land. Mein Eigentum daran steht außer Frage.«

Ich versuchte, einen Widerspruch zu äußern, aber er drängte sich nur näher an mich und schüttelte den Kopf. »Es hat keinen Sinn, das Verbrechen zu leugnen«, beschied er mir, »zumal Ihr den Beweis noch in der Hand haltet. Das ist eindeutiger Diebstahl; und ich habe das Recht, eine Strafe zu verhängen.«

Er hielt mich fest unter seinem Kuß, seine Finger glitten unter mein Haar und stützten meinen zurückgebogenen Nacken. Als er den Kopf hob, raste mein Herz mit derselben Geschwindigkeit wie das des Vogels, den ich immer noch gegen meine Brust gedrückt hielt. Ich hatte gute Lust, noch ein Dutzend weiterer Tauben auszuwählen, wenn er mir für jede dieselbe Strafe versprechen würde, aber ich wagte nicht, ihm das zu sagen.

Er las meinen Gedanken auch so. »Wollt Ihr noch einen Vogel nehmen?« fragte er grinsend.

»Ich kann noch nicht einmal den töten, den ich hier habe«, sagte ich kopfschüttelnd. »Mein Onkel hat mich zur Strafe hierher geschickt. Er wußte, daß ich es nicht fertigbringen würde.«

Das Grinsen verschwand. »Und was habt Ihr getan, um eine Bestrafung zu verdienen?«

»Ich habe seine Frau verteidigt«, antwortete ich ohne Umschweife. »Er war von meiner Einmischung nicht angetan.«

»Wahrlich ein schweres Vergehen«, sagte Richard mit sarkastischem Unterton. Er sah mich mit einem ernsten Gesichtsausdruck an. »Euer weiches Herz ehrt Euch, Mariana. Es ist keine Schande, nicht gerne zu töten. Wir lassen den kleinen Kerl hier also leben, ja?« Vorsichtig löste er das friedliche Tier aus meinem Griff und setzte es wieder in die Nisthöhle. »Hier, nehmt die an seiner Stelle.« Er gab mir die Tauben, die er zuvor getötet hatte.

Ich sah auf die leblosen Körper herab und wollte sie noch nicht einmal gern in die Hand nehmen. »Aber was wird aus Eurem Abendessen?« fragte ich ihn.

Richard de Mornay lächelte freudlos. »Mein Herz ist härter

als das Eure. Ich habe keine Schwierigkeiten, Leben zu nehmen.« Er schloß meine Finger um die toten Tauben. »Tragt diese zu Eurem Onkel«, sagte er. »Ich habe mehr, als ich brauche.«

Ich wollte ihn daraufhin verlassen, aber statt zur Seite zu treten, um mich vorbeizulassen, nahm er mein Gesicht in beide Hände und küßte mich ein zweites Mal. Es dauerte eine lange, atemlose Minute, bevor er mich wieder losließ, und mein stoßweiser Atem übertönte beinahe das Konzert zufrieden gurrender Vögel.

»Immerhin«, entschuldigte er sich mit einer Stimme, die auch nicht ganz fest klang, »bemächtigt Ihr Euch zweier weiterer meiner besten Tauben.«

Die Geräusche der Vögel wurden noch lauter, der Lichtkreis zu unseren Füßen schien plötzlich blendend hell, und dann waren nur noch Stille und Sonnenlicht um mich herum, und ich stand allein neben der niedrigen, abbröckelnden Mauer, um mich herum zertretene und abgeknickte Blumen.

Dadurch, daß ich direkt über die Felder lief und einen großen Bogen um die Ställe machte, konnte ich zur Westseite von Crofton Hall gelangen, ohne gesehen zu werden, und fand mich schließlich auf einem zerfurchten, wenig benutzten Weg wieder, der in tiefem Schatten lag und sich dicht an der hohen Steinmauer entlangwand. Es war leicht, den Mauerabschnitt zu entdecken, hinter dem sich der Innenhof befand. Er war niedriger als die Wände zu beiden Seiten und nicht von einem Dach bedeckt, und der Efeu war über den oberen Rand hinausgewuchert – ein dichter Vorhang aus grünen Blättern und gewundenen Zweigen, der undurchdringlich und schwer bis zum Boden herunterhing.

Trotz des Efeus fand ich den Eingang schon beim ersten Versuch. Es war eine niedrige, mit der Vorderseite der Mauer abschließende Tür aus verwittertem Eichenholz, das dieselbe graubraune Farbe angenommen hatte wie die Steine. Der verschlungene Efeu riß geräuschvoll auseinander, als ich mit den Händen dazwischenfuhr und nach Griff und Schloß tastete.

Als ich sie ausgemacht hatte, suchte ich in meiner Hosentasche nach dem kleinen Schlüssel und hielt erwartungsvoll den Atem an. Der Schlüssel paßte genau … aber er ließ sich nicht herumdrehen. Jahrzehnte, vielleicht sogar Jahrhunderte der Vernachlässigung und der Feuchtigkeit hatten das Schloß Rost ansetzen und unbeweglich werden lassen.

Ich ließ den Efeuvorhang wieder über die Tür fallen, machte meiner Enttäuschung durch einen kleinen Seufzer Luft und ging denselben Weg über die verlassenen Felder zurück. Ich hatte nicht wirklich erwartet, daß sich Schloß und Schlüssel noch bewegen ließen, erinnerte ich mich selbst. Außerdem war mir noch nicht einmal klar, was ich durch das Öffnen der Tür erreicht hätte. Zumindest wußte ich nun, zu welchem Schloß der Schlüssel gehörte und warum er im Taubenschlag gelassen worden war, damit ich ihn finden konnte.

Es war ein komisches Gefühl, aus der Senke zu treten und das verfallene, L-förmige Gemäuer vor sich zu haben, das vom Taubenschlag übriggeblieben war, obwohl ich mit meinem inneren Auge das niedrige, quadratische Gebäude noch dort stehen sah. Das komische Gefühl wurde jedoch von wachsendem Entsetzen abgelöst, je näher ich an den Garten herankam.

Er blühte vielfältiger und farbiger denn je. Der Flachs war in lebhaftes Scharlachrot ausgebrochen, während Feuernelken und Phlox sich mit ihrem Rosa dazwischenschoben und die hohen, spitzen Blätter des Rittersporn sich unter die dahinschwindenden, nickenden Köpfe des Eisenhuts mischten. Selbst der Rosenstock, die wunderschöne, traditionelle Landkletterrose, die Iain an einer Wand gepflanzt hatte, gedieh prächtig und war voll runder, dicker Knospen. Doch die perfekte Schönheit der kleinen Anlage war verdorben worden. Meine eigenen Füße hatten eine Spur durch die Mitte des Gartens getreten, die vom äußersten Rand bis zu einer Wand reichte, und die Blumen dort waren rettungslos zerdrückt und niedergetrampelt.

Vorsichtig stakste ich durch die Reihen der Überlebenden zu der niedrigen Mauer und betrachtete die lange verlassenen Nisthöhlen dort. Die mit der zerbrochenen Sitzstange war noch deutlich zu erkennen, und ich mußte ein wenig lächeln, als ich mit den Fingern über das Eisen strich. Es gab keinen Grund, den Schlüssel noch länger zu behalten. Ich konnte ihn ebensogut wieder dorthin zurücklegen, wo Richard ihn vor so vielen Jahren versteckt hatte. Ich nahm ihn aus der Tasche und ließ ihn wieder an seinen Platz in der Nische gleiten. Das Schaben des Metalls auf dem abgenutzten Stein klang endgültig.

Ich stand immer noch gedankenverloren an dieser Stelle, als Geoff wenige Minuten später um die Ecke des Hauses kam, langsam und vorsichtig, als ob seine Füße schmerzten.

»Noch mehr Schätze gefunden?« fragte er, und ich schüttelte den Kopf und bemühte mich um ein Lächeln.

»Nichts Neues, leider. Wie war dein Besuch bei Iain?«

»Prima. Ich konnte ihn überreden, für eine Weile mit seiner Arbeit aufzuhören«, sagte er, wobei er sich gegen die Mauer lehnte und mich angrinste. Er sah schrecklich fröhlich aus, wenn sein Blick auch etwas unstet war. »Ich habe ihn sogar dazu gebracht, eine Flasche von seinem zwölf Jahre alten Scotch zu öffnen. Wir hatten einen tollen Nachmittag.«

»Das sehe ich«, sagte ich. »Gut, daß du zu Fuß gegangen bist.«

»Zwar nicht besonders geradeaus«, gab Geoff zu, »aber ich habe es geschafft. Meine Güte!« Plötzlich fiel ihm der Zustand des Gartens auf, und er versuchte angestrengt, genauer hinzusehen. »Was ist mit deinen Tränenden Herzen passiert?«

Ich folgte seinem Blick. »So hießen sie?« murmelte ich undeutlich. Tränende Herzen. Ziemlich passend, dachte ich.

»Irgendein Tier muß diese Bescherung angerichtet haben, oder?« kommentierte er kopfschüttelnd. »Iain wird einen Anfall bekommen.«

»Wird er nicht«, entgegnete ich mit Überzeugung. »Er hat noch keinen einzigen Anfall wegen dieses Gartens bekommen, noch nicht einmal, als ich die falschen Pflanzen ausgerissen habe. Er ist viel ausgeglichener als du und Vivien wahrhaben wollt.«

»Mag sein.« Er zuckte gleichgültig mit den Schultern. »Aber ich bin nicht gekommen, um über Iain oder den Garten zu reden.«

»Du hattest einen noch interessanteren Grund?«

»Zwei Gründe sogar.« Er sackte ein wenig an der Mauer zusammen, richtete sich aber schnell wieder auf. »Erstens, dir zu sagen, daß ich unsere Verabredung am Samstag nicht werde einhalten können. Ich muß für ein paar Tage nach London. Es tut mir leid.«

»Die Geschäfte wieder, richtig?« fragte ich, und er nickte.

»Nun«, antwortete ich, »das ist kein Problem. Wir gehen eben ein andermal essen.«

»Bist du nicht enttäuscht?«

»Aber nein.« Ich sah ihn verwundert an. »Warum sollte ich? Du kannst doch nichts dafür, daß du arbeiten mußt. Das süße Nichtstun der Reichen ist auch nur ein Gerücht, wie?«

Geoff grinste. »Glaub das bloß nicht. Das ist die erste richtige Arbeit, die ich diesen Monat zu tun habe, und im August werde ich wieder das süße Nichtstun pflegen.«

»Und was war der zweite Grund?« fragte ich.

»Was?«

»Der zweite Grund, aus dem du vorbeigekommen bist«, half ich nach, und sein Gesicht erhellte sich.

»Ach so. Ich wollte dich bitten, mir eine Tasse Kaffee zu machen.« Er lächelte glücklich. »Iains Scotch ist furchtbar stark, weißt du, und er schenkt ihn sehr großzügig ein, und ich war zu stolz, es ihm zu sagen, als ich genug hatte. Er zieht mich immer damit auf, daß Engländer nichts vertragen können. Aber ich fürchte, daß ich es jetzt nicht nach Hause schaffe«, gestand er, »ohne unterwegs in einen Graben zu fallen.«

»Das kann ich natürlich nicht zulassen«, bestätigte ich. »Bei deinem Glück würde dich wahrscheinlich Jerry Walsh herausfischen, so daß du für die nächste Zeit das Gesprächsthema des Dorfes abgeben würdest. Also komm«, forderte ich ihn auf und suchte mir vorsichtig einen Weg aus dem Garten heraus, »ich mach dir einen Kaffee.«

Er sah eindeutig ziemlich mitgenommen aus und krängte wie ein leckgeschlagenes Schiff, als er vor mir über den Rasen ging. Er schaffte es ohne Zwischenfall zur Hintertür, verschätzte sich aber bei der Türöffnung und prallte zuerst leicht am Rahmen ab, bevor er sich etwas steif in die Küche schob. Ich folgte ihm und hatte schon einen Fuß auf der Türschwelle, als ich aus dem Augenwinkel in der Senke unter der alten Eiche einen dunklen Schatten wahrnahm.

Schnell wandte ich den Kopf, aber nicht schnell genug. Die Stelle unter der Eiche lag unschuldig leer da, und kein Geräusch war zu hören außer dem Flüstern des Windes im verlassenen Taubenschlaggarten.

Kapitel sechsundzwanzig

Der Regen hielt vier ganze Tage und Nächte an. Er fiel beständig, monoton, unablässig und erzeugte einen melancholischen Nebel, der wie ein Leichentuch über der Landschaft lag und die Welt durch mein Atelierfenster einheitlich grau und farblos erscheinen ließ.

Normalerweise mochte ich Regen. Ich liebte es, zuzusehen wie er fiel, ohne Hut darin herumzulaufen oder dem willkürlichen Rhythmus seines Klopfens gegen die Fensterscheiben zu lauschen, während ich mich in einen gemütlichen Sessel kuschelte und las. Aber nach vier Tagen war selbst ich mit den Nerven am Ende.

Auch meine Exkursionen in die Vergangenheit waren keine Hilfe. Dreimal hatte ich mich zurücktransportiert, und dreimal hatte ich allein am Tisch gesessen und an Rachels Brautausstattung genäht, ohne daß jemand hereinkam und die Stille und Einsamkeit unterbrach. Als ich in die Gegenwart zurückkehrte, war ich jedesmal noch deprimierter als zuvor. Ich haßte Nähen.

Die Langeweile war es schließlich, die mich auf der Suche nach der geselligeren Atmosphäre des Roten Löwen aus dem Haus trieb. Anscheinend war ich nicht als einzige auf diesen Gedanken gekommen. Jeder Tisch im Schankraum war voll besetzt, alle redeten gleichzeitig. Aus der Ecke drangen die vergnügten Geräusche einer Dartpartie, und die Luft war gesättigt mit Zigarettenrauch und dem Geruch feuchter, trocknender Kleidung.

Iain war offensichtlich direkt vom Feld hereingekommen. Er roch wie ein Schaf, das Aftershave trug. Er rückte zur Seite, um Platz an der Bar für mich zu machen, und steckte sich eine Zigarette an.

»Ich hab dich eine ganze Weile nicht gesehen«, sagte ich.

»Du solltest mich eigentlich auch jetzt nicht sehen. Auf mich warten Berge von Arbeit, aber dieser Regen bringt mich langsam um meinen verdammten Verstand, deshalb dachte ich, daß ich auf ein Glas oder zwei hereinschaue. Außerdem mußte ich meine Post abholen.«

Ich reckte den Hals, um das flache, schmale Päckchen auf dem Tresen neben seinem Ellbogen sehen zu können. »Ist das nicht die Schrift meines Bruders?« fragte ich.

Iain nickte. »Ja. Als er das letzte Mal hier war, kamen wir auf den Dichter Robert Herrick zu sprechen, und Tom versprach, mir seine Ausgabe von Herricks Werken zu schicken, damit ich mein Gedächtnis auffrischen kann. Ich schätze, das ist sie.«

»Willst du sagen, du hast es noch nicht einmal aufgemacht?« Vivien beugte sich zu uns über den Tresen, aufrichtig ungläubig. »Wirklich Iain, dir fehlt einfach die rechte Neugier. Es könnte doch *noch mehr* darin sein ...«

»Na, dann tu dir keinen Zwang an«, forderte er sie auf, mit dem Kinn auf das Päckchen deutend. »Mach es auf, wenn du so wild darauf bist.«

»Gut, das werd ich auch.« Sie riß das Packpapier auf und zog mit einem schiefen Lächeln ein schmales Buch heraus. »*Die Gedichte von Robert Herrick*«, las sie laut den Titel vor.

Iain sagte nichts, aber der Ausdruck seiner Augen war eine Spur selbstzufrieden, während er eine dünne Rauchsäule ausblies.

»Ich glaube nicht, daß ich je etwas von Robert Herrick gelesen habe«, sagte ich.

Vivien hatte zur Inhaltsübersicht geblättert. »Na, das solltest du aber«, sagte sie. »Er hat unheimlich viele Gedichte über dich geschrieben.«

»Über mich?«

»Na ja, an eine Julia. Dutzende. Hier ist sogar eines über Julias Kleidung.«

»Wie faszinierend«, antwortete ich trocken und beugte mich hinüber, um einen Blick darauf werfen zu können. Vivien wandte langsam die Seiten um und überflog die Zeilen.

»Deshalb hat dein Bruder das Buch wahrscheinlich überhaupt gekauft«, vermutete sie. »Er hat dich sehr gern, nicht wahr? Oh, sieh mal, hier ist wieder eines an dich: ›Dann, Julia, laß mich dich freien, komm, oh komm zu mir, und wenn ich begegne deinen silbrigen Füßen, will ich meine Seele vor dir ergießen.‹« Sie deklamierte die Verse mit angemessener Dramatik und runzelte ein wenig die Stirn. »Was meinte er wohl mit den ›silbrigen Füßen‹?«

Iain warf ihr einen trägen Blick zu. »Würde dir der Hinweis, daß sie sich bei Mondschein treffen, weiterhelfen?« fragte er.

»Ach so. Verstehe.«

»Die meisten Sachen sind wirklich schön«, bemerkte er und streckte eine Hand aus, um das Buch wieder an sich zu nehmen. »Ich habe seit Cambridge nichts mehr von Herrick gelesen. Nett von deinem Bruder, mir das Buch zu leihen.«

Ich antwortete nicht gleich. Der Ruf des Dichters nach seiner Geliebten hallte noch wie eine wirkliche Stimme in mir nach, tief und vertraut. Ich schüttelte den Kopf, um ihn klar zu bekommen, und lächelte Iain an. »Du mußt ihn ziemlich beeindruckt haben«, sagte ich. »Tom ist normalerweise sehr eigen mit seinen Büchern. Wahrscheinlich mein Fehler, wenn ich es recht bedenke – ich habe immer noch Bände von ihm im Regal, die ich mir ausgeliehen hatte, als wir noch Kinder waren.«

»Und auch das eine oder andere von meinen Gartenbüchern.«

»Mm, ja, ich weiß.« Ich nahm schnell einen Schluck Gin Tonic und lächelte entschuldigend. »Eine schlechte Angewohnheit von mir, Bücher zu horten. Bibliotheken im ganzen Land erzittern beim Klang meines Namens. Ich verspreche, daß ich dir die Gartenratgeber bald zurückbringe.«

»Hat keine Eile.« Er zuckte die Achseln. »Ich brauche sie nicht mehr sehr häufig, und dir scheinen sie von Nutzen zu sein. Der Garten sieht gut aus.«

»Hast du ihn denn in letzter Zeit gesehen?« Es klang wie ein unbefangenes Nachfragen.

»Vor zwei Tagen.«

»Oh. Es tut mir leid, daß die Tränenden Herzen kaputtgegangen sind«, sagte ich, aber Iains Reaktion war philosophisch.

»Ist nicht deine Schuld«, sprach er mich frei. »Du hast sie ja nicht selbst niedergemäht. So etwas passiert nun mal. Kann ich noch eins haben, Schätzchen?«

»Sicher. Julia?« Vivien sah mich fragend an, aber ich verneinte mit einer Kopfbewegung. Meine Ruhelosigkeit machte sich wieder bemerkbar, und ich wollte etwas unternehmen.

»Ich glaube«, sagte ich, »ich werde mal ein paar Minuten bei deiner Tante vorbeischauen. Ob sie noch oben im Herrenhaus ist?«

Vivien sah auf ihre Armbanduhr. »Um Viertel nach drei? Bestimmt. Selbst wenn Geoff weg ist, arbeitet sie gewöhnlich bis zum Abendessen dort. In dem Haus gibt es dauernd etwas sauberzumachen.«

»Sollte ich sie vorher anrufen, was meinst du?«

»Wen, Freda?« Iains Mund verzog sich amüsiert. »Nicht nötig. Sie wird eine Kanne Tee fertig haben, wenn du ankommst, wart's nur ab.«

Er hatte recht, wie sich herausstellte. Es war wunderbar, in diese warme, helle Küche zu kommen, wo die Teekanne schon unter ihrem karierten Wärmer auf dem Tisch stand, während der Kessel auf dem Herd noch ein wenig vor sich hinsummte und der süße Duft von unbestimmbarem Backwerk über allem lag.

»Was für eine schöne Überraschung«, begrüßte mich Alfreda Hutherson, füllte meine Tasse und stellte einen Teller mit warmem Teegebäck auf den Tisch zwischen uns. »Ich habe auf einen Nachmittagsbesuch gehofft.«

»Mein Besuch hat allerdings einen bestimmten Zweck«, sagte ich und biß in ein weiches, buttertriefendes Stück Gebäck. »Gibt es heute irgendwelche Führungen durch das Haus?«

»Nein, mittwochs nie.« Sie legte den Kopf schräg und sah mich an, ihre Augen blickten scharfsinnig und wissend. »Du willst eines der Zimmer benutzen.« Es war keine Frage.

»Ja.« Ich nahm meinen Mut zusammen und sah auf. »Ich will wissen, was es war, das Mariana durch das Fenster im Kavalier-Schlafzimmer gesehen hat. All meine Rückblenden sind an einen bestimmten, materiellen Raum gebunden, verstehen Sie, und ich muß genau an dieser Stelle stehen, wenn ich zu dieser Situation zurückkehren will.«

»Ja, ich weiß. Aber bist du sicher, daß du schon jetzt zu diesem Moment zurückkehren willst? Du hast den Schmerz ja selbst gespürt.«

Ich schwieg einen Augenblick und erinnerte mich. »Ich muß es wissen«, sagte ich schließlich. »Sie sollten das verstehen. Diese Menschen, sie sind alle so *wirklich* für mich … ich muß es einfach wissen.«

»Möchtest du, daß ich mitkomme?«

»Nein, danke«, antwortete ich hastig und lächelte, um die

Schroffheit zu mildern. »Es wäre mir peinlich, wenn mir jemand zusehen würde.«

»Also gut«, sagte sie und stellte ihre Teetasse auf dem Unterteller ab, »dann geh einfach hinauf, wenn du soweit bist. Ich glaube nicht, daß du dich dort oben verletzen kannst. Soweit ich weiß, stehen die Möbel alle noch an derselben Stelle.«

»Ich werde es Ihnen hinterher sagen, ob es so ist«, antwortete ich grinsend. Ich würde es bald genug merken, dachte ich, wenn ich versuchte, durch dieses riesige Himmelbett zu laufen. Plötzlich kam mir ein Gedanke, und ich zog die Stirn in Falten. »Diese ... Erfahrungen«, sagte ich zögernd, »dauern manchmal mehrere Stunden. Wenn ich noch nicht fertig bin, wenn Sie gehen wollen, dann ...«

»... werde ich die Lichter für dich anlassen und die Türen abschließen. Du weißt doch, wie man den Seitenausgang aufriegelt, oder? Gut. Ich würde dich ungern unterbrechen, wenn du erst einmal angefangen hast. Wenn du den Riegel der Seitentür einfach nach rechts gestellt läßt, schließt sich das Schloß von selbst hinter dir, wenn du gehst.«

Ich lächelte sie dankbar an. »Vielen Dank. Na denn«, ich gab mir einen Ruck und stand etwas nervös auf, »wünschen Sie mir Glück.«

Die weitläufigen, widerhallenden Räume des Herrenhauses wirkten höhlenartiger denn je, leer und doch nicht leer. Ich konnte die Nähe unsichtbarer Körper, die sich um mich drängten, spüren, als ich die Treppe hinaufstieg, und Vorahnungen hingen wie Spinnweben von jeder Zimmerdecke herab. Erwartungsvoll und still warteten die Geister von Crofton Hall, sahen mir zu, wie ich mich der Tür des Kavalier-Schlafzimmers näherte.

Der Raum war viel dunkler ohne den Sonnenschein. Regentropfen jagten einander die Fensterscheiben hinunter und hingen eine Weile am Rahmen, bevor sie auf den Rasen darunter fielen. Der Kirchturm war wenig mehr als ein dunkler, viereckiger Schatten, der sich über dem blasseren Schatten der Friedhofsmauer erhob, vor der Rasen und Rosengarten zu einer wässrigen Mischung verschwammen, grün und malvenfarben und von einem trüben, stumpfen Braun. Meinen Blick starr auf diese

Aussicht gerichtet, ging ich weiter in den Raum hinein und ballte unwillkürlich die Fäuste.

Als das Gefühl über mich kam, traf es mich mit der Macht einer Flutwelle und riß mein Kinn mit einem Ruck nach oben. Angst und Schmerz und Panik, diese Empfindungen stürzten mit seelenverbrennender Intensität übereinander. *Nein*, flehte eine Stimme in meinem Kopf von allein, immer wieder, wie wahnsinnig, *nein, nein, nein* ...

Das Klingen in meinen Ohren stieg zu einer unerträglich hohen Frequenz an, so daß jeder Nervenstrang in meinem Körper davon vibrierte, und dann brach das Geräusch plötzlich ab, so plötzlich, als hätte jemand eine Tür davor zugeschlagen, und ich war von friedvoller Stille umgeben. Ich öffnete die Augen.

Der Rasen erstreckte sich vor mir im Sonnenlicht, leicht verzerrt durch die Fensterscheiben, doch grün und üppig und eben, nur zur Rechten durch den Bogen der staubigen Auffahrt und zur Linken von den verschlungenen Windungen des Rosengartens unterbrochen. Nicht weit vom Haus, in einer der hohen, ausladenden Eichen, sang ein Vogel immer wieder dieselben süßen, vibrierenden Töne, den Choralgesang der Natur.

Hinter mir bewegte sich Richard im Bett. Ich konnte spüren, wie er mich beobachtete.

»Woran denkst du?« Seine Stimme war tief, vom Schlaf gefärbt. Die Stimme eines Liebhabers. Ich zog den rauhen Stoff des Schals enger um meine nackten Schultern und hob sie leicht, eine kaum wahrnehmbare Geste.

»An alles«, antwortete ich, »und nichts.«

»Und was davon bin ich?«

Alles, hätte ich ihm sagen können, aber die Worte blieben mir in der Kehle stecken. Ich wandte mich vom Fenster ab, um ihn anzusehen, wie er mit seinen Schultern gegen die Kissen gelehnt dalag, seine Brust breit und gebräunt über dem weißen Leinen, seine Hände über dem flachen, muskulösen Bauch verschränkt. Es war eine Haltung männlicher Selbstzufriedenheit, und doch blickten seine Augen seltsam verletzlich, unsicher.

Ich interpretierte diesen Blick jedoch falsch. »Ist es Euer Wunsch, daß ich Euch jetzt verlassen soll?«

»Warum denkst du das von mir?« Seine Augenbrauen hoben

sich, alle Verletzlichkeit war daraus verschwunden. »Du bist keine Bedienstete, Mariana, die ich einfach so fortschicke.«

»Nein«, räumte ich ein, auf meine Füße niedersehend, »ich bin keine Bedienstete. Ich bin eine Mätresse. Ein kleiner Unterschied, da habt Ihr recht.«

Seine Augen verließen mein Gesicht nicht. »Du bist meine Liebste«, verbesserte er mich sanft, »und das ist keine Schande. Möchtest du diesen Nachmittag ungeschehen machen?«

Ich hob den Kopf. »Nein«, antwortete ich ehrlich.

»Ich werde dich nie in mein Bett zwingen«, sagte er. »Ich will keine verängstigte Frau, sondern eine, die mir ihre Liebe aus eigenem, freien Willen schenkt. Wenn ich dir nichts verspreche, dann weil die Welt ein unsicherer Ort ist und Worte wenig wiegen. Aber wenn du die Ehrenhaftigkeit meiner Liebe bezweifelst, dann komm her«, er streckte die Hand nach mir aus, die Handfläche nach oben, »und laß mich mein Gelöbnis erneuern.«

Ich ging zu ihm, blindlings, wie eine Blume, die zum Licht der Sonne strebt, und der Schal fiel vergessen von meinen Schultern, als er mich in seine Umarmung hinabzog. Es war ein zärtlicher Liebesakt, ohne die drängende Leidenschaft des vorherigen, und als er vorüber war, hielt er mich fest, mein Kopf lag an seinem Herzen, seine Hand war in meinem Haar vergraben.

»Und was denkst du nun?« fragte er mich träge.

Ich lächelte. »Ich denke, daß mein Onkel nicht oft genug weg sein kann.«

Er lachte und wickelte eine meiner Haarsträhnen um einen Finger. »Dein Onkel kommt morgen zurück, hast du gesagt?«

Ich nickte. »Er verließ uns, kurz nachdem du fortgeritten warst. Ich habe ganz vergessen, dich zu fragen, wie deine Reise war. Wie geht es dem König?«

»Es ging ihm gut, als ich ihn gestern verließ«, antwortete Richard. »Er erinnerte sich freundlicherweise an die Dienste meines Vaters und bat mich, mit ihm zu Abend zu essen, aber ich war müde und begierig, nach Hause zurückzukehren, und außerdem ist der Hof kein Ort für einen Gentleman.« Ich spürte sein Lächeln. »Du machst dir hier Sorgen über die Schicklichkeit, einen einzigen Liebhaber zu haben. Bei Hof würdest du für ungewöhnlich zimperlich gelten.«

»Ein Liebhaber ist alles, was ich brauche«, sagte ich und kuschelte mich enger an seine Brust.

»Mehr sollst du auch nicht bekommen.«

»Und wenn mein Onkel mich irgendeinem Kaufmann zur Ehefrau verspricht?« Ich drehte neugierig meinen Kopf. »Was wird dann geschehen?«

»Ich würde es nicht zulassen. Ich würde dich selbst heiraten.« Sein Arm umfaßte mich fester. »Ich werde dich nicht verlieren.«

Es ist nur ein Traum, sagte ich mir. Natürlich konnte er mich nicht heiraten, der Unterschied unserer gesellschaftlichen Stellungen war zu groß. Aber es war ein schöner Traum, und einen wunderbaren, schmerzlichen Moment lang war mein Herz ganz voll.

Ich legte meine Hand leicht auf seine Brust, und er bedeckte sie mit seiner eigenen und strich mir mit der anderen die Haare aus der Stirn.

»Schlaf jetzt«, sagte er. »Wir haben noch ein paar Stunden Tageslicht, die uns gehören.«

Zuerst war ich gar nicht müde, und einige Minuten lang lag ich einfach nur da, lauschte dem Gang seines regelmäßigen Atems, fühlte den starken Herzschlag unter meiner Wange und wollte dies alles in meinem Gedächtnis festhalten, damit nichts davon verlorenging. Doch schließlich holte auch mich der Schlaf ein und legte sich mit der umhüllenden Wärme einer Decke über mich.

Als ich erwachte, lag das Zimmer in tiefen Schatten, und der Mond stand voll über dem Rasen. Ich lag allein auf dem Bett, auf der hellroten Überdecke, die Hand nach einem abwesenden Liebhaber ausgestreckt.

Allein auf dem Bett, aber nicht allein im Zimmer. Jemand stand in einer Ecke, ein hoher, grauer Schatten mit schwach funkelnden Augen. Als ich den Kopf von der Matratze hob, trat der Schatten vor, und ein Strahl des Mondlichts fiel auf die kantigen, eleganten Konturen eines männlichen Gesichts. Ich konnte Geoffrey de Mornays Gesichtsausdruck nicht erkennen, da er mit dem Rücken zum Fenster stand, während er auf mich herabstarrte, aber ich konnte seine Anspannung fühlen.

»Ich denke, wir müssen miteinander reden«, sagte er.

Kapitel siebenundzwanzig

Am Ende war ich es, die das meiste Reden übernahm. Geoff saß mir in dem üppig eingerichteten Salon gegenüber, in dem wir uns bei unserer ersten Begegnung unterhalten hatten. Sein Gesicht sah müde aus im Schein der Lampe und zeigte deutlich Spuren der anstrengenden, langen Fahrt von London her, aber seine Augen blickten stet und aufmerksam. Er unterbrach meine etwas wirre, ausschweifende Erzählung hier und da, um eine Frage zu stellen oder einen Punkt zu klären, aber er bewegte sich kaum auf seinem Stuhl, außer um unsere Weingläser aus der Flasche auf dem Tisch zwischen uns aufzufüllen. Als ich meine Geschichte schließlich beendet hatte, war die Sonne aufgegangen, eine Lerche zwitscherte fröhlich in einem Baum vorm Fenster, und die Flasche Wein war leer.

Geoff äußerte sein Urteil nicht sofort. Er formte ein spitzes Dach mit seinen Händen und sah stirnrunzelnd auf seine Schuhe hinunter.

»Du denkst, daß ich verrückt bin«, vermutete ich.

»Natürlich nicht.«

»Das ist schon in Ordnung«, sagte ich und rieb mir mit müder Hand die Stirn. »Manchmal glaube ich selbst, daß ich verrückt bin.«

»Es ist nicht so, daß ich bezweifle, was mit dir geschehen ist. Na ja«, lächelte er, »vielleicht zweifle ich doch ein bißchen, aber ich bezweifle nicht, daß du an die Wirklichkeit dessen, was du gesehen hast, ehrlich glaubst. Ich weiß nur nicht so recht, wie ich damit umgehen soll.« Er lehnte sich in seinem Sessel zurück und runzelte wieder die Stirn. »Richard«, überlegte er laut. »Wenn wir nur irgendeinen Nachweis über einen Richard de Mornay hätten ...«

»Gibt es gar nichts in den Unterlagen deines Vaters?«

»Da bin ich mir sicher. Ich kann noch mal nachsehen, wenn du möchtest, aber ich hätte mir den Namen bestimmt gemerkt ...« Er stand auf und holte einen Stapel Papiere von einem in der Nähe stehenden Sekretär. Als er sie auf dem Tisch zu unseren

Knien ausbreitete, erkannte ich in ihnen dieselben Papiere, die er mir an dem Abend bei Vivien gezeigt hatte. Er blätterte schweigend einige Minuten darin, schloß dann den Ordner und wiederholte sein Ergebnis: »Nichts. Bist du sicher, daß es Richard war?«

Ich nickte nachdrücklich. »Ganz sicher. William de Mornay war sein Vater.«

»Nun, das hilft nicht viel weiter. Mein Vater hat rein gar nichts über Williams Kinder gefunden, nur ein paar Porträts, die dem Alter nach hinkommen könnten. Vielleicht gibt es irgendwo Aufzeichnungen über sie, aber ich fürchte, sie sind nicht in meinem Besitz.«

»Kannst du nicht im Testament ihres Vaters oder so etwas nachsehen?«

»Er hat keines hinterlassen.« Geoffs Mund zuckte. »Sehr rücksichtslos vom genealogischen Standpunkt her. Ich weiß nur, daß nach Williams Tod der nächste urkundlich verzeichnete Besitzer von Crofton Hall sein Enkel Arthur ist.«

»Arthur...« Ich klammerte mich an diesen Namen. »Richard hat mir Arthurs Porträt in der Galerie gezeigt. Ein unangenehm aussehendes Kind. Er lebte in Holland, glaube ich, bei seiner Mutter. Oh, wie war doch gleich der Name seines Vaters?« fragte ich und preßte meine Finger gegen die Augen. »Richard hat ihn einmal erwähnt ... er begann auch mit einem ›R‹ ... Robert? Robert«, sagte ich sicherer. »Robert war Richards jüngerer Bruder.«

Geoff sah wieder in seinen Aufzeichnungen nach und zuckte die Achseln. »Tut mir leid. Du hast vielleicht recht, wahrscheinlich hast du recht, aber ich habe keine Möglichkeit, das ohne irgendeine Art von Urkunde zu bestätigen.«

»Es muß etwas geben«, sagte ich. »Was ist mit dem Porträt in der Bibliothek? Könnte es nicht irgendwelche Hinweise enthalten?«

Er hob erneut die Schultern. »Es wäre einen Versuch wert.«

Ich plapperte nervös, während wir durch die große Empfangshalle gingen, und versuchte, Konversation zu machen. »Woher wußtest du, daß ich oben war?«

»Ich habe deinen Regenmantel in der Küche gefunden.

Wußte, daß du irgendwo stecken mußtest. Freda hat dich hereingelassen, nicht wahr?«

»Ja.« Ich nickte. Ich hatte Mrs. Hutherson noch nicht erwähnt. Aus irgendeinem Grund war ich noch nicht bereit, die vertraulichen Gespräche zwischen uns mit ihm zu teilen. Statt dessen sagte ich schlicht: »Wir haben zusammen Tee getrunken, und dann bin ich nach oben gegangen, um mich ein wenig umzusehen. Sie muß gedacht haben, daß ich schon nach Hause gegangen bin, als sie die Tür hinter sich abgeschlossen hat.«

Er gab einen unverbindlichen Laut von sich und stieß die Tür zur Bibliothek mit dem Ellbogen auf. »Nach dir«, sagte er und folgte mir über den großen Teppich unter das hoch aufragende Bild. »Welche Art von Hinweisen hast du zu finden gehofft?« fragte er und sah hinauf.

»Ich weiß es nicht. Irgend etwas, das mir helfen könne, dir zu beweisen, daß dies Richard ist.«

»Sind das dieselben Kleider, die er trägt, wenn du ... ihn siehst?«

»Nein.« Ich betrachtete sie genauer. »Sie sind auch schwarz, aber der Stil ist anders. Älter, nehme ich an. Das Porträt wurde immerhin fast fünf Jahre vor meiner Begegnung mit ihm gemalt.«

Ich spürte seinen raschen, forschenden Blick. »Ich verstehe.«

»Er trägt einen Ring am kleinen Finger seiner linken Hand«, sagte ich. »Einen recht schweren Silberring. Er trägt das Familienwappen, den Falkenkopf mit der Haube auf dem geflochtenen Kranz. Man kann ihn gerade noch erkennen auf diesem Bild.«

Ich zeigte darauf, und Geoff sah genau hin.

»Nicht, daß es wirklich von Bedeutung ist«, fuhr ich fort, »da der Ring nur beweist, daß er zu jenem Zeitpunkt das Familienoberhaupt war. Aber nicht, daß sein Name Richard war.«

»Nein«, gab Geoff zu und reckte interessiert den Kopf, »aber es könnte belegen, daß zwischen Williams Tod und Arthurs Erbschaft noch jemand anders Crofton Hall besessen hat. Es sei denn natürlich, es ist Arthur, den wir hier vor uns haben.«

Ich schüttelte mit solcher Entschiedenheit den Kopf, daß meine Locken flogen. »Auf keinen Fall. Arthur hat eine Art

Wieselgesicht und sieht nach einem richtig verzogenen Balg aus.«

»Paß auf«, warnte Geoff grinsend. »Ich bin ein direkter Nachkomme dieses wieselgesichtigen Balgs.«

»Tut mir leid.«

Er beugte sich noch weiter vor, bis seine Nase nur Zentimeter von den Pinselstrichen entfernt war. »Schade, daß die Mutter des armen Kerls kein Namensschild an seine Jacke genäht hat«, flapste er.

»Das ist es!«

»Was ist es?« Er drehte mir neugierig den Kopf zu.

»Richards Mutter«, sagte ich mit wachsender Aufregung. »Hör zu, angenommen, ich könnte dich davon überzeugen, daß ich etwas weiß, das ich nur dadurch erfahren haben kann, daß ich es selbst gesehen habe, und angenommen, ich könnte dies durch einen Beweis, einen materiellen Beweis belegen. Würdest du dann an Richard glauben?«

»Ich glaube auch jetzt an ihn.«

»Nein, tust du nicht. Nicht wirklich. Aber wenn ich dir zeigen kann, daß zumindest ein Teil meiner Geschichte sich durch Tatsachen beweisen läßt, dann akzeptierst du vielleicht auch den Rest als Tatsache.«

»Nach dem Gesetz der logischen Deduktion, meinst du.« Er lächelte schwach. »Also gut, Sherlock. Woran hast du gedacht?«

»Wir brauchen eine Schaufel«, sagte ich, und das Lächeln verschwand ganz.

»Eine Schaufel?«

»Etwas, mit dem man graben kann.«

Die Sonne stieg höher, und es gab kaum Schatten in dem vernachlässigten Innenhof. Ich stand knietief in einem Gewirr von Unkraut und Dornengestrüpp und sah auf die Werkzeuge in Geoffs Händen.

»Ich glaube nicht, daß die ausreichen werden«, äußerte ich meine Zweifel, und er blickte ebenfalls skeptisch und runzelte über den leicht verrosteten Eispickel und den Pflanzenheber die Stirn.

»Tja, sie müssen halt genügen«, gab er zurück. »Es ist nicht meine Schuld, daß Iain immer alle Geräte versteckt. Er hat irgendwo alle möglichen Spaten und Schaufeln gelagert, aber ich habe nicht die leiseste Ahnung, wo.«

»Was soll's.« Ich hob die Schultern und ging einen weiteren Schritt voran, wobei ich den wuchernden Pflanzenbewuchs prüfend mit dem Fuß zur Seite schob. »Ich glaube, er war hier irgendwo.«

»Was war hier?«

»Der Grabstein«, antwortete ich schlicht. »Der Grabstein von Richards Mutter. Sie weigerten sich damals, sie auf dem Friedhof zu begraben, weil sie katholisch war, also ließ William de Mornay sie hier beerdigen.«

»Du machst Witze.«

»Überhaupt nicht. Es ist eine Platte aus weißem Stein, etwa so breit«, sagte ich und hielt meine Hände etwa sechzig Zentimeter auseinander, »und ihr Name ist darauf eingemeißelt.«

In seinen Augen erglomm ein Schimmer meiner eigenen Erregung. »Genau hier, meinst du?«

»Ich glaube. Er könnte unter sehr viel Erde liegen«, erklärte ich, als ich mich umsah. »Der Boden scheint höher an die Wand heranzureichen als damals, aber das könnte ich mir auch einbilden.«

»Wie wär's, wenn du die Tür dort als Anhaltspunkt nimmst?« schlug er vor und wies mit dem Kopf über seine Schulter auf das Haus. »Wie tief lag der Boden im Verhältnis zu dieser Tür?«

»Die Tür gab es damals nicht. Der gesamte Westkorridor war an dieser Seite offen, wie bei einem Kreuzgang in einem Kloster.«

Geoff akzeptierte meine Feststellung mit philosophischer Gelassenheit. »Na schön, dann müssen wir einfach das Beste hoffen. Der Eispickel hat eine Spitze von achtzehn Zentimetern, das sollte genügen.«

Ich hatte das Bedürfnis, die Finger zu kreuzen, als ich zusah, wie er sich hinhockte und mit zögerlichen, nur halb überzeugten Bewegungen begann, den überwucherten Boden mit dem Eispickel zu bearbeiten. Ich hatte wohl insgeheim die ganze Zeit gehofft, daß Geoff wußte, daß er einmal Richard gewesen war. In meinen Tagräumen hatte ich einen euphorischen Moment des

Wiedererkennens phantasiert, in dem wir einander in die Arme stürzten wie diese klischeehaften Paare im Fernsehen und überglücklich die Tatsache feierten, daß wir uns nach drei Jahrhunderten des Wartens wiedergefunden hatten …

Natürlich war es nicht so abgelaufen. Die Wirklichkeit richtete sich in meiner Erfahrung nur selten nach der Phantasie. Aber wenn ich ihn wenigstens davon überzeugen konnte, dachte ich, daß ich nicht verrückt war, daß Richard de Mornay wirklich existiert hatte, dann würde er mit der Zeit vielleicht einsehen, wer er war. Wer wir waren.

Seine Stimme drang in meine Gedanken. »Du denkst, daß ich Richard bin, nicht wahr?«

»Wie kommst du darauf?«

»Wieder durch logische Schlußfolgerung«, antwortete er und schickte ein schiefes Lächeln in meine Richtung. »Wenn du Mariana warst, dann …« Er zuckte bedeutungsvoll die Achseln.

»Ich kann nicht behaupten, daß mir der Gedanke noch nicht gekommen wäre«, gestand ich, meine Worte mit großer Sorgfalt wählend. »Wir haben uns ja wirklich gleich sehr gut verstanden, du und ich, und dein Nachname ist de Mornay, und du liebst Frankreich beinahe genausosehr, wie er es tat.«

»Woher willst du dann wissen, daß er nicht als Franzose wiedergeboren wurde?«

Ich sah auf seinen dunklen Kopf hinunter, der tief über die Arbeit gebeugt war, so daß ich seinen Gesichtsausdruck nicht erkennen konnte. »Und du siehst genauso aus wie er«, endete ich mit leiser Stimme.

Er ging nicht darauf ein und entfernte sich bei seiner Untersuchung etwas weiter vom Haus. »Vielleicht ist er auch gar nicht mehr da«, warnte er. »Der Grabstein, meine ich. Er könnte kaputtgegangen sein oder jemand könnte ihn in späteren Jahren ausgegraben und weggeworfen haben, so frevlerisch das auch klingt. Oder er könnte tiefer als achtzehn Zentimeter unter dem Erdreich liegen.« Er warf einen Blick auf mein Gesicht und grinste. »Aber du wirst mich hier nicht weglassen, bevor ich das verdammte Ding gefunden habe, stimmt's?«

Meine Augen flehten ihn an, die Sache ernst zu nehmen. »Es ist wichtig.«

»Na dann«, sagte er, »sollte ich ihn wohl besser finden, nicht?«

Er hackte energisch auf den Erdboden neben seinem Knie ein, wobei er einen Regen von winzigen Wildblumen aufwarf, der sich im Wind verstreute, und plötzlich hörten wir beide ein scharfes, klingendes Geräusch, als der Eispickel auf Stein stieß.

Eine volle Minute lang sagte keiner von uns beiden etwas, doch dann kniete ich neben ihm, und wir gruben mit Pickel und Händen und Spatel und rissen das Erdreich fort, um den glatten, weißen Stein darunter freizulegen. Als Geoff sich vorstreckte, um die klebrige Erde von der abgenutzten Inschrift zu entfernen, waren seine Hände nicht ganz ruhig.

»Louise de Mornay«, las er den Namen laut vor. Er wischte noch einmal über die Oberfläche, hockte sich auf die Fersen und sah mir direkt in die Augen. »Mein Gott«, sagte er.

»Ich weiß. Willkommen im Club.« Ich strich mir die Haare aus den Augen. »Stell dir vor, wie ich mich fühle.«

Er blinzelte einen Moment lang in die Sonne, rieb sich dann die dreckbeschmierten Finger an den Jeans ab und stand langsam auf. »Wie wär's, wenn wir ein kleines Päuschen machten?« Seine Stimme klang gezwungen munter. »Wir könnten eine Kleinigkeit zu Mittag essen. Das würde mir Zeit geben, das alles zu verarbeiten.«

»Einverstanden.«

Zurück im Westkorridor, ging ich automatisch auf die Küche zu, aber Geoff hielt mich am Ellbogen fest.

»Nicht hier«, sagte er. »Ich würde lieber für ein Stündchen oder so von hier weggehen, wenn du nichts dagegen hast. Laß uns in den Löwen gehen.«

Es war nur ein kurzer Spaziergang, und ein schweigsamer. Ich war so mit meinen Gedanken beschäftigt, daß ich beinahe an meinem eigenen Bruder vorbeigegangen wäre, der auf einem der Barhocker saß, wenn Vivien mich nicht angesprochen hätte.

»Sieh mal, wer da ist!« waren ihre Worte. »Er hat oben im Haus niemanden angetroffen, also ist er hergekommen, um uns Gesellschaft zu leisten.«

»Ich habe mir gedacht, daß du früher oder später hier auftauchen wirst«, sagte Tom. Sein Kuß roch nach Scotch, und als wir uns wieder voneinander lösten, warf ich Iain, der einen Barhokker weiter an seinem üblichen Platz am Tresen saß, einen vorwurfsvollen Blick zu.

»Hast du meinen Bruder betrunken gemacht?« fragte ich ihn.

»Hab Erbarmen«, entgegnete er mit einem trägen Zwinkern. »Ich versuche verzweifelt, mit ihm mitzuhalten.«

»Hmm. Wieder ein freier Tag?« fragte ich Tom, und er lächelte.

»Ja. Sind Hilfspfarrer nicht eine wunderbare Einrichtung?« Sein Blick wanderte zu meinem Begleiter. »Geoff, nicht wahr?« sagte er und streckte seine Hand zur Begrüßung aus. »Schön, dich wiederzusehen. Kann ich dir einen Drink ausgeben?«

Das sah meinem Bruder ähnlich, dachte ich voll Wärme, in seine eigenen schmalen Taschen zu greifen, um einem Millionär ein Bier zu spendieren. Geoff nahm das Angebot freundlich an, und bald hatten wir es uns alle vier in einer Reihe am Tresen gemütlich gemacht, und Vivien lehnte sich uns gegenüber auf ihre Ellbogen. Iain hob sein Glas und stieß Tom an.

»Was hast du doch gerade über Morrisey gesagt?« fragte er meinen Bruder.

»Daß er Conner nicht das Wasser reichen kann.«

Geoff sah Vivien fragend an, woraufhin sie die Augen in unsere Richtung verdrehte. »Das Schachspiel«, erklärte sie, »es ist wirklich nicht zu glauben. Wir sind in der vergangenen Stunde die ganze Bandbreite von Gesprächsthemen durchgegangen.«

Tom achtete nicht darauf. »Ned«, rief er zum Ende der Bar hin, »was steht dort über Morriseys Chancen drin?«

Ned blätterte eine Seite seiner Zeitung um und antwortete, ohne den Kopf zu heben. »Soviel Chancen wie ein Schneeball in der Hölle«, lautete seine Zusammenfassung, und Tom machte ein triumphierendes Gesicht.

»Siehst du?«

»Du hast ja keine Ahnung«, entgegnete Iain kopfschüttelnd. »Schließlich ist Morrisey Schotte.«

»Eben.« Mein Bruder grinste in sein Bierglas, während ein hinterhältiger Ausdruck in Iains graue Augen trat.

»Würdest du mit mir darauf eine kleine Wette abschließen?«

Geoff mischte sich ein, indem er eine warnende Hand hob. »Sei vorsichtig, Tom«, riet er. »Ich habe mehr Geld an diesen Kerl verloren, als ich laut zu sagen wage.«

Tom zögerte, aber nur eine Sekunde lang. Er hatte noch keiner »kleinen Wette« widerstehen können. »Fünf Pfund«, bot er an.

»Gilt.«

Iain besiegelte die Wette mit einem Handschlag, zwinkerte Geoff kurz zu und zündete sich eine Zigarette an. »Du siehst absolut furchtbar aus«, sagte er schonungslos zu seinem Freund. »Was zum Teufel hast du angestellt?«

»Das mußt du Julia fragen«, schob Geoff mir die Schuld zu. »Ich habe nicht geschlafen, seit ich aus London zurück bin.«

Ich wand mich innerlich bei seiner Ausdrucksweise. Drei Paar Augen richteten sich interessiert auf uns. Selbst Ned warf uns einen kurzen Blick zu, bevor er weiterblätterte. Geoff bemerkte seinen Fehler und grinste breit.

»Vergeßt eure schmutzigen Gedanken, Leute. Wir haben uns nämlich die ganze Nacht mit historischen Ereignissen auf Crofton Hall befaßt.«

Das war eigentlich keine Lüge, dachte ich und gratulierte ihm im stillen zu seinen wahrheitsdehnenden Fähigkeiten. Neben mir zog Tom in unausgesprochener Frage eine schwarze Augenbraue in die Höhe, und ich nickte unmerklich. Die Botschaft war deutlich: *Ja, ich habe es ihm gesagt*, und Tom sah mit neuem, plötzlichem Interesse von mir zu Geoff.

»Wir haben tatsächlich etwas Interessantes gefunden«, sagte Geoff und spielte nachlässig mit seinem Bierglas. Er sah Iain an. »Weißt du noch, daß du immer gesagt hast, mein Innenhof käme dir wie ein Grab vor?«

»Stimmt.«

»Nun, er ist eines. Wir haben einen Grabstein unter all dem Unkraut gefunden. Von William de Mornays Frau.«

»Erster oder zweiter?« fragte Vivien, und Geoff zog die Stirn in Falten.

»Was, Frau?«

»Nein, William. Der erste oder der zweite?«

»Oh.« Geoffs Gesicht hellte sich auf. »Der zweite. Der Kavalier-Typ, der in den Tower gesteckt wurde.«

Vivien hob die Augenbrauen. »Warum haben sie sie bloß in dem Innenhof begraben? War nicht die Kirche der übliche Ort?«

»Ich weiß nicht«, antwortete Geoff. »Vielleicht war sie Katholikin. Ihr Vorname war Louise, ein französischer Name.«

Bravo, applaudierte ich heimlich. Er machte das sogar noch besser als ich.

Iain schien von unserer Entdeckung überhaupt nicht überrascht zu sein. »Wie auch immer«, warf er ein, »wir sollten den Platz ein wenig säubern, wenn jemand dort zur Ruhe gebettet ist. Ich komme morgen mit der Sichel vorbei und sehe zu, was ich tun kann.«

Vivien seufzte in einer Mischung aus Belustigung und Ungeduld. »An welcher Stelle steht das auf deiner Liste der zu erledigenden Arbeiten?« fragte sie. »Nummer einhunderteins?«

»Ich hab eben immer gern etwas zu tun«, verteidigte er sich.

»Ich werde ihm helfen«, versprach Geoff, und Vivien ließ das Thema mit einem resignierten Zurückwerfen ihres blonden Kopfes fallen.

Tom war dagegen noch mit einem anderen Gedanken beschäftigt. »Der Gedanke ist ziemlich traurig, findet ihr nicht, daß jemandem das Begräbnis in geweihter Erde verweigert wurde.« Er nippte nachdenklich an seinem Scotch. »Die Kirche ist wirklich für viel Schlimmes in der Geschichte verantwortlich.«

»Wenn du so weiterredest«, zog ich ihn auf, »ist dir bis Weihnachten das geistliche Amt entzogen.«

Mein Bruder grinste. »Keine Chance. Der Erzbischof und ich kommen sehr gut miteinander aus. Außerdem gibt es da noch meinen Namen zu bedenken. Es war meine Bestimmung, ein Mann der Kirche zu werden, und du weißt, wie sehr ich an Vorherbestimmung glaube.«

Ich sah Geoff an, und unsere Augen trafen sich in einem Blick schweigenden Einverständnisses. Als Tom und Iain in eine esoterische Diskussion über christliche Ethik einstiegen, beugte sich Geoff an mir vorbei, um noch ein Glas zu bestellen, und legte dabei eine warme Hand auf die Stelle zwischen meinen

Schulterblättern. Es war eine Geste der Loyalität, des Versprechens und der liebevollen Entschuldigung, und mein Herz antwortete mit freudigem Entgegenkommen.

Ich warte gern noch ein wenig länger, sagte ich mir. Für Richard lohnt es sich.

Kapitel achtundzwanzig

»Ja, Mam, ich habe schon davon gehört.« Ich preßte den Hörer zwischen Kinn und Schulter und rückte einen schief hängenden Bilderrahmen an der Wand neben der Treppe gerade. »Tom hat mir heute nachmittag alles darüber erzählt. Eine tolle Überraschung für dich und Paps, nehme ich an.«

»Mm.« Meine Mutter klang zerstreut und nicht ganz überzeugt. »Dein Vater macht immer wieder bei diesen Kreuzworträtsel-Preisausschreiben mit, weißt du, also war es wahrscheinlich nur zu erwarten. Obwohl ich nicht sicher bin, daß eine Woche Urlaub in Brighton meiner Vorstellung von einem echten Hauptgewinn entspricht. Aber immerhin«, sagte sie, um eine positive Einstellung bemüht, »freut sich dein Vater wie verrückt. Man könnte glauben, daß er noch nie in Urlaub gefahren ist, wenn man ihn so reden hört, und dabei sind wir kaum einen Monat wieder zu Hause.«

Sie konnte das Lächeln in ihrer Stimme nicht verbergen. Wir beide kannten meinen Vater gut genug, um zu wissen, daß es das Gewinnen an sich und nicht der Preis war, was ihn so aufgeregt machte – die Vorstellung, etwas ganz umsonst zu bekommen.

»Ist Paps zu Hause?«

»Nein, er ist losgegangen, um sich eine Badehose zu kaufen. Stell dir das mal vor«, kicherte sie, »mit seinen Beinen! Ich werde immer zehn Schritte hinter ihm gehen und eine dunkle Brille tragen, damit niemand denkt, daß wir zusammengehören.«

Ich mußte grinsen. »Sie haben doch einen FKK-Strand in Brighton, oder?«

»Soll das ein Trost sein oder willst du mich völlig abschrekken?«

»Ach, es wird dir schon gefallen, Mam. Und es ist ja nur eine Woche. Wann fahrt ihr los?«

»Am nächsten Samstag. Wir werden bei Tom in Elderwel übernachten und haben uns gedacht, daß du zum Abendessen herüberkommen könntest, wenn du noch nichts vorhast, so daß wir ein Familientreffen daraus machen könnten.«

»Tut mir leid«, antwortete ich, »ich kann leider nicht. Nicht kommenden Samstag. Rachel heiratet an dem Tag und wäre sehr enttäuscht, wenn ich nicht dabei wäre.«

»Rachel?« Das verwirrte Nachfragen meiner Mutter riß mich abrupt aus meinem Gedankengang, und meine Hand krampfte sich um den Hörer, als mir klar wurde, was ich da gerade gesagt hatte.

»Rachel Evers«, erklärte ich in bewußt gelassenem Ton. »Eine alte Schulfreundin.«

»Ach so.«

Aus der darauffolgenden Stille schloß ich, daß meine Mutter in ihrem Gedächtnis nach einem passenden Gesicht zu diesem Namen suchte, und ich beeilte mich, das Thema zu wechseln. »Tom sagte, daß Paps wieder Probleme mit seiner Schulter habe«, warf ich ein Stichwort ein und entspannte mich erleichtert, als meine Mutter sofort darauf ansprang. Sie sprach immer gern über die gesundheitlichen Probleme meines Vaters, die ihrer Meinung nach hauptsächlich von zu vielen Abenden bei Wein und Billard in seinem Club herrührten.

Während des weiteren Gesprächs hörte ich nur noch halb zu und füllte die gelegentlichen Pausen im Bericht meiner Mutter mit den entsprechenden Geräuschen der Zustimmung oder des Mitgefühls.

»Ist wirklich alles in Ordnung bei dir?« fragte sie am Ende einer besonders langen Anekdote.

»Natürlich. Warum fragst du?«

»Du hast in den letzten zehn Minuten kaum zwei Worte gesagt.«

»Tatsächlich. Entschuldige. Ich bin heute morgen ziemlich früh aufgestanden, und das macht sich allmählich bemerkbar.«

»Also, sieh zu, daß du genügend Schlaf bekommst«, riet meine Mutter in einem Ton, den ich nur allzu gut kannte. »Und iß ausreichend. Und achte darauf, daß deine Vitaminpräparate auch Eisen enthalten. Du nimmst doch noch deine Vitamine? Gut. Du willst doch jetzt nicht krank werden, oder?«

»Ich fühle mich ausgezeichnet«, wiederholte ich, wie es schien, zum hundertsten Mal an diesem Tag. Es war eine Lüge, gestand ich mir ein, als ich den Hörer auflegte. Ich hatte sie an diesem Morgen Geoff erzählt und am Nachmittag Tom und gerade eben meiner Mutter, aber es blieb eine Lüge. Ich fühlte mich überhaupt nicht gut. In Wirklichkeit war ich reichlich deprimiert und wußte, daß es nur eine Person im Dorf gab, die den Grund dafür wirklich verstehen konnte.

Mrs. Huthersons Haus war das zweite hinter der alten, rotgeziegelten Pfarrei an der Hauptstraße. Es war eher ein Cottage, klein und quaderförmig und leicht zusammengesackt unter dem Gewicht seines alten Ziegeldaches. Der Weg zur Haustür war von Lavendel gesäumt, und Blumen neigten sich von den Fensterbrettern zwischen den frisch gestrichenen grünen Läden. Selbst wenn Alfreda Hutherson nicht in der Nähe des Zauns zum Nachbargarten gehockt und sich um ein Beet gigantischer Tomaten gekümmert hätte, hätte ich sofort gewußt, daß dies ihr Haus war.

Sie richtete sich auf, als ich durch die niedrige, schwingende Vorgartentür trat, und begrüßte mich mit einem Lächeln, das Willkommen und Verständnis ausdrückte.

»Ich hatte dich schon früher erwartet«, sagte sie, »aber ich nehme an, du warst sehr beschäftigt heute. Du bist natürlich enttäuscht.«

Wie wunderbar, nichts erklären zu müssen. »Ja, das bin ich.«

»Du hast mehr erwartet.«

»Ich wollte, daß es wie im Märchen ist«, gab ich mit einem wehmütigen Lächeln zu. »Dumm von mir.«

»Durchaus nicht«, antwortete sie entschieden. »Aber selbst Liebende im Märchen haben schwierige Momente, bevor sie glücklich bis an ihr Ende leben können. Hab ein wenig Geduld. Vertraue der Entwicklung, und alles wird schließlich gut werden. Du wirst sehen. Hast du schon zu Abend gegessen?«

»Nein.« Ich schüttelte den Kopf. »Ich hatte keinen Hunger.«

»Na, dann komm mal mit hinein. Du wirst dich besser fühlen, wenn du etwas gegessen hast.«

Das Cottage war von innen genauso anheimelnd wie von außen und wirkte fröhlich mit seinen weich gepolsterten, mit geblümtem Chintz bezogenen Sitzmöbeln, den weißen Wänden und den Spitzenvorhängen, die durch die quadratischen Flügelfenster das letzte Sonnenlicht des Tages hereinströmen ließen. Es wunderte mich nicht, eine zusammengerollte Katze auf dem Fensterbrett zu sehen; was mich auf kindische Art überraschte, war nur, daß die Katze rötlichgelb und nicht schwarz war. Bis mir plötzlich einfiel, daß es vielleicht doch wieder nicht so überraschend war ...

»Ich glaube, ich habe Ihre Katze schon einmal gesehen«, bemerkte ich, »als sie bei meinem Haus über die Straße ging.«

»Das würde mich nicht wundern. Er ist ein richtiger Rumtreiber, der da. Seine Mutter war eher der häusliche Typ, aber er kommt mehr nach seinem Großvater, fürchte ich.«

Nachdem sie mich in die kleine Küche geführt hatte, beschäftigte sich Mrs. Hutherson damit, den Tisch mit Sandwiches und Appetithäppchen zu beladen und die unvermeidliche Kanne Tee zu brauen. Wenn sie mir schon keine Antworten geben konnte, so schien sie doch entschlossen, mir wenigstens Trost zu spenden und den Schmerz meiner Enttäuschung zu mildern.

»War das dein Bruder, den ich mit Geoff und Iain oben bei den Ställen gesehen habe?« fragte sie auf einmal.

Ich nickte. »Sie haben die große Besichtigungstour für ihn veranstaltet, glaube ich.«

»Er sieht dir ziemlich ähnlich. Vivien erzählte mir, daß er Pfarrer sei.«

»Er hat eine Pfarrei in Hampshire. Ich stelle ihn vor, wenn er das nächste Mal kommt«, versprach ich. »Er kommt alle paar Wochen vorbei, um nach mir zu sehen.«

»Er macht sich Sorgen um dich, denke ich.« Sie legte ihren Kopf schräg und betrachtete eingehend mein Gesicht. »Vielleicht hat er auch Grund dazu?«

Ich wischte die Frage beiseite. »Nein, nein ... es geht mir gut, wirklich.« Unter der sanften Herausforderung ihrer Augen gab ich etwas nach. »Na ja, ich habe in letzter Zeit Probleme mit der Kontrolle, wenn ich ehrlich bin. Ich kann die Zeiten meiner Rückblenden nicht immer selbst bestimmen, manchmal gleite ich einfach in die Vergangenheit, ohne daß ich es will.«

»Du gehst jetzt jeden Tag zurück, nicht wahr?«

»Beinahe, ja.« Ich nickte. »Es ist so schwierig, es nicht zu tun. Mir liegt soviel an ihnen, verstehen Sie. Es ist mir wichtig, was mit ihnen geschieht, und sie sind alle so *wirklich* ...«

»Wirklicher vielleicht als wir anderen?« Mein Gesichtsausdruck war Antwort genug, und sie nickte. »Ja, ich verstehe. Für die Gegenwart ist noch Zeit genug, wenn die Vergangenheit geklärt ist. Aber du darfst die Verbindung zur Gegenwart nicht verlieren, Julia«, warnte sie mich. »Die Vergangenheit kann uns vieles lehren, uns vieles geben, aber sie kann uns nicht erhalten. Der Kern des Lebens ist Veränderung, und wir müssen ständig weitergehen, denn sonst welkt die Seele und stirbt.«

Ich verbrachte die nächsten Tage geruhsam und arbeitete allein im Garten, wo die Kletterrose schüchtern entlang der abgebrochenen Mauer erblühte. Als die erste rosa Blüte sich entfaltete, schnitt ich sie liebevoll von dem gewundenen Ast und stellte sie in eine Vase neben mein Zeichenbrett. Sorgfältig kopierte ich jede zarte Blattwindung aufs Papier und schattierte die Zeichnung unter genauer Beachtung der Einzelheiten. In meinen Illustrationen würde sie die perfekte Rose der ›Schönen‹ abgeben, gestohlen aus dem Garten des ›Biests‹. Auf dem Papier war die Rose unsterblich. In der stickigen Abgeschlossenheit meines Ateliers ließ sie innerhalb von drei Tagen die Blätter fallen.

Ich nutzte meine Abgeschiedenheit, um endlich einmal die Stapel von Informationen zu lesen, die Tom von seinem Bibliothekarsfreund zum Thema Reinkarnation bekommen hatte. Die Texte reichten von nebulösen New-Age-Schriften bis zu knochentrockenen akademischen Aufsätzen, aber das ganze Paket war dennoch sehr interessant. Besonders fasziniert war ich von den verschiedenen Weisen, auf die Menschen sich an vergangene Leben erinnerten.

Bei manchen, wie bei mir selbst, geschah es ganz unerwartet, aus heiterem Himmel heraus. Andere hatten als kleine Kinder ein lebhaftes Bewußtsein von früheren Leben, das sich aber mit dem Älterwerden verlor. Manchmal bedurfte es eines schweren Traumas oder einer Hypnosetrance, bevor Erinnerungen an die Oberfläche traten. Und manche Menschen ... manche Menschen erinnerten sich nie ...

»Ich fühle überhaupt nichts«, sagte Geoff düster, als die Woche ihrem Ende zuging. Wir standen im Innenhof und starrten auf den ordentlich gesäuberten weißen Stein hinab, dessen Ränder jetzt sauber abgestochen worden waren. Das Unkrautgestrüpp war unter Iains fachmännisch geführter Sichel gefallen und hatte zarte Büschel grünen Grases und ein paar niedrig wachsende Wildblumen freigegeben, die sich schutzsuchend an den Boden drückten. Geoff stopfte seine Hände in die Hosentaschen und starrte noch angestrengter, so daß sich eine Falte zwischen seinen Brauen bildete. »Ich müßte doch bestimmt *irgend etwas* fühlen ...«

Wir sprachen sehr wenig über das, was in der vorigen Woche geschehen war. Geoff schien über die ganze Sache nachzugrübeln und ließ sich Zeit, seine eigenen Gedanken und Gefühle zu erforschen. Von außen betrachtet, machten wir genauso weiter wie zuvor. Unsere Tage waren noch genauso voll und seine Berührung noch genauso warm, und seine Augen lächelten mich immer noch an, aber irgendwie hatte sich ein Teil von ihm von mir zurückgezogen. Ich ließ es jedoch dabei bewenden, einerseits, weil ich sicher war, daß auch dieser Teil wiederkehren würde, und andererseits, weil meine wachsende Besessenheit von Mariana Farrs Leben meine eigenen, geringfügigen Probleme überschattete.

Als der Tag von Rachels Hochzeit herannahte, kamen gesellige Aktivitäten sowieso nicht in Frage. Bevor das erste schwache Morgenlicht über den Hügeln heraufdämmerte, war ich schon auf und angezogen, nahm den Hörer vom Telefon und machte es mir bequem, um das Unvermeidliche zu erwarten.

Das Unvermeidliche ließ sich jedoch erst einmal Zeit. Der Tag begann als wunderbarer Samstag im Spätsommer unter einem ungewöhnlich blauen Himmel, aber als die Stunden vergingen, sammelten sich Wolken und die Sonne versteckte sich nach und nach hinter einem Schleier trüben Graus. Die Dunkelheit, die sich über den Nachmittag legte, war fast prophetisch, und der sachte Wind strich um meine Fenster mit der leisen Stimme einer heimlich weinenden Frau.

Ich fand Rachel in dem vollgestellten vorderen Schlafzimmer, das so lange das ihre gewesen war. Das schmale Bett war abgezogen und blank, keine Spuren von ihr waren mehr zu sehen. Sie würde ihre Hochzeitsnacht im verhältnismäßigen Luxus des Eckzimmers und dem großen Himmelbett, das meinem Großvater gehört hatte, verbringen. Es würde die letzte Nacht sein, die sie in diesem Haus schlief.

Wie ich die Tage ohne sie überleben sollte, wußte ich nicht, und der Gedanke daran lastete schwer auf meiner Seele. Ihre Gedanken, wußte ich, waren noch viel schwerer als meine, aber sie teilte sie nicht mit mir. Sie berührte das Fenster mit ruhiger Hand und starrte mit blinden Augen auf die Straße.

»Bei Anbruch der Nacht wird es regnen«, sagte sie, als sie mich in der Tür bemerkte. »Unsere Gäste werden naß werden.«

»Sie werden es wahrscheinlich kaum noch bemerken.« Ich trat in das Zimmer und schloß die Tür hinter mir, um den Lärm der Musik und des Feierns unten auszusperren. »Trotz Onkels Mißbilligung haben sie schon zwei Fässer von dem Bier getrunken, das er ihnen hingestellt hat.«

Sie lächelte schwach über die Neuigkeit. Sie trug immer noch ihr bestes Kleid aus blaßrosa Seide mit Rüschen und Stickereien, das einen fröhlichen Gegensatz zu der düsteren Kleidung ihres Gatten darstellte. Elias Webb hatte sich erwartungsgemäß als sauertöpfischer Bräutigam erwiesen, und in der Kirche am Morgen hatte selbst der Priester bei den Worten der Zeremonie gezögert, als dauere es ihn, ein junges, lebensfrohes Mädchen mit einem solchen Mann zu verbinden.

»Mein Gatte trinkt bestimmt nicht, möchte ich wetten«, sagte Rachel. »Er ist ganz Puritaner in seinen Gewohnheiten. Weißt du wohl, welche Stunde es geschlagen hat?«

Ich schüttelte den Kopf. »Die Zeit des Abendessens ist nah, aber die genaue Stunde weiß ich nicht. Wirst du bald herunterkommen?«

»Ja, gleich. Ich –« Sie brach plötzlich ab und preßte die Handfläche gegen das Fensterglas. Ich stand direkt hinter ihr und konnte erkennen, wen sie auf der Straße herannahen sah. Das riesige graue Pferd und sein Reiter waren unverwechselbar. Neben ihnen saß Evan Gilroy hochaufgerichtet mit einem entschlossenen Gesichtsausdruck auf seinem kastanienbraunen Roß und führte hinter sich eine temperamentvolle schwarze Stute, die auf der zerfurchten Straße zu tänzeln schien.

»Er ist gekommen«, atmete Rachel in einer Art Stoßseufzer aus. »Er ist wirklich gekommen.« Sie wandte sich zu mir um, in ihren Augen glänzte eine Wildheit, die ich nicht verstand. »Greif dein Glück mit beiden Händen, Mariana«, riet sie mir mit zitternden Lippen, »und halt es ganz fest, denn du weißt nie, wann du es wieder verlieren kannst.«

Ich wollte sie umarmen, sie trösten, doch bevor ich meine Arme bewegen konnte, war sie schon mit gesenkten Augen an mir vorbeigeeilt, und ich hörte nur noch das Echo ihrer Schritte auf der Treppe. Unter mir im Hof warf Navarre seinen grauen Kopf zurück, als Richard abstieg. Evan führte alle drei Pferde zu dem verwachsenen Birnbaum an der Südwand und band sie dort an. Aus dem Erdgeschoß klangen die an- und abschwellenden Geräusche der Festlichkeit herauf, ungestört von der Ankunft der neuen Gäste.

Richards Stimme drang durch die Bodenbretter zu meinen Füßen und zog mich vom Fenster weg und die Treppe hinunter ins allgemeine Getümmel.

»Mylord«, Rachels Stimme schnitt deutlich durch das plappernde Getöse, und ihr Lächeln war strahlend, als sie den Raum durchschritt, um sie zu begrüßen. »Ihr ehrt uns mit Eurer Gegenwart.«

Richard lüftete seinen Hut und beugte sich galant über ihre ausgestreckte Hand. »Eure Gegenwart, Madam, würde jedem Mann zur Ehre gereichen«, entgegnete er gewandt.

Ihr Lächeln wankte nicht, als sie ihre Aufmerksamkeit auf den Mann neben ihm richtete. »Mr. Gilroy«, begrüßte sie ihn ebenfalls mit dargebotener Hand.

Sein Handkuß war kurz, aber seine Augen verharrten auf den ihren. »Ich wünsche Euch Glück«, sagte er leise.

Mein Onkel trat ebenfalls vor, seine kalten Augen straften die Maske der Gastfreundschaft Lügen. »Ihr seid willkommen, Gentlemen. Kommt und nehmt eine Erfrischung.«

Richard nickte geistesabwesend, sein Blick suchte den Raum ab. »Wo ist der gute Mr. Webb?« fragte er. »Ich möchte einen Moment mit ihm sprechen.«

Onkel Jabez winkte den Bräutigam herbei, und Elias Webb näherte sich den Männern mit einem finsteren Ausdruck auf seinen schrumpeligen Zügen. Richard schien die Kälte seines Grußes nicht zu bemerken.

»Darf ich Euch meinen Glückwunsch aussprechen, Sir«, sagte er freundlich, »zu Eurer ausgezeichneten Eheschließung.«

»Danke, Euer Lordschaft.« Es war eine widerwillige Antwort.

Richard lächelte. »Ich möchte Euch zur Feier des Tages ein Geschenk machen. Im Hof werdet Ihr eine schwarze Berberstute sehen. Sie ist ein Damenpferd und das passende Beiwerk zur Schönheit Eurer Gattin. Bitte erweist mir die Ehre, und nehmt dieses kleine Geschenk von mir an.«

Elias Webb sah zu der errötenden Rachel hin, bevor er antwortete. »Im Namen meiner Frau nehme ich Euer Hochzeitsgeschenk mit Dank an«, sagte er. Aber man sah deutlich, daß er nicht erfreut war.

Die Musiker stimmten mit Laute, Flöte und Tamburin eine ausgelassene Melodie an, und Richard neigte lauschend seinen Kopf.

»Das ist ein hübsches Liedchen«, bemerkte er. »Sagt mir, Sir, würdet Ihr es dreist von mir finden, wenn ich um einen Tanz mit Eurer reizenden Gattin bäte?«

Das häßliche Gesicht des Bräutigams gefror. »Ich bedaure, Mylord, aber ich kann das Tanzen bei meiner Hochzeit nicht gestatten. Musik und Trinken kann ich in Maßen noch erlauben, aber Tanzen ist ein Zeitvertreib des Teufels.«

Richard hatte mich noch nicht einmal angesehen, seit ich nach unten gekommen war, und ich hatte schon geglaubt, daß er meine Gegenwart nicht bemerkt habe, aber jetzt fanden seine Augen mich mit unfehlbarer Sicherheit. Ich drückte mich mit dem Rücken gegen die getäfelte Wand und betete, daß er es nicht wagen würde, mich zum Tanz aufzufordern, wo noch dazu mein Onkel direkt neben ihm stand.

An seinem Lächeln konnte ich erkennen, daß der Gedanke ihm wohl gekommen war, aber er sah höflich zur Seite, entschuldigte sich bei Rachel und ihrem Ehemann und ging, sich unter die anderen Gäste zu mischen, wobei ihm Evan Gilroy auf den Fersen folgte.

Einige Minuten später, als ich durch die Reihen der Gäste ging, um ihre Becher mit Wein aufzufüllen, stand er plötzlich an meiner Seite.

»Ihr werdet meinen Stolz verletzen«, warnte er mich sanft, »wenn Ihr mich weiterhin so ignoriert.«

Ich bedachte ihn mit einem Blick, der ungeduldig, aber nicht ganz ernst gemeint war. »Ich darf nicht mit Euch sprechen, mein Onkel hat es selbst befohlen.«

»Und wann habt Ihr je Befehlen gehorcht?« Er hielt mir seinen Becher zum Einschenken hin, sein Mund war amüsiert verzogen. »Außerdem ist Euer Onkel im Moment mit einem äußerst ernsthaft aussehenden Herrn beschäftigt. Wenn er in unsere Richtung sehen sollte, brauche ich mich nur zu ducken.«

»Ihr seid unmöglich, Mylord.«

»Ja. Und Ihr laßt heute Eure gute Stimmung vermissen, Madam. Was ist es, das Euch so beleidigt hat?«

Ich neigte den Kopf, die Stirn in Falten. »Es tut mir leid, Mylord, aber dieser Tag ist mir auf den Magen geschlagen. Wie konntet Ihr bloß Evan hierherbringen?«

Seine Stimme blieb ruhig. »Wir waren eingeladen.«

»Rachel ist schon verzweifelt genug, ohne noch an das Glück erinnert zu werden, das sie einst kannte, und es hilft auch wenig, daß Evan über ihre Eheschließung nur wenig betrübt zu sein scheint.«

Richards Blick folgte meinem zu der großen, stillen Gestalt von Evan Gilroy, der gegen die Wand beim Kamin gelehnt stand, einen Stiefel anmaßend gegen den kalten Herd gestemmt.

»Es ist noch keine Ehe«, widersprach Richard mit einem leicht teuflischen Lächeln, »bevor sie nicht vollzogen ist.«

Mein Onkel wandte sich in diesem Augenblick um und sah uns, und trotz seines vorherigen Versprechens duckte sich Richard de Mornay nicht. Statt dessen hob er seinen Becher und seine volltönende Stimme hallte von den Deckenbalken wider, als er die versammelte Gesellschaft zu einem Trinkspruch aufforderte.

»Auf seine Majestät, König Karl!«

»Auf den König!« Alle hoben zur Antwort ihre Becher und leerten sie in einem Zug. Auch mein Onkel verweigerte sich dem Toast nicht, aber seine Augen waren schmal und hart, als er den Becher vom Mund absetzte.

»Auf Braut und Bräutigam!« rief jemand aus dem hinteren

Teil des Raums, und wieder erschallten die Stimmen im Chor, und die Becher wurden gehoben.

»Auf die Liebe«, warf Evan mit klarer, gelassener Stimme ein, ohne seine Stellung am Kamin zu verändern. Zum dritten Mal wiederholten die Stimmen den Toast und tranken darauf. Richard hielt meinen Blick fest, während er seinen Becher austrank und setzte ihn dann zwinkernd ab.

»Denkt daran, wie ich diesen Toast trank«, sagte er, bevor er weiterging.

Der bräutliche Schlaftrunk wurde bald darauf gebracht, eine warme, zu Kopfe steigende Mischung aus geronnener Milch, spanischem Wein und Gewürzen, und als er fröhlich ausgetrunken war, wurden die Lichter und ein Feuer im Kamin des Schlafgemachs im oberen Stock entzündet, wo das große Bett vorbereitet stand, um das Brautpaar zu empfangen.

Caroline und ich begleiteten Rachel hinauf, um ihr beim Auskleiden zu helfen. In ein paar Minuten würde die gesamte Hochzeitsgesellschaft folgen, wie der Brauch es verlangte, um den Brautstrumpf zu werfen und das frisch verheiratete Paar ins Bett zu bringen. Rachel war sichtlich nicht begeistert von dieser Vorstellung, aber sie saß stoisch da, während wir sie zurechtmachten.

»Du mußt fröhlich aussehen«, tadelte Caroline ihre jüngere Schwester und kniff sie in die Wangen, damit sie Farbe erhielten. »Das ist doch keine Totenwache. Jabez hat dich mit einem wohlhabenden und respektablen Mann verheiratet, und du solltest deine Dankbarkeit deutlicher zeigen.«

»Ich bin ausgesprochen dankbar«, antwortete Rachel tonlos.

Caroline fummelte an Rachels Haar herum und schnalzte vorwurfsvoll mit der Zunge. »Du siehst aber nicht so aus. Du mußt lächeln und sagen –«

»Oh, laß sie endlich in Ruhe, Caroline!« fuhr ich sie an, denn meine Geduld war am Ende, und Caroline verstummte. Ich begegnete Rachels Augen im Spiegel. »Möchtest du, daß wir bei dir bleiben?«

Sie schüttelte langsam ihren Kopf. »Ich glaube, ich möchte einen Augenblick für mich sein, wenn es euch nichts ausmacht. Das gibt mir Zeit, meine Gedanken zu sammeln und...«, sie unterbrach sich und lächelte ihre Schwester an, »zu beten, daß Gott geneigt sein möge, aus mir eine gute und gehorsame Ehefrau zu machen.«

Sie stand auf und umarmte uns beide, blaß und wunderhübsch in ihrem fließenden Nachtgewand. »Ich werde dich vermissen«, flüsterte sie an meinem Ohr und klammerte sich mit der Verzweiflung eines verängstigten Kindes an mich.

»Ich werde dich oft besuchen«, versprach ich mit wankender Stimme. »Du wirst gar nicht dazu kommen, mich zu vermissen.«

Sie schüttelte nur den Kopf, ihre Augen glänzten vor Tränen, und sie umarmte mich noch einmal. Ich zog mich schweren Herzens zurück. Unten war die Feier mit Trinksprüchen und Liedern ausgelassen weitergegangen, und die Gäste waren alle in Hochstimmung, als sie sich versammelten, um den Bräutigam zu seinem Ehelager zu geleiten. Ich konnte es nicht über mich bringen, sie zu begleiten, und als sie schließlich allesamt die Treppe hinaufstiegen, blieb ich elend in der Diele zurück und hoffte nur, daß niemand mich vermißte.

Ich merkte kaum, wie das Stimmengemurmel abbrach, sich veränderte, wieder lauter wurde, aber nicht mehr fröhlich klang. Die Leute schienen wieder herunterzukommen, polterten die schmale Treppe in heller, zitternder Aufregung hinunter und füllten die Diele bis zur letzten Ecke, in ihrer Mitte mein Onkel, der finsterer und bedrohlicher aussah, als ich ihn je erblickt hatte.

»Auf die Pferde!« befahl er den Umstehenden. »Sie sollen nicht davonkommen. Bei Gott«, donnerte er und richtete sich hoch auf, »sie sollen uns nicht davonkommen!«

Die Luft um mich her war von empörtem, eifrigem Geflüster erfüllt. »Geflohen ... hast du so was schon mal erlebt ...? Durch das Fenster natürlich ... Gilroy, meine Liebe, vom Herrenhaus ... nie hätte jemand gedacht ...«

Elias Webb pflügte bebend vor Wut durch das Gedränge der Leiber auf mich zu. »Öffne die Tür!« befahl er, und ich gehorchte ohne zu zögern und lehnte mich flach gegen die Wand, um ihn vorbeizulassen. Mehrere Männer folgten ihm hinaus auf den Rasen und verteilten sich entschlossen in alle Richtungen. Instinktiv sah ich an ihnen vorbei zu der Stelle, wo Evan die

Pferde angebunden hatte. Navarre stand allein im Mondlicht, ein geisterhaftes graues Wesen, und hatte seinen Kopf in Richtung der fernen Hügel gedreht.

Ich wandte meinen Blick von ihm ab und sah mich um. Richard de Mornay stand auf halber Höhe der Treppe, eine Schulter gegen die Wand gelehnt, die Arme lässig über der Brust verschränkt. Über dem Meer von verblüfften Gesichtern begegneten sich unsere Augen, und er lächelte.

Kapitel neunundzwanzig

Mrs. Hutherson lächelte mich über den Rand ihrer geblümten Teetasse hinweg an. »Was glaubst *du* denn, wie es mit ihnen weitergegangen ist?«

»Ich weiß es nicht«, antwortete ich und kaute auf meiner Unterlippe herum. »Ich möchte gern glauben, daß sie entkommen sind und glücklich lebten bis ans Ende ihrer Tage und all das.« Ich lächelte schwach. »Wie im Märchen eben.«

Es war inzwischen schon zu einer vertrauten Szene geworden, wie wir beide uns an dem saubergescheuerten Tisch in der Küche von Crofton Hall gegenübersaßen, während die Sonne durch die Fenster hereinschien und der Kessel noch auf dem Ofen dampfte.

»Ich bin heute morgen zur Kirche gegangen«, fuhr ich fort, »und habe noch einmal in den Registern nachgesehen. Es gibt keinen Eintrag über ein Begräbnis von Rachel oder Evan oder über eine Heirat zwischen ihnen. Der Eintrag über die Eheschließung zwischen Rachel und Elias Webb besteht hingegen noch«, berichtete ich. »Niemand hat ihn durchgestrichen oder so etwas.«

»Sie hielten es wahrscheinlich nicht für nötig«, erklärte Mrs. Hutherson. »Elias ist bald darauf gestorben. Aber halt«, ertappte sie sich selbst und mußte lächeln. »Jetzt habe ich es dir erzählt, und das, obwohl ich mir geschworen habe, es nicht zu tun.«

»Sie möchten mir also nicht vielleicht erzählen, was aus Evan und Rachel wurde?«

»Nein, das möchte ich nicht.«

»Es war eine sehr ernste Sache damals, nicht wahr? Mit einem anderen Mann fortzulaufen. Ich nehme an, man hätte sie gehängt, wenn man sie gefaßt hätte.«

Sie hob die Kanne und weigerte sich, auf den Köder anzubeißen. »Möchtest du noch eine Tasse?«

»Nein, danke.« Ich legte eine Hand auf meinen Magen. »Ich habe schon viel zuviel getrunken.«

»Hast du Geoff schon davon erzählt?«

»Nein. Ich habe ihn nur einen Augenblick gesehen, kurz vor Mittag, als er sich auf seinen Ausritt machte. Er erinnert sich immer noch an nichts. Was Richard betrifft, meine ich.«

Es war eine unnötige Ergänzung von mir, aber sie nickte trotzdem. »Ich weiß.«

»Wird er sich je erinnern?«

»Nimm noch einen Keks.« Sie reichte mir den Teller.

»Sie werden mir keine Antwort geben, stimmt's? Gut, dann versuchen wir es andersherum. Gibt es etwas, was ich sagen oder tun kann, das Geoff helfen könnte, sich zu erinnern?«

»Gar nichts.« Sie schüttelte mit majestätischer Bestimmtheit ihren Kopf. »Du kannst den Lauf des Schicksals nicht beschleunigen, Julia.«

Mein Lächeln war gezwungen. »Es kann nichts schaden, es zu versuchen.«

»Im Gegenteil, du kannst sogar sehr viel Schaden anrichten.« Sie neigte ihren Kopf zur Seite und sah mich prüfend an. »Darf ich dir einen Vorschlag machen?«

»Natürlich.«

»Du sagtest, daß du deine Erfahrungen nicht immer kontrollieren kannst. Daß du manchmal zurückgehst, ohne es zu wollen.«

»Das stimmt.«

»Dann würde ich es für klug halten, wenn du dein Haus für die nächsten Tage verlassen und ein wenig Urlaub machen würdest. Nicht, daß du in Gefahr bist, das nicht, aber Marianas Onkel war ein brutaler Mann, und Rachels Flucht verbesserte seine Stimmung nicht gerade. Es könnte schmerzhaft – körperlich schmerzhaft – für dich werden, wenn du zum jetzigen Zeitpunkt Episoden wiedererleben würdest. Verstehst du?«

Ich dachte an Carolines Blutergüsse und ihre hohlen, resignierten Augen. »Ja«, sagte ich, »ich glaube, ich verstehe.«

»Du brauchst nicht lange wegzubleiben. Vielleicht bis Donnerstag. Bis dahin sollte sich der Sturm gelegt haben. Jabez Howards Wutanfälle hielten nie lange vor.«

Ich sah sie neugierig an. »Sie scheinen sehr viel über ihn zu wissen.«

»Kein Wunder«, antwortete sie und blickte mir ruhig in die Augen. »Jabez Howard war mein –«

Plötzlich wurde die Außentür aufgerissen, und Vivien steckte ihren Kopf zur Küche herein. »Tut mir leid, wenn ich störe«, sagte sie und klang überhaupt nicht entschuldigend, »aber ich habe dich schon überall gesucht, Julia. Ich brauche unbedingt deinen Rat darüber, was ich heute abend anziehen soll.«

Alfreda Hutherson lächelte ihre Nichte nachsichtig an. »Was steht denn heute abend auf dem Programm?«

»Mach du dir darüber mal keine Gedanken«, entgegnete Vivien grinsend. »Ich muß mir nur Julia für ein paar Minuten ausleihen, sonst nichts.«

»Und an meiner Meinung ist dir nicht gelegen?«

»Nein, danke«, Viviens Grinsen wurde breiter. »Ich kenne deine Garderobe. Außerdem ist Julia Künstlerin. Sie hat ein Auge für Farben und Linien und solche Dinge.« Sie sah mich hoffnungsvoll an. »Hast du einen Moment Zeit, oder habe ich euch tatsächlich bei etwas Wichtigem unterbrochen?«

»Bei nichts, das nicht warten könnte«, antwortete Mrs. Hutherson für mich und winkte ab. »Du gehst besser mit ihr, Julia. Wir können es nicht zulassen, daß Vivien in unmodernen Sachen herumläuft oder ihr Kleid sich mit dem Tischzeug beißt. Und laß sie nichts Schwarzes tragen, das macht sie zu blaß.«

»Ich habe überhaupt nichts Schwarzes«, vertraute mir Vivien an, als wir uns auf dem Pfad hinter dem Haus zum Roten Löwen begaben. »Nicht mehr. Manchmal höre ich nämlich auf meine Tante Freda, weißt du.« Lächelnd stieß sie die Pforte auf, die zu ihrer Wohnung auf der Rückseite des Pub führte.

Drinnen warf Vivien ihre Schlüssel auf die Küchentheke und schüttelte den Kopf. »Jetzt sieh dir das einmal an«, sagte sie mit einer ausladenden Handbewegung. Ich folgte ihrem Blick. Iain lag lang ausgestreckt auf dem Teppich in ihrem Wohnzimmer, einen Arm unter den Kopf gelegt, die Fußknöchel gekreuzt und die Augen geschlossen. »Das ist das Problem mit den Handwerkern heutzutage«, sagte sie amüsiert zu mir. »Du kehrst ihnen nur eine halbe Minute den Rücken, und schon schlafen sie dir bei der Arbeit ein.«

Er sah ganz anders aus im Schlaf. Die starken, unbeweglichen Linien und Kanten seines Gesichts waren verschwunden und mit ihnen der Ausdruck stoischer Selbstbeherrschung. Er sah irgendwie jünger aus. Das war das Gesicht des Träumers, sagte ich mir, das Gesicht des Dichters und nicht des Landwirts. Doch in diesem Moment öffnete er ein Auge halb und sah uns an, und der Eindruck verflüchtigte sich. »Ich schlafe nicht«, sagte er. »Ich ruhe nur meine Augen aus.«

»Du solltest doch meinen Abfluß reparieren, soweit ich mich erinnere.«

»Jawohl, gnädige Frau. Sofort, gnädige Frau.« Er grinste und das eine graue Auge glitt von Vivien zu mir. »Lieber Himmel, man könnte meinen, ich würde für den Job bezahlt.«

»Ich wußte nicht, daß du auch Klempner bist, Iain«, sagte ich.

»Bin ich auch nicht, aber ich kann das Nötigste.« Er setzte sich auf und rieb sich den Nacken. »Viv hat gestern den Fehler begangen, ihr undichtes Rohr in der Bar zu erwähnen, und Neds Vater hat sich gleich erboten, es für sie zu reparieren. Also hat Viv mich voll Panik herbestellt, um das Problem zu erledigen, bevor er dazu kommt.«

»Wenn es etwas gibt, das man vermeiden will«, warf Vivien ein, »dann ist es, Jerry Walsh an den Abflußrohren herumbasteln zu lassen.«

Ich lachte. »Ich weiß. Ich habe einen Hahn im Bad, der ungefähr seit dreißig Jahren tropft.«

»Da hast du noch Glück«, gab sie zurück. »Er hat meine Küche unter Wasser gesetzt, als ich ihn das erste Mal für eine Arbeit bestellte. Es ist jedenfalls sicherer, einen Amateur ans Werk zu lassen.«

»Oh, vielen Dank«, bemerkte Iain trocken und schwang sich auf seine Füße. »Dein Vertrauen ist wirklich rührend.«

»Du weißt, wie ich es meine.«

»Ja. Hast du etwas dagegen, wenn ich mir ein Bier nehme, bevor ich deine Abflußrohre demoliere? Oder ist Trinken bei der Arbeit nicht erlaubt?«

»Bedien dich.« Sie trat beiseite, um ihn zum Kühlschrank durchzulassen. Als das Tageslicht ungehindert auf sein Gesicht schien, waren die Linien der Erschöpfung deutlich sichtbar, und

Vivien sprach ihn darauf an. »Du solltest dir wirklich mehr Schlaf gönnen, weißt du.«

Er bedachte sie mit einem Blick stiller Amüsiertheit. »Daran hättest du früher denken können, Schätzchen, bevor du mich aufgeweckt hast. Was habt ihr beide überhaupt vor?«

»Julia wird mir helfen, meine Garderobe für heute abend auszusuchen.«

Iain zuckte die Achseln. »Ich habe dir ja schon gesagt, welches Kleid ich am liebsten mag«, sagte er, während er die Kühlschranktür schloß und eine Flasche Bier öffnete. »Das Grüne mit den Knöpfen.«

»Ich möchte gern noch die Meinung einer Expertin hören.«

Eine halbe Stunde später, nachdem ich alle in Frage kommenden Kleidungsstücke gesehen hatte, mußte ich zugeben, daß Iain völlig recht hatte.

»Das Grüne«, entschied ich, »unbedingt. Es ist toll geschnitten und steht dir ausgezeichnet.«

»Ist es auch passend für eine etwas spießige Zusammenkunft von recht wohlhabenden und distinguierten Leuten?«

»Ich glaube schon. Wohin willst du denn nun eigentlich?«

»Nach London«, ließ sie verlauten und drehte sich, um ihr Bild in dem länglichen Spiegel zu betrachten. »Ich bin zu einer Dinnerparty in Belgravia eingeladen.«

»Mit Iain?«

»Um Himmels willen, nein. Iain kann London nicht ausstehen.« Sie beäugte kritisch die Saumlinie des Kleides. »Du findest nicht, daß es zu kurz ist? Nein? Na gut, ich denke, wenn ihr beide spontan für dieses stimmt, sollte ich euren Rat befolgen und es auch tragen.« Sie sah auf die Uhr und zog eine Grimasse. »Mein Gott, so spät schon? Ich habe Ned versprochen, daß er noch eine Pause machen kann, bevor ich gehe.«

Persönlich hatte ich noch nie erlebt, daß Ned sich genug verausgabte, um eine Pause zu brauchen, aber ich behielt meine Meinung für mich. Vivien streifte ihre hochhackigen Schuhe ab, schlüpfte schnell wieder in ihre Alltagssachen und fuhr sich mit den Fingern ordnend durch die Haare.

»Ich bleibe nicht lange weg«, sagte sie. »Du kannst mit in die Bar kommen, wenn du möchtest, oder auch hierbleiben.«

»Ich werde hier warten. Es sollte sowieso jemand ein Auge auf deinen Klempner haben.«

Sie lächelte. »Da hast du allerdings recht. Ruf mich, wenn dir das Wasser bis zu den Knien steht.«

Iain machte seine Sache jedoch, soweit ich das beurteilen konnte, sehr gut und fachmännisch. Ich hockte mich auf den Rand der Badewanne und sah ihm bei der Arbeit zu. Wie immer umfloß mich die beruhigende Ausstrahlung seines Wesens wie eine reinigende Flutwelle. Vivien, entschied ich, war eine sehr glückliche Frau.

»Wir haben uns für das grüne Kleid entschieden«, teilte ich ihm mit.

»Na, also« sagte er lächelnd, »das war ja eigentlich keine Frage, oder? Sie sieht toll aus in diesem Kleid.«

Ich schaute auf seinen gebeugten Kopf nieder. »Du siehst wirklich sehr müde aus, weißt du.«

»Das mußt du gerade sagen.« Er drehte sich kurz nach mir um. »Hast du in letzter Zeit mal einen Blick in den Spiegel geworfen? Du siehst aus, als ob du einen Urlaub gebrauchen könntest.«

Ich lächelte. »Ich mache tatsächlich Urlaub. Ab morgen.«

»Oh. Wohin fährst du?«

»Nach Brighton.«

Er sah erneut auf und grinste. »Brighton? Das mit den obszönen Postkarten und so? Scheint überhaupt nicht dein Stil zu sein.«

»Ist es eigentlich auch nicht. Aber meine Eltern sind dort für eine Woche, und ich dachte, daß ich für ein paar Tage zu ihnen stoße.«

»Ach so, verstehe. Ich erinnere mich, daß dein Bruder davon erzählt hat. Irgendein Preisausschreiben, das dein Vater gewonnen hat, stimmt's?«

»Kreuzworträtsel, ja.« Ich nickte. »Mam ist nicht übermäßig begeistert, aber meine Gegenwart muntert sie vielleicht auf. Außerdem ist es Jahre her, seit ich das letzte Mal am Meer war.«

»Na, dann fahr nur und amüsier dich. Wir werden das Haus für dich hüten, wenn du willst. So«, er setzte noch einmal die Rohrzange an und lehnte sich dann zurück, um seine Arbeit zu begutachten. »Ich finde, das ist mindestens ein Freibier wert.

Warum gehen wir nicht rüber und sehen nach, was Vivien macht?«

Brighton war genauso bunt und schrill, wie ich es aus meiner Kindheit in Erinnerung hatte, aber das Wetter war ungewöhnlich schön, und meine Eltern freuten sich sehr, mich zu sehen. Ich vertrödelte vier Tage in ihrer angenehmen Gesellschaft, machte Strandspaziergänge, nahm Schnappschüsse vom Königlichen Pavillon auf und lachte über das ganze Spektakel.

Ich kehrte am Donnerstag nachmittag in geistig völlig erfrischtem Zustand zurück, ließ mein Gepäck in der Diele fallen und machte mich auf die Suche nach Geoff. Ich fand ihn in der Bar des Roten Löwen bei einem Glas Bier und einem Gespräch über Rugby mit Ned.

Ned zeigte sich ausnahmsweise beinahe lebhaft. »Pewsey wird Calne an diesem Samstag um zehn Punkte schlagen, wart's nur ab.«

»Möchtest du auf diese Meinung vielleicht wetten, Ned?«

»Zehn Pfund.«

»Abgemacht.« Die beiden Männer gaben sich die Hände, und Geoff wandte sich mit einem Lächeln zu mir um, als ich mich auf den Barhocker neben ihm hievte. »Ein Bursche, der für mich arbeitet, spielt als Rechtsaußen für Calne«, erklärte er. »Ich bin nur loyal.«

Ned grinste. »Das Geld ist er los. Ist praktisch so, als ob man einem Kind ein Stück Zucker wegnimmt.«

Ich sandte Geoff meinen mütterlichsten Blick. »Soweit ist es also mit dir gekommen, während ich nicht da war? Alkohol und Glücksspiel?«

»Ich habe mich tödlich gelangweilt«, verteidigte er sich. »Niemand war da, um mit mir zu spielen. Iain hat zuviel zu tun diese Woche, und Vivien...« Er blickte stirnrunzelnd auf Ned. »Wo steckt Vivien eigentlich genau?«

Der schweigsame Barmann hob eine Hand und schüttelte den Kopf. »Hat keinen Sinn, mich zu fragen. Meine Lippen sind unter Androhung der Todesstrafe versiegelt.«

»Und Vivien ist also sonstwohin verschwunden. Ich mußte mich allein amüsieren.«

»Na gut, jetzt bin ich zurück. Was möchtest du machen?«

Er legte den Kopf schräg und überdachte das Angebot. »Ich könnte dich für den Anfang zum Essen ausführen, und später könntest du mich nach Hause begleiten und mir beim Packen helfen.«

»Packen? Für was?«

»Ich fliege am Samstag nach Frankreich«, antwortete er. »Oder hast du das etwa vergessen?«

»An *diesem* Samstag? Aber ich dachte, du fliegst erst Ende August?«

Geoff lächelte. »Wir haben Ende August, zumindest beinahe. Sieh mich nicht so an. Ich bin doch nur sechs Wochen weg.«

Sechs Wochen! Das schien eine kleine Ewigkeit. Ich blickte immer noch düster drein, als wir den Pub verließen und uns dem schattigen, ungepflasterten Weg zuwandten, der hinauf nach Crofton Hall führte. Geoff hielt sich dicht neben mir, sein Arm streifte meine Schulter. Nach ein paar Minuten des Schweigens drehte er mir den Kopf zu und sah mich an, einen unlesbaren Ausdruck in den Augen.

»Warum kommst du nicht mit mir?«

Ich sah schnell auf. »Was?«

»Nach Frankreich, meine ich. Warum kommst du nicht mit? Es ist genug Platz im Flugzeug, und das Haus ist sehr geräumig, es würde überhaupt keine Umstände machen. Und ich würde mich über deine Gesellschaft freuen.«

»Oh Geoff, ich kann nicht.« Meine Augen flehten ihn um Verständnis an. »Ich kann einfach nicht.«

Er verstand. »Wegen Mariana.«

»Es wird etwas Wichtiges passieren, Geoff, ich kann es fühlen. Etwas, das mir helfen könnte zu erklären, warum diese Dinge mit mir geschehen. Und es wird bald passieren. Aber ich muß hier sein, in Exbury, wenn ich herausfinden will, wie die Geschichte ausgeht. Ich kann jetzt unmöglich fortgehen.«

Wir näherten uns gerade der Wegbiegung um den Friedhof herum. Jenseits der Kirche ragte das steinerne Tor von Crofton Hall auf, doch bevor ich noch einen weiteren Schritt darauf zu machen konnte, wurde ich plötzlich bei den Schultern gepackt und unsanft in die Deckung der Bäume gezogen. Dort, in dem kühlen, grünen Schatten, nahm Geoff mein Gesicht zwischen seine Hände und küßte mich auf eine Art, die beinahe grob war in ihrer Dringlichkeit.

»Was sollte das nun bedeuten?« fragte ich, als ich endlich wieder atmen konnte.

»Ich weiß nicht genau. Vielleicht wollte ich nur sicherstellen, daß du mich auch wahrnimmst.«

»Ich nehme dich sehr wohl wahr.«

Er lächelte und küßte mich wieder, sanfter diesmal, dann richtete er sich auf und strich eine ungebärdige Locke auf meiner Wange zurück. »Wirst du mich vermissen, während ich in Frankreich bin?«

»Natürlich werde ich dich vermissen.«

»Wer weiß.« Das Lächeln verschwand, und sein Gesicht wurde sehr ernst unter den tanzenden Schatten der Blätter.

Ich starrte ihn an. »Was soll das heißen?«

»Wen siehst du, wenn du mich anschaust?« fragte er. »Geoff? Oder Richard?«

Es hätte mir leichtfallen sollen, darauf eine Antwort zu geben, aber ich konnte nicht. Ich konnte gar nichts sagen, ich starrte ihn einfach weiter an, gefangen von der Intensität seiner Augen. Er hörte auf, mit meiner Haarsträhne zu spielen, und strich mit einem Finger über mein Kinn, bevor er die Hand ganz von meinem Gesicht wegzog.

»Wer von uns ist es, Julia?« fragte er sachte. »Du solltest besser darüber nachdenken, während ich fort bin.«

Kapitel dreißig

Der September war ein grauer und langweiliger Monat, regnerisch und ermüdend ereignislos. Der Rosengarten von Crofton Hall entfaltete nie seine volle Pracht, verfaulte Blüten hingen schlaff über schwärzlichen Ranken und Blättern, die fleckig waren von der Feuchtigkeit. In meinem eigenen kleinen Taubenschlag-Garten mühten sich verstreute, weinrote Anemonen tapfer, sich gegen ein Meer von Herbstgänseblümchen farblich abzusetzen, aber die Regenfälle bereiteten auch ihnen ein baldiges Ende. Es gab wenig Farben rundherum, nur ein verwaschenes, müdes Grün und das trübe, dunkle Grau der Steine und des Himmels.

Die bunten Postkarten, die Geoff aus Südfrankreich schickte, boten eine willkommene Aufmunterung, und ich stellte sie in einer langen Reihe auf dem Fensterbrett auf, so daß ich sie betrachten konnte, während ich an meinen Illustrationen arbeitete. Ich hatte wieder eine meiner ungeselligen Phasen, aber das schien niemanden zu stören.

Iain war eifrig mit der Ernte seiner Äpfel beschäftigt, damit diese zu einem Cider-Fabrikanten nach Somerset verladen werden konnten. Von Zeit zu Zeit entdeckte ich eine sorgfältig gejätete oder gesäuberte Stelle im Garten und wußte, daß er dort gewesen war, aber ich sah ihn nie. Er mußte im Dunkeln gearbeitet haben. Vivien rief mich gelegentlich an, um ein Schwätzchen zu halten, und Mrs. Hutherson kam eines Morgens vorbei, um nach mir zu sehen, aber an den meisten Tagen konnte ich mich ohne Unterbrechung in meine Arbeit vertiefen.

Nach drei Wochen war ich der Beantwortung von Geoffs Frage, ob ich mir mehr aus ihm oder aus Richard machte, noch kein Stück näher gekommen – ich stellte fest, daß ich sie beide vermißte. Marianas Tage waren genauso trübselig wie meine, und da ich darauf achtete, meine Rückblenden auf das Haus zu beschränken, kam Richard de Mornay nicht in ihnen vor. Ich war versucht, ein zweites Experiment im Gutshaus durchzuführen, aber aus irgendeinem Grund zögerte ich, vielleicht, weil ein

Instinkt mir immer wieder sagte, daß es nicht nötig war. *Was auch immer geschehen wird*, sagte die hartnäckige innere Stimme, *wird in Greywethers seinen Anfang nehmen*. Also wartete ich.

Der dreiundzwanzigste September begann ziemlich genau wie jeder Samstag. Ich erwachte früh mit dem Geräusch des allgegenwärtigen Regens, der durch meine Dachrinnen gurgelte. Es schien fast übertrieben, auch noch ein Bad einzulassen bei all dem Wasser draußen, aber ich badete dennoch und ging dann hinunter, um zu frühstücken.

Die Vormittagspost brachte eine weitere Ansichtskarte von Geoff mit einem spektakulären Blick auf die schneebedeckten Pyrenäen und der schlichten Erklärung »Baskenland« auf der Rückseite. *Habe genug von den Stränden*, lautete seine Nachricht, *und bin daher für ein paar Tage zu Mutter nach Pamplona gefahren. Versuche vielleicht sogar, Roncevalles zu finden, wo der gute, alte Roland aus dem »Lied« starb, als er versuchte, Navarra für Karl den Großen einzunehmen. Mein Geschichtslehrer wäre stolz auf mich. Alles Liebe, Geoff.*

Navarre...

Ein Bild tauchte ungebeten in meinem Kopf auf, das Bild des großen, grauen Pferdes und seines dunklen, stolzen Reiters. Ich berührte die Karte mit sehnsüchtigen Fingern, legte sie zur Seite, um sie später zu den anderen zu stellen, und tröstete mich mit dem Gedanken, daß ich diese Ansicht schneebedeckter Berge später zur Illustration einer Schweizer Sage verwenden konnte.

Mein anstehendes Programm für den Morgen bestand jedoch darin, das Eßzimmer auszuräumen. Ich hatte es noch nie wirklich benutzt, seit ich eingezogen war, und so war es zu einem bequemen Abstellplatz für leere Kisten, Möbel, die noch keinen Platz in einem der Zimmer gefunden hatten, und Stapel von Papieren, die ich auf jeden Fall »später« irgendwann durchsehen wollte, geworden. Die einzige Gelegenheit, bei der ich die Eßzimmertür öffnete, war, wenn ich einen weiteren Gegenstand dort hineinstopfen wollte. Das Prinzip meiner Mutter im Kopf, daß ein ordentliches Haus ein ordentliches Leben hervorbringt, betrat ich das Zimmer mit Entschlossenheit.

Das Schwindelgefühl trat kurz vor Mittag ein. Zuerst glaubte ich, es läge nur daran, daß ich nicht genug gegessen hatte, aber dann setzte das lauttönende Klingen in den Ohren ein, und meine Hände verschwammen vor meinen Augen. Das Klingen stieg an und brach plötzlich ab, als ob eine Tür es ausgeschlossen hätte.

Ich hob eine Hand an die Stirn, strich mir das Haar aus dem erhitzten Gesicht und fuhr fort, den Boden zu scheuern, wobei meine Beine sich in den groben Röcken aus Baumwollflanell verfingen, während ich über die dicken Eichendielen rutschte. Als ich mich der Tür zum Wohnzimmer näherte, ließ der Klang einer fremden Stimme meine Hand erstarren, und ich hob ruckartig meinen Kopf.

»Heute nacht wird es also sein«, sagte die Stimme.

»Ja.« Die zweite gehörte meinem Onkel. Sie standen nur eine Armlänge von mir entfernt, so dicht, daß ihre Schatten das Licht unter der Tür verdeckten. Ich hielt den Atem an, wagte nicht, mich zu bewegen, und war erleichtert, als mein Onkel weitersprach.

»Er wird heute nacht nach Oxford weiterziehen. Einer unserer Männer reitet getarnt mit ihm und wird einen Vorwand finden, den Trupp an einem Ort unserer Wahl aufzuhalten.«

»Wie viele werden es sein?«

»Er selbst und nur fünf andere, einschließlich unseres Verbündeten.«

»Und wir sind sieben.«

»Ganz recht. Es ist unwahrscheinlich, daß es uns mißlingt.« Ich kannte diesen Tonfall meines Onkels und erschrak. Die beiden Männer traten einen Schritt von der Tür weg, aber ihre Stimmen waren immer noch deutlich vernehmbar.

»Was gibt es für Neuigkeiten aus Holland?« fragte der Fremde.

»Richard Cromwell weist unseren Plan zurück, aber mir scheint, daß es nur Vorsicht ist von seiner Seite. Wenn er erfährt, daß der Weg für seine Rückkehr geebnet ist, wird er unsere Sache wohlwollender beurteilen.«

»Ich hörte, er sei schwach und träge geworden.«

Mein Onkel gab einen ungeduldigen Laut von sich. »Ein schwacher Protektor ist dennoch mehr wert als hundert Könige, die huren und Karten spielen und den Namen Gottes beflecken. Nein«, sagte er, »das Volk Sodoms muß erzittern, denn der Tag des Herrn kommt und ist nahe.« Er verstummte, und als er wieder sprach, war ein leichtes Lächeln in seiner Stimme zu hören. »Meine Nichte ist sehr bewandert in der Bibel, habe ich es Euch schon erzählt?«

»Das habt Ihr. Vielleicht solltet Ihr sie dem armen Elias als Wiedergutmachung anbieten.«

»Ich wollte, das wäre möglich. Er hätte ihr Vater sein sollen, wenn meine Schwester sich nicht fortgestohlen hätte, und Rachel hat uns nun beiden Schande gemacht, Gott verdamme ihre Seele auf ewig. Elias ist viel Unrecht geschehen, und er wird aus meiner Hand wohl keine Frau mehr nehmen.«

»Kennt er den Treffpunkt von heute nacht?«

»Elias? Oh ja, er kennt ihn gut, und er führt das Schwert wakker für seine Jahre. Seht Ihr nur zu, daß die anderen bereit sind, und versammelt Euch am Kreuzweg in drei Stunden.«

»Ich werde für unseren Erfolg beten«, erbot sich der Fremde, aber mein Onkel schob das Angebot beiseite.

»Das ist nicht nötig. Der Herr hat gezeigt, daß er auf unserer Seite steht, indem er uns den Teufel in die Hände spielt, und morgen werden wir auf die Wiederausrufung der Republik anstoßen können.«

An dieser Stelle bewegten sie sich ganz von der Tür weg, und ich drückte mich an ein Tischbein, während mir das Blut gefror und ich den vergessenen Scheuerlappen fest mit meiner zitternden Hand umklammerte. Es war kein böser Traum, sagte ich mir, noch eine meiner Einbildungskraft entsprungene Phantasie. Sie hatten vor, den König zu töten. Sie hatten wirklich vor, den König zu töten und einen weiteren Cromwell an seine Stelle zu setzen. Es schien unglaublich, und doch ...

Ich faßte mit tastenden Fingern an meine Wange und spürte noch immer die empfindlichen Stellen der Blutergüsse.

Mein Onkel war fähig zu töten.

Ich muß den König warnen, dachte ich ... und bemerkte erst dann die Einfalt dieses Gedankens. Ich, den König warnen? Nicht nur einfältig, sondern unmöglich. Trotzdem mußte eine Warnung ergehen. Richard, beschloß ich. Ich würde es Richard sagen, und er würde einen Weg finden, den König zu benachrichtigen. Ich stand auf und war schon beinahe an der Küchentür, als das Geklapper von Geschirr mich daran erinnerte, daß sich Caroline zwischen mir und der Hintertür befand. Mein Onkel und sein Besucher waren nicht mehr im Wohnzimmer, aber ich konnte den Nachklang ihrer Stimmen aus der Diele hören. Auch auf diesem Weg war kein Entschlüpfen möglich.

Voll Panik drehte ich mich um, und mein Blick fiel auf die zum Garten hinausgehenden Fenster. Eines der Fenster stand einen Spalt offen, ich öffnete es leise so weit, daß ich hindurchpaßte. Ich ließ mich vorsichtig auf den weichen Boden darunter fallen und zog dann das Fenster von außen wieder zu, falls jemand in das Zimmer sehen sollte, während ich fort war. Mit etwas Glück, sagte ich mir, würde niemand meine Abwesenheit bemerken. Seit Rachels Weggang war der Haushalt furchtbar still geworden, und Tante und Onkel gaben wenig auf mich acht.

Ich betete inständig, daß sie mich nicht ausgerechnet jetzt suchen würden, als ich mich um die fensterlose Südseite des Hauses stahl und leichtfüßig durch das lange Gras zu der Senke lief, hinter der ich im willkommenen Schutz des Waldes verschwand. Ich rannte blindlings drauflos, wie ein verängstigter Hase, dachte weder an meine bloßen Füße noch an meine grobe Kleidung. Ich hörte nicht auf zu rennen, bis ich an dem großen Eichenportal von Crofton Hall angekommen war, hob die Faust und hämmerte mit all meiner verbliebenen Kraft dagegen.

Die Tür schwang nach innen auf, und Richards Kammerdiener stand vor mir. Nur das leiseste Zucken seiner Augen verriet seine Überraschung, mich zu sehen, sonst hielt er seinen Gesichtsausdruck sorgfältig unter Kontrolle.

»Ich muß mit Mylord de Mornay sprechen«, flehte ich außer Atem. »Es ist eine Sache von großer Dringlichkeit.«

Der Kammerdiener nickte höflich und trat beiseite, um mich einzulassen. »Seine Lordschaft ist im Kleinen Salon, Mistress Farr. Ich glaube, Ihr kennt den Weg.«

»Ja.« Ich lächelte dankbar. »Dank Euch.«

Richard saß allein an seinem Sekretär am Fenster und brütete über irgendwelchen vor ihm ausgebreiteten Papieren. Er wandte seinen Kopf, und da ihm die ruhige Beherrschtheit seines Dieners fehlte, zeigte er seine Überraschung deutlich. »Mariana! Wie bist du hier hereingekommen?«

Seine erste Reaktion war pure Freude darüber, daß ich ihn besuchte, aber als seine Augen über mein erregtes Gesicht und meine aufgelöste Erscheinung in den groben Kleidern streiften, verschwand sein Lächeln. »Was ist? Was ist geschehen?«

»Verrat, Richard.« Ich machte einen stolpernden Schritt auf ihn zu und schwankte ein wenig auf meinen unsicheren Beinen. »Sie wollen den König töten. Ich habe sie darüber sprechen hören ...«

»Wen? Deinen Onkel?« Ich nickte, und Richards Züge versteinerten. »Mit wem hat er gesprochen?«

Ich schüttelte den Kopf. »Das weiß ich nicht. Ich konnte sie nicht sehen und kannte die Stimme nicht. Aber sie sind zusammen sieben an der Zahl, und Elias Webb ist einer von ihnen. Sie wollen den König töten und Richard Cromwell wieder an die Macht bringen.«

»Richard Cromwell will mit Politik nichts mehr zu tun haben.«

»Sie glauben, daß sie ihn umstimmen können.« Ich trat einen Schritt vor, aber meine Knie zitterten zu sehr, und meine Beine gaben beinahe unter mir nach. Bevor ich einen weiteren Schritt tun konnte, war Richard an meiner Seite, und seine Wärme und Kraft halfen mir, ruhiger zu werden, als er mich zu einem weichgepolsterten Sessel am Fenster führte und mich dort niedersitzen ließ.

Ich versuchte, ihn anzulächeln, weil ich mich meiner Schwäche schämte, aber er achtete nicht darauf. Sein Blick lag voll Wut auf der Rundung meiner Wange, an der Stelle, wo das Sonnenlicht meine Haut durch das offene Fenster wärmte, und er hob seine Hand und berührte mit ungeheurer Sanftheit die verblassenden Male. »Wer hat das getan?«

»Richard«, sagte ich und weigerte mich, mich ablenken zu lassen, »du mußt den König warnen. Er schwebt in Todesgefahr, und eine seiner eigenen Wachen ist mit den Verrätern im Bund.«

Er nahm die Hand von meinem Gesicht, und seine grünen Augen blickten in meine. »Wann planen sie, ihn zu überfallen?«

»Noch heute nacht. Sie sagten, der König wolle von Salisbury nach Oxford reiten, mit nur vier Wachen als Eskorte, und einer davon ist ein heimtückischer Feind, der ihn in den Tod führen will.«

»Verdammt.« Richard fuhr sich mit der Hand über die Augen und blickte von mir auf das wellige Hügelland, das sich friedlich Richtung Süden erstreckte.

Ich beobachtete sein Gesicht. »Wirst du ihn warnen?«

»Ja, ich werde mein Bestes tun, ihn zu erreichen, darauf kannst du zählen. Das Blut eines gemordeten Königs hat schon einmal dieses Land befleckt, und ich möchte nicht erleben, daß dies ein zweites Mal geschieht. Außerdem«, fügte er mit einem grimmigen Lächeln hinzu, »ist Karl Stuart ein freundlicher und großherziger Mann, und ich möchte nicht, daß er stirbt.«

»Dann mußt du sofort aufs Pferd«, drängte ich ihn. »Mein Onkel wird seine Verbündeten in wenigen Stunden treffen, und ich weiß nicht, wohin sie danach reiten werden.«

»Ich möchte, daß du hier auf meine Rückkehr wartest«, sagte er bestimmt. »Meine Diener werden sich um dich kümmern.«

Wieder schüttelte ich den Kopf. »Richard, das geht nicht. Wenn sie meine Abwesenheit bemerken, wird das meinen Onkel nur warnen und ihn auf der Hut sein lassen. Und ich kann Caroline und das Baby nicht allein in diesem Haus lassen. Er ist viel schlimmer geworden seit Rachels Flucht, und ich weiß nicht, was er ihnen für Schaden zufügen würde. Ich muß zurück.«

»Ich werde dich aus den Klauen von Jabez Howard befreien, bevor noch diese Woche vorüber ist«, sagte er, meine Wange wieder mit dieser beunruhigend zarten Berührung streifend. »Lächle mich nicht auf diese Weise an – ich meine, was ich sage, und ich werde danach handeln. Oder findest du die Aussicht, mich zu heiraten, so amüsant?«

Das Lächeln erstarb auf meinen Lippen. »Du kannst mich nicht heiraten.«

»Oh, das kann ich nicht?« Er grinste verwegen. »Ich bin berühmt dafür, Liebste, daß ich Unmögliches tue. Wenn eine Woche vergangen ist, wirst du nicht mehr an meinem Wort zweifeln, das schwöre ich dir.«

Dann küßte er mich und reichte mir die Hand, um mir auf die Beine zu helfen. »Komm«, sagte er, »ich will dich sicher nach Hause geleiten.«

»Dazu ist keine Zeit«, protestierte ich. »Der König …«

»… muß warten, bis ich dich nach Hause gebracht habe«, beendete er geschickt meinen Satz, und das mit einer Bestimmtheit, der ich nicht zu widersprechen wagte. »Bei Gott, deine Sicherheit liegt mir mehr am Herzen als die Karl Stuarts. Sein Leben hängt schon so lange an einem seidenen Faden, daß es auf einen Moment mehr nicht ankommt. Aber wir werden reiten, wenn dir die knappe Zeit Sorgen bereitet. Navarre kann uns leicht beide tragen.«

Es war ein so kurzer körperlicher Kontakt, dachte ich später – nur wenige Minuten, die ich in Richards Armen vor ihm auf dem Sattel verbrachte, wobei meine Hände sich zum Halt an seinen Umhang klammerten und der Knauf seines Schwertes kalt gegen meine Hüfte drückte.

»Du hast gesagt, daß du hinter niemandem im Sattel reiten würdest«, erinnerte er mich neckend, »also müssen wir uns hiermit zufriedengeben.«

Ich biß mir auf die Lippe. »Wenn uns jemand sieht …«

»Dann sieht uns eben jemand«, sagte er und streifte mein Haar mit einem Kuß. »Du mußt lernen, dich nicht so sehr um die Meinung anderer zu kümmern.«

Aber er zügelte den Hengst in der Senke südlich von Greywethers, unter dem ausladenden Schutz einer rauschenden Eiche, und half mir beim Absitzen.

»Wie wirst du wieder ins Haus gelangen?« fragte er.

»Genauso, wie ich herausgekommen bin, durch das Fenster des Speisezimmers. Es ist eine leichte Kletterpartie.«

»Welches Fenster ist es?«

»Das dort«, ich wies mit der Hand darauf, »das zweite von der Tür aus, über dem Garten.«

Er fand die Stelle und prägte sie sich ein. »Wenn du hineingeklettert bist und sicher sein kannst, daß sie nichts bemerkt haben, schließ das Fenster, aber nicht vorher«, wies er mich an. »Wenn das Fenster offenbleibt, werde ich wissen, daß du entdeckt bist, und dich herausholen.«

Ich legte meine Hand einen Augenblick lang auf seinen Stiefel und zog die Stirn in Falten. »Richard.«

»Ja?«

»Du wirst doch vorsichtig sein?«

Das aufblitzende Grinsen sollte mich zweifelsohne beruhigen. »Denk an das Motto meiner Familie«, sagte er. »Ich bin unzerstörbar, und deine Sorgen sind an einen wie mich verschwendet. Geh nun, und paß gut auf dich selbst auf. Ich werde hier warten, bis ich weiß, daß du in Sicherheit bist.«

Ich ging so lange wie möglich am Waldrand entlang und rannte dann mit aller Schnelligkeit, die ich aufbringen konnte, über die offene Wiese. Ich hatte das Gefühl, daß hundert Augen mich beobachteten, und betete, daß es nur Augen meiner Einbildung waren. Es war schwieriger, von außen nach innen über das Fensterbrett zu klettern, aber nach mehreren Versuchen stand ich wieder in dem stillen Speisezimmer, in dem der Geruch von Bodenwachs lag. Ich glättete meine Röcke und ging vom Fenster weg, doch bevor ich meinen Platz an der Tür wieder einnehmen konnte, schwang die Küchentür auf, und Caroline sah mit neugierigen Augen herein.

»Du warst sehr still hier drinnen«, sagte sie und versuchte ein Lächeln. »Ich dachte schon, du seist eingeschlafen.«

Ich lächelte zurück und hoffte, daß sie meine zitternden Hände nicht bemerken würde. »Ich habe das Fenster geöffnet«, sagte ich überflüssigerweise. »Der Geruch des Wachses ist sehr stark und macht mir Kopfschmerzen.«

Sie entgegnete nichts darauf, sondern begutachtete nur meine Arbeit und schien sie zufriedenstellend zu finden. »Würdest du eine Weile auf Johnnie aufpassen?« war ihre nächste Frage. »Ich muß deinen Onkel bedienen.«

»Natürlich. Es dauert nur einen Moment, bis ich das hier weggeräumt habe.«

Sie nickte und zog sich wieder in die Küche zurück, und ich ließ meinen angehaltenen Atem in einem langen, zittrigen Seufzer entweichen. Aus Carolines Verhalten ging klar hervor, daß man mich nicht vermißt hatte, aber ich war der Katastrophe nur um Haaresbreite entkommen, und dieses Wissen machte mich beben wie ein Blatt in einem Herbstlüftchen.

Ich richtete mich auf und ging zu dem offenen Fenster, wo ich meinen Blick auf die Senke richtete. Er war noch dort, wie er es versprochen hatte, ein großer, dunkler Schatten auf dem hochragenden, grauen Pferd, der unbeweglich unter dem Baldachin der Eiche verharrte. Langsam und bedächtig zog ich das Fenster zu, bis der Riegel einrastete, und beobachtete, wie Richard die Hand hob, zum Zeichen, daß er es gesehen hatte.

Ich wollte zur Antwort winken, aber er hatte das Pferd schon herumgelenkt und folgte der Baumreihe am Fluß entlang, und als ich die Hand wieder sinken ließ und mich gegen das kühle Glas des Fensters preßte, sah ich, wie Pferd und Reiter in einen schnellen Galopp fielen und sich nach Süden, in Richtung Salisbury wandten.

Kapitel einunddreißig

Der Abend legte sich über uns wie der Schatten des Todes. Johnnie greinte und jammerte wegen seines schmerzhaften Zahnens und wollte einfach nicht einschlafen, aber ich war froh über die Ablenkung, als ich ihn dicht neben dem Küchenfeuer in meinen Armen wiegte. Wenn Caroline wußte, wohin ihr Mann geritten und was seine Absicht war, so ließ sie sich nichts anmerken. Wir sprachen von alltäglichen Dingen, falls wir überhaupt sprachen, aber es lag eine fast greifbare Spannung in der Luft und machte uns alle drei ruhelos.

Es ging schon auf Mitternacht zu, als wir vor dem Haus Pferde hörten, das Lärmen rasselnden Geschirrs und tanzender Hufe und das Geschrei von Männern im Hof. Dann entfernten sich die Geräusche, die Vordertür schlug zu, und die Schritte meines Onkels ertönten in der Diele. Caroline und ich saßen aufrecht und unbeweglich da, unsere Augen auf die Tür gerichtet, und ich bildete mir ein, daß wir beide den Atem anhielten.

Die Küchentür schwang nach innen auf und schlug gegen die dahinterliegende Wand. Von der Türöffnung eingerahmt funkelte mein Onkel uns böse an, seine Miene finsterer als der Abgrund der Hölle. Johnnie begann in meinen Armen zu weinen.

»Elias Webb ist tot«, sagte er mit leiser Stimme, die gefährlicher klang als wütendes Schreien. »Und der gute Bill Pogue und Edmund Harrap. Alle tot.«

Er erwartete keine Antwort von uns. Es war auch gar keine Zeit dafür. Kaum hatte er die Worte gesprochen, als er sich auf den Tisch stürzte und ihn umwarf, so daß das Holz splitterte und Geschirr zerbrach.

»Der Teufel hole diesen Hund de Mornay!« explodierte er, wobei sein Gesicht sich vor Zorn verfärbte. »Das wird er mir büßen!«

Johnnie schrie lauter, er vergrub sein winziges Gesicht an meiner Brust und klammerte sich mit ängstlichen Fäustchen an mein Kleid. Ich hielt ihn fester, wiegte ihn hin und her und versuchte, mich nicht von meiner eigenen Angst übermannen zu lassen.

»Welchen Schaden hat Euch Lord de Mornay zugefügt, Onkel?« fragte ich ihn möglichst ruhig, aber er war unfähig, mich zu hören. Seine Augen waren feurige Brunnen des Hasses, die düster im flackernden Licht des Herdes aufleuchteten.

»Die anderen wollten sich geschlagen geben«, murmelte er zu sich selbst, »und den Teufel triumphieren lassen. Aber ich habe das Blut des Teufels gesehen und weiß, daß er nur ein Mensch ist.« Er umfaßte mit der behandschuhten Hand sein Schwert, runzelte dann die Stirn und blickte mich an. »Kannst du das Kind nicht zum Schweigen bringen?« bellte er böse, und ich drückte den Kleinen noch enger an mich, um ihn zu schützen.

»Onkel Jabez«, sagte ich und benetzte meine ausgetrockneten Lippen, »was habt Ihr jetzt vor?«

Sein Lächeln war grausam. »Ich habe vor, deinen Lord de Mornay bei der Rückkehr von seinem Abendritt abzufangen und ihm ein Willkommen zu bereiten, das er nicht so schnell vergessen wird.«

Ich zwang mich, ruhig zu klingen. »Ihr wollt seiner Lordschaft Schaden zufügen, Onkel?«

»Ich will ihn töten.«

Caroline erbleichte in ihrer Ecke bei der Tür.

»Aber Jabez, du kannst doch nicht –«

»Willst du dich mir widersetzen?« Er richtete seinen Zorn nun auf sie und ragte riesenhaft und bedrohlich über meinem Stuhl auf. »Bei Gott! Du wagst es, dich mir zu widersetzen?« Ich sah die furchtbare Absicht in seinen Augen, bevor er handelte, aber ich war zu machtlos, um ihn aufzuhalten. Noch ehe ich das Kind schützen konnte, hatte er es mir aus den Armen gerissen und mit einer grausamen Bewegung gegen den steinernen Kamin geschleudert, wo es wie ein weggeworfenes Spielzeug liegenblieb, verdreht und zerbrochen. »Ich bin Herr in diesem Haus«, donnerte mein Onkel, »und beim Himmel, daran sollst du nie wieder zweifeln!«

Der Schock ließ mich verstummen, ein Schrei des Entsetzens und der Empörung blieb in meiner zugeschnürten Kehle stekken. Der Onkel stand einen Augenblick bewegungslos da und starrte auf uns herab wie der Herrscher der Verdammten, dann drehte er sich plötzlich auf dem Absatz um und ging hinaus, und wir hörten, wie die Vordertür hinter ihm zuschlug. Einen Herzschlag später hörte ich das Geräusch eines einzelnen Pferdes, das auf das Dorf und auf Crofton Hall zugaloppierte.

Dieses Geräusch war es und der damit verbundene Gedanke, die mich aus meiner Starre rissen. Benommen hob ich den Kopf und sah zu Caroline, die mit einem wilden Schrei aufgesprungen und bei dem flammenden Herd zusammengesunken war, die Arme um den leblosen Körper ihres Sohnes geschlungen. Ihr Körper wiegte sich zuckend, ihre Lippen bewegten sich in einem gemurmelten, tröstlichen Lied, aber sie konnte ihn nicht mehr erreichen. Ich blickte ihr in die Augen, und konnte es dann nicht über mich bringen, sie noch einmal anzusehen. Es waren tote Augen, tot und ausdruckslos und nicht menschlich. Es war, als habe der Horror dessen, was sie gerade erlebt hatte, ihren gequälten Geist jenseits allen Leidens getrieben und nur eine leere Hülle hinterlassen, wo einst eine menschliche Seele gelebt hatte. Es war schmerzlich mitanzusehen.

»Caroline.« Ich sprach sanft und flehend zu ihr. »Caroline, wir können hier nicht bleiben.«

Sie antwortete nicht, aber ich gab nicht auf, fest entschlossen.

»Jabez hat den Verstand verloren, Caroline. Es ist zu gefährlich, auf seine Rückkehr zu warten. Wir müssen Hilfe suchen.«

Die hohlen Augen starrten durch mich hindurch und ließen keine Reaktion erkennen.

»Warte hier auf mich«, sagte ich zu ihr, »ich bin gleich wieder da.« Ich wartete nicht ab, ob sie meine Anweisung verstanden hatte, sondern riß meinen Umhang von dem Nagel bei der Hintertür, schlug den Riegel zurück und stolperte hinaus in die Nacht.

Der Taubenschlag war innen dunkel wie ein Grab, und das Gurren der Tauben gab eine merkwürdige Begleitung zu dem wilden Pochen meines Herzens ab. Die Falltür war geschlossen. Ich zog an der Leine, um sie zu öffnen, dankbar für die hereinwehende Brise reiner Nachtluft und den unwirklichen Strahl Mondlichts, der die belebte Dunkelheit durchdrang und genug Licht spendete, daß ich die Wände um mich herum schemenhaft erkennen konnte.

Ich tastete mich an einer Wand entlang und schluchzte beinahe auf vor Erleichterung, als meine Finger die zerbrochene Sitzstange der Nisthöhle ertasteten. Wenn es einen Gott gab, dachte ich wie im Fieber, dann mußte der Schlüssel noch da sein. Der Schlüssel, den Richard vor zwei Monaten für mich dort hineingelegt hatte. Der Schlüssel, der mir Zugang zum Innenhof des Herrenhauses verschaffen würde. Dort würden wir in Sicherheit sein, das wußte ich – zumindest Caroline, dafür würden Richards Bedienstete sorgen. Für mich selbst konnte es keine Zuflucht geben, bis Richard keine Gefahr mehr von meinem Onkel drohte.

Ich habe das Blut des Teufels gesehen, hatte mein Onkel gesagt, und die Worte rannen wie Eis durch meine Adern. War Richard demnach verwundet? Nein, natürlich nicht, redete ich mir fest zu. Wäre er verwundet, hätte mein Onkel dies sicher hämisch erwähnt. Vielleicht war Richard den ganzen Weg nach Oxford mit dem König geritten. Oh bitte, flehte ich, laß ihn so vernünftig sein und beim König bleiben. Laß ihn heute nacht nicht zurückkehren...

Meine Knöchel wurden an dem rauhen Stein aufgeschabt, als ich mit den Fingern nach dem Schlüssel tastete, doch ich zog ihn eilig heraus und rannte durch den Hof zum Haus zurück.

Caroline saß steif auf einem Stuhl und wartete auf mich, ihren Umhang ordentlich um die Schultern gelegt. Mit bedächtigen Händen wickelte sie einen Schal um das tote Baby in ihrem Schoß. »Er könnte sich erkälten«, erklärte sie leise, als fürchte sie, ihn zu wecken.

Mein Herz zog sich schmerzlich in meiner Brust zusammen, aber ich widersprach ihr nicht. Es war jetzt nicht die Zeit, ihr ihre Illusion zu rauben. »Dann komm«, forderte ich sie auf, und gemeinsam verließen wir das düstere Haus und schlossen die Tür hinter uns.

Caroline fragte nicht ein einziges Mal, wohin ich sie brachte, noch zeigte sie das leiseste Interesse an ihrer Umgebung. Sie folgte mir blindlings und schweigend, das tote Kind fest gegen ihre Brust gedrückt. Die Nacht war kühl und wolkenlos und breitete sich hell unter dem blassen, schimmernden Mond aus. Es war eine von den Nächten, die gejagte Wesen fürchten, eine Nacht, in der der eigene Schatten einen über die Felder jagt und noch nicht einmal der Wald Schutz vor den wartenden, beobachtenden Augen bietet.

Wir liefen eilig durch die Bäume auf das Herrenhaus zu und umgingen die Kirche und die Ställe in einem großen Bogen, um uns dem Haus von der Westseite her zu nähern. Am Rande des Stallhofs huschte ein anderer Schatten an uns vorbei, und ich schnappte vor Schreck nach Luft, bis ich sah, was es war – nur ein herumstreifender, verschüchterter Hund mit eingezogenem Schwanz. Ich bildete mir ein, noch ein anderes, plötzliches Atemholen außer meinem eigenen gehört zu haben, aber Caroline hatte keinen Laut von sich gegeben, so daß ich den Eindruck meiner überreizten Phantasie und dem Echo des Windes zuschrieb.

Es war nicht schwer, die niedrige, in die Mauer zum Innenhof eingelassene Tür zu finden, aber meine zitternden Finger ließen mich dreimal das Schloß verfehlen, bevor es mir gelang, den Schlüssel hineinzustecken. Als dies geschehen war, ließ er sich leicht herumdrehen, und sobald die Tür an ihren geölten Angeln nach innen aufschwang, drängte ich Caroline vor mir hindurch und schloß hastig wieder hinter uns ab. Ich drückte Caroline gegen die Wand, wo der Schatten am tiefsten war, hob einen Finger an meine Lippen und warnte sie, nicht zu sprechen.

»Warte hier«, flüsterte ich. Sie umklammerte ihr Baby und nickte gleichgültig, ihre Augen blickten trüb und uninteressiert.

Ein gelber Lichtkegel fiel aus der Bibliothek in den Innenhof, und ich ging vorsichtig darauf zu, wobei ich meine Röcke hob, damit sie nicht auf dem Gras raschelten. Das Herz klopfte mir bis zum Hals, während ich mich der offenen Tür näherte, und blieb plötzlich ganz stehen, als starke Arme mich von hinten mit eisernem Griff packten und mich ins Licht zogen.

Ich hätte geschrien, wenn ich hätte Atem holen können, aber beides wurde durch die breite Hand verhindert, die sich auf meine Nase und meinen Mund preßte und mich fast erstickte. Meine Augen weiteten sich zuerst vor Angst und dann vor Erkennen, und die Hand fiel so schnell von meinem Gesicht, wie sie mich gefaßt hatte.

»Mistress Farr!« Das Gesicht des Kammerdieners verriet diesmal sein Erstaunen. »Ich bitte um Verzeihung! Ich hielt Euch für einen Dieb.«

Ich rieb mir den Hals und lächelte matt. »Ich bin hier, um Zuflucht bei seiner Lordschaft zu erbitten«, klärte ich ihn auf. »Sagt mir, ist mein Onkel mir schon zuvorgekommen?«

Der Kammerdiener schüttelte den Kopf. »Nein, ich habe ihn nicht gesehen. Niemand war seit Eurem Besuch heute morgen hier.«

»Lieber Herr, ich bitte Euch«, beschwor ich ihn und legte eine Hand auf seinen Ärmel, »laßt auf keinen Fall meinen Onkel in dieses Haus. Er will Eurer Lordschaft Böses, und hier ist jemand bei mir, der die Schlechtigkeit seines Wesens bezeugen kann.«

Ich drehte mich um und rief nach Caroline, die sich immer noch im Schatten der jenseitigen Mauer hielt. »Komm her, Caroline, dieser Mann ist ein Freund. Bei ihm bist du sicher.«

Langsam kam sie heran, ging mit diesem steifen, schmerzgebeugten Schlurfen, das klägliche Bündel schützend an die Brust gedrückt. Als sie uns erreicht hatte, fiel das Licht aus der Bibliothek voll auf das wächserne, leblose Gesicht des Kindes und zeigte ein Rinnsal trocknenden Blutes, das die blau angelaufene Haut befleckte.

Der Kammerdiener sah es und blickte mich mit entsetzten Augen an. »Wo ist Euer Onkel jetzt, Mistress?« fragte er.

»Ich befürchte, daß er vor dem Herrenhaus im Hinterhalt liegt«, antwortete ich ohne Umschweife. »Habt Ihr einen Mann, dem Ihr vertrauen könnt?«

»Ich habe drei Männer, die genauso kräftig sind wie ich selbst«, war seine loyale Antwort, »und einen jungen Burschen, der nicht zurückschrecken wird, wenn die Pflicht ihn ruft. Wollt Ihr, daß ich nach dem Sheriff schicke?«

Ich schüttelte verzweifelt den Kopf. »Der Sheriff wäre uns nicht von Nutzen, Sir, denn er ist tot und war obendrein ein Verräter. Ich muß gestehen, daß ich nicht weiß, wem man in dieser Sache trauen kann. Die Wölfe haben sich gut unter den Schafen versteckt.«

Der Kammerdiener reckte stolz seine Schultern. »Dann müssen wir uns selbst verteidigen«, sagte er. »Ich werde meine Männer ausschicken, damit sie an der Straße auf die Rückkehr seiner Lordschaft warten und ihn vor der Gefahr warnen.«

Ich lächelte ihn erleichtert an. »Ich danke Euch, Sir. Wohin kann ich meine Tante bringen, damit sie es bequemer hat?«

»In der großen Halle brennt ein Feuer, Mistress, an dem Ihr Euch beide wärmen könnt. Ich werde eine Dienstmagd schikken, die sich um Euch und ... um das Kind kümmern kann.« Er blickte mitleidig auf Caroline, aber sie starrte nur ausdruckslos zurück und folgte uns, als wir sie dazu aufforderten.

Ich wartete, bis die Dienstmagd kam und Caroline sich in einem Sessel niedergelassen hatte, wo sie Johnnie hin und her wiegte und zufrieden dabei summte. Unfähig zu bleiben, verließ ich die beiden Frauen und ging nach oben, wobei ich in meiner Unruhe immer zwei Stufen auf einmal nahm.

Das rote Schlafzimmer wirkte kalt und verlassen ohne Richards Gegenwart. Das Mondlicht verwandelte die Bettvorhänge in Geister und tauchte meine Füße in eine gespenstische Lache, aber ich wagte nicht, eine Kerze zu entzünden, aus Angst, daß mein Onkel mich sehen könnte. Er lauerte dort draußen, das wußte ich, irgendwo hinter einem Baum oder einer Hecke oder Gartenmauer versteckt und von einem einzigen, grausamen Gedanken getrieben. Der Rasen breitete sich farblos und friedlich unter dem Fenster aus, aber ich konnte die bösartige Gegenwart der Viper spüren.

Ich starrte über den Rasen hinweg auf die Straße und hoffte, daß einer von Richards Dienern ihn bereits aufgehalten und zur Umkehr bewogen hatte. Ich hoffte und hielt Ausschau, bis mir vor Müdigkeit alles vor den Augen verschwamm, aber ich konnte nicht wegsehen. Ich weiß nicht mehr, welche Stunde es war, als der erste Schatten einer Bewegung meinen Blick traf und mich mit einem Ruck wach werden ließ.

Zuerst konnte ich nichts erkennen als das Aufblitzen von etwas Weißem zwischen den Bäumen, die die gewundene Straße von Süden her säumten, doch dann sah ich, daß es Navarre war, der mit dem nichtsahnenden Richard auf dem Rücken heimwärts galoppierte. Geisterhaft und still bewegten sie sich in der Dunkelheit, das ansteigende Heulen des Windes übertönte die donnernden Hufe des Hengstes.

Sie mußten ihn gesehen haben – einer der Diener hatte ihn gesehen und ihn angerufen; und dennoch ritt er weiter.

Er ist meinetwegen zurückgekommen, dachte ich schmerzlich. Er wußte, daß Jabez Howard am Leben war und daß mein Onkel in seiner Wut zurückkehren würde, um Rache zu nehmen. Es war dumm von mir gewesen zu glauben, daß Richard die Gefahr meiden würde, und doch machte mich seine verwegene Tapferkeit traurig, ich wußte nicht, warum.

Erst als das Pferd näherkam, verstand ich, warum Richard nicht umgekehrt war und warum die Warnungen seiner Diener nicht an sein Ohr gedrungen waren. Der Hengst galoppierte zielstrebig und unaufhaltsam, sein Reiter hing bewußtlos über seinem starken grauen Hals. Navarre fiel schließlich in einen langsamen Schritt und hielt dann ganz an, seine Flanken bebten, und er hatte Schaum vor dem Maul. Mit Schrecken beobachtete ich, wie Richard zur Seite fiel, schwer aus dem Sattel glitt und der Länge nach auf den Boden stürzte. Er bewegte sich nicht.

Ich erinnerte mich an das hinterhältige Lächeln meines Onkels und den Klang seiner schnarrenden Worte ... *Aber ich habe das Blut des Teufels gesehen und weiß, daß er nur ein Mensch ist.*

Zum zweiten Mal in dieser Nacht füllte sich mein Geist mit Angstschreien, und zum zweiten Mal konnte ich ihnen keinen Ausdruck geben. Ich sah einen Schatten über den Rasen auf den am Boden liegenden Mann zulaufen, und eine flehende Litanei raste durch mein fieberndes Gehirn. Steh auf, bat ich die dunkle, zusammengebrochene Gestalt. Oh bitte, bitte, steh auf. Bitte... bitte... bitte...

Der laufende Schatten war jetzt schon fast bei ihm und spornte mich zum Handeln an, so daß ich meine bleiernen Füße von der Stelle am Fenster losriß und so schnell ich konnte die Treppe hinunter und durch den dunklen Korridor rannte.

Die Stille in der großen Halle hätte mich warnen sollen. Der Wind jammerte gegen die hohen Fenster, aber sonst war kein Geräusch zu hören, und meine Füße hatten mich schon ein ganzes Stück in den Raum getragen, bevor ich meinen Fehler bemerkte.

Caroline und die Magd saßen unbeweglich vorm Feuer. Sie saßen da, als hätten sie einen Stock verschluckt, steif und wachsam, die Augen unablässig auf den Mann gerichtet, der auf dem Kaminvorleger stand und die Hände über den Flammen wärmte.

Hinter ihm befand sich die Tür nach draußen, und dahinter der Rasen, auf dem Richard lag – hilflos, vielleicht sogar sterbend. Aber mein Onkel hatte mir den Weg abgeschnitten.

Er wandte seinen Kopf um, den Rücken mir noch zugedreht, und sprach mich über die Schulter an. »Nun, Mariana. Das ist ja ein hübsches Willkommen. Und was hast du zu deiner Verteidigung zu sagen?«

Ich antwortete nichts darauf. Irgendwie nahm ich mit meinem benommenen und gleichzeitig wirbelnden Bewußtsein wahr, daß er seinen Gürtel und die Handschuhe abgelegt hatte, jedoch noch das Schwert trug. Mein umherirrender Blick blieb an dem Gürtel hängen, den er über einen Stuhl geworfen hatte, und ich bemerkte verschwommen, daß der Dolch noch in der Scheide steckte. Die Waffe war tödlich genug für meinen Zweck.

Jabez Howard folgte meinem Blick, seine Brauen senkten sich unheilvoll, und ich stürzte los. Mein Satz war schnell, aber nicht schnell genug. Ich hatte gerade die Distanz überwunden und meine Finger um den Griff des Dolches gelegt, als er schon bei mir war, mir die Waffe aus der Hand wand und sie klirrend auf den Boden fallen ließ, wobei seine Augen verächtlich blickten.

»Wolltest du mich für dumm verkaufen?« fragte er drohend, und seine Hand schloß sich schmerzhaft um mein Handgelenk. »Dachtest du, ich würde nichts von deinen Sünden erfahren? Du bist die Hure des Teufels, Mariana Farr, leugne es nicht.«

Ich streckte mein Kinn vor und sah ihm in die Augen. »Ich bin keine Hure«, widersprach ich. »Und Richard de Mornay ist kein Teufel. Er wird mein Gatte sein.«

Wieder erblickte ich dieses bösartige, schiefe Lächeln, das ich so haßte.

»Du wirst schlecht eine Leiche heiraten können, möchte ich meinen.«

»Er ist nicht tot!«

»Was macht das für einen Unterschied? Wenn er es jetzt noch nicht ist, wird er es doch bald sein.« Das Lächeln verschwand, und zurück blieb nur der drohende Blick seiner wahnsinnigen, durchdringenden Augen. »Und du wirst dir auch den Tod wünschen, wenn ich mit dir fertig bin. Du bist eine liederliche Sünderin, Mariana, genau wie deine Mutter, und der Herr wird Rache über dein Haupt ergießen.«

Ich sah den Schlag kommen und zuckte zurück, aber seine Hand auf meiner Wange hatte nichts von ihrer üblichen Kraft. Ich fühlte ihn statt dessen erschauern, fühlte den krampfhaft klammernden Griff seiner Hand um die zerbrechlichen Knochen meines Gelenks, und gerade als ich vor Schmerz aufschrie, lösten sich seine Finger, und er taumelte zurück. Er drehte sich zur Seite, seine Augen rollten in ihren Höhlen nach oben, und dann stürzte er, ohne einen Laut von sich zu geben, zu Boden.

Ich starrte einen Augenblick lang auf den sich ausbreitenden Fleck zwischen seinen Schulterblättern, wo der Griff des Dolches herausragte, und hob dann die Augen, um Caroline anzusehen. Sie stand dicht bei der Leiche meines Onkels, die Hände steif vor ihrem Körper ausgestreckt, die Finger halb gekrümmt. Ihre Gesichtszüge waren nach wie vor ausdruckslos, aber in ihren Augen funkelte ein schwacher Schimmer des Triumphs.

Ich hörte schnell näherkommende Schritte und wandte mich benommen um, um dem zurückkehrenden Kammerdiener gegenüberzutreten.

»Der Stallbursche glaubt gesehen zu haben, wie ein Mann durch die Tür der Spülküche eindrang«, warnte er uns atemlos, doch der Anblick vor ihm ließ ihn plötzlich verstummen.

Ich räusperte mich. »Meinem Onkel ist ein Unfall zugestoßen, Sir.«

Der Blick des Kammerdieners begegnete meinem über Carolines Schulter hinweg, und es kam zu einem blitzartigen Verständnis zwischen uns. Er nickte taktvoll. »Es wird sich jemand darum kümmern, Mistress.« Und dann, als wäre es ihm gerade eingefallen: »Seine Lordschaft ist zurückgekehrt.«

Ich schluckte mühsam. »Ist er ... ist er ... ?«

»Wir haben ihn in die Kirche getragen, da wir nicht wußten, ob das Haus sicher ist, versteht Ihr.« Er sah mich nicht mehr direkt an. »Ich werde nach Marlborough reiten, um den Arzt von dort zu holen.«

»Dann ist er ...?«

»Er lebt und fragt nach Euch.«

Mehr mußte ich nicht hören. Ich vergaß die Leiche zu meinen Füßen, vergaß Caroline, vergaß alles. Ich dachte nur noch an Richard und daran, daß er mich brauchte, und meine Füße berührten kaum den Boden, als ich über den Rasen und durch den Garten auf die Kirche zulief, deren Turm hoch und schwarz gegen den langsam heller werdenden Morgenhimmel aufragte.

Kapitel zweiunddreißig

»Du darfst nicht um mich trauern.«

Er war wach und sah mich aufmerksam an. Ich hob mein Kinn und sah ihm in die Augen. »Ich habe nicht die Absicht zu trauern«, antwortete ich mit einer Ruhe, die ich nicht empfand. »Du wirst wieder gesund werden. Der Arzt wird bald hier sein.«

»Mariana.« Es war ein sanfter Tadel, der tief aus seiner zerschmetterten Brust drang. Sein Blick glitt von mir ab und richtete sich auf eine schwach erleuchtete Ecke der Kirche, wohin das Licht der Fackeln kaum noch reichte.

Er hatte natürlich auch gehört, was sie sagten, ebenso wie ich – das verschwörerisch klingende Flüstern der Bediensteten, die ihn hier hereingetragen hatten und nun vor der Türe Wache hielten. Es war eine tödliche Wunde, hatten sie mir gesagt, so sicher tödlich, wie sie je eine gesehen hatten, und sie hatten im Laufe ihres Lebens schon einige Wunden gesehen ... es war zu gefährlich, ihn zu bewegen, besser war es, ihn in Frieden dort liegen zu lassen ... und sie hatten traurig die Köpfe geschüttelt, und in ihren Gesichtern hatte sich der Kummer der Alten abgezeichnet, die zusehen müssen, wie ein junger Mann stirbt.

Ich konnte meine Augen nicht von seinem Gesicht abwenden. Jede Veränderung des Ausdrucks, jedes Zucken eines Augenlids erschienen mir nun wertvoller als mein eigenes Leben. Es hatte schier endlose Augenblicke gegeben, in denen er kaum zu atmen schien, aber ich glaubte, daß er nun wieder kräftiger aussah.

Es war ein furchtbarer Schrecken gewesen, ihn dort lang und grau auf seinem Umhang ausgestreckt zu sehen, auf dem kalten Steinboden des schmalen Alkovens unter dem Turm; sein Kopf war gegen den Fuß des alten Taufbeckens gelehnt, sein Kinn in unbequemer Haltung auf seine Schulter gefallen. Zuerst hatte ich das Blut gar nicht bemerkt – man sah es nicht gleich auf dem schwarzen Stoff des Mantels – aber sein Hemd war steif davon, und der Geruch hing übelkeiterregend in meinen Nasenflügeln.

Seine Wunden waren tapfere Wunden, die er auf tapfere Weise erhalten hatte. Der König, hatte ich gehört, war rechtzeitig gewarnt worden und hatte mit Richard gegen die Verräter im Gefolge meines Onkels gekämpft und sie vertrieben. Vier Männer lagen tot in den Hügeln, der König befand sich sicher auf dem Weg nach Oxford, und Richard ... ich wagte nicht, den Gedanken zu Ende zu denken. Manche hätten gesagt, daß es ein angemessener Preis für das Leben eines Königs sei. Ich dachte nicht so.

Über unseren Köpfen blickten Heilige aus Glas unbewegt von dem steinernen Maßwerk des gotischen Fensters herab. Die Kirche wirkte irgendwie anders bei Nacht, und es war nicht die Kälte allein, die mich frösteln ließ. Auch Richard spürte es und lächelte schwach in dem flackernden Licht.

»Als ich noch ein Junge war«, erinnerte er sich, »fürchtete ich diesen Ort nach Sonnenuntergang. Ich glaubte, daß sich die Gräber unter meinen Füßen öffnen könnten, wenn ich auf sie trat. Und die Kanzel schien von den Geistern lange verstorbener Mönche und Priester zu wimmeln. Wenn ich meine Augen zu Schlitzen zusammenziehe, kann ich sie immer noch sehen, als ob sie mich heimsuchen wollten. Vielleicht möchten sie, daß ich mich ihnen anschließe.«

»Rede nicht so dumm«, sagte ich. Seine Stimme schien von sehr weit weg zu kommen, und das machte mir angst.

»Ich rede nur so daher«, beruhigte er mich und grinste. »Und ich halte es auch für unwahrscheinlich, daß die Priester einen Heiden wie mich unter ihrer Zahl willkommenheißen würden. Außerdem wird mein Geist genug damit zu tun haben, über dich zu wachen.«

»Du hast also vor, mich als Geist zu verfolgen?«

»Dessen sei sicher.« Seine Augen blickten voll Wärme in meine. »So schnell wirst du nicht frei sein von mir.« Sein Blick schweifte wieder ab, diesmal an meiner Schulter vorbei zum Altar. »Was für ein Mysterium ist der Tod«, sagte er langsam. »›Das unentdeckte Land‹ hat Shakespeare ihn genannt, und wir alle fürchten uns, in unbekannte Länder zu reisen. Aber fremde Gestade bergen doch sicher auch viele Möglichkeiten?« Er zog die Stirn in Falten. »Ich habe einmal einen Mann am Hof des französischen Königs getroffen, der behauptete, schon einmal zur Zeit der Römer gelebt und an Caesars Tafel gespeist zu haben. Ich hielt ihn damals für verrückt«, erinnerte er sich vage, »und wahrscheinlich war er das auch. Aber was ist, wenn er es nicht war?«

Ich erschauerte wieder. »Müssen wir vom Tod reden?«

»Wenn es stimmt, daß Menschen Seelen haben, die nach ihrem Tod weiterleben«, fuhr er fort, meinen Einwand ignorierend, »und wenn diese Seelen wieder in ein neues Leben geboren werden, dann mußt du keine Angst haben, daß mein Geist dich verfolgt. Ich werde dich dann statt dessen in Fleisch und Blut verfolgen.«

Mein Blick war skeptisch. »Und wie würde ich dich, bittesehr, in einem anderen Körper erkennen?«

»Das ist ganz einfach.« Er hob mit Mühe seine Hand und drehte die Finger zu mir, so daß ich den reich verzierten Ring sehen konnte, den er immer trug. »Schau her und denk daran. Es ist der mit der Haube versehene Falke der de Mornays. Die Haube mag ihn blind machen, und doch sieht er klarer als die Sehenden.«

»Du willst sagen, daß ich meinem Herzen vertrauen soll.«

»Nicht nur deinem Herzen. Deiner Seele.« Seine Hand griff fest nach der meinen. »Fühle das, meine Liebste. Nichts kann uns trennen. Wir sind zwei Hälften eines Ganzen, du und ich. Die Falken paaren sich fürs Leben, und unser Leben fängt gerade erst an. Glaubst du denn«, sagte er lächelnd, »daß ich ein so geringfügiges Ding wie das Grab zwischen uns treten lasse?«

»Ich will dich nicht verlieren.« Meine Stimme schwankte.

Seine große Hand lockerte ihren Griff. »Nimm diesen Ring von meinem Finger.«

»Richard …«

»Nimm diesen Ring«, wiederholte er, »und behalte ihn bei dir.«

Sein Ton duldete keinen Widerspruch, also gehorchte ich und zog den Ring von seinem ausgestreckten Finger. Der Ring war kalt, so kalt wie seine Hände, und ich hielt ihn zärtlich in meiner Handfläche, während ich versuchte, die aufsteigenden Tränen in meinen Augen zurückzudrängen.

»Denk an den Falken, Mariana Farr«, sagte er sanft, »und suche nicht mit deinen Augen nach mir, sondern mit deiner Seele. Die Seele sieht, worauf es wirklich ankommt.«

Eine einzelne Träne fiel mir heiß aus dem Auge und rollte meine

Wange hinunter, und er fing sie mit einem Finger auf. Ich versuchte, ihn anzulächeln, aber es gelang mir nicht, und als mein Mund zu zittern begann, zuckte Schmerz in seinen Augen auf, und er legte die Hand um meinen Kopf und zog ihn zu sich herab.

Ich schmeckte das Salz auf meinen Lippen und den bitteren Geschmack von Blut auf den seinen. Es war ein verzweifelter Kuß, ein Kuß, den Liebende sich beim Abschied geben, ein Kuß der Trauer und des Bedauerns und eines blinden, wortlosen Versprechens. Ich wollte mich aufrichten, als er zu Ende war, aber Richard hielt mich fest und strich mit der Hand über mein Haar.

»Ich füge deiner Brust noch mehr Schmerz zu«, protestierte ich, aber er schüttelte den Kopf.

»Ich bin jenseits aller Schmerzen«, log er, »und ich habe mir immer gewünscht, in den Armen meiner Liebsten zu sterben.« Seine Worte klangen undeutlich, und nach ein paar Minuten wurde die Bewegung seiner Hand auf meinem Haar langsamer und hörte dann ganz auf.

Meine Brust zog sich zusammen. »Verlaß mich nicht.« Die Bitte brach in einem gequälten Flüstern aus mir heraus, das ich nicht aufhalten konnte. »Oh bitte, Richard ... bitte bleib bei mir ...«

»Hab keine Angst«, sagte er und streifte mein Haar mit einem Kuß. »Ich bin unzerstörbar, erinnerst du dich? Ich muß nur eine Weile schlafen.«

Ich hob den Kopf und sah ihm ins Gesicht. Selbst in dem wenigen Licht konnte ich die gefürchtete Wahrheit erkennen. »Oh bitte, Gott, nein. Richard ...«

»Ein andermal«, versprach er. Er lächelte und schloß die Augen.

Nach einer langen Weile legte ich mein Gesicht an seine Schulter und ließ meinem Kummer mit tiefem, schüttelndem Schluchzen seinen Lauf, und ich spürte nichts mehr als den hohlen Schmerz der Trauer. Ich versuchte verzweifelt, ihn festzuhalten, aber er blieb nicht. Der feingewebte, dichte Umhang unter meiner Wange wurde hart und kalt und verwandelte sich schließlich in flachen, unnachgiebigen Stein. Ich schloß meine Hand fester um seinen Ring, aber auch dieser löste sich in Luft auf. Hinter meinen geschlossenen Augenlidern veränderte sich das Licht kaum merklich, und schließlich spürte ich eine leichte Berührung des Sonnenlichts warm auf meiner Haut.

Ich war allein in der Kirche.

Ich weiß nicht, wie lange ich dort lag, das Gesicht auf dem feuchtkalten Steinboden und – entgegen dem Wunsch eines Mannes, der seit mehr als dreihundert Jahren tot war – in tiefer Trauer. Schließlich zwang ich mich, langsam aufzustehen, wischte mit abwesender Geste eine klebrige Träne von meinem Gesicht und hob die Augen zu den traurig dreinblickenden Heiligen in dem leuchtenden Fenster über mir.

»Julia.« Die Stimme, die von einer im Schatten liegenden Bank an mein Ohr drang, ließ mich zusammenfahren. »Julia«, wiederholte Mrs. Hutherson mit ruhiger Autorität, »es ist Zeit für uns zu gehen.«

Ich wandte mich verwirrt um.

»Um acht Uhr wird die Heilige Kommunion abgehalten«, erklärte sie, »und jetzt ist es fast sieben.«

Natürlich, dachte ich. Sonntagmorgen. Ich kam nicht auf die Idee, mich über Alfreda Huthersons Anwesenheit in der Kirche zu wundern – es schien logisch zu sein, daß sie dort war und wartete. Ich hatte nicht das Bedürfnis, irgend etwas in Frage zu stellen. Die offene Wunde des Schmerzes und der Trauer hatten meinen Geist betäubt. Ausdruckslos nickte ich ihr zu und machte ein paar schwerfällige Schritte entlang des Hauptschiffes auf den Altar zu, wobei ich die abgetretenen Namen zu meinen Füßen las. »Wo ist er?« fragte ich.

»Dort.« Sie zeigte auf die Stelle. »Neben seinem Vater.«

»Da steht kein Name.«

»Nun ja«, sie lächelte verhalten und trat zu mir, »dafür gibt es eine Erklärung. Es war die Pest, verstehst du. Einen Monat nach Richards Tod kam die Pest nach Exbury, und auch der Steinmetz des Dorfes starb an ihr. Es dauerte über ein Jahr, bevor sie einen anderen Steinmetz fanden, und zu diesem Zeitpunkt hatte sich Richards Neffe Arthur schon im Herrenhaus niedergelassen und wollte kein Geld ausgeben, um den Namen einmeißeln zu lassen.«

»Die Pest kam hierher?«

»Oh ja. Sie war verheerend. Jeder Dritte starb an ihr, glaube ich. Sie löschte beinahe das Dorf von der Landkarte.«

»Aber Mariana überlebte.« Ich lächelte freudlos auf die kahle Steinplatte herab.

»Ja. Aber sie war zu dieser Zeit auch nicht hier«, fügte sie hinzu. »Sie ging mit Caroline für einige Monate fort.«

»Ach so.« Ich hörte nur mit halbem Ohr zu. »Was geschah mit dem Ring?«

»Welchem Ring?«

»Richards Silberring mit dem Wappen darauf. Er gab ihn Mariana als Andenken.«

»Ach der.« Sie nickte. »Komm, ich zeig es dir.«

Ich folgte ihr aus der abgestandenen Luft der stillen Kirche hinaus in die helle Morgensonne. Der Regen hatte endlich aufgehört, und die Welt war frisch und sauber und duftete lieblich. Hoch über uns segelte anmutig der Falke und schrie mit seiner hohen Stimme, die Schwingen weit ausgebreitet, um sich von den Luftströmungen tragen zu lassen. In der Nähe der Friedhofsmauer blieb Mrs. Hutherson stehen und deutete auf den Boden. »Hier«, sagte sie. »Hier ist der Ring jetzt.«

Wir standen auf Marianas Grab.

»Sie hat ihn immer getragen«, fuhr sie fort. »An einer Kette um ihren Hals. John Howard hat ihn gefunden, als sie starb, und sie mit ihm begraben lassen.«

»John...« Ich schüttelte benommen den Kopf in dem Versuch, meine durcheinanderirrenden Gedanken zu ordnen. »Aber John Howard starb als Säugling. Jabez hat ihn getötet. Ich habe es gesehen.«

»Ja.« Sie warf mir einen seltsam schrägen Blick zu. »Komisch, nicht wahr? Komm jetzt. Höchste Zeit für eine Tasse guten, starken Tee und etwas zu essen.«

Ich gehorchte mechanisch, ohne zu überlegen, und kurze Zeit später fand ich mich wieder auf meinem Stuhl in der Herrenhausküche, Mrs. Hutherson mir gegenüber und die Teekanne zwischen uns. Das Frühstück war üppig und lecker, aber ich kaute, ohne wirklich etwas zu schmecken, da meine Gedanken hartnäckig zu diesem Rätsel zurückkehrten.

»John Howard starb«, wiederholte ich. Und doch hat John Howard lange genug gelebt, um Mariana etwa sechzig Jahre später begraben zu können. Und John Howard hat einmal das Schoßpult gehört, das ich bei der Auktion erstanden habe, das Schoßpult, in dem das vergoldete Armband mit dem Ring aus blauäugigen Paradiesvögeln versteckt gewesen war...

»Fünf Personen wußten von dem Tod des Kindes«, betonte Mrs. Hutherson und zählte sie an den Fingern ab. »Jabez Howard, der ebenfalls in dieser Nacht starb. Mariana und Caroline, die es verheimlichten. Und Richard de Mornays zwei Dienstboten, der Kammerdiener und die Magd, die beide das Geheimnis bewahrten.«

Ich schüttelte meinen Kopf. »Aber warum? Warum sollten sie sich die Mühe machen...« Die Antwort traf mich wie ein Schlag, und ich blickte erschrocken auf. »Oh, Gott.«

Mrs. Hutherson schenkte mir Tee nach. »Konntest du denn das Kind nicht in dir spüren?«

»Nein. Ich meine, ich habe nicht besonders darauf geachtet.«

»Caroline wußte es.« Sie sprach entschieden. »Sie half sogar auf ihre eigene Art. Sie ging mit Mariana fort, irgendwohin aufs Land, nur die beiden. Und als sie im Frühjahr nach Exbury zurückkamen, brachten sie ein Baby namens John mit. Es war eigentlich niemand mehr übrig, der sich an das Kind erinnern oder sein Alter mit einiger Sicherheit angeben konnte. Auf diese Weise behielt Mariana Richards Baby und ihren guten Ruf, und Caroline – Caroline behielt ihren kleinen John.«

Ich starrte schweigend in meine unangerührte Teetasse. »Ich hätte ihn so gern gesehen«, sagte ich schließlich. »Richards Kind.«

»Du kannst ihn sehen, wenn du möchtest.«

»Aber wie?«

»Meine Liebe«, sagte sie und sah mich freundlich an, »du bist nicht in der Zeit gefangen, auch wenn es vielleicht so aussieht. Es stimmt zwar, daß deine Erinnerungserlebnisse einer chronologischen Ordnung gefolgt sind – was damals im September geschah, geschieht auch jetzt im September, das ist wahr. Aber du bist schon einmal in der Zeit vorgesprungen, bei einer Gelegenheit.«

Ich blinzelte sie an. »Tatsächlich?«

»Die Ställe«, sagte sie. »Erinnerst du dich? Du bist einmal in die Stallungen gegangen und hast Richards Pferd gesehen. Nun, das war eine Erinnerung außerhalb der linearen Zeitordnung. Es war im Mai, soweit ich mich erinnere, aber in diesem Monat des Jahres 1665 war Mariana noch nicht einmal in Exbury angekommen.« Sie sah mich an, um sicherzugehen, daß ich ihr folgte. »Die Szene, an die du dich erinnert hast, fand viel später statt, im Jahr darauf.«

Ich versuchte, mich genau an den Vorfall zu erinnern. Ich war in den Stall hineingegangen und hatte Navarre in seiner Box gesehen. Soviel wußte ich noch. Und dann …

»Jemand hat gepfiffen«, erinnerte ich mich plötzlich. »Draußen. Es klang nach Evan Gilroy.«

»Jedenfalls ist es dir möglich, Episoden aus verschiedenen Zeiten deines Lebens als Mariana Farr zu sehen, wenn du es willst. Versuch es nur, und du wirst sehen. Aber«, warnte sie, »du hast nicht mehr viel Zeit.«

»Was meinen Sie?«

Sie blickte mir in die Augen. »Erinnerst du dich, wie ich dir sagte, daß deine Reise eine Art Kreislauf sei?«

»Ja.« Ich nickte. »Sie sagten, daß ich den Kreis vollenden müsse, bevor ich den Zweck von allem verstehen könne.«

»Richtig. Nun, der Kreis ist beinahe geschlossen. Und bald, vielleicht sogar schon sehr bald, wirst du nicht mehr in der Lage sein, Marianas Leben zu leben.«

Ich starrte sie an. »Sie meinen, ich werde alles vergessen, was geschah?«

»Um Himmels willen, nein.« Sie beeilte sich, mich zu beruhigen. »Nein, diese Erinnerungen gehören zu deinem inneren Wesen, Julia, du wirst sie niemals vergessen. Du wirst sie nur nicht mehr *leben* können, verstehst du?«

»Nein, das verstehe ich nicht.«

»Es ist zu leicht, weißt du, von der Vergangenheit eingefangen zu werden. Die Vergangenheit kann sehr verführerisch sein. Die Leute reden immer vom Nebel der Zeiten, aber in Wirklichkeit ist es die Gegenwart, die im Nebel liegt und unsicher ist. Die Vergangenheit ist dagegen klar, warm und tröstlich. Deshalb bleiben Menschen oft in ihr stecken.«

Ich mühte mich, diesen Gedanken aufzunehmen, fühlte mich aber sehr unglücklich dabei.

»Es ist besser so«, tröstete sie mich sanft. »Wirklich. Du könntest sonst versucht sein, diesen einen Sommer immer wieder zu durchleben, wenn du eigentlich mit dem Leben hier und jetzt weitermachen müßtest.«

»Und wie lange wird es noch dauern«, fragte ich, »bevor sich der Kreis schließt, wie Sie sagen?«

Mrs. Hutherson lächelte. »Nicht mehr lange. Du wirst es wissen, wenn der Augenblick gekommen ist. Bist du fertig mit deinem Frühstück? Ja? Dann ist es Zeit, daß du nach Hause in dein Bett kommst. Du wirst dich besser fühlen, wenn du geschlafen hast, und ich übrigens auch.« Sie unterdrückte ein Gähnen. »Du hast mich ganz schön auf Trab gehalten heute nacht.«

Natürlich, dachte ich ein wenig beschämt. Jemand mußte mir überallhin gefolgt sein, die Türen des Herrenhauses für mich geöffnet und dafür gesorgt haben, daß ich mir nicht weh tat. Jemand hatte sich sogar die Mühe gemacht, das Schloß der Tür zum Innenhof zu ölen, damit der Schlüssel sich drehen ließ.

Ich entschuldigte mich dafür, daß ich ihr so viel Mühe bereitet hatte, aber sie tat die Entschuldigung mit einer Handbewegung ab.

»Ich fand es faszinierend, um die Wahrheit zu sagen«, gestand sie. »Du hast nie laut gesprochen, falls es dich interessiert. Du hast nur dagestanden und geschaut und reagiert. Und im Kavalier-Schlafzimmer warst du das genaue Abbild des Geistes, den ich vor all den Jahren gesehen habe. Es war Richards Rückkehr, nicht wahr, die du gesehen hast und die diese Trauer und diesen Schmerz verursachte?«

Ich nickte. »Er fiel vom Pferd, wissen Sie. Er fiel, und dann ...« Ich biß mir auf die Unterlippe, der Schmerz kehrte wieder, und sie beugte sich über den Tisch und legte ihre starke Hand auf meine.

»Es tut mir so leid, meine Liebe. Ich habe schon wieder vergessen, daß du ihn erst heute morgen verloren hast.«

Ich lächelte und suchte die Reste meiner Fassung wie für einen Schutzschild zusammen. »Es ist merkwürdig«, sagte ich, »daß sein Begräbnis nicht im Kirchenregister eingetragen wurde.«

»Gar nicht so merkwürdig, im Grunde.« Sie stand auf, um den Tisch abzuräumen, praktisch gesonnen wie immer. »Es war eine Zeit der großen Verwirrung, das Pestjahr. Es ist schwer, schriftliche Eintragungen weiterzuführen, wenn die Welt um einen herum zusammenbricht. Außerdem war es auf diese Weise auch besser für dich.«

»Wieso?«

»Es war besser, glaube ich, daß du nicht im voraus wußtest, was mit Mariana und Richard geschah«, erklärte sie einfühlsam. »Es ist besser, manche Dinge herauszufinden, indem man sie lebt, nicht, indem man sie in einem Buch nachliest. Wärest du denn so begierig gewesen, zurückzugehen, wenn du gewußt hättest, daß Richard jung sterben würde?«

»Vielleicht nicht.« Ich dachte über die Schlüssigkeit ihres Arguments nach und akzeptierte es. »Kann ich Sie noch etwas fragen?«

Sie lächelte. »Wenn es etwas mit Geoffrey zu tun hat – ich werde mich in dieser Hinsicht immer noch nicht einmischen.«

»Es hat nichts mit Geoff zu tun. Es betrifft Sie.«

»Oh?«

»Als wir neulich miteinander sprachen, wollten Sie gerade etwas sagen. Über sich und Jabez Howard und woher Sie seinen jähzornigen Charakter kennen.«

Sie zögerte, aber nur einen kleinen Augenblick. »Er war mein Bruder.«

Ich starrte sie an. »Aber dann sind Sie ja ... dann mußt du ja meine ...«

»Jetzt verstehst du«, sagte sie, »warum ich dir bei dieser Sache beistehen mußte. Ich hatte dich einst verlassen, als du mich brauchtest. Ich habe dich der Gnade meines Bruders überlassen, und als Geist konnte ich nur zusehen und leiden, wenn du littest. Dieses Leben ist meine Art der Wiedergutmachung.«

Es hätte eine wunderbare, stürmische Wiedervereinigung sein sollen. Ich hätte sie umarmen und unter Tränen mit Küssen bedecken sollen. Aber ich blieb einfach auf meinem Stuhl sitzen, und sie fuhr fort, Geschirr abzuwaschen, und irgendwie flossen Liebe und Trost und Verstehen dennoch zwischen uns, wie Wellen, die an einem windigen Strand hin- und herrollen. Später würde noch genug Zeit zum Reden sein. Im Moment genügte das Wissen vollauf.

Die schlichte Wahrheit war außerdem, daß ich im Augenblick keines Gefühls mehr fähig war. Meine Trauer um Richard war noch ein zu lebendiger Schmerz, meine Nerven waren zum Zerreißen gespannt und meine Augen gerötet und ausgetrocknet vor Erschöpfung und ungeweinten Tränen.

Als ich endlich die Küche verließ, ging ich nicht zur Hintertür hinaus, sondern durch den Hauptkorridor und trat in den Innenhof. Die Luft war still dort, nichts bewegte sich. Der Efeu an der Mauer hatte in der Herbstluft seine Farbe verändert und war nicht mehr nur grün, sondern grün mit lebhaften tiefroten und goldenen Einsprengseln, die so stark leuchteten, daß es beinahe in den Augen weh tat, sie anzusehen. Ich schob den Efeu zur Seite und beugte mich herab, um nach der Tür zu suchen.

Sie war geölt worden, wie ich vermutet hatte. Nicht nur das Schloß, sondern auch die Angeln. Mein Schlüssel steckte immer noch, und als ich ihn drehte und herauszog, war er voll Öl, das an meinen Fingern klebte. Ich zog die kleine Tür auf und trat auf den Weg hinaus, während sich meine Hand besitzergreifend um den Schlüssel legte.

Richard hatte mir diesen Schlüssel gegeben, rief ich mir in Erinnerung, und ich würde mich nicht von ihm trennen. Richard …

Ich blinzelte resolut die Tränen fort und lenkte meine Schritte heimwärts, wobei ich auf dem unebenen Boden des abgeernteten Feldes ein wenig stolperte. Ein Gesicht erschien verschwommen vor meinen Augen, ein dunkles, schmerzlich schönes Gesicht mit ernsten, grünen Augen. »Wen von uns beiden siehst du?« hatte Geoff mich gefragt. »Geoff oder Richard?«

Ich war weiter denn je von einer Antwort entfernt.

Kapitel dreiunddreißig

Ich glaube, ich wußte sogar schon in dem Moment, bevor ich meine Augen schloß, daß dies meine letzte Reise in die Vergangenheit sein würde.

Nur ein paar Stunden waren seit meiner Rückkehr nach Greywethers vergangen, aber mir war es wie eine unerträglich lange Zeit vorgekommen. Ich war sofort zu Bett gegangen und hatte mein Bestes versucht, dem Rat von Mrs. Hutherson und der Stimme meiner eigenen Erschöpfung zu folgen – und so hatte ich dann dagelegen und an die Decke gestarrt, während die Sonne über das Haus wanderte und ihr Licht durch die tanzenden Pappelblätter, die mein Schlafzimmerfenster abschirmten, hereinfiel.

Der Schlaf wollte nicht kommen. Der Gedanke an diesen unsichtbaren Kreis, der sich in einem unaufhaltsamen Bogen schloß, entzündete in mir ein Gefühl der Dringlichkeit, das mich immer ruheloser machte. Dasselbe Gefühl hatte mich nun auch zu dieser Stelle vor dem Haus gebracht, und ich hatte genug gelernt, um es nicht anzuzweifeln.

Hinter meinem Rücken erschauerte die Pappel, als Wolken über die Mittagssonne zogen, und ein Hauch der Erwartung strich durch das Gras zu meinen Füßen und wehte hinaus über die weiten Felder.

Dies war der Garten, in dem die Grüne Frau gestanden hatte. Nicht in dem Taubenschlaggarten, den Iain in den Ruinen angelegt hatte, sondern hier in dem ursprünglichen Küchengarten, der seit langer Zeit überwuchert war, hatte Marianas Geist all die Jahre verweilt. Bis zu dem Moment meiner Geburt. Es war ein passender Ort, fand ich, um alles zu Ende zu bringen.

Ich stellte mich breitbeinig hin, ballte die Fäuste und hob mein Gesicht mit fest geschlossenen Augen der Sonne entgegen. Der leichte Wind fuhr mir durch die Haare, während ich wartete und alle Gedanken außer dem einen aus meinem Bewußtsein vertrieb...

Diesmal gab es kein Schwindelgefühl, auch kein Geräusch.

Die Zeit strömte zügig in die Vergangenheit, wie ein Fluß ins Meer strömt, und zog mich mit in ihrem unablässigen, goldenen Sog.

»Mariana.«

Ich öffnete die Augen, drehte mich um und sah mich dem Jungen gegenüber, der über den Hof auf mich zukam. Er war ein hochgewachsener junger Mann, groß und breitschultrig und stark, mit hellblondem Haar und Augen so blau wie der Herbsthimmel.

Ich hatte oft nach seinem Vater in ihm gesucht und gehofft, einen Teil von Richard in ihm bewahrt zu finden, aber Richard war nicht da. Was für John nur gut war, sagte mir die Vernunft. Niemand hatte in ihm je etwas anderes gesehen als Jabez Howards rechtmäßigen Sohn, und niemand würde etwas anderes in ihm sehen, solange ich Atem hatte, es zu leugnen.

»Cousine«, rief er mir zu und blieb in ein paar Metern Entfernung stehen. »Es ist getan. Ich habe sie nicht zu fest verschlossen – wenn du deine Meinung änderst, kann ich es wieder rückgängig machen.«

Ich lächelte ihn an, aber mit entschlossenem Gesichtsausdruck. »Ich werde meine Meinung nicht ändern.«

»Es scheint mir eine schreckliche Verschwendung«, sagte er mit einem Zucken seiner breiten Schultern, »aber du mußt tun, was dir richtig erscheint.«

Mein Lächeln blieb, als mein Blick von ihm zu dem verlassenen Taubenschlag wanderte. Die Vögel waren just an diesem Morgen von Dienern Sir George Staynors, des neuen Herrn von Crofton Hall und all der dazugehörigen Ländereien, in Säcken fortgebracht worden. Sir George war ein Armeeangehöriger im Ruhestand und hatte seinen neuen Landsitz mit der Energie eines Feldherrn übernommen, in der Absicht, das edle Gut, das Arthur de Mornay hatte herunterkommen lassen, wieder zu Wohlstand zu führen.

Nachdem er den alten Taubenschlag für in schlechtem Zustand befindlich und unbequem gelegen erklärt hatte, hatte Sir George den Bau eines neuen und größeren Taubenhauses nahe beim Herrensitz angeordnet, dazu einen Fischteich und ein Kaninchengehege anlegen lassen und fünf Männer geschickt, die die

Tauben holen sollten. Es tat mir nicht leid zu sehen, wie sie weggetragen wurden. Als das letzte Täubchen gepackt worden war, hatte ich John aufgetragen, die Falltür zuzunageln.

Vielleicht, überlegte ich, würden die Tauben das neue Taubenhaus nicht annehmen und nicht darin nisten. Und wenn sie versuchten, zu ihren alten Nestern zurückzukehren, und den Zugang versperrt fanden, würden sie vielleicht die Freiheit vorziehen. Vielleicht. Jedenfalls wollte ich sie nicht wiederhaben, nicht in Erwartung des Todes gefangen in meinem Hinterhof. Die Falle würde nicht mehr funktionieren.

Nur noch ein Gegenstand war in den dämmrigen und staubigen Nisthöhlen zurückgeblieben: ein einzelner Schlüssel, den meine eigene Hand dort hineingelegt hatte. Ansonsten waren sie still, tot und leer.

John kam über das Wiesenstück herbei und stellte sich neben mich, woraufhin er mit ernstem, kritischem Blick in mein Gesicht blickte. »Du hast letzte Nacht nicht geschlafen«, sagte er.

»Ich habe geträumt.«

»Es waren Wachträume, glaube ich«, beschuldigte er mich sanft. »Ich habe deine Schritte auf den Dielen gehört. Meine Mutter hatte auch solche Träume, als sie noch lebte, aber sie war auch eine nervöse Frau.«

»Du machst dir zu viele Gedanken, John. Es war nur diese eine Nacht.«

»Ja. Dieselbe Nacht in jedem Jahr. Vielleicht werde ich eines Tages den Grund dafür erfahren.«

Ich lächelte und berührte seine Wange. »Vielleicht. Aber nicht heute.« Etwas fiel klingelnd von meinem erhobenen Handgelenk, und er fing es geschickt mit einer Hand auf.

»Du solltest den Verschluß reparieren lassen«, sagte er, »sonst wirst du dieses Armband noch verlieren, und ich kann mir dich nicht ohne es vorstellen.«

Ich sah auf die abgenutzten Paradiesvögel hinab, die mein Handgelenk sechzehn Jahre lang umschlossen hatten – Johns ganzes Leben lang – und lächelte traurig. »Ich kann mir keinen neuen Verschluß leisten.«

»Unsinn.« Er schloß seine Hand um das Armband. »Ich werde mich selbst heute nachmittag darum kümmern. Der

Goldschmied ist ein anständiger Mann und wird mir einen guten Preis machen, denke ich. Ich möchte nicht, daß du etwas verlierst, das dir so viel bedeutet.«

Mein Herz schwoll an vor unausgesprochener Liebe. Ich sehnte mich danach, ihm zu sagen, daß er von allen Geschenken, die Richard mir gemacht hatte, für mich das wertvollste war... aber die Worte wollten, konnten nicht über meine Lippen kommen. »Du sorgst gut für mich, John«, sagte ich.

»Wir sorgen füreinander.«

Es waren gute Jahre gewesen, überlegte ich, mager aber friedlich und mehr von Rosen als von Regen erfüllt. Das Haus, in dem ich mich einst als Gefangene gefühlt hatte, war nun mein Zuhause geworden, seine düsteren Schatten waren von den Jahren gemildert worden. Jetzt gab es nur noch uns beide. Caroline war noch sieben Winter bei uns geblieben, aber sie hatte nicht mehr den Willen, lange zu leben, und ihr Tod war wie das Verschwinden eines Schattens an der Wand, wenn alle Lampen gelöscht sind.

Zusammen hatten John und ich das Land bestellt und das Haus in Ordnung gehalten, und in all der Zeit hatte ich miterlebt, wie er zum Mann heranwuchs.

Dem Herrenhaus war es nicht so gut ergangen. Arthur de Mornay hatte alle Reichtümer des Gutes geplündert und den Rest verfallen lassen, während er würfelte und hurte und Karten spielte. Ich war froh, als er Crofton Hall verkaufen mußte. Aber noch froher machte es mich zu wissen, daß Navarre nicht zu der Verkaufsmasse gehörte.

Das große graue Pferd war nach Richards Tod dahingesiecht. Als ich nach Johns Geburt im Frühling nach Exbury zurückgekehrt war, hatte ich Navarre zufällig auf der Wiese erblickt, und die Veränderung des Tieres hatte mich erschüttert. Er hatte abgemagert und entkräftet ausgesehen, sein edler Kopf hing lustlos herab, seine hohen Beine schienen mit Gewichten beschwert zu sein.

Ich hatte auf meine Art versucht, ihn zu trösten, und es gewagt, heimlich in die Ställe einzudringen, wenn der Stallbursche fort war. Ich hatte dem leidenden Hengst kleine Leckereien mitgebracht und mit ihm gesprochen und mein Bestes getan, ihn aufzumuntern, aber obwohl er mich erkannte, brachte er nicht den Willen zur Genesung auf, und seine trüben, traurigen Augen verstärkten meinen eigenen Kummer wieder.

Doch dann, eines Tages, als ich wieder in den Stallungen war, hörten der Hengst und ich jemanden draußen pfeifen, und noch als ich schuldbewußt zusammenfuhr, wußte ich auf einmal, daß ich dieses Pfeifen kannte...

Evan Gilroy war kühn und unbekümmert zur Stalltür hereingekommen. Als Erkennen zwischen uns aufblitzte, hob er einen warnenden Finger an den Mund. »Seid vorsichtig, Mistress«, murmelte er leise. Ich erkannte ihn nur an seinen Augen und seiner Stimme. Ansonsten war er völlig verwandelt, trug einen modischen Backenbart und eine Perücke, die kaskadenartig auf seine absichtlich gebeugten Schultern hinunterfiel. »Ich bin gekommen, Navarre zu holen«, sagte er schlicht und entschlossen. Seine Augen wanderten von mir zu dem Pferd, und ich beobachtete, wie sich sein Gesichtsausdruck veränderte. »Oh, Gott«, sagte er leise, »was haben sie bloß mit dir gemacht?«

Ich verstand, was er meinte. Navarre war so sehr eine natürliche Fortsetzung seines schönen, stolzen Besitzers gewesen, daß es wie eine brutale Entweihung des Andenkens an Richard erschien, das Tier nach seinem Tod so zu behandeln.

Evan ging an mir vorbei, um den Hals des Hengstes zu streicheln. Bei der Berührung stellten sich Navarres Ohren auf und drehten sich, um die vertraute Stimme einzufangen. Die feuchten Augen ließen einen Schimmer entfernter Hoffnung erkennen, und ein leichter Schauder der Erregung lief unter meiner beruhigenden Hand durch die Muskeln des Pferdes. Ich schluchzte beinahe auf, als ich diese Verwandlung bemerkte.

Und damit war alles geregelt. Unser Abschied war kurz, wir hatten nicht viel Zeit zum Reden.

»Was habt Ihr für Neuigkeiten von Rachel?« fragte ich ihn. »Ist sie mit Euch gekommen?«

»Nein, sie ist nicht hier. Ich habe sie in der sicheren Obhut meiner Leute gelassen, nördlich von Bristol. Wir sind jetzt seit acht Monaten verheiratet.«

»Oh, Evan«, ich konnte die Freude in meiner Stimme nicht unterdrücken, »ich bin so froh darüber.«

»Ich wünschte, Ihr könntet unser Glück teilen«, sagte er sanft, »Ihr wißt, daß er Euch liebte.«

»Ja.«

»Er wollte Euch heiraten.«

»Ich weiß.«

Da lächelte er mich an, mit einem schmalen, gequälten Lächeln. »Rachel und ich wollen nach Norden«, erzählte er. »Nach Schottland. Wir hoffen, dort von vorn beginnen zu können, fern von den Schatten, die uns hier verfolgen.«

Ich hatte mich ebenfalls zu einem Lächeln gezwungen und ihm alles Gute gewünscht, obwohl mir das Herz in der Brust schmerzte. Und dann war er auf dem großen grauen Hengst davongeritten, und ich glaubte, eine Spur des alten Stolzes im Gang des Pferdes zu erkennen.

Der Diebstahl wurde bald entdeckt, der Dieb aber nie gefunden. Während Arthur de Mornays Männer die Landstraße abgesucht hatten, war Navarre schon über die Hauptstraße nach Bristol galoppiert, Evan Gilroy auf seinem Rücken und mit ihm meine Grüße an Rachel. Ich würde sie nie wiedersehen.

Die Erinnerung an dieses Zusammentreffen ließ mich traurig lächeln, und dicht neben mir hörte ich John tief aufseufzen. Ich wandte mich ihm zu und sah, daß er mit einer Mischung aus Neugier und Verzweiflung zu mir herabblickte.

»Du bist ein Rätsel, Cousine, das ich eines Tages lösen möchte.« Er beugte sich herunter und küßte mich auf die Wange. »Du wirst doch nicht zu schwer arbeiten, während ich im Dorf bin? Du scheinst in letzter Zeit schnell zu ermüden.«

»Der Fluch des Alters.« Mein Lächeln vertiefte sich. »Aber um deinetwillen werde ich mich nicht überanstrengen. Ich bleibe hier einfach noch ein Weilchen stehen und betrachte die Felder.«

John sah mich erneut an und zögerte, als wolle er noch etwas sagen oder fragen, aber dann war der Augenblick vorbei. Lächelnd wandte er sich ab und ließ mich allein, und ich richtete meinen Blick wieder auf den breiten, wogenden Teppich aus Gold und Grün und machte die blendende Sonne dafür verantwortlich, daß meine Sicht plötzlich verschwamm...

Jäh und eindringlich unterbrach das Klingeln die Stille. Ich blinzelte und war nicht länger Mariana, sondern wieder Julia, die vom schrillen Klang des Telefons durch die offene Küchentür gerufen wurde. Es kostete mich ungeheure Mühe, meine Füße von der Stelle, auf der sie standen, loszureißen, ganz so, als ob ich dort Wurzeln geschlagen hätte. Das Telefon klingelte weiter, während ich langsam ins Haus ging, um abzunehmen.

»Na, du hast dir aber Zeit gelassen«, flachste die Stimme meines Bruders, und ich ließ mich gegen die Wand sacken und rieb mir die Stirn mit müden Fingern.

»Ja, schon«, antwortete ich, »ich hatte zu tun.«

»Wieder gegärtnert?«

»So ähnlich.«

»Ist alles in Ordnung mit dir?« Sein Tonfall wurde strenger. »Du klingst so komisch.« Und bevor ich noch antworten konnte: »Du bist wieder zurückgegangen, oder? Was ist jetzt wieder passiert?«

»Ich werde dir alles erzählen, Tom, ich verspreche es dir. Nur nicht jetzt. Ich will jetzt über gar nichts reden. Ich will nur noch ins Bett und schlafen.«

»Sollte nicht jemand bei dir sein? Ich könnte meine Predigten ein wenig verschieben und zu dir kommen. Oder vielleicht Vivien –«

»Nein.« Die glatte Weigerung klang grob, aber ich konnte nicht anders. »Ich will niemanden bei mir haben, Tom. Wirklich nicht. Ich will nur allein sein.«

»Aber Julia –«

»Oh Tommy, bitte!« Ich verlor die Geduld. »Hör einfach damit auf, ja?«

Er verabschiedete sich mit einer Entschuldigung. »Ruf mich an, wenn du dich besser fühlst, Liebes«, bot er mir noch an, und ich fühlte mich wie eine undankbare, zänkische Eigenbrötlerin, als ich den Hörer auflegte.

Ich schlich zurück in die Küche und sah zum Fenster hinaus auf die Stelle, an der ich gestanden hatte, dort, in dem ehemaligen Garten, wo eine traurige junge Frau Ausschau gehalten hatte und alt geworden war, während sie auf einen Liebsten wartete, der niemals kam.

Oder vielleicht, dachte ich, war er ja doch zu ihr zurückgekehrt, in der Form, wie er mir zu Anfang erschienen war – eine hochragende, stille Gestalt auf einem grauen Pferd, die immer wieder im Schatten der schützenden Eiche stand, verlockend nah, doch ewig unerreichbar.

Wie viele Jahreszeiten waren gekommen und gegangen, wieviel Schnee war gefallen und wieder geschmolzen, wie viele Blumen waren erblüht, um in der Sommersonne zu welken, während Mariana und Richard gewartet hatten, hilflos gefangen in der Zeit ... auf jenen Zeitpunkt gewartet hatten, in dem ihre Seelen sich noch einmal in der Ekstase einer irdischen Liebe vereinen konnten?

Und nun war dieser Zeitpunkt gekommen –, aber ich konnte keine Freude darin finden, keine klare Entschiedenheit, sondern nur ein stumpfes Gefühl der Enttäuschung und der Erschöpfung nach einer vergeblichen Mühe.

Ich wandte mich vom Fenster ab, stieg mit schleppenden Schritten die Treppe hinauf und fiel angezogen, wie ich war, auf mein Bett. Dort, im Halbdunkel des stillen Zimmers, kam endlich der Schlaf über mich – ein dunkler, tiefer Schlaf, traumlos und tief wie ein Abgrund. Die Zeit der Träume war vorbei.

Kapitel vierunddreißig

Das Wetter blieb schön am nächsten Tag, und ich fuhr zum Mittagessen nach London. Es war ein spontaner, unnötiger Ausflug, ein hastig arrangiertes Treffen mit meiner Verlegerin, um ein nicht existierendes Problem mit dem Buch zu besprechen. Wäre ich ehrlich zu mir selbst gewesen, hätte ich zugeben müssen, daß ich nur bezweckte, meinem eigenen Haus zu entkommen, in dem kindischen Versuch, das Unvermeidliche aufzuschieben. Wenn mir keine Erinnerungen an Marianas Leben kamen, während ich weit weg war von Zuhause, war das keine Tragödie. So jedenfalls lautete meine Überlegung. Aber wenn ich mich in Greywethers befand und keine Erinnerungen nachleben konnte, so wußte ich nicht, ob ich dies ertragen konnte.

Ich hatte schon den Verlust von Richard verkraften müssen und auf eine andere Weise den von Rachel; es erschien mir unfair, daß ich nun auch das Leben verlieren sollte, in dem ich sie gekannt hatte. Und doch wußte ich, daß ich es verlieren würde. Wenn ich Mrs. Hutherson glauben wollte, *mußte* ich es sogar verlieren. Das war das Schicksal, in das ich geboren worden war; das Schicksal, das mich über all die Jahre hinweg nach Hause gerufen hatte, nach Exbury und nach Greywethers und zu Geoff…

Die Seele sieht, worauf es wirklich ankommt, hatte Richard versprochen, und ich suchte Trost in diesem Versprechen. Ohne Zweifel würde die akute Schärfe meines Schmerzes mit der Zeit nachlassen. Mit der Zeit würde es mir nicht mehr so viel ausmachen, daß Geoff sich nicht wie ich erinnern konnte. Ich würde mein Glück in der Gegenwart finden, froh sein, daß ich ihn zweimal in zwei verschiedenen Leben gefunden hatte, und es dabei belassen.

Schließlich hatte er seinen Teil der Abmachung erfüllt. Er hatte gesagt, daß er zu mir zurückkommen werde, daß er nach mir suchen und ich ihn erkennen würde. Mehr hatte er nicht versprochen.

Es tat mir gut, in London zu sein, mitten im Gedränge der

Läden und Geschäfte, mit meiner Verlegerin in dem eleganten, teuren Restaurant zu sitzen und den Strom von Menschen vor den Fenstern zu beobachten, die Schulter an Schulter in lebhafter, farbiger Vielfalt vorbeieilten. Ich hätte in London nicht mehr leben können. Die Stadt war kein Teil mehr von mir, noch ich von ihr, aber diese wenigen Stunden dort zu verbringen, brachte wieder Ordnung in mein Leben und erfüllte mich mit neuer, vitaler Energie.

Als ich auf der Heimfahrt über die kleine Brücke ratterte, fühlte ich mich wieder lebendig und verspürte beinahe so etwas wie Frieden. Mein Haus erhob sich stolz aus den Feldern, um mich zu begrüßen, verläßlich und unveränderlich stand es unter dem weiten Septemberhimmel. Ich fuhr langsam die Auffahrt hinauf, vorbei an kahler werdenden Bäumen, deren Blätter auf meine Windschutzscheibe fielen, und parkte den Wagen im alten Stall.

Ich hatte Besuch, der schon auf mich wartete. Vivien rief mir zu und winkte und ließ die Beine von der Taubenschlagmauer baumeln. Die Abendluft war klar und kühl, sie trug einen hellroten Pullover über ihren Jeans, und ihr blondes Haar war zu einem sich auflösenden Zopf geflochten.

»Wir haben uns schon mit Kaffee bedient«, erklärte sie mit einem willkommenheißenden Grinsen. »Ich dachte mir, du würdest nichts dagegen haben. Die Küchentür stand offen.«

Neben ihr hörte Iain auf zu arbeiten, lehnte sich auf seinen Rechen und strich sich das rostbraune Haar mit seiner behandschuhten Hand aus der Stirn. »Ich hätte mir auch ein Sandwich gemacht«, sagte er gutmütig, »aber sie hat mich nicht gelassen.«

»Allerdings nicht«, warf Vivien trocken ein. »Ich weiß schließlich, wie du ein Sandwich machst. Man glaubt jedesmal, daß du seit Tagen nichts mehr zu essen bekommen hättest.«

Er warf ihr einen seiner Blicke zu. »Ich arbeite hart, meine Liebe. Ich muß mich schließlich bei Kräften halten.«

Er hatte tatsächlich hart gearbeitet. Der Garten hatte sich völlig verändert, die braunen, verwelkten Blumen waren zu Haufen auf das verblichene Gras geworfen worden. Das einzige, was er übriggelassen hatte, war die einzelne Kletterrose, deren blütenlose, gewundene Arme sich an den zerbröckelnden Stein klammerten und nur noch Dornen trugen. Es war so ein schöner Garten gewesen, den ganzen vergangenen Sommer lang. Ich wandte meine Augen ab und lächelte Vivien an.

»Ich glaube, ich werde mir auch einen Kaffee machen«, sagte ich. »Will jemand noch eine zweite Tasse?«

»Dumme Frage«, grinste Iain und reichte mir seine. Vivien kam mit mir ins Haus, aber als ich ihre Tasse ebenfalls ausspülen wollte, schüttelte sie den Kopf.

»Ich kann nicht lange bleiben«, entschuldigte sie sich. »Ich muß heute abend arbeiten. Aber ich wollte dich etwas fragen, wenn du eine Minute Zeit hast.«

Ich setzte den Kessel auf und sah sie neugierig an. »Na klar.«

»Ich wollte, daß du es als erste erfährst«, begann sie, verlegen ihre Finger verschränkend. »Na ja, nicht *ganz* als erste... Iain weiß es natürlich und meine Tante Freda, aber sonst niemand.« Sie holte tief Atem, lächelte und platzte endlich damit heraus. »Ich werde heiraten.«

»Vivien!« Ich ließ beinahe den Kaffeebecher fallen vor Freude. »Das ist ja großartig!«

»Und ich wollte dich bitten, meine Trauzeugin zu sein.«

»Natürlich«, sagte ich sofort, »furchtbar gern. Und Geoff wird wohl auch Trauzeuge sein, nehme ich an.«

Sie zog die Stirn kraus. »Wieso Geoff?«

»Na ja«, stammelte ich, »ich dachte halt... da er und Iain sich so nahestehen, da dachte ich *selbstverständlich* , daß...«

Viviens Gesichtsausdruck entspannte sich, aber sie warf mir einen merkwürdigen Blick zu, bevor sie antwortete. »Ich werde nicht Iain heiraten, Julia. Du hast das irgendwie alles mißverstanden. Ich werde Tom heiraten.«

»Tom?«

»Deinen Bruder.« Sie nickte. »Er hat mich gestern gefragt. Er wollte es dir selbst sagen, glaube ich, aber er sagte, du habest dich nicht gut gefühlt.«

»Ich hatte Kopfschmerzen«, sagte ich unbestimmt. Nun bekam ich allerdings wirklich welche. »Du heiratest Tom?« fragte ich noch einmal, unfähig meinen Ohren zu trauen.

»Ja.« Viviens errötendes Lächeln machte nun einem verwirrten, verletzten Ausdruck Platz. »Wir dachten, du würdest dich freuen.«

»Ich freue mich auch.« Ich zwang mich zu einem Lächeln. »Wirklich, ich freue mich. Ich bin nur so überrascht.«

Sie grinste etwas beschämt. »Na ja, wir haben auch ein ziemliches Geheimnis daraus gemacht. Ich weiß auch nicht recht, warum. Es hat einfach so großen Spaß gemacht, sich heimlich zu treffen, ohne daß jemand davon wußte. Wir stehen beide in der Öffentlichkeit und müssen die meiste Zeit über so respektabel sein.«

»Na, mich habt ihr jedenfalls hinters Licht geführt«, sagte ich ehrlich. »Ich kann nicht glauben, daß noch nicht einmal meine Mutter etwas gesagt hat. Sie kann normalerweise kein Geheimnis behalten.«

»Sie weiß es noch nicht«, antwortete Vivien zögerlich. »Ich habe deine Eltern noch nicht kennengelernt.«

Tom muß bis über beide Ohren verliebt sein, dachte ich voll Staunen, um einen Heiratsantrag zu machen, ohne das Mädchen zuerst der Familie vorzuführen. Es schien, daß mein Bruder Seiten hatte, die ich kaum kannte, trotz unseres engen Verhältnisses. Vivien biß sich nervös auf die Lippe und beobachtete mein Gesicht.

»Glaubst du, daß sie mich mögen werden?« fragte sie.

»Meine Eltern?« Ich lächelte bei dem Gedanken. »Sie werden entzückt sein. Sie liegen Tom damit in den Ohren zu heiraten, seit er Oxford beendet hat, und du bist ziemlich genau ihr Typ. Du wirst sie auch mögen, denke ich«, fügte ich hinzu. »Sie sind ein bißchen verschroben, aber liebenswert.«

»Wie Tom.«

Ich grinste. »Nicht ganz so verschroben.«

»Und du hast wirklich nichts dagegen? Daß wir heiraten wollen, meine ich?«

»Natürlich nicht. Warum sollte ich etwas dagegen haben?« Ja, warum, fragte ich mich selbst, während mein Blick aus dem Fenster zu dem über seine Arbeit gebeugten Mann bei der verfallenen Taubenschlagmauer wanderte. Warum sollte ich auch glauben, daß das Schicksal perfekt war? Schließlich waren Rachel und Evan miteinander fortgegangen, hatten einander geliebt, waren vermutlich miteinander alt geworden. Vielleicht hatte die Vorsehung etwas anderes mit ihnen geplant in diesem Leben.

Richard und ich, die wir einst vorzeitig getrennt worden waren, waren wieder zusammengebracht worden. Vielleicht mußten Rachel und Evan diesmal getrennte Wege gehen …

Der Kessel auf dem Herd fing an zu pfeifen, und ich sah erschrocken vom Fenster weg und beeilte mich, die Gasflamme abzustellen und die Kaffeebecher aufzufüllen. Vivien sah mir schweigend zu, wieder diesen Ausdruck verwirrter Besorgnis auf dem Gesicht.

»Oh«, sagte sie auf einmal. »Beinahe hätte ich es vergessen. Geoff hat angerufen.«

Ich hob den Kopf. »Hier bei mir?«

»Ja, als ich den Kaffee machte«, antwortete sie. »Vor etwa einer Stunde. Es war eine furchtbar schlechte Verbindung, ich konnte ihn kaum verstehen, versprach aber, es dir auszurichten.«

»Ist er noch in Frankreich?«

»Ich denke, ja. Irgendwo in den Pyrenäen, sagte er, glaube ich. Jedenfalls soll ich dir bestellen, daß er heute abend noch mal anruft.«

Ich rührte nachdenklich den Kaffee um. »Hast du ihm von deinen Heiratsplänen erzählt?«

»Nein«, sagte sie grinsend. »Das muß mir wohl entfallen sein. Aber er war selbst ziemlich aufgedreht, also habe ich ihn die meiste Zeit erzählen lassen. Man kommt gegen Geoff nicht an, wenn er erst mal loslegt.«

Ich lächelte. »Das habe ich auch schon gemerkt. Hat er gesagt, wann er ungefähr anrufen wird?«

»Nein. Nur, daß ich dich heute abend nicht in den Pub abschleppen soll, bevor er angerufen hat.« Sie sah auf ihre Armbanduhr und zog eine Grimasse. »Mein Gott, ich muß los. Ned reißt mir den Kopf ab. Hör zu, es tut mir leid, daß ich dich aus heiterem Himmel damit überfallen habe…«

»Ich finde es wunderbar«, versicherte ich ihr fest. »Ganz ehrlich.«

»Und du wirst meine Trauzeugin sein? Ich verspreche dir, daß du kein furchtbares Brautjungfernkleid oder so etwas tragen mußt.«

»Ich werde mit Blumenkranz und allem Drum und Dran erscheinen«, sagte ich und besiegelte das Versprechen mit einer Umarmung. »Ich hoffe, mein Bruder weiß sein Glück zu schätzen.«

Vivien lächelte und schüttelte den Kopf. »Ich bin diejenige, die Glück hat«, entgegnete sie, »und ich bekomme obendrein dich dazu. Ich habe mir immer eine Schwester gewünscht.«

Ein Schatten huschte an der Tür vorbei, und ich bildete mir einen Moment lang ein, daß es Rachel war, die vor mir stand, und nicht Vivien. Rachel, mit ihrem warmen, spontanen Lächeln, den lachenden Augen und dem blonden Haar, das ihr wirr um die Schultern fiel. Aber als ich blinzelte, verschwand sie.

»Kommst du später im Löwen vorbei?« Vivien hielt auf der Türschwelle an und drehte sich noch einmal um. »Nachdem Geoff angerufen hat? Ich mache uns eine Flasche von meinem besten Bordeaux auf, zur Feier des Tages. Und ich bin sicher, daß die Jungs auch feiern wollen.«

Ich versprach zu kommen, und sie lief glücklich davon und rief Iain noch einen Abschiedsgruß zu, als sie sich über die Felder auf den Weg ins Dorf machte. Vielleicht aus Mitgefühl für den stoischen Schotten machte ich einen Teller mit Sandwiches und Gürkchen zurecht und trug ihn mit den Kaffeebechern in der anderen Hand hinaus zum Taubenschlag, wobei ich ganz langsam über die Wiese ging, um nichts zu verschütten.

Er hörte mit der Arbeit auf, als er mich kommen sah, richtete seinen gebeugten Rücken gerade und streckte sich. Er zog die Handschuhe aus und legte sie ordentlich auf die alte Mauer neben sich, dann nahm er seinen Teller und den Becher aus meinem vorsichtigen Griff entgegen.

»Du bist ein Engel«, dankte er mir und begann herzhaft zu essen. »Sie hat dir also von der Hochzeit erzählt?«

Ich nickte. »Ja.«

Ich warf einen Blick auf ihn und suchte nach einer Gefühlsregung hinter seiner gleichmütigen Fassade. »Ich nehme an, du wirst sie vermissen, wenn sie weg ist.«

Er zuckte mit den Achseln. »Hampshire ist ja nicht so weit weg, und ich denke, wir werden sie oft genug sehen.« Er stellte den Teller auf die Mauer. »Sie hat gehofft, daß du dich freuen würdest.«

»Das tue ich auch«, sagte ich, aber meine Stimme klang matt.

Er zog eine zerdrückte Zigarettenpackung aus seiner Hemdtasche, klopfte eine Zigarette heraus und zündete sie an. Über dem kurzen Aufscheinen der Flamme blickten die grauen Augen mich zweifelnd an. »Würdest du mir dann vielleicht verraten, warum du dreinschaust, als hättest du gerade deine beste Freundin verloren?«

»Ich weiß es nicht.« Ich seufzte, lehnte mich mit dem Rücken gegen die Mauer und sah zu der fernen Hügelkette hinüber. Die Sonne versank im Westen und entzündete eine leuchtende Explosion rasch verbleichender Farben, die sich über die Wiesen ausbreiteten, wo die Halme sich im Windhauch neigten. »Ich weiß es wirklich nicht«, wiederholte ich. »Die letzten Tage waren irgendwie deprimierend, all der Regen, und alles stirbt und vergeht und ...« Ich verstummte. Ich konnte es nicht erklären. »Das war so ein schöner Garten«, sagte ich.

Er schien mich zu verstehen. »Das wird er auch wieder werden«, sagte er. »Im nächsten Jahr. Das ist das Wunderbare an Gärten, sie kommen immer wieder.«

»Du hast wohl recht.« Ich seufzte erneut. »Aber ich wünschte trotzdem, sie würden nicht sterben.«

Er schwieg einen Moment und sah mit nachdenklicher Miene auf seine Füße, trat dann leicht gegen einen losen Erdbrocken und drehte ihn mit seiner Stiefelspitze herum, um die Unterseite mit ihrem Gewirr von Wurzeln bloßzulegen.

»Es ist alles noch da, siehst du«, bemerkte er. »Knollen und Wurzeln, die nur darauf warten, wieder zu sprießen und zu wachsen. Du darfst nicht nur mit den Augen sehen, Julia.« Er nahm einen tiefen Zug von seiner Zigarette und blies den Rauch langsam aus. »Versuch statt dessen, mit der Seele zu sehen. Die Seele sieht, worauf es wirklich ankommt.«

Eine ganze Minute lang stand alles still. Dann hob er den Kopf, und seine Augen begegneten meinen über die Ruhe des toten Gartens hinweg. Über die Jahrhunderte hinweg. Hinter uns im Haus begann das Telefon zu läuten, aber ich machte keine Anstalten, ranzugehen. Ich starrte ihn nur weiter wortlos an, und das Herz schlug mir bis zum Hals.

»Konntest du es denn nicht sehen?« fragte er sanft. »Mein

Gott, ich glaubte, es wäre so offensichtlich. Freda mußte mir ein- oder zweimal mit Gewalt drohen, damit ich den Mund hielt.«

Die Worte kamen nur mühsam aus mir heraus. »Sie wußte es?«

»Oh ja. Sie wußte es sofort, als Geoff mich das erste Mal aus Cambridge mit nach Hause brachte. Dieser Sommer war eine verdammt schlimme Zeit für mich. Ich dachte, ich würde verrückt werden... aber«, er lächelte ein wenig und blies Rauch aus, »du weißt ja, wie das ist.«

»Ja.«

Wir hätten auch über das Wetter sprechen können. Er hatte mich nicht berührt – er sah aus wie derselbe alte Iain, breitschultrig gegen die Wand des Taubenschlags gelehnt, während die untergehende Sonne sein Haar kupferrot färbte und die eigensinnige Linie seines Kinns beleuchtete. Ruhig hob er die Zigarette an den Mund. »Später bin ich nach Paris gegangen und habe für Morland gearbeitet«, fuhr er fort. »Ich war neugierig zu erfahren, was Richard in Paris getan hat, während seines Exils. Ich hatte dort ein paar kleine Abenteuer, aber was ich wirklich empfand, war Einsamkeit, und du warst natürlich nicht da.«

»Also bist du zurückgekommen.« Ich flüsterte die Worte beinahe.

»Ja. Ich kaufte das Cottage, richtete mich ein und wartete darauf, daß du auftauchtest. Ich wußte, daß du kommen würdest.«

Sein Blick streifte mich, eine flüchtige Berührung, und wanderte dann weiter zu der Stelle, wo die Eiche in der Senke im Schatten stand. Das vergessene Telefon gab ein letztes, ersterbendes Läuten von sich, das langsam in der Stille verklang. Ich achtete kaum darauf.

»Warum hast du nichts gesagt?« fragte ich ihn.

»Ich wollte ja.« Diesmal blickten seine grauen Augen nicht zur Seite. »Glaub mir, ich wollte es. Ich bin durch die Hölle gegangen diesen Sommer. Aber Freda sagte, du würdest es schon rechtzeitig herausfinden, ich müsse nur warten.«

»Iain...«

»Normalerweise«, fuhr er gelassen fort, »bin ich ein geduldiger Mensch. Aber ich glaube, ich habe jetzt lange genug gewartet.« Er schnippte die Zigarette fort und kam mit ruhigem, ent-

The splendour falls on castle walls
And snowy summits old in story:
The long light shakes across the lakes,
And the wild cataract leaps in glory.
Blow, bugle, blow, set the wild echoes flying,
Blow, bugle; answer, echoes, dying, dying, dying.

Dieses und alle anderen Zitate entstammen
Alfred Lord Tennysons (1809–1892)
Verserzählung »The Princess«.

Vorbemerkung

Wer heute durch die Straßen Chinons spaziert, findet alles so wieder, wie ich es in meinem Roman beschrieben habe, und daher möchte ich die Leserinnen und Leser dieses Buches daran erinnern, daß alle vorkommenden Personen selbstverständlich rein fiktiv sind.

Paul Rhoads, der in Chinon mein Fremdenführer gewesen ist, gilt ebenso mein herzlicher Dank wie Dorothée Kleinmann, die mir Zutritt zu ihrer Kapelle gewährt hat.

All meinen jetzigen und zukünftigen Freunden aus dem Hotel de France sei dieses Buch zugeeignet.

Prolog

... als alles verloren war oder doch verloren schien ...

Die erste Nacht war die schlimmste gewesen. Sie waren so unvermittelt und in so großer Zahl gekommen. Gerade hatte sie noch in der Kapelle friedsam beim Gebet gesessen, als im nächsten Augenblick der Anführer ihrer Wachmannschaft mit lautem Pochen an der Tür erschien und ihr Order gab, eiligst den Schutz ihrer Kammer aufzusuchen. Und dann hatte jemand geflüstert, sie würden belagert ...

Sie war schrecklich gewesen, jene erste Nacht – die Finsternis und das Heulen des Windes, und überall in der Ebene brennende Feuer. Doch dann kam das Tageslicht, und das Schloß hatte standgehalten. Natürlich hatte es standgehalten, dachte Isabelle. Schließlich handelte es sich hier um Schloß Chinon, und wie die Könige des Hauses Plantagenet, als deren Trutzburg es erbaut worden war, besaß es einen eisernen Willen. Es würde sich nie der Gewalt eines Angreifers beugen.

Zunächst hatte sie überhaupt nicht glauben wollen, daß Guillaume des Roches so dreist, so niederträchtig sein konnte und sie als Gefangene nehmen wollte. Er war der Vertraute des Königs, ihres Gemahls, gewesen und hatte stets nur die anständigste Behandlung erfahren. Hatte John ihn, des Roches, nicht zum Statthalter von Chinon ernannt? Und doch hatte sie es mit ihren eigenen Augen gesehen, hatte des Roches unter den Männern erkannt, wie er ungezwungen inmitten ihrer Reihen umherschritt, als sei er auch noch stolz, einen solchen Verrat zu begehen.

Wenn doch nur John zugegen wäre, dachte sie; er würde den Verräter Mores lehren. Ja, wenn John hier wäre …

Sie schlang das samtene Gewand fester um ihren zitternden Leib und blickte einmal mehr über die Ebene gen Westen hinaus. Die Sonne war mittlerweile beträchtlich tief gesunken, hatte sich auf den violett schimmernden Dunst der Hügel gelegt, warf ihren Glanz auf den dunkel dahinfließenden Strom. Bald, wußte sie, wären sie wieder ganz von Schwärze umfangen. Vier Nächte lang hatte sie nun schon hier in diesem hohen, einsamen Turm gestanden und zugesehen, wie das Sonnenlicht drüben im Westen am Himmel erstarb. Dieses Mal aber suchte ihr Blick die Feuer, um die herum die Aufrührer ihre Lagerstätten aufgeschlagen hatten.

»Sie sind recht nahe gerückt, heute nacht«, sagte sie zu sich selbst, und eine ihrer Zofen regte sich neben dem Kaminfeuer.

»Mylady?«

Isabelle sah sich um. Ihr langes Haar ringelte sich auf dem purpurnen Samt. »Ich sagte nur, die Feuer scheinen mir heute abend besonders nahe.«

»Jawohl, Mylady.«

»Es muß sehr kalt sein …« Sie ließ den Blick wieder hinausschweifen, mußte an den Wahn denken, der einen Menschen zu so einer Zeit, im tiefsten Winter, von der Behaglichkeit seines Kaminfeuers forttreiben konnte.

Ihre Zofen beobachteten sie, sie konnte ihre Blicke spüren. Sie wußte, daß ihre Gefaßtheit die Frauen mit Erstaunen erfüllte. Sie hielten sie noch für ein halbes Kind, so wie damals, vor drei Jahren, als sie zu ihnen gekommen war, damals, als John sie zu ihrer Eheschließung hierher nach Chinon geführt hatte. In jenem Sommer hatte es am Hof einen Skandal deswegen gegeben – sie hatte die Flüstereien hinter vorgehaltener Hand wohl mitbekommen. Ein Mann in seinen Dreißigern nimmt ein Mädchen von zwölf Jahren zur Gemahlin …

Aber selbst da war sie kein Kind mehr gewesen. Sie war bereits Hugo, dem Sohn des Hauses Lusignan, versprochen gewesen, als sie John in Angoulême zum erstenmal begegnete. Und wenn? So wie beim Schachspiel der König den Springer aus dem Feld wirft, mußte der Ritter auch hier dem König unterliegen, und Isabelle hatte seit ihrem allerersten Beisammensein mit John bereits gewußt, wie die Partie ausgehen würde. Manche behaupteten zwar, daß sie immer noch Hugo von Lusignan begehrte, aber das waren Dummköpfe, die so dachten. In all ihren fünfzehn Lebensjahren hatte sie nur einen einzigen Mann geliebt – einen bedächtigen, liebevollen Mann mit mitternachtsblauen Augen, die nur für sie allein lächelten. Und wäre es damals, vor drei Jahren, an ihr gewesen, die Entscheidung zu treffen, sie hätte John gewählt.

Er war nicht wie seine Brüder, nicht wie Richard. Sie hatte den Mann mit dem Löwenherzen, von dem soviel Sagenhaftes berichtet wurde, kennengelernt – einen gepanzerten Hünen mit goldglänzender Bartpracht. Das Abbild seines Vaters, sagten die Leute, das Abbild des Löwen höchstpersönlich, König Heinrichs, dieses geistesmächtigen, streitbaren Potentaten, der mit der unbezähmbaren Eleonore von Aquitanien eine Reihe von fürstlichen Nachfahren gezeugt hatte, die ihresgleichen suchten.

Es war, dachte Isabelle, schon eine ganz außergewöhnliche Familie. Sie liebten und haßten einander gleichermaßen, beweinten und bekriegten und hintergingen einander, bewegten sich stets auf einem schmalen Grat zwischen Verrat und Treue. Bei ihnen allen hatte dies seine Narben hinterlassen, vor allem bei John. Er sprach nicht darüber, doch oft hatte sie ihn still in der Andachtskapelle hier auf Chinon stehen sehen, tief in grüblerische Gedanken versunken an eben der Stelle, an der sein gebrochenes Herz den alt gewordenen Löwen Heinrich schließlich doch dahingerafft hatte.

Es ging das Gerücht, es sei Johns Schuld gewesen, daß der Löwe zu brüllen aufgehört hatte – Johns Schuld, weil er der Lieblingssohn Heinrichs gewesen war und der König angeblich Johns Namen auf einer Liste der Männer, die gegen ihn aufbegehrten, entdeckt hatte. Aber Heinrichs Herz war nicht so schwach gewesen, dachte Isabelle. Er wußte es stets unerschrocken mit seinen ungebärdigen Söhnen aufzunehmen. Er hatte seine eigene Gemahlin in den Kerker werfen lassen und mit John so lange wie mit einer Schachfigur gespielt, bis niemand mehr mit Sicherheit zu sagen wußte, wem dessen Treue galt. Und doch hatte John ihn verehrt. Wenn er so kummervoll und andächtig in der Kapelle stand, mußte Isabelle nur ins Antlitz ihres Mannes blicken, um zu wissen, wessen Herz es gewesen war, das an dieser Stelle vor so vielen Jahren gebrochen wurde.

Und doch beharrten die Menschen auf ihren Gerüchten. Sie galten nun dem jungen Arthur von der Bretagne, der auf seinem Erbanspruch bestanden und die alternde Königin in Mirabeau gefangengehalten hatte und jetzt dafür in Rouen eingekerkert saß. John war von Arthur, dem einzigen Sohn seines Bruders Geoffrey, einmal sehr eingenommen gewesen, und Geoffrey, der jung gestorben war, hatte von all seinen Brüdern John im Aussehen und im Alter am nächsten gestanden. Aber Arthur war nicht Geoffrey. Während seines Vaters Schläue sich in verschlagenen Listen offenbarte, schien Arthur überhaupt jedes Denkvermögen abzugehen, und sein unbesonnenes Vorgehen hatte John keine andere Wahl gelassen, als ihn festzusetzen.

Und so kamen jeden Tag neue Gerüchte auf. Arthur von der Bretagne sei frei ..., er liege in Ketten in seiner Kerkerzelle ..., er würde seine Flucht planen ..., er sei zu schwach, um auch nur den Kopf zu heben ..., man habe ihn in aller Heimlichkeit von Rouen an einen anderen Ort verbracht ... Manche behaupteten – sie hatte das erst gestern gehört –, daß Arthur bereits tot war, daß John ihn hatte hinrichten lassen. Welche Torheit, das zu glauben. John könnte dem Knaben nie ein Haar krümmen.

Das hätte sie vielleicht den Männern sagen sollen, die nun um die Mauern von Schloß Chinon herum ihre Zelte aufgeschlagen hatten, wenn diese nur geneigt gewesen wären, ihr Gehör zu schenken, denn war es doch um Arthurs willen, daß sie nun dort draußen ausharrten. Sie beabsichtigten, mit ihrer Gefangennahme die Freilassung des jungen Thronanwärters zu erzwingen. Toren, dachte sie noch einmal. Was wußten sie schon von John?

Der Wind blies einen eisigen Hauch durch das hohe, schmale Fenster. Er besaß eine Stimme, dieser Wind – halb menschlich, halb dämonisch –, die die Seele betäubte und das Herz zu Stein erstarren ließ. Isabelle wandte sich langsam von dem immer undeutlicher werdenden Anblick ab und durchquerte den großen, runden Raum zu einem kleineren, nach Norden hinausgehenden Fenster. Der Himmel auf dieser Seite war von tiefstem Dunkelblau und wolkenverhangen, ohne einen Stern, der die finstre Wand durchstach. Gab es über Le Mans Sterne, fragte sie sich? Ihre Nachricht mußte ihn inzwischen gewiß erreicht haben. Le Mans war nicht so weit entfernt. Sie mußte höchstens noch ein paar Tage lang durchhalten, dann würde die Verstärkung eintreffen. Isabelle lächelte leise im Schein des Feuers. Selbst falls John sie überhaupt nicht liebte, würde er doch keinesfalls seine Schätze hergeben, das wußte sie. Ja, es mochte ihr sogar so vorgekommen sein, als ginge John nichts über seine geliebten Reichtümer, wäre da nicht jener Tag gewesen, an dem sie ihn damit geneckt und er sie vor den Augen aller fest zu sich herangezogen und ihr gesagt hatte: »Du bist all mein Reichtum.« Noch immer konnte sie seinen Kuß auf ihren Lippen spüren ...

Ohne daß sie es wollte, bewegte sich ihre Hand zu dem perlenbesetzten Goldanhänger um ihren Hals, und sie erschauderte. »Alice«, sagte sie leise über die Schulter, »ich hätte gerne meine Schmuckschatulle.«

»Jawohl, Mylady.« Die Zofe stand gehorsam vom Feuer auf.

»Und, Alice ...«

»Ja, Mylady?«

»Wer von den Bediensteten kennt sich am besten in den unterirdischen Gängen aus?«

Unnötig zu fragen, von welchen Gängen Isabelle sprach. Unter Schloß Chinon wimmelte es nur so davon. John erwähnte oft, es sei ihm ein Rätsel, daß die Mauern nicht in sich zusammenstürzten.

»Der alte Thomas, Mylady«, kam schließlich die Antwort. »Er arbeitet in der Küche.«

»Dann wünsche ich, daß man ihn zu mir bringt«, sagte Isabelle, »und zwar unverzüglich. Ich brauche ihn.«

Die Frauen starrten sie an, flüsterten untereinander,

aber sie hüteten sich davor, ihre Wünsche in Frage zu stellen. Denn trotz ihrer Jugend handelte es sich bei der kindhaften Gestalt am Fenster doch schließlich um Isabelle von Angoulême; sie war ihre Königin, und ihre Wünsche waren Befehl. Der alte Thomas mußte mit der gebotenen Eile herbeigeholt werden.

Zufrieden wandte sich Isabelle wieder dem kleinen Fenster und den Feuern, die sich unten in der Ebene erstreckten, zu. Sie nahm weder wahr, wie sich die Tür hinter ihr schloß, noch hörte sie die Schritte der Frauen, die von der kalten Steintreppe widerhallten. Sie hörte nur den Wind. Sie stand immer noch bewegungslos da, die Augen auf die Berge im Norden gerichtet, als Alice wieder hereinkam und die kleine Schmuckschatulle neben das Bett stellte.

Alice war ihre älteste Zofe. Zärtlich blickte sie die kleine Königin mit den traurigen Augen an. »Er wird kommen, Mylady«, sagte sie leise, und beide wußten, daß nicht der alte Thomas damit gemeint war.

Isabelle nickte schweigend und gab dem stechenden Winterwind die Schuld daran, daß ihr mit einemmal Tränen in die Augen traten …

I

... und so gedieh ein vortrefflicher Plan
aus dieser Saat ...

»Und? Ist er gekommen?« Ich setzte mich im Schneidersitz aufs Sofa und goß mir eine Tasse Tee ein.

Mein Vetter betrachtete abwesend mein Wohnzimmerfenster, auf dem die Regentropfen einander in taumelnden Linien die Scheibe hinab verfolgten. Nur ungern schien er sich von dem Anblick loszureißen, drehte sich aber schließlich zu mir um. »Was?«

»John«, erinnerte ich ihn geduldig. »Ist er denn gekommen, um Isabelle zu befreien?«

»Ach so.« Er lächelte. »Selbstverständlich. Er hat Jean de Préaux, seinen tapfersten Ritter, mit einer Truppe Söldner losgeschickt, um die arme Isabelle wohlbehütet nach Le Mans zurückzubringen.«

Ich zog eine Grimasse. »Ach, das war aber edel von ihm.«

»Es gab mal Zeiten, da hättest du das auch romantisch gefunden«, sagte Harry und reichte mir seine Tasse, damit ich auch ihm nachschenkte. Das war eine liebevolle Spitze gewesen, und ich wußte, daß er ja eigentlich auch recht hatte, schob den Gedanken aber sogleich wieder beiseite.

»Dann erzähl mir mal was über deine neue Theorie«, sagte ich statt dessen.

»Das ist nicht bloß eine Theorie, meine Liebe. Sie ist in drei angesehenen Fachzeitschriften publiziert worden.«

»Entschuldige.«

Er schien mir augenblicklich zu vergeben. »Du erinnerst dich ja wohl noch, wie sie letztes Jahr in Angoulême diese alte Chronik entdeckt haben?«

»Von dem William de – Soundso? Ja, ich weiß.«

»Genau. Aus diesen Aufzeichnungen wissen wir, daß Isabelle während ihrer Belagerung auf Chinon etwas versteckt hat, etwas so Wertvolles, daß sie es unbedingt vor der Entdeckung durch die aufständischen Fürsten bewahren wollte. Soviel können wir jedenfalls daraus schließen. Sie hatte nach ihrer Schmuckschatulle verlangt und dann nach jemandem gefragt, der sich im unterirdischen Gängesystem auskannte. Anschließend ist sie dann mit diesem alten Thomas beinahe eine Stunde lang verschwunden gewesen, und keiner weiß, wo die beiden gesteckt haben.«

»Aber sowie die Gefahr vorüber war, hätte sie doch, was immer sie auch versteckt haben mag, zurückgeholt«, wandte ich stirnrunzelnd ein.

»Nicht unbedingt. Du darfst nicht vergessen, daß sich Chinon keineswegs außer Gefahr befand, und tatsächlich mußte John die Burg schon bald danach aufgeben, also kann es sein, daß Isabelle nie dazu gekommen ist. Der Chronik entnehmen wir klipp und klar, daß unsere Isabelle in ihren späteren Lebensjahren häufig von einem ›unschätzbaren Reichtum‹ gesprochen hat, den sie in Frankreich hatte zurücklassen müssen. Und wenn man zwei und zwei zusammenzählt ...«

»... hat man ein Semester lang einen bis auf den letzten Platz gefüllten Hörsaal«, neckte ich ihn.

Er grinste. »Aber nicht dieses Semester. Ich habe eine

halbe Stelle, falls du dich erinnerst. Ein Semester an der Uni, eines frei. Und dieses Semester ist frei.«

»Man kann dich um deinen Job nur beneiden.«

»Nun, ich brauche die Zeit schließlich zum Schreiben. Ich arbeite an einem Buch ...«

»Laß mich raten: über das Haus Plantagenet.« Man brauchte nicht viel Köpfchen, um zu diesem Schluß zu kommen. Mein Vetter Harry war von der Geschichte dieses Fürstenhauses hin und weg, seit wir beide in unseren Kinderschuhen steckten, und ich hatte bei unseren Spielen früher oft den Kopf dafür hinhalten müssen, sei es, weil ich als Sarazene dazu verdammt wurde, durch die Hand von Richard Löwenherz auf einem seiner Kreuzzüge zu fallen, oder Thomas Becket zu sein, eine Rolle, die ich ganz lustig fand, bis ich erfuhr, was in Wirklichkeit mit dem Erzbischof geschehen war. Aber richtig spannend wurde es immer dann, wenn mir der Part der Eleonore von Aquitanien zukam, was oft genug der Fall war, bis Harry mich eines Tages im »Turm von Salisbury« einkerkerte, einem alten Bunker hinten in einem Nachbarsgarten, und mich bis zum Abendessen nicht mehr herausließ. Heute noch kostet es mich große Überwindung, die Londoner U-Bahn zu benutzen oder mich auch nur länger als zehn Minuten in meinem eigenen Keller aufzuhalten.

Mein Vetter lächelte. »Nicht alle derer von Plantagenet – mir geht's nur um John. Ich versuche mich an einer Art unvoreingenommenem Zugang zu seiner Biographie. Johann Ohneland, der mißverstandene König. Wobei mir einfällt: Habe ich dir schon gezeigt, was dein Vater mir geschickt hat?« Ohne meine Antwort abzuwarten, griff er in seine Tasche und holte eine harte Kunststoffscheibe hervor, in deren Mitte eine tadellos erhaltene Silbermünze eingefaßt war. »Das ist er, King John im Profil. Das Ding muß ein Vermögen wert sein, aber dein Vater schmeißt sie ganz einfach in den Briefkasten.«

Er reichte mir die Münze, und ich ließ sie zwischen den Fingern kreisen. »Wo hat Daddy die bloß aufgetrieben?«

»Gott weiß wo.« Harry zuckte die Achseln. »Onkel Andrew hat an den unmöglichsten Stellen Freunde sitzen. Manchmal denke ich, es ist besser, nicht so genau nachzufragen.«

Da gab ich ihm recht. »Man bekommt von ihm sowieso nur ausweichende Antworten. Vermutlich würde er uns weismachen wollen, er hätte sie auf einem Flohmarkt entdeckt.« Und würde keine Miene dabei verziehen, fügte ich in Gedanken hinzu. Wenn er es für angebracht hielt, konnte mein Vater der charmanteste Lügner sein – eine Eigenschaft, die er sich Zeit seines Lebens im diplomatischen Dienst erworben hatte.

»Er schreibt, du möchtest ihn mal etwas öfter anrufen«, ließ mich mein Vetter wissen.

»Ich telefoniere jeden Monat mit ihm. Schließlich ist er in Uruguay. Würde ich ihn öfter anrufen, wären meine Ersparnisse bald aufgebraucht – oder was davon überhaupt noch übrig ist.«

»Weiß ich ja. Ich denke, er macht sich bloß Sorgen um dich, mehr nicht.«

»Dazu gibt es keinen Anlaß.« Ich drehte die Münze, um mir die Rückseite anzusehen. »Ich schätze, du wirst in Kürze nach Frankreich aufbrechen, um dort weiterzuforschen?«

»Ja, Ende des Monats.«

»Genau rechtzeitig zur Weinlese.«

»Exakt.«

Ich nahm einen Schluck Tee und seufzte. »Ich beneide dich, darauf kannst du Gift nehmen.«

»Dann komm doch einfach mit.« Er hatte die Bemerkung ganz beiläufig fallenlassen und verdrehte dann unschuldig die Augen, während er auf meine Reaktion wartete.

»Red keinen Unsinn. Du weißt genau, daß das nicht geht.«

»Und wieso nicht?«

»Es gibt Leute«, erklärte ich geduldig, »die arbeiten müssen, um sich ihren Lebensunterhalt zu verdienen, und ich kann nicht einfach von heute auf morgen freinehmen und verreisen.«

»Komm mir nicht damit«, sagte mein Vetter ganz unverblümt, »Himmel noch mal, schließlich arbeitest du für meinen Vater! Ich weigere mich zu glauben, daß Braden Glass gleich in Schutt und Asche fällt, wenn du vierzehn Tage lang nicht da bist. Dad oder Jack werden doch wohl mal selber ans Telefon gehen können ...«

»Und dann ist da noch das Haus«, fuhr ich hartnäckig fort. »Ich habe die Aufgabe, während Daddys Abwesenheit darauf aufzupassen. Soll ich es allein lassen, damit irgendein Einbrecher dort einsteigen und sich nach Herzenslust bedienen kann?« Ich sah den verständnislosen Ausdruck auf seinem Gesicht. »Hör mal, wenn du mich stur und langweilig findest, dann tut mir das leid, aber ...«

»Nein, langweilig bist du wirklich nicht«, korrigierte mich Harry, »nur eben auch nicht gerade allzu unternehmungslustig. Nicht mehr so wie früher. Nicht mehr, seit ...«

»Das hat nichts mit der Scheidung meiner Eltern zu tun. Aber ich werde auch nicht jünger, muß Verantwortung übernehmen ...«

»Es gibt solche und solche Verantwortung. Mutter sagt, sie sieht dich kaum noch unter Leute gehen.«

»Und was hat deine Mutter sonst noch über mich zu erzählen?«

»Daß sie dich fast nie lächeln sieht, und daß du letzten Monat in London schnurstracks am Brunnen von Trafalgar Square vorbeigegangen bist, ohne auch nur einen Penny hineinzuwerfen.«

»Nur Touristen werfen Pennies in Springbrunnen.«

»Früher hat dich das jedenfalls nicht davon abgehalten.« Er stellte seine leere Teetasse auf den Couchtisch. »Apropos Kleingeld, würdest du mir bitte meine Münze zurückgeben? – Danke. Du magst aufgehört haben, an die kleinen Dinge zu glauben, die einem im Leben Glück bringen, Emily Braden, aber ich nicht. Ich würde eher meinen rechten Arm hergeben als diesen kleinen König. Also«, sagte er fröhlich und ließ die Silbermünze in der sicheren Tiefe seiner Tasche verschwinden, »das wäre dann also geklärt. Du kommst mit mir nach Chinon.«

Ich schüttelte den Kopf. »Harry …«

»Zur Zeit gibt's ganz billige Flüge von Heathrow, aber wir sollten noch diese Woche buchen. Dad sagt, die zweite Septemberhälfte würde ihm gut passen, nur damit er schon mal …«

»Harry …«

»Und ich habe auch schon ein wunderbares Hotel für uns entdeckt, sechzehntes Jahrhundert und gleich am Marktplatz, mit Blick aufs Schloß.«

»Harry«, versuchte ich es noch einmal, aber er hatte bereits die Prospekte hervorgeholt. Die Fotos darin ließen Chinon wirken wie einen Traum aus Kindertagen – kleine helle Häuschen mit ebenso kleinen Ecktürmen daran, enge, verwinkelte kopfsteingepflasterte Gassen und das Schloß, das darüber vor einem lavendelfarbenen Himmel wie ein Wächter auf seinem Felsen thront, mit dem Fluß

Vienne wie ein glänzendes Band aus Licht zu seinen Füßen.

»Das hier ist der Turm, in dem Isabelle das Ende der Belagerung abgewartet haben dürfte«, sagte Harry und zeigte auf eine verfallende, schmale Säule am äußersten Rand der Festungsanlage. »Der Mühlenturm.«

Ich sah es mir an und schüttelte noch einmal energisch den Kopf. »Ich kann dich nicht begleiten.«

»Selbstverständlich kannst du.«

Ich seufzte hörbar. Mein Vetter hatte die seltene Gabe, sämtliche Probleme dieser Erde mit einer Handbewegung aus der Welt zu schaffen. Auch mein Vater tendierte gelegentlich dazu, und mein Onkel Alan ebenfalls. In diesem Augenblick kam ich mir wieder vor wie das arme Opfer dieses verschworenen Triumvirats. Hatte ich denn gar nichts dazugelernt? Wenn die Eltern eines Menschen nach dreißig Jahren Ehe beschließen, fortan getrennte Wege zu gehen, betrachtet man das Leben auf eine etwas nüchternere Weise. Und, dachte ich, wen wundert's? Also war die glückliche Ehe meiner Eltern letzten Endes doch nicht so glücklich gewesen. Also war Liebe nicht dafür bestimmt, auf ewig zu halten. Es war besser, daß ich diese Lektion schon in jungen Jahren gelernt hatte, anstatt die gleichen Fehler wie sie alle auch noch einmal zu machen.

Es soll nicht so klingen, als sei ich verbittert über die Entscheidung meiner Eltern. Ein wenig enttäuscht vielleicht, aber nicht verbittert. Meine Mutter war ... ja, sie war eben meine Mutter – lebenslustig, eigensinnig, unabhängig. Selbst jetzt noch schickte sie mir Postkarten aus den griechischen Hafenstädten oder türkischen Hotels, in denen sie und ihr neuester Galan gerade ihr Unwesen trieben. Und mein Vater ... mein Vater arbeitete weiter, wie er es seit jeher schon getan hatte, nur befand sich sein Büro jetzt im Britischen Konsulat in Montevideo anstatt in London. Daß er mittlerweile geschieden war, schien ihm kaum aufzufallen.

Aber mein Vater war auch nie richtig erwachsen geworden. Wie alle männlichen Abkömmlinge der Familie Braden verfügte er über eine kindliche Unschuld, einen schlichten Glauben an das Gute und eine unerschöpfliche Quelle der Energie. Mein Onkel Alan war genauso, und Harry auch. Es machte sie alle drei recht charmant, und ich liebte sie dafür, aber sie schwebten damit auch in gewissen Sphären, die andere nicht immer erreichen oder mit ihnen teilen konnten.

In dieser Hinsicht war Harry der schlimmste. Obwohl ich meinen Vetter ausgesprochen gern mochte, hatte er mich doch so oft an den Rand einer Bluttat getrieben, daß ich mich an die einzelnen Gelegenheiten gar nicht mehr erinnern wollte. Unzuverlässig hatte meine Mutter ihn genannt. Ich hätte ihn statt dessen lieber als »schusselig« bezeichnet, aber das lief auf dasselbe hinaus, wenn man am Flughafen festsaß, weil Harry gerade mal wieder auf irgendwelchen Exkursionen war. Bei der Erinnerung an solche Geschichten mußte ich plötzlich lächeln.

»Ich muß vollkommen bekloppt sein, mit dir eine Reise zu unternehmen«, sagte ich. »Gott weiß, in was für Katastrophen du mich diesmal wieder stürzt.«

Er hatte nur ein Grinsen dafür übrig. »Vielleicht ist es das, was du brauchst. Ein tüchtiges Abenteuer. Damit du mal wieder merkst, was das Leben ist.«

»Ich stehe sehr wohl mitten im Leben, herzlichen Dank.«

»Nein, tust du nicht.« Hinter dem Lachen in seinen

Augen verbarg sich bitterer Ernst. »Nicht richtig. Mir fehlt die alte Emily.«

Ich blickte auf das bunte Durcheinander von Prospekten, das er auf dem Tisch ausgebreitet hatte. Es war Einbildung, eine optische Täuschung, die mich glauben ließ, den Umriß einer Frau zu sehen, die immer noch an einem Fenster des Turmes am äußersten Rand dieser zerstörten Burg wartete, aber einen Augenblick lang war sie ganz deutlich zu erkennen. Eine junge Frau, die gedankenverloren über all die Jahre hinwegblickte, wartete, wünschte, hoffte ... aber worauf? Ihren Märchenprinzen mit seinem schneeweißen Roß, auf dem er zu ihrer Rettung herangaloppiert kam? Nein, alles war vergebens, er würde nicht kommen. Du bist ganz auf dich allein gestellt, Mädchen, sagte ich der verschwommenen Gestalt im Geiste, und du findest dich besser mit dieser Tatsache ab. Und wenn sie nicht gestorben sind ... Nein, dazu kommt es nicht, so ist es nicht im wirklichen Leben. Der Schatten verschwand, und ich blickte wieder zum Fenster, auf dem immer noch die Regentropfen tanzten.

Harry goß die letzte Tasse kalt gewordenen Tees aus der Kanne und lehnte sich im Sessel zurück. Seine blauen Augen wirkten eigentümlich liebevoll, während er mit geradezu unheimlicher Genauigkeit meine Gedanken zu lesen schien. »Wenn du nicht daran glaubst, daß in Chinon ein Märchen wahr werden könnte«, sagte er, »dann gibt es für uns alle keine Hoffnung mehr.«

2

... Wirrnisse bei der Ankunft ...

Ich hätte es besser wissen sollen. Alle waren wieder schlauer als ich. Aus Erfahrung wird man klug, heißt es doch. Selbst meine Tante Jane runzelte die Stirn, als ich ihr erzählte, ich würde mit Harry auf eine Reise gehen.

»Mit meinem Harry? Wozu denn das?«

»Er meint, ich müßte mal ein paar Tage ausspannen«, hatte ich geantwortet. »Er hat mir ein Abenteuer versprochen.«

»Und auf wieviel Abenteuer«, fragte sie mich trocken, »bist du vorbereitet?«

Ich tat die Warnung mit einem Achselzucken ab. »Ich bin sicher, daß alles gutgeht. Außerdem mag ich Harry.«

»Meine liebe Emily, darum dürfte es hier wohl kaum gehen. Wir alle mögen Harry. Aber er hat die Angewohnheit, ziemlich, nun, eben ziemlich ...«

»Unberechenbar zu sein?« half ich ihr, und sie grinste.

»Das hast du sehr nett ausgedrückt.«

Ich versicherte ihr, daß wir nur nach Frankreich fuhren, nicht ins finstere Afrika. Was konnte einem in Frankreich schon groß zustoßen? Und falls doch etwas passierte, wäre ich darauf vorbereitet, die Situation zu retten – Französisch war, dank der Jahre, während derer mein Vater an der Britischen Botschaft in Paris gearbeitet hatte, eine mir zumindest geläufige Sprache. Außerdem fand ich den Gedanken, zwei ganze Wochen im Loiretal Ferien zu machen, einigermaßen unwiderstehlich.

Tante Jane hatte sich alles mit einem gelegentlichen Aufblitzen ihrer blauen Augen und bisweilen mit einem Zucken einer Braue angehört. »Hast du auch an alle Versicherungen gedacht?« fragte sie mich schließlich und stand dann auf, um den Tee aufzubrühen.

Mein Onkel Alan reagierte weniger zynisch. »Genau, was du jetzt brauchst«, erklärte er sichtlich befriedigt. »Kleiner Tapetenwechsel, was? Vielleicht eine kleine Romanze.« Und dabei hatte er mir zugezwinkert und mich mit dem Ellenbogen angestoßen, und ich hatte gelächelt, wie es von mir erwartet wurde, und dabei nur gedacht, daß mir jetzt am allerwenigsten nach einer Romanze zumute war. Ein kleiner Urlaubsflirt vielleicht, vergänglich und schmerzlos, aber eine richtige Romanze ... Nein, so etwas hatte nie eine Zukunft, und wie mit meinem Vetter Harry konnte man sich damit höchstens Schwierigkeiten einhandeln.

Harry seinerseits tat in den Wochen vor Reisebeginn sein Bestes, sämtliche Befürchtungen zu zerstreuen. Er kam mir zuvor, indem er den langweiligen Teil unserer Reisevorbereitungen selbst übernahm – ich hatte mich in Lesesälen nie allzu wohl gefühlt. Und er ging sehr gewissenhaft dabei vor, schickte mir Stadtpläne und eine Bestätigung unserer Reservierung im Hotel de France in Chinon. Am Sonntag vor meiner Abreise rief er sogar noch aus Bordeaux an, um mir letzte Instruktionen zu geben.

»Nicht zum Gare d'Austerlitz, Liebes«, hatte er mich korrigiert. »Montparnasse. Du kennst dich in Paris doch noch einigermaßen aus, oder? Vom Flughafen nimmst du den Bus in die Stadt und dann den Zug vom Montparnasse nach St.-Pierre-des-Corps, das ist der günstigste Weg. Du wirst noch vor Mittag da sein.«

Ich hörte auf, seine Anweisungen mitzuschreiben, und klopfte mit dem Stift auf meinen Notizblock. »Und du kommst auch bestimmt, um mich abzuholen?«

»Selbstverständlich. Ich fahre über Tours nach St.-Pierre-des-Corps und treffe dich dort am Bahnhof. Ich komme mit dem roten Wagen. Du kannst mich gar nicht verfehlen. Sagen wir um zwölf?«

»Also um zwölf Uhr mittags am Freitag, dem vierundzwanzigsten?« bestätigte ich noch einmal.

»Keine Sorge«, sagte er und klang amüsiert dabei, »ich vergesse es schon nicht. Bin ja schließlich kein kompletter Idiot. Außerdem habe ich doch diesen Brief bekommen, habe ich dir nicht davon erzählt?« Hatte er natürlich nicht, also fuhr er fort: Der Brief stammte von einem Amateurhistoriker, der eine der Abhandlungen meines Vetters über Isabelles verlorengegangenen Schatz gelesen hatte. »Also kann er offenbar Englisch lesen«, kommentierte Harry, »obwohl sein Brief auf französisch geschrieben war. Er drückt sich ziemlich umständlich aus, aber es hat den Anschein, als verfüge er über einige Informationen das Tunnelsystem unterhalb des Schlosses betreffend, die mich interessieren könnten. Fragt mich, ob ich mich mit ihm in Verbindung setzen könnte. Ich finde das alles äußerst spannend, so wie damals mit diesem Informanten bei der Watergate-Affäre, weißt du noch …«

»Und hat dein Informant auch einen Codenamen?«

»Nein.« So, wie er das sagte, klang es fast, als enttäuschte ihn dieser Umstand. »Nein, ich kenne nur seinen richtigen Namen … Didier … Didier irgendwas. Ich müßte noch mal nachsehen, habe ihn vergessen. Na, jedenfalls lebt er in Chinon, und deshalb brauchst du dir keine Sorgen zu machen, daß ich vergesse, dich abzuholen. Ich bin selber ganz erpicht darauf, hinzufahren und herauszubekommen, was der Knabe weiß.«

»Fein, dann sehe ich dich ja am Freitag.«

»Mittags um zwölf in St.-Pierre-des-Corps. Versprochen.«

Mich beschlich das unbestimmte Gefühl, als hätte dies letzte Wort mir eine Warnung sein sollen, aber da knackte es schon in der Leitung, und die Verbindung wurde unterbrochen. Ich hatte gerade noch die Stimme meines Vetters sagen hören: »Tut mir leid, muß auflegen«, und danach noch etwas, das sich vage wie »bis Freitag« anhörte. Das war's dann erst mal.

Ich hätte es wissen sollen.

»Harry, verdammt noch mal!« sagte ich laut. Die junge Frau am Nebentisch blickte überrascht auf und sah dann wieder weg, während sie ihre zierliche Kaffeetasse zum Mund führte. Meine eigene Tasse war schon lange leer und ruhte kalt zwischen meinen Fingern. Ich schob sie irritiert beiseite, stützte das Kinn auf die Hände und stierte durch die Glasscheibe vor mir hinaus. Der Blick aus dem Café auf den Bahnhof war nicht gerade erhebend. Das Schachbrettmuster der Bodenplatten aus Beton, die dicken Betonsäulen mit den futuristisch geformten Lampenbögen darauf und der langgezogene, niedrige Springbrunnen, ebenfalls aus grauem Beton, mit den schäumenden weißen Fontänen betonten nur noch mehr die Kälte der Architektur. Auf der anderen Straßenseite erhoben sich drei große Wohnblöcke wie Schandmale aus der Landschaft, farblos und unpersönlich, mit langen Fensterreihen, die durch die Gefängnisgitter ihrer Balkone stupide und ausdruckslos auf mich zurückstarrten.

Ich seufzte.

Dieser Teil der Stadt Tours war deprimierend modern. Chinon befand sich irgendwo im Südwesten – gar nicht so weit entfernt, obwohl es mir in diesem Augenblick wie tausend Meilen weit weg vorkam. Und doch konnte ich es beinahe nach mir rufen hören, dieses herrliche Schloß über der Biegung des Flusses unter einem violetten Himmel. »Die Blume im Garten Frankreichs« hatten die Prospekte mir versprochen. Aber ich war nicht in Chinon, ich war hier, in St.-Pierre-des-Corps, und es erinnerte mich in keiner Weise an eine Blume.

Er kommt nicht, dachte ich düster. Harry verspätete sich nie um eine Stunde. Er kam pünktlich, oder er kam gar nicht.

»Na, wenn schon«, sagte ich, und die Frau am Nebentisch warf mir erneut einen argwöhnischen Blick zu. Sie schien erleichtert, als sie sah, wie ich das Kleingeld zusammenzählte, um meine Rechnung zu bezahlen, und um so mehr, als ich einen Augenblick später entschlossen meinen Koffer ergriff und den Stuhl zurückschob. Ich hatte große Lust, ihr zu versichern, daß ich normalerweise nicht mit mir selbst redete, daß alles die Schuld dieses Hallodris von einem Vetter sei, aber eigentlich konnte es mir völlig egal sein, was diese Frau von mir hielt, denn ich war ohnehin am Aufbrechen. Mit oder ohne Harry, ich würde es schon irgendwie nach Chinon schaffen.

Als ich erhitzt, wie ich war, hinaustrat, schlug mir die Luft kühl entgegen. Der Himmel hatte schon den ganzen Vormittag mit Regen gedroht, und es wehte ein frischer Wind, aber zumindest hatte doch ein wehmütiger blaßblauer Fleck die Energie besessen, das unerbittliche Grau zu durchbrechen. Meine Stimmung hob sich etwas, als ich dem Taxistand zustrebte.

Drei Taxis warteten neben der geschwungenen Betonarkade des Bahnhofsvorplatzes, aber nur eines von ihnen, das am Ende der Reihe, schien auch mit einem Fahrer besetzt zu sein. Er stand gegen die Motorhaube eines grauen Renault Safrane gelehnt, den Blick gedankenverloren auf den Springbrunnen gerichtet. Eine Hand steckte tief in der Tasche seiner gut geschnittenen Stoffhose, in der anderen hielt er eine halbgerauchte Zigarette. Er war nicht sehr groß, aber die Vorstellung vom Franzosen als dunklem, gutaussehendem Typen traf doch auf ihn zu. Er war auch nicht mehr jung – vielleicht zehn Jahre älter als ich mit meinen achtundzwanzig. Meine Mutter hätte ihn als »distinguiert« bezeichnet, und er wirkte tatsächlich ein wenig vornehm mit seiner unaffektierten Nonchalance, wie nur die Franzosen sie zu beherrschen scheinen.

Während ich näher kam, wanderte sein Blick vom Springbrunnen in meine Richtung, und in seinen dunklen Augen funkelte etwas auf. Er schien meine Kleidung zu mustern und dann den Anhänger von British Airways entdeckt zu haben, der immer noch an meinem Koffer baumelte. Ehe ich mein Französisch hervorkramen konnte, hatte er mich bereits in tadellosem, fließendem Englisch angesprochen. »Kann ich Ihnen behilflich sein, Madame?« Er wußte, daß ich nicht verheiratet war. Sein Blick war auf den Fingern meiner linken Hand haftengeblieben. Es war die reine Höflichkeit, mich mit »Madame« anzureden.

»Äh, ja. Ich suche bitte ein Taxi.«

Er runzelte die Stirn. Sonderbar, wenn man bedachte, daß er gegen eines gelehnt stand, aber ich begriff, als er einen raschen Blick auf den Wagen vor ihm warf.

»Ich weiß, daß Sie der letzte in der Reihe sind«, sagte ich daher, »aber die anderen Taxis sind nicht besetzt.«

Er sah wieder mich an und lächelte. »Wohin möchten Sie, Madame?«

»Nach Chinon.«

»Chinon?« Er hob den Arm mit der Zigarette und kniff gegen den Rauch die Augen zusammen. »Aber das ist fast eine Stunde von hier entfernt. Eine teure Fahrt mit dem Taxi.«

»Ach?« Ich versuchte, mir den Anschein zu geben, als würde mir das nichts ausmachen, aber natürlich machte es mir etwas aus. Ich konnte nicht gleich am ersten Tag meine Reisekasse plündern.

Noch einmal glitt sein Blick über die beiden Wagen vor ihm, dann wandte er sich wieder mir zu, als versuchte er, zu einer Entscheidung zu gelangen. Ich entband ihn der Mühe.

»Gibt's denn einen Zug nach Chinon?« fragte ich.

»Nicht von diesem Bahnhof, nein.« Seine Züge entspannten sich. »Aber es gibt den Autocar ... den Bus. Ich glaube, er geht um halb zwei, von dort drüben.« Sein Kopf wies in Richtung auf den Brunnen. »Sie können sich im Bahnhof ein Ticket kaufen, es ist noch genug Zeit.«

Ich warf einen Blick auf meine Armbanduhr und stellte sie auf kontinentaleuropäische Zeit um. Mir blieb eine volle Viertelstunde, die Fahrkarte zu kaufen und den Bus zu besteigen – mehr als genug. »Danke, Monsieur«, sagte ich und nahm meinen Koffer. »Vielen Dank.«

»Nichts zu danken, Madame.« Mit einem zuvorkommenden Kopfnicken lehnte er sich gegen seinen grauen Safrane, hob die Zigarette zum Mund und sah wieder in die andere Richtung. Als ich zum zweitenmal aus dem Bahnhof kam, war er gerade in eine Unterhaltung mit einem älteren, rotgesichtigen Mann vertieft, der unter der Last seines teuer aussehenden Reisegepäcks schwitzte.

Ohne aufzublicken, ging ich rasch an den beiden vorbei und beeilte mich, zum bereits wartenden Autocar zu kommen, wo ich mich auf den freien Fensterplatz vorne hinter dem Fahrer setzte. Ich wollte den Blick auf die vorüberziehende Landschaft genießen, aber bei der schaukelnden Bewegung des fahrenden Busses nickte ich ein, noch ehe wir das Stadtzentrum von Tours erreicht hatten. Kein Wunder, war ich doch mitten in der Nacht aufgestanden, um den Flug nach Paris zu bekommen, hatte dann die holpernde Busfahrt und ein Stück Strecke in einem Hochgeschwindigkeitszug über mich ergehen lassen, bevor ich als Frühstück zwei Tassen Bahnhofskaffee mit der Konsistenz von Flußschlamm genießen durfte.

Ich wäre möglicherweise erst in Chinon wieder aufgewacht, wenn nicht plötzlich unmittelbar unter meinem Fenster die Hupe eines Autos erklungen wäre. Beim zweiten Hupen fuhr ich mit einem solchen Ruck in die Höhe, daß mir die Zähne aufeinanderschlugen, und als ich die Augen aufriß, sah ich gerade noch, wie sich der graue Safrane mit elegantem Schwung und doppelt so schnell, wie es für das Überholmanöver notwendig gewesen wäre, vor uns setzte. Also, dachte ich lächelnd, hatte sich mein schneidiger Taxichauffeur doch noch eine Fuhre ergattert. Schön für ihn. Als der Bus den nächsten Ort erreichte, war er längst außer Sichtweite.

»Azay-le-Rideau«, verkündete der Fahrer durchs Mikrofon.

Ich war jetzt wieder vollkommen wach und hielt die Luft an, als der Bus sich durch die schmalen, eng gewundenen Straßen schob und Fußgänger gegen die Steinmauern oder in den Schutz von Hauseingängen zwang. Es ging schwindelerregend steil bergab, vor einer Reihe von Läden spuckte der Wagen eine Handvoll Fahrgäste aus und setzte seine Fahrt über eine Brücke fort, von der man einen atemberaubenden Blick auf das scheinbar auf dem Wasser gebaute, wie ein Juwel glänzende Château hatte, dessen Umrisse sich mitsamt seiner schmucken Insel in dem hellen, stillen Wasser des Sees spiegelten.

Das also, dachte ich zufrieden, war nun endlich das Tal der Loire aus den Prospekten und Reiseführern – das Frankreich, das ich aus meiner Kindheit in Erinnerung hatte. Die Stadt wich einem Waldstück, das wiederum in ein Feld und einen Weinberg überging. Ich saß vorgebeugt in meinem Sitz und verfolgte mit Interesse die vorbeihuschenden Straßenschilder. Als wir La Devinière erreichten, die Geburtsstätte des Dichters Rabelais – das jedenfalls erinnerte ich aus einer meiner Broschüren – wußte ich, daß Chinon gleich hinter der nächsten Kurve liegen mußte ...

»Oh!« entfuhr es mir plötzlich lauter, als ich wollte.

Der Busfahrer lächelte verständnisvoll und verlangsamte das Tempo. »Ist dies Ihr erster Besuch in Chinon?« fragte er auf französisch.

Ich brachte als Antwort nur ein Kopfnicken zustande, und der Bus wurde noch langsamer.

»Man muß ihn auskosten, diesen ersten Blick«, riet er mir.

Auskosten, in der Tat. Die weißen Ruinen des Schlosses von Chinon ragten majestätisch über uns auf dem Felsen auf wie die Kulisse für eine große tragische Szene in einem Shakespearschen Drama, eine fensterlose lange Mauer, deren Kamm sich dahinfranste und deren abbröckelnde, von den Jahren verwitterte Türme ihre Profile wie schartige Speerspitzen in den grauen, nie ganz unbewegten Himmel emporreckten.

Obwohl der Fahrer es so gut mit mir meinte, hatte ich

kaum Zeit, das ganze Bild aufzunehmen, ehe die Straße schon wieder einen scharfen Knick nach unten machte und an uralten, dicht mit Efeu zugewachsenen Mauern entlang tiefer in die Stadt hineinführte. Das Schloß blieb hinter uns auf seinem Bergsporn zurück, während ich mich in den Anblick des Flusses Vienne und die breite Allee hochaufragender Platanen, die an ihrem Ufer entlangführte, vertiefte. Nichts – weder Harrys Beschreibung noch meine eigene verblaßte Erinnerung an die französische Landschaft – hatte mich auf die erhabene Schönheit dieser Gegend vorbereiten können.

»Oh«, entfuhr es mir noch einmal. Kein sehr vielsagender Kommentar, aber der Busfahrer schien mit mir zufrieden zu sein.

»Ergreifend, nicht wahr?« sagte er und hielt sich demonstrativ die Faust vor sein Herz.

Ich fand endlich meine Stimme wieder. »Das kann man wohl sagen.«

Ja, ich war in der Tat so ergriffen, daß ich, als der Fahrer den Place Jeanne d'Arc ausgerufen und ich mitsamt einer Handvoll anderer Fahrgäste, die sich rasch verstreuten und entschlossen ihrer Wege gingen, den Bus verlassen hatte, mitten auf dem Platz stehenblieb, weil mir in diesem Moment erst aufging, daß ich ja gar keine Ahnung hatte, wie ich von hier zum Hotel de France gelangen sollte. Ich hatte mich gerade dazu durchgerungen, den nächstbesten Passanten anzusprechen, als ich plötzlich ein bekanntes Gesicht sah.

Er hatte seinen Safrane im Parkverbot am Straßenrand abgestellt und lehnte wie schon vorhin am Bahnhof gegen die Motorhaube, während er mit etwas skeptischem Gesichtsausdruck das Treiben der Menge beobachtete. Ich weiß nicht, was mich dazu brachte, die Straße zu überqueren und auf ihn zuzugehen – war es einfach nur, weil ich ja jemanden brauchte, der mir den Weg wies, oder fühlte ich mich auch von seinem angenehm sympathischen Gesicht angezogen? Diesmal jedenfalls hatte er mich nicht kommen sehen, als ich auf ihn zutrat.

»Ist die Fahrt zum Hotel de France auch so teuer?« fragte ich ihn auf englisch.

Sein Stirnrunzeln wich einem freundlichen Lächeln, als er sich nach mir umdrehte. »Nein«, sagte er, »die nicht. Ich fahre Sie.« Er warf seine Zigarettenkippe aufs Pflaster und ging um den Wagen herum, um mir die Beifahrertür aufzuhalten. »Sie haben nur diesen einen Koffer?« fragte er, als er ihn mir abnahm.

»Ja.«

Auf dem Rücksitz des Taxis lagen bereits Gepäckstücke, dieselben Koffer, mit denen ich den dicken, rotgesichtigen Mann in St.-Pierre-des-Corps sich hatte abmühen sehen.

»Aber Sie sind doch bereits besetzt, Monsieur«, wandte ich mit einem Blick auf die fremden Koffer ein. »Tut mir leid, das habe ich nicht gewußt ...«

»Kein Problem«, versicherte er und schob das teure Gepäck achtlos beiseite, um Platz für meinen längst nicht so edlen Koffer zu machen. »Der Herr hat eine geschäftliche Verabredung. Ich fahre nachher wieder zurück, um ihn abzuholen. Er wird mich nicht vermissen; es ist nicht weit bis zu Ihrem Hotel.«

Was dann folgte, war in der Tat die kürzeste Taxifahrt meines Lebens. Wir fuhren ein Stück den Fluß entlang, den gleichen Weg, den ich gerade mit dem Bus gekommen war, bogen dann in einen mit Platanen bestandenen Platz ein und von diesem in einen noch kleineren, auf dem windschiefe Akazien Schatten spendeten.

»Das Hotel de France«, verkündete mein Chauffeur mit einem nur allzu verständlichen Grinsen. Ich hätte den Weg vermutlich in weniger als fünf Minuten auch zu Fuß zurücklegen können und dabei noch Geld gespart. Ich warf einen Blick auf den Taxameter am Armaturenbrett, und das Grinsen meines Fahrers wurde noch breiter. Das Instrument zeigte nichts an.

»Das kostet nichts, Madame.«

»Aber das geht doch nicht.« Ich griff nach meiner Geldbörse. Ich blieb nicht gerne etwas schuldig.

»Ich möchte kein Geld. Wir haben uns ja kaum bewegt.«

»Wieviel schulde ich Ihnen?«

Er sah mich einen Moment lang an und maß schweigend die Stärke meiner Entschlossenheit an der seinen. »Zehn Francs«, sagte er endlich.

»Für zehn Francs bekommt man gerade mal eine Tasse Kaffee.«

»Gut, dann fünfzehn.«

Ich gab ihm fünfundzwanzig Francs, die er mit einem etwas besorgten Blick entgegennahm. »Ich hoffe, Sie genießen Ihren Aufenthalt in Chinon, Madame.«

Damit werde ich keine Probleme haben, dachte ich einen Augenblick später, als ich mich in der stillen Empfangshalle des Hotels umsah. Bei allen Fehlern, die man meinem Vetter anlasten konnte, hatte er doch seine lichten Momente, und in einem solchen mußte seine Wahl auf das Hotel de France gefallen sein.

Es war ein älteres Haus, liebevoll renoviert und in kräftigen Rosa- und Beigetönen gestrichen. Von der Eingangshalle führte eine elegante Wendeltreppe aus Holz zu den oberen Etagen. Zu meiner Linken ging es ein paar Stufen hinauf in den sonnendurchfluteten Frühstücksraum, rechts von mir lag hinter einer offenstehenden Tür die Hotelbar. Nirgendwo war ein Mensch zu sehen außer der hübschen jungen Frau an der Rezeption. Sie war freundlich, wenn auch scheinbar nicht besonders intelligent. Nein, Monsieur Braden sei noch nicht eingetroffen, aber unsere Zimmer seien bereit ... zwei Zimmer ... Ob ich sicher sei, daß wir wirklich zwei Zimmer wollten? Sehr sicher, bestätigte ich, und mit einem verwunderten Schulterzucken reichte sie mir den Schlüssel. »Ihr Zimmer liegt im zweiten Stock, Madame. Nummer zweihundertfünfzehn.«

So fangen also meine Ferien an, dachte ich. Ohne eine Spur von Harry, wie ich es mir hätte denken können. Habe ich es dir nicht gesagt, Liebes? konnte ich fast Tante Janes gütige Stimme sagen hören, während ich die Wendeltreppe in den zweiten Stock hinaufstieg.

Mein Zimmer wenigstens erfüllte alle Erwartungen – es war hell, duftete frisch, hatte eine hohe weiße Decke, und die Wände waren in einem weichen, beruhigenden Goldschimmer gehalten. Aber das Beste war das Fenster mit den riesig weiten Flügeln, das auf den Platz und die eng aneinandergeschmiegten Dächer des mittelalterlichen Städtchens hinausging.

Ich öffnete einen der Fensterflügel nach innen und beugte mich so weit hinaus, wie ich es nur wagte, um den Ausblick in Augenschein zu nehmen. Zwischen den Akazien entdeckte ich einen Springbrunnen. Bei meiner Ankunft war er mir gar nicht aufgefallen, aber nun sah ich ihn, einen großen bronzenen Springbrunnen mit Figuren am Rand. Selbst über den Lärm aus den umliegenden Straßen hinweg konnte ich das stetige Plätschern seines Wassers hören. Das Geräusch löste eine Erinnerung in mir aus, und für einen verschwindend kurzen Augenblick war ich wieder fünf Jahre alt und strich mit den Fingern über den Rand eines anderen Springbrunnens, während mein Vater mich drängte, mir doch etwas zu wünschen …

Aber ich wischte diese Erinnerung rasch beiseite und konzentrierte mich wieder auf den Platz. Ein Mann saß auf dem Rand des Springbrunnens, und zu seinen Füßen schlief ein gefleckter Hund. Neben den beiden begann ein Blumenhändler gerade, seinen Stand abzubauen – Ringelblumen und Rosen, die die Köpfe hängen ließen. Auch ich fühlte mich ein bißchen schlapp, die Erschöpfung von der Reise machte sich bemerkbar. Ich riß mich von dem Anblick los und sah auf die Uhr. Fast vier. Zeit für eine Ruhepause.

Es war himmlisch, unter die Bettdecke zu kriechen und sie mir bis ans Kinn hochzuziehen. Ich war so müde, daß ich nicht geglaubt hätte, ich würde träumen. Und doch hatte ich einen Traum, in dem vor meinem offenen Fenster ein Engel Geige spielte. Eigentlich hätte es ja ein schöner Traum sein können, war es aber nicht.

Der Engel hatte das grinsende Gesicht meines Vetters.

3

Wir waren derer sieben …

Erholt wachte ich auf und krönte meine Wiederherstellung mit einem halbstündigen Vollbad. Der kleine, gekachelte Raum war voller Dampf, als ich endlich das heiße Wasser abstellte und aus dem Bad stieg. Meine Haut war so rot wie ein frisch gekochter Krebs und gab einen guten Kontrast zu dem schneeweißen Frotteetuch ab. Der Dampf folgte mir in dunstigen Schwaden, als ich tropfnaß über den Teppich und um das verwühlte Bett herumging, um das Fenster noch ein Stück weiter zu öffnen.

Ich hatte nur etwa eine Stunde geschlafen, aber es war, als sei inzwischen ein neuer Tag angebrochen. Der graue Himmel hatte aufgeklart und war nun in ein wolkenloses Blau getaucht, aus dem die Sonne nur so strahlte. An der Stelle, an der ich vorhin den Blumenverkäufer gesehen hatte, saßen jetzt drei Touristen auf roten Plastikstühlen an einem kleinen weißen Tisch und tranken Bier. Um sie herum stand noch mindestens ein weiteres Dutzend solcher Tische, die wie Pilze aus dem Erdboden geschossen zu sein schienen.

Ich trat wieder vom Fenster zurück und fuhr mir mit den Fingern durch das langsam trocknende Haar. Trotz der Sonne war es immer noch kühl draußen, zu kühl, um an einem der Tische Platz zu nehmen, aber einen Drink wollte ich mir dennoch gönnen.

Als ich nach unten kam, war die Hotelbar längst nicht mehr so verlassen wie bei meiner Ankunft. Eine Handvoll Gäste hatte es sich in den terrakottafarbenen Plüschmöbeln gemütlich gemacht und genoß die anheimelnde, intime Atmosphäre.

Als ich eintrat, verstummten die Gespräche kurz, wurden aber sogleich wieder aufgenommen. Ich stellte fest, daß ich anscheinend das wohlwollende Interesse zweier junger Männer geweckt hatte, die an einem der Fenster saßen. Einer der beiden, ein Dunkelhaariger mit lustigen Augen, lächelte mir schüchtern zu und sprach mich auf französisch an.

»Möchten Sie sich nicht zu uns setzen?« sagte er. »Es ist Platz genug.« Auf mein Zögern wurde sein Lächeln noch einladender. »Ich verspreche, daß wir uns nicht danebenbenehmen werden. Aber wissen Sie, wir sind jetzt seit vier Monaten zusammen auf der Reise und können uns gegenseitig nicht mehr reden hören. Bitte«, drängte er noch einmal und zeigte auf den feien Platz ihm gegenüber. »Dürfen wir Sie auf einen Drink einladen?«

Sein Begleiter schenkte mir ebenfalls ein flüchtiges, aber nicht unfreundliches Lächeln, als ich mich auf den Platz setzte, der mir angeboten worden war. Er erinnerte mich ein wenig an einen Jungen, den ich früher in der Schule gekannt und der auch immer buntbedruckte T-Shirts und das Haar lang bis auf die Schultern getragen hatte. Wie von meinem ehemaligen Schulkameraden ging auch von meinem Tischnachbarn die leicht nervöse Aura eines jungen Mannes aus, der sich entschlossen hatte, partout jung zu bleiben – so wie seinerzeit die Hippies in den sechziger Jahren. In Kontrast zu ihm war der Dunkelhaarige gepflegter, konservativer gekleidet und schien auch die besseren Umgangsformen zu besitzen. Er hob den Arm, um den Barkeeper auf sich aufmerksam zu machen. »Sie sind noch nicht lange hier im Hotel, nicht wahr?« fragte er mich. »Ich habe Sie hier noch nie gesehen.«

Ich nickte und versuchte ohne Erfolg, seinen Akzent einzuordnen. Provence? Nein, auch nicht bretonisch, aber seiner Art nach, die Vokale auszusprechen, bestimmt aus einer ländlichen Region ...

»Ich bin sozusagen eben erst angekommen«, sagte ich. »Heute nachmittag. Aus England.«

Er grinste. »Sie sind Engländerin?« fragte er in meiner eigenen Sprache. »Hätte ich mir denken können. Sooft ich versuche, mit jemandem ins Gespräch zu kommen ...«

»Ach so«, fiel ich ihm ins Wort. »Sie sind Amerikaner?«

Dem langhaarigen Jungen schien das sichtlich unangenehm. »Kanadier, um genau zu sein«, korrigierte er mich. Genau die gleiche etwas störrische Reaktion, wie ich sie aus Agatha Christies Kriminalromanen von Hercule Poirot kannte, wenn man ihn, den Belgier, als Franzosen anredete.

Sein Freund vergab mir meinen Irrtum sofort. »Der Akzent hört sich für Sie natürlich gleich an, das ist klar.«

»Nie im Leben.« Der Hippie grinste verächtlich. »Wir hören uns doch nicht wie die Whitakers da drüben an.«

»Ja, natürlich nicht, aber die kommen ja von tief unten aus dem Süden. Da merkt man's natürlich.« Noch einmal warf er einen Blick hinüber zur Bar, an der sich ein Paar mittleren Alters angeregt mit dem Barkeeper unterhielt.

Wie ich bei genauerem Hinsehen feststellte, war »mittleren Alters« vielleicht doch nicht ganz die passende Bezeichnung für die beiden. Die Frau hätte sich mit Sicherheit dagegen verwahrt. Sie war auf eine zerbrechliche Art und Weise ganz hübsch, trug ihr brünettes Haar in kunstvoll drapierten Locken und hatte jede Menge Glitzerschmuck an ihren flatterigen Händen. Ihr Mann wirkte auf den ersten Blick erheblich älter, bis einem auffiel, daß sein silbergraues Haar nicht ganz zu seinem sonnengebräunten vitalen Gesicht passen wollte.

»Die werden Sie auch noch kennenlernen«, versicherte mir der Junge mit den langen Haaren. »Garland hält sich stets auf dem laufenden über Neuankömmlinge. Sie ist ziemlich ... na ja, ziemlich eigen.«

»Aber ihr Mann ist wirklich nett«, fügte der andere hinzu. »Er heißt Jim.« Dabei fiel ihm ein, daß er sich selbst noch gar nicht vorgestellt hatte. »Ich bin übrigens Paul. Paul Lazarus. Und das ist mein Bruder Simon.«

»Emily Braden.« Ich schüttelte nacheinander beiden die Hand und ließ mich dann wieder in den dick gepolsterten Sitz zurücksinken. Entgegen ihrem Erscheinungsbild entschied ich, daß Paul der jüngere von beiden sein mußte. Meiner Erfahrung nach gibt es bei Geschwistern immer klar strukturierte Verhaltensmuster, anhand derer man den Erstgeborenen erkennen kann. Simon Lazarus mochte weniger reif wirken, aber er war der aktivere, der aggressivere, und nun, als wir unsere Unterhaltung auf englisch fortsetzten, übernahm er wie selbstverständlich die Rolle des Sprechers für sie beide.

Er schenkte mir ein etwas freundschaftlicheres Lächeln. »Wir ›machen‹ sozusagen Europa. Paul hat im vergangenen Frühjahr die Universität abgeschlossen, und weil wir beide keinen Job finden konnten, haben wir uns entschlossen, statt dessen unsere Ersparnisse auf den Kopf zu hauen. Wenn das Geld reicht, wollen wir einmal um die ganze Welt. Vorausgesetzt, daß ich Paul jemals von diesem Ort hier loseisen kann.« Er grinste noch breiter. »Es war schwer genug, ihn aus Holland wegzubekommen und jetzt sitzen wir hier schon wieder fest.«

Auch Paul lächelte und hätte wohl gern etwas gesagt, kam aber nicht dazu, denn der Barkeeper hatte sich bei dem amerikanischen Ehepaar entschuldigt und kam mit jugendlichem Eifer an unseren Tisch gefegt.

Aus der Nähe wirkte er sogar noch jünger, als ich ursprünglich angenommen hatte. Er konnte allerhöchstens zwanzig sein, aber es war offensichtlich, wieso ich mich hatte täuschen lassen. Nur den Franzosen schien es zu gelingen, sich schon in ganz jungen Jahren so gewandt, ja geradezu weltmännisch zu geben. Dieser junge Mann würde so manches Herz brechen. Hatte es wahrscheinlich bereits getan.

Ich sah fasziniert zu, wie er sich vor unserem Tisch aufbaute, einmal entrüstet durchatmete, um dann einen kurzen Kommentar über »les américains« von sich zu geben, wobei er Paul Lazarus verschwörerisch zuzwinkerte. »Was darf es sein?« fragte er.

»Mal hören, was Thierry dazu zu sagen hat.« Wenn Simon den Namen des Barkeepers aussprach, wurde »Terry« daraus. »Thierry, erklär doch Miss ...«

»Braden«, sprang Paul ein.

»Emily«, verbesserte ich die beiden, »erklär doch Emily einmal den Unterschied zwischen Kanadiern und Amerikanern.«

Der Barkeeper blickte mich mit ernster Miene an. »Die Kanadier, Madame, sind viel komplizierter. Sie sind unmöglich. Der hier«, und dabei zeigte er auf Simon, »sorgt immer dafür, daß der Vorhang oben im Zimmer zu Boden fällt, und ich muß dann jedesmal die Leiter holen, um ihn wieder aufzuhängen.«

»Zweimal«, verteidigte sich Simon, »zweimal ist mir das erst passiert. Und abgesehen davon seid ihr selber schuld, wenn ihr Vorhänge vor die Fenster hängt. Solche Fenster wie die hier sind dafür gedacht, daß man sie öffnet, damit man etwas davon hat. Ich kann auch nichts dafür, wenn eure dämliche Gardinenstange dabei runterfällt.«

»Sehen Sie?« Thierry zwinkerte noch einmal. »Ganz kompliziert, diese Kanadier. Aber Sie, Madame, Sie sind doch nicht aus Kanada?«

»Noch schlimmer.« Ich lächelte zu ihm auf. »Ich bin Engländerin.«

»Non!« In gespieltem Entsetzen schlug er sich mit der flachen Hand vor die Brust, aber in seinen Augen konnte ich sehen, daß er es im Spaß meinte. »Hätten Sie gerne einen Café au lait, Madame? Alle Engländer lieben Café au lait.«

Aber nur, dachte ich, weil wir in der Schule gelernt haben, wie man den bestellt. Bis wir nach Frankreich gezogen waren, hatte ich nicht einmal gewußt, daß es so viele verschiedene Arten der Kaffeezubereitung gab, von dem stark duftenden, dicklichen Café an sich bis zur dekadenten Fülle eines Café crème. Jetzt stand ich vor der Entscheidung. »Könnte ich lieber einen Crème haben, bitte?«

»Bien sûr«, sagte er. »Mit dem größten Vergnügen.«

»Thierry«, unterrichtete mich Simon, als der Barkeeper hinter dem Tresen verschwand, um das hochglanzpolierte Monstrum von Kaffeemaschine unter Dampf zu setzen, »ist der Neffe der Hoteleigentümer, Madame und Monsieur Chamond. Haben Sie sie schon kennengelernt? Nein? Na, keine Sorge, das kommt noch. Sie sind ganz reizende Menschen, man kann sich sehr gut mit ihnen unterhalten. Ich wundere mich sowieso, daß sie jetzt nicht hier sind, normalerweise sind sie immer da. Na, jedenfalls ist Thierry ihr Neffe. Er liegt ihnen ein bißchen auf der Tasche, glaube ich, aber er ist ein lustiger Kerl. Lassen Sie ihn bloß nicht merken, daß Sie Französisch sprechen, sonst sabbelt er Sie voll, bis Ihnen die Ohren abfallen. An unserem ersten Nachmittag hier hat er Paul drei Stunden lang in die Mangel genommen.«

»Und Sie sprechen kein Französisch?«

Simon zuckte zur Antwort mit den Achseln. »Bloß das Wichtigste. Hallo ... Wo geht's zur Toilette ... Mein Hut ist blau. Solche Sachen. Den Rest überlasse ich Paul. Er ist der Experte, hat in einem Austauschprogramm des Rotary Clubs ein Jahr in der Schweiz verbracht.«

Thierry war mit meinem Café crème zurückgekommen, hatte ihn mit einem unwiderstehlichen Lächeln und einem eleganten Hüftschwung vor mich auf dem Tisch plaziert und war sogleich wieder entschwunden, weil er die Bestellung einer eng um einen der anderen Tische gedrängten Gruppe älterer Touristen entgegennehmen mußte – Deutsche, wie ich aus den Gesprächsfetzen heraushören konnte, was nicht so leicht war, denn über unseren Köpfen spielte das Radio, nicht laut, aber hartnäckig. Edith Piaf hatte gerade zu »La Vie en Rose« angesetzt, als mein umherschweifender Blick auf die einsame Gestalt in einer der hinteren Ecken fiel.

Es war, als stünde die Zeit für die Dauer eines Herzschlags still, als würde etwas in mir sagen, sieh hin, das darf dir nicht entgehen ... dieser winzige Augenblick, in dem Edith Piafs schwermütige Raspelstimme und das Klappern der Gläser plötzlich nur mehr ganz gedämpft zu hören waren ... Alles schien wie erstarrt – und dabei gab es gar keinen Grund für meine Reaktion, nicht einen einzigen. Oder jedenfalls keinen, den ich vor mir selbst zugeben wollte. Die Welt war schließlich voll mit gutaussehenden Männern.

Er saß dicht bei dem großen Verandafenster, das auf den Platz mit dem Springbrunnen hinausging. Man konnte ihn für einen Deutschen halten, oder für einen Schweden. Sein Haar war so unbeschreiblich hellblond, so weißgolden schimmernd, wie man es manchmal bei ganz kleinen Kindern sieht, und wo es über den Kragen seines schneeweißen Baumwollhemdes hing, schien es nahtlos in den Stoff überzugehen. Im Gegensatz dazu wirkten seine Augen eigentümlich dunkel, obwohl ich auf die Entfernung natürlich ihre Farbe nicht erkennen konnte. Aber wie er da saß, wirkte er einfach übermenschlich schön, wie ein kaum gealterter Popstar, mit schmalen, geschmeidigen Hüften, feingliedrig, das klassisch geschnittene Gesicht ohne die kleinste Falte. Simon Lazarus entging mein faszinierter Blick nicht. »Das ist Neil«, sagte er. »Er kommt auch aus England, so wie Sie. Er ist Musiker.«

Meine Gedanken mußten mir am Gesicht abzulesen sein, denn Paul fing sogleich zu lachen an, ein kurzes, aber verständnisvolles Kichern. »Nein, nicht diese Art Musiker. Er ist Geiger. Bei irgendeinem Sinfonieorchester. Nachmittags kann man ihn hier im Hotel bei seinen Übungsstunden hören.«

Das also war mein geheimnisvoller Engel mit der Geige. Und er sah auch aus wie ein Engel – dieses Gesicht und das weitgeschnittene weiße Hemd und dann die Sonne, die sein blondes Haar wie einen Heiligenschein glänzen ließ.

»Ich glaube, ich habe ihn vorhin spielen gehört«, sagte ich zu Paul. »Im Halbschlaf. Ich dachte, ich hätte die Musik geträumt.«

»Wenn er probt, denkt man, es wäre eine Schallplatte, so gut ist er«, warf Simon ein. »Sein Zimmer liegt gleich unter unserem im ersten Stock, also können wir ihn ziemlich deutlich hören. Warten Sie, ich mache Sie miteinander bekannt.«

Mir blieb keine Zeit für Einwände. Simon war nicht mehr zu bremsen, hatte sich schon umgedreht, um quer durch den Raum zu rufen und mich vorzustellen. »Neil Grantham«, hörte ich ihn sagen, »darf ich dich mit Emily ...«

»Braden«, mußte Paul zum zweiten Mal einspringen.

»... Braden bekannt machen«, echote Simon. »Emily, das ist Neil.«

Als Neil an unseren Tisch trat, mußte ich mich richtig zurücklehnen, um seine ganze Größe zu erfassen. Er war älter als ich, obwohl ich nicht mit Bestimmtheit sagen konnte, wie alt. Fünfunddreißig? Vierzig? Ich sah, wie sich beim Lächeln Grübchen in seinen glattrasierten Wangen und Lachfältchen um seine schwarzen Augen bildeten. Sonderbar, dachte ich. Genau wie sein Haar schienen seine Augen von einem inneren Glühen erfüllt. Ich murmelte irgendeine Belanglosigkeit und schüttelte seine ausgestreckte Hand.

»Sie hat dich heute nachmittag spielen gehört.« Simon versuchte gleich, ein Gespräch zwischen mir und Neil anzuregen.

»Ist das wahr? Ich hoffe, ich habe Sie nicht gestört.«

Ich schüttelte den Kopf. »Nein, im Gegenteil. Es war sehr schön. Ich mag Beethoven.«

Er setzte sich auf den freien Platz neben mir. »Das ist mir aber eine Ehre, daß Sie sogar heraushören konnten, was ich gespielt habe«, sagte er. »Sind Sie gerade angekommen?«

»Heute nachmittag.«

»Aus England, nehme ich an?«

»Genau.«

Es ist nicht einfach, Small talk mit einem Mann zu machen, der einen so ansieht, dachte ich. Er war nicht die Art Mann, mit dem man einfach nur harmlos flirten konnte. Diese Augen waren viel zu ernsthaft, und das machte mich unsicher. Ich schärfte meine Verteidigungsinstinkte und erwiderte sein Lächeln. Zu meiner Erleichterung versuchte Neil Grantham nicht, einen Funken überspringen zu lassen. Statt dessen rieb er sich abwesend mit der Hand über das ausgestreckte Bein und richtete den Blick auf ein dickes Taschenbuch, das vor Simon auf dem Tisch lag. Es war eine Ausgabe des »Ulysses«. Das typische Buch, mit dem ein junger Intellektueller wie Simon sich befaßt, fand ich. Um so mehr überraschte es mich, als Neil Paul und nicht Simon darauf ansprach: »Du bist immer noch nicht damit durch, was?«

Paul wirkte verlegen, und es war wieder einmal sein großer Bruder, der für ihn antwortete. »Gib ihm noch eine Chance. Er liest erst seit zwei Jahren daran.«

»Ich erfahre es«, konterte Paul. »James Joyce liest man nicht einfach, man muß ihn erfahren.«

Simon schien darauf schon die passende Antwort parat zu haben, als ihn etwas, was er über meine Schulter erblickte, ablenkte. »Verdammt!« brummelte er in sein Weinglas. »Nicht hinschauen. Ich fürchte, wir bekommen Gesellschaft.«

Das mußte das Paar von vorhin sein, die Amerikaner. Entweder sie oder Scarlett O'Hara höchstpersönlich hatte sich hinter meinem Rücken angeschlichen. »Hallo«, sagte eine weibliche Stimme gedehnt neben meiner Schulter. »Ist es recht, wenn wir zu eurer kleinen Party stoßen? Ich habe gerade zu Jim gesagt, wie anstrengend ich es finde, die ganze Zeit Französisch zu sprechen. Ihr habt doch nichts dagegen, Jungs? Hallo, Neil. Ich habe Sie heute nachmittag spielen gehört, und da habe ich gleich zu Jim gesagt, das ist ja fast so, als wären wir in der Carnegie Hall, nein, nicht fast, es war so. – Hallo, ich glaube, wir kennen uns noch nicht. Ich bin Garland Whitaker.«

»Emily Braden.« Ich drückte kurz die ringbeladene Hand. Mir war von Garland Whitakers Eröffnungsrede schon ganz schwummerig. Jim Whitaker begrüßte mich mit einem festen Händedruck und nahm neben seiner Frau Platz. Seine gesetzte, fast stoische Erscheinung gab einen drolligen Kontrast zu der überschwenglichen Manieriertheit seiner Gattin ab. Ich schätzte sie beide auf Mitte Vierzig, obwohl Garland bestimmt gerne für jünger gehalten wurde.

»Die Jungs haben Sie also schon unter ihre Fittiche genommen, wie ich sehe«, sagte sie zu mir. »Bei den beiden müssen Sie aufpassen, wissen Sie. Sie wirken zwar ganz harmlos, haben es aber faustdick hinter den Ohren. Ach Paul, könntest du nicht ein Schatz sein und diesem Thierry klarmachen, daß die Heizung in unserem Zimmer zu warm eingestellt ist? Ich hab' schon versucht, es ihm zu erklären, aber ich glaube, er hat kein Wort von dem verstanden, was ich zu ihm gesagt habe, und sein Englisch ist ja auch ganz entsetzlich ...«

Für mich hatte es sich ganz passabel angehört, aber man weiß ja, daß manche Franzosen die spitzbübische Angewohnheit pflegen, sich dumm zu stellen, wenn ihnen danach ist. Ich habe so manchen Pariser Kellner mit nichtsahnenden Touristen dieses Spielchen treiben sehen, vor allem, wenn diese Touristen ihm auf die Nerven gingen. Garland Whitaker verkörperte wahrscheinlich genau diesen Typus von anstrengender Touristin.

Ihr Mann schien dagegen ein völlig anderer Mensch zu sein. »Thierry spricht ein völlig einwandfreies Englisch«, verbesserte er seine Frau mit leiser, fester Stimme. »Wenn du aufhörst, mit ihm wie mit einem zweijährigen Schwerhörigen zu reden, wirst auch du das feststellen.«

Garland Whitaker ignorierte die Zurechtweisung und strahlte fröhlich in die Runde. »Jims Mutter war Französin, müßt Ihr wissen. Oder jedenfalls behauptet er das.« Sie warf ihrem Gatten einen neckischen Blick zu. »Ich habe deine Eltern ja nie kennengelernt, Darling, also bleibt mir nichts anderes übrig, als dir zu glauben. Aber in Wirklichkeit«, sagte sie zu Paul, »spricht Jim nur ein kleines bißchen Französisch, während ihr so gut mit Thierry zurechtkommt. Ihr habt bestimmt keine Probleme mit ...«

»Ich werde sehen, was ich tun kann«, versprach Paul tapfer.

»Oh, wie wundervoll. Nun hört mir mal zu«, sagte sie und beugte sich in ihrem Sessel vor, »wo wir hier gerade alle beisammensitzen ... Ich finde, wir sollten Christian heute abend zum Essen einladen. Wißt ihr, so als eine Art Abschiedsparty.«

Paul wirkte überrascht. »Christian reist ab?«

Neil Grantham antwortete lächelnd. »Nicht ganz. Er verläßt das Hotel und zieht in ein Haus.«

»Das Haus, in dem *ihr* Mann gewohnt hat.« In Garlands Augen glitzerte die Freude am Tratsch. »Kann man sich das vorstellen? Offensichtlich gehört es ihr sogar, obwohl sie seit Jahren nicht mehr darin gewohnt hat. Hat's statt dessen einfach ihm überlassen.«

Ich hatte keine Ahnung, wer »er« war – augenscheinlich wohl »ihr« Mann, aber das half mir auch nicht weiter. Doch ich wollte nicht unhöflich sein und dazwischenfragen.

»Ich denke mal, es wird schön für Christian, ein ganzes Haus für sich allein zu haben«, fuhr Garland fort. »Aber wißt ihr, ich würde nicht in einem Haus leben wollen, in dem jemand gestorben ist ... Muß das nicht schrecklich sein? Und ist es auf gewisse Weise nicht geschmacklos von Martine, es ihm auch nur anzubieten? Hinaus mit dem Alten, der Neue hinein. Und ihr Mann ist ja noch nicht einmal unter der Erde ...«

»Exmann«, schnitt ihr Simon abrupt das Wort ab. »Er war Martines Ex-Ehemann.«

Endlich sah Paul mich an und merkte, daß ich dem Gespräch in keiner Weise folgen konnte. »Eine Frau, die wir kennen«, setzte er mich ins Bild. »Ihr ehemaliger Mann ist vorletzte Nacht ums Leben gekommen. Es war ein Unfall. Er ist gestolpert und die Treppe hinuntergefallen.«

»Nicht die Treppe hinunter«, korrigierte Simon ihn streng. »Übers Treppengeländer. Hat sich das Genick gebrochen.«

»Ach«, sagte ich.

Garland Whitaker lächelte wissend. »Vielleicht war's gar kein Unfall. Vielleicht hat auch Christian ein bißchen nachgeholfen, damit er sichergehen konnte ...« Sie brach mitten im Satz ab und wirbelte in ihrem Sessel herum, als hinter ihr die Hoteltür zugeschlagen wurde. »Aber Christian, mein Schatz, wir hatten dich schon fast aufgegeben! Komm, setz dich doch zu uns.«

Ich hatte stark den Eindruck, der Mann, der in der Tür zur Bar zögernd stehengeblieben war, würde es vorgezogen haben, einem Erschießungskommando gegenüberzutreten.

Er schien ungefähr in meinem Alter zu sein – ein schlaksiger Kerl mit sanften Augen, unbändigem blondem Haar, das aussah, als hätte er es sich selbst mit einer Gartenschere geschnitten, und einem Bart, der nicht den Eindruck machte, er hätte ihn sich wachsen lassen wollen, sondern als hätte er vollkommen vergessen, irgendwann einmal damit anzufangen, sich zu rasieren. Auch seine Kleidung war zerknittert und wirkte ziemlich wahllos zusammengesucht. Seine Jeans war mit kleinen hellen Farbklecksern übersät.

»Ich muß mich aber erst umziehen«, entschuldigte er sich ein wenig linkisch. Er hatte eine leise Stimme, der sein deutscher Akzent etwas von ihrem weichen Klang nahm. »Ich habe den Anschlußbus zurück von Saumur verpaßt und bin deswegen jetzt spät dran.«

»Aber beim Abendessen wirst du uns doch Gesellschaft leisten«, drängte Garland und beglückte unsere Runde mit einem triumphierenden Lächeln. »Wir gehen doch heute abend alle zusammen zum Essen aus, oder? Um Christian standesgemäß zu verabschieden!«

Das war weniger eine Einladung als eine Regieanweisung, fand ich. Der Mann namens Christian zögerte noch einen Augenblick lang in der Tür und gab dann wie der Rest von uns klein bei.

»Selbstverständlich«, sagte er höflich und verschwand in der Halle. Der schwere Tritt seiner Schuhe auf der Treppe erinnerte mich an einen armen Sünder, der zum Schafott geführt wird.

Simon ließ sich mit düsterer Miene in seinen Sessel zurücksinken. Dann machte er den Mund auf, um etwas zu sagen. Ich bekam nicht mit, wie Pauls Ellenbogen sich bewegte, aber ich sah sehr wohl, wie Simon leicht zusammenzuckte, und was immer er hatte äußern wollen, behielt er nun für sich. Garland Whitaker begann von einem Tagesausflug zu reden, den sie und ihr Mann unternommen hatten oder unternehmen wollten ... Ich muß zugeben, daß ich nicht mehr zuhörte.

Sie schwatzte unbeirrt weiter, ihre brünetten Locken tänzelten mit jeder Bewegung ihres Kopfes, und die honigsamtene Südstaatenstimme unterbrach nur sich selbst mit gelegentlichen Ausbrüchen von raspelndem Gelächter. Ebenso wie Simon war auch ich ziemlich unbeeindruckt. Ich spürte förmlich, wie sich mir die Stirn krauste, und hätte auch einen Knuff von Pauls Ellenbogen vertragen können, der mich an meine guten Manieren erinnerte. Statt dessen blickte ich schräg nach oben, in das Gesicht des Mannes neben mir.

Neil Grantham erwiderte meinen Blick, aber er lächelte weder, noch sagte er etwas zu mir. Also gab es eigentlich wirklich keinen Grund für mich, so rasch wieder wegzuschauen und puterrot zu werden wie eine prüde viktorianische Jungfer. Oder plötzlich das lächerliche Bedürfnis zu haben, auf und davon zu rennen.

4

… laß das Vergangene ruhen, laß ruhen …

An diesem Freitag abend war das Restaurant gerammelt voll, aber mir machte es nichts aus, auf einen Tisch zu warten. Es war gemütlich und mit einem Gespür für geschmackvolle Details eingerichtet. Außerdem duftete es verheißungsvoll aus der Küche. Und dann auch noch der Name, den das Haus trug: Le Cœur de Lion. Zur Ehre von Richard Löwenherz, wie ich annahm. Schon wieder die Plantagenets. Wenn Harry in Chinon weilte, aß er hier vermutlich jeden Abend.

Während wir sieben zusammengequetscht wie die Sardinen in der Tür warteten, stellte ich mich dem schüchternen jungen Deutschen vor. Bei einem kraftvollen, aber flüchtigen Händeschütteln nannte auch er mir seinen vollen Namen: Christian Rand.

»Christian ist Künstler«, erklärte Simon, der sich zum Abendessen ein wenig herausgeputzt hatte, indem er einen dicken schwarzen Pullover über sein T-Shirt gezogen und sich das Haar zu einem kurzen Zopf zusammengebunden hatte. »Er ist kein Tourist wie wir. Er lebt schon seit … wie lange war das jetzt, Christian? … fünf Jahren in Chinon.«

»Sechs.«

»Ach, wirklich? Und die ganze Zeit im Hotel de

France?« fragte ich Christian Rand. »Ich habe zwar schon viel von Komponisten, Dichtern, Schriftstellern gehört, die in Hotelzimmern lebten, aber noch nie jemanden kennengelernt, der ...«

»Nein.« Er schüttelte seinen Zausekopf und lächelte. »Nur für die letzten zwei Monate. Ich hatte bis Juli ein kleines Haus, gar nicht weit von Chinon, aber keine besonders angenehmen Nachbarn. Und da haben meine Freunde, die Chamonds, gesagt, ich könnte im Hotel wohnen, während ich ein anderes Haus suche.«

»Und jetzt hast du eines gefunden«, verkündete Garland.

»Ja.« Christian blickte schweigend zu Boden. Er ist gar nicht so unbeholfen, wie er wirkt, dachte ich. Er wußte nur zu gut, daß Garland Whitaker sich danach verzehrte, ihn in ein Gespräch zu verwickeln, um möglichst alles über ihn und seine Beziehung zu dieser Frau namens Martine in Erfahrung zu bringen, wer immer das auch war. Aber Christian Rand wollte sich nicht auf dieses Spielchen einlassen.

Dem Kellner gelang es schließlich, für uns einen Tisch etwas abseits der anderen Gäste zu finden, an dem wir die ruhigeren, zurückhaltenderen Franzosen nicht beim Essen stören würden.

Garland Whitaker vertiefte sich mit einem Ausdruck leichten Mißtrauens in die Speisekarte. »Vielleicht eine Pizza«, entschied sie endlich. »Obwohl sie hier keine richtigen Pizzas machen, nicht so, wie man sie bei uns zu Hause kriegt. Jim hat vor ein paar Tagen hier eine Pizza bestellt, und als sie auf den Tisch kam, war in der Mitte ein Ei. Kann man sich das vorstellen? Ein zerlaufenes Ei. Ich kann euch sagen, ich wäre fast gestorben ...«

»Hört sich ja ganz gut an«, sagte Simon. »Welche war denn das, Jim?«

Garland war entsetzt. »Oh, tu das nicht, Simon. Wenn es irgend etwas gibt, was ich nicht ausstehen kann, ist es der Anblick eines zerlaufenen Eis.« Sie wandte das Gesicht ab, so daß ihr Simons süffisantes Grinsen entging, und heftete ihren forschenden Blick auf Christian Rand. »Morgen ziehst du also in dein neues Zuhause, nehme ich an?«

»Ja.«

Garland wandte sich Neil zu und setzte ihr süßestes Lächeln auf. »Ja, Darling, dann bleiben Sie wohl unser einziger Künstler in unserer Residenz.«

Ich meinerseits bemühte mich die ganze Zeit, überhaupt nicht auf Neil zu achten, seit wir das Hotel verlassen hatten – aus Gründen, bei denen ich es vorzog, mich im Augenblick nicht zu intensiv mit ihnen zu beschäftigen, fand ich es einfacher, mich mit Simon und Paul – oder sogar dem schweigsamen Christian – zu unterhalten, als mich dem durchdringenden Blick aus diesen stillen, dunklen Augen auszusetzen. Aber bis in alle Ewigkeit konnte ich mein Vorhaben auch nicht durchhalten, vor allem nicht, nachdem er sich für den Platz unmittelbar mir gegenüber entschieden hatte. Als ich aufblickte, sah ich gerade noch, wie er Garlands Bemerkung mit einem nachsichtigen Lächeln abtat. »Ich habe ja wohl kaum Christians Format.«

»Unsinn«, sagte Simon. »Deinetwegen hat Paul heute sogar Gedichte rezitiert, unterhalb der Wendeltreppe.«

»Gedichte?« fragte Neil.

»Genau. Auf französisch natürlich, also habe ich nichts davon verstanden. Was war das noch mal, Paul?«

Paul hob den Kopf, wirkte etwas peinlich berührt und

zuckte die Achseln. »Bloß eine Zeile, die mir eingefallen war. Kein Gedicht. Nur etwas, was George Sand über Liszt in ihr Tagebuch geschrieben hat.«

»Und was war das?« Das wollte ich jetzt aber auch gerne hören. Er warf mir einen Blick zu, so, wie Caesar Brutus angesehen haben muß, und wiederholte das Zitat laut. Es war ein hübscher Satz, von beinahe lyrischer Gefühlstiefe, und er sagte mir mehr über diesen Jungen Paul Lazarus als über die Qualitäten von Neils Geigenspiel.

»Und dürfen wir anderen nun auch erfahren, worum es geht?« meldete sich Garland Whitaker leicht pikiert.

Erst als ich aufblickte und Neil Granthams ahnungslos-erwartungsvolles Gesicht sah, fiel mir plötzlich ein, daß Paul und ich sehr wahrscheinlich als einzige hier am Tisch der französischen Sprache auf dieser Ebene mächtig waren.

»Verzeihung«, entschuldigte ich mich. »Es bedeutet ungefähr soviel wie: ›Mein Kummer verfliegt wie Äther, und meine Gefühle sind …‹« Da wußte ich nicht weiter und sah Paul an. »Wie würdest du dieses letzte Wort übersetzen?«

»Mit ›himmelhochjauchzend‹ vielleicht?«

»Das trifft's.« Ich nickte. »… meine Gefühle sind himmelhochjauchzend.«

»Wie sinnreich.« Garland ließ sich befriedigt in ihren Stuhl zurücksinken.

»Kann man wohl sagen.« Neil sah Paul von der Seite an. »Vielen Dank.«

Paul zuckte wieder die Achseln. »Einfach nur, was mir in diesem Augenblick in den Sinn kam.«

»Trotzdem ein hohes Lob für einen Musiker. Ich wüßte nicht, wann ich das letzte Mal jemandes Kummer wie Äther habe verfliegen lassen.«

»Üben Sie jeden Tag?« fragte ich Neil.

»Jeden Tag. Nicht soviel, wie ich sollte, natürlich, aber soviel, wie ich schaffe.«

»Neil ist nicht hier, um Ferien zu machen«, warf Garland ein. »Er ist auf Genesungsurlaub. Er hat sich die Hand gebrochen.«

»Erzähl ihr, wie«, verlangte Simon.

Neil grinste. »Reine Dummheit. Ich habe mich in einer Kneipe in München in eine Schlägerei hineinziehen lassen.« Er hielt seine linke Hand hoch, um sie mir zu zeigen. Es war eine schöne Hand, ebenmäßig, mit schlanken Fingern und sorgfältig manikürt. »Es wird schon besser, aber ich kann noch nicht alle Finger wie früher bewegen. Also hat man mir freundlicherweise eine Weile Urlaub gegeben. Unter der Bedingung«, fügte er hinzu, »daß ich mich nicht zu sehr amüsiere.«

»Und sind Sie zum ersten Mal in Chinon?« fragte ich ihn.

Er schüttelte den Kopf. »Nein. Dies müßte mein achter Besuch hier sein – vielleicht sogar der neunte. Chinon ist wie eine Sucht. Wenn Sie lange genug hierbleiben, werden Sie es verstehen.«

Neben mir nickte Simon. »Monsieur Chamond meint, wenn man einmal in Chinon gewesen ist, zieht es einen das ganze Leben lang immer wieder hierher.«

»Ach ja, Monsieur Chamond, den habe ich ja noch gar nicht kennengelernt«, sagte ich.

»Sie werden ihn und seine Frau bestimmt noch treffen«, versicherte mir Jim Whitaker. »Ganz reizende Leute, alle beide.«

»Und sie sprechen Englisch«, sagte Garland. »Nicht wie dieser Neffe. Wirklich, bei all den Touristen, die herkommen, sollte man doch meinen, daß ein jeder hier sich die Zeit nimmt, Englisch zu lernen. Es ist oft so frustrierend, wenn man sich mit jemandem unterhalten möchte.«

Am anderen Ende des Tisches lächelte Paul nachsichtig. »Die Franzosen empfinden bestimmt dasselbe, wenn sie in die Staaten kommen.«

Unser Kellner verstand uns gut genug. Er nahm zunächst Pauls Bestellung entgegen, dann Neils, wartete geduldig, bis Garland sich für einen Wein entschieden und Simon herausgefunden hatte, welche Pizza das Ei in der Mitte hatte. Ich für meine Person wählte eine Galette, eine Crêpe aus Buchweizen mit Käse und Pilzen gefüllt, die ich mit einem halben Liter süßen Cidres hinunterzuspülen gedachte.

Das Essen war ausgezeichnet, und doch herrschte während des ganzen Abends eine etwas merkwürdige Stimmung. Ich versuchte vergeblich herauszubekommen, woran das lag. Die Atmosphäre an unserem Tisch war, oberflächlich betrachtet, vollkommen normal für eine Gruppe von Menschen, die einander gerade in ihrem gemeinsamen Feriendomizil kennengelernt hatten – ein wenig gezwungen vielleicht, aber völlig normal. Und doch spürte ich eine gewisse Spannung, und dieser Spannung lag weit mehr zugrunde als der Mann, der mir am Tisch gegenübersaß. Ich wurde das Gefühl nicht los, daß irgend etwas hinter den lächelnden Gesichtern und den höflich herübergereichten Salzstreuern steckte, ein tiefer liegender, dunkler Konflikt, der bisweilen angedeutet, aber nie ganz offenbart wurde. Ich kam mir ein bißchen ausgeschlossen vor, verzehrte mein Abendessen größtenteils schweigend und überließ den anderen das Reden. Nach einer Weile reduzierte sich das Gespräch auf eine Art Schlagabtausch zwischen Simon und Garland Whitaker, die beide in der Lage schienen, die Unterhaltung ganz allein zu bestreiten. Garland erwies sich als die erfahrenere Verbalkämpferin, und immer öfter gewann ihre Stimme die Oberhand.

Ich mußte zugeben, daß sie über ein beachtliches Durchhaltevermögen verfügte. Das Tischgespräch hatte bereits mehrere Themen erschöpfend behandelt, aber sie ließ noch keinerlei Zeichen von Ermüdung erkennen. Ihr Gatte hatte es seinerseits längst aufgegeben zuzuhören. Er aß still vor sich hin, und nur gelegentlich konzentrierte sich sein Blick mit müdem Interesse auf etwas oder jemanden an einem der übrigen Tische – ein lachendes Kind, einen alten Mann, der ganz allein zu Abend speiste, eine aufgedonnerte Dame, die dem Pudel unter ihrem Tisch Bröckchen zusteckte ... Nur die Stimme seiner Frau schien er völlig ausgeblendet zu haben. Ich mutmaßte, daß dies ein Verteidigungsmechanismus war, den er sich über die Jahre angeeignet hatte.

Garland ließ sich gerade über das Schloß aus, das sie an diesem Vormittag besucht hatten. »Wir bleiben immer an einer Stelle«, sagte sie zu mir gewandt, »und machen von dort unsere Tagesausflüge. Das ist viel erholsamer, als von einem Ort zum anderen zu hetzen, finden Sie nicht auch? Und ich komme auch wirklich dazu, alle meine Kleider auszupacken, Gott sei Dank. Dieses Mal haben wir uns die Schlösser der Loire vorgenommen. Wir verreisen gerne unter einem bestimmten Thema, nicht wahr, Jim? Immer. Auf unserer Hochzeitsreise haben wir uns damals die Strände in der Normandie angesehen, wo die Alliierten 1944 an Land gegangen sind.«

»Wie romantisch«, kommentierte Simon. Er brach ein Stück Brot in zwei Hälften, um damit die Reste seines zerlaufenen Eis aufzutupfen, und wandte sich Jim Whitaker zu. »Waren Sie im Krieg in der Army?«

Es war das erste Mal, daß ich den Amerikaner lächeln sah. »So alt bin ich nun auch wieder nicht, mein Freund«, sagte er. »Ich bin ja erst nach Kriegsende geboren.«

»Oh«, sagte Simon, »tut mir leid.«

Garland lachte wieder laut auf. »Aber dein Vater hat im Krieg in Frankreich gekämpft, nicht wahr?« sagte sie zu ihrem Mann. »So hat er deine Mutter kennengelernt.«

»Stimmt.«

»Simon, Jim war in der Army, als wir geheiratet haben. Wir haben zwei ganze Jahre in Deutschland gelebt.« Sie schüttelte sich. »Gott, dieses scheußliche kleine Apartment, weißt du noch, Darling? Aber für deutsche Verhältnisse war es wahrscheinlich ganz in Ordnung.«

Christian warf einen kurzen Blick über den Tisch, sagte aber nichts dazu. Neil war es, der von den Whitakers wissen wollte, wo genau sie in Deutschland gelebt hatten. Er nickte, als sie es ihm erzählten. »Das kenne ich«, sagte er. »Nicht weit von dort gibt es jedes Jahr im Juni ein wunderbares Musikfestival. Hübsche Ecke.«

»Ich hab's gehaßt«, sagte Garland. »Die Leute waren so unfreundlich. Waren wahrscheinlich alle Nazis.«

Ihr Ehemann schob seinen leeren Teller beiseite und lächelte sie gnädig an. »Nun komm, Schatz, du weißt genau, daß das nicht stimmt.«

»Doch, Darling, das ist wahr. Erinnerst du dich an die vielen kleinen Löcher, die jemand überall in der Stadt gegraben hat? Margret Jürgens Hund ist in eines gefallen, und da hat die Polizei Verdacht geschöpft. Ja, das waren die Nazis, die Polizei hat's herausgekriegt. Da war bei Kriegsende Geld oder so was versteckt worden, und diese Leute sind dreißig Jahre später zurückgekommen, um danach zu suchen. Unvorstellbar. Und weißt du noch, als ...«

Sie redete immer noch wie eine Aufziehpuppe, als wir

die Rechnung bezahlten, aufstanden und uns durch das Gewirr von Tischen und Stühlen unseren Weg zum Ausgang bahnten.

Es war herrlich, die frische Luft draußen zu atmen. Das Restaurant befand sich am langgezogenen Place du Général de Gaulle, und die Straßenlampen zwischen den dunkelgrünen Bäumen verbreiteten ein warmes, gelbes Licht. Ein Stück weiter den Platz hinauf plätscherte fröhlich der Springbrunnen, und durch die sich bewegenden Blätter hindurch erkannte ich die Leuchtreklame des Hotel de France.

Offenbar war sie auch Christian nicht entgangen. Er äußerte ein paar dünne Worte des Dankes für das Abendessen und zog in Richtung auf die einladende Leuchtschrift davon. Einen Moment später folgte Neil Grantham seinem Beispiel. Er ging in weiten, aber nicht eiligen Schritten, und ich ertappte mich schon wieder dabei, wie ich ihm nachstarrte. Rasch konzentrierte ich mich wieder auf das, was um mich herum vorging.

Simon und Garland waren über die Nazis bei den Neonazis angelangt und damit bei den aufkommenden Spannungen in Europa. »Und alles nur wegen der vielen Einwanderer«, sagte Garland gerade und warf ihre rotbraune Mähne zurück. »Es ist überall das gleiche, immer kommen die Ausländer und reißen alles an sich. Man kann natürlich nicht gutheißen, was die Nazis den Juden angetan haben, obwohl es aus damaliger Sicht aber doch schon beinahe wieder verständlich war.«

»Mein Gott, Garland …« entfuhr es Jim, und nach einem Augenblick entsetzter Sprachlosigkeit brach es auch aus Simon hervor, und er gab ihr zum Glück tüchtig Kontra. Inmitten des Gezänks nahm mich Paul beiseite und fragte, ob ich Lust auf einen Spaziergang hätte.

»Klar.«

Ich denke nicht, daß die anderen drei unseren Rückzug überhaupt wahrnahmen. Paul lenkte unsere Schritte dem Fluß zu, vom Hotel fort, und ich schlenderte zufrieden neben ihm her. Wir kamen an einem Standbild vorbei, das ich aus meinen Reiseführern erinnerte – einem Denkmal des großen Humanisten Rabelais, einst ein vielgereister Freund der Köstlichkeiten des Lebens, den es nun auf dieses Stück Rasen am Ende des Place du Général de Gaulle verschlagen hatte. In Flutlicht getaucht wirkte der sitzende Gelehrte riesengroß, wie er da in düsterem Schweigen seinen Gedanken nachhing, während hinter ihm der murmelnde Fluß behäbig dahinströmte.

Paul spazierte auf die andere Straßenseite und um die Statue herum zu einer Stelle, an der die Flußmauer durch eine zum Wasser hinunterführende Steintreppe unterbrochen war. Auf der siebten Stufe setzte er sich hin und wartete auf mich.

»Ich habe gelogen«, gestand er mit einem verlegenen Grinsen. »Ich hatte gar keine Lust spazierenzugehen. Ich hatte Lust auf eine Zigarette.« Er schüttelte die Packung und bot auch mir eine an, aber ich lehnte ab und betrachtete sein Gesicht, als es kurz von dem aufflackernden Streichholz erhellt wurde.

»Ich habe gar nicht gewußt, daß du rauchst«, sagte ich.

»Nur, wenn Simon nicht in der Nähe ist. Er hat gegen alle möglichen Dinge was, und Rauchen gehört auch dazu. Ich versuche stets, einer Auseinandersetzung aus dem Wege zu gehen. Falls dir das noch nicht aufgefallen ist.« Er grinste, und ich wußte, daß er dabei weniger an seinen Bruder als an Garland Whitaker dachte und die Szene, deren Zeuge wir soeben geworden waren.

Ich gestand Paul, daß ich ihn um seine Selbstbeherrschung beneidete. »Es würde mich rasend machen, mich mit so einem dummen Geschwätz auseinandersetzen zu müssen.«

»Es bringt Unglück, am Sabbat unbesonnen zu handeln – sagt meine Mutter immer.«

»Dann kann mir ja nichts passieren. Heute ist erst Freitag.«

»Nach Sonnenuntergang am Freitag beginnt für mich der Sabbat.«

Ich brauchte einen Augenblick, um das zu verstehen. »Du bist Jude?«

»Kaum zu vermeiden, bei einem Namen wie Lazarus.«

Ich mußte zugeben, daß ich mir bei seinem Familiennamen überhaupt nichts gedacht hatte, und sah jetzt in einem noch anderen Licht, was Garland über die Juden gesagt hatte. »Es steckt so viel Haß in dieser Frau.«

»Nein, das stimmt nicht. Nicht eigentlich. Sie übertreibt die Dinge nur manchmal, das ist alles.« Unsere Blicke trafen sich kurz; dann wandte er sich wieder ab und schaute über die weite Fläche des Stromes hinweg zu den dunklen Schatten der Bäume, die das andere Ufer säumten. »Sie meint es nicht so, wie sie es sagt. Es ist nur Ignoranz, nicht Verachtung.«

Ich war nicht so überzeugt. »Bist du dir da so sicher?«

»Ziemlich sicher. Außerdem gewöhnt man sich mit der Zeit daran.«

Er machte eine Pause und tat einen tiefen Zug an seiner Zigarette, den Blick immer noch auf das gemächlich dahinfließende Wasser gerichtet. »Siehst du die Bäume da drüben? Das ist nicht die andere Seite des Flusses, es ist eine Insel. Man kann's nicht erkennen, außer von oben vom Berg, oder wenn man über die Brücke da drüben geht. Im vierzehnten Jahrhundert haben sie die Juden von Chinon auf dieser Insel verbrannt. Man hatte sie beschuldigt, die Brunnen der Stadt vergiftet zu haben. So etwas ist natürlich nicht nur hier passiert, das hat's überall gegeben. Frauen, Kinder, niemand wurde geschont. Sie haben sie einfach verbrannt.« Er warf mir einen kurzen Blick zu, und es sah fast so aus, als würde er lächeln. »Die Nazis waren gar nicht die ersten. Vorurteile gegen Juden gab es schon immer.«

»Trotzdem ist das kaum eine Entschuldigung.«

»Nein«, sagte er und stieß eine Rauchwolke aus, die von dem Licht der Straßenlaterne hinter uns aufgesogen wurde. »Aber manchmal hilft es, sich die historischen Hintergründe vor Augen zu führen. Judenhaß ist keine Erfindung der Neuzeit. Mit dieser Erkenntnis muß man sich abfinden. Simon sieht das ein wenig anders. Er möchte jede Kränkung mit gleicher Münze heimzahlen. Aber ich glaube nicht, daß man damit so viel weiterkommt. Es gibt schon so zuviel Haß auf dieser Welt, weißt du?« Plötzlich sah er alt aus, uralt. Er schnippste seine Zigarette fort, und sie erlosch mit einem leisen Zischen im schwarzen Wasser. »Meine Güte«, sagte er, »ich rede ja schon wie mein Vater. Komm, jetzt machen wir einen richtigen Spaziergang über die Brücke rüber. Von dort hat man einen herrlichen Blick aufs Schloß.«

Paul hatte nicht zuviel versprochen: Von Flutlicht angestrahlt, erhob sich die langgezogene Festungsanlage majestätisch über den wie zu ihrem eigenen Schutz zusammengekauerten mittelalterlichen Häusern darunter, alles beinahe glasklar widergespiegelt im Wasser der Vienne zu unseren Füßen, die die Brückenpfeiler umspülte und das lästige Hindernis wohl am liebsten mit sich fortgetragen hätte, wenn sie nur ein bißchen schneller hätte fließen können. Aber so störte kaum ein Zittern auf der Wasseroberfläche die Perfektion des Spiegelbildes.

»Ist das nicht wundervoll?« fragte Paul.

Ich nickte stumm und blickte gedankenverloren zum äußersten westlichen Punkt der Burgmauern hinauf. Der Mühlenturm. Isabelles Turm. Wieder sah ich den Schatten, der sich langsam an der Fensteröffnung vorbeibewegte, doch bevor dieser Schatten auf dem Fluß Form annehmen konnte, sandte ein Windstoß ein Kräuseln über die Wasseroberfläche, und das glänzende Spiegelbild zerbarst auf den dahinrollenden Wogen der Finsternis.

5

»Komm heraus«, sagte er …

Als ich am nächsten Morgen aus der Dusche kam, läutete das Telefon. Immer noch triefend naß, zog ich das Badehandtuch von der Stange und nahm den Hörer ab.

Auf mein »Hallo?« antwortete mir nur ein Knistern in der Leitung, bis ich einen Augenblick später eine tiefe, vertraute Stimme am anderen Ende hörte. »Emily? Bist du das etwa?«

»Daddy?«

Es wäre in diesem Moment nicht leicht gewesen herauszufinden, wer von uns beiden überraschter war, den anderen am Telefon zu haben.

»Was treibst du denn in Frankreich? Du solltest doch in Essex sein?« verlangte mein Vater zu wissen.

»Ich mache Ferien.«

»Was?«

»Ferien«, wiederholte ich etwas lauter, um das Knistern der Transatlantikverbindung zu übertönen. »In Chinon. Woher hast du diese Nummer?«

»Wußte ja nicht, daß das deine Nummer ist. Die müssen mich an der Rezeption nicht richtig verstanden haben … haben mich ins falsche Zimmer durchgestellt.«

»Daddy? Wovon redest du?«

»Ich wollte eigentlich Harry sprechen.«

»Harry?« Meine Stimme wurde von einem erneuten Knacken in der Verbindung fast verschluckt, während das Fluchen noch recht deutlich zu mir herüberdrang.

»Misttelefon«, schimpfte er. »Wir können einen Menschen zum Mond schießen, aber reden können wir nicht miteinander. Es ist wirklich ein Elend. Kannst du mich jetzt verstehen? Ich habe gerade gesagt ...« Er gab sich Mühe, deutlicher zu sprechen, »daß ich versucht habe, Harry zu erreichen. Ich sollte ihn nämlich zurückrufen.«

»Harry hat dich angerufen?«

»Habe ich doch gesagt. Hat mir eine Nachricht auf dem Anrufbeantworter hinterlassen.«

»Wann?«

»Keine Ahnung, Kleines. Gestern, schätze ich, oder vorgestern. Ich war ein paar Tage geschäftlich in Buenos Aires.«

»Du meinst, du hast wieder mit Carlos Golf gespielt.«

»Carlos bedeutet Geschäft für mich, Mädchen, also brauchst du dich gar nicht so aufzublasen. Außerdem habe ich ja nicht dich anrufen wollen, oder? Jetzt hol mir bitte Harry an den Apparat.«

»Er ist nicht hier.«

»Er kraxelt doch nicht schon da draußen auf der Ruine herum, oder? Bei euch muß es doch noch früh am Morgen sein.«

»Halb sieben. Und er ist wirklich nicht hier. Wir waren gestern hier verabredet, aber bis jetzt ist er noch nicht aufgekreuzt.«

»Noch nicht aufgekreuzt?« Mein Vater tat überrascht. »Unser Harry? Na, das ist aber eine ungewöhnliche Neuigkeit«, sagte er trocken. »Wir sprechen doch über meinen Neffen, nicht wahr? Denjenigen, der dich sieben Stunden lang am Flughafen hat stehenlassen, weil er gucken wollte, wo ein bestimmter Trampelpfad hinführt?«

Ich mußte grinsen. »Genau der.«

»Derselbe Junge«, fuhr mein Vater fort, »der sich seinerzeit beim Festival in Edinburgh mit dir treffen sollte?«

»Eben der.« Ich war auch in Edinburgh gewesen, aber Harry hatte es nicht weiter als bis nach Epping geschafft, wo er sich mit einer früheren Freundin traf ... Aber das war wieder eine ganz andere Geschichte.

»Na gut«, sagte mein Vater. »Wenn er denn auftaucht, sag ihm, daß ich mit angehaltenem Atem darauf harre zu erfahren, warum er mich angerufen hat.«

»Werde ich tun.«

»Andererseits hat es sich auch nicht so dringend angehört. Wahrscheinlich hat er es schon längst wieder vergessen. Jagt jetzt den Mantelknöpfen von King John hinterher, oder sonst so ein Quatsch.«

Ich mußte schon wieder grinsen. »Das erinnert mich an etwas ... Wo hast du diese Münze für ihn aufgetrieben? Die mit King John darauf?«

Mein Vater hüstelte, tat so, als hätte er mich nicht verstanden, und stellte mir dann seinerseits eine Frage: »Wieso machst du gerade jetzt Ferien? Du bist doch jahrelang nicht weg gewesen.«

»Es war Harrys Idee. Er meinte, es würde mir guttun, einmal rauszukommen.«

»Na gut«, sagte mein Vater nicht mehr ganz so gereizt, »damit mag er sogar recht haben. Die ganze Zeit in dem Dorf da zu hocken, ist auf die Dauer auch nicht gut für dich, so ganz am Arsch der Welt.«

Ich hätte ihn daran erinnern können, daß es ihm in keiner Weise geschadet hatte, »am Arsch der Welt« aufgewachsen zu sein, und daß ich überhaupt nur in sein Dorf gezogen war, weil er mich gebeten hatte, auf sein Haus aufzupassen, aber er ließ mir gar nicht die Zeit dazu.

»Muß jetzt auflegen, Kleines. Genieß deine Ferien.«

»Daddy …« sagte ich noch, aber da hatte es am anderen Ende schon geknackt, und die Leitung war tot. Seufzend legte ich den Hörer auf. Sie waren doch alle gleich, die Männer in meiner Familie. Einer wie der andere.

Ich schlüpfte in meinen Morgenmantel und öffnete das Fenster weit, um den Dampf aus dem Badezimmer hinauszulassen. Ich stützte mich auf die Brüstung, sog tief die frische Luft ein und versenkte mich in den Anblick des noch schlafenden Städtchens.

Das Schloß konnte ich von meinem Zimmer aus nicht sehen – dieser Blick war mir durch ein anderes Gebäude verstellt, das man im rechten Winkel an das Hotel angebaut hatte und dessen Fensterläden alle noch gegen die Morgensonne geschlossen waren. Aber wenn ich mich ein wenig vorbeugte und nach links sah, konnte ich über die Wipfel der Bäume und den Kopf des Rabelaisdenkmals hinweg gerade noch den silbrig schimmernden Fluß erkennen.

Irgendwo in der Nähe zählte eine Turmuhr die Stunden. Siebenmal erklang der Glockenton, dann herrschte wieder Stille. Ich versuchte, mich noch weiter vorzubeugen, um einen besseren Blick zu bekommen, als die Ruhe plötzlich durch ein dröhnendes Scheppern aus dem Zimmer nebenan unterbrochen wurde. Auch das Fenster neben meinem hatte sich nach innen geöffnet, jemand fluchte im Scherz, und weil ich mich selbst auch durch ein Geräusch bemerkbar gemacht haben mußte, tauchte Pauls Kopf mit zerknirschtem Gesichtsausdruck im Fensterrahmen auf.

»Tut mir leid«, sagte er mit gedämpfter Stimme, »Simon hat wieder einmal die Gardinenstange runtergerissen. Haben wir dich geweckt?«

Ich schüttelte den Kopf. »Ich war schon auf.«

Nun erschien auch Simons Kopf im Fenster. »Hat ganz schön gekracht, was? Bestimmt hängt Thierry das Ding extra niedrig auf, um mir das Leben schwer zu machen. Hast du keine Schwierigkeiten damit, wenn du dein Fenster aufmachst?«

»Nein.« Ich warf einen Blick hinauf auf meine Vorhangstange, die gut drei Zentimeter über dem oberen Fensterrahmen befestigt war.

»Hab' ich's dir doch gesagt«, hörte ich Simons Stimme, »das ist nur bei uns so. Er macht das absichtlich.«

»Ja, und diesmal kannst du alleine sehen, wie du damit klarkommst. Kannst es ihm selber erzählen.«

»Ich weiß das französische Wort für Vorhang nicht«, versuchte sich Simon herauszureden, aber Paul blieb ungerührt.

»Dann schlag's halt im Wörterbuch nach. Nur so kannst du die Sprache lernen. – Wunderschöner Tag heute«, sagte er, wieder an mich gerichtet, »du mußt das gute Wetter mitgebracht haben. Wir hatten hier drei Tage lang nur Regen.«

Ja, es war wirklich ein herrlicher Tag, da konnte ich ihm nur beipflichten. Die Schatten der Ecktürmchen zeichneten sich scharf auf dem Gewimmel der Hausdächer ab, und jenseits der Baumwipfel glänzte die helle Steinmauer der Festung in der Sonne. Zwei Autos kamen über den Platz gefahren, aber ihr Geräusch ging unter in dem fröhlichen Plätschern des Springbrunnens.

Ganz in der Nähe begann eine zweite Glocke kraftvoll und widerhallend zu schlagen. Ich sah Paul verdutzt an.

»Die Glocken haben doch gerade erst geläutet?«

»Es gibt hier zwei Glockentürme. Ich habe mich schon bemüht, herauszuhören, welches die zweite ist – entweder die Kirche von St. Maurice gleich oben an der Rue Voltaire oder die vom Rathaus. Das ist dies große Gebäude dort drüben.«

Er zeigte auf das rechteckige Haus zu unserer Linken, wo der Platz mit dem Springbrunnen in den Place du Général de Gaulle überging. »Ich hab's noch nicht ausmachen können, aber die erste Glocke, die, die du vor ein paar Minuten gehört hast, kommt von oben, vom Château.« Er bemühte das korrekte französische Wort für »Burg« oder »Schloß«. »Was ich dich fragen wollte«, sagte er, »hast du für heute schon was geplant? Weil Simon und ich nämlich zum Château raufwollen, um uns ein Stündchen oder so dort umzusehen, und wir dachten, wenn du nichts Besseres vorhast ...«

Nein, gewiß wollte ich meinen ersten richtigen Tag in Chinon nicht damit verbringen, im Hotel herumzusitzen – in der Hoffnung, Harry würde sich vielleicht blicken lassen. Der kommt schon früh genug, dachte ich, und in der Zwischenzeit konnte mir keiner verbieten, mir die Stadt anzusehen. »Gerne komme ich mit«, sagte ich zu Paul. »Danke.«

»Fein. Es gibt da oben wirklich allerhand zu sehen, und gerade heute, wo die Sonne so schön scheint. Das Wetter hier kann ziemlich launisch sein.«

Wir hörten beide das energische Klopfen an ihrer Zimmertür.

»Das muß Thierry sein«, sagte Paul augenzwinkernd. »Jetzt wird er wieder sauer.«

»Wäre es nicht einfacher, den Vorhang unten zu lassen, anstatt ihn jeden Morgen wieder aufzuhängen?«

»Ach, sicher.« Er zuckte die Schultern. »Aber für die

beiden scheint das eine Art Wettstreit zu sein. Simon sieht es als persönliche Herausforderung an. Simon«, versicherte Paul mir, »liebt Herausforderungen.«

Was, wie ich nach dem Frühstück erfuhr, eine ziemlich gründliche Beschreibung von Simons Charakter abgab.

Sowie wir durch die Hoteltür aufs Pflaster hinausgetreten waren, übernahm er sofort die Führung unserer kleinen Reisegruppe. »Okay«, begann er kurz und bündig, »dies ist also Emilys erster Tag in Chinon, und da denke ich, wir sollten mit ihr zunächst die Rue Voltaire hinuntergehen und dann von dort aus zum Schloß hinauf. Das ist wesentlich einfacher, als diese ganzen Stufen hinaufzuklettern.«

Damit meinte er den kopfsteingepflasterten Aufgang, der sich rechts von uns zwischen den Häusern befand und dessen Stufen an sich mir gar nicht so steil vorkamen, aber bis ganz oben hinauf schien es doch ein recht weiter Weg zu sein. Ich konnte gerade noch das Grüppchen gelblichweißer Häuser am Rande des Bergsporns erkennen, zu dessen Füßen die Stadt lag.

»Was für eine Art Stein ist das?« fragte ich meine selbsternannten Fremdenführer. »Hier sind anscheinend alle Häuser daraus gebaut.«

Simon war stolz, gleich die richtige Antwort parat zu haben. »Das ist Tuffstein, auf französisch Tuffeau. Übrigens der gleiche Stein, den sie für Westminster Abbey verwendet haben.«

»Er hat fleißig im Reiseführer gelesen«, mischte sich Paul ein. »In Wirklichkeit ist es bloß poröser Kalkstein. Man gewinnt ihn aus den Bergen in der Umgebung.«

Tuffstein. Das wollte ich mir merken. An einigen Häusern sah er fast aus wie Marmor, hart und glatt und leicht spiegelnd, in wuchtigen Blöcken geschnitten, die so sorgsam übereinandergesetzt waren, daß man manchmal kaum die Übergänge erkennen konnte. In Verbindung mit den spitzen, hellgrauen Dächern der Häuser verlieh er der Stadt ein sehr einheitliches Erscheinungsbild in Form und Farbe, das dem Auge wohltat. Die meisten Fensterläden waren inzwischen aufgeklappt, manche aus gestrichenem Metall voller Rostflecken, ein paar ältere aus unbemaltem Holz, die schief in ihren Angeln hingen und mit uralten Eisenriegeln an den Wänden der Häuser befestigt waren.

Die Rue Voltaire bot neben der Treppe die zweite Möglichkeit, die Stadt hügelan zu verlassen. In den Anblick der liebevoll restaurierten Häuser konnte ich mich bei dem atemlosen Tempo, in dem Simon uns voranhetzte, allerdings kaum vertiefen.

»Und hier«, verkündete er und blieb abrupt stehen, als wir zu einer kleineren Straße gelangten, die die Rue Voltaire kreuzte, »stehen wir am Grand-Carroi, der Großen Kreuzung. Nun, in früheren Tagen dürfte sie einen großartigen Anblick geboten haben. Diesen Weg«, sagte er und wies auf die schmalere, bergan führende Gasse, »mußten die Leute damals nehmen, wenn sie zum Château hoch wollten. Und bei diesem Brunnen dort an der Mauer ist Jeanne d'Arc vom Pferd gestiegen, als sie nach Chinon kam.«

Um Simon nicht die Freude an seiner Führung zu nehmen, inspizierte ich alles mit der gebotenen Ehrfurcht und unterließ es auch nicht, meine Verzückung kundzutun. Zufrieden wandte er sich ab, um uns die ansteigende Gasse hinaufzuführen. »Wir gehen hier entlang. Achtet darauf, wo ihr hintretet. Das Pflaster kann gemein uneben sein.«

Und ziemlich steil war es auch, obwohl die Straße ein

paar abflachende Biegungen vollführte, um den Aufstieg nicht gar so beschwerlich zu machen. Etwa auf halbem Wege wäre ich beinahe auf dem Kopfsteinpflaster hingeschlagen und hielt kurz inne, um mir eine Pause zu gönnen.

»Kein Wunder, daß Jeanne d'Arc von ihrem Pferd abgestiegen ist«, sagte ich, nach Luft japsend. »Jedes Roß, das etwas auf sich hält, würde sich weigern, hier hinaufzusteigen.«

Paul lachte und ging sicheren Schrittes an mir vorbei. »Wir haben's bald geschafft.«

Das kam mir nicht so vor. »Ist das hier wirklich einfacher, als die Stufen zu nehmen?«

»Ja«, beteuerten die beiden einmütig.

»Neil geht hier ein paarmal am Tag rauf und wieder runter«, versicherte mir Simon. »Er sagt, Musiker müssen sich fit halten.«

»Schön für ihn«, murmelte ich und zwang meine zitternden Beine weiter voran. Als ich gerade glaubte, sie könnten mich keinen Schritt weiter tragen, kamen wir um die letzte Ecke und blickten über die Dächer und den sich windenden Strom hinweg. Dieser Ausblick belohnte tatsächlich für die Mühe, die hinter uns lag.

Noch ein paar Schritte, und wir erreichten eine moderne Pflasterstraße, die am Rand des Bergabhangs entlanglief. Vor uns erhob sich die rissige, an manchen Stellen bröckelnde Schloßmauer. Ihre steinerne Wucht wurde nur von einzelnen durch das Mauerwerk hindurchwachsenden Efeuranken und durch kleine Türen, die Eingänge zu längst verlassenen Gemächern markierten, unterbrochen.

»Da hätten wir das Château«, verkündete Simon und zeigte hinauf.

»Immer langsam«, sagte ich und ließ mich gegen die Mauer sinken, »ich muß mir erst mal den Schweiß aus den Augen wischen, bevor ich etwas erkennen kann.«

Simon hörte gar nicht hin, war schon wieder mehrere Schritte voraus und strebte scheinbar unermüdlich unserem Ziel zu. Paul wartete auf mich. »Jetzt ist es wirklich nicht mehr weit«, tröstete er mich. »Wir sind fast da.«

Ich blickte Simon hinterher und sah nicht den hoch aufragenden, schmalen Turm, der als Eingang zum Schloß diente, sondern nur das alarmierend lange Stück Asphaltstraße, das wir bis dahin noch zurückzulegen hatten. »Noch weiter rauf?« fragte ich mit schwacher Stimme.

»Ich dachte, ihr Briten seid hügelige Landschaften gewohnt?«

»Ja, mag schon sein, aber ich stamme aus dem Flachland.«

Endlich merkte Simon, daß wir zurückgeblieben waren. Mißmutig drehte er sich nach uns um und rief, wir sollten kommen. Paul sah mich mitleidig an. »Geht's wieder?«

»Bleibt mir denn etwas anderes übrig?«

Das letzte Stück war dann auch nicht mehr so schlimm, aber das lag mehr daran, daß der auffällig schmale Turm vor uns meine ganze Aufmerksamkeit auf sich zog. Der Tour de l'Horloge, wie Paul mir auf meine dementsprechende Frage antwortete, der Uhrenturm. Eine Steinbrücke führte über den heute grasüberwachsenen Burggraben, der in alten Zeiten unwillkommenen Besuchern den Zugang zum hohen Rundbogen des Tordurchlasses verwehrt hatte. Heute stand das hölzerne Tor weit offen und lud uns ein, die schmale Brücke zu überqueren. Simon wartete bereits ungeduldig bei einem Postkartenstand.

»Die bieten hier Führungen an«, sagte Paul, als wir unsere Eintrittskarten lösten. »Simon und ich aber gehen lieber auf eigene Faust los. Falls du es natürlich vorziehst ...«

»Ich hasse geführte Rundgänge«, versicherte ich den beiden. »Vielen Dank. Ich sehe mich auch lieber alleine um.«

Und zu sehen gab es wirklich allerhand. Ich hatte eigentlich erwartet, nur eine Ruine vorzufinden, aber inmitten der teilweise zertrümmerten Mauern waren zahlreiche Räume und Türme beinahe unversehrt erhalten geblieben. Ich konnte fast die Schritte tapferer Ritter und edler Burgdamen, der Könige und Höflinge in den leeren Gemächern widerhallen hören. Das durch die hohen Fenster hereinfließende, von den weißen Steinmauern reflektierte Sonnenlicht verlieh den verzweigten Räumen eine gewisse luftige Helligkeit und ließ alles größer wirken, als es in Wirklichkeit war. In jeder Ecke gab es gewundene Treppen zu entdecken, die wiederum zu weiteren, versteckten Kammern mit ihren eigenen Fenstern und Herdöffnungen führten, kleinen privaten Räumlichkeiten, in die sich eine Königin gemächlich zu ihrer Handarbeit zurückziehen konnte, oder um mit ihrem Liebhaber zu poussieren ... so lange, bis der König den beiden dahinterkam und den Galan einen Kopf kürzer machen ließ, dachte ich mir.

In einem der Türme wies mich Simon auf ein großes gerahmtes Gemälde der Burganlage hin – fast genau der Blick, den Paul mir von der Brücke aus gezeigt hatte. »Das ist eines von Christians Bildern. Nicht schlecht, was?«

»Das ist ja fabelhaft.« Erstaunt trat ich einen Schritt näher heran. »Und das hat wirklich Christian gemalt?« Mit kraftvollen, geschwungenen Pinselstrichen hatte er genau den Stil der großen Landschaftsmaler getroffen, exakt die ungewöhnlich blasse Farbe des Tuffsteins wiedergegeben, wenn dieser an einem stürmischen Tag hellglänzend gegen einen wilden, dunkelblauen Himmel abstach.

»Er hat unglaubliches Talent«, sagte Paul neben mir.

»Nicht zu übersehen.« Mich beschlich das etwas kribbelige Gefühl, beobachtet zu werden, und ich ließ meinen Blick von dem Gemälde zu der Gestalt in einer der Mauernischen schweifen. »Sieh mal an«, entfuhr es mir, »das ist ja Philipp.«

Auch Paul sah zu dem heldenhaften jungen Gesicht hinauf.

»Wer?«

»Philipp II. August, ein französischer König aus dem Mittelalter. Er war derjenige, der dieses Schloß als erster für die französische Krone eroberte«, erklärte ich und schöpfte dabei aus den unzähligen Vorträgen, die Harry mir gehalten hatte.

Simon zog die Stirn in Falten. »Wem hat's denn vorher gehört?«

»Den Grafen von Blois und Anjou, glaube ich. Und dann den Plantagenets.«

»Dem Schwarzen Prinzen etwa?«

»Nein, noch ein bißchen früher. Richard Löwenherz und seiner Bande. John, Richards Bruder, war der letzte König von England, der Chinon beherrschte.«

Simon war neugierig geworden. »Wie in Robin Hood?« forschte er nach. »Der böse Prinz John? Meinst du den?«

»Genau.«

»Man lernt nie aus!«

»Du weißt eine ganze Menge über die Geschichte dieses Schlosses«, meinte Paul.

»Kann man so sagen. Ich muß mir ständig Vorlesungen darüber anhören. Mein Vetter ist eine Art Experte, was die Plantagenets betrifft. Er ist übrigens schuld daran, daß ich überhaupt hier bin – hat mir eingeredet, daß ich hier mit ihm Ferien machen soll.«

Die Brüder sahen sich an. »Und wo ist er dann?« stellte Simon als erster die unvermeidliche Frage.

»Noch nicht eingetroffen. Aber das ist bei Harry nichts Ungewöhnliches. Wenn er gerade wieder an einer Theorie arbeitet, gerät er ständig auf irgendwelche Abwege. Apropos – wie kommt man eigentlich zum Mühlenturm?«

Da kam jemand. Isabelle hob den Kopf, vergaß jeden Gedanken an Schlaf, während das schwere Stampfen der Stiefel auf den Steinquadern sich näherte. O bitte, selige Mutter Gottes, betete sie, laß es John sein.

Neben ihr erhob sich ihre alte Zofe Alice erschrocken. »Mylady ...«

»Still.« Isabelle flüsterte, aber mit Nachdruck. Die Schritte waren jetzt bei der Tür angelangt. Sie hielt den Atem an.

Ein grobes Klopfen und eine noch gröbere Stimme ... eine Stimme, die sie kannte. »Seid Ihr wach, Eure Majestät?«

Er war nicht gekommen. Sie schluckte den bitteren Geschmack der Tränen hinunter und tastete in der Dunkelheit nach ihrem Gewand. Er hatte versprochen, sogleich zu ihr zu eilen, sowie sie nur nach ihm sandte ... Mit einem feierlichen Blick in den Augen hatte er es ihr geschworen. Aber der Mann, der jetzt vor der Tür ihrer Kammer stand, war nicht ihr Gemahl. Zitternd richtete sie sich in dem samtenen Kleid auf und ging zur Tür, um sie zu entriegeln. Sie mußte sich eine Hand gegen den plötzlichen Schein des Leuchters schützend vor die Augen halten. Der hünenhafte Mann im Gang wirkte grimmiger, als sie ihn erinnerte. Er machte ihr angst, er hatte ihr immer schon Furcht eingeflößt, und doch wäre sie lieber gestorben, als ihn das spüren zu lassen. Sie brauchte all ihre Willenskraft, um einen gefaßten Eindruck zu machen. »Mylord de Préaux.«

»Majestät.« Er kniete vor ihr nieder und nahm ihre Hand. Der Kerzenschein beleuchtete eine alte Narbe auf seiner Wange, als er den Kopf hob. In seinen Augen sah sie keine Gnade, keine Wärme – dies waren die kalten Augen eines unbarmherzigen Mannes, der seinen Lebensunterhalt mit dem Schwert bestritt. »Macht Euch reisefertig und kommt mit mir«, befahl er ihr, »ich soll Euch sicher nach Le Mans geleiten.«

»John hat Euch geschickt?«

»So ist's.«

Sie hatte nichts als sein Wort, und das Wort eines solchen Mannes war in diesen unruhigen Zeiten ein schwacher Trost. Wenn er nun zum Verräter geworden war wie all die anderen ...

Und doch war sie ohne John ganz auf sich allein gestellt – sie hatte keine andere Wahl, als diesem Mann zu vertrauen. Und außerdem, dachte sie, war de Préaux Soldat – Soldaten hatten keinen Grund zu lügen. Um sie als Gefangene zu nehmen, hätte er sie nur an Ort und Stelle zu ergreifen brauchen. Und wünschte er ihren Tod, hätte er sie einfach kurzerhand erschlagen können. Daß er keines von beiden getan hatte, bewies, daß de Préaux die Wahrheit sprach.

Sie hob das Kinn. »Mylord«, sagte sie, »wir sind von Rebellen umstellt.«

»Ich weiß.«

»Gewährt mir die Frage, wie ... wie seid Ihr ...«

»Unter Schwierigkeiten.« Er wurde ungeduldig. De Préaux liebte es nicht, tatenlos vor seiner Majestät zu knien. »Kommt Ihr nun oder nicht? Ich habe unten im Hof zwölf Männer, die am Feuer warten und frieren. Sie sind weit geritten und haben auf etwas Schlaf gehofft, doch halte ich es für unklug, noch bis zum Morgen zu warten.«

Sie erschauderte in dem Luftzug, der ihr durch den Gang entgegenwehte. »Was wünscht Ihr, das ich tun soll?«

»Euch warm kleiden und Eile walten lassen.«

»Meine Zofen ...«

»Nur Ihr allein.« Er schüttelte den Kopf. »Wir haben nur noch ein weiteres Pferd. Eure Zofen müssen hierbleiben.«

Sie warf einen Blick auf Alice. »Aber Mylord ...«

»Königin Isabelle.« Er blieb ungerührt, das abweisende Gesicht fest entschlossen. »Für Euch riskiere ich mein Leben. Ich habe nicht den Auftrag, den Hausstand zu retten – nur Euch. Ihr seid es, die die Verräter wollen, und sobald sie erfahren, daß ihre Beute ausgeflogen ist, werden sie die Belagerung aufgeben. Das Schloß ist außer Gefahr.«

»Aber da ist noch der Schatz.«

»Diese Männer treibt nicht das Verlangen nach einem Schatz.«

Nein, dachte sie. Diese Männer hatten nur ein Verlangen, ein einziges nur – John zu zwingen, seinen Neffen Arthur freizulassen. Und das würde er tun, wenn die Zeit dafür gekommen war. Sie wich zurück, raffte den Saum ihres Kleides. »Gibt es Neuigkeiten von Arthur von der Bretagne?« fragte sie. »Ist er wohlauf?«

Die Augen, die ihrem Blick standhielten, verrieten einen Anflug von Mitleid. Und dann sah er an Isabelle vorbei zu Alice hin, die schweigend neben dem Bett stand, und für einen kurzen Moment nur schien zwischen dem finsteren Ritter und der alten Frau stummes Einverständnis zu herrschen. »Seht, daß Eure Herrin sich warm kleidet«, sagte er, machte eine Verbeugung und wandte sich zum Gehen.

Als sie das letzte Flackern des Leuchters die Wendeltreppe hinunter verschwinden sah, kam es Isabelle vor, als seufzte jeder Stein um sie herum in kummervoller Verzweiflung, als sei durch einen bösen Fluch ihre eigene Schlafkammer ihre Kerkerzelle geworden ... oder ihr Grabgewölbe.

6

Aus alledem erwuchs ein waches Augenmerk …

»So, jetzt hast du es geschafft«, sagte Paul, als Simon sich kurz von uns trennte.

»Was meinst du?«

»Die Geschichte, die du uns gerade erzählt hast. Über Königin Isabelle. Du hast einen Schatz erwähnt. Das war ein großer Fehler.«

Als er Simon außer Sichtweite wähnen durfte, wühlte er in seiner Tasche nach Zigaretten und trat aus dem Schatten des Turms heraus. Es war nur noch eine Ruine von dem Mühlenturm übriggeblieben, eine leere Steinhülle, in deren dachlosen Kammern das Unkraut wucherte. Nichts rührte sich mehr in ihnen. Ein Schild neben der fest verschlossenen Tür warnte eindringlich: Gefahr! Also hielten wir uns an die flechtenüberwucherte Mauer, die die westliche Begrenzung des Schloßgeländes bildete. Hinter uns strebte die Vienne leise schwappend unbekümmert dem Meer zu.

Paul schützte mit der Hand das Streichholz gegen den Wind. »Simon so eine Geschichte zu erzählen«, eröffnete er mir, »ist, wie einem wütenden Stier das rote Tuch hinzuhalten. Jetzt läßt ihn das nicht mehr los.«

»Aber Paul, er hat doch gesagt, daß er nur mal auf die Toilette muß.«

»Nicht mein Bruder. Der hat eine Blase wie ein Kamel. Nein, wart's nur ab. Er schleicht sich jetzt zum Eingang, um zu sehen, was er über das Tunnelsystem in Erfahrung bringen kann.«

Ich sah ratlos in die Richtung, in der Simon verschwunden war. »Aber er spricht ja nicht mal Französisch.«

»Das kann ihn nicht davon abhalten.« Paul setzte sich, stützte die Arme auf den von der Sonne gewärmten Mauerstein, streckte die Beine aus und wühlte mit den Hacken im Kies. »Und«, sagte er, »was dann?«

»Wann?«

»John und Isabelle. Du hast die Geschichte nicht zu Ende erzählt.«

»Ach so. Ich fürchte, die Geschichte endet eher traurig. John hat Arthur umgebracht, oder hat es zumindest befohlen, je nachdem, an welchen Geschichtsschreiber man sich halten will. Der französische König, Philipp II. August, geriet ziemlich in Wut. Schließlich hatte er den Jungen ja persönlich aufgezogen. Er war auch ein guter Freund von Johns älterem Bruder Geoffrey gewesen, Arthurs Vater, und hat Arthur nach Geoffreys Tod zu sich nach Paris geholt. John hätte ebensogut Philipps leiblichen Sohn töten können.«

»Also gab's Krieg.«

Ich nickte. »Einen verheerenden Krieg. John büßte beinahe alle seine Ländereien ein. Chinon war eines der ersten Schlösser in Frankreich, die genommen wurden, und fiel nicht lange nach Arthurs Tod an Philipp.«

»Und Isabelle?«

Ich blickte hinauf zum Mühlenturm, wie er einsam und verlassen dastand, die Fensteröffnungen fest in der Hand des Unkrauts. »Auch sie hat er am Ende verloren. John hatte oft schlechte Laune, er neigte zu unbeherrschten

Wutausbrüchen und trat noch in einer anderen Hinsicht in die Fußstapfen seines Vaters – er hielt Isabelle unter Arrest und unter Bewachung, ganz wie es auch seiner Mutter ergangen war.«

»Wirklich eine traurige Geschichte«, sagte Paul.

»Ja, nun, es ist halt kein hübsches Königsmärchen«, sagte ich achselzuckend. »Aber wann kann man das vom Leben schon behaupten?«

»Also glaubst du nicht an die ewige Liebe?«

»Ich glaube nicht einmal an eine Liebe, die bis zur Teestunde andauert«, erwiderte ich trocken.

»Zynikerin«, sagte er, aber er lächelte dabei.

Wir verbrachten ein paar Minuten in gemeinsamem Schweigen, während Paul seine Zigarette rauchte, die Augen halb geschlossen, in Gedanken versunken. Ich mußte wieder daran denken, wie verschieden er und sein Bruder Simon waren. Bei Paul blieb einem wenigstens Luft zum Atmen.

»Tragisch«, sagte er plötzlich mitten ins Blaue.

»Wie bitte?«

»Das ist nur so eine Art Spiel von mir, immer das passende Adjektiv zu finden. Ich versuche, alle Empfindungen, die ich an einen Ort knüpfe, zu destillieren, die ganze Atmosphäre, um alles in ein bestimmtes Wort zu fassen. Château Chinon hat mir eine ganz hübsche Nuß zu knacken gegeben, aber nun habe ich es – tragisch.«

Damit hatte er den Nagel auf den Kopf getroffen, wie ich zugeben mußte. All dem Sonnenschein und dem blauen Himmel und der Schönheit der weißen Mauern zum Trotz schien dieser Ort von einer Aura des Tragischen umgeben, von zerschlagenen Hoffnungen und unerfüllten Wünschen.

Eine plötzliche Brise beraubte die Sonne ihrer wärmenden Kraft, und ich blickte auf. »Simon kommt zurück.«

»Mist.« Paul drückte seine Zigarette an der Mauer aus, verursachte damit aber nur einen sprühenden Funkenregen. Doch als Simon schließlich vor uns stand, waren alle Beweise im Kies unter Pauls Schuh verscharrt.

»Ich habe eine Karte besorgt«, verkündete Simon triumphierend.

Ich registrierte Pauls wissenden Blick sehr wohl, als er mit gespielter Unschuldsmiene fragte: »Eine Karte? Wovon?«

»Von den Gängen, du Dummkopf. Also, wie die Frau am Eingang mir sagte, sollte es für uns schon etwas zu sehen geben, gleich da drüben ...« Er wandte sich entschlossenen Schrittes einer Gruppe Buchsbäume im Schloßhof zu. »Kommt mit, ihr beiden«, rief er uns nach.

Mit einem Seufzen erhob sich Paul von der Mauer und streckte sich. »Hab' ich's nicht gesagt?«

»Keine Sorge. Sobald mein Vetter aufkreuzt, können sich die beiden gegenseitig hochschaukeln.«

Es dauerte einen Moment, Simon wiederzufinden, der bereits hinter den Bäumen verschwunden war. Zuerst sah es so aus, als hätte er sich in Luft aufgelöst, bis wir mitten auf dem gepflegten Rasen den Eingang zu einem engen Stollen entdeckten. Eine mit den Jahren ausgetretene Treppe, die auch noch voll welker Blätter lag, führte hinunter, endete aber abrupt an einer Steinmauer. Am Fuße dieser Treppe stand Simon. »He, kommt mal runter«, forderte er uns auf, »das ist wirklich interessant.«

»Aber die Treppe führt ja nirgendwohin«, gab ich zu bedenken.

»Klar tut sie das.« Er zeigte nach der Seite, in die tiefe Finsternis. »Guckt es euch doch selber an.«

Ich verschwinde ja nicht wirklich unter der Erdoberfläche, sagte ich mir. Der blaue Himmel ist ja immer noch über mir. Doch als ich die unterste Stufe erreichte, war die Luft ganz feucht, und das einzige, was mich davon abhielt, sofort wieder die Treppe hinauf ins Freie zu stürzen, war, daß ich dabei Paul hätte über den Haufen rennen müssen. Auch er beugte sich nun vor und lugte in die Richtung, in die Simon gedeutet hatte. Es war kaum zu erkennen, was sich hinter den eisernen Gitterstäben verbarg. Irgendwelche Gänge, die irgendwo hinführen mochten. »Hast ja recht«, sagte Paul zu seinem Bruder. »Das ist interessant. Und wo geht's hier hin?«

Das wiederum konnte man sich unschwer ausmalen. Und ebenso leicht fiel mir die Vorstellung, was sich hier zu noch früherer Zeit zugetragen hatte. Ich konnte beinahe die Leuchterkerzen sehen, die ihr Licht auf den gewölbten Wänden des Ganges tanzen ließen, und in der Ferne das verstohlene Rascheln eines samtenen Kleides in der unheilvollen Stille hören. Ich fragte mich, ob dies der Tunnel war, den Isabelle benutzt hatte, als sie ihren Schatz verstecken ging …

Ich war so tief in meinen Phantasien versunken, daß ich bei dem Geräusch jäh zusammenzuckte; ein ziemlich reales Geräusch und keineswegs bloß eingebildet: Das leise Zufallen einer Tür, irgendwo im Halbdunkel der langgestreckten Schatten.

»Habt ihr das gehört?«

»Was gehört?« Beide Brüder sahen mich verständnislos an.

»Hat wie eine Tür geklungen.«

Paul legte den Kopf auf die Seite und lauschte, aber die staubigen Mauern schwiegen. »Vielleicht benutzen die

Arbeiter vom Château diese Tunnel noch, als Lagerräume oder so was.«

Das schien mir zwar als Erklärung ganz plausibel, aber ich fühlte mich doch wesentlich besser, als wir wieder an die Oberfläche gestiegen waren und in der Sonne standen. Meine Gänsehaut verschwand augenblicklich.

»Ah ja«, sagte Simon und sah wieder auf seine Karte, »das könnte der Tunnel gewesen sein, der zum Weinberg führt.« Völlig gebannt ging er der Zeichnung auf der Karte nach und versuchte dabei, seine Schritte zu zählen, so daß er es gar nicht merkte, als er die Grasfläche verließ und sich plötzlich in einem breiten, gepflasterten Kreis, einer Art Balkon, der aus der Schloßmauer herausragte, befand. Hier mochte früher ein Turm gestanden haben oder eine andere Art von Befestigung, die die Zeitläufte dem grasüberwachsenen Innenhof des Schlosses gleichgemacht hatten. Und Simon, hätte Paul ihn nicht mit einem scharfen Pfiff zurückgerufen, wäre immer weitergegangen und womöglich noch in die Tiefe gestürzt.

»Was?« Er blickte verwundert auf. Zehn Zentimeter vor dem Geländer blieb er stehen, beugte sich darüber und nickte. »Ja, genau hier geht's der Karte nach lang. Falls Isabelle hier ihre Juwelen versteckt hat«, sagte er, als wir ihn eingeholt hatten, »kann dein Vetter sich den Schatz aus dem Kopf schlagen.«

Unter uns erstreckte sich die Straße, auf der ich gestern mit dem Bus nach Chinon gekommen war. Heute waren so viele Autos unterwegs, daß man sie gar nicht zählen konnte. Und jenseits der Straße erhob sich der gewaltigste Weinberg, den ich je gesehen hatte, so groß, daß sich die Reihen dunkelgrüner Weinstöcke bis zum Horizont und noch darüber hinaus erstreckten, beschützt durch eine hohe, unüberwindbare Mauer, die an der Straße entlangführte. Nein, nicht ganz unüberwindbar, bemerkte ich sogleich, denn da gab es ein Tor, ein großes Eisengebilde, das dem Buckingham-Palast zur Ehre gereicht hätte, und von diesem Tor führte eine breite Auffahrt gebieterisch hinauf zu einer blendend weißen, klassizistischen Villa.

Über unseren Köpfen schob sich eine Wolke vor die Sonne und warf einen weiten Schatten über den zerfurchten Weinberg, so, wie der Schatten eines Habichts seine Beute über eine windzerzauste Weide jagen mochte.

Paul begriff mein ehrfürchtiges Staunen. »Clos des Cloches. Das hat doch was, nicht wahr? Hier sollen sie den besten Wein von Chinon anbauen.«

Clos des Cloches – der Weinberg der Glocken, übersetzte ich in Gedanken. »Wundervoll.«

Simon trat einen Schritt näher. »Martine meint, im Sommer kann man dort Führungen mitmachen und eine Weinprobe, aber jetzt ist ja keine Saison. Alle sind zu beschäftigt mit der Lese.« Die Ellenbogen auf das Geländer gelehnt, stand er weit vorgebeugt da und schien sich an der steil abfallenden Kante gar nicht zu stören. »He, seht mal, wenn das nicht Neil ist.«

Auch ich sah hinunter. Beim hellen Glanz von Neil Granthams Haaren fiel es nicht schwer, ihn auf dem schmalen Pfad neben der Straße unter uns auszumachen. Er war in Begleitung zweier weiterer Männer und einer Frau mit kurzen dunklen Haaren. Simon stieß einen anerkennenden Pfiff aus.

»Dieser verdammte Neil, immer kommt er mir zuvor.«

»Das«, sagte Paul, »ist Martine Muret.«

Martine Muret. Die Frau, über die sich Garland gestern nachmittag in der Hotelbar das Maul zerrissen hatte. Die, deren früherer Ehemann gerade gestorben war … wann war das gewesen? Vor drei Tagen? Mir fiel auf, wie eng sie sich an Neil drückte, wie besitzergreifend sie sich bei ihm eingehakt hatte. Sie mußte sich ja schnell von dem Schock erholt haben, dachte ich mir.

Simon schrie und winkte über das Geländer, und ich machte rasch einen Schritt nach hinten. »Hört mal ... es dürfte inzwischen auf Mittag zugehen. Ich muß jetzt wieder zurück, falls mein Vetter inzwischen angekommen ist.«

»Bestimmt?« Simon drehte sich nach mir um. »Denn im Uhrenturm gibt es ein kleines Jeanne-d'Arc-Museum ...«

Ich beeilte mich ihm zu versichern, daß ich für diesen einen Tag bereits genug gesehen hatte und es immer besser war, sich noch etwas für das nächste Mal aufzusparen ...

»Klar, das ist dein erster Tag hier«, gestand mir Simon gnädig zu, »wir sollten dich vielleicht nicht zu viel herumhetzen.« Er sah auf die Uhr. »Und stimmt, es ist Zeit fürs Mittagessen. He, Paul, laß uns doch mal Neil und Martine fragen, ob sie mit uns den Chinesen auf der anderen Flußseite ausprobieren wollen.«

Paul lächelte. »Sie ist zu alt für dich.«

»Alter«, sagte sein Bruder indigniert, »ist eine rein relative Größe. Du bist der Arzt, du solltest das wissen.« Energiegeladen eilte er davon, und Paul seufzte. »Willst du bestimmt nicht mitkommen?«

»Na ja ...«

»War nur Spaß. Ich würde dir das nicht antun wollen. Zwei Stunden mit uns sind mehr als genug. Vergiß nur nicht, deinen Vetter zu warnen.«

»Ich soll ihn warnen?«

»Daß Simon hinter Königin Isabelles Schatz her ist.«

»Ach so!« Ich versprach ihm, es nicht zu vergessen.

»Bis später dann.«

Wir verabschiedeten uns auf der Straße vor dem Schloß. Anstatt auf dem gleichen Weg zurückzugehen, auf dem wir gekommen waren, die Straße hinunter, die sich durch die Altstadt wand, ging ich ein kleines Stück weiter und fand, wie Paul gesagt hatte, den Escalier de la Brèche, eine steile Treppe, die zurück zum Platz mit dem Springbrunnen führte.

Die Treppe war natürlich nicht so beschwerlich wie die kopfsteingepflasterte Straße, auf der ich mich hinaufgekämpft hatte, obwohl die Stufen zu tief waren, um sie in normalem Gehtempo hinunterzuschreiten; ich mußte sie wie ein Kind nehmen, erst den einen Fuß auf die nächste Stufe, dann den anderen. Aber schließlich war ich doch wieder sicher auf dem Springbrunnenplatz gelandet, blieb einen Augenblick lang stehen und wollte gerade weitergehen, als der Mann, der auf dem Rand des Brunnens saß, mich zögern ließ.

Gestern, bei meiner Ankunft, hatte ich ihn an exakt derselben Stelle sitzen sehen, als ich aus dem Fenster schaute. Es konnte in Chinon doch nicht zwei Männer mit genau dem gleichen Hund geben, einer kleinen gefleckten Promenadenmischung, die sich zu den Füßen ihres Herrn ausgestreckt hatte. Und der Mann trug auch dieselbe Kleidung, eine Lederjacke über einem abgewetzten Hemd und eine schmutzige, ausgefranste Jeans. Ich fand, daß er – nun, sagen wir, nicht gerade respektabel aussah. Kein Grund, sich durch ihn bedroht zu fühlen, aber irgendwas an seinem gegerbten Gesicht – wobei ich nicht zu sagen vermochte, was genau es war – gefiel mir nicht.

Der Mann wiederum schien von mir überhaupt keine Notiz zu nehmen, rauchte gelassen seine Zigarette und starrte offenbar ins Leere. Nur in seinen kleinen Hund kam plötzlich Bewegung, er hob den Kopf, spitzte die Ohren, und ich hatte das Gefühl, daß er mich wachsam beäugte. Als ich zum Hoteleingang ging, spürte ich, wie diese kleinen Augen nicht von mir lassen wollten, wie ein Jäger, der seine Beute ins Visier nimmt.

7

Weder ahnte ich, wessen Blicke auf mir ruhten …

Monsieur Chamond stand hinter dem Empfangstresen auf, um mich mit einem herzlichen Lächeln zu begrüßen. Er war mittleren Alters, aber immer noch sehr gutaussehend, gepflegt und nur eine winzige Spur zu kompakt, doch seine sparsamen Bewegungen hatten etwas Effizientes an sich, das mir gefiel. In seiner Jugend hätte er seinem Neffen Thierry als Herzensbrecher Konkurrenz machen können.

Wir stellten uns einander vor, und weil ich ihm auf französisch antwortete, behielt er seine Muttersprache bei, war jedoch darauf bedacht, jederzeit sofort ins Englische zu wechseln, sowie ich mir Verständigungsschwierigkeiten anmerken ließ. Er entschuldigte sich dafür, bei meiner Ankunft nicht persönlich zugegen gewesen zu sein, und wollte wissen, ob ich mit meinem Zimmer zufrieden sei.

»Ausgesprochen zufrieden, Monsieur.«

»Das freut mich. Nummer zweihundertfünfzehn, nicht wahr?« Er gab mir den Schlüssel. »Und es ist noch eine weitere Nachricht für Sie gekommen, Mademoiselle. Gerade heute morgen erst.«

Ich nahm den schmalen Umschlag entgegen und sah ihn ein wenig mißtrauisch an. Er war in dicker schwarzer Schrift ganz schlicht und einfach an »Braden« adressiert, und zwar in einer Handschrift, die ich nicht kannte. »Noch eine Nachricht ...?«

Monsieur Chamond bewies seine sehr rasche Auffassungsgabe. Er hörte sofort den verdutzten Ton meiner Frage heraus und blickte eilig in ein Fach unter der Tischplatte, worauf er den Kopf über das schüttelte, was er dort entdeckte. »Es tut mir so leid, Mademoiselle, aber ich war davon ausgegangen ...« Er zog einen Notizblock hervor, auf dem besagte erste Nachricht geschrieben stand. »Yvette, unsere reguläre Empfangsdame, hat zwei Wochen Urlaub, und ihre Schwester Gabrielle vertritt sie so lange. Sie gibt sich Mühe, die arme Gabrielle, aber sie ist eben nicht Yvette. Sie ist ... ein bißchen konfus und vergißt leicht etwas.« Er lächelte entschuldigend. »Ihr Cousin hat gestern abend angerufen, während Sie beim Essen waren.«

»Ach, tatsächlich?«

»Er spricht gut Französisch, Ihr Cousin – wie Sie selber übrigens auch. Er läßt ausrichten, er würde sich verspäten – um ein paar Tage vielleicht. Falls Sie nichts dagegen hätten ...«

»Verstehe.« Ich wußte, daß mein Hotelchef diesen letzten Satz selbst hinzugedichtet hatte. Harry war es völlig egal, ob ich etwas dagegen einzuwenden hatte oder nicht. »Und hat er gesagt, von wo er angerufen hat?«

»Nein, leider nicht.« Er sah mich an, als wundere er sich, wieso ich die Mitteilung so gelassen aufnahm. »Ich hoffe doch, daß das Ihre Ferien nicht beeinträchtigt?«

»O nein, keineswegs.« Schon seit gestern, seit Harrys Ausbleiben am Bahnhof, hatte ich eigentlich mit nichts anderem gerechnet. Mein Vetter hielt sich selten an Termine. Bei ihm wurden aus Stunden Tage, aus Tagen Wochen, und es konnte sein, daß ich schon längst wieder zurück in England war und meine Urlaubsfotos sortierte, bis er es endlich schaffte, nach Chinon zu kommen. »Ich werde mich auch sehr gut allein zurechtfinden«, versicherte ich Monsieur Chamond.

»Aber ich muß mich dafür entschuldigen, daß man es Ihnen nicht schon gestern abend ausgerichtet hat. Wir hätten Ihnen vielleicht Ihre Sorgen ersparen können.«

Sorgen? Ich? Um Harry? Kaum. »Es ist überhaupt nicht schlimm«, sagte ich und sah wieder auf den Umschlag, den er mir gegeben hatte. »Und das hier kommt auch von meinem Cousin?«

»Nein, Mademoiselle – das kam heute morgen, wie ich schon sagte. Wurde abgegeben.«

»Sonderbar. Wer mag wohl …?« Ich riß den Umschlag auf und zog eine Einladungskarte hervor. Ich sei bei einer geführten Tour einschließlich Weinprobe willkommen, teilte man mir mit, zu jeder mir genehmen Zeit, obwohl ein handschriftlicher Zusatz am unteren Rand der Karte mich bat, vorher telefonisch einen Termin zu vereinbaren. Sehr sonderbar.

Monsieur Chamond beobachtete mich. »Es ist wohl vom Clos des Cloches?«

»Ja.« Ich zeigte ihm die Einladung. »Komisch. Ich frage mich, woher die meinen Namen wissen.«

»O nein«, sagte er, »das ist meine Schrift auf dem Umschlag, Mademoiselle. Der Junge, der den Brief gebracht hat, sagte, er sei für die englische Lady, die hier im Hotel wohnt. Und Sie«, erklärte er schulterzuckend, »sind die einzige englische Lady, die wir zu Gast haben.«

»Aber …« Ich unterließ meinen Einwand; es wäre unhöflich, ihm zu unterstellen, er hätte etwas verkehrt gemacht. Es spielte ja auch keine Rolle. Es war bloß eine Einladung; vermutlich ein Verkaufstrick, mit dem sie von

Hotel zu Hotel zogen. Kommen Sie unsere Weine probieren, und vergessen Sie nicht, Ihre Brieftasche mitzubringen. Nur merkwürdig, daß sie noch zur Zeit der Lese Führungen veranstalteten. Ich ließ die Karte in meiner Handtasche verschwinden und vergaß die Einladung.

Oder hatte jedenfalls vor, sie zu vergessen, denn wie ich feststellte, konnte man Clos des Cloches in Chinon nicht so einfach aus seinen Gedanken verbannen. Schon eine halbe Stunde später sprang mir der Name wieder entgegen, als ich mich gerade in die Speisekarte des Restaurants, das ich mir für mein Mittagsmahl ausgesucht hatte, vertiefen wollte. »Dürfen wir Ihnen«, stand dort geschrieben, »einen Rotwein von Clos des Cloches empfehlen?« Ja, warum eigentlich nicht, dachte ich. Eine halbe Flasche des jüngsten Jahrgangs würde meine Reisekasse noch verkraften. Der Kellner nahm mit sichtlichem Wohlwollen meine Bestellung entgegen und zog sich zurück. Ich vertrieb mir die Wartezeit, indem ich die Gesichter der Passanten beobachtete, die auf der schmalen Straße vor meinem Fenster vorüberflanierten.

Das Restaurant war winzig, bloß sechs Tische und eine kleine Bar, aber es war mir von Monsieur Chamond so wärmstens empfohlen worden, daß ich tapfer die Gassen abgesucht hatte, bis ich es endlich fand.

Ich wußte schon gar nicht mehr, wie herrlich die französische Küche war und wie wunderbar der französische Wein. Daheim in England trank ich selten Wein zum Essen, aber hier kam es mir fast selbstverständlich vor, und die halbe Flasche wirkte auch so harmlos klein, daß ich bereits drei Gläser getrunken hatte, bevor ich daran dachte mitzuzählen. Aber da war es ohnehin schon zu spät – ich war bereits angenehm angesäuselt.

So angesäuselt immerhin, daß ich mich, nachdem ich

endlich meine Rechnung bezahlt hatte und wieder auf die Straße hinaustrat, nicht mehr erinnerte, in welche Richtung ich jetzt gehen mußte. Ich sah mich um und versuchte, mich zu orientieren. Dort, zu meiner Rechten, war das Schloß, was wohl bedeutete, daß ich mich dort hinwenden sollte, oder ... obwohl ich meinte, eine breitere Straße entlanggekommen zu sein als diese hier ... und zweimal die Richtung gewechselt zu haben, oder sogar dreimal? Mist, dachte ich, jetzt hast du dich verlaufen.

Der Touristenstadtplan, den ich eingesteckt hatte, half mir überhaupt nicht weiter. Er konzentrierte sich auf den Stadtkern, und all die namenlosen Straßen und Gassen darum herum waren nichts als ein rätselhaftes Spinnennetz auf Hochglanzpapier. Zwecklos. Ich mußte jemanden fragen.

Es war keine Kleinigkeit, sich hier in Frankreich nach dem Weg zu erkundigen. Die Etikette schrieb da ihre ganz eigenen Regeln vor – die Person, die man fragte, war verpflichtet, einem zu helfen, auch wenn sie selbst keinerlei Vorstellung davon hatte, wohin sie einen schicken sollte. Für die Franzosen war es besser, eine falsche Auskunft zu geben, als gar keine. Und wenn man nicht mehr weiterwußte, wurde eine dritte Person hinzugezogen, um helfend einzuspringen. Einmal hatte ich in Paris einen Menschenauflauf verursacht, als ich nur jemanden nach der nächstgelegenen Buchhandlung gefragt hatte.

Also studierte ich sorgfältig die Gesichter der vorbeikommenden Passanten, um genau das richtige abzupassen. Die Morgensonne war hinter einer grauen Wolkenwand verschwunden, und die Einheimischen hatten ihre Kragen hochgeschlagen, um sich gegen die aufziehende Kühle zu schützen. Ich suchte mir eine Frau in einem eleganten Kostüm aus, die nur wenig älter schien als ich. Mit leichtem Entsetzen blickte sie auf meinen Stadtplan und zog es vor, mir mit ihren eigenen Worten zu erklären, wie ich zum Hotel de France zurückfände.

Es hörte sich komplizierter an, als ich es mir vorgestellt hatte, aber ich bedankte mich und versuchte dabei, möglichst nicht zu nuscheln. Dann machte ich mich in die angegebene Richtung auf. Das Problem bei einer mittelalterlichen Stadt wie Chinon ist, daß alle Straßen ständig Kurven beschreiben, so daß es schier unmöglich war, die mir gegebenen Anweisungen genau zu befolgen.

Der Gehsteig wurde immer schmaler, bis er nur noch Platz für eine einzige Person bot, und ich hielt mich dicht an den schiefen Hauswänden. Die Häuser hier waren nicht saubergeschrubbt wie an der Rue Voltaire, und die vorüberziehenden Jahrhunderte hatten ihnen eine einheitlich triste graubraune Farbe verliehen. Wo hier und dort zwischen den Häusern eine Lücke war, hatte man den dunklen Durchgang mit Brettern vernagelt, und manchmal erhaschte ich auch einen Blick in einen dahinterliegenden Garten.

Eine alte Frau, deren unförmiger Körper von einer Seite auf die andere schwankte, sah mich mißmutig an, als sie an mir vorüberging, und von einer Gruppe junger Männer, deren Schritte etwas zielgerichteter wirkten, fühlte ich mich unverhohlen angestarrt.

Hinter der nächsten Straßenecke wurde das Viertel noch gottverlassener. Hinter mir verklangen die Geräusche der menschlichen Stimmen und der Autos, bis meine eigenen Schritte unnatürlich laut widerhallten. An jedem Haus waren die Läden aufgeklappt, aus offenen Fenstern wehten Gardinen, frisch gestrichene Türen hingen schief in ihren uralten Angeln über blankgefegten Treppenabsätzen. Überall Zeichen menschlichen Lebens, aber es war niemand zu sehen. Die sich dahinwindende Gasse lag in völliger Stille da.

Ich hätte der einzige lebende Mensch auf Erden sein können.

Und so kam es, daß die Katze, die plötzlich an mir vorbeihuschte und von der ich nur einen schwarzweißen Schatten wahrnahm, mich fast zu Tode erschreckt hätte. Ich sprang beiseite, als ihr Verfolger, ein großer, zotteliger Hund, herangestürmt kam, aber die Katze war doch schneller und, ehe es sich der Hund versah, über eine hohe Steinmauer verschwunden.

Die Mauer, über die die Katze gesprungen war, gehörte zu einer engen Passage, deren Name, Ruelle des Rèves, deutlich sichtbar an der Wand zu lesen stand. Gasse der Träume. Ein ziemlich grandioser Name für so einen mickrigen Durchgang.

Aber ich war neugierig geworden. Es gab keine Fenster in dieser Gasse, und es schien auch nur eine einzige Tür vorhanden zu sein, die aber so dick mit Efeu überwachsen war, daß man sie kaum bemerkte. Hier wuchs eine andere Sorte Efeu als die dunkelgrüne, die ich aus England kannte; der hier in Chinon war von blasserer Farbe, ein wirres Rankengestrüpp, dessen kleinere Blätter an den Rändern in einen blutroten Farbton übergingen.

Ich schätzte, daß die Tür in den Garten des Gebäudes, das sich hinter besagter Mauer erhob, führte. Das Haus selbst machte einen eher unfreundlichen Eindruck. Als ich einen Schritt zurücktrat, um es besser sehen zu können, wurde über mir ein Fenster zugeschlagen. Ich blickte mich erschrocken um und sah den Bruchteil einer Sekunde lang ein Gesicht hinter diesem Fenster. Ich kannte dieses Gesicht. Es gehörte Christian Rand, dem jungen deutschen Maler.

Also mußte dies sein Haus sein. Das Haus, in dem diese Martine ... wie hieß sie doch gleich ... Martine Muret ihn wohnen ließ. Das Haus, in dem vor drei Tagen ein Mensch umgekommen war. Wieder hörte ich Garland Whitaker höhnen, es sei gar kein Unfall gewesen, Christian habe möglicherweise seine Hand im Spiel gehabt ...

Man brauchte nicht viel Einbildungskraft, um sich vorzustellen, daß in so einem Haus ein Mord geschehen konnte.

Es gehörte auch nicht viel dazu, hier eine Gänsehaut zu bekommen – die verlassene Straße, die schmuddelige, klaustrophobisch enge Gasse, der Hauch des Todes, der noch über dem Haus hing. Wie giftiger Efeu, dachte ich.

Und dann war mit einemmal die Katze wieder da. Ich hatte kein Geräusch gehört, aber da hockte sie auf der Mauer zwischen den rotstichigen Ranken und starrte mich unverwandt an. Einen Augenblick später beschloß sie, mich zu ignorieren, und kniff die blassen Augen zu.

Ich wandte mich ab. Wenn ich mich nun schon hoffnungslos verlaufen hatte, war es auch gleich, in welche Richtung ich weiterging. Ich durchquerte die Traumgasse und kam auf eine andere schmale Straße, die genauso verschlafen dalag wie diejenige, aus der ich gerade gekommen war. Aber wenigstens standen hier überall geparkte Autos, und dann entdeckte ich am Ende der Straße den Grund für die unheimliche Stille, die dieses Viertel durchzog: eine alte Kirche, vor deren vergilbter Fassade ein langer Leichenwagen wartete, umgeben von schwarzgekleideten Trauergästen, die einander mit flüchtigen Küssen und Händeschütteln ihr Mitgefühl ausdrückten.

Ein Gesicht in der Menge weckte meine Aufmerksamkeit. Es war das klassische Profil meines Taxifahrers. Er hatte den Kopf gesenkt, um etwas zu der jungen Frau im

Eingang der Kirche zu sagen – einer jungen Frau mit kurzem schwarzem Haar, die so zerbrechlich wirkte, daß es ihrer Schönheit beinahe eine tragische Note verlieh. Ich zögerte. Ich hatte sie irgendwo schon einmal gesehen, es war gar nicht lange her … aber wo? Dann hakte sie sich bei ihm ein, und ich wußte es wieder.

Das also war Martine Muret. Heute vormittag hatte ich sie von der Mauer des Schlosses aus noch lachen gesehen, wie sie sich ausgelassen an Neil Grantham schmiegte. Jetzt wirkte sie ein wenig gesetzter, ernster, doch ich konnte in dem hübschen Gesicht nur wenig Trauer entdecken. Aber vielleicht war sie auch gar nicht wirklich traurig. Paul hatte den Dahingeschiedenen als ihren Exmann bezeichnet, also waren sie ja wohl schon nicht mehr verheiratet gewesen. Sie könnte ihn gehaßt haben, was wußte ich denn? Sie mochte ihm den Tod gewünscht haben.

Würdevoll blickte sie zu Boden, als die Blumen hinaus zum Leichenwagen getragen wurden – aufwendige, große Buketts. Eine Frau – aber nicht die Witwe – fing weithin hörbar zu weinen an, und weil ich nicht aufdringlich sein wollte, wandte ich den Blick schließlich ab. Und dann traf es mich wie ein Schlag.

Auf der anderen Seite der Straße, keine fünf Meter von mir entfernt, lehnte der finstere, unrasierte Mann vom Springbrunnen gegen die stuckverzierte Hauswand und zündete sich in aller Seelenruhe eine Zigarette an. Als sich unsere Blicke trafen, wirkten seine Augen seltsam ausdruckslos. Einen nervenzerreißenden Augenblick lang blieben wir so stehen, aber dann setzten die Trauerglocken ein, der Hund zu seinen Füßen warf den Kopf zurück und fing in Einklang mit dem allgemeinen Wehklagen um uns herum zu heulen an.

Das plötzlich ausbrechende Geläut brach den Bann, der mich für einen Moment gefangengehalten hatte. Mit raschen Schritten entfernte ich mich von der Kirche und der Trauergemeinde. Wie dämlich, dachte ich, mich am hellichten Tag mitten auf der Straße von so einem Fremden aus der Fassung bringen zu lassen. Und dämlich war es auch, daß ich auf unheimliche, drohende Schritte hinter mir lauschte. Dämlich hin, dämlich her, ich ging immer schneller und schneller, und als ich den Fluß erreichte, rannte ich schon fast.

8

... augenblicklich floh sie; und weiter wissen wir nicht ...

Hätte er mich nicht gerufen, wäre ich glatt an Paul vorbeigeeilt. Er saß an derselben Stelle, an der wir beide letzte Nacht gesessen hatten, oben an der Treppe, deren Stufen zum Fluß hinunterführten, in einer Haltung, die wie eine unbewußte Imitation der Statue des Denkers hinter ihm wirkte. Er legte sein Buch auf das ausgestreckte Bein, winkte und rief noch einmal.

Obwohl es einen Zebrastreifen gab, dauerte es eine ganze Weile, bis ich die vielbefahrene Straße überqueren und mich zu Paul gesellen konnte.

»Du hast was getrunken«, bemerkte er in väterlichem Ton.

»Nur ein bißchen Wein zum Essen.« Ich legte die Hände auf meine rotgewordenen Wangen. »Merkt man das wirklich so deutlich?«

»Ich fürchte ja. Du hast einen ganz glasigen Blick.«

»Ach herrje.« Ändern konnte ich es doch nicht, also stieg ich vorsichtig über sein Bein hinweg, ließ mich auf der Stufe unter ihm nieder und schlang die Arme um die Knie. Es war eine schöne Stelle, um einfach nur dazusitzen, die Welt an sich vorüberziehen zu lassen, dem vorbeiströmenden Fluß zuzusehen und dem Geschnatter der Enten zu lauschen. Hier konnte man ungestört einen ganzen Nachmittag verbringen. Alle dunklen Gedanken waren verflogen, als ich zu Paul auflächelte. »Und? Wie war euer Mittagessen?« fragte ich.

»Lassen wir das Thema«, sagte er. »Die Whitakers hatten sich heute ebenfalls entschlossen, Chinesisch zu speisen.«

»Das nennt man Pech.«

»Du sagst es. Martine und Garland haben die ganze Zeit kleine Sticheleien ausgetauscht – aber immer höflich lächelnd dabei, versteht sich –, und als Martine mehr und mehr Punkte für sich verbuchen konnte, bekam Garland plötzlich einen Migräneanfall und inszenierte einen dramatischen Abgang. Das hättest du sehen sollen.«

»Ich kann darauf verzichten. Solche Auftritte imponieren mir nicht.«

Er suchte in der Jackentasche nach seinen Zigaretten. »Jim offenbar auch nicht. Er schien nicht sehr betroffen, als Garland gehen mußte. Hat sich einfach noch einen Drink bestellt.«

»Ein wirklich ulkiges Paar.«

»Ich mag Jim«, sagte er und steckte sich eine Zigarette zwischen die Lippen. »Er hat mehr drauf, als er durchblicken läßt. Und er hat vielerlei Interessen.«

»Zum Beispiel?«

»Ach ... Geschichte, Architektur, die Landesküche. Er war derjenige, der die Reise zu den Schlössern der Loire machen wollte, nicht Garland. Garland könnte nichts gleichgültiger sein als Loireschlösser. Und die ganze Reise ist bestimmt nicht ihr Stil.«

»Aha.« Ich sah ihn interessiert an. »In welcher Hinsicht?«

»In jeder. In Paris steigt Garland immer im Ritz ab. Weihnachten verbringt sie in den Schweizer Alpen,

Ostern an der italienischen Riviera. Chinon ist sicher nicht ihr bevorzugtes Urlaubsziel.«

»Also sind die Whitakers reich?«

»Unanständig reich. Natürlich sagen sie es nie so direkt, aber Jims Anzüge sind nicht von der Stange, die sind alle maßgeschneidert. Jeder von diesen Anzügen hat mindestens tausend Dollar gekostet.«

Ich muß ihn fragend angesehen haben, denn er lachte, ahmte einen jiddischen Akzent nach und sagte: »Meine Familie ist in der Kleiderbranche. Mir kann keiner etwas vormachen.«

»Weißt du, was Jim Whitaker beruflich macht?« fragte ich Paul.

»Er sagt, er sei bei einer Ingenieursfirma, aber Simon hält das bloß für Tarnung, hinter der er seine wahre Identität verbirgt.«

»Und die wäre?«

»CIA-Agent, was denn sonst.« Er zwinkerte mir zu. »Simon ist manchmal ein bißchen paranoid – er hat zu lange Politik studiert. Er wittert überall Verrat und Verschwörung und hat ständig jeden in Verdacht, und das Schlimmste daran ist, daß es auch noch ansteckend wirkt. Er bringt das so überzeugend vor, daß sogar ich beim Anblick von Jim manchmal denke, ja, er sieht wirklich wie ein Geheimagent aus.«

»Ich glaube, ich habe das gleiche Problem«, gestand ich und umfaßte meine Knie noch fester. »Meine Phantasie hat mir heute nachmittag auch einen Streich gespielt.«

»Wieso? Was ist denn passiert?«

»Ich hatte das Gefühl, verfolgt zu werden.« So, wie ich das gesagt hatte, hörte es sich auch wirklich lächerlich an. Ich mußte verlegen grinsen.

»Wer soll dir denn gefolgt sein?«

Ich beschrieb ihm den Mann. »Ach, den Zigeuner meinst du? Den mit dem kleinen Hund – ungefähr so groß?« Er hielt die Hände etwa anderthalb Fuß weit auseinander.

»Ja, genau den. Und er ist ein richtiger Zigeuner?« Ich hatte noch nie einen Zigeuner gesehen – höchstens im Film.

Paul nickte. »Es gibt eine ganze Menge Zigeuner hier. Einige leben in Wohnwagen unten am Fluß. Es sind ein paar ungute Typen darunter, aber der, den du gesehen hast, ist harmlos. Er läßt Simon immer seinen Hund streicheln. Ich würde mir keine Gedanken ... oh, verdammt, mein Buch!«

Ich schnappte es, bevor es ins Wasser fallen konnte. »Zu dumm, jetzt ist es zugeklappt«, sagte ich und reichte es ihm.

»Macht nichts, ich finde die Stelle wieder. Ich habe eine sehr intime Beziehung zu diesem Buch.«

»Ja, bestimmt. Wo du doch nun schon seit zwei Jahren darin liest.«

Er balancierte das Taschenbuch vorsichtig auf seiner ausgestreckten Hand. »Weißt du, als Kind war das immer mein Lieblingsgedicht. ›Ulysses‹ von Tennyson. Früher konnte ich es auswendig aufsagen.«

Ich kannte das Gedicht, wußte noch, wie romantisch ich selbst es zu Schulzeiten gefunden hatte – der alte Odysseus, der sich von den Ketten der Eintönigkeit am heimischen Herd befreit, um zu neuen Abenteuern aufzubrechen, bis hinter den Sonnenuntergang zu segeln ... Früher einmal habe ich so was schön gefunden. Aber inzwischen wußte ich, was für eine vergebliche Liebesmüh es war, Sonnenuntergängen nachzujagen. Es gab nichts auf der anderen Seite zu entdecken.

»Wie bist du denn von Tennysons ›Ulysses‹ auf James Joyce gekommen? Die beiden haben doch nichts miteinander zu tun?«

»Daran ist meine Schwester schuld. Vor ein paar Jahren hat sie zu Weihnachten dieses Buch verbilligt in einem Antiquariat gesehen und es mir gekauft. Sie glaubte, jedes Buch, auf dem ›Ulysses‹ draufsteht, würde von ein- und demselben Ulysses handeln. Ich wollte sie nicht enttäuschen, also habe ich angefangen, darin zu lesen. Und so ist es dann zur Besessenheit geworden. Ich werde nicht zur Ruhe kommen, bis ich das vermaledeite Ding geschafft habe.«

Es überraschte mich ein wenig zu erfahren, daß Simon und Paul eine Schwester hatten. Nicht, daß es irgendeine Rolle spielte, aber aus einem unerfindlichen Grund hatte ich mir vorgestellt, daß es nur die beiden gab. So ist es eben mit Urlaubsbekanntschaften – man macht sich gleich ein Bild von ihnen, das auf dem allerersten Eindruck beruht. Und meistens liegt man damit verkehrt. »Wie viele Geschwister hast du denn?« fragte ich Paul.

»Wir sind insgesamt sechs.«

»Sechs!«

»Ja. Simon ist der älteste, dann kommen Rachel, Lisa, Helen, ich und Sarah.« Er zählte sie an den Fingern ab. »Sarah ist die, von der ich das Buch habe.«

»Sechs Kinder«, wiederholte ich noch einmal ungläubig.

Meine Reaktion amüsierte ihn. »Laß mich raten. Du bist ein Einzelkind.«

»Stimmt. Aber in den Ferien und über die Feiertage war mein Vetter meistens zu Besuch, so daß die Leute schon anfingen, uns für Bruder und Schwester zu halten, auch, weil wir einander so ähnlich sahen.« Was übrigens nach wie vor der Fall war, besonders um die Augen herum. »Apropos Harry, ich habe eine Nachricht von ihm bekommen. Er verspätet sich um ein paar Tage.«

»Langweilen werden wir uns deswegen aber trotzdem nicht«, meinte Paul. »Simon hat für die nächste Woche bestimmt schon allerhand für uns geplant. Wart's nur ab. Wenn er sich erst einmal etwas in den Kopf gesetzt hat ...«

»Sprichst du von Isabelles Schatz?« unterbrach ich ihn. »Er kann ja danach suchen, wenn er möchte, aber er wird ihn kaum finden. Harry sagt, allein die vorab nötigen Recherchen könnten sich Jahre hinziehen.«

»Erzähl Simon bloß nichts davon. Je schwieriger eine Sache zu werden verspricht, desto mehr verbeißt er sich in sie.« Er drückte seine Zigarette aus und steckte sich eine neue an. »Und davon erzählst du Simon bitte auch nichts, sonst macht er mir die Hölle heiß. Er glaubt, daß ich nur hier sitze, um die Enten zu füttern.«

Ich sah zum Fluß hinüber. Ein Stückchen weiter oben, um eine steinerne Bootsrampe herum, hatte sich tatsächlich ein aufgeregt schnatterndes Entenvölkchen versammelt, und ein paar mutig gesinnte hatten sich von der Strömung noch ein Stück flußabwärts zu einem alten Lastenkahn treiben lassen, der an der Stelle festgemacht war, an der wir saßen.

»So, und jetzt wollen wir mal schauen, ob Thierry die Bar schon geöffnet hat. Ich könnte einen Kaffee oder so was gebrauchen.«

Ich begleitete ihn zurück zum Hotel, aber als er mich zu einem Drink einladen wollte, schüttelte ich gähnend den Kopf. »Bitte sei mir nicht böse«, sagte ich, »aber ich bin schließlich gestern erst hier angekommen und seitdem fast ununterbrochen auf den Beinen. Ich halte nicht bis zum

Abendessen durch, wenn ich mich nicht vorher ein bißchen hinlege.« Beim Gedanken ans Abendessen fiel mir noch etwas ein. »Eßt Ihr eigentlich jeden Abend alle zusammen?«

Er schüttelte den Kopf. »Nein, für gewöhnlich geht jeder seiner eigenen Wege. Wieso? Ist es dir zuviel gewesen gestern abend?«

»Nein, ich möchte nur nicht … Ist das Neil?« Ich starrte zur Decke.

»Ja. Er spielt gut, nicht wahr?« Einen Augenblick lang lauschte Paul den Klängen aus dem ersten Stock. »Und so, wie sich's anhört, hat er gerade erst angefangen. Ich hoffe, Beethoven stört dich nicht beim Einschlafen.«

Ich fand tatsächlich keinen Schlaf, aber das war nicht unbedingt Beethovens Schuld. Mir ging zuviel im Kopf herum. In meiner Vorstellung beschwor ich Bilder von Zigeunern und Schlössern und dunkeläugigen Männern mit weißblondem Haar herauf. Im Zimmer unter mir beendete Neil das Allegro und ging in einen Trauermarsch über. Neue Bilder gesellten sich zu denen, die sich hinter meinen geschlossenen Augenlidern bereits im Kreise drehten – eine schwarzweiße Katze, eine Kirche, in der eine Trauerfeier abgehalten wurde, ein Strauß blutroter Blumen. Und über allem das Gesicht des Zigeuners, der mich mit einem sonderbaren, geheimnisvollen Lächeln ansah.

Ich öffnete die Augen und setzte mich auf.

Es hatte keinen Zweck, hier wach herumzuliegen. Ich konnte ebensogut hinuntergehen und mit Paul etwas trinken.

Was aber dann als nächstes geschah, ging eindeutig auf Beethovens Konto. Hätte er nicht so ein schönes Stück komponiert, wäre ich auf dem Weg nach unten nicht stehengeblieben, um der Musik zu lauschen. Und wenn ich nicht auf dem Treppenabsatz der ersten Etage innegehalten hätte, wäre ich längst nach unten verschwunden gewesen, als sich etwas weiter den Flur hinunter die Tür der Whitakers öffnete. Garland sah mich nicht gleich, blickte zu Boden, hielt sich die Hand vor die Stirn – aber ich zuckte zusammen. Ich mochte die Frau nicht, wollte mich von ihr nicht in ein Gespräch verwickeln lassen, wollte nicht, daß Neil Grantham ihre durchdringende Stimme vernahm und wußte, daß ich vor seiner Zimmertür stand …

Ich blickte mich um und suchte ein Versteck. Weiter die Treppe hinunter wäre das Naheliegendste gewesen, aber dafür schien es mir bereits zu spät. Sie würde mich sehen. Doch neben der Wendeltreppe stand eine Glastür offen, die nach außen führte, und wie ein echter Feigling senkte ich den Kopf und schlüpfte hindurch. Hinter mir hörte ich Schritte vorbeigehen und einen Herzschlag später ein ungeduldiges Klopfen. Das Spiel brach ab. Vorsichtig schob ich mich an der Wand entlang, fort von der offenen Tür, fort von den murmelnden Stimmen.

Ein ideales Versteck hatte ich mir aber auch nicht gerade ausgesucht. Ich befand mich auf der überdachten Terrasse über der Hotelgarage. Jemand brauchte nur den Kopf durch die Tür zu stecken, um mich in voller Lebensgröße vor sich stehen zu sehen. Aber wenigstens befand sich im Augenblick hier draußen niemand außer mir.

Die Stimmen verstummten. Eine Tür wurde geschlossen. Die Schritte verschwanden wieder den Korridor hinunter. Doch anstatt wieder hineinzugehen, schlich ich mich zur Mitte der Terrasse, wo ein paar um einen Tisch gruppierte Stühle von den letzten Strahlen der Nachmittagssonne beschienen wurden. Ich wischte einen der Stühle sauber und setzte mich. Von hier genoß ich einen

Panoramablick über die gesamte Peripherie, von dem Uhrenturm, der das Schloß bewachte, bis zu den Ausläufern des Burgfelsens jenseits der Stadt.

Auf dem nach oben führenden Weg hatte sich eine kleine Gruppe von Touristen an einer hüfthohen Steinmauer zu einer Verschnaufpause niedergelassen. Ihre bunten Windjacken gaben willkommene Farbkleckse auf dem eintönigen Weiß der Wand hinter ihnen ab. Ein Paar hielt sich lachend bei den Händen. Ohne ersichtlichen Grund haßte ich die beiden.

Das Geigenspiel hatte wieder eingesetzt. Ich schloß die Augen, um die ganze Schönheit der Musik auskosten zu können, und lehnte mich mit einem Seufzer in meinem Stuhl zurück. Er spielte nicht mehr Beethoven. Nein, das waren fremdartigere Klänge, süßer, verführerischer ... und doch nicht ganz unbekannt. Wo hatte ich diese Musik schon einmal gehört? Elgar, das war's. Edward Elgars »Liebesgruß«.

Neil spielte zauberhaft, mit solchem Feingefühl, daß alles um mich herum von einem wohligen Schauder erfüllt schien. Ich wünschte mir, er möge aufhören. Ich war jetzt nicht in der Stimmung für derart gefühlsbetonte Klänge. Ich weiß noch, daß plötzlich feuchte Tränen zwischen meine Wimpern traten. Was danach geschah – daran habe ich überhaupt keine Erinnerung.

Ich hatte nicht einschlafen wollen. Aber als ich wieder die Augen öffnete, lag die Terrasse in tiefer Dunkelheit, und an die Stelle der Wolken waren schwach leuchtende Sterne getreten. Die Abendkühle war mir durch und durch gekrochen. Ich stand auf, reckte meine steif gewordenen Schultern und suchte mir in der Finsternis meinen Weg zu der Glastür. Während ich auf der Terrasse geschlafen hatte, hatte jemand die Tür verschlossen. Ich probierte vergeblich den Griff. »Verdammt«, entfuhr es mir laut. Sie hatten mich ausgesperrt!

Zum Schutz vor der Kälte schlang ich die Arme um den Körper, preßte das Gesicht gegen die Scheibe und sah den Flur hinunter. Ich klopfte zweimal kräftig gegen das Glas. Keine Menschenseele. Ich verfluchte mich für meine eigene Blödheit. Doch dann entdeckte ich, mehr durch Zufall, die Stufen. Es war eine schmale Steintreppe, in der Dunkelheit fast nicht zu erkennen. Die Hand fest ans Geländer geklammert, begann ich meinen Abstieg. Ich rechnete jeden Augenblick damit, auf den unebenen Stufen auszugleiten, und war heilfroh, als ich wieder festen Boden unter den Füßen spürte und nach kurzem Umhertasten die Tür fand.

Sie führte nicht, wie ich vermutet hatte, zur Garage, sondern direkt auf den Platz hinaus. In den goldenen Schein der Straßenlaternen getaucht, gurgelte friedlich der Springbrunnen, und ein paar Meter entfernt lag hell erleuchtet die Hoteltür.

Doch bevor ich die Tür erreichte, sah ich das Kind.

Ich zögerte. Das geht dich nichts an, sagte ich zu mir selbst. Halt dich da raus. Aber man kann eben nicht aus seiner Haut.

Das Mädchen war noch sehr jung, höchstens sechs oder sieben Jahre alt, und saß doch so einsam und verlassen, unbeweglich wie eine Steinfigur, auf der Bank am anderen Ende des Platzes, die großen Augen auf den Eingang des Hotels fixiert. Als ich mich näherte, blickte sie auf, und das Herz zog sich mir zusammen. Sie hatte geweint.

Ich kniete mich vor sie hin und sprach sie auf französisch an: »Was hast du denn?«

»Ich kann nicht nach Hause.«

»Warum denn nicht? Weißt du den Weg nicht mehr?«

Sie schüttelte den braunen Lockenkopf. »Papa wird böse.«

Wieder traten Tränen in ihre großen Augen. Ich versuchte, mir schnell etwas einfallen zu lassen. »Bestimmt wird er nicht böse sein, ganz bestimmt nicht. Du kannst doch nichts dafür, daß du dich verlaufen hast.«

»Ich habe mich nicht verlaufen«, sagte sie. »Ich weiß, wie ich nach Hause komme. Aber Papa wird so böse.«

»Dann sag mir mal, warum.«

»Weil ich weggerannt bin. Sie haben nicht geguckt, da bin ich einfach weggelaufen. Papa hat gesagt, ich soll bis zum Abendessen dort bleiben, aber sie wollten mich nicht da haben, verstehen Sie?«

»Aha«, sagte ich, obwohl ich natürlich gar nichts verstand. »Und wer sind ›sie‹?«

»Meine Tante und ihr Freund.«

»Aha«, sagte ich noch einmal, und langsam dämmerte mir etwas.

»Hinterher hat's mir dann leid getan, daß ich weggerannt bin, und als ich zurücklief, waren sie nicht mehr da. Jetzt warte ich auf sie. Der Freund von meiner Tante wohnt hier im Hotel und ich ... und ich ...« Ihre Unterlippe zitterte. »Aber die sind nicht gekommen, und jetzt kann ich nicht nach Hause.«

»Unsinn.« Ich richtete mich auf und streckte ihr die Hand hin. »Natürlich kannst du nach Hause. Ich bringe dich jetzt hin.«

Sie sah mich flehend an. »Aber Papa ...«

»Deinen Papa überlaß nur mir.«

Sie schniefte kurz und schien nachzudenken. Dann schlossen sich die kleinen, kalten Finger vertrauensvoll um meine.

»Also, wo wohnst du denn?«

»Da oben«, sagte sie und zeigte hinauf. »Hinter dem Schloß.« Sie zeigte auf die steile Steintreppe.

Wundervoll, dachte ich. Wenn ich schon die barmherzige Samariterin spielen mußte, warum konnte ich mir dann nicht ein Kind aussuchen, das unten in der Stadt wohnte? Sinkenden Mutes machte ich mich auf den steilen Weg nach oben, das kleine Mädchen im Schlepptau.

Ich stellte schon bald fest, wie recht Simon und Paul gehabt hatten – aufwärts waren die Stufen weit anstrengender als der etwas flachere Anstieg von der Rue Voltaire. Als wir uns endlich unserem vorläufigen Ziel näherten, bekam ich erste Seitenstiche. Neben dem Kind, das mit unbeirrbarer Leichtigkeit voranstrebte, kam ich mir wie eine alte Frau vor. Oben an der Treppe versuchte ich verzweifelt, eine kurze Atempause herauszuschinden. »Wo geht's weiter?« fragte ich keuchend.

»Hier entlang.« Sie führte mich die lange Schräge zum Schloß hinauf, an der in Flutlichtstrahlen getauchten Mauer vorbei und ein Stück um sie herum, dann wieder hinunter. Ich wäre immer weitergegangen, wenn sie mich nicht zurückgehalten hätte.

»Halt«, sagte sie. »Hier ist es. Hier wohne ich.«

»Du wohnst hier?« Vor lauter Staunen bekam ich den Mund nicht mehr zu. Jetzt kam ich mir vor wie jemand, der sich verlaufen hatte, nun im Kreise umherirrte und dabei immer und immer wieder zur selben Stelle zurückkam. Konnte das denn ein Zufall sein? »Hier wohnst du«, wiederholte ich, als könnte mich das erst von der Tatsache überzeugen. Und dann hob ich meine ungläubigen Augen zu dem mächtigen Tor vor uns – dem Tor zum Weingut Clos des Cloches.

9

Ein Feudalherr in seidnem Gewande …

Das Tor war verschlossen. Ich wollte schon auf die Klingel drücken, aber das Kind hielt meine Hand fest.

»Nein, Madame, hier entlang«, sagte sie und führte mich zu einer kleineren Pforte in der hohen Steinmauer. Wir betraten ein friedliches Gärtchen. Von dem intensiven Duft, den die Rosen verströmten, fühlte ich mich leicht benommen. Ich ließ mich von meiner kleinen Freundin den gepflegten Aufgang zu der weißen Villa entlangführen, die nun am Abend im Licht der Strahler noch weißer, beinahe so eindrucksvoll wie das gegenüberliegende Schloß wirkte.

Mit jedem Schritt erschien das Haus noch erhabener, und ich fühlte mich dementsprechend immer kleiner, kaum größer als das Kind, das mich bei der Hand hielt. Als wir an der Vordertür ankamen, fand ich auch diese irgendwie überproportioniert.

»Die Tür ist zu«, erklärte mir das Mädchen ganz selbstverständlich. »Sie müssen da den Klingelknopf drücken.«

Ich tat, wie mir geheißen.

Es kam mir vor, als hätten wir eine halbe Ewigkeit schweigend vor der Tür gewartet, bis sie endlich aufging und wir in einen blendend gelben Lichtkegel getaucht wurden, in dem wir uns kaum zu rühren wagten. Das fahle, verschlossene Gesicht des Mannes, der in der Tür erschien, war von strengen Falten durchzogen. Unter der Habichtsnase bildete der Mund einen dünnen, waagerechten Strich. Mir wurde sogleich klar, warum das Kind sich gefürchtet hatte, nach Hause zurückzukehren. Auch mich überkam ein ungutes Gefühl.

Dementsprechend brachte ich, als ich meine Stimme endlich wiedergefunden hatte, auch nichts Besseres zustande als eine gestammelte Zusammenfassung des Dilemmas, in dem das kleine Mädchen sich befand, wobei sie zu allem Überfluß auch noch ständig an meinem Ärmel zupfte.

»... und da habe ich ihr natürlich versichert, Monsieur, Sie würden bestimmt nicht böse mit ihr sein«, schloß ich lahm meine Rede.

Noch einmal zupfte die Kleine an mir. »Aber Madame«, hörte ich sie leise flüstern, »das ist doch nicht mein Vater. Das ist doch bloß François.«

Überrascht blickte ich abwechselnd den grauhaarigen Mann und das Mädchen an. »Oh ...«

Wegen des grellen Lichts, in dem ich stand, konnte ich die Augen des Mannes nicht erkennen, nur ahnen, daß sie mich eindringlich musterten, doch nun schien er wie aus einer Trance zu erwachen, neigte den Kopf vor mir, wobei die harte Linie seines Mundes einem unerwartet freundlichen Lächeln wich. »Stimmt, Madame«, sagte er mit ernster Stimme, »Ich bin nicht der Vater von Mademoiselle Lucie. Aber treten Sie doch bitte näher.«

Unsicher machte ich einen Schritt in das nicht minder üppig erhellte Foyer und spürte, wie sich die Finger des Mädchens von meiner Hand lösten. Der Mann namens François verschloß die Eingangstür wieder hinter uns, und erst in diesem Moment ging mir auf, daß er schon älter sein mußte, sechzig, vielleicht sogar Anfang Siebzig. Alt genug jedenfalls, um der Großvater des Mädchens sein zu können. Er stellte sich beinahe feierlich vor uns auf und sah auf die kleine Gestalt neben mir hinunter.

»So, Mademoiselle, haben wir uns heute abend ein kleines Abenteuer erlaubt, nicht wahr? Aber nun ins Bad und dann sofort ins Bett.«

»Ich hab' noch nichts zum Abendessen ...«

»Heute nur Wasser und trockenes Brot«, drohte er, sah dabei aber nicht so aus, als würde er das ernst meinen, und das Mädchen ließ sich auch nicht von ihm hereinlegen. »Also bedank dich bei der netten Dame, Lucie, daß sie dich nach Hause gebracht hat.«

Ihre dunklen Augen blickten längst nicht mehr so kummervoll drein, als sie mir zum Abschied höflich die Hand gab und dann, als François ihr mit einer gespielt gebieterischen Armbewegung das Zeichen dazu gegeben hatte, kichernd die geschwungene Treppe hinaufhüpfte. Ihre kleinen Füße machten kein Geräusch auf dem dicken roten Teppich.

Ich spürte wieder, wie der Mann mich eingehend musterte, doch als sich unsere Blicke trafen, verschwand der Ausdruck aus seinem Gesicht. Er räusperte sich. »Das war eine sehr noble Geste von Ihnen, Madame. Die Straßen können für ein kleines Kind sehr gefährlich sein, und Lucies Abenteuer hätte kein so glückliches Ende finden können. Ich darf mich bei Ihnen bedanken, daß sie sie nach Hause begleitet haben.«

»Kein Problem, wirklich nicht.«

»Wenn Sie bitte hier warten würden, Madame«, hielt er mich zurück, als ich mich zum Gehen wenden wollte. »Gewiß möchte Monsieur Valcour Ihnen persönlich seinen Dank aussprechen.«

Man muß mir angesehen haben, daß es mich zum Aufbruch drängte, denn er wiederholte noch einmal: »Bitte warten Sie hier«, und ließ mich dann stehen. Der Ton seiner Stimme duldete keinen Widerspruch. Ich verschränkte die Hände hinter dem Rücken wie ein gescholtenes Schulmädchen und folgte seiner Anweisung, wobei mich eine leicht unangenehme Vorahnung beschlich, gerade so, als wäre ich es gewesen, die über die Stränge geschlagen hatte, und nicht die kleine Lucie. So kann's gehen, wenn man sich in fremder Leute Angelegenheiten einmischt, dachte ich.

Und doch muß ich zugeben, daß ich den Dingen, die da kommen sollten, mit einer gewissen Neugier entgegensah.

Wohin ich auch blickte, überall entdeckte ich Anzeichen erheblichen Wohlstands. Doch nein, sagte ich mir, die Bewohner von Clos des Cloches waren nicht einfach nur im herkömmlichen Sinne reich, so, wie wenn man es zu etwas gebracht hat, dieser Reichtum mußte Jahrhunderte alt sein und durfte mit Stolz an die jeweils nachfolgende Generation weitergereicht werden. Der edle rote Teppich, der Marmorfußboden, auf dem ich stand, die goldenen Leuchter an den weißen Wänden, die Portraits in den vergoldeten Rahmen – all das zeugte von Geld und Prestige.

Ein bestimmtes Bild nahe der Treppe erweckte mein Interesse, und ich trat näher heran. Es zeigte einen Knaben, der gerade das Stadium der frühen Jugend erreicht hatte, einen Knaben mit dichtem schwarzem Haar, dessen Augen mich ansahen, als wäre wirklich Leben in ihnen. Diese Augen waren mir doch schon einmal irgendwo begegnet …

»Guten Abend, Madame.« Wie aus dem Nichts sprach mich plötzlich eine tiefe Stimme von hinten an.

Ich hatte ihn nicht das Foyer betreten hören, aber

meine Verblüffung war nicht auf sein unvermitteltes Auftauchen hinter meinem Rücken zurückzuführen, denn als ich mich nach Monsieur Valcourt umdrehte, stellte ich fest, daß auch seine Miene erstauntes Wiedererkennen spiegelte.

»Sie sind es ...«

Ich zeigte mein strahlendstes Lächeln und sagte: »Diesmal schulden Sie mir fünfundzwanzig Francs, Monsieur.« Eigentlich hätte ich stocksauer sein müssen. Zweifellos war es ihm ein Riesenspaß gewesen, sich als Taxifahrer auszugeben, und er hatte sich diesen Jux auf meine Kosten gestattet. Aber der Groll, der in mir aufwallen wollte, hielt nicht der Herzlichkeit des Lächelns stand, mit dem er mich jetzt ansah.

»Ich stehe durchaus in Ihrer Schuld, denke ich«, sagte er und trat einen Schritt näher. »Ich bin Armand Valcourt.«

»Emily Braden«, stellte ich mich vor und schüttelte etwas steif seine Hand.

»Sie ärgern sich bestimmt über mich.« Ich gab keine Antwort. »Ich habe aber auch nie behauptet, daß das mein Taxi sei. Wenn Sie mich gefragt hätten, würde ich Ihnen gesagt haben, daß ich nur auf den Fahrer wartete, der mein Gepäck vom Bahnhof holte. Aber«, er streckte in einer gespielten hilflosen Geste die Arme aus, »Sie haben mich nicht gefragt.«

»Sie hätten es mir später sagen können, als wir uns zum zweitenmal begegnet sind.«

»Ja, das hätte ich wohl tun können. Aber zu diesem Zeitpunkt waren sie schon voll und ganz davon überzeugt, daß ich der Chauffeur des Wagens sei. Ich fürchtete, es würde Ihnen peinlich sein, wenn ich Sie über ihren Irrtum aufklärte. Und es hat mich ja auch keine Mühe gekostet, Sie zu Ihrem Hotel zu fahren.«

»Aber mein Geld haben Sie genommen.«

»Sie haben darauf bestanden, falls ich mich recht erinnere.« Seine Augen blitzten listig. »Und ich habe Ihr Geld auch nicht behalten, Mademoiselle. Ich habe es meinem Freund Jean-Luc gegeben, dem das Taxi gehört. Und falls es Ihnen ein Trost ist, auch er war wenig erbaut darüber, daß ich mir sein Taxi ausgeborgt hatte. Also habe ich bereits Schelte für diesen Scherz bezogen.« Er sah nicht aus, als würde ihn ein schlechtes Gewissen plagen, als er lässig die Hände in die Hosentaschen steckte. »Können Sie mir verzeihen?«

»Schon möglich.« Mir war nicht entgangen, daß er von der förmlicheren Anrede »Madame« zu »Mademoiselle« übergegangen war.

»Aber Sie haben recht, ich schulde Ihnen noch was«, sagte er. »Haben Sie bereits zu Abend gegessen?«

»Nein, aber ...«

»Dann seien Sie bitte heute mein Gast. François bereitet immer mehr vor, als ich alleine essen kann. Mögen Sie Kalb?«

»Schon, aber ...«

»Bestens. Sie können Ihre Jacke dort bei der Tür aufhängen, wenn Sie wünschen. Darf ich Ihnen helfen ... Bitte«, sagte er noch einmal, als er mein Zögern bemerkte, »Sie haben sich über mich ärgern müssen, und meine Tochter hat Sie durch halb Chinon geschleppt. Sie zum Abendessen einzuladen ist das mindeste, was ich tun kann.«

Ich riskiere nichts, sagte ich mir, wenn ich seine Einladung annehme. Ich hatte durchaus Hunger, und die Tatsache, daß er so unverhohlen mit mir flirtete, war mir ein Hinweis darauf, daß sein Angebot harmlos gemeint war. Männer, die mit mir flirten wollen, bereiteten mir keine

Probleme. Die stillen waren es, die mich nervös machten, so wie Neil, die, die einem ins Gesicht sahen, ohne eine Miene zu verziehen.

»Falls allerdings im Hotel jemand auf Sie wartet …«

Ich schüttelte den Kopf.

»Gut«, murmelte er, als ich ihm vom Vorraum in einen ausgedehnten Saal folgte, dessen unaufdringliche Eleganz einerseits anheimelnd, andererseits aber auch wieder übertrieben, fast surreal wirkte. Er war mit einem Blick fürs Detail eingerichtet, Stühle und Couch waren kunstvoll arrangiert, ein antikes Schreibpult, Tischlampen in der Form von Schwänen … Aber das Ganze wirkte mehr wie ein Bühnenbild als wie ein richtiges Zimmer. So, als würde hier niemand wirklich leben. Dieser Eindruck wurde noch unterstrichen durch eine Wand, die fast vollständig aus einer Fensterfläche zu bestehen schien und die zu dieser späten Stunde entsprechend kohlrabenschwarz war. Als wir daran vorbeigingen, begleiteten uns in der Scheibe unsere verzerrten Spiegelbilder.

»Ich esse immer hier«, erklärte Armand Valcourt, »es sei denn, Sie würden den Speisesaal vorziehen …«

»Mir gefällt's hier.«

Er mußte sich bereits zum Abendessen hingesetzt haben, als er von François unterbrochen wurde. Am anderen Ende des Raumes war ein Tisch für eine Person gedeckt.

In Filmen verfügen die Reichen immer über jede Menge Personal, aber in diesem Haus brachte mir mein Gastgeber persönlich einen Teller und Besteck und füllte dann mein Weinglas aus der offenen Flasche, die auf dem Tisch stand.

»Der Wein ist vom letzten Jahr«, erklärte er bedauernd, »kein großartiger Wein, fürchte ich, aber gut genug für François' Küche. Der richtige Koch hat heute abend frei.«

Er nahm mir gegenüber Platz und hob sein Glas. »Auf die kleinen Betrügereien des Alltags«, sagte er lächelnd.

Meiner ganz und gar nicht kennerhaften Zunge zumindest kam der Wein vorzüglich vor, und für das Essen galt das gleiche. Ich lobte François für seine Kochkünste.

»François ist ein Mann mit vielen Talenten«, sagte mein Gastgeber. »Er ist ein braver Kerl und ein loyaler Diener. Aber das werden Sie wohl noch selber erfahren.«

»Wie meinen Sie das?«

»Sie haben ihn heute abend als Freund gewonnen, darüber sollten Sie sich im klaren sein. Er vergißt nie eine gute Tat, und er verehrt meine Tochter sehr.«

»Nun, das ist ja auch nur zu verständlich. Sie ist ein reizendes Kind.«

Er lächelte verlegen. »Das hat sie von ihrer Mutter, nicht von mir. Brigitte war ein viel herzlicherer Mensch, als ich es bin.« Ich hielt es für unhöflich, ihn nach seiner Frau zu fragen, aber er beantwortete die unausgesprochene Frage von sich aus. »Meine Frau hatte ein schwaches Herz, Mademoiselle. Sie ist vor drei Jahren gestorben.«

»Oh, das tut mir leid.«

Er blickte nach unten, und ich konnte seine Augen nicht sehen. »Aber das Leben geht weiter, nicht wahr? Noch etwas Wein?«

Ich hielt ihm mein Glas hin. »Wie viele Kinder haben Sie?«

»Nur Lucie. Ihr muß manchmal langweilig sein, so ganz alleine.«

»Mir hat es gut gefallen, Einzelkind zu sein«, gestand ich. »Ich bin ein ganz schön verzogenes Biest gewesen.«

»François sagt mir, ich solle meiner Tochter nicht böse sein. Ich glaube, das waren Ihre Worte.«

»Ja, schon … Eher ist es so, daß ich ihr versprochen habe, Sie würden nicht böse sein.« Mit der Gabel schob ich nervös das Gemüse auf meinem Teller umher. »Ich hätte mich nicht einmischen sollen, aber wenn Sie sie da sitzen gesehen hätten, wüßten Sie, was ich meine. Sie wirkte so unglücklich, da konnte ich mir nicht vorstellen, daß ihr Vater …« Ich sprach nicht weiter und spießte statt dessen eine Möhre auf. »Außerdem wäre sie sonst auch gar nicht mitgekommen. Sie hat Angst gehabt.«

»Angst? Wovor?«

»Vor Ihrer Reaktion natürlich.«

Das schien ihn zu überraschen. »Ich pflege meine Tochter nicht zu schlagen, Mademoiselle.«

»Selbstverständlich nicht. Aber Ihre Tochter war auch sehr müde und aufgeregt. Jedes Kind bekommt es mit der Angst zu tun, wenn es sich verlaufen hat. Nun, eigentlich hatte sie sich ja auch gar nicht verlaufen, sondern nur die Verwandten verloren, mit denen sie zusammen war, was ja wohl auf das gleiche hinausläuft …«

Wenn ich seinen Mund betrachtete, hatte ich das unbestimmte Gefühl, daß er sich über mich amüsierte, aber sein Tonfall verriet nichts dergleichen. »Sie wäre nicht verlorengegangen, wenn sie nur getan hätte, was man ihr gesagt hat. Ich hatte ihr klare Anweisung gegeben, bei ihrer Tante zu bleiben.«

»Mir hat sie aber gesagt …« Ich unterbrach mich rasch, als ich meinen Fehler bemerkte. Das ging mich nun wirklich nichts an, dachte ich, eine Familienangelegenheit, aus der ich mich besser heraushielt.

Aber Armand Valcourt hatte bereits erwartungsvoll die Augenbrauen hochgezogen. »Ja?«

»Nichts. Ohne Belang.« Ich spießte ein Stück Fleisch mit meiner Gabel auf und versuchte, seinen forschenden

Blick zu ignorieren, mit dem er mich über den Tisch hinweg ansah.

»Wo genau war meine Tochter, Mademoiselle, als Sie sie gefunden haben?«

Ich blickte auf und erkannte sofort, daß er die Sache nicht auf sich beruhen lassen wollte. »Sie saß beim Springbrunnen direkt vor meinem Hotel.«

Er zog die Stirn kraus. »Und hat sie Ihnen gesagt, warum sie dort hingegangen ist?«

»Sie hat gesagt, der ... Freund ihrer Tante würde dort wohnen. Ich denke, sie hat gehofft, die beiden würden zum Hotel zurückkehren, also hat sie dort auf sie gewartet. Verzeihen Sie mir die Frage, Monsieur, aber die Tante des Kindes, Ihre Schwester ...«

»Die Schwester meiner Frau«, korrigierte er mich.

»Sollte sie nicht jemand informieren, daß das Kind in Sicherheit ist? Sie muß mittlerweile ja halb verrückt vor Sorge sein.«

In diesem Augenblick fiel krachend die Vordertür ins Schloß, und Armand Valcourt griff lächelnd nach seinem Weinglas. «Ich denke, das ist nicht mehr nötig«, sagte er. »Das dürfte Martine sein.«

Martine?

Das gibt's doch gar nicht, dachte ich als erstes, aber dann sah ich wieder vor mir, wie Armand Valcourt heute bei der Beerdigung neben der Witwe gestanden hatte, und es fiel mir wie Schuppen von den Augen. Gespannt erwartete ich Martines Auftritt.

Ich glaube, ich hatte mich innerlich darauf eingestellt, daß ich sie nicht mögen würde, und sei es nur wegen ihrer Schönheit, doch in dem Augenblick, da die Tür zum Flur aufgerissen wurde, warf ich meine vorgefaßte Meinung gleich wieder über Bord. Anstelle der glamourös herausgeputzten Primadonna, die ich erwartet hatte, stand nun eine Frau vor uns, die selbst noch fast wie ein Kind aussah. Die Augen in ihrem kreidebleichen Gesicht schwammen in Tränen. Und »halb verrückt vor Sorge« war noch eine Untertreibung gewesen. Martine Muret war vollkommen aufgelöst.

»Armand, ich kann sie nirgendwo finden«, brach es augenblicklich aus ihr heraus. In ihrer Verzweiflung übersah sie mich völlig. »Lucie ist verschwunden. Ich habe sie überall gesucht, aber –«

»Beruhige dich, Martine«, sagte ihr Schwager und hob die Hand, um ihrem Redeschwall Einhalt zu gebieten. »Lucie geht es gut. Sie liegt schon in ihrem Bett.«

»Oh, Gott im Himmel sei Dank.« Vor Erleichterung schienen ihr die Knie weich geworden zu sein, denn sie sackte sofort in einen der Sessel am Fenster. Erst, als sie sich mit der Hand über die Stirn fuhr, schien ihr meine Gegenwart aufzufallen, und sie warf ihrem Schwager einen fragenden Blick zu.

In knappen Sätzen erklärte er ihr, wer ich war und was mich an diesem Abend aufs Weingut geführt hatte.

»Ich bin Ihnen ja so dankbar, Mademoiselle.« Ein Lächeln huschte wie ein Schatten über ihr zartes Gesicht. »Sie können sich nicht vorstellen, was ich in den letzten Stunden durchgemacht habe, als ich nach meiner Nichte suchte. Man liest so gräßliche Sachen in der Zeitung, wissen Sie, und ich hatte solche Angst ... Sie wollte den Gedanken nicht aussprechen, strich sich noch einmal über die Stirn und schloß dann leise: »Ich hätte es mir nie verziehen.«

Wiederum gab ich zu verstehen, das wäre doch gar nichts gewesen, ich hätte Lucie gerne geholfen, man sei in diesem Hause bereits überaus freundlich zu mir ... Ich schob meinen leeren Teller beiseite und warf einen Blick auf meine Armbanduhr. »Aber ich fürchte, jetzt wird es wirklich Zeit für mich.«

»Ich fahre Sie«, erklärte Martine. »In welchem Hotel wohnen Sie?«

»Im Hotel de France.«

Mir entging nicht der leicht überraschte Gesichtsausdruck, das eine Spur zu herzliche Lächeln. »Ach, wirklich?«

»Martine hat Freunde dort«, erklärte Armand Valcourt. Er lehnte sich zurück, zündete sich eine Zigarette an, und das Klicken seines Feuerzeugs klang so bedrohlich wie der Schlagbolzen eines Revolvers. »Aber ich würde es vorziehen, Sie selber zu fahren, damit ich auch weiß, daß Sie sicher ankommen.« Er betonte deutlich das Wort »sicher«, und der giftige Blick in Martines Augen war nicht zu übersehen.

Ich sah von einem Gesicht zum anderen, spürte das Gewitter, das sich hier zusammenbraute, und entschuldigte mich diplomatisch, ich müßte mal kurz ins Bad. Ich hasse Zankereien, vor allem, wenn es dabei um mich geht, also hielt ich mich so lange wie möglich auf der kleinen Gästetoilette unter der Treppe auf. Was ich nicht hätte tun sollen, denn im nächsten Augenblick kamen Martine und Armand in die Vorhalle. Mir blieb nichts übrig, als hinter der Tür zu warten und zu versuchen, so zu tun, als würde ich ihre wütenden Stimmen nicht hören.

»Ich habe dir bereits gesagt, daß es mir leid tut«, fauchte Martine Muret. »Was verlangst du noch von mir?«

»Ich möchte, daß du dich nicht so verantwortungslos benimmst, ein wenig Respekt für meine Gefühle zeigst und für die von Lucie, anstatt ausschließlich an dich selber zu denken.« Er war nicht richtig laut geworden, aber seine Stimme war kalt und hart und hallte in dem hohen

Raum wider: »Ist dir eigentlich klar, was dem Kind alles hätte zustoßen können? Ist dir das klar?«

»Natürlich ist mir das klar«, gab sie zurück. »Was denkst du denn von mir, Armand? Glaubst du, daß ich mir keine Sorgen gemacht habe? Daß mir nicht ganz elend zumute war, als ich merkte, daß wir sie verloren hatten? Ist es das, was du glaubst?«

»Ich schätze, du bist viel zu sehr mit anderen Dingen beschäftigt gewesen, um auch nur zu merken, daß sie verschwunden war. Welcher war's denn diesmal? Der Deutsche oder der Engländer? Oder hast du etwa schon wieder einen anderen aufgegabelt?«

»Ich weiß nicht, was dich mein Privatleben angeht.«

»Einiges, wenn es meine Tochter betrifft. Meine Güte, was hast du dir bloß dabei gedacht? Wir haben ihn heute erst beerdigt, oder hast du das schon vergessen?«

»Ich vergesse nie etwas«, sagte Martine nach einem kurzen Schweigen mit ruhiger, gefaßter Stimme. »Wie kannst du es wagen, über meine Gefühle zu urteilen, Armand? Was weißt du schon von Liebe?«

Ich hörte sie durch den Vorraum und die Treppe hinaufgehen und dann ihre Schritte über mir. Ich wartete, bis die Schritte vollkommen verklungen waren, und als ich erneut Armand Valcourts Feuerzeug klicken hörte, beschloß ich, mich jetzt wieder blicken zu lassen.

Er stand am Treppenabsatz. Seinem Gesicht war nichts anzusehen, nur das hektische Zucken der Hand, mit der er die Zigarette hielt, verriet seine Erregung. Doch als er mich gewahrte, beherrschte er sich sogleich. »Fertig? Dann lassen sie uns fahren.« Er reichte mir meine Jacke und geleitete mich in die wartende Nacht hinaus.

10

... der Grazien drei umschließen
einen sprudelnden Bronn ...

Er fuhr einen Porsche, was mich nicht überraschte – der schnittige rote Wagen paßte ganz gut zu ihm –, mir aber zu denken gab. Wenn Armand Valcourt einen Wagen besaß, warum hatte er dann gestern vom Bahnhof ein Taxi genommen? Und wieso war er überhaupt mit dem Zug gefahren? Nach kurzer Überlegung fragte ich ihn einfach.

Er zuckte die Schultern. »Ich nehme immer den Zug, wenn ich nach Paris fahre. Es könnte zum Beispiel sein, daß Martine den Wagen braucht, falls mit Lucie etwas ist. Und außerdem müßte ich ein Dummkopf sein, in Paris mit einem Porsche herumzufahren.« Er warf mir einen Blick von der Seite zu. »Was finden Sie daran so lustig?«

»Habe ich gegrinst? Tut mir leid. Es ist nur, weil ich auch mal in Paris gewohnt habe und das nur zu gut verstehe. Mein Vater hat beim Zurücksetzen mal einen Mercedes erwischt. Der Besitzer ... nun, hatte dafür nicht viel Verständnis.«

Armand lachte. »Nein, das hat ihm bestimmt nicht gefallen.« Wieder spürte ich seinen Blick. »Wie lange sind Sie in Paris gewesen?«

»Fünf Jahre. Aber das ist eine Ewigkeit her. Ich war erst zwölf, als wir wieder weggezogen sind.«

Er lächelte und ließ den Porsche in die Haarnadelkurve gleiten, die steil zum Fluß hinunter führte. »Ich hatte mich schon gefragt, wo Sie Französisch gelernt haben.«

Es dauerte einen Augenblick, ehe ich begriff, worauf er anspielte. Ich hatte Lucie am Springbrunnen auf französisch angesprochen und war dann ... wohl einfach dabei geblieben. In all der Aufregung war mir das gar nicht aufgefallen. Aus irgendeinem Grund war ich plötzlich verunsichert. »Mein Vater ist im diplomatischen Dienst«, sagte ich. »Er wollte, daß Französisch meine Zweitsprache wird.«

»Das ist Ihnen gelungen. Sie beherrschen es sehr gut.«

»Vielen Dank.«

Als wir am Hotel ankamen, ließ Armand Valcourt es sich nicht nehmen, um den Wagen herumzugehen und mir aus dem Sitz zu helfen. »Haben Sie auch Ihren Schlüssel?« fragte er mich.

»Ja.« Ich wühlte in meiner Handtasche, als mir die Einladung zu der Weinprobe nach Clos des Cloches in die Quere kam, die mir auf so mysteriöse Weise übermittelt worden war. »Dann haben Sie mir das wohl geschickt?« Ich hielt sie ihm hin. »Das ist heute morgen für mich abgegeben worden.«

»Ach, wirklich?« Sein charmantes Lächeln wurde noch breiter, als wolle er jede Verantwortung von sich weisen.

»Ja, wirklich.«

»Ach, das ist in der Tat sonderbar. Wir machen um diese Zeit des Jahres nämlich gar keine Führungen, müssen sie wissen.« Er nahm mir die Karte aus der Hand und tat so, als würde er sie mißtrauisch inspizieren. »Scheint aber durchaus echt zu sein«, sagte er. »In diesem Falle hat sie selbstverständlich Gültigkeit.«

»Also haben Sie sie mir doch geschickt.«

Seine dunklen Augen sahen mich amüsiert an. »Da hätte ich mir die Mühe ja sparen können.«

»Wieso?«

»Weil Sie auch so zu mir gekommen sind.«

Er flirtet schon wieder ganz unverhohlen, dachte ich, als er zurück auf die Fahrerseite des Wagens ging. Ich mußte lächeln, als die Rücklichter des Porsche am Ende des Place du Général de Gaulle verschwanden.

Für Ende September war es ein sehr angenehmer Abend, frisch und klar, und in die Autoabgase um mich herum mischten sich die angenehmeren Düfte der Jahreszeit – Herbstlaub und der Rauch knisternder Kaminfeuer, der aus den Schornsteinen stieg. Meine Uhr zeigte bereits zehn nach elf, aber es waren noch jede Menge Passanten unterwegs, zumeist Gruppen von jüngeren Leuten in ausgelassener Stimmung auf dem Weg zur Hotelbar, wo um diese Zeit noch reger Betrieb herrschte. Über den Platz klangen Tanzmusik und Gelächter. Samstag abend. Ich hatte plötzlich keine Lust mehr, gleich auf mein Zimmer zu gehen. Wie lange war ich nicht mehr spät abends irgendwo eingekehrt?

Ich überlegte einen Augenblick, aber dann tat ich weder das eine noch das andere. Ich ging hinüber zum Brunnen und setzte mich auf die Bank, auf der ich Lucie Valcourt vorgefunden hatte.

Hier, unter den flüsternden Akazienblättern, würde ich einen Moment lang ungestört verweilen können. Mir gegenüber lag die hell erleuchtete Fassade des Hotel de France mit der vollgestopften Bar an der Ecke, aber ich versenkte mich in die Betrachtung des Springbrunnens.

Das untere Becken war ungefähr einen halben Meter tief, ein steinernes Sechseck auf einem abgeschrägten Sockel. Das Wasser prasselte aus einem zweiten, darüber angebrachten Becken in der Form eines umgedrehten Regenschirms herunter, und dieses zweite Becken wurde wiederum aus einer kleineren Bronzeschale gespeist. Aus der Mitte des Brunnens erhoben sich drei ebenfalls aus Bronze gegossene Frauengestalten, die dem ganzen Gebilde als Stützen dienten. Die Frauen standen Rücken an Rücken, die Finger der locker ausgestreckten Arme miteinander wie zu einem Kreis verknüpft, der sie in ewiger Schwesternschaft verband. Auch ohne die wallenden Gewänder und das sorgfältig drapierte Haar verriet schon ein Blick auf die klassisch geschnittene Schönheit ihrer Gesichter, daß sie dem antiken Griechenland entstammten.

Etwas an meinen Füßen riß mich aus meinen Gedanken. Es war eine Katze, eine mir nicht ganz unbekannte schwarzweiße Katze, die sich an mich schmiegte. Kein Zweifel, dies war dieselbe Katze, die ich am Nachmittag hoch oben auf der Mauer von Christian Rands Haus gesehen hatte. Ich klopfte sachte mit der Hand auf meinen Oberschenkel. »Komm«, lockte ich sie, »hopp, rauf mit dir.« Die Katze ließ sich das nicht zweimal sagen und kam sofort in meinen Schoß gehüpft, stupste mich sogar mit der kalten Nase wie zur Begrüßung ins Gesicht.

Jetzt erst sah ich, daß die Katze in Wirklichkeit ein Kater war. Dem schmutzigen Fell nach zu urteilen gehörte er niemandem, aber er war trotzdem sehr zutraulich und zärtlichkeitsbedürftig. Er kroch unter meine Jacke, schabte noch mit den Krallen über den Baumwollstoff und hatte schon die grünen Augen geschlossen. Den Kopf schwer an meine Brust gepreßt, vibrierte bei jedem seiner tief schnurrenden Atemzüge das dichte Fell unter meiner Hand.

Mich verließ jedes Gefühl für Zeit. Ich weiß nicht mehr,

wie viele Minuten ich da gesessen hatte, ehe ich die Schritte wahrnahm, die sich aus Richtung des Schlosses näherten. Unter den Straßenlampen sah Neil Granthams Haar beinahe weiß aus, weiß wie das Hemd, das er unter der weichen braunen Lederjacke trug. Ich zog mich noch tiefer in den Schatten zurück, hoffte, er würde an mir vorbei geradewegs zum Hotel gehen, ohne mich zu bemerken. Aber gerade so, als hätte ich nach ihm gerufen, fuhr sein Kopf herum, und schon war er mit wenigen, federnden Schritten bei mir und nahm ebenfalls auf der Bank Platz.

»Sie holen sich Flöhe«, sagte er mit einem Blick auf den Kater.

»Das kümmert mich nicht. Er braucht etwas Zuwendung, das arme Biest.«

Er lächelte und streckte seine langen Beine aus, die Ellenbogen auf die Rückenlehne der Bank gestützt. Er wirkte so zufrieden wie der zusammengerollte Kater unter meiner Jacke, und doch machte er mich nervös. Wenn er doch bloß etwas sagen würde, versuchen würde, mit mir zu flirten, wie Armand Valcourt es getan hatte, dann wäre alles in Ordnung. Aber Neil war nicht Armand. Er blieb einfach schweigend sitzen, als wartete er auf etwas.

Ich streichelte dem Kater den Kopf und räusperte mich. »Kommen Sie gerade vom Schloß?«

Er nickte. »Mein Abendspaziergang. Ich treibe keinen Sport, genieße es, einfach nur spazierenzugehen. Sie sollten mich mal begleiten.« Ich sah ihn verblüfft an, aber das war kein Versuch gewesen, mit mir anzubändeln. Sein Gesichtsausdruck verriet, daß er nichts dergleichen im Sinn hatte.

Ich wandte den Blick wieder dem Brunnen mit seinen drei Bronzegestalten zu.

Neil tat das gleiche. »Hübsch, nicht wahr?«

»Ja«, sagte ich, und weil darauf wieder nur Schweigen folgte, räusperte ich mich ein weiteres Mal: »Als ich noch klein war, gab es in unserem Garten auch einen Springbrunnen. Mein Vater war damals in Rom eingesetzt, und wir lebten in einem wundervollen Haus, mit Innenhof und allem, und in der Mitte dieses Hofes stand der Springbrunnen. Einen Wunschbrunnen hat mein Vater ihn genannt. Er hat mir jeden Morgen beim Frühstück eine Münze gegeben, damit ich sie hineinwerfen und mir etwas wünschen konnte, was auch immer ich wollte.«

Warum hatte ich ihm das bloß erzählt? Mit so etwas kam man doch keinem Wildfremden.

»Und? Hat es funktioniert?«

Hatte es funktioniert? Ich wußte noch, wie ich mir eines Tages ein Kätzchen gewünscht hatte, und schon war es in unseren Hof spaziert gekommen. Und dann der Tag, an dem das schreckliche Mädchen von nebenan vom Fahrrad gestürzt war. Ich zog die Jacke schützend um den schlafenden Kater und zuckte die Achseln. »Ich weiß es nicht mehr.« Ich wollte das Thema wechseln. »Sind das griechische Sagengestalten dort auf dem Brunnen?«

»Ganz richtig. Ruhm, Glück und Schönheit. Die drei Grazien.«

»Ach so. Und wissen Sie auch, welche welche ist?«

»Mein Gott, nein. Ich weiß ihre Namen auch nur, weil ich sie letzten Dienstag nachgeschlagen habe. Simon hatte mich danach gefragt, und ich wollte nicht unwissend erscheinen, wo ich doch schon so lange nach Chinon komme. Aber ich kann mir vorstellen, daß es möglich ist, sie auseinanderzuhalten, wenn wir es nur logisch angehen. Ruhm bedeutet doch auch strahlende Pracht, nicht wahr? Also wäre die Figur, die in den Sonnenuntergang schaut, meine Wahl für Ruhm – sie bekommt das meiste Licht, die lebendigsten Farben. Und die schönste von ihnen ist die auf der anderen Seite, die zum Hotel hingewandt steht, also würde ich sagen, daß sie die Schönheit ist. Womit wir beim Glück wären, was ja auch paßt, denn die Dritte hat das hübscheste Lächeln.«

»Aber sie lächelt ja gar nicht.«

»Natürlich lächelt sie. Sie alle lächeln. Dafür sind Grazien doch da. Sie lächeln auf uns hernieder und machen das Leben schön.«

Der Mann hat eine blühende Phantasie, dachte ich. Ich blickte die mir am nächsten stehende Statue an, die, der Neil den Namen Ruhm gegeben hatte. Sie lächelte ganz gewiß nicht. Jedenfalls nicht mich an.

Hoch droben in der Schloßruine begann die Mitternachtsglocke zu läuten und schreckte den schlafenden Kater auf. Die grünen Augen öffneten sich und sahen mich zutiefst enttäuscht an. Mit einer raschen Bewegung drehte er sich um, sprang aufs Pflaster und schlich sich steifbeinig davon.

Neil sah ihm einen Moment lang nach und wandte den Blick dann zur Bar, aus der immer noch Stimmengewirr nach draußen drang. »Wo wir beide nun noch wach sind, wie wäre es mit einem Drink? Darf ich Sie einladen?«

Vor fünf Jahren hätte ich zugestimmt. Vor fünf Jahren hätte ich allerhand angestellt.

Aber an diesem Abend stammelte ich entschuldigend, ich sei zu müde, und spielte ihm ein wenig überzeugendes Gähnen vor.

»Vielleicht ein andermal«, sagte er.

»Vielleicht.« Ich erhob mich von der Bank und wünschte ihm eine gute Nacht.

»Gute Nacht, Emily.«

Der kurze Weg vom Springbrunnen bis zum Hoteleingang kam mir viel länger vor als sonst, vor allem, weil ich bei jedem Schritt seine dunklen Augen in meinem Rücken spürte, doch als ich mich an der Tür noch einmal umblickte, sah Neil überhaupt nicht in meine Richtung, sondern wieder zu den Treppen zum Schloß hinauf.

Der schwarzweiße Kater war zurückgekommen und kuschelte sich jetzt um Neils ausgestreckte Beine. Abwesend beugte er sich vor und kraulte dem Tier die Ohren, ohne es dabei anzusehen. Seine leicht zugekniffenen Augen waren auf etwas oder jemanden in der Dunkelheit fixiert, den ich nicht erkennen konnte.

11

»Oh, lang ist's her«, sagte sie, »daß zwischen diesen beiden Trennung schwelte im Verborgenen.«

Am nächsten Morgen wirkte Thierry, der junge Barkeeper, ein wenig übernächtigt. Er stellte das Körbchen mit den Croissants und dem Brot zwischen die beiden Brüder und mich und stützte sich auf den freien vierten Stuhl an unserem Tisch.

»Sie sind heute unter sich«, sagte er. »Sie kommen nicht zum Frühstück herunter. Madame Whitaker hat seit gestern nachmittag Kopfschmerzen – Migräne. Sie bleibt heute im Bett. Und Monsieur Whitaker hat heute schon früh das Hotel verlassen.«

Es war gerade erst neun, und Simon drehte sich interessiert nach dem leeren Tisch in der Ecke um, an dem die Whitakers sonst saßen. »Ganz alleine?«

Thierry sagte, er wisse es nicht genau. »Ich achte auch nicht immer darauf. Ich glaube, er ist irgendwo in die Messe gegangen.«

»Es überrascht mich, daß du nicht zur Messe gegangen bist, mein Freund«, meinte Paul. »Du siehst aus, als hättest du allerhand zu beichten.«

Thierry grinste nur. »Aber ich muß doch am Sonntag arbeiten. Wer sonst soll Ihnen denn das Frühstück bringen?«

»Er hat übermenschliche Kräfte«, sagte Simon mit

leicht zerknirschter Bewunderung, nachdem Thierry uns verlassen hatte, um sich um ein älteres Paar, das am Fenster saß, zu kümmern. »Gestern abend in der Disco hat er uns und alle anderen in Grund und Boden getanzt. Du hättest dabeisein sollen, Emily.«

»Ich bin zu alt für die Disco.«

Paul, der sich gerade Kaffee nachschenken wollte, hielt mitten in der Bewegung inne und verdrehte die Augen. »Ganz bestimmt. Wie alt bist du denn, dreißig?«

»Achtundzwanzig.«

»Stimmt, das ist steinalt. Wann bekommst du deine dritten Zähne?«

»Außerdem«, fügte Simon hinzu, »ist Alter keine Entschuldigung. Neil ist ein paarmal mit uns mitgegangen, und er ist schon über vierzig. Für so einen alten Knacker tanzt er ziemlich gut.«

»Einigermaßen gut«, berichtigte Paul.

»Wie auch immer«, Simon verzog das Gesicht, »ich muß nachher ein Aspirin nehmen.«

»Ich habe welche dabei«, sagte ich und griff nach meiner Handtasche. »Irgendwo hier drin jedenfalls. Ich weiß nicht, warum ich das alles mit mir herumschleppe. Nie finde ich etwas.« Ich begann, nach und nach den Inhalt meiner vollgestopften Tasche auf dem Frühstückstisch auszubreiten. Meine Geldbörse, die Sonnenbrille, zwei Kugelschreiber, ein Päckchen Papiertaschentücher, den zerknitterten Touristenstadtplan von Chinon, eine weiße Karte, auf der etwas aufgedruckt stand …

»Aber hallo«, sagte Simon und tippte mit dem Finger auf die Karte. »Was ist das denn? Das hast du uns aber vorenthalten.«

Ich sah auf. »Was? Ach das, das ist bloß eine Einladung.«

»Genau.« Simon drehte die Karte um und zeigte sie seinem Bruder. »Vom Clos des Cloches.«

Paul pfiff durch die Zähne. »Wen hast du kaltmachen müssen, um da ranzukommen?«

»Niemanden«, erwiderte ich süffisant lächelnd. »Ist mir einfach so zugeflogen. – Aha!« Endlich fand ich das Aspirin und reichte es Simon.

Er schien sich gar nicht mehr dafür zu interessieren, sondern tippte immer noch mit dem Finger auf die Einladungskarte. »Der Tunnel unter dem Château führt zum Clos des Cloches.«

Paul fing meinen Blick auf. »Da haben wir's. Schon geht's los.«

»Nein, nein«, wiegelte Simon ab, »ich hab nur gedacht, daß es doch nett wäre, dort hineinzukommen. Um zu schauen, wie's am anderen Ende des Tunnels aussieht.«

»Ich würde mal sagen, es sieht so aus, wie es in einem Weinkeller eben aussieht«, erwiderte Paul trocken. »Und wenn Isabelles Juwelenschatulle da irgendwo rumgelegen hätte, wäre das vermutlich inzwischen schon mal jemandem aufgefallen.«

»Nicht, wenn sie sie vergraben hat.«

»Du wirst doch dem armen Kerl nicht seinen Weinkeller umgraben«, sagte Paul streng.

Simon ignorierte ihn und lehnte sich tief in Gedanken in seinem Stuhl zurück. »Ob man hier am Ort wohl irgendwo einen Metalldetektor ausleihen kann?«

Paul sah mich hilflos an. »Ich hab's dir ja gesagt.«

Ich mußte lachen. »Mich stört's nicht. Falls dir die Einladung zu etwas nützlich sein kann, Simon –«

»Nein, nein, bloß nicht. Die ist für dich gedacht. Allerdings –« er grinste verschwörerisch »– steht hier nichts davon, daß man keine Gäste mitbringen darf.«

Damit hatte er allerdings recht. Die Einladung war ja nicht einmal an eine bestimmte Person gerichtet. Ein spitzbübischer Gedanke begann in meinem Hinterkopf Gestalt anzunehmen. Armand Valcourt hatte mich gestern abend zu einem Besuch seines Weingutes geradezu herausgefordert – kein Zweifel, daß er sich meines Kommens sicher war. Kein Zweifel auch, daß er es gewohnt war, daß überall um ihn herum die Frauen nur so dahinschmolzen, wenn er sein selbstgefälliges Lächeln zeigte. Wahrscheinlich saß er da oben schon neben dem Telefon, wartete auf meinen Anruf und kam sich Gott weiß wie schlau vor. Jetzt wußte ich, wie ich dieses Lächeln aus seinem Gesicht verschwinden lassen konnte.

»Alles klar. Ich rufe auf Clos des Cloches an und verabrede einen Termin für uns drei. Meinetwegen noch für heute.«

»Aber ohne Metalldetektor«, mahnte Paul seinen Bruder mit wissendem Blick. »Und auch ohne Hacke und Spaten.«

Ich sah gönnerhaft auf meine Uhr. »Mal sehen, was ich erreichen kann.«

Paul hatte recht gehabt, was Simon betraf – sowie er sich etwas in den Kopf gesetzt hatte, war er nicht mehr zu bremsen. Ich hätte gerne noch die eine oder andere Minute über meiner Kaffeetasse verbracht, aber er trieb mich schon förmlich die Treppe hinauf. Am liebsten wäre er mir wohl gleich in mein Zimmer gefolgt, um sich zu vergewissern, daß ich auch die Nummer richtig wählte, hätte er sich nicht von dem unflätigen Fluchen, mit dem wir im ersten Stock begrüßt wurden, aus dem Konzept bringen lassen.

»Immer langsam, Neil«, rief Paul. »Heute ist Sonntag.«

»Ich sch… darauf«, hörten wir Neils Stimme, und

schon erschien sein Kopf in der Tür seines Zimmers. »Kennt sich einer von euch mit Hi-Fi-Anlagen aus?«

Über vierzig? dachte ich, als ich wieder sein schmales, faltenloses Gesicht sah. Das nahm ich Simon nicht ab. Neil wirkte heute morgen höchstens halb so alt. Aber irgendwas hatte ihn fürchterlich in Rage gebracht. Seine dunklen Augen funkelten voll Ungeduld.

»Stereoanlagen, meinst du«, fragte Simon. »Was für Stereoanlagen denn?«

»Solche, die nicht funktionieren.«

Paul konnte das Grinsen nicht zurückhalten. »Soll ich mal einen Blick darauf werfen? Ich habe schon mal eine repariert.«

»Bitte.« Neil beruhigte sich ein wenig und stieß die Tür noch ein Stück weiter auf, damit die beiden eintreten konnten. Als er mich sah, zeigte er sein strahlendstes Lächeln. »Keine Angst, ich beiße schon nicht.«

Ich zögerte und war erleichtert, als Simon unmißverständlich erklärte: »Sie muß dringend telefonieren.« So durfte ich mich ohne schlechtes Gewissen von Neil abwenden und meinen Weg die Treppe hinauf fortsetzen.

Auf Clos des Cloches wurde nach dem zweiten Läuten abgenommen, aber am Apparat war nicht Armand Valcourt. Möglicherweise der ältere Mann, François. Auf jeden Fall klang die Stimme freundlich. Ja, versicherte er mir, es sei durchaus möglich, noch heute vormittag an einer Führung teilzunehmen. Wie wäre es mit halb elf? Das gäbe ihnen noch fast eine Stunde, alles vorzubereiten. Eine Person? Ach, für drei. Damit schien er nicht gerechnet zu haben und fragte vorsichtshalber noch einmal nach.

»Drei Personen«, wiederholte ich und bedankte mich bei ihm. Ich legte den Hörer auf und wartete, daß Paul und Simon nach oben kamen.

Die Minuten schlichen dahin.

Schließlich ging ich zu meiner Zimmertür und machte sie einen Spalt weit auf. Sie waren noch immer einen Stock tiefer, in Neils Zimmer – ich konnte ihr Stimmengemurmel hören. Ich trat hinaus auf den Flur und ging die Treppe hinunter.

Die Tür zu Neils Zimmer stand nach wie vor weit offen, und ich sah die drei darin um etwas versammelt, was wie ein Nachttischschränkchen aussah.

»Also daran liegt's nicht«, sagte Paul gerade. Auch er hörte sich mittlerweile so an, als würde er gleich die Geduld verlieren. Er trat ein Stück zur Seite, und ich sah die Stereoanlage, die sie auf dem Schränkchen aufgestellt hatten, einen glänzenden Metallkasten mit lauter Skalen und Schaltern und unzähligen Einzelteilen. Neil wühlte in den Anschlüssen herum, zog einen roten heraus und steckte ihn an einer anderen Stelle wieder hinein.

»Wie wär's damit?« fragte er.

Simon schob eine Kassette in die Anlage und drückte auf einen Knopf. Nichts geschah. »Pech. Ich sag's nicht gerne, Neil, aber ich fürchte, das Ding kannst du vergessen.«

Ich hatte keinen Laut von mir gegeben, aber Neil mußte mich trotzdem wahrgenommen haben, denn er drehte sich plötzlich nach mir um. »Hallo«, sagte er, »können Sie zufällig ...«

»Bestimmt nicht. Von Elektronik habe ich keinen blassen Schimmer.«

»Aufgeschmissener als wir drei kann sie auch nicht davorsitzen«, lästerte Simon.

Neil verzog den Mund. Er schien sich geschlagen zu geben, indem er die Kabel einfach fallen ließ. »Kommen

Sie doch herein, Emily«, sagte er zu mir. »Nicht so schüchtern.«

Ich trat ein paar Schritte näher, behielt aber die Tür im Rücken. Neils Zimmer war größer als meines, es hatte auch eine höhere Decke, und entlang der Wände tanzten verspielte Schatten. Und es duftete in dem Zimmer nach ihm – nach Seife, nach frisch gebügelten Hemden und nach einem After-shave mit einem leicht holzartigen Aroma. Auch sein Zimmerfenster war größer als das meine, es war eigentlich mehr eine Balkontür. Bestimmt konnte er von hier aus die Blätter der Akazie unten auf dem Platz berühren.

Neil folgte meinem Blick. »Schön, nicht?«

»Und darf ich darauf hinweisen«, stimmte Simon ein, »daß er keine blöden Vorhänge hat, die ihm die Sicht versperren.«

Neil grinste. »Dazu muß ich sagen, daß ich Thierry gebeten habe, sie abzunehmen. Das verbessert die Akustik, wenn ich übe.«

»Hast du das gehört?« fragte Simon seinen Bruder. »Thierry hat sie abgenommen. Die reinste Vetternwirtschaft. Aber damit ist es vorbei, wenn Thierry erst mitkriegt, daß du seine Stereoanlage in den Sand gesetzt hast.«

»Er wird mir schon eine andere besorgen. Ich hätte sowieso lieber eine kleinere. Die hier war zu stark für meine Bedürfnisse. Man konnte die Lautstärke nicht höher als auf drei stellen, sonst platzte einem das Trommelfell.«

»Da zeigt sich das fortgeschrittene Alter, junger Mann«, neckte Simon ihn.

»Schneiden Sie Ihre Übungen auf Band mit?« fragte ich mit einem Blick auf das Durcheinander von Kassetten auf der Anlage.

»Himmel, nein. Ich verbringe schon genug Zeit damit, mir selber zuzuhören. Mein Orchester spielt in Österreich ein neues Stück ein, von einem jungen Komponisten, ziemlich abseitiges Zeug, schwer zu spielen. Da fällt es mir leichter, wenn ich das Stück auch hören kann, anstatt nur auf die Partitur zu schauen. Und das ist jetzt schon die zweite Anlage, die ich hier ramponiert habe. Als ich ankam, hatte ich meine eigene tragbare Anlage dabei, aber die hat nur zwei Tage gehalten.«

»Vielleicht ein Zeichen«, meinte Paul.

»Kann sein. Aber wenn das so weitergeht, greife ich noch zur Flasche.«

Bei diesem Stichwort fiel Simon seine Schatzsuche wieder ein. »Hast du Clos des Cloches erreicht?« fragte er mich.

»Ja.«

In diesem Augenblick huschte ein Ausdruck über Neils Gesicht, als würde er innerlich zusammenzucken, doch ehe ich versuchen konnte, diese plötzliche Gemütsbewegung zu deuten, war sie schon wieder vorbei. »Clos des Cloches?« fragte er nach. »Wieso haben Sie da angerufen?«

Simon kam mir mit der Antwort zuvor. »Sie haben Emily eine Einladung zu einer Führung und einer Weinprobe geschickt. Wir gehen alle drei hin.« Er blickte zufrieden in meine Richtung. »Und? Klappt's heute noch?«

»Ja. Um halb elf.«

Paul sah auf seine Uhr. »Ach du Schreck, da haben wir ja nur noch eine halbe Stunde. Wir sollten uns besser auf die Socken machen.«

Neil verschränkte die Arme vor der Brust und sah mich fragend an. »Sie haben Ihnen eine Einladung geschickt?«

Ich nickte. »Durch Zufall habe ich den Besitzer kennengelernt ...«

Simon unterbrach mich sofort. »Du kennst sogar den Besitzer? Wirklich? Das trifft sich ja bestens! Dann kannst du ihn für mich fragen.«

Neil wurde immer neugieriger. »Fragen? Wonach?«

»Ob ich mich mal in seinem Weinkeller umschauen darf.« Ich konnte förmlich sehen, wie sich in Simons Gehirn ein neuer Gedanke entwickelte, und mir sank das Herz in die Hose, denn ich hatte keine Möglichkeit, ihn daran zu hindern, diesen Gedanken auszusprechen. »Warum kommst du nicht mit uns«, schlug er fröhlich vor und wandte sich dabei an Neil. »Du kennst den Knaben doch auch.«

»Ja, ich kenne ihn«, antwortete Neil und lächelte mir wissend zu. »Ich will mich euch gerne anschließen.«

Armand Valcourt wirkte nicht gerade begeistert, als er uns alle vier am Tor in Empfang nahm. Er versuchte es zu verbergen, aber mir entging doch nicht, wie sich sein Lächeln leicht verzog, als er Neils Händedruck erwiderte.

»Lange her«, sagte Armand.

»Kann man wohl sagen.«

»Martine hat mir erzählt, du seist wieder im Lande. Ich hatte mich schon gewundert, wieso du noch nicht vorbeigekommen bist. Wolltest du nichts mehr mit uns zu tun haben?«

»Aber keineswegs.« Eine sonderbare Spannung baute sich zwischen den beiden Männern auf, es knisterte geradezu. Als würden sie einander hassen ...

Paul mußte es auch bemerkt haben. Er trat rasch vor, um sich mit Armand bekannt zu machen, und für den Augenblick schien die Woge der Feindseligkeit abgeebbt.

Als nächstes begrüßte Armand Simon und schließlich auch mich. »So«, sagte er auf französisch, »wie ich sehe, haben Sie sich doch entschlossen, unserer Einladung zu folgen. Und Sie haben Ihre Freunde mitgebracht. Wie ... reizend.«

Ich lächelte ihn unschuldig an. »Habe ich Ihnen schon erzählt, Monsieur, wie vorzüglich mein Freund Paul Ihre Sprache beherrscht?«

»Ach, ist das wahr?« Seine dunklen Augen wandten sich von mir ab und Paul zu. »Das freut mich aber für ihn.« Er sah heute ganz anders aus als gestern abend. Seine Arbeitskleidung, Baumwollhosen und Pullover, stand ihm gut, fand ich.

»Frag ihn mal«, drängte mich Simon.

»Ja? Sie haben eine Frage, Mademoiselle?«

»Es handelt sich eigentlich mehr um eine Bitte. Simon würde gerne Ihren Weinkeller sehen.«

»Ah.« Er sah abwechselnd mich und Simon an. »Selbstverständlich gehört zum Rundgang auch eine Besichtigung der Weinkeller, aber erst zum Schluß. Für die Weinprobe. Ich denke, wir sollten die richtige Reihenfolge einhalten und mit den Reben anfangen.«

Er führte uns einen schmalen Pfad im Schatten der hohen Mauer, die das Gut begrenzte, entlang. Ungeduldig, wie er war, blieb Simon dicht hinter Armand, während Paul den beiden ohne sichtliche Eile folgte. Neil kam an meine Seite und hielt mit meinem Gehtempo Schritt.

Eine Weile gingen wir nebeneinander her, ohne ein Wort zu wechseln, bis mir dieses Schweigen unangenehm wurde und ich versuchte, mir etwas Unverfängliches einfallen zu lassen, über das wir uns unterhalten konnten.

»Also sind Sie schon mal hier gewesen?« fragte ich.

»Ja. Ich habe seine Frau gekannt.«

Ich senkte rasch den Kopf. Soviel zu unverfänglichen Themen.

»Sie hieß Brigitte«, fuhr er mit sanfter Stimme fort. »Wir hatten gemeinsame Freunde in Wien. Ich war mit beiden befreundet, mit Brigitte und ihrer Schwester Martine.«

Das hatte nun doch meine Neugier geweckt, und obwohl ich es besser hätte wissen sollen, fragte ich: »Und? Waren sie einander sehr ähnlich?«

»Stimmt, Sie haben Martine ja auch schon kennengelernt, nicht wahr? Ja, äußerlich waren die beiden einander sehr ähnlich, aber von der Persönlichkeit ... Brigitte war ein Wildfang, richtig unberechenbar. Sie hat Armand getroffen und ihn gleich geheiratet, alles an einem einzigen Wochenende. Bestimmung, hat sie es genannt. Sie hat an die Vorsehung geglaubt ...« So, wie er das betonte, klang es, als glaubte er selbst ebenso daran. Er warf einen kurzen Blick hinauf zu der weißen Villa. »Sie hat immer riesige Dinnerparties gegeben, zu denen sie Maler und Schriftsteller und arme Musiker wie mich einlud und auf denen sie uns dann mit Köstlichkeiten und Wein abfüllte und uns zum Reden brachte. Kluge Köpfe und geistreiche Gespräche, darauf war Brigitte aus. Wie Madame Pompadour.«

Ich kann mir noch etwas ganz anderes vorstellen, was sie von dir wollte, dachte ich plötzlich und erschrak gleichzeitig über mich selbst. Seit Jahren schon hatte ich keine Eifersucht mehr empfunden. »Das muß ja lustig zugegangen sein«, sagte ich laut.

»Stimmt. Brigitte hat uns alle zusammengeführt, Christian und mich und ... Ach, wir waren eine richtig verschworene Gemeinschaft. Ich weiß gar nicht, was aus den meisten von ihnen geworden ist. Nach Brigittes Tod ist die Gruppe dann auseinandergebrochen, die Treffen hörten einfach auf ...«

Ich stieß mit dem Fuß einen Kieselstein vor mir her. »Woran ist sie gestorben?«

»An Herzversagen.«

»Wie schrecklich. So jung.«

»So ist das Leben. Nach Lucies Geburt mußte sie immer wieder ins Krankenhaus, soll fast jede Woche ihr Testament geändert haben. Als es dann soweit war, dürfte keiner von uns sonderlich überrascht gewesen sein.«

Armand, der weiterhin einen flotten Schritt vorlegte und uns schon ein Stück hinter sich gelassen hatte, sagte gerade etwas zu Simon und warf dabei über die Schulter einen undefinierbaren Blick in Neils und meine Richtung zurück.

Neil verzog den Mund zu einem Grinsen. »Armand und ich sind noch nie besonders gut miteinander ausgekommen. Das ist nicht deine Schuld.«

Ich warf ihm einen fragenden Blick zu. »Ich sehe nicht ganz, was ich damit zu tun haben soll.«

»Wirklich nicht?« Er lächelte mich von der Seite an. Ich wollte etwas darauf antworten, aber ehe ich meine Gedanken gesammelt hatte, waren die anderen vor uns schon stehengeblieben, und ich mußte rasch einen Schritt zur Seite tun, um Paul nicht in die Hacken zu treten. So nahm unsere Tour durch das Weingut ihren Anfang.

12

... vorbei an hundert Türen
zu einer Kammer tief drunten,
fern jeden Lautes ...

Armand Valcourt hatte uns zu einem Punkt etwa auf halbem Wege entlang der scheinbar endlosen Mauer geführt, an dem die Reihen weitgehend abgeernteter Weinreben in wohlgeordneter Formation zur Spitze des Weinbergs aufzusteigen begannen. Die Straßengeräusche drangen nur als gedämpftes Brummen von der anderen Seite zu uns herüber. Es gab nur noch den grünen Hügel und den mit ein paar Wattewölkchen gesprenkelten tiefblauen Himmel, der alles ins Sonnenlicht tauchte. Und in unserem Rücken den ewig wachenden Bergsporn mit Schloß Chinon darauf. Die moderne Welt schien wie in einem fernen Traum verschwunden.

»Es dürfte Ihnen bekannt sein«, sagte Armand gerade zu Simon, »daß es auch ein Amerikaner gewesen ist, der die französischen Weinbauern um ein Haar zugrunde gerichtet hätte.«

»Wir sind aus Kanada.«

»Macht das so einen großen Unterschied?«

Wieder einmal trat Paul als Friedensstifter auf den Plan. Seine ruhige Stimme wirkte ausgleichend auf Simon, dem sich schon die Nackenhaare sträubten. »Was hat dieser Amerikaner denn angestellt?«

»Er hat unsere Weinreben aufgefressen«, erklärte Armand und erläuterte auf unsere verwunderten Gesichter hin, wie vor beinahe anderthalb Jahrhunderten die winzig kleinen Rebläuse auf einem der damals neu eingeführten Dampfschiffe den Atlantik überquert hatten und wie Invasoren an Frankreichs Küsten gelandet waren. In den sechziger Jahren des vorigen Jahrhunderts hatte diese Insektenplage dann unentdeckt Weinberg für Weinberg verwüstet und selbst die ertragreichsten Weingüter an den Rand des Ruins getrieben, bis man endlich herausfand, daß man der verheerenden Epidemie nur Einhalt gebieten konnte, indem man französische Weinstöcke auf amerikanische Wurzeln propfte, die von Natur aus resistent gegen die Reblaus waren.

»Aber es ist nur eine Art Waffenruhe«, sagte Armand und rieb ein Weinblatt zwischen den Fingern, »wir müssen unseren Boden immer noch bearbeiten, Ungezieferverztilger sprühen und überhaupt auf der Hut sein. Die Gefahr ist bis heute nicht ganz gebannt.«

Paul bückte sich, um einen der Weinstöcke näher in Augenschein zu nehmen. »Die haben also amerikanische Wurzeln? Der ganze Weinberg?«

Armand nickte. »Ja. Zu meines Vaters Zeiten wurde diese Arbeit noch mit der Hand gemacht, aber heute haben wir eine Maschine dafür.«

»Wäre es nicht einfacher«, warf ich ein, »gleich amerikanischen Wein zu pflanzen?«

Dafür hatte Armand nur ein mitleidiges Lächeln übrig. »Aus nordamerikanischem Wein, Mademoiselle, kann man nur Essig machen. Schon die Wurzeln allein beeinträchtigen den Charakter unserer Weine, aber«, fügte er philosophierend hinzu, »man ist bisweilen gezwungen, Opfer zu bringen, um eine hohe Kultur vor dem Verfall zu bewahren. Und bei dem, was unterhalb der Erde wächst, drücke ich eben ein Auge zu.«

Ich spürte, daß Neil sich immer noch dicht hinter mir hielt, und ergriff die Gelegenheit, mich von ihm loszumachen, indem ich zwischen die Reihen der Weinstöcke trat. »Was für eine Rebensorte wächst hier?«

»Cabernet France«, sagte Armand. »Daraus machen wir hier in Chinon unseren Rotwein.«

»Aber es sind ja kaum noch Trauben daran«, beschwerte sich Simon, als sei er um etwas beraubt worden.

»Ja, weil wir vergangene Woche schon Weinlese hatten. Mir war ... wie sagt man das ... mich beschlich eine Ahnung, es könnte Regen geben, und um diese Zeit des Jahres ist der Wein besonders empfindlich gegen den Regen. Das Wasser dringt in die Wurzeln ein und von dort in die Trauben, und sie verlieren ihre Farbe, ihre Substanz – sind verdorben.«

Simon, der ohnedies nur wegen des Kellers gekommen war, verlor daraufhin das Interesse. Während Armand uns durch den Weinberg führte, trottete er hintendrein, die Hände in den Hosentaschen, mit den Gedanken ganz woanders.

Die Weinstöcke reichten den Männern bis zur Brust und mir fast bis zu den Schultern. Die rankenden Kettersträucher waren mit starken Schnüren an schmalen Holzpflöcken festgebunden, eher noch ausgerichtet, so daß sie sich in Reih und Glied den Hang hinaufzogen. Jeder Stock war so akkurat zurechtgestutzt, daß ich, als ich über ihre Reihen hinwegblickte, das Gefühl hatte, vor einer vollkommen plan geschnittenen Hecke zu stehen.

Neil ging schweigend hinter mir her und schien Armand zuzuhören, der uns von den notwendigen Arbeiten zum Betreiben eines Weingutes erzählte. Paul war der einzige, der sich wirklich interessiert zeigte. Seine fachmännischen Fragen schienen Armand zu erfreuen, der sich ausgiebig Zeit nahm, sie zu beantworten, wobei er die eingestreuten Fachbegriffe mit charmant-ausdrucksreichen Gesten zu veranschaulichen wußte.

Ich hatte geglaubt, Armand Valcourt in seinem Element zu sehen, als ich ihn am Abend zuvor in seiner Villa besuchte, doch hier in der duftigen Stille des Weinberges kam noch ein anderer Aspekt seiner Persönlichkeit zum Vorschein, dessen Intensität mich verblüffte. Er sprach so voll Stolz von der überragenden Güte der Weine von Clos des Cloches – von den südwärts gelegenen Hängen, denen kein einziger Strahl der Sommersonne entging, von der Qualität des Kalksteinbodens, der die Hänge natürlich bewässerte, vom Alter der Gewächse an sich ... »Die Appellation contrôlée verlangt, daß eine Rebe vier Jahre alt sein muß, bevor Wein daraus gewonnen werden kann, aber wir warten, bis unsere Reben das Alter von acht Jahren erreicht haben.«

»Was ist Appellation contrôlée?« wollte Paul wissen, und hinter meinem Rücken hörte ich Neils etwas gelangweilte Stimme die Antwort geben.

»Eine Art Komitee, das die Mindestansprüche für die Herstellung französischer Weine festlegt.«

Armand schien mit der Definition soweit einverstanden und fügte nur noch hinzu, die Regeln seien äußerst strikt. »Die Lese darf nicht vor und nicht nach einem bestimmten Zeitpunkt stattfinden. Wir müssen eine gewisse Vielfalt von Trauben anbauen, damit wir unsere Weine Chinon nennen dürfen. Wenn wir diese Regeln verletzen, drohen heftige Strafen, und vielleicht kommen sie sogar, um unsere Reben auszureißen. Das wäre dann das Ende.«

Hier sprach der Winzer, nicht der Aristokrat. Er entschuldigte sich bei Paul, daß leider nicht genug Zeit sei, uns die weitere Herstellung des Weines zu demonstrieren, er uns aber zumindest das Resultat präsentieren wolle. »Die Arbeitsvorgänge, die Geräte, die wir benutzen, all das kann man aus Büchern und Beschreibungen lernen, aber der Wein selber ... Er ist wie das Leben. Man muß ihn kosten, um ihn kennenzulernen.«

»Dann gehen wir jetzt in den Weinkeller?« meldete sich hinter uns plötzlich Simon.

»Jawohl. Ich habe ein paar gute Jahrgänge zum Probieren bereitgestellt.«

»Bestens.« Simon hatte zu seiner Munterkeit zurückgefunden, er überholte uns alle und übernahm die Führung, die Augen so zielgerichtet wie bei einem Jäger auf die weiße Villa fixiert.

Ich wünschte, ich könnte seinen Enthusiasmus teilen. Weinkeller mochten interessante Orte sein, aber sie befanden sich tief unter dem Erdboden, und die Franzosen nannten ihre Keller nicht umsonst »Höhlen«. Als Trost blieb mir nur, daß wenigstens Harry nicht zugegen war, denn der hätte jedem sogleich aufs Brot geschmiert, daß ich eine Phobie gegen unterirdische Räume hatte. »Sie bringt's einfach nicht fertig, irgendwo tief hinunterzusteigen«, hätte er ihnen erzählt. Er pflegte es immer so auszudrücken, als wäre das eine unerklärliche angeborene Eigenschaft von mir. Bisweilen erinnerte ich ihn schon daran, wie er mich seinerzeit im benachbarten Kellerbunker eingeschlossen hatte, aber Harry wollte nichts davon wissen, er könne vielleicht für meine Ängste verantwortlich sein. »Ich habe auch mal mit einem Pfeil nach dir geschossen, und dagegen hast du schließlich auch keine Phobie entwickelt.«

Ganz unrecht hatte er damit nicht. Vor die Alternative

gestellt, einer Truppe Bogenschützen gegenüberzutreten oder eine Stunde in einem Keller zuzubringen, würde ich allemal die Schützen vorziehen. Aber hier auf diesem Weinberg war weit und breit niemand mit Pfeil und Bogen zu sehen, also blieb mir keine Wahl, als einmal tief durchzuatmen und den anderen zu folgen.

Die Weinkeller von Clos des Cloches lagen weitverzweigt tief unterhalb des Hauses im Inneren des Felsens. Ihre Deckenhöhe erinnerte allerdings mehr an das Hauptschiff einer Kathedrale. Der gespenstische Kalkstein fing das Licht auf und warf seinen Schimmer auf unsere Gesichter, und sooft ich Luft holte, inhalierte ich neben dem modrigen Geruch des Gewölbes zugleich auch das süßere Aroma von uralter Eiche und Wein. Auf dem Rand eines jeden der riesigen Fässer, die in endloser Kette von Wand zu Wand aufgereiht standen, steckte eine weiße Kerze, weißer noch als die Mauer. Die Kerzen schienen die einzige Lichtquelle in dieser mittelalterlichen Zauberhalle zu sein. In den entlegeneren Ecken, in die ihr Schein nicht vordrang, begann das Reich der kriechenden Schatten. In dessen Mitte stand nun François, aufrecht und grau und ehrfurchtgebietend vor einem in der Dunkelheit fast verschwindenden Flaschenregal und stellte auf einem kleinen Tisch, der sich bereits unter der Last mehrerer Weinjahrgänge krümmte, blankpolierte Gläser für uns auf. Als wir hereinkamen, erhellte sich sein unergründliches Gesicht, sowie er mich an Armands Seite entdeckte. »Mademoiselle«, begrüßte er mich auf französisch, »es ist mir eine Freude, Sie wiederzusehen.«

Zu meiner Verblüffung hieß er Neil mit ähnlicher Herzlichkeit willkommen und faßte seine Worte dabei in etwas holperiges Englisch. Hier war nichts von der Spannung, der gegenseitigen Ablehnung zu spüren, die vorhin bei

Neils Begegnung mit Armand geherrscht hatte. Die beiden begrüßten einander wie gute Freunde.

Neben mir wartete Paul geduldig darauf, ebenfalls vorgestellt zu werden, und schaute versonnen zu der hochgewölbten Decke des Kellers hinauf. Ich kannte Paul erst seit zwei Tagen, hatte aber das Gefühl, diesen Blick an ihm schon öfter beobachtet zu haben.

»Also los«, sagte ich und stupste ihn dabei an, »was ist der treffende Ausdruck für diesen Ort?«

»Das liegt doch klar auf der Hand, oder?«

Armand sah uns beide von der Seite an. »Der treffende Ausdruck?«

»Das ist nur eines von Pauls Spielen«, erklärte Simon, »Er versucht immer, genau das passende Wort zu finden, mit dem man einen Ort beschreiben kann. Er ist recht erfindungsreich dabei, nur für Château Chinon ist ihm noch nichts eingefallen.«

»Doch«, sagte ich, »›tragisch‹ hat er es genannt.«

Armand studierte Pauls Gesicht, als hätte er ihn zuvor nur unscharf erkennen können. »Tragisch ... Das ist in der Tat das treffende Wort.« Er ließ es sich auf der Zunge zergehen. »Und meine Höhlen? Wie würden Sie die nennen?«

Paul schien die Aufmerksamkeit, die ihm mit einem Male zuteil wurde, ein wenig peinlich zu sein, aber er nahm die Herausforderung sofort an. »Diskret«, antwortete er ruhig.

»Soso«, sagte Armand. »Diskret ... also ein Ort für Heimlichkeiten, nicht wahr? Vielleicht für heimliche Liebschaften?« Sein Blick streifte mich nur kurz und fiel dann auf François. »Ja, wer weiß, ob Sie damit nicht recht haben? Dieser Ort hat viel Geschichte, und in meiner Familie gibt es manches Geheimnis.« Als François ihn ansah, wandte Armand sich sofort wieder Paul zu. »Die Herstellung von Wein«, fuhr er fort, »ist eine Kunst, die in viele Geheimnisse gehüllt ist. Wie bei Ihrem Spiel versucht man, für jeden Jahrgang die Quintessenz zu finden, die alles, was eine Beschreibung nur komplizieren würde, überflüssig macht. Sie werden es gleich merken.«

So eine Weinprobe war anstrengender, als ich es mir hatte träumen lassen. Unter François' Anleitung kostete ich mich durch die großen Jahrgänge des Gutes hindurch, versuchte, all seinen Hinweisen zu folgen – wie ich das Glas zu halten hatte, wie ich die Blume des Weins mit der Nase »schmecken« konnte – allerhand, was so ein wahrer Weinkenner anscheinend alles beachten mußte.

Aber ich gab mir redliche Mühe. Ich drehte das Glas, schnüffelte daran, prüfte kritisch seinen Inhalt und glaubte sogar, den purpurvioletten Schimmer entdeckt zu haben, der laut Armand ein charakteristisches Merkmal eines guten Rotweins sei. Doch als er von der »komplexen Struktur« seiner Weine zu sprechen begann und ich plötzlich nur noch Erdbeer- und Vanilledüfte wahrnahm, stieß ich an meine Grenzen. Es waren wundervolle Weine, vielleicht sogar »große« Weine, aber für meine ungeschulte Zunge schmeckte alles ... na ja, eben nach Wein.

Neil erkannte mein Dilemma. Seine Augen suchten die meinen und wollten sie nicht mehr loslassen. Bei seinem Lächeln überkam mich ein nervöses Kribbeln.

»Kalt?« fragte Paul, dem auch nichts zu entgehen schien. Er war schon mitten im vierten Jahrgang. Er hatte sicher keine Schwierigkeiten damit, den violetten Schimmer auszumachen, und wußte auch das Erdbeeraroma zu schätzen. Ich schüttelte den Kopf.

»Nein, nicht richtig.«

Simon sah Armand an und fragte mit gespielter Beiläufigkeit: »Wie alt, schätzen Sie, sind diese Weinkeller?«

»Älter als das Haus jedenfalls. Diese Gewölbe wurden schon von den Königen benutzt, die früher im Château ihre Residenz hatten.«

Paul schoß seinem Bruder über den Rand seines Weinglases hinweg einen mahnenden Blick zu, aber Simon hatte bereits das Stichwort aufgegriffen. »Tatsächlich? Also sind diese Höhlen irgendwie mit dem Schloß verbunden?«

Es kann sein, daß ich mir das kurze Zwinkern in François' Augen, so, als wollte er seinem Arbeitgeber etwas mitteilen, nur eingebildet hatte und auch, daß Armand seine Worte abzuwägen schien, ehe er antwortete: »Ja. Die Könige haben viele Souterrains oder Tunnel, wie Sie sie nennen, bauen lassen. Unsere dürften zu den ältesten gehören.«

Simon tat überrascht. »Und so einen gibt es noch? Sie wollen sagen, Sie haben hier einen Tunnel, der geradewegs zum Schloß führt?«

Bevor Armand darauf etwas erwidern konnte, hatte Neil sein Glas auf den Tisch gestellt und ergriff das Wort: »Es ist Jahre her, daß ich da unten war. Wenn du Monsieur Valcourt ganz höflich fragst, Simon, wird er es uns vielleicht zeigen.« Eine herausfordernde Nuance schwang in seiner Stimme mit und auch in der Art, wie er unseren Gastgeber dabei ansah.

»Der Zugang ist verschlossen«, sagte Armand schließlich.

Neil lächelte auf seine stille Weise, und die Herausforderung verwandelte sich in eine Kampfansage. »Gewiß doch, aber es ist ja nur dieses eine Mal.«

Ein kurzes Schweigen, und dann bildete sich ein harter

Zug um Armands Mund, als er den Fehdehandschuh aufnahm. »Warum eigentlich nicht?« sagte er zu François. »Hast du den Schlüssel?« Ich hätte es vorgezogen, sie nicht begleiten zu müssen. Der Weinkeller zumindest war noch ziemlich gut beleuchtet und recht luftig, so daß ich mir einreden konnte, ich befände mich gar nicht unter der Erde. Aber wieder einmal blieb mir keine andere Wahl. Die anderen schoben mich einfach mit sich, zum Keller hinaus, an einer Gruppe desinteressierter Arbeiter vorbei, zu einem dahinter liegenden, schmalen, dunklen Gang.

Die schartige, zerklüftete Decke des vor etlichen Jahrhunderten mit Hämmern und Meißeln in den Fels getriebenen Tunnels senkte sich tiefer, bis sie uns beinahe wie ein Grabgewölbe umschloß. Neil mußte sich im Gehen sogar ducken. Der feuchtmodrige Geruch wurde immer ausgeprägter. Zu beiden Seiten des Ganges gab es mindestens ein Dutzend verrammelter Ausgänge. Beim allerersten blieb Simon sogleich stehen. »Ist das die Tür, nach der wir suchen?«

»Nein«, lachte Armand, »das ist ein ... Wie nennt man das bei Ihnen? Eine Besenkammer.« Er ging noch ein paar Schritte weiter. »Das ist die bewußte Tür.«

Dahinter erstreckte sich nur wieder ein weiterer Tunnel voll Spinnweben, Dreck und Verwesungsgeruch. Ich riskierte einen kurzen Blick, machte sogleich einen Satz rückwärts und stolperte dabei in Neil hinein.

»Aber hier sind ja gemauerte Wände«, bemerkte Simon enttäuscht. Ich begriff, was ihm daran nicht gefiel. Wenn man in aller Eile unter der Erde einen Schatz verstecken wollte, machte man sich nicht erst noch die Mühe, das Versteck mit Mauerstein zu verputzen. »Geht das so die ganze Zeit weiter?« fragte er Armand, der es bestätigte.

»Darf ich mal hineingehen?«

»Ich fürchte, das kann ich nicht zulassen. Dieses Souterrain ist sehr alt und durch die Straße darüber ständigen Erschütterungen ausgesetzt. Es wäre nicht klug, sich dort hineinzubegeben.« Er schlug die Tür wieder zu und verriegelte sie. »Zu gefährlich.«

Alles ist gefährlich hier unter der Erde, dachte ich und war erleichtert, als wir wieder den freien Himmel über uns sahen und ich den Wind im Gesicht spüren konnte. Ich verharrte noch einen Augenblick auf der Stelle, während die beiden Brüder und Neil weitergingen. Auch Armand war stehengeblieben. »Nun, wie fanden Sie meinen Weinkeller?«

Ich sagte, wie fasziniert ich sei, und er schien mit meiner Antwort zufrieden. »Er ist mein ganzer Stolz, verstehen Sie. Die Familie Valcourt betreibt seit Generationen Weinbau, und eines Tages wird alles von mir auf Lucie übergehen.« Er ließ den Blick stolz über seinen Besitz schweifen. »Dieser Weinberg ist ein Stück meines Herzens. Ich bin froh, daß der Besuch Ihnen gefallen hat.«

Simon drehte sich nach uns um. Er schien sich von seinem Rückschlag schnell wieder erholt zu haben und strebte nun neuen Dingen zu, nachdem Armands Tunnel als Versteck für Isabelles verlorenen Schatz nicht mehr in Frage kam. Ungeduldig winkte er mir zu kommen. »Los, Emily. Jetzt gehen wir zum Echo.«

»Er hat ganz schön viel Energie, dieser junge Mann.«

Armand begleitete mich zum Tor, und nach einigem Händeschütteln, wobei Neil erklärte, er müsse sich nun von uns trennen, nahm Armand meine Hand. »Sie müssen mich wieder einmal besuchen.« Allein, fügte ich in Gedanken hinzu. Alter Schürzenjäger. »Dann können Sie mir von Ihrem Besuch beim Echo erzählen. Es ist ein grandioser Anblick.«

Ich war mir nicht ganz sicher, wie ein Echo überhaupt einen Anblick bieten konnte, aber jeder versicherte mir, es würde stimmen, man hätte wirklich eine schöne Aussicht von dort und ich würde es gewiß nicht bereuen.

Nachdem Neil seiner Wege gegangen war, übernahm Simon wieder stolz die Führung und geleitete Paul und mich ein Stück die Straße entlang zu einer einsam gelegenen Stelle, an der der Wind leise durch das hohe Gras pfiff. »Da sind wir«.

Es war nicht zu übersehen – ein an einer erhobenen Aussichtsplattform angebrachtes Schild verkündete »Ici l'Echo«, und die Plattform machte einen recht offiziellen Eindruck, wenn sie auch ziemlich mickrig war.

Gehorsam erklomm ich die wenigen Stufen. Von hier bot sich uns tatsächlich das versprochene Postkartenpanorama mit Schloß Chinon auf der einen Seite, dem silbern schimmernden Fluß und dem Flickenteppich aus grauen Dächern und bunten Gärten in der Mitte und den Ausläufern der Berge auf der anderen Seite. Im Vordergrund dieses Panoramas lugte hinter einer ungepflegten Hecke ein Schindeldach hervor.

»Aber ich kann doch hier nicht herumschreien«, protestierte ich. »Das wird die Leute stören.«

»Das macht nichts. Die sind das gewohnt«, meinte Simon lachend und ließ ein gellendes Jodeln vom Stapel, das jedem Schweizer Alpenbewohner zur Ehre gereicht hätte. Das Jodeln flog mit dem Wind davon, schien an den Felsen unterhalb der Burg abzuprallen wie Wellen, die sich an einer steilen Meeresküste brechen, um zu uns zurückzueilen.

»Nett, nicht wahr? Man kann ihm sogar Fragen stellen, zum Beispiel ...« Wieder holte er tief Luft und rief: »Verläßt Paul jemals Chinon?«

»Non …« wehte es sogleich als Antwort zurück.

»Sehr witzig«, sagte Paul. »Laß es Emily doch mal probieren.«

»Ich wüßte nicht, was ich rufen sollte.«

Aber so einfach ließen die beiden mich nicht davonkommen, also schloß ich brav die Augen und bemühte mich, mir etwas Passendes einfallen zu lassen. Ich überlegte, ob ich Armands Namen rufen sollte, falls er auf der anderen Seite der Mauer stand und uns zuhörte. Würde seinem Ego guttun. Aber die dunklen Augen, die mich in meinen Gedanken anlächelten, waren nicht die von Armand Valcourt. Verdammt noch mal, dachte ich und versuchte, das Gesicht aus meiner Vorstellung zu tilgen. Hilfe!

Ja, und das war's dann, was ich dem Echo entgegenschrie, auf französisch, wie es sich gehört. »Au secours!«

Das war natürlich ein dummer Einfall gewesen. Jemand konnte meinen Ruf hören und angerannt kommen, am Ende noch die Polizei verständigen.

Aber niemand kam, und so erntete ich nur einen irritierten Blick von Paul, während das Echo irgendwo jenseits der Felder seine Antwort formulierte.

»Cours«, lautete sie.

Lauf.

13

Entsprungen einer gemeinsamen Spur der Erinnerung …

»Der Tag gefällt mir immer besser«, sagte Simon, als wir am Fuße der steinernen Treppe zwischen den Häusern hervortraten. Ich sah gleich, was er meinte.

Es ging bereits gegen Nachmittag, und der sonnige Himmel zeigte erste Dunstschwaden, aber Thierry hatte in einem Anfall von Optimismus Tische und Stühle auf den Platz vor dem Hotel gestellt. Und an einem der Tische saß Martine Muret. Sie sah bezaubernd aus, so begehrenswert mit ihrem kurzgeschnittenen Haar und der tadellosen Figur. Neil hatte gesagt, Armands Frau habe ihr ähnlich gesehen. Ich versuchte, in ihren Zügen diese andere Frau zu erkennen, die bereits seit drei Jahren tot war. Hatte Brigitte Valcourt das Haar auch so kurz getragen? Martine jedenfalls stand diese Frisur, und das schlichte schwarze Kleid hob ihre Schönheit nur um so deutlicher hervor, so, wie ein schmuckloser Rahmen die Erlesenheit eines Gemäldes betonen kann. Den Kopf erhoben, saß sie da und schien durch die Gläser der teuren Sonnenbrille, hinter denen man ihre Augen nicht sehen konnte, das müßige Treiben auf dem Platz zu beobachten. Sie wirkte ziemlich unnahbar.

Simon ließ sich davon nicht beeindrucken, hob die Hand zum Gruß und eilte schnurstracks auf sie zu.

Paul sah mich an. »Er gibt wohl nie auf.«

»Man kann's ihm aber auch nicht verdenken.« Ich bückte mich, um mein Schuhband zuzubinden. »Was macht Martine eigentlich?«

»Was soll sie machen?«

»Beruflich, meine ich. Arbeitet sie, oder ...«

»Ach so. Ihr gehört die Galerie.«

»Eine Kunstgalerie?«

Er nickte. »Sie ist gleich da um die Ecke, an einem der kleineren Plätze. Du kannst sie nicht verfehlen. Im Fenster steht ein Selbstporträt von Christian Rand.«

»Dann sind die beiden also ein Paar?« Ich versuchte, die Frage so zu stellen, als sei es mir eigentlich eher gleichgültig, als würde es mich nicht sonderlich interessieren, mit welchem Hotelgast Martine Muret ausgewesen war, als Lucie ihr abhandenkam.

»Ach, das würde ich eigentlich nicht sagen. Nein, ich bin mir sogar ziemlich sicher. Sie sind höchstens gute Freunde – mehr nicht.«

Vor Schreck zog ich einen viel zu festen Knoten in meinen Schnürsenkel. Welcher ist es denn gewesen? hatte ich Armand Martine fragen hören, der Deutsche oder der Engländer? Und aus irgendeinem dämlichen Grund hatte ich gehofft, daß es der Deutsche gewesen sein mochte. Ich warf noch einmal einen Blick auf das schöne Gesicht. Das Gesicht, das Neil an Brigitte Valcourt erinnerte. »Ob sie wohl absichtlich diesen Tisch gewählt hat?«

»Wieso?«

»Sie sitzt neben der Schönheit.«

»Was? Ach, du meinst die drei Grazien. Woher willst du wissen, welche welche ist?«

»Neil hat sie gestern abend bestimmt. Er meinte, Ruhm würde in den Sonnenuntergang blicken, die daneben sei die Schönheit, und Glück hätte das hübscheste Lächeln.«

»Hört sich ganz vernünftig an.«

Ich verschränkte die Arme. »Abgesehen davon, daß sie gar nicht lächeln, findest du nicht?«

»Natürlich lächeln sie. Dafür sind Grazien ...«

»... doch da. Ich weiß.« Aber soviel Mühe ich mir auch gab, das einzige Lächeln, daß ich weit und breit entdecken konnte, war das von Martine Muret. Und selbst das wirkte ein wenig gezwungen.

»So«, sagte sie, als wir an ihren Tisch kamen, »Simon hat mir gerade erzählt, ihr habt das Weingut besichtigt. Und? Hat's euch gefallen?«

»Vielen Dank, sehr gut«, antwortete Simon. »Dürfen wir uns dazusetzen?« Prompt bekam er von hinten einen kleinen Stoß und drehte sich gereizt zu Paul um. »Was ist denn?«

»Ich glaube, sie hat bereits Gesellschaft.«

Im Moment war zwar niemand bei Martine, aber es gab ein deutliches Zeichen dafür, daß sie nicht die ganze Zeit allein hier gesessen hatte. Neben ihrem Rotwein stand ein halbleeres Pernodglas. Martine zögerte einen winzigen Augenblick, dann schüttelte sie den Kopf. »Nein, ist schon in Ordnung. Setzt euch ruhig.«

Als wir alle Platz genommen hatten, fragte Martine: »Und was hat Armand euch alles so gezeigt?«

Simon faßte unseren Rundgang zusammen, erwähnte jedoch mit keinem Wort den Tunnel, was ich mir zunächst nicht erklären konnte, bis mir wieder einfiel, daß Paul seinen Bruder als »paranoid« bezeichnet hatte. Wahrscheinlich, räsonierte ich, schreckte Simon davor zurück, über den Schatz zu reden, damit nicht noch jemand anderer auf die Suche danach ging. Als er am Ende seines gestenreichen Berichts angekommen war, lehnte er sich zurück und strich sich das Haar aus der Stirn. »Ich könnte jetzt einen Kaffee vertragen«, stellte er fest. »Er hat uns bei der Weinprobe Riesengläser gegeben. Ich hatte immer gedacht, Weinprobe bedeutet einen Fingerbreit am Boden des Glases. Man lernt nie aus.«

»Also hat Armand euch betrunken gemacht?« Martines klingendes Lachen hörte sich an wie ein Echo der Wassertropfen im Brunnen neben ihr.

»Jedenfalls hat er's versucht«, sagte Paul. »Trotzdem habe ich noch Platz für ein Bier. Und du, Emily?«

Ich lehnte dankend ab, aber Paul ließ nicht locker und drängte mich so lange, bis ich mich endlich für meinen Lieblingsdrink entschied. »Dann hätte ich gerne einen Kir, bitte.«

Ich glaubte zwar, der Schwips, den ich mir bei der Weinprobe eingehandelt hatte, sei inzwischen längst verflogen, aber als Thierry an unseren Tisch kam, um die Bestellung aufzunehmen, warf er mir einen leicht väterlichen Blick zu und fragte: »Haben Sie denn überhaupt schon zu Mittag gegessen, Mademoiselle?«

»Das kann ich nicht gerade behaupten –«

»Gar nichts gegessen?« Er schüttelte mißbilligend den Kopf.

»Nein, aber ...«

»Es ist nicht gut«, ermahnte er mich, »Wein zu trinken ohne etwas im Magen.« Schließlich bekam ich dann doch noch meinen Kir, aber nicht ohne eine kleine Schüssel Erdnüsse, die er hinter der Bar hervorgekramt hatte. »Die sind nur für Sie«, sagte er, als er sie vor mich hinstellte. »Lassen Sie sich von Simon nichts wegnehmen.«

Simon sah ihn beleidigt an. »Mir bringst du nie Erdnüsse.«

»Das ist wahr«, bestätigte Thierry trocken. »Fehlt sonst noch etwas auf dem Tisch? Nein? Dann darf ich mich jetzt zurückziehen. Ich habe Monsieur Grantham versprochen, ihm eine kleine Stereoanlage aufzustellen, damit er seine Bänder spielen kann.«

»Hat er nicht schon eine Anlage von dir bekommen?« erkundigte sich Martine.

»Meine große, ja«, sagte Thierry mit einem wehmütigen Kopfnicken. »Aber heute früh ist sie ihm kaputtgegangen.« Er zuckte resigniert die Achseln. »Immer gehen ihm die Anlagen kaputt, nie seine Violine. Da hat er ja noch Glück. Ich habe ihm schon gesagt, er soll gut darauf aufpassen.«

Als ich ihn fragte, was er damit meinte, grinste Thierry verlegen. »Nur, daß er jeden Tag seine ... wie nennt man das auf englisch ...? Les gammes?«

»Tonleitern«, antworteten Paul und ich wie aus einem Munde.

»Ja, erst die Tonleitern und dann diese Sinfonie von Beethoven. Aber gestern hat er auch das Lied von der Liebe gespielt, und Isabelle liebt es nicht, solche Lieder zu hören.«

Beim scharfen Klirren eines Glases auf der Tischplatte schreckten alle hoch. Martine stellte rasch ihr Glas wieder hin und versuchte, den Fleck mit eine Papierserviette aufzutupfen. »Wie dumm von mir! Aber fast nichts passiert ... Danke.«

Als Martine sein Angebot zu helfen ablehnte, nutzte Simon diesen kleinen Moment der Verwirrung, eine Handvoll Erdnüsse aus der Schale vor mir zu stibitzen. »Sprichst du von Königin Isabelle?« fragte er Thierry, scheinbar um mit seinem Wissen zu glänzen, aber der Barkeeper schüttelte mit Nachdruck den Kopf.

»Sie ist keine Königin, diese Isabelle. Sie ist unser Phantom.« Er rollte die Augen, während er nach dem englischen Wort suchte. »Unser Geist.«

»Machst du auch keine Witze?«

»Ich mache nie Witze«, erwiderte Thierry etwas steif. »Sie hat hier gelebt, während des letzten Krieges.«

Also auf jeden Fall nicht Isabelle von Angoulême, nicht King Johns junge und tragische Königin. Irgendeine andere Isabelle aus einem viel späteren Zeitalter konnte es nicht ertragen, Neil ein Liebeslied spielen zu hören. Das machte mich nun wirklich neugierig. »Ist ihr Geist Ihnen je begegnet, Thierry?«

»Wohl kaum«, sagte Simon, auf einer Ladung Erdnüsse herumkauend, »es gibt keine Geister.«

»Ach«, meinte Thierry, »gibt es nicht?« Er sah diesen ketzerischen Skeptiker aus der Neuen Welt herablassend an. »Dann wird es euch ja nicht stören zu erfahren, daß ihr jede Nacht in dem Zimmer schlaft, in dem Isabelle gestorben ist.«

»Isabelle?« wiederholte Madame Chamond und setzte sich mir gegenüber in ihrem Sessel zurecht. Sie war in der Tat eine liebenswerte Dame, groß, dunkelhaarig, elegant und ebenso zuvorkommend wie ihr Gatte. »Aber Simon, das ist eine sehr traurige Geschichte, und ich möchte niemandem den Abend verderben.«

Die Gefahr besteht kaum, dachte ich. Die beiden Jungs und ich waren soeben vom Abendessen im Coeur de Lion zurückgekehrt, ich war von der reichlichen Mahlzeit ziemlich müde, Paul sah aus, als könne er kaum noch die Augen offenhalten, und Neil, der neben ihm in der Ecke saß, bewegte sich schon gar nicht mehr. Auch Christian Rand, der auf einen Schlummertrunk in der Bar vorbeigeschaut hatte, machte den Eindruck, er würde jeden Augenblick vor Erschöpfung vom Hocker fallen. Nur Simon wirkte aufnahmebereit, aber der war ja wohl durch nichts totzukriegen. Garland Whitaker allerdings, die sich von ihrem Migräneanfall erholt hatte, schien wieder guter Stimmung und kuschelte sich wie ein Kätzchen in den Sessel neben dem ihres Mannes.

»Nur zu, meine Liebe«, ermunterte sie Madame Chamond. »Wir sind alle sehr begierig darauf zu erfahren, was es mit dieser Isabelle auf sich hatte.«

»Ich ganz besonders«, stimmte Simon ein, »wo sie doch ausgerechnet in unserem Zimmer gestorben ist.«

Hinter mir, von der Bar, vernahm ich Monsieur Chamonds unaufdringliches Lachen. »Isabelle ist nicht in Ihrem Zimmer gestorben. Wer hat Ihnen denn das erzählt?«

»Thierry.«

»Ach so. Nun, er kennt die Geschichte nicht besonders gut. Selbst ich kann mich nicht mehr an alle Einzelheiten erinnern. Es ist zu lange her, noch bevor ich geboren wurde.«

»Sie stammte aus Chinon«, begann Madame Chamond. »Sie hat hier als Zimmermädchen gearbeitet, während des Krieges, als Frankreich besetzt war.«

»Besetzt? Hat Frankreich nicht mit den Deutschen kollaboriert?« unterbrach Garland sie.

»Nicht ganz Frankreich. Und nicht Chinon«, sagte Madame Chamond höflich, aber bestimmt. »Wir waren besetzt. Dieses Hotel diente als Garnison ... sagt man das bei Ihnen auch so? ... als Garnison für die deutschen Offiziere. Und so hat Isabelle ihren Hans getroffen.«

»Eine Romanze!« Garlands Augen leuchteten vor Begeisterung. »Oh, wie wundervoll! Ich liebe Kriegsromanzen, Sie nicht auch? So haben sich nämlich auch Jims

Eltern kennengelernt, als sein Vater in ... Wo war dein Vater noch mal stationiert, Darling?«

Jim Whitaker balancierte seinen zweiten doppelten Scotch auf dem Oberschenkel. »In der Normandie.«

Madame Chamond lächelte wohlwollend. »Schön für Ihre Eltern, daß sie sich gefunden haben. Aber der Krieg meint es nicht mit allen Menschen so gut. Nicht mit Hans und Isabelle.«

Sie hielt ihr Weinglas mit beiden Händen und lehnte sich in die Kissen zurück, als sie mit der Geschichte fortfuhr. »Es war im Frühjahr 1944. Man erzählt sich, Isabelle sei sehr schön gewesen, eine unvergleichliche Schönheit, obwohl sie damals erst sechzehn Jahre alt war. Den deutschen Offizieren blieb das natürlich nicht verborgen, aber Isabelle hat sehr auf ihren Ruf geachtet. Sie wollte nichts zu tun haben mit Nazis. Ihr älterer Bruder war bei der Résistance. Isabelle hätte sich ihnen vielleicht auch angeschlossen, aber statt dessen traf sie Hans. Hans kam aus einer guten Familie. Er sprach auch Französisch und Englisch, also nicht nur Deutsch. Er war gebildet. Die anderen Soldaten neckten Isabelle, wenn sie Dienst hatte, nicht aber Hans. Er war ein Gentleman. Immer höflich. Und so kam es ... Daß sie sich verliebt haben, das französische Mädchen und der deutsche Offizier. Die Gefahr war groß für sie beide, und sie mußten sich immer im geheimen treffen. Für eine Stunde gestohlenes Glück.«

Er trat um die Ecke des Ganges, ohne etwas zu erkennen. Noch mal sechs Schritte, und dann noch einmal nach rechts ... Im Geiste zählte er die Schritte mit. Es war zu gefährlich, die Lampe anzuzünden – noch. Der winzigste Lichtschimmer, der leiseste Schatten würde die Wachtposten auf den Plan rufen. Schon von Anfang an hatten sie diese unterirdischen Gänge nervös gemacht. Und auch ihm kamen sie unheimlich vor, allein schon der Gedanke, daß sie sich überall unterhalb seiner Füße erstreckten, leere Höhlengewölbe und unsichtbare Geheimgänge, die plötzlich irgendwo in die Finsternis abzweigten. Doch inzwischen kannte er sich in dem Tunnelsystem ganz gut aus, und an diesem Abend fürchtete er mehr die Begegnung mit seinen eigenen Kameraden als die mit den Männern der Résistance.

Noch zwei Schritte, dann links ... Er schaltete die Taschenlampe ein, blinzelte im gespenstischen Widerschein des Lichtstrahls von den Kalksteinwänden, die ihn überall umgaben.

»Hans?« Ihre Stimme bebte. »O Gott, ich habe solche Angst gehabt ...«

Was war das für ein Leben gewesen, früher, als er sie noch nicht kannte, sie noch nicht in seinen Armen halten konnte. Ein Lächeln huschte über sein Gesicht. Er berührte das ihre. »Du mußt jetzt sehr tapfer sein.«

»Ich möchte nicht tapfer sein.« Ihre Augen wirkten in der Dunkelheit unnatürlich groß.

»Bitte. Für mich.« Sie beide würden jetzt eine gehörige Portion Mut brauchen, das wußte er, bis der Monat vorüber war. Mittlerweile waren Wochen vergangen, seit der Feind oben im Norden, an den Stränden der Normandie, gelandet war. Wochen! Und in Berlin waren sie noch immer dumm genug, weiterkämpfen zu lassen. Sie wußten es, sie mußten es doch wissen, daß es aus und vorbei war. Erst gestern abend hatte Jürgen, der starke, beständige Jürgen, der schon länger hier war als alle anderen, Hans über sein Glas Whisky hinweg mit traurigen Augen angesehen. »Wir sind erledigt, das ist dir doch hoffentlich klar«, hatte Jürgen zu ihm gesagt. »Erledigt. Nur der Führer, der will's noch nicht zugeben. Glaubt, wir werden ihm schon noch die Kastanien aus dem Feuer holen, der Idiot.« Natürlich war es Hochverrat, so daherzuschwätzen, aber Hans hatte nichts darauf erwidert. Jürgen sah ihn noch einmal an und lächelte müde. »Ach ja, ich hab' wohl lange genug gelebt, und wenn ich nicht mehr nach Hause zurückkomme, wäre das auch egal, denn da ist wahrscheinlich sowieso kein Mensch mehr am Leben, der auf mich wartet. Aber sag mal, triffst du dich noch mit dem Mädchen?«

»Welchem Mädchen denn?«

»Mensch, ich hab' doch Augen im Kopf. Seht Ihr euch noch?«

»Schon.«

Und in den traurigen Augen über dem Rand des Glases war ein Funken Neugier aufgeglimmt, verständnisvolle Neugier. »Liebst du sie?«

»Ja.«

Noch einen Moment lang hatte Jürgen ihn angesehen und dann irgendwas auf den Tisch geschleudert, einen kleinen schwarzen Samtbeutel, mit einer Kordel zusammengebunden. Als er auf der Tischplatte landete, rasselte es ganz merkwürdig, als wären Kieselsteine darin. »Dann gib ihr die. Hab' keine Verwendung mehr dafür.«

»Was ist das?«

Er hatte es gestern abend nicht wahrhaben wollen, und auch jetzt noch bebte seine Hand ein wenig, als er nach eben jenem Säckchen in der Innentasche seiner Jacke tastete. »Ich habe dir etwas mitgebracht«, sagte er zu Isabelle. Er hielt ihr den Beutel hin, und sie sah ihn überrascht an.

»Ich brauche nichts.«

»Das ist nicht irgend etwas. Das sind Diamanten.« Sie wiederholte das Wort, doch in ihren dunkeln Augen sah er, daß sie ihm nicht glaubte. »Aber woher solltest du denn Diamanten haben?«

»Von einem Freund. Er hatte Befehl, sie unter dem Hotel zu vergraben. Damit sie noch hier sind, wenn unsere Armee zurückkommt.« Noch einmal berührte er ihr Gesicht. Er konnte nicht anders. »Nur wird unsere Armee nicht wieder zurückkommen …«

»Sag so was nicht.«

»Ich sagte dir schon, du mußt sehr tapfer sein. Ich für meinen Teil habe nicht vor, schon zu sterben, Isabelle.« Sein Lächeln war ein Versprechen. »Wenn das alles vorbei ist, komme ich wieder zu dir zurück. Ganz bestimmt.«

Er spürte das Verlangen in ihrem Kuß und die Nässe ihrer Tränen auf seiner Wange, doch als er die Augen wieder öffnete, lächelte auch sie. Er murmelte leise etwas auf deutsch, was sie nicht verstehen konnte, und umschloß mit den Fingern ihre Hand, die das samtene Beutelchen hielt. »Die bewahrst du für uns an einem sicheren Platz auf. Sie sind unsere Zukunft.«

Unsere Zukunft, dachte er betrübt und nahm sie noch einmal in die Arme …

Es dämmerte schon beinahe, als er sich den Weg zurück durch die Gänge ertastete. Sechs Schritte vor, und dann nach links … So muß es den Blinden gehen, dachte er, während wieder nur Schwärze ihn umfing und das Geräusch seines eigenen Atems in der Stille dumpf widerhallte. Zum Verzweifeln. Vierzehn Schritte … Er streckte die Hand aus, fuhr mit ihr an der trockenen, staubigen Wand entlang, tastete nach dem Eisenring an der Tür. Aber statt dessen fand seine Hand ein Stück Stoff. Ein warmes Stück Stoff, das atmete.

Er fühlte, wie die Finger sich um seine Kehle schlossen, sein erschrockenes Schlucken abwürgten, aber fünf Jahre beim Heer hatten auch sein Reaktionsvermögen geschult. Das war niemand von seiner Truppe, der Wache schob – der Stoff war weich, nicht fest. Keine Uniform. Und die gezischten Haßlaute waren französisch, nicht deutsch. Als er schon fast keine Luft mehr bekam, handelte Hans instinktiv. Seine eigenen Hände schossen in die Höhe, tasteten, fanden, und dann eine scharfe Drehbewegung und ein ekelhaftes Knacken. Der Griff der Finger an seinem Hals löste sich, und Hans rang schmerzvoll nach Luft.

Diesmal fand er sofort den Eisenring und bekam die schwere Tür auf. Die Nachtluft schlug ihm entgegen. Hier draußen, auf der Straße über den Dächern, lag alles in tiefster Stille. Der Himmel war nicht mehr ganz so schwarz. Ein fahles Grau, das die Konturen der Sterne verwischte und ihnen ihren Glanz stahl, aber er mußte doch das Risiko eingehen, die Taschenlampe zu benutzen, wenn er sehen wollte, wessen Körper hier zu seinen Füßen lag. Der gelbe Lichtkegel strich über ein zerrissenes Hemd, schlanke Finger und dann zum Gesicht des Unbekannten hinauf.

Ihr Gesicht. Nein. O Gott. Das Gesicht ihres Bruders. Er kannte es, denn sie hatte ihm einmal eine Photographie gezeigt. »Ihr würdet nicht miteinander auskommen«, hatte sie ihn gewarnt.

»Isabelle …« Seine Hand zuckte, die Lampe entglitt ihm und zersprang auf dem uralten Felsgestein.

14

Vor mir der fallenden Rosenblätter Schauer; hinter mir die atemlosen Schritte der Verfolger ...

Neben mir beugte sich Jim Whitaker vor, um sich eine Zigarre anzuzünden. Das Ratschen des Streichholzes zerriß die Stille im Raum.

Garland rutschte unruhig auf ihrem Sessel hin und her. »Oh, das hat sich ja angehört wie im Film. Und er hat wirklich ihren Bruder getötet? Wie aufregend.«

Wohl nicht ganz das passende Wort dafür, fand ich. Es war, wie Madame Chamond eingangs gesagt hatte, eben eine sehr traurige Geschichte. Warum war es von allen Widerstandskämpfern in Chinon ausgerechnet Isabelles Bruder gewesen, auf den Hans in jenem dunklen Gang traf? Das Schicksal ging manchmal eigenartige Wege. Drei zerstörte Leben. So war es mehr als 700 Jahre zuvor auch mit John und Isabelle gegangen, als der Tod des jungen Arthur von der Bretagne Johns Reich zu Fall gebracht hatte. Wie oft mögen sie in ihren späteren Leben ihre Tat bereut haben, König John und jener unbekannte deutsche Soldat namens Hans? Zwei Männer in zwei weit auseinanderliegenden Zeitaltern, die beide eine Isabelle liebten ...

Besonders Simon war seine Ungeduld deutlich anzumerken. »Und was ist dann passiert?« fragte er Madame Chamond. »Was ist aus Hans und Isabelle geworden?«

»Das ist eine schlimme Geschichte. Einige Tage später wurde Frankreich befreit, und die Verhältnisse änderten sich grundlegend. Hans ist, soweit ich weiß, gefallen oder kam in Kriegsgefangenschaft, und Isabelle –«

Simon ahnte es als erster. »Sie hat sich das Leben genommen? In unserem Zimmer?«

»Nein, nein, nicht in Ihrem Zimmer«, antwortete Monsieur Chamond und konnte den Anflug eines Lächelns nicht verhehlen. »Nein, Isabelle hat sich im Fluß ertränkt, nicht wahr?« Er sah seine Frau an. »Nun, das ist es zumindest, was man sich hier erzählt. Niemand ist je in diesem Hotel gestorben, jedenfalls nicht eines unnatürlichen Todes.«

»Und was war mit den Diamanten?« wollte Neil wissen.

»Das weiß niemand«, sagte Christian leise. Ich war noch halb in Gedanken und erschrak, als ich plötzlich seinen deutschen Akzent hörte. Es war, als hätte Hans selbst soeben zu uns gesprochen.

»Diamanten ...« Garland hauchte das Wort dahin, als spräche sie ein Gebet. »Wo hatten die Deutschen denn nun diese Diamanten her?«

»Von verschleppten Juden.« Christian sah nur kurz Simon und Paul an, bevor er den Blick wieder senkte. »Diese Kriegsbeute ist auf der ganzen Welt versteckt. Erinnert ihr euch noch, wie wir am Freitag im Restaurant über den Ort in Deutschland sprachen, wo Garland und Jim gelebt haben?«

Garland nickte. »Und keiner hat je versucht, diese Diamanten zu finden? Wo ist denn dieser Tunnel, in dem Hans und Isabelle sich immer getroffen haben?«

»Ich weiß es nicht«, sagte Madame Chamond. »Chinon ist nicht sehr groß, aber unterirdische Gänge gibt es hier überall. Und es ist ja auch nur eine Geschichte, die sich vor vielen Jahren zugetragen haben soll. Das mit den Diamanten könnte eine Erfindung sein, die jemand später erst hinzugedichtet hat. Wer soll das wissen?«

Jim Whitaker schüttelte seinen Scotch. »Und von Isabelle ist nur ihr Geist geblieben?«

Monsieur Chamond war jetzt hinter die Bar getreten. »Wenn, dann ist sie ein sehr stiller Geist. Wir merken nichts von ihr.«

Simon war immer noch verunsichert. »Und sie ist auch ganz bestimmt nicht in unserem Zimmer gestorben?«

»Ganz gewiß nicht.«

Endlich fand auch Paul zu seinem Lächeln zurück. »Du hast doch selber gesagt, so etwas wie Geister gäbe es nicht?«

»Das schon, aber ...«

»Dann spielt es doch überhaupt keine Rolle, wo sie gestorben ist, oder?«

Neil Granthams Augen wanderten von Paul zu mir. »Ich schätze, unsere Miss Braden glaubt sehr wohl an Geister, oder nicht?«

Ich spürte wieder seinen stechenden Blick und antwortete, ohne aufzusehen. »Gelegentlich schon«, räumte ich ein, »Ja, doch, eigentlich schon. Ich habe zum Beispiel das Gefühl, daß Isabelle nach allem, was geschehen ist, jedes Recht hätte, diesen Ort heimzusuchen. Was ich sagen will – ihr Tod war doch so sinnlos. Es ist einfach schrecklich, was der Krieg mit den Menschen anrichtet.«

»Aber zuweilen ist er leider unumgänglich, Emily«, sagte Garland. »Entschuldige, Christian, aber man konnte die Deutschen doch nicht einfach so gewähren lassen, oder was meint ihr?«

Simon schlug sich auf meine Seite. »Ich denke, ich

weiß, was Emily sagen möchte. Mein Großvater spricht nie über den Krieg, mag nicht einmal daran denken, obwohl das jetzt über fünfzig Jahre her ist.« Er wandte sich Jim Whitaker zu. »Ihr Vater hat in der Normandie gekämpft, sagten Sie. Redet er je darüber?«

»Nie.«

»Mein Vater schon«, meldete sich Christian unerwartet. »Er war zu Kriegszeiten noch ein Kind. Er phantasiert im Schlaf. Er hat Alpträume.«

Wir alle schwiegen einen Augenblick und dachten an die Greuel des Krieges, die glücklicherweise keiner von uns hatte miterleben müssen. Für mich hatte der Krieg nicht mehr bedeutet als das abgewetzte Lebensmittelkartenbuch meines Großvaters und den scheußlichen Bunker im Garten unserer Nachbarn. Mir war das alles so fern erschienen wie ein Schwarzweißfilm im Fernsehen, nur eine Geschichte, wie sie die alten Männer im Pub zum besten geben, wenn der Novemberwind kalt vom Kanal herübergeweht kommt.

So fern, und doch so ... Für einen Moment nur meldeten sich hier, in der Bar des Hotel de France, die Schatten der Vergangenheit zu Wort wie ein hämisches Lachen, das urplötzlich im Raum hing und dann wieder verklungen war.

Ich schlief nicht gut in dieser Nacht, wurde von unruhigen Träumen hin und her geworfen, in denen ich die Marschschritte von Soldaten über den Platz dröhnen hörte, deutsche Stimmen im Zimmer unter mir, die leichteren Schritte einer Frau, die über den Flur gelaufen kam. Ich wälzte mich zwischen den Laken, verwickelte mich in meine Decke. Isabelle mochte nicht im Hotel de France gestorben sein, aber sie hatte hier ihre Spuren hinterlassen. Ich fühlte, wie ihr Schatten über mir schwebte, als hätte sie eben noch neben meinem Bett gestanden, und dann bauschten sich die Vorhänge des Fensters, während der Gesang des Brunnens draußen immer lauter wurde, bis ich endlich in einen fast bewußtlosen Schlaf sank.

Ich erwachte früh in seltsam melancholischer Stimmung. Nach Geselligkeit war mir überhaupt nicht zumute, also stand ich auf, zog mich an und begab mich auf einen einsamen Spaziergang am Flußufer entlang.

Der Montagmorgen ist in Frankreich immer von friedlicher Stille erfüllt; aus Tradition bleiben die meisten Geschäfte geschlossen, und die Leute nutzen die Zeit, um etwas später als sonst aus den Federn zu kommen. Während meines einstündigen Spaziergangs begegnete ich nur zwei Menschen. Ich schritt noch einmal die Wege ab, die ich hier in Chinon bereits kannte: Vom Flußufer aufwärts bis zu der Stelle an der Mauer des Schlosses, von der man die weiße Villa von Clos des Cloches inmitten ihrer grünen Umgebung liegen sah, dann um die Mauer herum am Eingangsturm des Schlosses vorbei bis zu der schmalen Bresche in der Mauer, zu der der mühselige Aufstieg vom Platz mit dem Springbrunnen heraufführte.

Hier machte ich Rast, schob die Hände in die Taschen meiner Jeans und reckte mein Gesicht der wärmenden Morgensonne entgegen. Irgendwo unter mir, im Gewirr der Dächer, Türme und mauerumschlossenen Gärten, hörte ich den Ruf einer Schwalbe. »O swallow, swallow, if I could follow ...« Wie ging das Gedicht weiter? Ich wußte es nicht mehr, hatte es zuletzt in der Schule gelesen. Auf jeden Fall Tennyson. Irgend etwas von einem Prinzen, der wollte, daß die Schwalbe eine Nachricht zu seiner Liebsten trüge, er sei auf dem Weg zu ihr ...

Laub raschelte, und ein Vogel, vielleicht derselbe, dessen Stimme ich eben gehört hatte, flog von einem Baum in dem Garten gleich unter mir auf und segelte über die Stadt hinweg. Seine spielerischen Flugbewegungen und sein unbeschwerter Ruf vertrieben meine triste Stimmung, und ich blickte ihm nach, bis er nur noch ein verschwindend kleiner Punkt am strahlend blauen Himmel war.

Und dann hörte ich Schritte die Stufen heraufkommen. Völlig grundlos hielt ich erschrocken den Atem an und riskierte einen vorsichtigen Blick über die Mauer. Doch kein Märchenprinz. Nur Garland Whitaker, die sich emporkämpfte. Als ich ausatmete, hörte es sich wie ein Klagelaut an.

Gleich darauf weitere Schritte zu meiner Rechten, in die sich das Lachen eines Kindes mischte. Ich reckte den Hals und sah einen Mann mit einem fröhlichen kleinen Kind an der Hand auf mich zukommen. Der Mann neigte den Kopf nach unten, weil er dem Geplapper des Mädchens zuhörte, und bemerkte mich deshalb nicht gleich.

Ohne lange nachzudenken, drehte ich mich um und beeilte mich davonzukommen. Auf keinen Fall wollte ich gleichzeitig Garland und Armand in die Arme laufen. Armand würde wieder mit mir flirten, und Garland hätte wieder was zum Tratschen. Ohne mich.

Ein Bankräuber mit seiner Beute hätte sich auch nicht rascher aus dem Staube machen können als ich, obwohl ein Bankräuber sich wohl besser über seinen Fluchtweg orientiert haben würde. Ich brauchte ja eigentlich nur wieder in die Stadt hinunterzugehen, aber schon an der ersten Kreuzung war der Durchgang von einem Lastwagen blockiert. Anstatt zu warten, bis der Fahrer ihn wegfuhr, entschloß ich mich, noch ein Stückchen weiter an der Bergkante entlangzugehen. Irgendwo mußte es doch noch einen anderen Weg in den Ort geben oder eine Treppe …

Aber die schmale Straße schlängelte sich immer weiter bergauf und verengte sich schließlich zu einem Fußpfad, doch ich ließ den Mut nicht sinken. Der Weg führte zwischen schlafend daliegenden kleinen Häusern mit duftenden Rosen in den Gärten hindurch, und eine Weile lang genoß ich es, scheinbar ganz allein hier unterwegs zu sein, bis die Gegend immer unwirtlicher wurde und ich plötzlich vor den ersten Höhlenbehausungen stand. Troglodytenhäuser nannte man sie hier. Das waren keine liebevoll in den Stein gehauenen Wohnstätten mit Gardinen vor den Fenstern und behaglichen Kaminen, wie man sie aus den Reiseführern des Loiretals kannte. Diese Höhlen hier waren verlassen und unheimlich, leere Fensterlöcher über verfallenden Türöffnungen, vom Unkraut, das am Berg wucherte, überwachsene breite Schornsteine. In dieser apokalyptischen Umgebung war es nicht schwer, hinter jeder blinden Fensterhöhle ein Paar Augen zu vermuten, das mich beobachtete.

Und der Pfad, auf dem ich mich befand, wurde noch einsamer. Die Häuser lagen jetzt weiter verstreut, und zu meiner Rechten trennte mich nur eine niedrige Mauer aus moosbewachsenem Geröllstein von einem steilen Abhang voll struppiger Büsche. Die Dächer der Häuser von Chinon rückten immer ferner und wirkten auch nicht mehr so verheißungsvoll.

Aus dem gepflasterten Pfad wurde bald ein Feldweg, und als ich zu einer zweiten Ansammlung unbewohnter Felshütten an dem Abhang zu meiner Linken kam, lief mir ein Schauer über den Rücken. Ich blieb stehen und sah mich um. Der Wind hatte ein verwittertes Blatt ergriffen und trieb es vor sich her den Weg entlang, bis es in dem hohen Gras hängenblieb. Sonst bewegte sich gar nichts. »Hallo?« rief ich. »Ist hier jemand?«

Keine Antwort. Ich ging weiter. Der Weg führte genau auf ein düsteres Haus zu, bei dessen Anblick mir auch nicht wohler wurde. Ein ausgesprochen häßliches Haus mit einem Stacheldrahtzaun. Als ich daran vorbeikam, schepperten die geschlossenen Fensterläden im Wind. Wie eine Klapperschlange, die auf arglose Spaziergänger lauert, dachte ich. Angst packte mich, und ich blieb stehen, um mich umzublicken. Doch der Pfad lag verlassen da.

Aber als ich diesmal weiterging, vernahm ich ein Geräusch – wie von schlurfenden Schritten. Es kam mir auch so vor, als hörte ich jemanden atmen. Oder war das wieder nur der Wind? In dem Haus hinter mir warf sich wild knurrend irgendein Tier gegen die Tür, und ich begann zu laufen. Zweimal wäre ich fast gestolpert und hingefallen. Meine Schulter streifte eine herunterhängende Ranke, und ein Schwall kleiner weißer Blütenblätter rieselte auf mich nieder und blieb an meinem Gesicht kleben. Aber ich wagte es nicht, mein Tempo zu verlangsamen, bis ich diesen unheimlichen Ort hinter mir gelassen hatte.

Wieder kam ich zu einer Reihe Felsbehausungen, aber diesmal sahen sie bewohnt aus. Der Kies auf dem Vorplatz war ordentlich glattgerecht, und am Ende der Reihe erhob sich ein stattlicher Baum neben einem uralten Torbogen mit einer hölzernen Pforte.

Ich hielt in meinem hastenden Gang inne. Es gab keinen vernünftigen Grund dafür, aber hier fühlte ich mich plötzlich wieder sicher. Mit zitternden Knien lehnte ich mich gegen die Mauer und holte tief Luft. Ich rührte mich nicht von der Stelle, selbst als das Geräusch der Schritte lauter wurde als das Klopfen meines Herzens. Aber dies war nicht das Geräusch, von dem ich mich auf dem Pfad verfolgt gefühlt hatte. Diese Schritte klangen anders, irgendwie ruhiger, es war nichts Bedrohliches an ihnen, und sie schienen von unten, aus dem Tal zu kommen. Eine Treppe, dachte ich. Es mußte hier ganz in der Nähe eine Treppe geben, und schon hatte ich die Stelle entdeckt. Die Schritte kamen immer näher, und dann hörte ich eine Stimme, die mir vertraut war.

Als mit einemmal Martine und Christian vor mir standen, muß ich schon wieder ganz gefaßt ausgesehen haben.

Martine hatte an diesem Morgen auf ihren Trauerschleier verzichtet und sich statt dessen in eine grellgelbe Windjacke geworfen, deren Anblick fast in den Augen weh tat. Dazu trug sie einen ebenfalls gelben Rollkragenpullover und eine enge schwarze Jeans. Auch ohne das schwarze Kleid sah sie betörend schön aus, aber was mich wirklich neidisch werden ließ, waren ihre Zähne. Noch nie war mir ein Mensch mit so ebenmäßigen, perfekten Zähnen begegnet.

Martine erholte sich als erste von ihrer Verblüffung. »Hallo«, begrüßte sie mich.

Ich machte mich von meiner schützenden Mauer los und erwiderte den Gruß. »Kleiner Morgenspaziergang?«

»Ja, Christian hat die Nase voll von seinem Umzug und will heute Skizzen für ein Bild machen.« Christian, der eine Ledertasche über der Schulter trug, sah aus, als würde er noch halb schlafen. Martine hingegen war hellwach und plauderte munter drauflos. »Sie besuchen die Kapelle, Mademoiselle?«

»Sagen Sie doch bitte Emily zu mir. Welche Kapelle meinen Sie?«

»Die Kapelle Sainte Radegonde, direkt hinter Ihnen.«

Ich blickte auf die verschlossene Pforte. »Ach, dahinter befindet sich eine Kapelle? Das habe ich nicht gewußt.«

»Aber ja, die berühmteste, die wir hier in Chinon

haben. Christian kommt oft her, um Entwürfe zu zeichnen. Kommen Sie mit uns und schauen Sie sie sich an. Die Kapelle von Sainte Radegonde muß man gesehen haben, nicht wahr, Christian?«

»Wie?« Sein Kopf fuhr herum. Martines Frage hatte ihn aus der gedankenvollen Betrachtung einer vorüberziehenden Wolke gerissen. »Ja doch, stimmt. Muß man gesehen haben.«

»Die Kapelle ist meistens abgeschlossen«, erklärte Martine. »Den Schlüssel bekommt man bei der Touristeninformation. Aber Christian hat seinen eigenen.«

Es war ein alter, langer Schlüssel, so einer, wie man ihn manchmal in Gruselfilmen sieht, und Christian hatte seine Mühe, damit die Tür aufzusperren. Als sich der Schlüssel endlich drehte, öffnete er aber nicht sogleich, sondern sah mich mit ernstem Gesichtsausdruck an und sagte: »Machen Sie bitte die Augen zu.«

»Wie bitte?«

Es schien ihm ein wenig peinlich zu sein. »Tut mir leid, aber … Sie werden nur einmal die Chance haben, dies hier zum erstenmal zu sehen, und da ist es besser, sich überraschen zu lassen.«

»Von mir aus.« Wie ein Kind, das darauf wartet, ein Geschenk zu bekommen, stellte ich mich also mit geschlossenen Augen vor die Tür. Ich hörte das Quietschen der Angeln und hatte plötzlich einen Geruch wie von Blumen und warmem Stein in der Nase.

»So«, hörte ich Christian sagen, »jetzt dürfen Sie gucken.«

Vor mir erhoben sich zwei gewaltige Säulen, die geradewegs bis in den Himmel zu reichen schienen. Ihre Kapitelle stützten den Rest einer gewölbten Mauer, aus der welke Grashalme sprossen. Eine hohe Gittertür zwischen den beiden Pfeilern schützte das Innere der Kapelle, in der sich zu beiden Seiten des Mittelganges die Säulenreihen fortsetzten. An jeder Säule befand sich eine Heiligenfigur, die mit blinden Augen auf mich hinuntersah.

Und zwischen den Säulen wuchs ein Garten, ein wilder Garten, von keines Menschen Hand berührt oder gepflegt. Hier und dort kündeten die in den Boden eingelassenen Grabstellen von der Zeit, als hier noch Gottesdienste abgehalten wurden. Doch jetzt lag alles verlassen und leergeräumt da; auch die Toten, die man in diesen Gräbern bestattet hatte, waren mittlerweile zu ihrer letzten Ruhe umgebettet worden. Das Dach dürfte schon vor ewigen Zeiten eingestürzt sein, denn es waren keine Trümmerreste mehr zu entdecken, und die einst so mächtig aufragenden Mauern waren nur mehr brüchige Ruinen, deren obere Kanten vom darauf wuchernden Efeu weichgezeichnet wurden.

Um das Taufbecken herum wuchs ein Lorbeerstrauch, und zu meinen Füßen zitterten zarte Wildblumen zwischen sattgrünen Mooskissen im Zugwind. In der Stille, die mich umgab, schien dieser verborgene Garten vor vitaler Energie nur so zu summen.

Beinahe hätte ich ihn nicht gesehen.

Er hätte ebensogut selbst ein Heiligenbild sein können, wie er da sitzend gegen die in Sonnenlicht getauchte Wand des Mittelschiffs lehnte. Erst als er die Augen öffnete, blinzelte, sich im Halbdunkel zu orientieren suchte, merkte man, daß Leben in ihm steckte. Dann hob er die Hand, um sich den Kopfhörer abzunehmen, und ich hörte das Klicken, mit dem der tragbare Kassettenrecorder abgeschaltet wurde.

»Guten Morgen allerseits«, grüßte Neil Grantham.

15

... stilles Licht schlief auf bemalten Wänden ...

Wir reagierten alle drei unterschiedlich auf seine Anwesenheit, obwohl in meinem Falle weniger von einer Reaktion als vielmehr von dem Ausbleiben einer solchen zu sprechen gewesen wäre. Ich erinnere mich nicht, auch nur eine Miene verzogen zu haben. Martine, die neben mir stand, lachte nur kurz verzückt auf und sagte: »Neil, du Verrückter! Wie bist du denn hier reingekommen?«

Christian verhielt sich weit sonderbarer. »Rühr dich nicht von der Stelle!« sagte er in einem Befehlston, der so gar nicht zu ihm passen wollte.

Neil, der sich gerade vorgebeugt hatte, als wolle er aufsehen, ließ sich wieder gegen die Mauer zurücksinken und sah zu, wie Christian auf dem feuchten Untergrund in die Knie ging, sich die schwere Tasche von der Schulter wuchtete und darin herumzuwühlen begann. Nachdem er ein Tintenfäßchen mit einer Klammer am Rand seines Skizzenblocks befestigt hatte, schlug er ein neues Blatt auf und machte sich ans Werk.

»Ihr habt mir einen ganz schönen Schrecken eingejagt«, sagte Neil leicht vorwurfsvoll und sah dabei nicht Christian, sondern mich an. »Ich habe euch gar nicht hereinkommen hören.«

»Unglaublich. Du mußt taub sein«, entgegnete Christian. »Wenn das Schloß aufschnappt, hört es sich doch an, als ob eine Pistole losgeht.«

»Ich hatte Musik an.« Die leiseste Kopfbewegung trug Neil einen strafenden Blick von Christian ein.

»Neil ...«

»Schon gut.« Neil hielt seinen Kopf reglos gegen die Mauer gepreßt, aber seine Pupillen bewegten sich in meine Richtung.

»Thierry hat mir diesen Apparat geliehen. Funktioniert ganz gut.«

»Noch«, sagte Martine und stellte sich zwischen uns. »Und wie bist du hier hereingekommen? Die Tür ist doch immer abgeschlossen.«

»Ich habe meine Methoden.« Wieder die Lachfältchen um die dunklen Augen.

»Martine, du stehst mir im Licht«, Christian seufzte. Er hockte tief über seinen Zeichenblock gebeugt und ließ die Feder über das weiße Papier schnellen.

»Er malt gar nicht mich«, sagte Neil. »Sondern irgendwas, das ich unbewußt tue. Stimmt's, Christian?«

Christian blickte kurz auf. »Du hinterläßt einen Schatten da drüben auf der Säule. Den kann ich gut gebrauchen.«

»Hab ich's nicht gesagt?« meinte Neil resignierend.

»Außerdem«, fuhr Christian fort, »hast du etwas an dir, was ich einzufangen versuche. Eine ziemlich faszinierende Unbewegtheit.«

»Kein Wunder. Du erlaubst ja nicht, daß ich mich rühre.«

Aber ich wußte, was Christian gemeint hatte. Diese Unbewegtheit steckte tiefer, war mehr als bloßes Stillhalten. Es war etwas, was man nicht beschreiben konnte – er gab einem das Gefühl, die Zeit striche an ihm vorbei, ohne ihm etwas anzuhaben. Selbst, als die Skizze fertig war, Neil wieder aufstehen durfte und sich die steifgewordenen Glieder streckte, blieb etwas von dieser ganz besonderen Aura um ihn.

»Du bist wohl schon ein bißchen zu alt dafür, um über Mauern zu steigen.«

»Er ist über diese Mauer geklettert?« fragte ich ungläubig. Selbst an den niedrigsten Stellen war sie wohl noch drei oder vier Meter hoch.

»Kann sein.« Neil machte keine Anstalten, unsere Neugier zu befriedigen, und wandte sich statt dessen Christian zu. »Hast du den Schlüssel für das Gittertor dabei? Emily möchte vielleicht die Wandgemälde sehen.« Er nannte mich mit solcher Selbstverständlichkeit bei meinem Vornamen, als seien wir alte Freunde oder mehr als das. Offenbar duzten wir uns jetzt plötzlich. Es kam mir auch so vor, als würde uns Martine von der Seite einen fragenden Blick zuwerfen. Als Christian das Tor aufgesperrt hatte und wir die Apsis der Kapelle betraten, beschlich mich ein unbehagliches Gefühl beim Anblick der Heiligengestalten links und rechts über mir. Obwohl sie hier im Schatten eingeschlossen waren, erschien es mir mit einemmal so, als sei ich, nicht sie, hinter einem vergitterten Tor gefangen, als könnten ihre Augen weiter blicken als meine, in eine andere Welt schauen.

»Christian«, sagte Martine, »erzähl uns doch noch einmal die Geschichte von Sainte Radegonde. Ich bekomme sie nie richtig zusammen.«

»Muß das sein? Gut, aber nur die Kurzfassung: Sie war eine deutsche Prinzessin. Irgendwann im sechsten Jahrhundert wurden ihre Leute vom Frankenkönig Chlothar überrannt, der Radegunde – so heißt sie bei uns – zur Braut nahm. Sie war damals elf Jahre alt und wurde mit ihm nicht glücklich, also verließ sie ihn, um Nonne zu werden. Sie hat hier in Chinon ein kleines Kloster gegründet.«

»Hier an dieser Stelle?« Ich sah mich um.

»Nein, nicht hier. Hier lebte der Eremit Jean, ein Heiliger. Auf den komme ich auch gleich.« Es war nicht zu übersehen, daß er wenig Lust verspürte, den Fremdenführer zu spielen. »Hier in Chinon erreichte Radegunde der Befehl Chlothars, ihres früheren Ehemannes, sich weiter südlich nach Poitiers zu begeben und dort ein Kloster zu gründen, für das er, Chlothar, die nötigen Mittel bereitstellen würde. Aber Radegunde hatte ihre Zweifel, ob das gut und richtig war, und ist hergekommen, damit sie Jean, den Einsiedler, um Rat fragen konnte.«

»Und was hat er ihr geraten?«

»Er hielt es für eine gute Sache, nach Poitiers zu gehen. Und so machte sich Radegunde auf die Reise, wie Chlothar es verlangt hatte, und baute in Poitiers eine große Kirche. Und dort liegt sie auch begraben.«

Am hinteren Ende des Raumes befand sich eine Art Altar, ein gewaltiger Steintisch mit einer weißen Spitzendecke darüber, eingelassen in eine Nische, die mit Wandgemälden übersät war.

Auf dem Altar standen frische Blumen und ein hölzernes Kruzifix, links und rechts umrahmt von bronzenen Leuchtern. In einer der Skulpturen glaubte ich eine mittelalterliche Frau zu erkennen. Sie trug eine Krone auf dem Kopf und war tief ins Gebet versunken.

»Ist sie das?« fragte ich. »Ist das die heilige Radegunde?«

»Ja, das ist sie.« Christian nickte. »Und das hier auch.« Er zeigte auf eine zweite, noch anmutigere Figur in der danebenliegenden Nische, die ebenfalls mit Gemälden verziert war. Zu Füßen dieser Skulptur lagen frischgeschnittene Blumen und eine flache Schale mit mehreren Münzen darin. Opfergaben für eine Heilige, vermutete ich, bis Christian mich ins Bild setzte. »Das sind Spenden für die ›Freunde des Alten Chinon‹, Beiträge für den Erhalt dieser Kapelle.«

»Die Kapelle ist hier noch tiefer in den Felsen hineingetrieben«, sagte Martine und wies auf ein etwas niedrigeres Eisengitter hinten an der Wand. Hinter diesem Gitter waren keine Heiligengestalten zu erkennen, nur ein paar Schritte weit ein steinerner Fußboden und dann nichts als schwarze Finsternis. »Dort gibt es noch mehr Höhlen und sogar ein kleines Museum, und einen alten Brunnen aus der Zeit Sainte Radegondes. Hast du den Schlüssel, Christian?«

Der junge Deutsche schüttelte den Kopf. »Nein, den habe ich nicht bei mir. Wir können uns das ja ein andermal angucken.«

»Aber Christian, wieso ...«

»Ich habe den Schlüssel nicht dabei, Martine. Tut mir leid.«

Ich für meine Person war nicht allzu enttäuscht. Der Modergeruch, der aus dem Raum hinter dem Eisengitter zu mir drang, war nicht gerade einladend. Außerdem hatte ich soeben ein gemaltes Fries an der gegenüberliegenden Seite erspäht.

»Das gibt's doch gar nicht«, entfuhr es mir. »Da ist ja John.«

»Ja, das ist Jean, der Eremit«, erläuterte Martine. »Es ist eine Nachbildung seines Sarkophages. Die schlafende Figur ist nicht so alt wie ...«

»Nein, die meine ich nicht«, unterbrach ich sie. »Ich meinte das Fresko weiter hinten, dort oben an der Wand. Das ist Johann Ohneland, einst König von England.«

»Ach, das. Ja, Sie haben recht, das ist ein Gemälde der Plantagenets.« Es war vielmehr nur das Fragment eines Freskengemäldes, denn am unteren Rand war ein großes Stück herausgebrochen, aber die Farben wirkten noch frisch und lebensecht.

»Das habe ich doch schon mal gesehen«, sagte ich leise. Stimmt, ich kannte es aus einem von Harrys Büchern.

Martine bestätigte meine Vermutung. »Ja, es ist oft fotografiert worden, vor allem damals, vor dreißig Jahren, als man es entdeckt hat. Man datiert es auf die Zeit, als John herkam, um seine Königin zu heiraten. Das hier ist sie, auf dem Pferd hinter dem ihres Mannes. Nicht die ältere Frau im Hintergrund, sondern das junge Mädchen, das hier vorne reitet.«

Neil war von hinten so dicht an mich herangetreten, daß sein Atem über mein Haar strich. »Sieht mir ziemlich jung aus für eine Königin«, kommentierte er. »Und sie trägt ja auch gar keine Krone. Die hat die ältere auf.«

»Das ist Eleonore von Aquitanien«, erklärte ich ihm. »Sie war seine Mutter.« Aber ich sah dabei nicht die berühmte Königin an. Ich hatte nur Blicke für die liebreizende, tragische junge Frau im Vordergrund, deren große dunkle Augen mit soviel Hoffnung in die Zukunft schauten …

»Man kann von Glück sagen, daß das erhalten geblieben ist«, erläuterte Martine, die Kunstexpertin. »Kurz nachdem es gemalt worden war, fiel Chinon an den französischen König. Dieser John, der König von England, hat, glaube ich, jemanden umgebracht, und daher fand man es nicht sehr angemessen, sein Bildnis hier in der Kirche zu haben, so daß man es mit Putz bedeckt hat. Und hinter diesem Putz blieb es dann bis 1966 verborgen, als ein Stück davon abfiel.«

Ich hörte kaum, was sie sagte. Ich studierte das Gemälde, und jedesmal, wenn mein Blick auf Isabelle fiel, kam es mir so vor, als würde sie geradewegs mich anschauen, so, als wollte sie mir etwas mitteilen.

Damit waren wir auch schon am Ende unserer improvisierten Führung angelangt und traten wieder hinaus in die deckenlose Vorhalle. Christian suchte sich einen Platz bei dem Taufbecken und begann eine weitere Tuschezeichnung. Mit geübtem Blick fing er die Umrisse der Ruine ein und brachte sie mit raschen Strichen aufs Papier. Weil ich ihn nicht stören wollte, gesellte ich mich zu Neil und Martine, die an den hohen Säulen beim Eingang warteten. Ich weiß nicht, ob ich mir etwas dabei gedacht habe, als ich mich zwischen die beiden setzte ... Nein, ich glaube eher nicht. Aber zu diesem Zeitpunkt begannen mir meine Reaktionen auf Neil Grantham zunehmend aus dem Ruder zu laufen.

Er schüttelte sich das dichte blonde Haar aus der Stirn, und die Mittagssonne schien ihm direkt ins Gesicht. »Für mich ist das beinahe wie das Paradies hier oben«, sagte er. »Ich wage es schon kaum, zu oft herzukommen, sonst schaffe ich am Ende gar nichts mehr. Am liebsten würde ich für immer in Chinon bleiben.« Er wollte mir zulächeln, aber mein Gesichtsausdruck ließ ihn innehalten. »Was? Was ist denn?«

»Nichts.« Wie idiotisch hätte es denn geklungen, wenn ich ihm gesagt hätte, daß mir eben gerade aufgefallen war, daß seine Augen natürlich gar nicht schwarz waren, sondern blau, von einem so dunklen, intensiven Blau wie das mitternächtliche Meer. Nicht, daß es eine Rolle spielte, welche Farbe seine Augen hatten. Daß ich mich so eingehend mit ihnen beschäftigte, war der springende Punkt.

Harry hat schon immer über mich gelacht, wenn ich

Männern so tief in die Augen schaute. »Man sieht's dir sofort an, wenn's dich erwischt hat, meine Liebe«, pflegte er mich aufzuziehen. »Ich brauche dich nur zu fragen, welche Augenfarbe er hat.« Und das stimmte leider. Wenn ein Mann mich nicht interessierte, antwortete ich einfach mit »braun«, weil mir nichts anderes einfiel, aber wenn ein Mann es mir angetan hatte, wußte ich seine Augen peinlich genau bis ins kleinste Detail zu beschreiben.

Ich fühlte, wie mir die Wangen zu glühen begannen, aber Neil merkte nichts davon. Er sah zu der Mauer hin, an der er vorhin gesessen hatte. »Da ist wieder dieser blöde Vogel«, sagte er.

»Was für ein Vogel?« wollte Martine wissen.

»Der da drüben. Die Schwalbe. Sie ist heute morgen wie wild um mich herumgeflattert. Ging mir richtig auf die Nerven. Muß irgendwo hier ihr Nest haben.«

Auch ich sah nun den kleinen Zugvogel an, und für einen Augenblick – einen winzigen Augenblick nur – war ich beinahe versucht, zu glauben ... Sei nicht dumm, sagte ich mir energisch, das war nicht die Schwalbe, die du gesehen hast, das konnte gar nicht dieselbe Schwalbe sein, und ganz gewiß hatte sie mir nicht die Botschaft eines Prinzen bringen wollen. So etwas gab es nicht. Ich spürte wieder Neils Augen auf mir ruhen, als wollte er etwas zu mir sagen, und erhob mich rasch. »Ich möchte auch eine Spende bei dem Altar hinterlassen«, sagte ich, eine Spur zu aufgekratzt. »Es ist so schön hier, daß es schade wäre, wenn das alles verfällt, bloß weil kein Geld da ist.«

Ich war augenscheinlich nicht die einzige, die diese Meinung vertrat, denn in der kleinen Schale zu Füßen der heiligen Radegunde war eine erkleckliche Summe zusammengekommen. Unter den vielen winzigen, dünnen französischen Münzen entdeckte ich auch einige dickere amerikanischer Herkunft, und halb versteckt unter diesen noch eine kleine aus gehämmertem Silber ...

Ich starrte sie einen Moment lang an und wollte es nicht glauben. Das konnte doch nicht sein, das konnte doch einfach nicht wahr sein ... Aber da war sie, ohne Zweifel, eine kleine, runde Münze aus angelaufenem Silber mit dem aufgeprägten Antlitz eines toten Königs – dem Bild Johns, des dritten Königs aus dem Hause Plantagenet.

Der Wind blies plötzlich eine kalte Brise zwischen den schützenden Mauern hindurch, und ich hörte wieder die lachende Stimme meines Cousins, sah ihn, wie er die Faust schützend um diese Münze schloß ... »Du magst aufgehört haben, an die kleinen Dinge zu glauben, die einem im Leben Glück bringen, aber ich nicht. Ich würde eher meinen rechten Arm hergeben als diesen kleinen König hier ...«

Ohne es eigentlich zu wollen, nahm ich die Münze aus der Schale und umfaßte sie mit den Fingern, drückte sie in das weiche Fleisch meines Handballens, bis ich jede einzelne ihrer abgewetzten Konturen spüren konnte. Sie befand sich nicht mehr in seiner Obhut, aber zweifellos handelte es sich hier um Harrys Münze. Ich konnte mir nicht vorstellen, daß noch andere Touristen Münzen mit King John darauf mit sich herumtrugen. Er war also hier gewesen, vor gar nicht allzulanger Zeit. Harry war hier gewesen ...

Mein eigenes Fünf-Franc-Stück landete klappernd auf dem Teller, und Martine blickte auf. Sie konnte mich gegen das Sonnenlicht nur undeutlich sehen, fragte aber trotzdem: »Stimmt irgendwas nicht?«

Unter den vorwurfsvollen Augen der Heiligen ließ ich die Münze in meiner Tasche verschwinden und schüttelte den Kopf. »Nein, alles in Ordnung.« Zufrieden wandte sich Martine wieder ab, um mit Neil weiterzureden, während ich meine zitternde Hand zur Faust ballte. »Alles in Ordnung«, sagte ich noch einmal leise vor mich hin. Ich wünschte nur, ich wäre selbst überzeugt davon gewesen …

16

Fortan hast du einen Gefährten, mich …

Es dunkelte schon, als ich mein Zimmer verließ, um mich auf die Suche nach Paul zu machen. Ich fand ihn in der Bar, wo er an einem der Fenstertische saß, »Ulysses« aufgeschlagen auf dem niedrigen Tisch zu seinen Knien.

Er wirkte so zufrieden mit Gott und der Welt, daß ich mir überlegte, ob ich ihn überhaupt stören sollte. Aber das Telefon meiner Tante war den ganzen Nachmittag lang besetzt gewesen, und statt meines Vaters hatte ich nur seinen Anrufbeantworter erreicht, also blieb mir allein Paul, wenn ich mit jemandem reden wollte. Er war der einzige, bei dem ich mich hier in Chinon hätte aussprechen mögen, denn inzwischen kam er mir wie ein altvertrauter Freund vor. Als ich die Bar betrat, blickte er auf und begrüßte mich mit einem Lächeln. »Du kommst gerade recht«, sagte er. »Ich wollte eben zu lesen aufhören und mir was zu trinken holen.«

»Auf welcher Seite bist du gerade?«

»Fünfhundertsechsundvierzig.«

»Und wie viele Seiten hat das Buch insgesamt?«

»An die achthundert. Ich werde wohl nie damit fertig.«

»Überschlag doch einfach ein paar Seiten. Bei so einem dicken Buch merkt man das gar nicht.« Ich nahm auf der Couch ihm gegenüber Platz.

»Das hieße ja mogeln. Außerdem mache ich nicht gern halbe Sachen. Sobald ich etwas anfange, bringe ich es auch zu Ende, so bin ich eben. Ich hasse unerledigte Dinge.«

»Ist es denn wirklich so schwer zu lesen?«

»Nein, schwer zu lesen ist es nicht gerade. Kompliziert wäre wohl das treffendere Wort dafür. Für Joyce' Erzählweise mit den vielen Ausdrucksverknappungen muß man sich Zeit lassen, sonst entgeht einem zuviel. Was, zum Beispiel, soll das hier deiner Meinung nach bedeuten?« Er hielt mir das Buch hin und zeigte mit dem Finger auf eine Stelle im Text.

Ich las die Passage zweimal durch und schüttelte den Kopf. »Keinen blassen Schimmer.«

»So geht's mir auch. Aber ich weiß, daß ich irgendwann dahinterkomme. So muß man dieses Buch nämlich lesen. Man hangelt sich durch ein paar Sätze hindurch, macht eine Pause, um darüber nachzudenken, und liest dann wieder ein Stück weiter.«

»Soviel Geduld hätte ich nie.«

»Simon würde es nicht als Geduld bezeichnen. Für ihn ist es Besessenheit, ein Charakterzug, der ihm bei mir sowieso schon auf die Nerven geht. Er sagt, ich wäre der typische Arzt, müßte immer allen Dingen genauestens auf den Grund gehen.«

»Und, stimmt das?«

»Klar. Man braucht eine Sache nur aus dem richtigen Blickwinkel anzugehen, um sie zu begreifen. Für das, was man nicht versteht, muß man sich die rechte Betrachtungsweise suchen und – peng! Plötzlich erschließt sich einem das ganze Universum.«

»Ja, wenn man's kann. Ich jedenfalls habe mein Problem von allen möglichen Seiten betrachtet und komme trotzdem zu keiner Lösung.«

»Und dieses Problem wäre?«

Ich griff in meine Tasche und hielt ihm die Handfläche hin. »Das hier.«

Paul beugte sich vor, nahm die Münze und hielt sie ins Licht. »Was ist das?«

»Eine alte Münze mit King John darauf.«

»Und wo hast du die her?«

Ich schämte mich zuzugeben, daß ich sie von einem Teller mit Spenden gestohlen hatte, und nahm Zuflucht zu einer Notlüge. »Ich habe sie in der Kapelle der heiligen Radegunde gefunden.«

»Donnerwetter.« Er drehte sie langsam zwischen den Fingern. »Ich wette, davon gibt's nicht mehr viele.«

»Mein Vetter hat eine.«

Paul begriff sofort, worauf ich hinauswollte. »Aber dein Cousin hat doch ausrichten lassen, daß er erst später kommt.« Er gab mir die Münze zurück und sah mich gespannt an. »Und jetzt denkst du, das wäre seine? Daß er schon hier war und wieder abgereist ist?«

»Ich weiß nicht, was ich denken soll. Ich habe in allen anderen Hotels angerufen, aber niemand wußte etwas von ihm. Ich habe auch die Krankenhäuser überprüft – nichts. Im Umkreis von zehn Meilen hat niemand etwas von ihm gehört. Jedenfalls nicht in den letzten Tagen.«

»Hast du es beim Verkehrsbüro versucht? An die muß man sich nämlich wenden, wenn man den Schlüssel zu der Kapelle haben will.«

Ich nickte. »Sie sagen, während der letzten vier Wochen hätte niemand die Kapelle besichtigen wollen.« Christian besaß natürlich einen Schlüssel, aber wenn er sich mit Harry getroffen hätte, würde er es mir doch erzählt haben. Mein Vetter und ich sahen einander ähnlich wie Bruder und Schwester, und diese Ähnlichkeit wäre ihm zweifellos aufgefallen. Und während Neil es offenbar irgendwie geschafft hatte, die Mauer zu überwinden, traute ich das Harry eher nicht zu. »Diese Münze«, sagte ich zu Paul, »bereitet mir Kopfzerbrechen. Sie ist sein Glücksbringer. Er würde sie doch nicht einfach hergeben.«

»Aber er kann sie doch verloren haben.«

»Nicht da, wo ich sie gefunden habe. Jemand muß sie dort mit Absicht hingelegt haben. Außerdem hat Harry sie immer in einer Schatulle, wie Sammler sie benutzen, aufbewahrt und nicht so lose mit sich herumgetragen.«

»Du meinst, er hätte sie dann mitsamt der Schatulle verlieren müssen.«

»Eben. Die rationalste Erklärung wäre natürlich, daß dies hier gar nicht Harrys Münze ist. Aber sie ist aus reinem Silber und von antikem Wert, und man müßte schon verrückt sein, sie ... sie da hinzutun, wo ich sie gefunden habe.«

Paul schwieg einen Augenblick lang und schüttelte eine Zigarette aus seiner fast leeren Packung. »Wenn du dir wirklich solche Sorgen machst, solltest du da nicht die Polizei einschalten?«

»Um ihnen was zu erzählen? Daß ich eine Münze gefunden habe, die möglicherweise meinem Vetter gehört, möglicherweise aber auch nicht? Die würden mir was erzählen, sie mit so was zu behelligen.«

»Also keine Polizei«, faßte Paul zusammen. »Es muß doch noch einen anderen Weg geben herauszufinden, ob er hier gewesen ist.«

»Mir fällt keiner ein.«

»Hast du nicht gesagt, er wollte herkommen, um irgendwelche Nachforschungen anzustellen?«

»Ja.«

»Und wo würde er dazu hingehen?«

»Ich weiß es nicht genau. In die Bibliothek oder zum Schloß hinauf ... nein, warte.« Mir war plötzlich etwas eingefallen. »Er hat gesagt, er wolle sich mit jemandem treffen, einem Mann, der einen von Harrys Artikeln gelesen und ihm Informationen über die unterirdischen Gänge angeboten hat.«

»Du bist sicher, daß es ein Mann war?«

Ich schloß die Augen und versuchte, mich an das Gespräch zu erinnern, das nun schon eine Woche zurücklag. »Ja, ganz bestimmt.«

»Und weißt du noch seinen Namen?«

»Nein. Ich glaube, Harry hat mir sowieso nur seinen Vornamen genannt.«

»War er Franzose oder Engländer?«

»Franzose.« Soviel wenigstens wußte ich noch. »Er hat auf französisch geschrieben, aber Harry meinte, er müßte Englisch verstehen, weil der Artikel – in dem es übrigens um den Schatz von Königin Isabelle geht – in einer englischen Zeitschrift erschienen ist.«

»Na bitte«, sagte Paul. »Also suchen wir einen an Geschichte interessierten Mann aus der Gegend hier, der sich mit den Tunneln auskennt und englische Fachzeitschriften liest. Hört sich nach einem Fall für Sherlock Holmes an.«

»Aussichtslos, mit anderen Worten.«

»Ich denke, ich könnte dir da schon behilflich sein. So viele Leute gibt's hier in Chinon ja auch wieder nicht, auf die diese Beschreibung zutrifft, und die wenigen, die es gibt, werden sich gewiß irgendwann mal in der Bibliothek blicken lassen. Wenn du willst, kann ich mich dort morgen umhören. Und falls du noch mal in die Kapelle willst, um dich ein wenig umzusehen, ob dein Cousin dort vielleicht noch etwas zurückgelassen hat, kann ich Christian bestimmt überreden, mir den Schlüssel zu geben.«

»Würdest du das für mich tun?«

»Klar. Überredungskunst ist meine große Stärke. Bei meinem Bruder muß ich sie oft genug anwenden.«

»Wo steckt Simon eigentlich?«

»Weiß nicht. Nach dem Mittagessen ist er auf Schatzsuche gegangen, und bisher habe ich ihn nicht wieder zu Gesicht bekommen. Seit der Gespenstergeschichte von gestern abend ist er völlig Feuer und Flamme – zwei Isabelles, zwei verborgene Schätze, zweimal die Möglichkeit, auf etwas zu stoßen.«

»Du mußt es auch mal von der guten Seite sehen. Zumindest wird er jetzt nicht mehr so erpicht darauf sein, Chinon den Rücken zu kehren. Dir bleiben also noch ein paar zusätzliche Tage.«

»Wohl noch mehr. Weißt du nicht mehr? Das Echo hat gesagt, daß Simon mich hier nie wegkriegt.« Er streckte die Arme. »Etwas zu trinken? Einen Kaffee?«

Ich sah mich in dem leeren Raum um. »Ist die Bar denn überhaupt geöffnet?«

»Aber sicher. Thierry ist im Hinterzimmer. Hat Papierkram zu erledigen.«

»Papierkram?« Ich fand es witzig, daß sich der junge Barkeeper mit so was beschäftigte.

»Oder so ähnlich. Gabrielle, die Empfangsdame, scheint ihm dabei behilflich zu sein.«

Jetzt dämmerte es mir.

»Ich soll pfeifen, wenn ich etwas brauche.«

Er mußte sogar zweimal pfeifen, ehe sich in dem kleinen Zimmer hinter der Bar etwas rührte und eine gedämpfte Stimme sich meldete: »Oh-kee, bin schon unterwegs.«

Paul nahm sich eine weitere Zigarette und sah mich entschuldigend an. »Kettenrauchen, ich weiß. Meine

Mutter würde einen Anfall kriegen. Aber ich muß die Zeit nutzen, solange Simon noch nicht zurück ist.«

Ich biß mir auf die Lippe. »Paul ...«

»Ja?«

»Du wirst doch keinem von der Münze meines Vetters erzählen, nicht wahr?« Zum Glück fragte er nicht nach dem Grund, sonst hätte ich mir eine schöne Geschichte einfallen lassen müssen, denn mich beschlich das ungute, wenn auch durch nichts begründete Gefühl, daß irgend etwas mit meinen Bekannten hier in Chinon nicht stimmte. Ich hatte schon am ersten Abend beim Essen so eine Ahnung gehabt, und gestern hier in der Bar auch wieder – daß unter der Oberfläche etwas schwelte, was mir bisher verborgen geblieben war. Es erinnerte mich daran, wie mein Vater mit uns vor Jahren einmal zu einem Theaterbesuch nach London gefahren war, aber irgendwas durcheinanderbekommen hatte, so daß wir pünktlich zum dritten Aufzug eintrafen. Während des gesamten letzten Akts wurde ich nicht mehr schlau daraus, was sich auf der Bühne tat, denn die Charaktere der Figuren und das, was ihr Handeln bestimmte, waren natürlich schon weit früher im Stück enthüllt worden. Ich spürte zwar die zwischen ihnen herrschende Spannung, kam aber nicht mehr dahinter, worum es eigentlich ging.

Aber was auch immer der Grund für die im Hotel de France herrschende Spannung unter den Gästen sein mochte, Paul Lazarus schien wenig davon berührt. »Klar werde ich's für mich behalten«, sagte er. »Wenn du es möchtest.«

»Auch Simon gegenüber?«

»Auch ihm gegenüber.«

»Danke. Du bist ein Engel.«

Er balancierte seine Zigarette auf dem Rand des

Aschenbechers und lehnte sich sichtlich zufrieden in seinem Stuhl zurück. »Man gibt sich Mühe.«

»Aha!« Simon war in der Tür der Bar erschienen und sah Paul triumphierend an. »Ich wußte doch, daß ich dich früher oder später dabei erwischen würde! Ich hab's doch gewußt!«

Ich mußte es tun. Ich griff mir lässig die glimmende Zigarette, führte sie an die Lippen und tat mit perfekter Nonchalance einen tiefen Zug. »Wobei erwischen?« fragte ich Simon.

Simon fiel die Kinnlade herunter, und auch Paul war zusammengezuckt, ich aber setzte eine Unschuldsmiene auf, bei der Simon nichts mehr einfiel.

»Schon gut.« Verwirrt sah er Paul an. »Ich dachte bloß ...« Er kam nicht mehr dazu, uns zu erzählen, was er gedacht hatte. Hinter ihm, in der Eingangshalle, wurde die Tür geöffnet und wieder geschlossen, und schon kamen zu meinem Entsetzen die Whitakers herein. Aus war's mit der friedvollen kameradschaftlichen Stimmung, die sich gerade zwischen Paul und mir aufgebaut hatte.

»Aber Emily!« echauffierte Garland sich sofort. »Ich habe ja gar nicht gewußt, daß Sie rauchen!«

Ich hatte das Rauchen ja auch vor drei Jahren aufgegeben – ein Schritt auf meinem Wege in ein verantwortungsbewußteres Leben – und war deshalb auch einigermaßen erleichtert, daß die Zigarette mir überhaupt nicht schmeckte.

»Jeder hat sein kleines Laster, sagt mein Vater immer.«

»Nur eins? Wie langweilig, meine Liebste!« Mit großer Geste ließ sie sich in den der Tür nächstgelegenen Sessel sinken und stieß einen selbstmitleidigen Seufzer aus. »Ich werde hier nie wieder hochkommen«, tat sie laut kund. »Wir müssen ja wohl hundert Meilen gelaufen sein!«

»Einmal über den Fluß und zurück«, sagte Jim Whitaker, der sich zu uns ans Fenster gesellt hatte. »Aber meine Frau ist es nicht gewohnt, zu Fuß zu gehen, und dann noch in diesen Schuhen.«

Garland hob grazil einen Fuß, um ihre schmalen italienischen Pumps unter die Lupe zu nehmen. »Ich weiß. Ich muß mir ein Paar vernünftige Schuhe kaufen, so wie Ihre, Emily. Ihr Engländer tragt immer so praktische, bequeme Sachen.«

Grinsend schob Paul den Aschenbecher näher zu mir heran und klappte sein Buch zu. »Und was hast du heute nachmittag getrieben, Simon?«

»Ach, nichts Besonderes«, sagte Simon und ließ seinen schlaksigen Körper in den Sessel neben meinem fallen. »Wo ist Thierry denn? Arbeitet er heute nicht?«

»Er ist im Hinterzimmer, erledigt Bürokram«, log Paul ungerührt. »Aber er wird gleich hier sein.«

»Gott sei Dank«, stöhnte Garland. »Ich kann nach all dem Rumgerenne wahrlich einen Drink vertragen. Ich ziehe Besichtigungen vor, zu denen man mit dem Auto fahren kann. Wie steht's damit bei Ihnen, Emily?«

»Ach, mir macht es nichts aus, zu Fuß zu gehen.« Mit besonderer Sorgfalt drückte ich den Rest der Zigarette im Aschenbecher aus. »Ich gehe sogar ganz gerne.«

»Genau wie Neil. Ich bekomme schon Erschöpfungszustände, wenn ich ihn nur sehe. Den ganzen Tag diese Stufen hinauf und wieder hinunter, und er muß dabei noch nicht einmal keuchen. Geradezu abstoßend. Jim war früher auch so durchtrainiert, nicht wahr, Darling? Als ich dich kennengelernt habe. Ja, die Army, die macht was aus den Männern. – Ah, da ist ja unser Thierry, wir haben schon geglaubt, du hättest dich in Luft aufgelöst.«

Thierry war ganz rot im Gesicht, wirkte aber sonst recht zufrieden. Garland hielt sein Grinsen für ein Zeichen der Verständnislosigkeit.

»Wir ... glaub-ten ... du hät-test ... dich in Luft aufgelöst«, wiederholte sie noch etwas lauter.

»Ah ja.« Er ahmte den Akzent eines Varietékünstlers nach, der einen Franzosen imitiert, und fragte sie übertrieben genau akzentuiert: »Mösch-ten Sie ei-ne Drink, Madame?«

Darüber mußte selbst Jim grinsen, aber Garland begriff den Witz überhaupt nicht. »Ja, das ist viel besser, Thierry«, beglückwünschte sie ihn. »Siehst du? Übung macht den Meister. Nur weiter so, dann wird dein Englisch mit jedem Tag besser.«

Die nächste halbe Stunde verbrachte ich damit, an meinem Kir zu nippen und ein freundliches Gesicht zu machen. Als es deutlich wurde, daß die Whitakers für den Rest des Abends auf ihren Plätzen festgewachsen waren und daß Paul und ich bis zum Frühstück würden warten müssen, um unser Gespräch über Harry fortzusetzen, entschuldigte ich mich mit einem recht überzeugenden Gähnen und machte mich auf den Weg nach oben.

Allein in meinem Zimmer schloß ich gedankenverloren noch einmal die Finger um die kleine Silbermünze tief im Innern meiner Tasche und trat ans Fenster. Mit der aufkommenden Nachtkälte wurde es feucht, aber die Straßenlampen verteilten ihr warmes gelbes Licht auf dem schwarzglänzenden Pflaster, und aus dem Springbrunnen sprühte buntschillernd das Wasser.

Der kleine gefleckte Hund des Zigeuners gähnte herzhaft und streckte sich lang aus, während ein Windhauch die Bäume rascheln ließ. Der Besitzer des Hundes warf einen kurzen, ausdruckslosen Blick zu mir hinauf, wandte sich dann wieder ab und steckte sich in aller Ruhe eine Zigarette an. Es ist nur die Dunkelheit, sagte ich mir, die dieser Szene eine etwas unheilschwangere Stimmung verleiht. Es ist schließlich sein gutes Recht, an einem öffentlichen Platz zu sitzen, und sein Blick nach oben mochte allem möglichen gegolten haben und nicht unbedingt speziell meinem Fenster. Dennoch achtete ich darauf, den Fensterriegel fest zu schließen, und zog die schweren Vorhänge zu, bevor ich unter die Decke des breiten Bettes kroch und auf meinem Kissen die Augen schloß wie ein Kind, das Schutz sucht vor der langen Nacht und ihren Schatten.

17

»... wir gewähren dir, der du hier fremd bist, die Erlaubnis: Sprich, und laß die Sache ruhn.«

Als Paul am nächsten Morgen auf mein Klopfen öffnete, hielt er sich gerade mit der einen Hand den Hörer vor die Brust, während er mit der anderen das Telefon gegriffen hatte. Ohne sein Gespräch zu unterbrechen, winkte er mir, hereinzukommen. Er telefonierte auf französisch. »Ah, verstehe. Ja, ich warte, es macht keine Umstände.« Er bedeckte die Sprechmuschel mit der Hand und forderte mich auf, ich solle doch Platz nehmen.

Was leichter gesagt war, als getan. Das Zimmer der beiden war das genaue Spiegelbild meines eigenen, nur daß sie statt meines großen Bettes zwei schmalere hatten, von denen das eine sorgfältig gemacht, aber mit jeder Menge Landkarten übersät war, wogegen auf dem zweiten, noch völlig zerwühlten, der riesige Vorhang mitsamt seiner langen Stange ruhte. Der Boden war mit einem Sammelsurium von nach Farben sortierten Kleiderstapeln bedeckt. Es war kaum Platz genug zum Stehen, geschweige denn, um sich irgendwo hinzusetzen.

Paul hatte das Problem gelöst. Er hockte auf dem ebenfalls vollgestopften Schreibtisch, die Füße auf einen Stuhl mit einem Stapel Zeitungen darauf gestützt. Während er am Telefon wartete, bahnte ich mir vorsichtig meinen Weg zum Fenster, wo ich mich auf die Bettkante setzte. In einem Punkt mußte ich Simon wirklich recht geben. Das hohe Fenster entfaltete seine Wirkung ohne den wuchtigen Vorhang viel besser.

Paul summte vor sich hin.

»Grund zur Freude?« fragte ich.

»Kann sein. Die Bibliothek hat noch nicht geöffnet, aber die Angestellten sind schon da. Einer geht gerade den Chefbibliothekar fragen, ob der jemanden kennt, der – Ja, ich bin noch dran.« Dann, nach einer kurzen Pause: »Ich bin Student und schreibe an einer Arbeit über ... ja, genau. Und man hat mir gesagt, daß es bei Ihnen jemanden gibt, der mir vielleicht Auskunft geben könnte. Pardon?« Er beugte sich vor, um sich auf einem Block, den er neben sich liegen hatte, etwas zu notieren. »Ja, das habe ich. Belliveau, das schreibt sich B-e-l-l ...? Sie haben nicht zufällig die Telefonnummer? Ja, natürlich, das kann ich verstehen. Aber ich denke, das wird nicht schwierig sein. Haben Sie vielen Dank.« Mit zufriedenem Gesichtsausdruck legte er den Hörer auf und nahm sich eine Zigarette. »Das hat Spaß gemacht.«

»Paß lieber auf, Sherlock«, sagte ich. »Sonst kommt Big Brother und ertappt dich beim Rauchen.«

»Simon ist nicht da. Er ist vor einer halben Stunde mit den Whitakers weggegangen.«

»Simon ist mit Jim und Garland unterwegs?« Ich glaubte, meinen Ohren nicht zu trauen. »Was will er denn mit denen?«

»Sie fahren nach Fontevraud, wo deine Königin Isabelle begraben ist. Simon hofft, dort Hinweise darauf zu finden, wo sie ihren Schatz versteckt hat. Und außerdem habe ich mir erlaubt, ihn daran zu erinnern, daß wir heute Dienstag haben, unseren wöchentlichen Waschtag, und da hat er die Gelegenheit genutzt, sich um den Gang zum Waschsalon zu drücken.«

»Du bist ein ganz schöner Schlawiner.«

»Ich weiß.«

»Und wie sollen wir, bitte schön, Detektiv spielen, wenn du mit eurer ganzen Wäsche dasitzt?«

»Thierry und ich haben alles im Griff.«

»Du hast doch Thierry nichts davon erzählt?« fragte ich erschrocken.

Er sah mich beleidigt an. »Selbstverständlich nicht. Habe ich es dir nicht versprochen? Ich habe ihm nur gesagt, daß wir beide heute ganz allein etwas unternehmen wollen und daß Simon nichts davon zu wissen braucht.«

»Wie schlau von dir. Jetzt glaubt er, wir werden uns irgendwohin zurückziehen, um ganz ungestört ...«

»Nichts da.« Paul grinste. »Das könnten wir ebensogut auch hier im Hotel machen. Außerdem kennt mich Thierry dafür zu gut.«

»Ach, weil ich zu alt für dich bin?«

Er schüttelte den Kopf. »Das wohl kaum. Aber ich würde nie mit der Frau eines anderen anbändeln.«

»Was für eines anderen denn?«

»Ist egal.« Er wechselte das Thema, indem er seinen Notizblock zur Hand nahm. »Möchtest du nun hören, was ich herausbekommen habe?«

»Bitte.«

»Also, in der Bibliothek ist nur ein Mann bekannt, der ausländische Zeitschriften zur Geschichtsforschung liest und sich für die Tunnel interessiert – ein hiesiger Dichter namens Victor Belliveau.«

»Victor ...« Ich ließ mir den Namen auf der Zunge zergehen.

»War das der Name, den dein Cousin am Telefon erwähnt hat?«

»Ich weiß nicht mehr.«

»Hört sich jedenfalls so an, als könnte das unser Mann sein. Wie es aussieht, stöbert er schon seit Jahren in den Gängen da unten herum, zeichnet Karten und so. Soll wie versessen darauf sein. Falls dieser Belliveau also deinem Cousin geschrieben hat, könnte Harry sich mit ihm getroffen haben, als er hier in Chinon war. Vorausgesetzt natürlich, er war überhaupt hier. Aber fragen kostet ja nichts.« Paul sah auf seinen Block. »Er wohnt ein Stückchen außerhalb. Ich habe die Adresse, aber keine Telefonnummer. Der Mann sagte, Belliveau hätte wahrscheinlich gar kein Telefon. Soll ein richtiger Künstler sein, unser Monsieur – auch ein bißchen exzentrisch.«

»Aber er wohnt nicht so weit weg?«

»Ein Stück den Fluß hinauf. Vielleicht eine gute Viertelstunde zu Fuß. Möchtest du, daß wir da zuerst hingehen? Oder lieber noch eine Runde um die Kapelle machen? Den Schlüssel habe ich.«

»Das ging aber schnell.«

»Ich bin einfach zu Christian gegangen und habe ihn gefragt.«

»Alle Achtung, Sherlock. Du hast heute morgen ja schon einiges erreicht.«

»Also? Womit fangen wir an? Der Poet oder die Kapelle?«

Die Kapelle erschien mir vielversprechender, denn ich war mir ziemlich sicher, daß Harry dort gewesen war, aber dann mußte ich an die Klettertour dort hinauf denken und an die endlos gewundenen Stufen, die wieder hinunterführten …

»Beginnen wir mit dem Poeten.«

Das Haus von Victor Belliveau befand sich am Rande der Ortschaft – ein offenbar recht weitläufiges gelbes Bauernhaus mit brüchigem Ziegeldach etwas abseits der Straße. Ein paar windgebeugte Bäume und ein Zaun daneben begrenzten das Grundstück. Von Thierry hatten wir uns bereits die Bestätigung dafür geholt, daß es sich bei dem Mann wirklich um einen Dichter handelte. »Er war früher sehr berühmt, dieser Belliveau«, hatte er auf Pauls beiläufige Frage geantwortet, »und das nicht nur in Chinon, nein, in ganz Frankreich. In Paris, in der Schule, haben wir seine Gedichte gelesen. Aber jetzt trinkt er, und die Leute wollen nicht mehr soviel von ihm wissen.«

Ich fand, daß man das seinem Besitz fast ansehen konnte. Der Hof war ungepflegt und voller Schlaglöcher, die Scheune, lang und niedrig gebaut wie das Haus, verbarrikadiert und scheinbar außer Gebrauch. Und überall dieser Abfall! Jeder Windstoß blies Papierfetzen und Haushaltsmüll auf dem zerfurchten Weg vor uns her.

»Hübsch hat er's hier«, bemerkte Paul sarkastisch.

»Habe ich auch gerade gedacht.«

Wir kamen zu einem Gatter, das aber unverschlossen war. Mit einem knarrenden Geräusch bewegte es sich in seinen Angeln. Dieses Geräusch klang nach Einsamkeit und Verlassensein, aber es hätte mich nicht gewundert, wenn im nächsten Moment ein Hund um die Ecke geschossen gekommen wäre. Doch das einzige Tier, das zu unserer Begrüßung erschien, war ein ärmliches schwarzes Huhn. In sicherem Abstand trippelte es um uns herum und beäugte uns mißtrauisch, während wir über den Rasen hinweg aufs Haus zugingen.

Es war solide gebaut. Große, helle Steinquader um die beiden Fenster mit der Tür dazwischen, aber der Rest bestand aus wahllos zusammengesuchten Geröllsteinen. Ein paar neue Dachziegel und ein Topf Farbe für die Fensterläden, und man könnte was daraus machen, dachte ich, aber überall in den Wänden war der Mörtel herausgebrochen, so daß die Nässe durch die Ritzen zwischen den schmutziggelben Steinen kriechen konnte. Ohne Vorhänge und ohne jeden Farbtupfer – nicht ein einziger Blumentopf war zu sehen – wirkten die Fenster karg und ausdruckslos.

In meiner Vorstellung hatte ich mir schon ein recht genaues Bild von Monsieur Victor Belliveau zurechtgelegt, so daß mich der Anblick des Mannes, der uns auf Pauls höfliches Klopfen hin dann tatsächlich die Tür öffnete, vollkommen unvorbereitet traf: Er war kein Einsiedlerpoet mit wirrer Haarmähne und wild funkelnden Augen, der sich halb um den Verstand gesoffen hatte und in seiner selbstgewählten Einsamkeit delirierte. Vor uns stand ein adretter, glattrasierter kleiner Mann mit gepflegtem grauen Haar, der leicht nach After-shave duftete und uns erwartungsvoll ansah.

Paul mit seinem tadellosen Französisch ergriff für uns beide das Wort, wobei er sich nicht unbedingt buchstabengetreu an die Wahrheit hielt. Er achtete darauf, keine Widersprüche zu der Geschichte, die er dem Bibliothekar erzählt hatte, aufkommen zu lassen. Er war immer noch der Student, der an einer Semesterarbeit saß, gab jedoch zu, daß unser Besuch auch der Suche nach meinem Vetter galt. »Braden«, sagte er, »Harry Braden. Er arbeitet an der Universität, an der ich studiere. Ich glaube, er ist vergangene Woche zu wissenschaftlichen Forschungsarbeiten hier in Chinon gewesen, und ich hielt es für möglich, daß er sich in diesem Zusammenhang auch an Sie gewandt hat ...?«

Victor Belliveau sah uns abschätzend an. »Nein, tut mir leid, er ist nicht bei mir gewesen.«

»Aber Sie haben ihm doch einen Brief geschrieben?«

»Keineswegs.« Noch ein langer, durchdringender Blick. »Sie erwähnten, Ihre Arbeit hätte etwas mit den Gängen zu tun?«

»Ja«, Paul schabte mit dem Fuß an der Türschwelle, »Könnte man sagen …«

»Dann kann ich Ihnen möglicherweise behilflich sein«, erbot sich Victor Belliveau. Er machte die Tür ein Stück weiter auf und bat uns einzutreten.

Im Erdgeschoß gab es nur zwei Räume, eine große Küche und ein Zimmer, das mit einem Bett, einem Kohleofen und einem Sofa spärlich eingerichtet war. An der einen Küchenwand ächzten schwere Holzregale unter der Last der vielen Bücher, die teilweise in zwei Reihen auf ihnen abgeladen worden waren, eine bunte Mischung aus Taschenbüchern und wertvoll scheinenden Ausgaben. Die anderen Wände der Küche waren nackt, von Rissen zerklüftet, die an ihnen herunterliefen wie zuckende Blitze. In einer Ecke hatte es sogar eine Pflanze, Efeu, wie ich schätzte, geschafft, durch das Mauerwerk hindurchzuwachsen, und war für ihre Mühe belohnt worden, indem man sie ohne viel Federlesens abgeschnitten hatte. Und doch wirkte alles, als sei hier vor kurzem erst saubergemacht worden.

Victor Belliveau setzte sich mit uns in die Küche und bot uns etwas zu trinken an. Als wir dankend ablehnten, goß er sich selbst ein Glas Rotwein ein. »Ich hatte bis vor kurzem auch noch eine Flasche Cognac, aber jetzt ist sie weg. Die haben sie mitgenommen«, fügte er mit einer Kopfbewegung zum Fenster hinzu. »Immerhin wissen sie, was gut ist.«

Paul sah ihn verständnislos an.

»Verzeihung, das konnten Sie natürlich nicht wissen. Ich spreche von den Zigeunern. Für gewöhnlich lasse ich sie auf meinem Grundstück wohnen. Deswegen ist draußen alles in so einem katastrophalen Zustand. Sie meinen es nicht böse, aber sie haben keinen Sinn für Ordnung.«

»Zigeuner?« Ich sprach das Wort schärfer aus, als ich es beabsichtigt hatte, und Monsieur Belliveaus Blick wanderte von Paul zu mir.

»O ja, es gibt eine Menge Zigeuner in dieser Gegend. Meine kommen mehrmals im Jahr hier vorbei – kommen und gehen, wie es ihnen gefällt. Sie sind nicht besonders beliebt, aber mir machen sie nichts aus.«

»Ach so.« Meine Finger fühlen sich plötzlich feucht an.

»Aber was wünschen Sie denn nun eigentlich über die Gänge zu erfahren?«

Paul spielte seine Rolle ausgesprochen geschickt, wie ich fand. Weil er doch selbst gerade erst die Ausbildung abgeschlossen hatte, gab er einen überzeugenden Studenten ab, bat unseren Gastgeber sogar um Stift und Zettel, um sich Notizen zu machen. Ich versuchte ebenfalls zuzuhören, aber aus irgendeinem Grund war ich in Gedanken die ganze Zeit bei dem Zigeuner mit dem kleinen Hund, der ständig auf dem Platz vor meinem Hotel hockte und der doch schließlich überhaupt nichts mit mir zu tun hatte …

»… bis hinauf zu der Kapelle Sainte Radegonde«, erzählte Belliveau gerade, »aber der ist längst eingestürzt. Man kann nur noch versuchen, sich vorzustellen …«

Die Erwähnung der Kapelle ließ meine Gedanken in eine andere Richtung schweifen. Harry. Er würde sich vermutlich totlachen über den Aufwand, den Paul und ich trieben, weil ich diese Münze gefunden hatte. Es mußte doch eine ganz simple Erklärung dafür geben, warum diese Münze hier war und Harry nicht.

»Vergangenen Mittwoch ist er gestorben«, sagte Victor Belliveau fast beiläufig, und mit einem Schlag war ich wieder ganz bei der Sache.

»Wie bitte?«

»Ein Freund von Monsieur Belliveau«, klärte Paul mich auf.

»Sagen wir besser, ein Bekannter. Man kann nicht behaupten, wir seien Freunde gewesen. Aber das ist der Grund dafür, daß die Zigeuner verschwunden sind, wissen Sie. Wir hatten ein paarmal die Polizei hier, sie wollten Fragen stellen, und den Zigeunern ist so etwas nicht gerade angenehm. Nicht, daß irgendein Verdacht bestand, aber, wie gesagt, ich kannte diesen Mann recht gut. Ein trauriger Fall. Er trank zuviel.« Er zuckte die Achseln und hob sein Glas, das er sich, wie ich jetzt sah, zwischenzeitlich nachgeschenkt haben mußte.

»Aber Sie sprechen doch nicht von Martine Murets Ehemann?« fragte Paul.

»Doch, von Didier Muret. Sie kennen die beiden also?«

»Bloß Martine. Ihren Mann habe ich nie getroffen. Oder, besser gesagt, ihren Exmann.«

»Eine bezaubernde Frau, finden Sie nicht? Wenn ich mich recht erinnere, habe ich ihr zu Ehren einmal ein Sonett verfaßt. Aber sie mußte ja diesen Muret heiraten. Gott weiß, warum. Er war ein Spinner.«

»Wie, sagten Sie, war sein Name? Didier Muret?« schaltete ich mich ein.

»Warum?«

Didier ... Ich wälzte den Namen in meinem Kopf hin und her, versuchte mich zu konzentrieren. Dieser Name kam mir irgendwie bekannt vor. Schließlich war ich überzeugt davon, daß das der Name gewesen war, den Harry erwähnt hatte. Kein allzu ausgefallener Name. In Chinon lebten vermutlich Dutzende von Didiers. Und doch konnte es nicht schaden, genauer nachzufragen …

»Er war nicht zufällig Historiker?«

Das amüsierte Victor Belliveau. »Mein Gott, Didier? Nie im Leben. Für so etwas hatte er keinen Sinn. Er war nicht dumm, da dürfen Sie mich nicht mißverstehen, hat eine Zeitlang sogar für einen Anwalt gearbeitet, also muß er ein bißchen Verstand besessen haben. Aber Historiker? Ich habe ihn nie mit einem Buch in der Hand gesehen. Ganz im Gegensatz zu mir. Ich habe viel zu viele Bücher.«

»Zu viele Bücher kann man gar nicht haben«, wandte Paul ein.

»Ich besitze ein paar alte Bücher über die Geschichte von Chinon, in denen die Gänge erwähnt sind. Ich möchte sie ungern aus der Hand geben, aber falls Sie sie sich mal ansehen wollen …«

Das war ein willkommener Anlaß aufzustehen, unseren ziemlich sinnlosen Besuch hier zu einem Ende zu bringen, und ich wartete geduldig, während Paul mit höflich gespieltem Interesse in einigen der ihm angebotenen Bücher blätterte.

Schade, dachte ich, daß Harry nie von Victor Belliveau gehört hatte. Er wäre angesichts dieser Sammlung ganz in seinem Element gewesen – in an den Ecken blankgewetztes Leder gebundene Bände mit Biographien, verschiedene Theaterstücke, Lyrik, eine frühe Ausgabe des »Cyrano de Bergerac«, ein historisches Journal aus England …

Ich sah genauer hin. Das Magazin war jüngeren Datums, und siehe da, auf dem Deckblatt prangte stolz der volle Name meines Vetters: Henry Yates Braden, PhD.

»Was hast du da?« wollte Paul wissen. Ich hielt ihm die Zeitschrift hin.

Auch Victor Belliveau beugte sich vor. »Stimmt, da steht auch was über die Gänge drin. Ich hatte gar nicht mehr daran gedacht ... Aber ist das nicht der Mann, nach dem Sie mich gefragt haben? Der von Ihrer Universität?«

»Harry Braden, ja, das ist er«, bestätigte Paul.

»Dann ist es in der Tat betrüblich, daß er mich nicht besucht hat«, sagte Belliveau. »Ich habe seinen Artikel mit großem Interesse gelesen. Es steckt wirklich etwas hinter seiner These.«

»Und Sie können sich nicht vorstellen, daß Didier Muret den Artikel auch gelesen hat?« fragte ich stirnrunzelnd.

»Das halte ich für unwahrscheinlich.«

»Weil er sowieso nicht viel las, meinen Sie?«

»Weil er kein Englisch verstand.«

Victor Belliveau führte uns zur Tür und verabschiedete uns mit einem Händedruck. »Kommen Sie jederzeit wieder, falls ich Ihnen irgendwie helfen kann.« Aber er sah uns nicht nach, schloß sogleich die Tür hinter uns, nachdem wir aus dem Haus getreten waren, und ich hörte, wie er den Riegel vorschob. Das Geräusch schien von der gegenüberliegenden Scheune widerzuhallen, als ein Knarren des mit einem Vorhängeschloß gesicherten Tores zu uns herüberdrang, während wir über den Hof zur Straße zurückgingen.

»Wie ein Säufer ist er mir aber nicht vorgekommen«, bemerkte ich.

»Das muß nichts bedeuten. Mein Onkel Aaron saugt den Whisky in sich auf wie ein Schwamm, und du würdest es ihm nie anmerken. Im Gegenteil, er lallt, wenn er stocknüchtern ist.«

Wir hatten das Gatter erreicht, und Paul hielt es mir auf, um mich vorgehen zu lassen. »Meinst du, er hat uns die Wahrheit erzählt? Daß er Harry gar keinen Brief geschrieben hat?«

»Warum sollte er uns anlügen?«

Ja, warum eigentlich? Ich blickte mich ein letztes Mal nach dem verkommenen gelben Haus um. Hatte sich die Küchengardine bewegt? Aber dann rührte sich auf dem Grundstück nichts mehr außer dem schwarzen Huhn, das erhobenen Hauptes durchs wehende Gras stolzierte, und mich überkam wieder ein Schaudern, obwohl es hier nichts gab, wovor ich Angst zu haben brauchte.

»Jetzt aber auf zur Kapelle!« Paul schlug krachend das Gatter zu, worauf das Huhn eilends davonrannte.

18

Zwei Gewichte fielen vereint, die Tiefe zu erkunden …

Paul zog den an einem klappernden Ring befestigten Schlüssel aus dem eisernen Schloß und schob fast ehrfürchtig die Pforte auf, als sei es ihm unangenehm, die stille, nur von dem Gesang unsichtbarer Vögel und dem Flüstern des Windes in den schattigen Alkoven erfüllte Atmosphäre dieser Stätte zu stören. Ein leises Rascheln ging durch den Lorbeerstrauch über dem Taufbecken, und die Blumen neben den grasüberwachsenen Gräbern nickten träge mit den Köpfen. Aus jeder Ecke und von jedem Sims in diesen Mauerresten ruhten die Blicke der von der säurehaltigen Luft zerfressenen Steingesichter auf uns. Von dem hinter dem schweren Eisentor verborgenen Raum sahen uns die Heiligenfiguren durch die Gitter hindurch entgegen, wie man im Zirkus einen Löwen in seinem Käfig anstarrt.

Es hätte mir ein kribbeliges Gefühl vermitteln können, all diese versteinerten Blicke auf mir zu spüren, aber ganz im Gegensatz dazu wirkte es geradezu beruhigend.

»Donnerwetter«, sagte Paul. »Das geht einem beim zweitenmal kein bißchen weniger unter die Haut als beim ersten, was?«

»Du bist schon einmal hier gewesen?«

»Ja, die Kapelle haben wir gleich entdeckt, nachdem

wir oben im Château gewesen waren. Ich glaube, Simon hat in einem Reiseführer darüber gelesen, und als wir erfuhren, daß Christian den Schlüssel dazu besitzt ...« Er ging an mir vorbei zu dem Gitter, sperrte das Schloß auf, und ich stand ein weiteres Mal in der Apsis mit den abblätternden Fresken und brüchig wirkenden Säulen. Wir gingen am Altar vorbei und befanden uns vor dem zweiten Gitter, zu dem Christian gestern den Schlüssel nicht dabeigehabt hatte. Was sich dahinter erstreckte, wirkte heute kein bißchen anheimelnder als tags zuvor, und selbst, als Paul auch das zweite Schloß aufbekam, hielt ich mich zurück und schielte ängstlich in die Dunkelheit. »Wir haben keine Lampe dabei.«

»Doch, ich habe eine.« Es war eine kleine Taschenlampe, deren schwacher Lichtschein uns keine große Hilfe sein würde, aber Paul knipste sie an und betrat den Durchgang. »Hier irgendwo muß der Hauptschalter sein. Ah, da haben wir ihn ja.«

Mit einem Male standen wir in strahlend helles, gelbes Licht getaucht, das all die lauernden Schatten von den Wänden verjagte.

»Hier gibt es Strom?«

»Aber sicher. Es ist doch eine Art Museum. Während der Sommermonate werden hier die Touristen durchgeschleust, und man will die Leute schließlich nicht im Dunkeln herumtappen lassen. Achte aber trotzdem darauf, wo du hintrittst.« Er geleitete mich über die unebene Schwelle. Auf beiden Seiten des Durchgangs waren Kunstgegenstände und allerlei Gerätschaften ausgestellt, alte Bauernwerkzeuge und solche, die wohl für den Weinbau gebraucht wurden, teilten sich den engen Raum mit Devotionalien und zerbrochenen Figuren. Eine sonderbare Vielfalt. »Hier hat übrigens früher der Einsiedler gehaust«, erklärte Paul. Nach ein paar Metern erweiterte sich der Gang hinter einer Biegung zu einem kahlen Gewölbe, von dessen Wänden wiederum Heiligenfiguren mit sanften Augen auf uns herabblickten.

Meine Platzangst ließ ein wenig nach, und ich blieb stehen, um einmal tief Luft zu holen. »Hier geht's aber wohl nicht mehr weiter?«

Paul zeigte auf eine kunstvoll verzierte, ungefähr hüfthohe Eisenpforte, hinter der sich scheinbar noch ein Gang versteckte, der tiefer in den Berg hineinführte. Ich blickte über die Pforte hinweg und sah die grob in den Kalkstein gehauenen Stufen, die steil abwärts auf ein schimmerndes Licht zuführten. Mir wurde ein wenig schwindelig.

»Da unten ist das eigentliche Heiligtum«, sagte Paul. »Es ist ein Brunnen. Ein heiliger Brunnen.«

Ich hatte kein allzu großes Verlangen, noch weiter in die Tiefe hinabzusteigen, wollte aber auch nicht als Angsthase dastehen. Paul würde mich schon wieder sicher an die Oberfläche führen.

Die niedrige Pforte stellte kein besonderes Hindernis dar, aber mit den Stufen verhielt es sich schon wieder ganz anders. Sie waren vollkommen ungleichmäßig, einige nur ein paar Zentimeter hoch, während man über andere gleich einen halben Meter tiefer rutschte. Mit zitternden Fingern tastete ich an der staubigen Wand nach Steinvorsprüngen, an denen ich Halt finden könnte. Paul, der ja wohl schon einmal hier hinabgestiegen war, bewegte sich so sicher wie eine Gemse, während ich hinterherkraxelte und dabei Staubwolken aufwirbelte, die sich noch nicht gelegt hatten, als ich neben Paul auf dem schmalen Sims am Fuße der Treppe ankam.

»Das«, sagte er, »ist es.« Seine gedämpfte Stimme echote hohl, als befänden wir uns in einer Schwimmhalle.

Und in der Tat gab es hier Wasser, kristallklares Wasser, das im Schein der am Steinbogen darüber angebrachten Lampe türkisfarben schimmerte. Dieser Brunnen, erklärte Paul, ginge auf die Merowinger zurück, das fränkische Königsgeschlecht, sei also wohl noch älter als die darüber in den Stein gehauene Kapelle. Ich schätzte die Tiefe des Schachtes auf mehrere Meter, aber das Wasser darin war so klar, daß man die Kiesel am Grund deutlich erkennen konnte. Paul wies mich auf die Vertiefungen in dem weichen Stein der Wand hin, mit deren Hilfe die Brunnenbauer wieder nach oben steigen konnten, nachdem sie auf Wasser gestoßen waren.

»Na, wenigstens wissen wir, daß Harry nicht irgendwo hier unten steckt«, sagte ich mit einem Seufzer der Erleichterung, der die Wasseroberfläche leicht zum Kräuseln brachte.

»Was für ein beruhigender Gedanke«, meinte Paul. »Aber hier unten könnte man nicht einmal seine alte Silbermünze verstecken.« Er warf einen halben Franc in den Brunnen, und wir sahen zu, wie das winzig kleine Geldstück langsam zu Boden taumelte und dort deutlich erkennbar liegenblieb. »Wünsch dir was«, forderte Paul mich auf und gab mir ebenfalls eine Münze.

So, wie er das sagte, hörte es sich an wie mein Vater, und für einen kurzen Augenblick war ich wieder fünf Jahre alt und stand am Rand des Brunnens im Hof unseres Hauses in Italien. Aber dann sah ich mein eigenes Spiegelbild im Wasser, und die Vorstellung, wieder ein Kind zu sein, schwand dahin. Ich schüttelte den Kopf. »Ich weiß nicht, was ich mir wünschen soll.«

»Jeder hat doch irgendeinen Wunsch. Und wie oft bekommt man schon die Chance, vor einem heiligen Brunnen zu stehen?«

»Nein, ehrlich, es wäre die reinste Geldverschwendung …«

»Hat dir schon mal jemand gesagt, was für eine entwaffnende Nüchternheit du an dir hast?« Er grinste und schloß die Augen. »Okay, dann werde ich mir eben für dich was wünschen.« Er warf auch die zweite Münze in den Brunnen. Sie landete mit einem entschlossenen Platschen auf dem Wasser, und dann sank mein unbekannter Wunsch tänzelnd immer tiefer, bis er neben Pauls halbem Franc auf dem Boden landete.

»Und was habe ich mir nun gewünscht?« wollte ich wissen und war nun doch neugierig.

»Wenn ich's dir sage, geht der Wunsch nicht in Erfüllung.« Er reichte mir die Hand, um mir wieder die Treppe hinaufzuhelfen. »Und jetzt wollen wir uns hier mal etwas gründlicher umsehen.«

In beinahe jeder Nische entdeckten wir eine Schatztruhe voll etwas angestaubter Artefakte. Wir stießen auch auf eine kleine Kammer am Ende des Tunnels, in der von Zeit zu Zeit jemand zu wohnen schien. »Während der Sommermonate gibt es hier eine Museumswärterin, die ab und an herkommt«, wußte Paul. Aber sie schien eine ganze Weile nicht mehr hier unten gewesen zu sein, denn das Bett war abgezogen, die Regale waren leergeräumt, und den Boden bedeckte eine dicke Staubschicht, auf der keine Fußabdrücke zu sehen waren außer unseren eigenen.

Wir entdeckten auch eine noch funktionsfähige Weinpresse in einem der unterirdischen Erker, aber natürlich fanden wir nichts, was Harry hier zurückgelassen haben konnte, nicht einmal die Verpackung eines Schokoriegels oder ein Papiertaschentuch. Ich war mir nicht sicher, ob ich enttäuscht oder erleichtert sein sollte – erleichtert, weil es keinen Hinweis darauf gab, daß Harry in irgendwelchen Schwierigkeiten steckte, enttäuscht, weil ich ebensowenig wie vorher wußte, ob Harry überhaupt in Chinon gewesen war. Mir blieb wieder nur diese verflixte Silbermünze.

Als wir auf dem Weg nach draußen an dem Teller mit den Spenden vorbeikamen, blieb Paul davor stehen und fragte: »Hast du hier das Geldstück mit King John darauf gefunden?«

Ich wurde knallrot und sparte mir die Mühe, es abzustreiten. Paul konnte ich sowieso nichts vormachen. Mit seiner beharrlichen Art kam er den Dingen früher oder später immer auf den Grund. »Schon ... aber ich habe selbst auch etwas dazugelegt«, stammelte ich, als würde das meinen Diebstahl entschuldigen, aber Paul hörte mir schon nicht mehr zu.

»Es muß eine Erklärung dafür geben«, sinnierte er. »Wir suchen nur nicht an der richtigen Stelle.«

Er stand immer noch mit gerunzelter Stirn vor dem Teller, als aus der Stadt die Mittagsglocken zu uns heraufdrangen und die friedliche Stille in der Kapelle durchbrachen. Hier gab es ohnehin nichts mehr für uns zu tun. Ich zupfte Paul am Ärmel. »Zeit fürs Mittagessen, Sherlock.«

»Ja, okay.« Er sah auf seine Uhr. »Ich sollte sowieso einmal nach der Wäsche schauen, bevor Simon zurückkommt. Wahrscheinlich ist alles schon rettungslos eingelaufen.«

Diese Befürchtung stellte sich als unbegründet heraus. In der Hotelhalle erwarteten uns bereits säuberlich aufgestapelt Pauls und Simons Hemden und Jeans. Thierry schien ganze Arbeit geleistet zu haben.

Er ließ sein reizendstes Lächeln aufblitzen und fuhr mit der Hand über die frischgebügelten Hosen. »Das ist nicht mein Verdienst«, gab er zu. »Ich habe die Sachen Gabrielle gegeben. Ich bin nicht so gut im Wäschewaschen.«

Das brauchst du auch nicht, dachte ich, solange du mit deinem Lächeln den Frauen den Kopf verdrehst. Kein Wunder, daß diese Gabrielle ab und zu so konfus war. »Das ist nicht fair von Ihnen, Thierry«, sagte ich.

»Comment?«

»Sie meint, daß du Gabrielle ausnutzt«, erklärte Paul. »Ist Simon schon zurück?«

»Nein, er ist wohl noch mit den Whitakers unterwegs. War ein ruhiger Vormittag.«

»Und? Hast du die Nase schon voll von mir?« fragte mich Paul.

»Nein, wieso denn?«

»Wollen wir zusammen was trinken? Ich könnte jetzt einen Schluck vertragen. Die Bar ist doch geöffnet, Thierry?«

»Jederzeit. Wie war der Spaziergang?«

»Sehr nett.« Paul grinste. »Aber vergiß nicht, es ist ein –«

»Geheimnis«, ergänzte Thierry. »Keine Sorge, von mir erfährt keiner etwas. Wenn ich einen Franc für jedes Geheimnis bekäme, das ich hier im Hotel für mich bewahre, brauchte ich nicht mehr zu arbeiten.«

Nichtsdestotrotz ließ er sich gerne dazu herab, uns zu bedienen, bevor er wieder in seinem Hinterzimmer verschwand. Paul trank sein Bier und stützte sich dabei mit einem Ellenbogen auf den Stapel sauberer Hemden, den er auf das Fensterbrett neben seinem Stammplatz gelegt hatte. In dem Blumenkasten draußen vor der Scheibe wuchs nur noch eine einzige rosafarbene Geranie. Ein bemühter kleiner Farbtupfer vor dem Hintergrund der wimmelnden Geschäftigkeit des Platzes. Paul zog seine

Zigaretten hervor und hielt mir die Packung hin. »Auch eine?«

»Wie? Oh, nein danke. Ich habe das Rauchen schon vor Jahren aufgegeben. Das gestern war sozusagen nur eine Ausnahme.«

»Die meinen Kopf gerettet hat. Aber wie soll nun unser nächster Schritt aussehen?«

»Ich weiß es nicht. Ich hab's, ehrlich gesagt, allmählich satt, Harry nachzuforschen.« Aber so ganz gleichgültig war mir die Geschichte denn doch nicht. »Weißt du, was Martine Murets früherer Mann von Beruf gewesen ist?«

Paul mußte über meine Hartnäckigkeit schmunzeln. »Ich glaube, er hat überhaupt nicht gerne gearbeitet. Simon hat ihn mal getroffen, er weiß es vielleicht. Simon hat diesen Muret auch nicht gemocht – hielt ihn für einen richtigen Widerling. Als er über das Geländer gestürzt ist, war er betrunken. Und ich glaube auch, daß er Martine während ihrer Ehe das Leben zur Hölle gemacht hat. Nicht, daß er sie geschlagen hätte oder so etwas, nein, das denke ich nicht, aber er war ... er war ziemlich ungehobelt. Sie muß sich für ihn geschämt haben. Die Sorte Mann, die gerne den Großkotz hervorkehrt, wenn du verstehst, was ich meine?«

Also ein bißchen wie Jim und Garland, bloß umgekehrt. Kein Wunder, daß Martine der Tod ihres Exgatten nicht allzu nahe gegangen war. Es mußte ja eher eine Erleichterung für sie gewesen sein.

Draußen wurde eine Autotür zugeschlagen. Paul reckte den Hals. »Aus mit der Gemütlichkeit«, sagte er und drückte die halbgerauchte Zigarette aus.

»Wieso? Sind sie schon zurück?«

»Mir fällt gerade ein, daß ich vielleicht besser bei Christian vorbeigehen sollte, um ihm den Schlüssel zurückzugeben«, sagte er mit einem Augenzwinkern.

»Feigling«, zog ich ihn auf, aber er lachte nur und war wie der geölte Blitz durch die Hintertür verschwunden, gerade noch rechtzeitig, ehe mit der aus Fontevraud zurückkehrenden Ausflugsgesellschaft abermals Unruhe im Hotel de France Einzug hielt.

In der Leitung knackte und rauschte es wieder fürchterlich, und es schien eine Ewigkeit zu dauern, bis mein Vater am anderen Ende den Hörer abnahm. In Uruguay war jetzt Abend, und ich hatte ihn offensichtlich gerade beim Essen erwischt. Er war zuerst gar nicht zu verstehen.

»Mmwampf«, hörte ich und entschuldigte mich für die Störung, was er mit »Barrumpf-ba« kommentierte. Er räusperte sich, hustete einmal und sagte schließlich: »Also bist du immer noch in Frankreich?«

»Ja.«

»Und immer noch mutterseelenallein?«

»Ja. Das ist eigentlich auch der Grund, warum ich anrufe ...« Ich zwirbelte die Telefonschnur um den Finger und erzählte ihm in möglichst knappen Worten von meinem Fund.

»Seine Münze mit King John? Bist du dir da sicher?«

Ich nickte, ohne daran zu denken, daß er mich ja gar nicht sehen konnte. »Ich hab' sie hier im Zimmer. Und ich kann mir nicht vorstellen, daß er sie einfach so in der Kapelle zurückgelassen hat, außer, es gab einen bestimmten Grund dafür, aber das bringt mich auch nicht weiter.« Ich zupfte am Bettüberzug. »Ehrlich, Daddy, ich weiß nicht mehr, was ich noch tun soll.«

»Mir scheint, du bist bis jetzt ganz vernünftig vorgegangen.«

»Ich habe mir überlegt, ob ich nicht Tante Jane anrufen –«

»Bloß nicht!« polterte mein Vater los. »Was für einen Sinn hat es, daß sie sich wegen nichts und wieder nichts Sorgen macht – und wie ich Harry kenne, ist auch wirklich nichts passiert. Nein, überlaß das lieber mir. Wozu habe ich meine Verbindungsleute in Paris? Ich werde mich da mal ein bißchen umhören, und wer weiß, vielleicht gelingt es mir ja, ihn aufzustöbern. Und, Emily –«

Ich wußte nur zu gut, daß er die Angelegenheit mindestens bis zum nächsten Morgen auf sich beruhen lassen würde. »Ja, Daddy?«

»Mach du dir auch nicht zu viele Gedanken, hörst du? Du weißt ja, unser Harry läßt sich nicht so schnell unterkriegen. Kein Grund, seinetwegen schlaflose Nächte zu verbringen.«

Diesen Rat rief ich mir ins Gedächtnis, als ich später in meinem Bett lag und die tanzenden Schatten an der Zimmerdecke anstarrte. Aber schlafen konnte ich deswegen trotzdem nicht.

Ganz in der Nähe schlug die Glocke. Eine Stunde nach Mitternacht. Ein kalter Luftzug wehte durch das offene Fenster. Draußen wurde die Straßenbeleuchtung ausgeschaltet, und mit ihr erloschen auch die Schatten an der Decke. Alle, bis auf einen. Es konnte der Mond sein, der hoch über den Wolken seine Runde machte, von dem der schwache Widerschein an der Wand stammte, und das, was ich in diesem Augenblick hörte, führte ich auf meine Einbildungskraft zurück oder auf das nächtliche Wispern des Windes. »Folge mir«, flüsterte der Schatten, als ich mich in meinem Bett herumwälzte, »folge mir ...«

Da flogen durch einen jähen Windstoß die Fensterflügel weit auf, und die Vorhänge flatterten wild wie ein flüchtendes Gespenst. Vor Schreck sank mir das Herz fast in die Hose, und ich zwang mich zur Ruhe. Sei nicht dumm, sagte ich mir, als ich aufstand und mir meine Bettdecke umlegte, da ist nichts.

Doch um mir dessen ganz sicher sein zu können, lehnte ich mich über die Balkonbrüstung und sah hinunter auf den schlafenden Platz.

Der schwarzweiße Kater schlich verstohlen zwischen den rauschenden Akazien umher, aus dem Schatten ins Licht und wieder zurück, stets in sicherem Abstand um den immer noch erleuchteten Springbrunnen herum. Geräuschlos überquerte er dann den leeren Platz und schnüffelte an dem Blumenkasten neben der Hoteltür. Mein Blick folgte ihm, und dann zuckte ich zusammen, als ich entdeckte, daß ich nicht die einzige war, die noch keinen Schlaf gefunden hatte und statt dessen einen streunenden Kater beobachtete.

Im Licht des Mondes sah Neil Granthams Haar fast weiß aus. Es war vom Wind gezaust und schien einen Augenblick lang das einzige zu sein, was sich bewegte. Seine Hände ruhten ganz still auf der Brüstung seines schmalen Balkons. Er schien nicht einmal zu atmen.

Als er seinen Kopf bewegte, trat ich rasch vom Fenster zurück.

19

Ich erhob mich und ... fand einen stillen Platz.

Früh am nächsten Morgen kam der Kater wieder. Ich werde nie begreifen, wie er mich gefunden hat, denn ich hatte mich entlang der Uferpromenade ein ganzes Stück weit vom Hotel entfernt. Er kam schläfrig zu mir auf den Schoß gekrochen und rollte sich gähnend zusammen.

Hinter ihm schien eine ereignisreiche Nacht zu liegen, denn er sah ein bißchen so aus, wie ich mich fühlte: entkräftet, zerknautscht und in jeder Hinsicht irgendwie mitgenommen. So ging es mir immer, wenn ich schlecht geschlafen hatte. Schlaflosigkeit lastete wie ein ererbter Fluch auf mir. Mein Großvater hatte darunter gelitten und dann mein Vater, der dieses Übel freundlicherweise an mich weitergereicht hatte. Es gab Nächte, in denen ich wach lag und vierstellige Zahlen von Schafen zählte, während ich mein zermartertes Gehirn zu zwingen versuchte, mich nicht mehr mit Gedanken zu quälen. Das passierte mir jetzt nicht mehr so häufig wie früher, doch wenn, dann trieb es mich am frühen Morgen an einen ruhigen Ort wie diesen, von wo aus ich den Sonnenaufgang beobachten konnte. Sobald die Sonne erst einmal am Himmel stand, sah man alles mit anderen Augen.

Oben auf dem Berg schlug die Glocke siebenmal. Jetzt

würden sie im Hotel anfangen, das Frühstück zu servieren. Ich sollte mich auf den Rückweg machen. Gleich, dachte ich. Nicht sofort. Ich mußte lächeln, während ich den schlafenden Kater kraulte und den Blick ziellos über die Promenade schweifen ließ.

Da standen die beiden Platanenreihen, noch in üppiges Grün gehüllt, seit Jahrhunderten wohl schon Wache. Unter ihrem gewölbten Blätterdach zog sich ein glattgerechter roter Kiespfad entlang, an dessen Rand Parkbänke müßige Spaziergänger wie mich einluden, Rast zu machen und die Welt an sich vorüberziehen zu lassen.

Von der Bank, auf der ich saß, genoß ich einen guten Blick über die Vienne und die kleine, längliche Insel in ihrer Mitte hinweg zum jenseitigen, dicht bewaldeten Ufer. Der Strom floß so träge dahin, daß es schien, als wäre er mit einer Eisschicht überzogen, und vom Wasser stiegen Frühnebelschwaden auf, die die Sonnenstrahlen einfingen und golden schimmernd über dem Fluß schwebten. Vor ein paar Minuten hatte ich ein gelbes Kajak, das mit dem Strom auf die Brücke zuschaukelte, den Nebel durchschneiden sehen, und davor war eine Frau mit einem Hund an mir vorbeigegangen, aber nun gab es hier nur noch den Kater und mich – und die am Flußufer schnatternden Enten.

Ich war völlig in Gedanken versunken, als sich der Kater auf einmal in meinem Schoß bewegte und ich seine Krallen durch meinen Wollpullover hindurch zu spüren bekam. Ich schreckte hoch und sah mich um auf der Suche nach dem Grund für diese plötzliche Unruhe.

Ich brauchte nicht lange zu suchen. Vier Bäume weiter kam ein kleiner gefleckter Hund, die Schnauze dicht am Boden, um einen metallenen Abfalleimer herumgewackelt. Der Hund hatte von uns noch gar keine Notiz genommen und stellte für meinen Kater sowieso keine Bedrohung dar, denn er wurde von einem Mann, der leicht vorgebeugt mit dem Rücken zum Fluß stand, an einer hellroten Leine gehalten.

Der Zigeuner war nicht allein. Ein weiterer Mann war bei ihm stehengeblieben, ein schlanker, hochgewachsener Mann, dessen hellblondes Haar im Morgenlicht silbrig glänzte. Der Zigeuner sprach gestenreich auf ihn ein, und ich sah, wie Neil den Kopf schüttelte, sich umdrehte und auf mich zukam.

»Guten Morgen«, begrüßte er mich. »Darf ich mich zu dir setzen?«

Es gibt wohl kein Entrinnen vor diesem Mann, dachte ich und rückte ein Stückchen weiter, um ihm Platz zu machen. Er ließ sich auf die Bank fallen und setzte sich gleich so hin, daß sein Gesicht mir zugewandt war. »Du scheinst es ja mit streunenden Katern zu haben, wie ich sehe.«

»Nicht mit allen. Nur mit diesem hier.«

»Ach, dann ist das dein Kamerad von Samstag abend?« Er streckte die Hand aus, um das Tier zu streicheln. Der Kater kuschelte sich tiefer in meinen Schoß und sah Neil mit halbgeschlossenen Augen an. »Der kommt ganz schön herum. Ich habe ihn schon überall in Chinon umherstrolchen sehen. Ist eigentlich zu anhänglich für einen heimatlosen Kater.«

»Ja.« Ich sah an ihm vorbei zu dem Zigeuner hinüber, der immer noch an derselben Stelle stand. »Was hat der Mann von dir gewollt?« fragte ich.

»Er wollte Feuer. Ich hatte aber keines.«

»Hat er dich auf englisch angesprochen?«

»Nein, auf französisch.«

»Ich dachte, du sprichst kein Französisch.«

Er sah mich von der Seite an. »Tue ich auch nicht, jedenfalls nicht mehr, als in meinem Reisesprachführer steht. Aber wenn jemand mit einer Zigarette im Mund auf mich zukommt und eine Geste macht, wie man ein Streichholz anzündet, kann ich mir ungefähr vorstellen, was er will.«

Peinlich. Als ich wieder aufsah, waren der Zigeuner und sein Hund nirgendwo mehr zu sehen. »Ich hätte nicht erwartet, so früh schon jemanden aus dem Hotel hier zu treffen«, nahm ich den Faden wieder auf.

»Die Müllfahrer haben mich geweckt. In aller Herrgottsfrühe, um vier, haben sie mit ihren Tonnen vor dem Hotel herumgepoltert, als wären wir auf dem Rummel.«

Ich hatte sie auch gehört, neben einigen anderen Dingen wie dem Rascheln der welken Blätter auf dem Pflaster und den gemessenen Schritten zweier Gendarme auf ihrer nächtlichen Runde. Schlaflose Nächte schärfen immer meine Sinneswahrnehmung.

»Diese Müllmänner wecken mich jedesmal auf«, sagte Neil. »Meistens schaffe ich es, wieder einzuschlafen, aber heute früh ...« Er zuckte die Achseln. »Hübsch hier, nicht wahr?«

»Ja, ganz nett.«

»So hübsch wie die ganze Stadt. Ich bin immer richtig traurig, wenn ich abreisen muß.«

»Also neigt sich dein Urlaub seinem Ende zu?« Mist. Die Enttäuschung in meiner Stimme muß deutlich herauszuhören gewesen sein.

»Nächste Woche, schätze ich. Ich bin fast wieder ganz hergestellt.« Er bewegte die Finger seiner Hand, um es mir zu demonstrieren. »Außerdem darf ich's nicht übertreiben. Ich werde nicht dafür bezahlt, herumzusitzen und nichts zu tun.«

»Aber du hast doch geübt«, verteidigte ich ihn. »Jeden Tag.«

»Ja, aber höchstens eine Stunde oder so.«

»Ist das nicht genug?«

»Zu Hause spiele ich sechs Stunden am Tag. Das hier sind doch nur Fingerübungen.«

»War aber trotzdem schön anzuhören. Ich mag Geigenspiel.«

Er bedankte sich für das Kompliment. »In ein paar Tagen wirst du anders darüber denken. Wenn man ihn hundertmal gehört hat, verliert sogar Beethoven seinen Reiz. Ich kann mich selber schon nicht mehr spielen hören, aber ich kenne dieses Stück in- und auswendig, und deshalb ist es als Übung gut geeignet.«

»Dann solltest du vielleicht doch mal etwas anderes spielen. Studierst du nicht irgendwas von einem zeitgenössischen Komponisten ein?«

»Das würde ich den Hotelgästen nie zumuten. Es ist nicht gerade ein Ohrenschmaus – ziemlich dissonant. Nein, dieses Stück höre ich mir nur vom Band an, und zwar leise. Als ich das Band zum erstenmal auf Thierrys Monsteranlage gespielt habe, mußten sie fast das Hotel evakuieren. Es war so laut, daß man meinen konnte, ich hätte ein ganzes Orchester in meinem Zimmer versammelt.«

»Neulich hast du aber Elgars ›Liebesgruß‹ gespielt. Wolltest du damit die Geister beschwichtigen, damit dir nicht noch eine Anlage um die Ohren fliegt?«

»Ich hatte schon einen bestimmten Grund dafür. Aber der hatte nichts mit Geistern zu tun. Allerdings überraschst du mich – normalerweise können die Leute Bach oder Mozart heraushören, aber ein Stück von Elgar zu erkennen, dazu gehört schon etwas mehr.«

Ich merkte, wie ich rot wurde, und sah zu Boden.

»Meine Mutter liebt klassische Musik. Früher hat sie mich immer in Konzerte geschleift. Ich habe nicht so aufmerksam zugehört, wie ich sollte, aber was mir gefiel, ist mir in Erinnerung geblieben.«

»Du sagtest ›früher‹. Gehst du jetzt nicht mehr in Konzerte?«

Ich schüttelte den Kopf. »In jüngster Zeit komme ich einfach nicht dazu. Meine Mutter schon. Ihr Freund ist Dirigent«, fügte ich mit einem Lächeln hinzu.

»Interessant! Wie heißt er denn?«

Ich nannte Neil den Namen. »Kennst du ihn?«

»Ich habe von ihm gehört, bin ihm aber nie begegnet. Und dein Vater –?«

»– lebt in Uruguay.« Um das Gespräch von meiner Person abzulenken, fragte ich ihn, bei welchem Orchester er in Österreich spiele. Erwartungsgemäß sagte mir der Name nichts.

»So geht's den meisten Leuten. Wir sind nicht gerade die Wiener Philharmoniker, aber wir verfügen immerhin über sechsundachtzig Mitglieder und sind auch nicht ganz ohne. Wir haben einen hervorragenden Dirigenten.«

»Also lebst du gerne in Österreich?«

»Ausgesprochen gerne.«

»Kein Verlangen, nach England zurückzukehren?«

»Wenn du dich zwischen Österreich und Birmingham entscheiden müßtest, was würdest du machen?«

»Als Geigerin? Weiß nicht. Das Orchester von Birmingham hat einen sehr guten Ruf.«

»Und abgesehen davon?«

Mir fiel beim besten Willen keine Antwort ein, nicht einmal im Scherz, und nach einer Weile wandte er den Blick wieder dem Fluß zu. »Ziemlich laut heute morgen, die Enten«, war sein einziger Kommentar.

kriege ich ein Eis. Aber Onkel Didier mußte sich mit seinem Freund treffen, und da konnte ich den Enten nicht mal mein ganzes Brot geben, weil er mich gehetzt hat.«

Eine Ente kam mir fast auf den Fuß gekrochen, und ich trat abwesend einen Schritt beiseite, während ich noch eine Ladung Krumen hinunterrieseln ließ. Mein Stück Brot war schon fast alle. »Der Freund von deinem Onkel – hat der ein bißchen so ausgesehen wie ich?«

»Ja, ganz englisch«, sagte sie und sah an mir hinauf, um mich näher in Augenschein zu nehmen. »Nur seine Nase war nicht so gerade.«

»Und was weißt du noch von ihm?«

»Er hat viel gelacht, und er mag gerne Enten füttern. Und er kann mit den Ohren wackeln.« Was ihn in ihrer Achtung offensichtlich steigen ließ. Ich sah hinab zu der zerzausten Ente mit den langen Watschelbeinen und warf ihr mein letztes Stückchen Brot zu.

Diese Ente erinnerte tatsächlich an meinen Vetter. Und Lucies Geschichte zufolge war Harry hier in Chinon gewesen ...

Doch mir blieb keine Zeit, diese neue Information im Geiste zu verarbeiten, denn Lucie griff mich bei der Hand und zerrte mich zurück zu François und Neil, die sich wie alte Freunde miteinander unterhielten. Neil lachte gerade über etwas, was François gesagt hatte, wandte sich aber sogleich mir zu. »Na? Alles überstanden? Von hier oben haben wir euch vor lauter Federn kaum noch sehen können.«

Lucie sah ihn aus ihren braunen Augen neugierig an. »Monsieur Neil«, fragte sie in sorgsam zurechtgelegtem Englisch, »können sie Ihre Ohren bewegen?«

»Bitte?«

»Sie will wissen, ob du mit den Ohren wackeln kannst.«

»Ach so. Ja, natürlich kann ich das.« Er ging in die Hocke, um es Lucie vorzuführen. Ich lehnte mich neben François an die niedrige Mauer. Ich hätte ihn gerne nach Didier Muret gefragt, aber ich brachte nicht den Mut dazu auf, also versuchte ich, meine Frage auf Umwegen zu stellen.

»Ein wirklich reizendes Kind«, sagte ich auf französisch.

»Ja, ich mag sie auch sehr.«

»Sie hat mir von ihrem Onkel erzählt. Dafür, daß sie noch so klein ist, scheint sie mit seinem Tod ganz gut fertig zu werden.«

»Didier Muret«, sagte er, und sein Blick streifte mich, »war nicht die Sorte Mensch, um die man trauert. Und außerdem hat sie ihn auch kaum gekannt.«

»Er war Historiker von Beruf?« fragte ich wie beiläufig. Natürlich hatte Victor Belliveau diese Frage bereits verneint, aber man konnte ja nie wissen ...

»Historiker?« Er sah mich erstaunt an. »Nein, Mademoiselle, er war Angestellter, bei einem Anwalt – wenn er überhaupt gearbeitet hat.«

»Ach so. Dann muß ich was falsch verstanden haben.« Also wieder nichts. Gerade hatte ich gemeint, einen entscheidenden Schritt weiter zu sein, aber schon erwiesen sich alle Übereinstimmungen erneut als Zufall. Warum sollte ein arbeitsloser Anwaltsgehilfe, der allem Vernehmen nach kein Englisch verstand, sich für einen englischen Zeitschriftenartikel über Isabelle von Angoulême interessieren? Nein, das ergab keinen Sinn.

François warf Neil und Lucie einen Blick zu. »Manchmal erinnert sie mich an ihren Vater. Beide sind so liebenswerte Menschen, aber ... sie akzeptieren beide kein ›Nein‹.«

»Noch mal«, kommandierte Lucie gerade kichernd, und Neil seufzte gewichtig.

»Weißt du, gleich fallen sie ab, und dann tut's dir leid.« Trotzdem wackelte er noch einmal gehorsam mit den Ohren und wurde mit einem weiteren glücklichen Kichern seiner einzigen Zuschauerin belohnt. Um so mehr fiel mir auf, daß François' Lächeln plötzlich verschwand und in sein faltiges Gesicht ein kummervoller Zug trat, als bereite ihm etwas Schmerzen.

Besorgt faßte ich ihn beim Arm. »Geht es Ihnen gut?«

Ich merkte, daß er ein Zittern unterdrückte, und meinte auch gesehen zu haben, wie er mich ein weiteres Mal fragend musterte, doch als er mir antwortete, hatte er sich wieder ganz gefangen.

»Ja, mir geht es gut, Mademoiselle. Ich bin nur nicht mehr der Jüngste. Und manchmal sehe ich eben Gespenster.«

20

Durch sie könnt' Licht in diese Sache kommen.

Ich ging nicht auf direktem Wege zurück zum Hotel. Ich suchte nach dem kleinen Platz, an dem Martine Muret ihre Galerie betrieb.

Sie war nicht schwer zu finden. Auch ohne die Bilder von Christian Rand im Fenster hätte ich sofort geahnt, daß das Geschäft Martine gehörte. Irgendwie sah es nach ihr aus – so gepflegt, schick und elegant, so aufgeräumt. Und Christians Bilder stellten das i-Tüpfelchen dar. Sie stachen augenblicklich von den anderen Werken ab – der kräftigere Pinselstrich und das geschickte Spiel von Hell und Dunkel verliehen ihnen eine warme, romantische Atmosphäre. Ich trat einen Schritt näher heran, um das Selbstporträt anzusehen, das Paul erwähnt hatte. Es war meisterhaft, fand ich. Nichts daran war geschönt, jede Unebenheit seines scharf geschnittenen Gesichts war ganz genau eingefangen, das golden glänzende Haar war ungekämmt wie immer, und in den blassen Augen lag der ernste Blick, der so charakteristisch für ihn war.

Den Landschaftsbildern hatte er ähnlich gekonnt Leben eingehaucht. Ich sah regelrecht, wie die Mauern von Schloß Chinon im Sturm erzitterten, und spürte die Friedsamkeit der Felder mit den weidenden Kühen darauf, aber am besten gefiel mir das Gemälde mit dem Fluß.

Er hatte dafür die Stimmung bei Sonnenuntergang und einen Blick nicht weit von der Stelle, an der Paul immer saß, gewählt; unterhalb des Denkmals waren auch die Stufen deutlich zu erkennen, und auf dem stillen Wasser schwammen drei Enten um einen verwitterten Stechkahn herum, der an der abschüssigen Bootsrampe festgemacht war. Dahinter erstreckten sich die in der Abendsonne schimmernden Bögen der Brücke wie ein goldenes Band von Ufer zu Ufer. Das einzige, was auf dem Bild noch fehlte, dachte ich, war Paul, wie er da auf halbem Weg die Treppe hinunter mit einer verbotenen Zigarette und seinem »Ulysses« saß.

Es geschah nicht oft, daß ich mich vom Anblick eines Bildes so gefangennehmen ließ, und als Martine zur Tür kam, um mich zu begrüßen, mußte sie mich zweimal ansprechen, ehe ich sie bemerkte.

»Wunderhübsch, nicht wahr?«

»Wirklich bezaubernd.« Ich biß mir auf die Lippe. »Ist er sehr teuer?«

»Preiswerter als seine anderen Bilder. Es ist etwas kleiner, und es sind keine Kühe darauf. Die Touristen lieben Kühe, und deswegen erzielen die höhere Preise als der Fluß. Wenn Sie möchten, gebe ich Ihnen eine Liste.«

Ich folgte ihr hinein und wartete, während sie die Preisliste holte. Die Galerie war makellos weiß gestrichen und hell erleuchtet, damit jedes Bild, jede Zeichnung und jede Plastik so vorteilhaft wie möglich zur Geltung kamen. Martine schien einen erlesenen Kunstgeschmack zu haben, denn ich entdeckte nicht ein einziges Ausstellungsstück, das ich nicht zu gerne selbst besessen hätte. Allerdings sprengten wohl die meisten meinen finanziellen Rahmen, und als Martine wiederkam und mit dem Finger am Rand der Liste entlangfuhr, bereitete ich mich auf das

Unvermeidliche vor. Aber was soll's, sagte ich mir, ich war ohnehin nicht hergekommen, um ein Kunstwerk zu erstehen. Ich war gekommen, um Martine vorsichtig über ihren früheren Ehemann auszufragen.

»Da haben wir's ja. Nummer achtundachtzig.« Die Summe, die sie mir nannte, war fast doppelt so hoch wie mein monatliches Einkommen.

Hinter mir hörte ich Schritte auf dem blankgeputzten Boden. »Möglicherweise geht Christian für eine gute Bekannte etwas mit dem Preis herunter«, sagte eine männliche Stimme auf englisch, aber mit französischem Akzent. Es war Armand Valcourt. Ohne eine Miene zu verziehen, schüttelte Martine den Kopf.

»Christian ist viel zu gutmütig. Er würde seine Bilder verschenken, wenn ich nicht auf ihn aufpassen und ihn daran erinnern würde, daß auch Künstler von etwas leben müssen.«

Ich drehte mich zu Armand um und wünschte ihm einen guten Morgen. »Ich habe vorhin am Fluß Ihre Tochter getroffen.«

»Ja, mittwochs macht sie immer mit François ihre Runde. Erst die Enten, und dann ein Eis ... Froh zu sein, bedarf es so wenig.«

Er schien keine Eile zu haben, also würde es wohl mit meinem Gespräch von Frau zu Frau nichts werden. Um mir meine Enttäuschung nicht anmerken zu lassen, fragte ich Armand Valcourt, wie alt seine Tochter sei.

»Lucie? Sie wird bald sieben.«

»Und ist schon ein richtiges kleines Genie«, fügte ihre Tante stolz hinzu. »Sie kann jeden einzelnen Schritt bei der Weinherstellung auswendig aufsagen.«

»Sie ist eben eine Valcourt«, meinte Armand, als würde das alles erklären. »Clos des Cloches wird eines Tages ihr gehören, und so gebe ich mein Wissen weiter, wie ich es von meinem Vater gelernt habe.«

»Aber zur Hälfte ist sie auch das Kind ihrer Mutter«, erwiderte Martine. »Sie liebt auch die Kunst. Vielleicht wird sie eines Tages das Heim für Künstler einrichten, von dem Brigitte so oft gesprochen hat.«

»Gott bewahre uns davor.« Armand schüttelte sich. »Künstler. Ein Abendessen mit ein paar von ihnen, wenn sie sich nicht in den Haaren liegen, ist ja ganz anregend. Aber ein ganzes Haus voll davon?« Er verdrehte die Augen. »Das würde mich in den Wahnsinn treiben.«

»Sie dürfen es meinem Schwager nicht übelnehmen«, sagte Martine, »aber er liebt nur die Bilder auf seinen Weinetiketten.«

Armand wirkte gekränkt. »Das ist nicht wahr. Dieses Bild liebe ich sehr.« Er zeigte auf das hinter der Kasse aufgehängte Aquarell, das einen Weinberg mit einem Schloß im Hintergrund darstellte. »Da sieht man großes Talent.«

»Da sieht man Weinreben«, konterte Martine trocken. »Aber sei's drum. – Kann ich etwas für dich tun, Armand?«

»Nein, eigentlich nicht.«

Martine schien verwundert; ein Anzeichen dafür, daß sich Armand nicht oft ohne Grund in der Galerie blicken ließ.

»Ich bin nur gerade zufällig vorbeigekommen. Lucie sagte, du hättest einige neue Plastiken.«

Martine überlegte kurz, schüttelte dann den Kopf. »Nein, nicht daß ich wüßte ...«

»Macht auch nichts. Du kennst ja Lucie. Da ist wohl wieder mal ihre Phantasie mit ihr durchgegangen.« Die Hände in den Hosentaschen vergraben, beugte er sich vor, um eine kleine Tintenstiftzeichnung zu inspizieren, wobei ich spürte, wie sein Atem über meinen Nacken strich. »Das ist hübsch, Martine. Stammt das auch von Christian?«

Martine warf einen Blick darauf. »Ja.«

»Sieht nach Victors Anwesen aus.« Als er sich bückte, um die Zeichnung vom Verkaufstresen zu nehmen, streifte sein Arm wie unabsichtlich meine Schulter. »Ja, das ist es wirklich. Ich frage mich manchmal, was Victor wohl so den ganzen Tag treibt. Hörst du manchmal von ihm?«

Martine schüttelte den Kopf. »Christian trifft ihn ab und zu. Sie trinken was zusammen und unterhalten sich.« Sie sah mich entschuldigend an. »Wir sprechen von einem gemeinsamen Freund.«

Victor Belliveau, hätte ich um ein Haar ergänzt. Ein armer Poet wie er war gewiß auch zu Gast bei den Festen gewesen, die Brigitte Valcourt früher für die Künstler der Umgebung auszurichten pflegte. Zu gerne hätte ich Martine nach diesen Parties gefragt, und ob ihr früherer Mann sich je zu geschichtlichen Themen geäußert oder sogar einen Engländer namens Harry gekannt hatte. Doch als ich gerade meinen ganzen Mut zusammennehmen wollte, klingelte in einem Hinterzimmer der Galerie schrill das Telefon, und Martine entschuldigte sich. Ihre hohen Absätze klapperten auf den Fliesen, als sie nach hinten ging, um den Hörer abzunehmen.

Armand druckste neben mir herum. Schließlich sagte er leise: »Ich muß Ihnen etwas gestehen.«

»So?«

»Ich interessiere mich nicht besonders für Kunst. Vor allem Plastiken langweilen mich.« Er steckte die Hand in die Jackentasche, als ihm offenbar einfiel, daß man hier nicht rauchen durfte, und zog sie wieder heraus. »Als ich sagte, ich wäre zufällig hier vorbeigekommen, war das keine Lüge. Aber eingetreten bin ich nur, weil ich Sie gesehen habe. In einer Stadt dieser Größe ist es nicht so leicht, jemanden zu finden.«

»Sie haben nach mir gesucht?«

»Ich wollte Sie zum Essen einladen, falls Sie noch nichts Besseres vorhaben.«

»Essen?« wiederholte ich dümmlich.

»Genau. Sonst habe ich nie Zeit, weil ich mich um Lucie kümmern muß, wenn sie aus der Schule kommt. Ich möchte gerne diese eine Stunde für sie reservieren. Aber heute ist ja Mittwoch, also ist sie über Mittag mit François unterwegs, und ich bin ganz alleine.«

Ganz alleine? Bei so einem riesigen Weingut? Ich sah ihn ungläubig an.

»Sie glauben mir nicht? Aber es ist wahr. Ich bin ein reicher Mann, Mademoiselle, genieße Ansehen und habe auch einen gewissen Einfluß, doch Einsamkeit ist der Preis, den man dafür zahlen muß.«

Wirklich? Die Frauen mußten ihm doch die Tür einrennen. Er versuchte es auf die Mitleidstour, was bei mir nicht verfing, aber andererseits konnte es nichts schaden, sich von ihm zum Essen einladen zu lassen. Schließlich hatte auch er Didier Muret gekannt. Vielleicht würde ich von ihm erfahren, was ich von Martine hatte wissen wollen.

»Einverstanden«, sagte ich also, »vielen Dank für die Einladung.«

»Wie schön.« Er sah auf seine Uhr. »Darf ich Sie um zwölf im Hotel abholen?«

»In Ordnung.«

»Schön«, sagte er noch einmal. »Dann will ich mich jetzt verabschieden und Sie dem Genuß der Bilder überlassen. Ich muß vor dem Essen noch etwas Geschäftliches erledigen.« Sein strahlendes Lächeln aber kam nicht von Herzen. Es wirkte irgendwie aufgesetzt.

Dasselbe Lächeln schenkte er dem etwas ungepflegten jungen Mann, mit dem er beim Gehen in der Tür zusammenstieß. »Morgen«, sagte Simon fröhlich, als Armand an ihm vorbei auf die schattige Straße hinausschlüpfte. »Wo hast du denn bloß gesteckt!« Er sprach mit mir wie mit einem Schulkind, das zu spät zum Unterricht erscheint. »Paul hat schon überall nach dir gesucht. Du bist nicht zum Frühstück gekommen.«

»Ja, nun ...«

»Er ist im Hotel und wartet auf dich.«

Martine hatte ihr Gespräch beendet und kam wieder nach vorne. Ihr Blick streifte Simon kurz, dann sah sie wieder mich an. »Sie sind ja heute eine gefragte Frau. All diese Männer, die nach Ihnen suchen ...«

»Eigentlich wollte ich zu Christian«, schaltete sich zu meinem Glück Simon ein. »Wo kann ich ihn finden?«

Martine zog neugierig die Augenbrauen in die Höhe. »Christian?«

»Ich wollte ... mir was von ihm leihen.«

»Wenn er nicht zu Hause ist ...«

»Da ist er nicht.«

»Dann versucht es eine Straße weiter, gleich hier um die Ecke. Er hat gestern abend davon gesprochen, daß er dort etwas zeichnen will.«

Zu meiner Überraschung schien Simon kein Verlangen zu verspüren, noch ein wenig mit Martine zu schwatzen, sondern bedankte sich nur und sagte, zu mir gewandt: »Du kommst am besten gleich mit. Damit du uns nicht noch einmal verlorengehst.«

In diesem Augenblick betrat ein älteres Ehepaar die

Galerie, das Martine lautstark begrüßte. Also hatte es wirklich keinen Sinn, sich hier noch länger herumzudrücken. Martine ließ es sich nicht nehmen, uns noch zur Tür zu bringen. Als sie meine Hand drückte, sagte sie: »War da noch etwas, was Sie mich fragen wollten, Mademoiselle?«

»Ich? Nein«, log ich.

»Es ist nur, weil ...« Sie schüttelte den Kopf, und der fragende Ausdruck verschwand aus ihren Augen. »Schon gut. Weiterhin einen schönen Tag Ihnen beiden!«

Draußen hatte dieser Tag, der so vielversprechend begonnen hatte, sein Wesen gewandelt. Die Sonne war hinter einer grauen Wolkendecke verschwunden, und in der Luft hing der Geruch von Abgasen und aufkommendem Regen. Simon übernahm wieder einmal sofort die Führung, und ich folgte ihm artig, den Kopf gesenkt und ganz in Gedanken, so daß ich an der nächsten Ecke beinahe in Christian Rand hineingelaufen wäre. Nicht, daß er viel davon mitbekommen hätte – der junge Künstler war in seine eigenen Gedanken und Betrachtungen versunken und starrte mit halbgeschlossenen Augen die Bäckerei auf der anderen Straßenseite an.

Aber auch Neil Grantham wurde an diesem Morgen zu einem immer wiederkehrenden Thema. Er stand nämlich neben Christian, den Kopf in den Nacken geworfen, die Hände in die Hüften gestützt und den Blick auf dasselbe Gebäude geheftet. Auch ich sah hinüber, fand aber nichts Bemerkenswertes daran und entschuldigte mich statt dessen bei Christian dafür, daß ich ihn beinahe über den Haufen gerannt hätte.

Zuerst meinte ich, er hätte mich gar nicht gehört, bis eine kaum merkliche Bewegung seines Kinns mir signalisierte, daß er verstanden hatte.

»Immer bei der Arbeit, was?« sagte Simon, und noch einmal nickte Christian, ohne aufzublicken.

»Ich muß dieses Gebäude abreißen«, sprach er nachdenklich. »Es macht meine Komposition kaputt. Aber wie ... wie ...?«

»Er meint das nicht wörtlich«, sprang Neil ein. »Das läuft alles nur in seinem Kopf ab – er reißt Häuser ein, rückt sie näher zusammen, damit sein Bild so wird, wie er sich das vorstellt.«

Ich hatte Christian natürlich nicht beim Wort genommen, schon weil der Abriß eines Gebäudes eine körperliche Anstrengung erforderte, der er keineswegs gewachsen schien – aber wenn Neil meinte, daß Christians Äußerung noch einer Erklärung bedurfte, dann bitte.

Neil lächelte. »Ich weiß das, weil mein Bruder auch malt und auch dauernd irgendwelche Häuser abbricht. Er ist Christian übrigens ziemlich ähnlich, nur sind seine Bilder bei weitem nicht so gut.«

»Eine künstlerisch veranlagte Familie.«

»Hat er wohl von unserer Mutter. Sie hat viel gezeichnet und Klavierstunden gegeben.«

»Und dein Vater?« fragte Simon leicht schnippisch. »Was war der? Schriftsteller? Schauspieler? Opernsänger?«

»Er hat bei der staatlichen Eisenbahn gearbeitet.«

Ich sah auf die Uhr. »Dann schaue ich jetzt besser mal nach Paul.«

Ich überließ die drei Männer sich selbst und hörte gerade noch, wie Simon Christian fragte, ob er sich Eimer und Schaufel von ihm borgen könnte. Nun, vielleicht würde er seinen Schatz tatsächlich noch finden. Versuchen konnte er es ja.

Die Hotelbar war bis zum Mittag geschlossen, aber ich

fand Paul nichtsdestotrotz dort im Halbdunkel lesend vor. Als ich eintrat, legte er sichtlich erleichtert seinen »Ulysses« beiseite. »Na, wird ja auch Zeit. Ich fing schon an, mir Sorgen zu machen.«

»Tut mir leid.« Ich streckte meine müde gewordenen Glieder. »Ich bin schon früh aufgestanden und habe einen Spaziergang am Fluß entlang gemacht.« Ich erzählte ihm nichts von dem Kater und davon, daß ich Neil begegnet war – das brauchte er alles gar nicht zu wissen. Aber von Lucie Valcourt berichtete ich ihm, daß wir zusammen die Enten gefüttert hatten und was sie über den englischen Freund ihres Onkels gesagt hatte.

»Donnerwetter«, meinte er anerkennend, lehnte sich zurück und fuhr sich abwesend mit der Hand durchs Haar. »Also denkst du, Muret sei der Typ gewesen, mit dem dein Cousin hier in Chinon verabredet war?«

»Hört sich doch sehr danach an, findest du nicht auch? Ich meine, er könnte den Artikel doch in Victor Belliveaus Haus gesehen haben. Die beiden haben einander gekannt.«

»Nur, daß bisher jeder behauptet, er hätte kein Englisch verstanden.«

»Ich weiß. Und außerdem ist mir bis jetzt völlig unklar, wieso er sich überhaupt dafür interessieren sollte, was mein Vetter in dem Artikel geschrieben hat. Ich hatte Martine danach fragen wollen und bin deswegen heute früh extra bei ihrer Kunstgalerie vorbeigegangen. Aber es war zuviel los, so daß sich keine Gelegenheit zu einer Unterhaltung ergab. Außerdem weiß ich auch gar nicht, ob ich den Nerv gehabt hätte, die richtigen Fragen zu stellen. Schließlich gehört es sich ja auch nicht. Ich kenne Martine doch eigentlich kaum und kann nicht einfach hingehen und ihr Fragen über ihren früheren Mann stellen, der gerade mal eine Woche tot ist. Jedenfalls esse ich mit Armand Valcourt zu Mittag, und dabei ergibt sich vielleicht etwas –«

»Bitte was?« unterbrach mich Paul. »Du gehst mit –«

»Armand Valcourt essen«, wiederholte ich. »Du brauchst gar nicht so süffisant zu grinsen.«

»Schon gut, schon gut.« Paul hob abwehrend die Hände. »Ich bin bloß ein bißchen eifersüchtig.«

Eifersüchtig? Himmel, was machte der sich denn für Vorstellungen? »Paul –«

»Ich finde es einfach ungerecht, daß du mit so einem reichen Pinkel zum Essen ausgehst, während ich mit einem Käsebrot und Simon vorliebnehmen muß.« Wieder grinste er mich an. »Wohin will er dich denn ausführen?«

»Keinen Schimmer.«

»Irgendwohin, wo es unanständig teuer ist, schätze ich mal. An der Rue Voltaire gibt es ein paar Gourmettempel, die Sorte, wo man sechs Gabeln neben den Teller gelegt kriegt. Wann soll's denn losgehen?«

»Wir sind um zwölf – meine Güte, es ist ja schon elf durch, und ich habe noch nicht mal geduscht.«

»Na, dann mal zu.« Er griff wieder nach seinem abgestoßenen Taschenbuch. »Und daß Sie mir nicht Ihren Auftrag vergessen, Watson.«

»Und der wäre?«

»Ihn betrunken zu machen und nach Didier Muret auszuquetschen.«

»Genau. Also hoffen wir, daß ich etwas Nützliches in Erfahrung bringe.«

»Oder lieber nicht. Mir jedenfalls wäre wohler zumute, wenn es keine Verbindung zwischen Martines Ehemann und deinem Cousin gäbe.«

Den Grund dafür brauchte er mir nicht zu nennen. Ich

hatte mir die Geschichte selbst schon im Geiste zusammengereimt und war zum gleichen Ergebnis gekommen: Falls mein Verdacht sich bestätigte, war Harry vergangenen Mittwoch hier in Chinon gewesen und hatte mit Lucie und ihrem Onkel Didier, seinem angeblichen Freund, Enten gefüttert. Und am Donnerstag morgen war Didier Muret tot.

21

... ich saß mit meinem Gastgeber zu Rate,
betörte ihn mit seinen edelsten Weinen ...

Es war dann doch kein Gourmetrestaurant, in das Armand mich ausführte, und ich bekam auch bloß drei Gabeln. Ich wußte damit umzugehen, mußte ich mir doch nur die Zeit ins Gedächtnis rufen, als ich noch in Botschaftsgebäuden zu speisen pflegte. Abgesehen davon erinnerte nichts an meinem Essen mit Armand mich an diese sich endlos dahinquälenden Diners in Gesandtenkreisen.

Es war ein rustikales französisches Restaurant mit fast bis zum Boden reichenden Fenstern voll rosaroter Blumensträuße, Tischen aus Kiefernholz, die in wohltuenden Abständen voneinander standen, und einer gemütlichen Landhausatmosphäre.

Wir bekamen einen Tisch neben dem Kamin, der zu dieser noch nicht so kalten Jahreszeit ebenfalls mit Blumen dekoriert war: Muschelfarbene Rosen, Farnkraut und Chrysanthemen. Mit jedem Atemzug sog ich den verführerisch zarten Duft der Rosen ein, in den sich das Bukett des Weines, ein mildes Knoblaucharoma und der Wohlgeschmack der Meeresfrüchte auf meinem Teller mischten.

Die exquisiten Speisen, das anheimelnde Ambiente, die Begleitung eines charmanten, gutaussehenden Mannes und die freundlich-diskrete Bedienung taten das ihre, um mich in eine wohlig entspannte Stimmung zu versetzen. Oder lag es daran, daß Armand mir bereits zweimal nachgeschenkt hatte?

Gerade teilte er den Rest der Flasche zwischen unseren beiden schon wieder leeren Gläsern auf, während er eine Geschichte aus dem Leben seiner Tochter zum besten gab.

»Sie sieht Ihnen sehr ähnlich«, sagte ich. »Vor allem das Lächeln ist das gleiche.« Wir unterhielten uns auf englisch, wohl, weil uns das die Illusion gab, unter uns zu sein, denn an den drei Tischen um uns herum wurde nur Französisch gesprochen.

»Vielen Dank. Sie haben keine Kinder?«

»Nein.«

»Kinder sind das wunderbarste Geschenk. Sie können sich keine Vorstellung von den Glücksgefühlen machen, die sie in einem auslösen. Sie würden alles für Ihre Kinder tun.« Er nahm eine Muschel aus ihrer Schale und kaute nachdenklich darauf herum. »Ich selber war mir gar nicht sicher, ob ich ein Kind wollte, aber als Lucie dann geboren wurde ...« Mit einem Schulterzucken legte er die Gabel beiseite. »Alles wurde anders.«

»Ist es nicht schwierig, sie so ganz alleine aufzuziehen?«

»Ganz alleine ja nun auch wieder nicht.« Er lächelte ein wenig nachsichtig. Wie konnte ich auch vergessen haben, in welcher priviligierten Welt er zu Hause war? »Zuerst kam ein Kindermädchen, um auf sie aufzupassen. Als Brigitte starb, ist Martine wieder bei uns eingezogen. Und dann ist da natürlich noch François.«

»François ist wohl schon sehr lange bei Ihnen?«

»O ja, sehr, sehr lange. Seine Eltern haben schon für meine Großeltern gearbeitet, und François ist im selben

Jahr geboren wie mein Vater – 1930. Aber erzählen Sie ihm nicht, daß ich Ihnen das verraten habe. Er möchte nicht gerne auf sein Alter angesprochen werden. Meine Frau hat immer gesagt, er sei wie die Diener, die man in Filmen sieht, der Familie treu ergeben und sehr diskret.«

»Auf mich hat er auch einen sehr loyalen Eindruck gemacht. Einen besseren Bediensteten hätten Sie wohl kaum finden können.«

»Schon möglich. Aber François gehört eigentlich mehr zur Familie, und er bleibt auch bei mir, weil das Weingut ebenso sein Zuhause ist wie das meine. Er ist nicht nur zum Bedienen da, wie in den Filmen, sondern er ist bei uns, weil er die Menschen mag, in deren Diensten er steht.«

»Also ein eher kameradschaftliches Verhältnis.«

»Manchmal stelle ich seine Geduld auf eine harte Probe, aber das ist eben so bei Menschen, die ein Leben lang miteinander unter demselben Dach gewohnt haben. Lucie ist sein ein und alles.«

Ich hatte ja gesehen, wie besorgt François am Morgen um Lucie gewesen war, als die beiden Enten füttern gingen, doch als ich mir jetzt das Bild seiner müden Augen, die auf seinem Schützling ruhten, ins Gedächtnis rief, fiel mir noch ein anderer Gesichtsausdruck ein, den ich an François beobachtet hatte und von dem er mir sagte, er rühre daher, daß er Gespenster sähe. Einen Moment lang überlegte ich, ob ich Armand fragen sollte, ob Lucie ihrer Mutter sehr ähnlich sehe, aber dann beschloß ich, das Gespräch lieber auf Didier zu lenken. Wenn mir nur ein Vorwand einfiele, das Thema anzuschneiden ...

Ich spielte mit meinem Glas und versuchte es auf einem Umweg. »Sie sagten, Martine sei wieder zu Ihnen gezogen, als Sie ... als Sie Witwer wurden. Wo hat sie denn vorher gelebt? Auch hier in Chinon?«

»Ja, mit ihrem Ehemann. Sie wußten sicher nicht, daß er tot ist?« Ein kurzes Flackern in seinen dunklen Augen, schon war es wieder verschwunden. »Man sollte nicht schlecht über Verstorbene reden, aber er war kein sehr angenehmer Mensch. Schon damals, als sie zu uns kam, um sich um Lucie zu kümmern, gab es Konflikte in der Ehe.«

Ich nickte. Meine Taktik war erfolgreich gewesen. »Ja, ich habe gehört, daß die beiden geschieden waren.«

»Die Ehe wurde annulliert. Für die Kirche gibt es da einen Unterschied.« Der Wein tanzte in seinem Glas wie flüssiges Gold, als er es hob und mir zulächelte. »Wenn das für Sie eine Bedeutung hat.«

»Für Sie nicht, wenn ich recht verstehe?«

»Für mich? Nein, ich glaube an die Dinge, die mir greifbar sind – mein Land, meine Familie, alte Traditionen, guten Wein. Und Sie?«

Ich mußte ihm die Antwort schuldig bleiben. »Ich bin eher eine Skeptikerin.«

»Sie sind nicht in der Kirche?«

»Nein.«

»Aber Menschen. An die Menschen müssen Sie doch glauben.«

»Menschen sind zu unbeständig«, antwortete ich, worauf sich ein leises Lächeln um seine Mundwinkel bildete.

»Sie sind in der Tat eine Skeptikerin. Haben Sie immer schon so empfunden? Auch schon als Kind?«

»Um Himmels willen, nein.« Ich grinste. »Ich war das gläubigste Kind, das es je gegeben hat. Ich habe mir etwas gewünscht, wenn ich eine Sternschnuppe sah, und dergleichen.«

»Und was ist daraus geworden?«

»Mein Leben«, sagte ich schulterzuckend. Meine letzte

Muschel war in ihrer Schale kalt geworden, und ich schob sie mit der Gabel beiseite. Wie waren wir bloß über Didier bei diesem Thema angelangt? So kam ich nicht weiter. Ich mußte das Gespräch wieder in ergiebigere Bahnen lenken. »Und Martines Mann? Woran hat der geglaubt?«

»Geld«, kam prompt die nüchterne Antwort, doch dann lächelte er versöhnlicher. »Das ist vielleicht nicht ganz fair, denn ich weiß ja nichts davon, wie es ist, sich wie Didier aus dem Nichts hocharbeiten zu müssen. Ich glaube, er hatte eine sehr schlimme Kindheit. Aber Martine besaß natürlich Geld, also hat er sie geheiratet.«

Es fiel mir schwer, mir vorzustellen, daß ein Mann Martine ausschließlich wegen ihres Vermögens heiraten wollte, aber Armand versicherte mir, daß das tatsächlich der Fall gewesen war. »Kaum jemand zweifelt daran, auch Martine selber nicht. Und abgesehen davon ... denken die meisten Menschen, daß das auch für mich der Grund war, meine Frau zu heiraten.«

»Sie?« Ich starrte ihn überrascht an. »Aber Sie sind doch ...«

»Reich, meinen Sie? Ja, jetzt. Aber als ich heiratete, stand es nicht so gut um Clos des Cloches. In den ersten Jahren lief vieles schief, die Ernten waren nicht gut, und das hat jedermann gewußt. Es wundert mich nicht, daß die Leute denken, ich hätte Brigitte wegen ihres Geldes gewählt.«

»Und? Haben Sie?« Da war es schon zu spät. Ich mochte mich selbst für diese Frage ohrfeigen, aber Armand hatte bereits den Kopf auf die Seite gelegt und erwog seine Antwort.

»Zum Teil.« Er lächelte, aber nicht verlegen. »Zwischen Brigitte und mir gab es nicht gerade feurige Leidenschaft. Es war mehr eine geschäftliche Transaktion.

Sie wollte ein schönes Haus, in dem sie die Gastgeberin spielen konnte. Ich wollte eine schöne Frau aus guter Familie. Daß sie auch noch Geld hatte, machte sie für mich nur um so attraktiver. Zu diesem Zeitpunkt schienen wir wie füreinander geschaffen, aber später dann ... Ich bedauerte ihren Tod, aber ich habe nicht sehr darunter gelitten. – Schockiere ich sie? Wahrscheinlich ist dies das letzte Mal, daß Sie Lust haben, mit mir auszugehen, wenn ich nicht gleich das Thema wechsle.«

Aber er wechselte das Thema nicht. Statt dessen fragte er mich nach meiner Familie und meiner Kindheit aus, also speiste ich ihn mit ein paar der erzählenswerteren Anekdoten aus dem Leben der Familie Braden ab. Ich schloß mit der Geschichte, wie Harry mich auf dem Scheiterhaufen hatte verbrennen wollen. Wir hatten im Garten gespielt – ich war Jeanne d'Arc, und Harry hatte mich, im Sinne historischer Authentizität, am Rosenspalier festgebunden und ein ordentliches Feuer entfacht. Als er schließlich losrannte, um den Gartenschlauch zu holen, wurde es mir einen Augenblick lang doch äußerst mulmig zumute.

Die meisten Leute lachen, wenn ich ihnen diese Geschichte erzähle, aber Armand schien sie eher zu erschrecken. »Ist er noch am Leben, dieser Vetter? Ihr Vater hat ihn nicht totgeschlagen?«

»Nein, er hat überlebt. Er lehrt in London am Historischen Seminar der Universität. Gelegentlich jedenfalls.«

»Soso.« Er suchte nach seinen Zigaretten. »Da bin ich aber froh, daß Sie ihn nicht mitgebracht haben. Abgesehen von der Geschichte meiner eigenen Familie interessieren mich Kriege, Könige und Fürstenhäuser herzlich wenig.«

Da war sie, die Gelegenheit, auf die ich gewartet hatte.

»Aber wie ich gehört habe, war das doch das Steckenpferd ihres Schwagers?«

»Didier?« Armand klappte das Feuerzeug zu, lehnte sich zurück und kniff die Augen zusammen, während der Rauch zur Decke zog. »Didier und Geschichte? Wie kommen Sie denn darauf?«

»Ach, ich weiß gar nicht mehr«, sagte ich ganz unschuldig. »Wahrscheinlich hat irgend jemand im Hotel so was erzählt. Ich meinte, gehört zu haben, daß er sich sehr dafür interessierte.«

Er hob die Zigarette an die Lippen und sog genüßlich daran, aber ich bemerkte doch den etwas verkrampften Zug um seinen Mund. »Da müssen Sie etwas mißverstanden haben. Mein Schwager hat sich außer für sich selber für gar nichts interessiert. Und für Geld. Immer ging es ihm nur um Geld.« Seine Stimme klang unbarmherzig. Niemand schien Gutes über Didier Muret zu berichten zu haben. »Er konnte sich nie lange an einem Arbeitsplatz halten, weil er gestohlen hat. Brigitte, meine Frau, hatte ihn Martine zuliebe bei ihrem eigenen Rechtsanwalt untergebracht, aber auch das hat nichts genützt. In der Kanzlei ist Geld verschwunden. Daraufhin hat Martine ihn verlassen. Sie ließ ihn weiter in ihrem Haus wohnen, aber er hat kein Geld mehr von ihr bekommen.«

Recht so, Martine, dachte ich. »Übrigens«, sagte ich, um meine Lüge etwas plausibler erscheinen zu lassen, »war es, glaube ich, Simon, der junge Kanadier, der mir das von Ihrem Schwager erzählt hat. Die beiden sind sich wohl mal begegnet.«

»Simon?« Armand sah mich skeptisch an. »Der junge Mann mit den langen Haaren, der bei der Führung durchs Weingut mit dabei war? Aber der spricht doch gar kein Französisch, im Gegensatz zu seinem Bruder. Und Didier sprach kein Wort Englisch. Kann sein, daß sie sich begegnet sind, aber sie werden kaum miteinander gesprochen haben.«

»Ja, dann habe ich mich wohl verhört.« Drei Leute hatten mir jetzt schon dasselbe gesagt, und diese drei konnten sich doch nicht alle irren? Also konnte Didier Muret Harrys Artikel tatsächlich nicht gelesen haben, hatte keinen Grund gehabt, mit ihm Kontakt aufzunehmen, war vermutlich wirklich nie mit ihm zusammengetroffen. Und was hatte Armand heute morgen über seine Tochter gesagt? Ihre Phantasie ist mit ihr durchgegangen. Eine Ente namens »Ar-ri« war ja auch nicht gerade ein schlagender Beweis. »Dann muß er von einem anderen Didier gesprochen haben. Simon drückt sich manchmal etwas unklar aus.«

Aber ich war selbst nicht ganz ohne Fehl und Tadel. Solange ich meine Ermittlungen anstellte, mußte ich besser darauf achten, wieviel Wein ich trank. Als wir das Restaurant verließen, hatte ich Mühe, nicht zu torkeln oder womöglich noch über einen Pflasterstein zu stolpern.

Doch ich denke nicht, daß es Armand auffiel. Unbekümmert ging er neben mir durch die mittagsstille Rue Voltaire.

»Das hat mir gefallen«, sagte er, als wir wieder am Platz mit dem Springbrunnen angekommen waren. »Ich genieße Ihre Gesellschaft. Bevor Sie wieder abreisen, sollten wir noch einmal gemeinsam zu Abend essen.«

Das war in der Tat kein unbilliges Ansinnen. »Gerne«, antwortete ich.

Sein zarter Abschiedskuß traf mich allerdings etwas unvorbereitet, obwohl man in Frankreich ja mit so etwas rechnen mußte – vom Lächeln und Zunicken zum Händedruck und dann zur la bise, dem freundschaftlichen

Kuß auf beide Wangen, obwohl man sich in der Regel nicht so schnell näherkam. Armand Valcourt, dachte ich, verliert keine Zeit.

Trotzdem war es mir ein bißchen peinlich, und als ich rasch einen Blick an der Hotelwand hinauf über die Reihen leerer Balkone warf, schien es mir, als hätte sich hinter Neils Fenster etwas bewegt, aber das konnte auch Einbildung gewesen sein.

Es mußte Einbildung gewesen sein. Die Glocke vom Schloß schlug drei, als ich die Hotelhalle betrat. Obwohl Neil um diese Stunde immer zu spielen pflegte, war keine Geige zu vernehmen. Thierry war allein und wirkte ausgesprochen gelangweilt hinter dem Empfangstresen. Alle seien ausgeflogen, erklärte er mir auf meine Frage, nur er sei da und das Telefon ... Doch dann erhellte sich sein Blick. »Möchten Sie etwas zu trinken, Mademoiselle? In der Bar?«

»Das ist das letzte, was ich jetzt brauche, Thierry. Ich kann mich so schon kaum noch auf den Beinen halten. Nein, ich will mich lieber zu einem Nickerchen hinlegen.«

»Nickerchen«, sagte er und verdrehte die Augen dabei, »sind was für alte Frauen und kleine Kinder.«

Du irrst dich, sinnierte ich wenig später, als ich mich auf dem frischgeplätteten Laken ausgestreckt und unter der Wolldecke vergraben hatte. So ein Nachmittagsschläfchen war etwas, womit man sich ruhig mal verwöhnen durfte, eine Ruhepause inmitten eines langen, ausgefüllten Tages, vor allem nach einem guten Mahl und gutem Wein, der einem ein wenig in den Kopf gestiegen war. Ich seufzte zufrieden und kuschelte mich noch tiefer in die Decken.

Von draußen war durch das offene Fenster wenig zu hören außer dem Plätschern des Springbrunnens. Ab und zu fuhr ein Auto vorbei, oder jemand rief einem anderen etwas zu. Unweit vom Hotel bellte ein Hund und wurde mit scharfem Kommando zur Ruhe gerufen. Sonst aber störte nichts meinen Frieden in dem abgedunkelten Zimmer. Das Plätschern des Brunnens wurde lauter, veränderte sich eine Spur, klang tiefer, wie das Schlaflied des gen Süden strömenden Flusses.

Es war ganz nahe, dieses Geräusch ..., so nahe ... Es war neben mir. Ich träumte in letzter Zeit selten, und um so erstaunter war ich, als ich mich urplötzlich in diesem tranceartigen Zustand bewegte, in dem Träumende sich befinden, nicht mehr in meinem Zimmer war, sondern irgendwo drüben am Fluß, wo sich die Platanen unter einem grauen, wenig verheißungsvollen Himmel leidvoll im Winde neigten. Ich bewegte mich ohne ein festes Ziel voran, auf keinem vorgezeichneten Weg. Im einen Augenblick stand ich noch auf der Brücke, im nächsten war gar keine Brücke mehr da, und ich saß am Flußufer, die Arme fest um die Knie geschlungen. Über das träge Wasser hinweg konnte ich meinen Vetter Harry unter den Bäumen am Rand der kleinen Insel hin und her laufen sehen. Ich wollte zu ihm hinüber, aber ohne die Brücke war das unmöglich.

»Kein Grund, wegen Harry schlaflose Nächte zu verbringen«, sagte mein Vater neben mir. Er lächelte, faßte in seine Jackentasche und gab mir die Münze mit King John darauf. »Hier, wünsch dir was.«

Ich nahm die Münze aus seiner Hand und warf sie, ohne nachzudenken, ins Wasser. Im Fluge verwandelte sie sich in einen Diamanten, und an der Stelle, wo sie versank, färbte sich der Fluß blutrot.

Erschrocken blickte ich zu der Stelle hin, an der ich eben noch Harry gesehen hatte, aber er war verschwunden. Nur ein Mensch stand auf der kleinen Insel, ein schlanker, hochgewachsener Mann mit hellblonden Haaren, dessen Blick traurig auf mich gerichtet war. Er versuchte, mir etwas mitzuteilen – ich konnte sehen, wie seine Lippen sich bewegten, aber der Wind verschluckte seine Stimme, und nur ein einziges Wort drang zu mir her: »Vertraue …«

Ein kühler Schatten fiel auf den Rasen neben mir, und als ich aufsah, erblickte ich das gütige Gesicht des alten François. »Sehen Sie Gespenster?« fragte er mich, und dann hob er eine Geige an die Schulter und begann zu spielen – Beethoven.

Ich öffnete die Augen.

Ein Stockwerk tiefer unterbrach Neil einen Moment lang seine Übungen, stimmte eine Saite und setzte wieder an. Ich starrte zur Decke hinauf und lauschte. Normalerweise hat Beethoven eine beruhigende Wirkung auf mich, befreit meinen Kopf von unnötigen Sorgen, aber an diesem Nachmittag war er mir gar keine Hilfe.

Ich wollte die Musik nicht mehr hören. Ich schloß die Augen, drückte das Gesicht in mein Kissen und kämpfte plötzlich mit den Tränen.

22

Da rührte sich die Menge, sie zählte wohl an die tausend Köpfe ...

»Du hast eine Schnecke am Ärmel«, sagte Neil, als wäre das die alltäglichste Sache der Welt. Verwundert inspizierte ich die Stelle, auf die er gezeigt hatte.

»Tatsächlich. Armes kleines Ding. Sie versucht, sich zu retten.« Behutsam nahm ich das klebrige Tierchen von meiner Windjacke. Ich hätte es zurück in den Eimer zu seinen Artgenossen legen sollen, brachte es aber nicht über mich. Statt dessen schloß ich die Hand um die Schnecke und entfernte mich vom Stand des Fischhändlers. Hier auf dem Donnerstagsmarkt herrschte ein hektisches Gedränge, aber Neil schaffte es, keinen Schritt von meiner Seite zu weichen.

»Das nennt man Ladendiebstahl«, sagte er grinsend.

»Ich stehle sie nicht, ich befreie sie«, verteidigte ich mich. »Zivilcourage würde ich es nennen.«

»Der tätowierte Bursche da hinten wäre bestimmt anderer Meinung. Er nimmt ganz ordentliche Preise für seine Escargots.«

»Ihm bleibt ja noch ein ganzer Eimer voll. Siehst du hier irgendwo eine Pflanze?«

»Wieso?«

»Ich kann sie ja wohl nicht einfach hier hinsetzen. Sie wird doch sofort zertreten.«

Neil blickte über mich hinweg. »Wie wäre es mit einer Topfpflanze? Da drüben beim Brunnen ist ein Blumenstand.«

Auf dem Springbrunnenplatz ging es etwas ruhiger zu, und wir fanden sogar eine freie Sitzbank. Mit einem dankbaren Stöhnen ließ Neil sich darauffallen. Ich entließ meine unrechtmäßig erworbene Schnecke zwischen den Geranientöpfen in die Freiheit.

Ich war auch ganz froh, einen Moment lang abseits des Menschengewimmels zu sein. Trotz all des bunten Treibens und der vielen Anregungen war der Wochenmarkt doch auch ziemlich anstrengend. Dauernd wurde man angerempelt, überall wurde lautstark um Preise gefeilscht, Kinder rissen sich von ihren Eltern los, wurden gejagt, eingefangen und ermahnt, und die meisten Händler schrien sich die Seele aus dem Leib, um die Vorbeidefilierenden auf ihre Waren unter den gestreiften Markisen aufmerksam zu machen.

Einige der Marktbeschicker machten sich die Segnungen der modernen Unterhaltungsindustrie zunutze, hatten sich Mikrophone an die Knopfleisten ihrer Hemden geklemmt und übertönten damit die Stimmen ihrer Standnachbarn, während ohnehin von allen vier Ecken des Place du Général de Gaulle dröhnend laute Musik über Lautsprecher erschallte, die sich zu einer wüsten Kakophonie vermischte, als wäre alles das Werk eines verrückten Komponisten.

Mich störte nicht so sehr der Lärm – die Menschenmengen waren es, die mir auf die Nerven gingen. Wir waren gemeinsam mit Simon und Paul aufgebrochen, nur um sie wenige Minuten später schon aus den Augen zu verlieren. Ich meinerseits versuchte mehr als einmal, Neil abzuschütteln, aber es wollte nicht klappen. Er war groß genug, um über die Köpfe aller anderen hinwegzuschauen, und durch meine hellblaue Windjacke war ich jedesmal wieder leicht auszumachen. Na ja, um ehrlich zu sein, so sehr hatte ich nun auch wieder nicht versucht, ihn loszuwerden.

»Ich werde wohl doch langsam alt«, sagte er. »Ich habe nicht mehr das Durchhaltevermögen für so einen ausgedehnten Marktbesuch.«

»Das kann ich dir nachfühlen.«

»Wie viele Haustiere hast du in England?«

»Ich? Kein einziges.«

»Ich dachte nur ... Du scheinst eine magische Anziehungskraft auf Tiere zu besitzen. Erst der Kater, und jetzt die Schnecke. Ich hatte mir vorgestellt, daß dein Haus in England mit Tieren nur so vollgestopft sein muß.«

Ich schüttelte den Kopf. »Nein, ich wohne ganz allein.«

»Deinen Kater habe ich übrigens gestern abend bei meinem Spaziergang gesehen. Er geht wohl ganz gerne auf Abenteuer? Er war nämlich auf der anderen Seite der Brücke, am Quai Danton.«

»Und? Wäre das nicht ein Haustier für dich?«

»Bestimmt würde deinem kleinen Freund die Eisenbahnfahrt nach Österreich gefallen, aber ich kann ihn nicht bei mir aufnehmen. Meine Zimmerwirtin erlaubt keine Tiere im Haus.«

Ich hatte auch schon überlegt, ob ich den Kater mitnehmen sollte, aber ich wollte ihn nicht der monatelangen Quarantäne aussetzen. Ich dachte an den bevorstehenden Winter und seufzte. »Er sollte in Rom leben«, sagte ich. »Da gibt es ganze Kolonien von Katzen, die überall in der Stadt herumlaufen und immer von irgendwoher Futter kriegen.«

»Dabei fällt mir ein: Ich habe ein Geschenk für dich. Ich

wollt's dir eigentlich schon beim Frühstück geben, aber Garland hat mich wieder mal mit Beschlag belegt ...« Er wühlte in den Taschen seiner Jeans. »Ich werd's doch wohl nicht verloren haben ... Nein, da ist es.«

Zuerst erkannte ich gar nichts, sah nur seine ausgestreckte Hand. Doch dann öffneten sich seine Finger und offenbarten eine glänzende kleine Metallscheibe, die er in meine Hand rollen ließ. Die Münze hatte etwa die Größe eines Zweipennystücks, war aber doppelt so dick. Die goldfarbene Mitte wurde von einem silbernen Rand umschlossen. Ich strich mit dem Finger über die Prägung. »Aus Italien?«

»Ja, fünfhundert Lire. Gestern abend habe ich beim Essen neben einem freundlichen alten Herrn gesessen, der diese Münze in der Manteltasche hatte. Er hat mir zwar etwas mehr dafür abgenommen als den üblichen Wechselkurs, aber ich wollte die Gelegenheit nicht verstreichen lassen.«

»Du willst sagen, du hast sie extra jemandem abgekauft? Für mich?«

»Du hast mir doch erzählt, dein Vater hätte dir früher, als ihr noch in Italien lebtet, jeden Morgen ein Geldstück gegeben, damit du dir etwas wünschen konntest.« Er sah sich nach den drei Grazien um, die von einem sprühenden Wassernebel umhüllt waren. »Ist zwar nicht derselbe Brunnen, aber ich hoffe, daß dein Wunsch trotzdem in Erfüllung geht, wenn wenigstens die Münze in der richtigen Währung ist.«

Es verblüffte mich, daß er sich noch an eine solche Einzelheit erinnerte und sich die Mühe gemacht hatte, mir diese Münze zu besorgen. Fast verschämt senkte ich den Kopf und murmelte ein Dankeschön. Ich sah mich selbst wie einen Geist, fünf Jahre alt, neben mir vor Freude hüpfen. Was darf ich mir denn wünschen, Daddy? Und hörte meinen Vater sagen: Alles, was du willst. Alles ...

Ich hatte nicht gemerkt, wie Neil sich bewegte, und erschrak, als ich plötzlich seine Finger an meinem Kinn spürte. Es war eine ganz sachte Berührung gewesen, behutsam und zart und keineswegs unangenehm, als sei es nur zu selbstverständlich, daß er wollte, daß ich wieder den Kopf hob, damit er mich ansehen und mit dem Daumen die Träne von meiner Wange wischen konnte. »Man muß nur daran glauben«, sagte er.

»Neil ...«

»Es muß nicht sofort sein. Die Münze verliert ihre Kraft nicht.« Sein Daumen fuhr weiter an meinem Gesicht entlang bis zu meinem Mundwinkel, doch dann ließ er die Hand sinken und wandte seinen Blick wieder dem Markplatz zu. »Da sind sie ja«, sagte er.

Auch Simon und Paul hatten uns bereits entdeckt, aber es dauerte eine Weile, bis sie sich zu uns durchkämpfen konnten, was mir nur recht war. Als sie vor uns standen, hatte ich mich wieder einigermaßen gefangen.

Paul kam mit leeren Händen zurück, die er in die Taschen seiner knallroten Jacke gesteckt hatte, aber Simon war offensichtlich der Geschäftstüchtigkeit der Markthändler zum Opfer gefallen. »... er zerreißt nicht und er beult auch nicht aus«, sagte er stolz und hielt uns ein ziemlich gewöhnlich aussehendes Stück chamoisfarbenen Stoffes vor die Nasen. »Du hättest es sehen sollen, Emily – der Verkäufer hat sogar ein brennendes Feuerzeug darangehalten, und nichts ist passiert.«

Ich gab ihm recht, daß das durchaus bemerkenswert sei. »Aber wofür soll es denn bitte gut sein?«

»Ach, für alles mögliche«, sagte er nur und stopfte das Stück Stoff zurück in seine Tüte.

»Simon ist der Traum eines jeden Marktschreiers«, sagte Paul. »Wißt ihr, was er beinahe gekauft hätte? Eine Bürste zum Putzen von Heizkörpern. Unglaublich.«

»Mom und Dad könnten so was in ihrem Haus gebrauchen«, verteidigte sich sein Bruder.

»Ja, und sie fiebern richtig darauf, daß wir ihnen so etwas aus Frankreich mitbringen«, meinte Paul trocken. »Hast du eigentlich noch mein Brot? Jetzt brauche ich es, um die Enten zu füttern.«

»Was? Ach ja, dein Brot.« Simon wühlte in seiner Tüte und holte ein langes Baguette hervor. »Erstaunlich, daß diese dummen Enten nicht schon längst auf den Grund der Vienne gesunken sind, so wie du sie immer abfütterst.«

»Auch Enten müssen essen.« Paul nahm ihm das Brot ab und sah mich an. »Möchtest du mitkommen? Oder hast du was anderes vor?«

»O nein, gerne«, sagte ich und stand auf. Neil blieb auf der Bank sitzen. Der Wind fuhr ihm durch das hellblonde Haar. Er lächelte mir zu. Ich lief davon, das wußten wir beide, aber er tat nichts, um mich aufzuhalten, sondern ließ sich von Simon den Inhalt seiner wohlgefüllten Tragetaschen vorführen, während ich Paul wie ein kleiner Hund folgte.

Von der Menschenmenge ließ ich mich bis hinunter zum Quai Jeanne d'Arc schieben, wo sie mich ausstieß wie einen Sektkorken, der aus dem Flaschenhals springt. Paul wartete bereits am Fuß des Rabelaisdenkmals.

Wie beim letztenmal setzten wir uns auf die Treppe unterhalb der Uferbefestigung. Der Fluß lag vor uns ausgebreitet wie eine bis zum Horizont reichende glitzernde Decke. Die Enten hatten sich außer Sichtweite am Ende der Bootsrampe versammelt, aber ihr Geplätscher und

Geschnatter drang dennoch zu uns herüber und übertönte fast die Verkehrsgeräusche von der Straße hinter uns. Zu unseren Füßen dümpelte immer noch derselbe flache Kahn im sanften Gewoge der Wellen. Die eiserne Kette, mit der er festgemacht war, schob bei jeder Bewegung Klumpen nasser, welker Blätter mit sich herum.

Paul nahm seine Zigaretten aus der Tasche und machte mit Blick auf meine Hand eine nickende Kopfbewegung. »Was hast du da?«

Leicht verwirrt sah ich auf meine festgeschlossene Faust. »Nichts«, sagte ich ein wenig zu rasch. »Bloß eine Münze.« Ich ließ sie in meiner Handtasche verschwinden, wo sie mit einem vorwurfsvollen »klink« auf meinem Schlüsselbund landete. Verlegen fuhr ich mir mit der Hand durchs Haar. »Könnte ich auch eine Zigarette haben?«

»Klar.« Er hielt mir die Packung hin und gab mir Feuer. »Was gab es denn so Aufregendes, daß du jetzt eine Zigarette brauchst?«

Ich tat einen Zug. »Wieso aufregend?«

»›Wieso‹, sagt sie!« Paul schüttelte den Kopf und sah mich durch einen Rauchschleier hindurch an. »Okay, wenn du nicht darüber sprechen möchtest ...«

»Falls du von Neil redest, da gibt es nichts zu besprechen. Zwischen uns liegt ein Altersunterschied von fünfzehn Jahren, und er wohnt in Österreich. Und außerdem ist er auch noch Musiker.«

»Was stimmt denn nicht mit Musikern?«

»Sie sind unzuverlässig.« Störrisch schnippste ich die Asche von meiner Zigarette. »Und blond dazu.«

Paul sparte sich seine Worte und fragte nicht, was das nun wieder bedeuten sollte. Statt dessen sah er mich mitleidig an wie ein Arzt, der vor einem unheilbar Kranken steht. »Ich werde nicht schlau aus dir.«

»Pech.« Ich rieb mir die Stirn. »Ich habe kaum geschlafen. Ich kann nicht klar denken.«

»Das macht nichts. Dem großen Detektiv obliegt es, mit klarem Verstand seine Schlüsse zu ziehen. Der Assistent darf gerne etwas begriffsstutzig sein«, sagte er augenzwinkernd.

»Na schön.« Ich lehnte mich zurück und schloß halb die Augen. »Und was hat unser großer Detektiv sich für heute vormittag vorgenommen?«

»Heute mittag«, verbesserte er mich. »Es ist schon halb eins. Wenn du's tatsächlich wissen willst, gestern abend habe ich mich beispielsweise mit Zahlen beschäftigt.«

»Was für Zahlen?«

»Zweiundzwanzig, um genau zu sein.« Er grinste breit. »Im Telefonbuch von Chinon gibt es zweiundzwanzig Eintragungen mit dem Vornamen Didier.«

»Woher weißt du das?«

»Ich bin etwas länger wach geblieben und habe sie gezählt. Hat nicht allzu lange gedauert. Das Telefonbuch ist ziemlich dünn. Wenn also unser Mann in Chinon wohnt, dürfte er einer dieser zweiundzwanzig sein.«

»Einundzwanzig. Didier Muret kannst du schon mal streichen.«

»Wirklich?« Paul blies einen Rauchring in die Luft. »Auch darüber habe ich nachgedacht. Ich fragte Thierry, was er über Martines früheren Mann weiß, und seine Antwort war ziemlich aufschlußreich.«

»Erzähl.«

»Also, abgesehen davon, daß er kräftig getrunken hat, war Didier Muret auch einer jener Typen, die gerne mit ihrem Geld protzen. Teure Klamotten, teures Auto, eine Lokalrunde nach der anderen.«

»Und?«

»Das führt uns zu der Frage, wo das Geld herkam. Der Anwalt, bei dem er arbeitete, hat ihn gefeuert, weil er sich aus der Portokasse bedient hatte, und auch Martine hat ihm den Geldhahn zugedreht und ihm nur das Haus gelassen. Wie konnte Didier Muret sich also diesen Lebensstil leisten?«

Ich mußte zugeben, daß mir dazu so schnell auch nichts einfiel. »Aber ich verstehe immer noch nicht, wo die Verbindung zu meinem Vetter sein soll.«

»So besehen, gibt's keine. Es sind ja auch nur ein paar Überlegungen, die ich angestellt habe.«

Ich mußte an seine Behauptung denken, alles würde einen Sinn ergeben, wenn man es nur von der rechten Warte aus betrachtete. »Und jetzt überlegst du, von welcher Seite du das Problem angehen sollst.«

»Wie immer.«

»Was hat dir Thierry noch erzählt?«

»Ach, eine ganze Menge. Es ist nicht leicht, Thierry zu bremsen, wenn er erst einmal in Fahrt gekommen ist. Er sagte, die Behörden hätten Didiers Tod als Unfall zu den Akten gelegt, obwohl die Polizei zunächst angenommen hatte, am bewußten Abend sei noch jemand bei ihm gewesen, weil sie nämlich mehr als nur ein benutztes Weinglas gefunden hatten. Deswegen wurde wahrscheinlich auch Victor Belliveau vernommen.« Er rieb sich mit der Hand den Nacken. »Dein Cousin ist doch nicht gewalttätig, oder?«

Ich sah ihn erschrocken an. »Harry?«

»Könnte doch sein, daß sie was getrunken haben und er aus irgendeinem Grund wütend geworden ist, richtig wütend ...«

Jetzt erst merkte ich, worauf er hinauswollte. »Paul, du

hast doch nicht eine Minute lang daran gedacht, Harry könnte Martines Exmann umgebracht haben?«

»Nein, eigentlich nicht. Aber all diese Zufälle ...«

»Das ist ja lächerlich. Harry könnte keiner Fliege etwas zuleide tun, er verabscheut Gewalt, und außerdem – was für ein Motiv hätte er haben sollen? Selbst wenn Didier diesen Artikel gelesen und Harry geschrieben hatte, um sich mit ihm zu verabreden, wie sollte dann so etwas wie Mord dabei herauskommen? Und wenn es doch fahrlässige Tötung war ...« Ich schüttelte energisch den Kopf. »Lächerlich«, sagte ich noch einmal. »Harry hat großen Respekt vor dem Gesetz. Er würde nie vor der Verantwortung davonlaufen, wenn er etwas getan hat.«

Paul sah mich amüsiert an und hielt mir eine weitere Zigarette hin. »Okay, okay. Tut mir leid, daß ich das erwähnt habe.« Ich blies mich da in meinem gerechten Zorn auf, und er grinste nur.

»Na gut«, sagte ich etwas versöhnlicher, »aber der Fall ist doch sowieso erledigt, wenn die Ermittlungen abgeschlossen sind, wie du gesagt hast.«

»Unfall«, sagte Paul, »ist nur ein anderes Wort für nicht mehr weiterwissen.« Als ich ihn fragte, was er damit sagen wollte, zuckte er die Schultern und sah gedankenverloren auf den Fluß hinaus. »Ich weiß es nicht. Es ist nur so eine unbestimmte Ahnung. Erzähl mir noch einmal von dieser Theorie deines Cousins. Von Isabelles verlorenem Schatz.«

Ich setzte ihm Harrys Idee auseinander, und er hörte mir aufmerksam zu. Mein Vater, dachte ich, macht so ein Gesicht, wenn er Kreuzworträtsel löst. Man glaubt, sehen zu können, wie in seinem Kopf die Gedanken arbeiten. »So, und hilft dir das jetzt weiter?«

»Nicht besonders.« Er hob die Zigarette zum Mund.

»Wie gesagt, es ist nur so eine Ahnung. Wahrscheinlich ist das wieder Simons Paranoia, die auch bei mir durchschlägt. Zigeuner. Nazis. Schätze in Tunnelgewölben. Wirklich mehr ein Fall für Sherlock Holmes.«

»Laß dich von der Geschichte nicht so mitreißen«, riet ich ihm. »Ich möchte nicht, daß du dir meinetwegen deine ganzen Ferien verdirbst.«

»O nein, da brauchst du dir keine Sorgen zu machen. Hier«, er reichte mir ein Stück Baguette, »laß uns die Enten füttern.«

Als alles Brot verfüttert war, sah er auf seine Uhr. »Ich gehe jetzt lieber mal meinen Bruder suchen. Er hat irgendwas davon gesagt, daß er mit Christian zu Mittag ißt – ich weiß nichts genaues. Simon glaubt, jeder Deutsche kennt sich mit der Geschichte des Dritten Reichs genauestens aus. Mein Bruder ist unbeirrbar. Er ist fest entschlossen, einen dieser beiden Schätze zu heben, bevor wir abreisen.«

Er schüttelte seine Jacke von den Schultern und hielt sie mir hin. »Es ist ziemlich warm in der Sonne. Könntest du sie für mich mitnehmen?«

»Sicher. Und, Paul ... Ich weiß, daß du gerne Detektiv spielst, aber du paßt doch auf dich auf, nicht wahr?«

»Was soll mir denn passieren?« Er erhob sich und warf seine Zigarettenkippe weg. Der Wind erwischte sie und ließ sie die Stufen hinunter bis an den Rand des brackigen Wassers kullern, wo sie mit einem leisen Zischen verlosch. Für einen kurzen Augenblick stand Paul, die Sonne im Rücken, da wie ein Held aus dem Alten Testament, ein David, den es zum Kampf drängt. Doch dann blinzelte ich mit den Augen, und es war wieder ganz und gar Paul, dem sein schwarzes Haar unordentlich in die Stirn fiel und dessen Augen so tief und unergründlich waren wie der Strom zu unseren Füßen. »Ich passe auf mich auf«, versprach er, »Wollen wir uns zu einem Drink an der Hotelbar verabreden? Sagen wir um drei?«

»In Ordnung.« Ich ging mit ihm wieder die Treppe hinauf und setzte mich auf die niedrige Mauer, während er zurück zum Marktplatz strebte. Als er den Zebrastreifen überquert hatte, drehte er sich noch einmal um und rief mir grinsend etwas zu, was ich nicht verstand. Er schien auf das Denkmal hinter mir gezeigt zu haben, aber ich wußte nicht, was damit sein sollte. Ich nickte trotzdem und winkte ihm nach. Zufrieden wandte er sich wieder um und verschwand in der Menge.

Meine Zigarette war beinahe bis zum Filter heruntergebrannt. Sie hinterließ einen bitter beißenden Geschmack auf meiner Zunge, und ich beugte mich vor, um sie an der Mauer auszudrücken. Ich behielt die Kippe in der Hand und suchte nach einem Abfalleimer. Ich nahm Pauls Jacke in meine freie Hand, ließ mich von der Mauer herunter und ging auf den Müllbehälter zu.

Die Jacke war schwerer, als ich angenommen hatte, und mit der einen Seite schleifte sie fast am Boden. Zuerst glaubte ich, Paul hätte seine Brieftasche darin vergessen, aber da bemerkte ich das dicke Taschenbuch mit dem zerknickten Schutzumschlag.

Ein plötzliches Prickeln im Nacken ließ mich den Kopf drehen, und da sah ich, wie der Zigeuner aus dem Schatten des Denkmals heraustrat, die Straße überquerte und in Richtung auf den Markt davonging. Er schien mich nicht wahrgenommen, durch mich hindurchgesehen zu haben, als wäre ich ein Geist oder unsichtbar. Verfolgungswahn, sagte ich mir. Aber mir war doch wohler zumute, als der Mann und sein Hund vom Gesichtermeer der Menschenmenge verschluckt wurden.

23

… mit Nachrichten gar unerwünscht kamen
und gingen die Boten;

Thierry stellte bereits den zweiten Kir vor mir auf den Tisch, stützte einen Fuß auf die Fensternische neben mir und nahm unsere Unterhaltung dort auf, wo wir sie hatten unterbrechen müssen. »… und sie dürfen bis zum morgigen Sonnenuntergang auch nichts essen oder sich waschen, nichts zum Vergnügen machen. Es ist ein sehr wichtiges Fest. Paul nennt es Jom … Jom …«

»Jom Kippur?«

»Ja, so heißt es. Der Tag der Versöhnung, sagt Paul. Es ist der Tag, der Verstorbenen zu gedenken und seine Sünden zu beichten.«

Ich nippte an meinem Drink. »Und dieses Fest beginnt heute abend?«

»Sobald die Sonne untergeht. Paul und Simon müssen bis dahin wie die Wilden essen, wenn sie morgen den ganzen Tag lang fasten sollen.« Mitleidig legte Thierry die Hand auf seinen flachen Bauch. »Ich glaube, es würde mir nicht gefallen, Jude zu sein.«

»Und wie steht es mit der Fastenzeit?«

Er sah mich treuherzig an. »Ach, Mademoiselle, meine Sünden sind so zahlreich, da würde auch die Fastenzeit nichts helfen. Außerdem sagt Paul, bei diesem jüdischen Feiertag geht es nicht nur ums Essen – man darf auch nicht böse sein, sich streiten oder schlechte Gedanken an jemanden haben. Nein, das ist nicht möglich. Nicht, wenn ich Madame Whitaker bedienen muß.«

Ein Stockwerk höher spielte die Geige die Tonleiter und ging dann in ein traurig klingendes Stück über. Thierry verzog das Gesicht. »Er hat nicht auf mich gehört. Er spielt wieder dieses Liebeslied.«

Und schon drangen die Klänge von Elgars »Liebesgruß« zu uns herunter. Ich versuchte, nicht darauf zu achten. »Wo ist denn Madame Whitaker heute?« fragte ich Thierry. »Ich habe sie den ganzen Tag noch nicht gesehen. Hat sie wieder Migräne?«

Er schüttelte den Kopf. »Sie ist mit meiner Tante und meinem Onkel die Kirche von Candes-Saint-Martin besichtigen gefahren. Eine sehr schöne Kirche, sehr alt.«

»Und ihr Mann?«

»Ich glaube, er ist nicht mitgefahren. Aber er ist auch ausgegangen, irgendwohin.«

Wahrscheinlich froh, seine Frau nicht an den Hacken zu haben, wie ich annahm. Glückliche Ehen waren wohl, zumindest hier in Chinon, eher die Ausnahme.

»Ah.« Thierry blickte zustimmend nach oben, als die Geige ein anderes Stück anstimmte. »Das ist die Sinfonie von Beethoven, nicht wahr?«

Ich hörte einen Moment lang zu. »Ja. Die Eroica.«

»Comment?«

»Beethovens dritte Sinfonie. Er hat sie für Napoleon komponiert.«

»Ah, eine französische Sinfonie?«

»Ja, auf gewisse Weise schon. Aber Napoleon hatte sich selber zum Kaiser gekrönt, bevor das Stück fertig war, und darüber hat sich Beethoven geärgert. Deswegen hat er sie ihm dann doch nicht zugeeignet.«

»Sie wissen viel über klassische Musik, Mademoiselle.«

»Nein, nicht wirklich. Ich erinnere mich nur an bestimmte Stücke und die Geschichten, die sich um sie ranken.«

»Ich höre nicht die Art Musik, die Monsieur Grantham spielt. Ich bin mit ihm in Tours gewesen, in der Diskothek, damit er einmal andere Musik hört, aber … Er sagt, er bevorzugt die Geige.«

Im Geiste gab ich Neil recht. »Wie spät haben wir es, Thierry?«

Er sah auf seine Armbanduhr. »Kurz nach drei. Noch zwei Stunden, dann ist meine Arbeit für heute beendet.«

Arbeit oder nicht, dachte ich, so eine Hotelbar war nicht der schlechteste Ort, den Nachmittag zu verbringen. Die großen Fenster standen alle weit offen und ließen das herbstliche Sonnenlicht wärmend in den Raum strömen. Draußen hatten sich die Massen der Martkbesucher ein wenig zerstreut, und vor dem Hotel versprühte der Brunnen seinen diamantenen Tropfenregen.

Auch Thierry schaute gedankenverloren aus dem Fenster. »Gestern waren Sie doch mit Monsieur Valcourt beim Essen, nicht wahr? Ich habe nicht gewußt, daß Sie sich kennen.« Es schwang ein wenig Neid in seiner Stimme mit, was ich zunächst nicht verstand, bis er sagte: »Er hat den besten Wagen, den allerbesten.«

»Ja, sehr hübsch, finde ich auch.« Der rote Porsche, dessen Motor wie eine Katze schnurrte – das mußte wohl der Traum so manchen jungen Mannes sein.

»Madame Muret hat versprochen, mich eines Tages auf eine schnelle Fahrt in diesem Wagen mitzunehmen. Wenn Monsieur Valcourt in Paris ist.«

»Tatsächlich?«

»Ja. Wenn er nicht da ist, darf sie den Wagen fahren.

Sie ist letzte Woche damit hiergewesen, als sie Christian besucht hat, und sie wäre schon fast mit mir gefahren, aber ich konnte nicht gleich weg, ich mußte arbeiten, und dann rief auch schon die Polizei an.«

»Die Polizei?«

»Ja, um zu sagen, daß sie die Leiche ihres Mannes gefunden haben. Sehr traurig.«

Wahrscheinlich meinte er die ihm dadurch entgangene Spritztour in dem Porsche und nicht den Tod Didier Murets. Armer Thierry. »Ich könnte ja mal Monsieur Valcourt fragen, ob er –«

»Nein, bitte«, unterbrach er mich hastig. »Nicht so wichtig. Und es wäre auch schöner mit Madame Muret.«

Auch du, Brutus. Schon wieder einer, dem Martine den Kopf verdreht hat. Da entdeckte ich hinter dem Springbrunnen schon wieder diesen Hund, allerdings ohne seinen Besitzer. Er schnüffelte an einer Telefonzelle am anderen Ende des Platzes herum. Mit wem der Zigeuner wohl telefonierte?

Als sich das Telefon hinter der Bar mit einem schrillen Läuten meldete, schreckte ich genauso wie Thierry zusammen und mußte über mich selbst lächeln. Paul hatte recht. Simons Paranoia wirkte ansteckend.

»Einen Moment, bitte«, bat Thierry den Anrufer, als drei Gäste durch die Tür kamen. Er hielt die Hand auf die Sprechmuschel und warf mir einen flehenden Blick zu. »Mademoiselle, ob Sie wohl ...?«

»Ja, Thierry?«

»Es ist für Monsieur Grantham. Er legt immer den Hörer daneben, wenn er spielt. Könnten Sie so gut sein ...?«

»Du möchtest, daß ich ihn hole?«

»Bitte.«

Ich stand ungern auf, um Neils Übungsstunden zu unterbrechen, aber die neuen Gäste hatten schon an der Bar Platz genommen und drängten darauf, bedient zu werden.

Ein leichtes Frösteln überkam mich, als ich die gewundene Treppe hinaufstieg, aber ich erklärte es mir mit dem Zugwind durch die wieder offenstehende Terrassentür. Als ich vor Neils Tür stand, mußte ich zweimal klopfen, aber er spielte weiter. Scheinbar hörte er mich nicht.

Mein drittes Klopfen war so kräftig, daß davon gleich die Tür aufsprang – möglich, daß der Schnapper nicht richtig eingerastet gewesen war. Trotzdem eine unmögliche Situation. Wenigstens war sie nicht sehr weit aufgegangen, nur einen Spalt breit, durch den ich in eine Zimmerecke sehen konnte. Da war Neil.

Nun wußte ich, warum er mich nicht gehört hatte. Ich zweifelte, ob ihn in diesem Augenblick überhaupt jemand hätte erreichen können. Er war in eine andere Welt versunken, sah völlig verändert aus, wenn er spielte. Seine Augen waren zusammengekniffen, als schmerzte ihn die vergängliche Schönheit der Musik, die gleich wieder verklungen sein würde. Seine Hand schien die Saiten liebevoll zu streicheln, und das Instrument antwortete ihm, wie kein menschliches Wesen es vermocht hätte, rein und pur und bittersüß. Man konnte es fast nicht mit ansehen.

Das Spiel brach ab, und in der plötzlichen Stille klangen mir die Ohren. Neil öffnete die Augen. Ihr schimmernder Glanz blickte ins Leere, wie die Augen eines erwachenden Träumers. Und dann sah er die offene Tür und mich und lächelte, ein glücklich erschöpftes Lächeln, das mich in seine Verzücktheit mit einschloß. »Dieser Beethoven«, sagte er, »macht einem ganz schön zu schaffen.«

Da stand ich nun in seinem Zimmer, und es schien mir, als sei der Wunsch, den er mir vorhin unten am Brunnen geschenkt hatte, ungefragt in Erfüllung gegangen. »Es muß nicht sofort sein«, hatte Neil gesagt ... Verzweifelt versuchte ich mich zu erinnern, mit welcher Botschaft für ihn ich nach oben gekommen war, während Neil die Geige ablegte und auf mich zukam. Selbst als er mein Gesicht in seine Hände nahm, brachte ich kein Wort hervor. Ich sah ihn nur an und dachte, gleich wird er mich küssen ... Und dann fiel es mir jäh wieder ein. »Unten ist ein Anruf für dich«, sprudelte es aus mir heraus.

Neils Mund zuckte zurück. »Wie bitte?«

Ich schluckte einmal und wiederholte meine Nachricht. »Thierry hat mich raufgeschickt.«

»Ach so.« Aber er nahm seine Hände nicht von meinem Gesicht. Wir hätten ewig so stehenbleiben können, wenn nicht Garland Whitaker gewesen wäre.

Ich weiß nicht mehr, womit es anfing. Alle Geräusche schienen gleichzeitig zu ertönen, wie die vier Kanäle eines quadrophonischen Musikstücks. Ich hörte, wie unten die Tür zugeschlagen wurde; Garlands Stimme, halb kreischend und halb schluchzend, ohne daß auszumachen war, was sie sagte; ein Glas, das irgendwo zersprang; und dann das erste ferne Jaulen der näher kommenden Sirenen, das auf dem Platz vor dem Hotel erstarb.

24

Und einige stieß man mit Lanzen
vom Fels herab ...

Neil bewegte sich mit behenden, resoluten Schritten. Er war bereits in der Eingangshalle, bevor ich auch nur den Treppenabsatz erreicht hatte, und als auch ich unten ankam, hatten er und Thierry Garland bereits in ihre Mitte genommen und soweit beruhigt, daß sie wieder sprechen konnte. Die Augen in ihrem blassen, verzerrten Gesicht hatten immer noch einen halbirren Ausdruck, und ihre Stimme klang hysterisch, aber wenigstens war zu verstehen, was sie uns, von kurzen Schluchzern unterbrochen, mitteilen wollte. Auch ich hörte ihre Worte, aber nicht einen Moment lang wollte ich glauben, was sie da sagte. Es konnte einfach nicht sein!

»Nein.« Als er meine halberstickte Stimme hörte, drehte Neil sich nach mir um, aber er war nicht schnell genug, um mich aufzuhalten.

Es schien mir, als berührte ich gar nicht den Boden. Ich fühlte, wie die schwere Tür meinem verzweifelten Druck nachgab, und hörte das Kreischen von Bremsen, als ich über die schmale Straße stürzte. An der Stelle des Platzes, wo sich die Treppe zum Schloß zwischen den uralten Gebäuden nach oben zu winden begann, stand der Ambulanzwagen mit flackerndem Blaulicht und weit geöffneten Türen. Auf dem Platz war eine Menschenmenge zusammengelaufen, die einander mit Fragen bombardierte und sich gegenseitig beiseite drängte und schob, um besser sehen zu können.

Auch ich boxte mich energisch nach vorne durch, suchte nach einem bestimmten Gesicht unter all den anderen um mich herum …

»Was ist passiert?« fragte ein Mann vor mir, und der neben ihm antwortete: »Da ist jemand verletzt.« Nur verletzt. Hatte ich es doch gewußt. Garland Whitakers Phantasie war mit ihr durchgegangen …

Doch dann sah ich Simon.

Sie hatten ihn zu einer der Bänke am Rand des Platzes geführt, auf der er nun zusammengekauert wie ein Kind und in eine Decke eingehüllt dasaß. Jemand hatte ihm eine Tasse Kaffee gebracht, und neben ihm kniete ein freundlich aussehender Mann in Uniform, der auf ihn einredete, worauf Simon aber nicht reagierte. Er wirkte so jung, so unbeschreiblich jung, aber sein Gesicht war wie zu Stein erstarrt. Ich zitterte in dem Sprühregen des Springbrunnens, während das Gemurmel um mich herum immer lauter wurde.

Die Notärzte trugen den Körper herunter.

»Nein, nicht hinschauen.« Zwei kräftige Hände ergriffen mich und drehten mich. »Nicht hinsehen«, sagte Neil über mir mit ruhiger, tiefer Stimme.

Ich konzentrierte mich auf das Gewebe seines weißen Hemdes und auf die etwas ausgefranste Stelle an seinem Kragen, der sich mit jedem seiner Atemzüge hob und senkte. Er sagte nichts weiter, versuchte nicht, mich zu trösten oder mir übers Haar zu streichen, und doch ging eine Wärme von seinem Körper aus, die mein Zittern verebben ließ.

Die Türen des Ambulanzwagens wurden zugeschlagen, ein Motor heulte auf, und dann war alles vorüber.

»Er ist nicht tot«, sagte ich.

»Nicht, Emily.«

»Er ist nicht tot!« Ich stieß Neil von mir und taumelte wie blind über den Platz auf die Treppe zu. Es war dumm von mir, schon wieder wegzulaufen, es war dumm von mir, so etwas zu sagen. Hatte ich doch einen Blick auf die Trage erhascht, als sie damit die Treppe herunterkamen, hatte ich doch wie all die anderen Umstehenden gesehen, daß das Gesicht des darauf festgeschnallten Menschen abgedeckt war, was doch nur das eine bedeuten konnte ...

Aber ich brachte es nicht fertig, den Gedanken zu Ende zu denken. Viele Zuschauer waren bereits weitergegangen, und die, die noch am Ort des Geschehens ausharrten, traten höflich zur Seite, um mich vorbeizulassen. Als sie mein Gesicht sahen, erntete ich mitleidige Worte und Blicke. Dieses Gesicht muß so ausgesehen haben wie das von Simon: fahl und blutleer, hohläugig. Ich hastete die Stufen bis zur Felsmauer hinauf. Auf den holperigen Pflastersteinen am Fuße dieser Mauer war nur wenig Blut. Ein kleiner Trost, denn ich wußte nun, daß es sehr schnell gegangen sein mußte. Er mußte schneller gefallen sein, als sein Verstand es überhaupt registrieren konnte.

Um mich herum und über mir hörte ich Stimmen, der Verkehrslärm nahm zu und ebbte wieder ab, aber das einzige Geräusch, daß mir sonderbarerweise ständig im Ohr blieb, war das Summen der Bienen – nicht die behäbigen, pelzigen Insekten, die ich aus meinem Garten kannte, sondern eine kleinere, unangenehm aussehende Sorte von beinahe so blasser Farbe wie die Steinwand dahinter. Sie waren überall zwischen den trübweißen Blüten einer Ranke, die aus dem Stein wuchs. Auch diese Blüten wirkten irgendwie widerwärtig, und ihr Geruch verklebte mir die Kehle. Es war ein abscheulicher, durchdringender Geruch, wie von Rosen, die auf einem Dunghaufen verdarben.

Ich wollte das nicht mehr sehen. Neil stand ein paar Schritte von mir entfernt gegen die Mauer gelehnt. Er sagte kein Wort, als ich näher kam, ging einfach nur neben mir her. Nach einem letzten raschen Blick zurück ließ ich mich von ihm wieder auf den Platz mit dem Springbrunnen begleiten, fort von der Stelle, an der Paul Lazarus ums Leben gekommen war.

Der Cognac brannte im Hals. Mein zweiter Schluck war zu gierig gewesen, ich mußte husten, würgte das Getränk hinunter und hob das Glas noch einmal. Seltsam, grübelte ich, wie das Gehirn in Augenblicken größter Not reagiert – meines klammerte sich an Details fest, an irgendwelchen Details, die es von den Gedanken ablenkten, die unweigerlich den Schmerz brachten.

Ich zählte drei Blütenblätter an der Geranie, die vor dem Fenster der Hotelbar den Kopf hängen ließ, schüttelte den Aschenbecher, in dem sich vier Kippen im Kreise drehten – zwei von Madame Chamond, die man an den roten Lippenstiftspuren erkennen konnte, zwei aus der Packung, die neben »Ulysses« in der Innentasche von Pauls Jacke gewesen war. Ich hatte sie beide so weit heruntergeraucht, bis das Filterpapier glimmte und sich zu kräuseln anfing. Mit einem weiteren Schluck Cognac spülte ich den Tabakgeschmack hinunter.

Die Chamonds hatten sich in diskretem Abstand zu mir auf die Barhocker gesetzt, taktvoll außer Hörweite, doch nahe genug, um mir jederzeit beistehen zu können. Madame Chamond hatte geweint, wie ich an der verschmierten Wimperntusche um ihre Augen sehen konnte.

Monsieur Chamond legte gerade seine Hand schützend über ihre.

Ich sah wieder den jungen Polizisten mit den schläfrigen Augen mir gegenüber am Tisch an, der sich noch eine Notiz auf seinem Schreibblock machte. Er saß an der Stelle, an der Paul sonst immer gesessen hatte, und ich haßte ihn dafür. Aber ich fühlte mich wie erschlagen, litt noch unter dem Schock und konnte kaum einen klaren Gedanken fassen. Wir waren doch all diese Fragen schon einmal durchgegangen.

Der Polizist blickte auf und schien meine Gedanken zu lesen. »Ich weiß, Madame, daß das alles sehr aufreibend für Sie sein muß, aber Sie verstehen doch, daß es nötig ist, daß ich Ihnen diese Fragen stelle? Der Bruder des jungen Mannes kann uns kaum etwas sagen. Er war im Château, als es geschah. Und Sie haben doch viel Zeit mit dem ... mit Monsieur Lazarus verbracht.«

»Genug Zeit, um zu wissen, daß er sich nicht selber dort hinuntergestürzt hat.« Ich wußte, daß die Polizei anderer Meinung war. Man brauchte kein Psychologe zu sein, um ihre Fragen zu interpretieren. War Paul ein glücklicher Mensch gewesen? Hatte ich Depressionen an ihm bemerkt? Wie war das Verhältnis zu seiner Familie? Immer dieselben bohrenden Fragen, sie waren alle nur Variationen ein- und desselben Themas. »Er hätte sich nie umgebracht«, sagte ich noch einmal, um es ein für allemal klarzustellen. »Er hat das Leben sehr geliebt.«

»Soso.«

»Und auch seine Familie.« Ich sah wieder von dem Beamten weg und konzentrierte mich auf die rosa Geranie. Die Sonne war beinahe verschwunden. Draußen lag alles in fahlem Dämmerlicht. In Kanada mußte jetzt Mittagszeit sein. Pauls Mutter war bestimmt eifrig mit Vorbereitungen für Jom Kippur beschäftigt, ohne zu ahnen, daß ihr Sohn ... Ich zündete ein Streichholz an und hielt die zitternde Flamme an meine dritte Zigarette. »Ich kann mir nicht vorstellen, daß niemand gesehen haben soll, wie es passiert ist.«

»Ja, das ist sehr mißlich, aber heute war Markt, und nur wenige Menschen waren oben beim Château.«

»Aber die Leute, die oben an der Straße wohnen?«

»Sie haben nur gesehen, wie Ihr Bekannter alleine auf der Mauer gesessen hat. Die Mauer bei der Straße ist sehr niedrig, nur hüfthoch, aber dahinter ...« Er sprach es nicht aus. Ich konnte mir mein eigenes Bild davon machen. Ich hatte selbst dort hinuntergeblickt – in die tödliche Tiefe. »Wenn er nicht gesprungen ist, muß er abgestürzt sein. Vielleicht hat er das Gleichgewicht verloren.«

»Oder es hat ihn jemand gestoßen.«

»Könnte sein. Ich muß alle Möglichkeiten erwägen.« In diesem Augenblick faßte ich Vertrauen zu ihm, nahm meinen ganzen Mut zusammen, holte einmal tief Luft und stieß es aus mir heraus.

»Dann sollten Sie noch jemand anderen befragen, Monsieur. Einen Zigeuner mit einem Hund, der sich oft draußen auf dem Platz herumtreibt.«

»Ach so?« Er hörte auf zu schreiben und sah mich erwartungsvoll an. »Und wieso sollte ich ihn befragen, Madame?«

Ich erzählte ihm alles, beginnend mit dem Unbekannten, der Harry geschrieben hatte, dem Mann, von dem Paul annahm, es sei Didier Muret gewesen, und schloß mit unserer letzten Unterhaltung heute morgen unten am Fluß, nach der der Zigeuner Paul in die Menge der Marktbesucher gefolgt war. Der junge Beamte schrieb schweigend alles mit. Ein- oder zweimal bat er mich, einen Punkt noch etwas zu präzisieren. Aber an seinem Gesicht war deutlich abzulesen, daß er meine Geschichte für ein Hirngespinst hielt.

Er blätterte in seinem Notizblock zurück. »Sie sagen also, Ihr Cousin hätte Ihnen eine Nachricht hinterlassen, Madame? Und daß Sie sich zunächst keine Sorgen um ihn gemacht hätten, weil es in seiner Art lag, rasch seine Pläne zu ändern. Ist das korrekt?«

»Ja.«

»Aha.« Diese beiden kurzen Silben sprachen Bände. »Ich kann Erkundigungen einziehen, was Ihren Cousin betrifft. Und den Zigeuner kenne ich auch, ich werde mit ihm sprechen, obwohl ich mir nicht vorstellen kann, daß er mir viel erzählen wird. Ich weiß, daß er gefährlich aussieht, aber normalerweise macht er keinen großen Ärger. Die Abwesenheit Ihres Cousins, Madame –«

»Das Verschwinden.«

»– hat Sie vielleicht, wie soll ich sagen, für Dinge sensibel gemacht, die gar nicht existent sind?«

Ich schluckte diese Bemerkung mit einem Schluck Cognac hinunter und spürte, wie sich meine Kinnmuskeln strafften. Es war zwecklos, mir den Mund fusselig zu reden, sagte ich mir. Es war offensichtlich, daß er meine Mutmaßungen nicht allzu ernst nahm. Ich sah zu, wie er eine letzte Eintragung auf seinem Block machte und ihn dann zuklappte.

»Ich muß mich bei Ihnen für Ihre Zeit und für Ihre Geduld bedanken, Madame. Sie sind sehr hilfreich gewesen.« Das war natürlich eine Lüge, aber nett vorgebracht. Ich hatte ihm überhaupt nicht helfen können, es sei denn, er wertete die Argumente, mit denen ich seine Selbstmordtheorie zu unterhöhlen versuchte, als Zeichen meiner Hilfsbereitschaft.

Kaum eine halbe Minute, nachdem er gegangen war, kam auch schon Garland Whitaker in die Bar geeilt. Mit dem angemessenen Touch von Konfusion und Drama, der sie umgab, wirkte sie auf mich wie Lady Macbeth. Hinter ihr betrat etwas gemessenerer Schrittes Jim den Raum.

Garland nahm den Stuhl, auf dem der junge Polizeibeamte gesessen hatte. Pauls Stuhl. Sie beugte sich weit über den Tisch und legte ihre Hand auf meinen Unterarm. »O Emily, Sie Ärmste! Ich hätte nicht die Kraft dazu gehabt, nicht so kurz, nachdem es ... Sie wissen ja. Hat er Ihnen viele Fragen gestellt?«

Ich vermied es, in ihre blauen Augen zu sehen, die gierig nach ein bißchen Tragödie lechzten, und konnte mich kaum noch zusammennehmen. »Nein«, sagte ich, »hat er nicht.« Etwas von meiner Verachtung für diese Frau muß mir am Gesicht abzulesen gewesen sein, denn sie zog ihre Hand zurück und rückte ein wenig von mir ab.

Auch Madame Chamond kam von der Bar zu uns herüber und setzte sich. Ihre sanfte Stimme wirkte hingegen wie Balsam auf meine bloßliegenden Nerven. »Sie müssen sehr erschöpft sein«, tröstete sie mich, »und Ihren Cognac haben Sie auch schon ausgetrunken. Edouard ...« Sie wandte sich ab, um ihren Mann auf mein leeres Glas aufmerksam zu machen. Er kam sogleich mit der Flasche an unseren Tisch und brachte auch Gläser für seine Gattin und die Whitakers mit, aber als Garland ihn bat, Platz zu nehmen, schüttelte er höflich den Kopf.

»Nein, ich kann nicht bleiben. Ich muß nach Simon schauen, wie es ihm geht. Wenn Sie mich bitte entschuldigen würden.«

Er verließ die Bar durch die Tür hinter dem Tresen, die

zum Büro und den Privaträumen der Chamonds führte. »Simon schläft heute nacht bei uns«, erklärte Madame Chamond. »Wir können ihn nicht alleine da oben lassen. Er kommt heute nacht zu Thierry ins Zimmer.«

»Der arme Junge«, sagte Jim Whitaker. »Schrecklich, daß ausgerechnet er es sein mußte, der als erster am Unfallort war.«

»Fünf Minuten später wäre ich es gewesen, Darling. Oh, was für ein entsetzlicher Gedanke.«

»Was haben Sie denn da gemacht?« fragte ich sie. »Ich dachte, Sie waren in Candes-Saint-Martin.«

»War ich auch. Monsieur Chamond wollte noch etwas im Eisenwarenladen besorgen, und da bin ich gleich mit ausgestiegen, um vom Schloß zu Fuß hinunterzugehen. Über die Treppe ist es ja nicht so weit. Und ich wollte doch auch zurück zu Jim. Aber er war ja nicht mal hier, nicht wahr, Darling?«

»Stimmt.«

Ich hatte das Gefühl, daß sie zögerte, auf eine Erklärung wartete, aber Jim Whitaker machte keine Anstalten, sich dazu zu äußern. »Na, ist ja auch egal«, fuhr sie fort, »ich gehe also die Treppe hinunter, und da treffe ich auf Simon … Den Rest kennt ihr ja. Es war ein furchtbarer Schock, das könnt ihr mir glauben.«

»Es war ein Schock für uns alle«, bemerkte Madame Chamond, eine Spur mißbilligend, wie mir schien.

Aber Garland wollte nicht aufhören, in der Wunde herumzustochern. »Man möchte gar nicht glauben, daß es wirklich passiert ist, nicht wahr? Da hat man gerade noch mit jemandem geredet, und dann … Ist das nicht Pauls Buch?« Schon grapschte sie danach. Ich hatte es vorhin aus Pauls Jackentasche nehmen müssen, um an die Zigaretten zu kommen.

Garland wollte gar nicht wissen, wie das Buch dort hingekommen war. Sie blätterte nur darin. »Nun wird er's wohl nie auslesen. Nicht, daß das jetzt noch eine Rolle spielt. Armer Paul, ich kann's immer noch nicht glauben –«

»In Gottes Namen, Garland« – Jim Whitaker rieb sich die Stirn – »halt doch endlich mal den Mund.« Er sprach den Satz ganz leise, als hätte er damit seine gesamte Energie verbraucht, aber zu meiner Überraschung verfehlten die Worte nicht ihre Wirkung. Garland hörte tatsächlich zu reden auf, aber sie preßte ärgerlich die Lippen aufeinander, und ich ahnte, daß Jim nachher einiges zu hören kriegen würde.

Ich streckte die Hand aus. »Darf ich das bitte haben?«

Mit einem aufgesetzt wirkenden Seufzer reichte sie mir das Buch, stand dann auf, wünschte uns gute Nacht und ging.

Auch Jim seufzte, aber bei ihm kam es von Herzen. »Es tut mir so leid«, sagte er. »Wirklich so leid.« Er stemmte sich vom Tisch hoch und folgte seiner Frau in die Hotelhalle.

Ich fuhr mit den Fingern über den geprägten Buchtitel auf dem Umschlag und versuchte, die Tränen zurückzuhalten. Nicht, daß das jetzt noch eine Rolle spielt, hatte Garland gesagt. Aber es spielte noch eine Rolle. Für Paul hatte es eine Rolle gespielt. Wieder sah ich sein strahlendes Lächeln vor mir, hörte seine unbeschwerte Stimme: »Ich werde nicht zur Ruhe kommen, bis ich das vermaledeite Ding geschafft habe.«

Madame Chamond beugte sich besorgt zu mir herüber. »Sie haben Ihren zweiten Cognac ja gar nicht angerührt. Möchten Sie etwas anderes trinken?«

»Nein, ist schon gut.« Wieder sah ich zum Fenster hinaus, in den immer dunkler werdenden Abend. Die Sonne war fort. Jom Kippur hatte begonnen, die Fastenzeit, wie Paul Thierry erzählt hatte – und die Zeit, der Toten zu gedenken. »Ich möchte nichts. Ich möchte hier eigentlich nur eine Weile ganz für mich allein sitzen.«

Madame Chamond sah mich an, dann das Buch, dann wieder mich, legte mir die Hand auf die Schulter und erhob sich mit der Grazie einer Tänzerin, um mich ganz allein in der stillen Bar zurückzulassen. Ich hörte sie in der Empfangshalle mit jemandem sprechen, erkannte Neils Stimme, und dann waren sie beide gegangen, und um mich herum war nur noch Schweigen.

Meine Finger fanden die umgeklappte Ecke der Seite, auf der Paul zu lesen aufgehört hatte. Dieses Buch verlangte nach konzentrierter Aufmerksamkeit, also zog ich die Beine hoch und kuschelte mich in meinen Sessel, um mein Bestes zu versuchen.

Ich blieb die ganze Nacht da sitzen und las.

Um vier machten die Müllfahrer wieder ihre lärmende Runde um den Platz, aber ich beachtete sie gar nicht. Die ersten blassen Streifen der Dämmerung erschienen gerade am stahlgrauen Himmel, als ich das Buch zuklappte und in meinen Schoß legte. Jetzt war es geschafft. Ich wiederholte das Wort noch einmal laut, obwohl niemand da war, der mich hätte hören können: »Geschafft.« Odysseus' Aufgabe war erfüllt, seine Reise war beendet. Paul, wo immer er auch war, konnte in Frieden ruhen.

Ich fühlte die Wärme der Tränen auf meinen Wangen, und mein Körper schmerzte vor bleierner Müdigkeit, die fast unerträglich schien, aber mir war trotz allem wohler zumute.

Ich wischte meine Wangen trocken und sah hinaus. Vor meinem Fenster klammerten sich immer noch die drei

Blütenblätter an ihre Geranie, die einzigen Farbkleckse an diesem grauen, verhangenen Morgen. Vom Fluß blies der Wind herüber und trieb eine Wolkenschicht vor sich her. Er packte eine Handvoll welkes Laub und verteilte es über den ganzen Platz hinweg. Und er erwischte auch meine Geranie und schüttelte die drei einsamen Blätter.

Und ich sah zu, wie sie alle drei, eines nach dem anderen, abgerissen und an meinem Fenster vorbei fortgeweht wurden, bis nur noch der kahle, nackte Stengel übrigblieb.

25

An jenem Morgen stand ich
in des Hauses Halle …

Es war nicht meine erste Erfahrung mit dem Tod eines mir nahestehenden Menschen, und daher kannte ich den Verlauf meiner Trauer in ihren verschiedenen Phasen nur zu gut. Zuerst kam der Schock, danach kamen die Tränen und schließlich die gallige Wut, auf die wiederum ein sanfterer Kummer folgte. Während ich nun allein auf den Stufen zum Schloß stand und zu der Stelle hinunterblickte, an der Paul den Tod gefunden hatte, spürte ich, wie der Zorn in mir hochkroch. Den Juden mochte es als Sünde erscheinen, am Tag der Versöhnung wütend zu sein, aber mir kam diese Gemütsregung sehr entgegen. Das war endlich etwas Greifbares nach der leeren Starre, die mich zuvor umfangen hatte.

Seit gestern hatte jemand das Blut von den Stufen entfernt. Nur auf den gelben Blättern in der Rinne zwischen der Treppe und der Mauer erkannte man noch einzelne dunkle Flecken. Ansonsten war alles wie immer, und was ich hier gestern nachmittag gesehen hatte, konnte ebensogut nur Einbildung gewesen sein, so, als hätte es in meinem Leben auch nie einen Paul Lazarus gegeben.

»Das ist einfach nicht fair«, sagte ich. Aber es war niemand da, der meine Worte vernehmen könnte. Noch viel zu früh am Morgen. Im Hotel würde man sich jetzt gerade daranmachen, die Tische fürs Frühstück zu decken und die erste Kanne Kaffee aufzubrühen. Ich war froh, nicht dabeisein zu müssen. Es hätte mich nur noch wütender gemacht, Zeuge der täglichen Routine mit all ihren kleinen Ritualen zu werden, gerade so, als sei nichts geschehen. Natürlich mußte das alles sein, das war mir klar, aber dadurch, daß ich es begriff, wurde es auch nicht leichter, sich damit abzufinden.

Merkwürdig, dachte ich. In einem ganz anderen Zusammenhang hatte ich schon einmal dieselbe grimmige Gefühlsverwirrung empfunden, als sich seinerzeit, vor fünf Jahren, meine Eltern scheiden ließen. Auch damals hatte ich getrauert. Doch während dieser Verlust mich gelähmt, Träume und Hoffnungen zerstört hatte, war durch Pauls Fortgang eine Flamme in mir entfacht worden.

Halt dich da raus. Dieser kurze Satz war mir beinahe zum Motto geworden. Immer auf Nummer Sicher gehen, was die Gefühle betraf, besser nicht lieben, wenn man Enttäuschungen aus dem Wege gehen wollte. Aber bei Paul? Nach seinem Tod konnte ich nicht einfach so mit meinem Leben weitermachen, wie es vorher gewesen war.

»Mist«, flüsterte ich.

Ich weiß nicht, wie lange ich da gestanden und auf die stummen Steine gestarrt hatte. Ich hatte jedes Zeitgefühl verloren. Der Himmel schien etwas heller zu werden, aber die Sonne blieb hinter dem Wolkenschleier versteckt, und der Wind in meinem Gesicht verhieß eher Regen. Nach einer kleinen Ewigkeit hob ich den Kopf und erklomm die Stufen zur Straße.

Die Glocke im Uhrenturm begann die Stunden zu schlagen, eine kleine, schwarze Silhouette hoch oben in dem engen Turm über dem Eingangstor. Siebenmal schlug sie;

der letzte Glockenschlag hallte lange in der Morgenluft nach.

Es war nicht schwer, die Stelle auszumachen, an der Paul gesessen hatte. Die Begrenzungsmauer der Straße war hier in der Tat von idealer Höhe und Breite, um sich darauf niederzulassen. Ein leicht verbeultes Schild warnte, die vorausliegende Strecke sei nicht für den allgemeinen Verkehr zugelassen. Paul mußte, eine Weile zumindest, unter diesem Schild gesessen haben, denn neben dem Mäuerchen fand ich drei Zigarettenkippen, deren zerfranste Enden darauf wiesen, daß er sie an der Mauer ausgedrückt hatte, wie es seine Angewohnheit war. Hier hatte er also gerastet, geraucht, und dann ...

Ich zwang mich hinabzuschauen. Die glatte Wand fiel gnadenlos hinab bis zu der tief unten liegenden Treppe. Es kostete mehr Überwindung, als ich angenommen hatte, und rasch war ich wieder einen Schritt zurückgetreten und schob unbewußt die Hände in die Hosentaschen, als könnte ich mich dadurch vor Schlimmerem bewahren. Ich trug die gleichen verknitterten Sachen wie gestern und darüber Pauls rote Jacke. Den »Ulysses« hatte ich im Hotel gelassen, aber in der linken Innentasche steckte noch immer etwas Eckiges. Ich strich mit der Hand darüber. Zigaretten. Nach meiner selbstmörderischen Tabakorgie gestern abend konnten nicht mehr allzu viele übrig sein. Ich zog die Packung hervor, nicht, weil ich schon wieder eine rauchen wollte, sondern weil mir etwas eingefallen war.

Wenn Paul seine Zigaretten in der Jackentasche vergessen hatte, wo kamen dann die drei Kippen her? Natürlich hätte er sich eine neue Packung besorgen können, aber dann hätte er doch die gleiche Marke gewählt. Es war eine beliebte französische Sorte, die es an jeder Ecke zu kaufen gab – eine längere Zigarette mit einem weißen Filter, auf die der Markenname aufgedruckt stand. Ich hatte Paul immer nur diese Sorte rauchen sehen. Die Filter der Zigarettenkippen an der Mauer waren aber dunkelgelb mit kleinen weißen Pünktchen. Ich hob eine von ihnen auf. Es waren kein Markenname und kein Zeichen zu erkennen. Und außerdem fand ich nirgendwo abgebrannte Streichhölzer. Paul hatte immer Zündhölzer benutzt, und ich konnte mir nicht vorstellen, daß er sich plötzlich ein Feuerzeug gekauft hatte, obwohl diese Erklärung natürlich keineswegs ausgeschlossen war.

Ich zog den Schluß, daß Paul diese Zigaretten von jemand anderem bekommen und dieser jemand ihm auch Feuer gegeben haben mußte. Was immer die Nachbarn gegenüber der Polizei ausgesagt haben mochten, Paul war gestern nicht allein hier gewesen, jedenfalls nicht die ganze Zeit. Er war nicht allein gewesen.

Zu dieser Erkenntnis gelangt zu sein war eine Sache; sie der Polizei plausibel zu machen eine andere. Ich konnte mir im Geiste schon ausmalen, wie der junge Inspektor geduldig zuhören würde, um meine Theorie dann gleich wieder zu verwerfen. Wenn doch nur jemand anderes für mich dort hingehen könnte, jemand mit mehr Durchsetzungsvermögen und besserer Kenntnis der hiesigen Gepflogenheiten. Die Chamonds vielleicht, oder sogar …

Was hatte Armand Valcourt gestern in Martines Kunsthandlung zu mir gesagt? »Einsamkeit ist der Preis, den man für Ansehen und Einfluß zahlen muß.« Einfluß …

Unter mir, in der Stadt, schlug nun auch die zweite Glocke, ein verspätetes Echo des Geläuts vom Uhrenturm. Und noch einmal suchte ich mit den Augen die Landstraße ab, die steil vor mir aufstieg.

Falls François fand, daß es noch ziemlich früh für einen Besuch bei seinem Herrn war, ließ er sich jedenfalls nichts davon anmerken. Höflich bat er mich zu warten und versicherte mir, Monsieur würde gleich kommen.

Ich bedankte mich, während er sich zurückzog, und wartete in dem stillen Zimmer, in das er mich geführt hatte. Es erinnerte kaum an den pompösen Saal bei meinem ersten Besuch auf Clos des Cloches. Die schweren Vorhänge waren noch zugezogen. Dies schien eine Art Studierzimmer zu sein. Die Wände waren mit Holz verkleidet, und überall waren Bücherregale angebracht. Schräg in einer Ecke stand ein Schreibtisch mit einer Reihe sorgsam abgestaubter gerahmter Fotos darauf.

Sie alle zeigten Lucie in verschiedenen Altersstufen, aber immer artig lächelnd. Ich bückte mich, um sie mir näher anzusehen, und fuhr gedankenverloren mit der Fingerspitze über eines von ihnen. Ich weiß nicht, wieso mir plötzlich der Streit zwischen Armand und Martine wieder einfiel, den ich am vergangenen Samstag mit angehört hatte. »Was weißt du schon von Liebe?« hatte sie gehöhnt. Gott, dachte ich, was für eine unsinnige Frage, wenn man diese Photographien vor Augen hatte.

Hinter mir öffnete und schloß sich leise die Zimmertür. Die Hände hinter dem Rücken verschränkt, drehte ich mich nervös nach ihm um.

Offenbar hatte ich ihn bei der Morgentoilette gestört. Sein Haar war noch feucht vom Duschen, und er hatte nicht einmal sein Hemd zugeknöpft, aber ich stellte mir vor, daß ich selbst noch weniger präsentabel wirkte. Er zumindest hatte heute nacht im Bett verbracht, und man sah noch den Schlaf in seinen Augen, die mich eine Spur zu vertraulich musterten.

»Sie müssen sehr entschuldigen«, begann ich wie

selbstverständlich auf französisch, »ich hätte Sie nicht so früh behelligen dürfen.«

»Ist schon in Ordnung.« Er machte die letzten Hemdknöpfe zu. »Worüber möchten Sie denn mit mir sprechen?«

»Mein Freund ist tot.« Zu meinem Entsetzen spürte ich schon, wie sich in meinen Augen sofort Tränen bildeten. Ich zwinkerte, wollte auf keinen Fall zu heulen anfangen, aber Armand war nichts entgangen. Er drehte sich um und murmelte etwas, das sich nach Selbstvorwürfen anhörte.

»Daran habe ich gar nicht gedacht«, sagte er. »Mein Beileid. Das war also der junge Mann, der gestern von der Mauer gestürzt ist? Ich hatte ja keine Ahnung ...« Er rang nach Worten. »Es muß sehr schlimm für Sie sein.«

Ich nickte schweigend und setzte mich auf den Stuhl, den er mir anbot. Er nahm nicht hinter dem Schreibtisch Platz, sondern zog einen zweiten Stuhl heran und stellte ihn mir gegenüber, so daß zwischen unseren Knien nur wenige Zentimeter Raum blieben. »Du hast nicht geschlafen.«

Mir fiel zwar auf, daß er mich mit dem intimeren »tu« anstelle von »vous« angesprochen hatte. Zu jeder anderen Zeit hätte mich das auch nachdenklich gemacht, aber heute nahm ich es kaum wahr.

»Nein«, sagte ich nur. »Ich konnte nicht. Zu viele Gedanken.«

»Verstehe. Ich habe jedesmal Angst, wenn Lucie in der Nähe dieser Mauer spielt. Ich habe immer gewußt, daß eines Tages so ein Unfall passieren würde.«

»Nur, daß es kein Unfall gewesen ist.« Ich holte tief Luft und setzte mich kerzengerade hin. »Jemand hat ihn gestoßen.«

Er starrte mich ungläubig an. »Was?«

»Ich ... ich weiß nicht, wer es getan hat, aber ich glaube, ich weiß, warum. Die Polizei jedoch will nicht auf mich hören. Sie waren sehr höflich und zuvorkommend, aber sie wollten nichts davon wissen, was ich ihnen zu sagen habe.« Meine Stimme klang verbittert, es schwangen mehr Emotionen darin mit, als ich seit Jahren empfunden hatte. »Jemand hat Paul in die Tiefe gestoßen.«

Er sah mich prüfend an. »Hast du es gesehen?«

»Nein.«

»Wie kannst du dir dann so sicher sein?«

»Das ist eine lange Geschichte.«

»Ich habe Zeit. Hast du schon gefrühstückt?«

»Ja«, log ich.

»Nun, ich aber nicht. Während ich mein Frühstück zu mir nehme, kannst du mir diese lange Geschichte erzählen, einverstanden?«

So lange, wie ich befürchtet hatte, dauerte es dann doch nicht. Als er seinen Teller beiseite schob, war ich am Ende meines Berichts angekommen. Wir waren ins Wohnzimmer gegangen und saßen jetzt am selben Tisch, an dem ich am Samstag mein erstes Abendessen mit Armand geteilt hatte. Am anderen Ende des Tisches zündete er sich gerade in nachdenklichem Schweigen eine Zigarette an. Ich sah, daß er eine Sorte mit gelbem Filterpapier rauchte. Aber das tut ja die Hälfte aller Raucher in Frankreich.

»Und jetzt glaubst du, daß sich auch dein Cousin in Gefahr befindet?«

»Ich weiß überhaupt nicht, was ich glauben soll«, antwortete ich, und das war nicht einmal übertrieben. »Ich weiß nur, daß Paul versucht hat, mir zu helfen. Und daß Paul jetzt tot ist.«

»So wie Didier.« Mit gerunzelter Stirn betrachtete er

konzentriert die Tischdecke. »Deswegen hast du mich nach Didier ausgefragt, als wir uns das letzte Mal getroffen haben.«

»Genau.«

»Du hättest mir doch sagen können, daß du dir Sorgen um deinen Cousin machst.«

»Aber so was erzählt man doch nicht mir nichts, dir nichts einem Fremden, oder? Und abgesehen davon war ich doch eher überzeugt, daß Didier Harry nicht gekannt hat.«

»Man kann's nie genau wissen«, sagte er leise. »Und außerdem würde ich uns beide nicht gerade als Fremde bezeichnen.« Gleichzeitig mit mir hob er den Kopf, und unsere Blicke trafen sich. Im hellen Licht des Tages mußte ich einfach abscheulich aussehen. »Und du sagst, du hast all das auch der Polizei erzählt?«

»Jedes Wort.«

»Und die haben es nicht ernst genommen.«

»Scheint so. Deswegen bin ich ja zu dir gekommen. Ich dachte, du könntest vielleicht mit ihnen reden, ein Mann in deiner Position ...«

Er verzog leicht den Mund. »Ich fürchte, da überschätzt du meinen Einfluß.«

»Also willst du mir nicht helfen?«

»Das habe ich nicht gesagt. – François«, rief er über die Schulter.

Der ältere Mann erschien sofort in der Tür; wirklich der perfekte Diener, da hatte Brigitte Valcourt recht gehabt. »Jawohl, Monsieur?«

»Rufst du bitte auf der Polizeipräfektur an und sagst, ich würde gerne mit ...« Er sah mich an. »Der Beamte, mit dem du gesprochen hast, war der jung? Ein junger Mann mit dunklen Haaren?« Ich nickte. »... Inspektor

Fortier also sprechen, François. Und zwar jetzt gleich.«

»Vielen Dank«, sagte ich, als François das Zimmer verlassen hatte. »Sehr nett von dir.«

Er streckte den Arm aus, um eine abstehende Haarsträhne hinter meinem Ohr glattzustreichen. »Das hat nichts mit Nettigkeit zu tun.«

Von der Tür ertönte ein leises Hüsteln, und Armand zog die Hand von meinem Gesicht zurück.

»Inspektor Fortier ist nicht da, aber ein Chefinspektor Prieur ist zugegen, der gerne bereit wäre, mit Monsieur zu sprechen.«

»Prieur.« Armand überlegte. »Der Name sagt mir nichts. Keiner der hiesigen Beamten?«

»Nein, Monsieur. Er sagt, er käme aus Paris.«

»Sieh mal an.« Armand schob seinen Stuhl zurück. »Danke, François. Ich telefoniere von meinem Arbeitszimmer aus.«

Er blieb nicht lange weg. Als er zurückkam, setzte er sich nicht wieder hin, sondern zündete sich noch eine Zigarette an und sagte: »Siehst du, es war gar nicht nötig, mich einzuschalten. Inspektor Fortier scheint deine Zweifel zu teilen. Es wird eine vollständige Untersuchung stattfinden. Er sucht im Augenblick gerade nach diesem Zigeuner, um ihm Fragen zu stellen.«

»Im Ernst?«

»Warum sollte ich scherzen? Ich werde mich auch selber nach dem Zigeuner umschauen, wenn es dich beruhigt. Dann kannst du dich so lange ein wenig hinlegen.« Er sah auf seine Uhr. »Ich fahre dich gleich zum Hotel zurück, aber vorher muß ich noch einmal telefonieren, geschäftlich – es kann ein bißchen dauern. Ist es dir recht, wenn ich dich der Obhut von François überlasse?«

»Mir ist alles recht.«

»Fein. Ich beeile mich.«

Während ich, erleichtert, weil die Last, die mich noch kurz zuvor ganz alleine gedrückt hatte, nun auf zwei Schultern verteilt war, auf Armands Rückkehr wartete, räumte François das Frühstücksgeschirr ab und beobachtete mich dabei besorgt. »Es tut mir sehr leid für Sie, Mademoiselle.«

»Danke, François.«

»Ein Tod ist immer eine traurige Sache, aber wenn es einen so jungen Menschen trifft ...« Er stellte die Teller auf die Anrichte. »... das ist einfach nicht gerecht.«

»Stimmt.«

Er warf einen Blick auf meinen leeren Teller. »Wünschen Sie wenigstens eine Tasse Kaffee, Mademoiselle?«

»Nein, danke.«

»Etwas Toast?«

Ich schüttelte den Kopf. Wie sollte ich ihm erklären, daß ich nichts essen konnte, weil ich für Paul fastete? Also sagte ich bloß: »Ich habe einfach keinen Hunger.«

»Ich weiß, wie schwer es für Sie ist, aber die Toten brauchen uns nicht mehr. Das Leben ist es, für das wir unsere Energie aufsparen müssen. Sie sollten schlafen, auf Ihre Gesundheit achten. Vor allem etwas essen.«

Es war sein Tonfall, nicht seine Worte, der mich plötzlich grinsen ließ, und obwohl ich rasch den Kopf wegdrehte, war es ihm doch nicht entgangen. »Es ist nur, weil Sie sich wie meine Mutter anhören«, erklärte ich. »Sie hat auch immer so mit mir gesprochen.«

»Ach ja?« Es schien ihm ein wenig peinlich zu sein. »Ich nehme mir bei Ihnen immer zu viele Freiheiten heraus. Ich muß Sie um Verzeihung bitten. Manchmal, wenn ich Sie ansehe ... denke ich an meine Schwester – Sie sehen ihr sehr ähnlich. Sie hatte auch immer diese Trauer an sich, die so gar nicht zu jungen Menschen passen will.« Ein weicher Zug bildete sich um seine Augen, die nachdenklich in der Vergangenheit suchten. »Das Leben hat es nicht sehr gut gemeint mit Isabelle.«

Mein Lächeln war wie weggeblasen. »Isabelle?«

François nickte. »Ja, meine Schwester. Wir waren drei Geschwister, alle in diesem Haus geboren: ich, Isabelle und mein Bruder Jean-Pierre. Ich war der jüngste und der einzige, der in den Diensten der Familie Valcourt blieb. Mein Bruder ist in den letzten Kriegstagen umgekommen, und meine Schwester ...« Er senkte den Blick zu Boden. »... ist nicht lange nach der Befreiung von Chinon fortgegangen.«

Es wäre eigentlich ein viel zu großer Zufall, aber nachdem ich inzwischen erfahren hatte, wie klein die Welt manchmal sein konnte, stellte ich dennoch meine Frage. »Hat Ihre Schwester je im Hotel de France gearbeitet, Monsieur?«

»Ja, schon, aber woher wissen Sie ...? Natürlich. Sie sind ja dort abgestiegen. Sie werden die Geschichte von Isabelle und Hans gehört haben. Sehr romantisch, nicht wahr? Jedenfalls habe ich es so empfunden, als ich noch ein Junge war.«

Ich gab ihm recht. Wirklich eine sehr romantische Geschichte – bis auf das Ende, fügte ich in Gedanken hinzu. »Wo ist Ihre Schwester denn hingegangen, nachdem sie Chinon verlassen hatte?« fragte ich ihn.

»Sie ist einfach fortgegangen.« Irgendwo wurde eine Tür lautstark geschlossen, und ich fragte nicht noch einmal nach. Statt dessen erkundigte ich mich, ob die Edelsteine wirklich existiert hatten. »Oh, gewiß«, sagte er. »Es waren echte Diamanten. Meine Schwester hat sie mir gezeigt.«

»Und man hat sie nie wieder gefunden?«

»Isabelle hat sie gut versteckt«, sagte er nicht ohne Stolz. »Monsieur Muret hat immer behauptet, er würde sie eines Tages finden. Er war wie besessen davon, er hat immer nur an Geld gedacht. Er hat überall Löcher gegraben, unten in den Kellern und oben auf dem Berg, um nach dieser Handvoll Juwelen zu suchen, aber natürlich hat er sie nie entdeckt.«

»Wieso ›natürlich‹?«

Er lächelte geheimnisvoll. »Isabelle hat sie gut versteckt«, sagte er noch einmal. »Meine Schwester war sehr schlau.«

»Und sehr schön, wie ich gehört habe.«

»Ja.« Er nahm die Kaffeekanne und stellte sie zu den Tellern. »Wenn Sie möchten, kann ich Ihnen ein Foto von ihr heraussuchen. Dann werden Sie vielleicht verstehen, wieso ich immer an Isabelle denken muß, wenn ich Sie ansehe.«

»Gerne«, sagte ich. »Ich liebe alte Photographien.«

»Dann werde ich mich auf die Suche machen«, versprach er. »Vielleicht morgen, wenn ich Zeit habe, meine Alben durchzublättern.«

»Irgendwie glaube ich, Ihrer Schwester schon mal begegnet zu sein.«

»Wie das?«

»Sie spukt in den Fluren des Hotels.«

»Das ist eine Legende, Mademoiselle, nichts weiter«, sagte er voll Nachsicht über meinen Aberglauben. »Und eine sehr unwahrscheinliche noch dazu. Es gibt gar keine Gespenster.«

Da war ich mir nicht so sicher. Wieder sah ich den Schatten vor mir, der an meinem Bett vorbeigeglitten war und dessen säuselnde Stimme mich gedrängt hatte, ihm zu folgen ... Aber wem zu folgen und wohin?

»Außer«, fügte François hinzu, »man zählt auch die Lebenden zu den Gespenstern. Dann würde ich Ihnen recht geben.« Sein faltiges Gesicht entspannte sich. »Von ihnen ist das Hotel de France in dieser Woche voll.«

26

... Kunde von Verwandlungen in einer dunklen Welt flüsterte in den Blättern der Akazien ...

Für diese Tageszeit kam mir die Hotelhalle düster und verlassen vor. An den meisten Vormittagen wimmelte es hier nur so von Reinigungspersonal, das die Bar und das Frühstückszimmer säuberte und dessen Staubsauger lautstark mit der Schreibmaschine und dem Telefon wetteiferten. Aber an diesem Morgen herrschte vollkommene Stille. Thierry, der hinter dem Empfangstresen die Zeit totschlug, war das einzige lebende Wesen weit und breit.

Seine übermüdeten Augen waren rot umrändert, und seine Stimme klang heiser, als er mich begrüßte. Ich hätte ihm gern ein Wort des Trostes gespendet, aber meine eigenen Nerven lagen noch bloß, und überdies war ich todmüde. Außerdem konnten wir uns beide ausmalen, wie dem anderen zumute sein mußte, so daß es keine Worte brauchte. »Wieder mal ganz alleine hier?« fragte ich ihn dennoch. »Wo sind denn Ihre Tante und Ihr Onkel?«

»Sie sind mit Simon nach Paris gefahren. Seine Eltern nehmen ihn am Flugplatz in Empfang. Sie kommen wohl erst heute abend zurück.« Er machte eine kurze Pause. »Zur Frühstückszeit war die Polizei wieder hier. Sie haben alle Sachen von Paul mitgenommen, außer das hier.« Er griff unter den Tresen und holte das Überbleibsel hervor. Es war Pauls »Ulysses«. »Ich habe es in der Bar gefunden.

Meine Tante sagt, Sie haben es zu Ende gelesen. Für Paul.«

Einen Moment lang hatte ich einen Frosch im Hals, und ich mußte mich erst räuspern. »Stimmt.«

»Ich dachte ... ob Sie es vielleicht behalten wollen? Falls nicht, dann könnte ich ...« Er brach den Satz ab und versuchte es noch einmal neu. »Ich dachte, ich würde gerne dieses Buch lesen. Dann wird mein Englisch besser.«

Ich unterließ es, ihn darauf hinzuweisen, daß Joyces verschlungene Prosa nicht gerade die beste Übungslektüre darstellte, weil ich ahnte, daß es Thierry in Wirklichkeit um etwas ganz anderes als um Sprachstudien ging. »Behalten Sie es nur, Thierry«, sagte ich. »Ich glaube, das hätte Paul so gewollt.«

»Danke.« Er ließ das Buch wieder unter dem Tresen verschwinden.

»Wo sind die anderen?« fragte ich ihn.

»Ich weiß nicht. Ausgegangen.« Er klang gleichgültig.

Dem Himmel sei Dank, dachte ich, und laut sagte ich zu ihm: »Dann werde ich jetzt mal nach oben gehen. Falls jemand nach mir fragt, ich schlafe, ja?«

»Selbstverständlich.« Er raffte sich mühselig auf und bedachte mich mit einem Lächeln, das wieder eine Spur seines gewohnten Schalks durchblicken ließ. »Keine Sorge«, versicherte er mir. »Sie werden nicht gestört werden.«

Ich fiel tatsächlich in einen ruhelosen Schlaf voller aufwühlender Träume und erwachte erst wieder, als die Sonne voll auf meinem Fenster stand. Zuerst glaubte ich, die Glocke vom Schloß hätte mich geweckt, denn als ich das Gesicht aus dem Licht drehte, erklang gerade das etwas tiefere Echo der Rathausuhr. Aber ich nahm es nur im Halbschlaf wahr. Ich lag noch wie in einem Dämmerzustand da, betäubt durch verirrte Gedanken und nur von dem einen Wunsch beseelt, nie wieder aufstehen zu müssen, als der vierte und letzte Glockenschlag über den Dächern verhallte und ich plötzlich jemanden im Nebenzimmer hörte. Ein leises Geräusch, als wäre etwas umgestoßen worden, gefolgt von dem unverwechselbaren Krachen der Gardinenstange, die aus ihrer Halterung gefallen war. Ich lächelte müde in mein Kissen und dachte: Die Jungs sind zurück. Aber dann fiel es mir mit einem schmerzlichen Stich durch meinen ganzen Körper wieder ein.

Ich öffnete die Augen.

Die Geräusche im Zimmer nebenan waren lauter geworden; ich hörte schlurfende Schritte, jungenhaftes Gelächter und das Quietschen der Scharniere, als das Fenster nach innen aufging. Taumelnd erhob ich mich, schlüpfte in meine Jeans und einen Pullover und trat hinaus auf den Flur, um nachzusehen. Wäre ich hellwach gewesen, hätte ich gewiß nichts dergleichen unternommen, aber ich war eben nicht ganz wach, und in mir keimte noch die winzige Hoffnung, daß ... daß ...

»Bitte?« Auf mein Klopfen wurde die Tür zum Zimmer von Paul und Simon geöffnet, und eine hochgewachsene junge Frau, blond und üppig und voller Leben, sah mich freundlich an. »Kann ich Ihnen helfen?« Sie sprach Englisch, aber das war nicht ihre Muttersprache. Sie hatte einen schwedischen oder vielleicht dänischen Akzent. Irgendwas Skandinavisches.

Ich schüttelte den Kopf und versuchte ziemlich vergeblich, meine Enttäuschung hinter einem Lächeln zu verbergen. »Nein, ich ... ich habe eigentlich jemand anderen gesucht. Entschuldigen Sie bitte.«

Das machte es nur noch schlimmer. Sie wurde richtig mißtrauisch. »Außer mir ist hier nur noch mein Mann.«

Ich beeilte mich, das Mißverständnis auszuräumen. »Nein, was ich sagen wollte ... Ich habe mich im Zimmer geirrt. Tut mir leid, daß ich Sie belästigt habe.«

Ich glaube nicht, daß sie restlos überzeugt war. Der Blick aus ihren runden blauen Augen wirkte ziemlich unterkühlt, als sie die Tür wieder schloß, und mich beschlich ein schlechtes Gewissen. Die armen Leute. Ihr erster Ferientag, und gleich klopfen wildfremde Menschen an die Tür und reden wirres Zeug. Und ich – was hatte ich denn erwartet? Eine Art Wunder? Paul Lazarus, zurückgekehrt von den Toten? War ich nicht alt genug, um zu wissen, daß solche Wunder nicht geschehen?

Ich fühlte mich plötzlich sehr, sehr einsam.

Es war niemand unten in der schattigen, kühlen Bar. Das Radio spielte gerade eine poetisch-traurige Folkrockballade, und auf den runden Tischen brannten die Kerzen ganz umsonst herunter. Die hohen Glastüren standen offen, und ich trat hinaus ins Sonnenlicht auf den Platz, wo unter den Akazien die weißgedeckten Tische mit den roten Stühlen auf Gäste warteten. Ich hätte mich gerne eine Weile allein hier niedergelassen, aber Garland durchkreuzte meine Pläne. Sie zerrte mich fast an den Tisch, an dem sie und ihr Mann saßen, und ich war viel zu erschöpft, um mich zur Wehr zu setzen. Und abgesehen davon war mir Jim Whitakers Gegenwart auch nicht gerade unangenehm. Er lächelte mir freundlich zu, als ich den Stuhl neben seinem nahm. »Dürfen wir Sie zu etwas einladen?« fragte er.

Ich lehnte dankend ab.

»Na, ich bestelle mir noch was«, sagte er und hob die Hand, um die Bedienung zu rufen, doch zu meiner Überraschung kam nicht Thierry, sondern die etwas konfuse Gabrielle.

»Alles geht durcheinander«, sagte Garland, als Gabrielle wieder gegangen war, um Jim einen Pernod zu holen, »wenn Thierry mal nicht da ist. Ich meine, er kann einem auch ganz schön auf den Geist gehen, aber wenigstens bringt er einem das, was man haben möchte. Sieht das hier etwa wie ein Manhattan aus, frage ich Sie?«

Ich mußte zugeben, daß ich noch nie einen gesehen hatte. »Wo ist denn Thierry?« fragte ich.

Sie blickte sich um, beugte sich vor und flüsterte: »Auf der Polizeiwache. Nach dem Mittagessen sind sie gekommen, um ihn zu holen. Sie wollen ihm Fragen stellen. Wegen Paul. Wußten Sie« – sie kam noch näher – »daß eine Untersuchung in die Wege geleitet wird? Martine hat uns das erzählt. Sie glauben nicht, daß es ein Unfall gewesen ist.«

»Garland ...« sagte Jim warnend.

»Wieso? Das ist doch allgemein bekannt, und sie muß es doch auch wissen. Nazis«, sagte sie, wieder zu mir gewandt.

»Ich fürchte, ich verstehe nicht ...«

»Sie sind's gewesen, warten Sie's nur ab. Sie sind zurückgekommen, um nach den Diamanten zu suchen, genauso, wie sie es in Deutschland gemacht haben, als Jim und ich noch dort wohnten. Wissen Sie's nicht mehr? Ich habe es Ihnen doch erzählt –« Sie hielt inne. Etwas hinter meinem Rücken, an der Einmündung der Rue Voltaire in den Platz, hatte ihre Aufmerksamkeit geweckt. »Ach, sieh mal an, wen wir da haben – das ist ja höchst interessant.«

Jim und ich drehten uns gehorsam um. Vor der Telefonzelle hatten zwei Polizeiwagen am Straßenrand gehalten. Die beiden Fahrer stiegen zuerst aus, junge Polizisten in Uniform, die respektvoll einem älteren Mann in Zivilkleidung die Tür öffneten, der ohne sichtliche Eile den Wagen verließ und dessen gelassenes Auftreten ihn als einen höhergestellten Beamten auswies.

»Sein Name ist Prieur«, klärte mich Garland auf, als ich sie nach dem Mann fragte. »Er ist Chefsuperintendent oder so etwas – jemand Bedeutendes jedenfalls. Kommt aus Paris. Heute morgen, als wir beim Frühstück saßen, kam er ins Hotel, um uns allen Fragen nach Paul zu stellen. Sehr korrekter Mann. Er hat Klasse, wenn Sie verstehen, was ich sagen will. Und er lächelt, wenn er mit einem spricht, nicht so wie die anderen Polizisten.« Wieder beugte sie sich zu mir vor. »Ich glaube, den Beamten hier paßt es gar nicht so sehr, daß er seine Nase in ihre Ermittlungen steckt.«

Ich sah noch einmal zu den beiden jüngeren Gendarmen hin. Auf mich machten sie keinen mißmutigen Eindruck, aber was wußte ich schon. Einer der beiden ging gerade zu dem zweiten Wagen zurück. »Aber wenn sie ihn extra von Paris haben kommen lassen –«

»Das ist es ja gerade, meine Liebe. Sie haben ihn nicht kommen lassen. Er war bereits hier, in diesem Landhaus ... Wo sagte er noch mal, Jim? Erinnerst du dich? Na, ist ja auch egal, irgendwo hier in der Nähe. Und da hat er von Pauls Sturz gehört und gedacht, daß er sich hier vielleicht mal umsehen sollte, um den örtlichen Behörden unter die Arme zu greifen. Seinetwegen haben sie überhaupt erst mit der Untersuchung begonnen, soviel ich gehört habe.«

Ich fragte sie gar nicht erst, wo sie das herhatte. Frauen wie Garland Whitaker haben mit erschreckender Effektivität immer und überall ihre Augen und Ohren und lassen sich auch durch Sprach- und Kulturschranken nicht abschrecken. Da hatte sie also heute morgen schon allerhand zu tun gehabt. »Dieser Prieur«, fuhr sie fort, nachdem sie sich mit einem Schluck ihres unechten Manhattan gestärkt hatte, »ist es auch gewesen, der den armen Thierry auf die Wache geschleppt hat.«

Ihr Mann mußte lächeln. »Übertreib nicht, Schatz. Als ›schleppen‹ würde ich es kaum bezeichnen. Soviel ich gesehen habe, hat er ihn sehr höflich gebeten.«

»Wenn du meinst«, sagte Garland naserümpfend, »es war aber auch nicht zu übersehen, daß Thierry nur sehr ungern mitgegangen ist. Und was ich eigentlich damit hatte sagen wollen – daß dieser Prieur wohl auch Thierry vernehmen würde, wenn er selber gekommen ist, um ihn zu holen, aber inzwischen scheint er sich schon wieder jemand anderen ausgesucht zu haben … Wer das bloß sein mag?«

Sie meinte den Mann mittleren Alters, der jetzt aus der hinteren Tür des zweiten Streifenwagens stieg und einen ziemlich nervösen Eindruck machte. Trotz der Entfernung hätte ich ihr gleich sagen können, wer dieser Mann war: Victor Belliveau, der ehemals gefeierte Dichter, der ein Stück weiter oben am Fluß wohnte. Aber es war wohl meine Abneigung gegen Klatsch und Tratsch, die mich schweigen ließ, oder vielleicht auch die Befriedigung, etwas zu wissen, was sie nicht wußte, und in der Lage zu sein, ihr eine Information vorzuenthalten. Wie auch immer, ich sagte jedenfalls nichts.

Garland hob den Kopf, als könnte sie wie ein Spürhund mit der Nase Witterung aufnehmen. »Ein Verdächtiger vielleicht? Ach, wie aufregend, mitten in den Ermittlungen zu einem Mordfall zu stecken!«

»Wenn es ein Mord war.« Ihr Mann betrachtete das Ganze etwas nüchterner. »In diesem Fall wären wir vermutlich alle potentielle Verdächtige. Du auch.«

Der Gedanke schien sie zu überraschen. »Ich? Ach, das glaube ich nicht, Darling.« Die vier Männer waren nun in der Rue Voltaire verschwunden, wo wir sie nicht mehr sehen konnten. Um ihr Spektakel beraubt, seufzte Garland und wandte sich wieder mir zu. Sie holte gerade Luft, um etwas zu sagen, als wir auf einmal zwischen den Bäumen aus einem der offenen Hotelfenster zankende Stimmen hörten. Sie sprachen weder Französisch noch Englisch, so daß ich nicht verstehen konnte, was gesagt wurde, aber die Leidenschaft, mit der sie sich stritten, versprach einen neuen Skandal, und Garland sah erwartungsvoll zu dem Fenster hoch. »Scheint das junge Paar zu sein, das gerade angekommen ist. Die beiden, die Gabrielle in dem Zimmer der Jungs untergebracht hat. Thierry wird das nicht gefallen, kann ich euch sagen – das wird Ärger geben, sobald er zurückkommt. Aber wie ich schon zu Jim gesagt habe, schließlich ist es ja nur ein Zimmer, und man darf keinen Schrein daraus machen, wenn man Geld verdienen will.« Sie lauschte ein paar Minuten lang dem unverständlichen Gezänk, dann schnalzte sie mit der Zunge. »Wie schade, sie wirkten wie ein nettes Paar. Schweden auf der Hochzeitsreise. Wüßte zu gerne, was sie so in Rage gebracht hat.«

Ich befürchtete fast, die beiden seien sich wegen meines sonderbaren Besuchs in die Haare geraten, weil die Frau wissen wollte, wer die Person an der Tür gewesen sein konnte oder so etwas, äußerte meinen Verdacht aber natürlich nicht. Zum Glück fragte mich Garland auch nicht nach meiner Meinung.

»Möglicherweise ist es das Zimmer, das Unglück bringt«, sinnierte sie. »Kann ja sein, daß Thierry doch recht gehabt hat mit dem Mädchen, das sich bei Kriegsende in diesem Zimmer das Leben genommen hat. Bis jetzt haben wir ja nur Monsieur Chamonds Wort, daß es keinen Geist gibt. Ich finde ...« Eine Bewegung hinter den Fenstern der Hotelbar ließ uns alle herumfahren, und wir sahen die stattliche Erscheinung der schwedischen Frau am menschenleeren Tresen Platz nehmen und indigniert ihr blondes Haar in den Nacken werfen. In Garlands Augen flackerte das Jagdfieber auf. »Würdet ihr mich eine Minute entschuldigen? Ich muß mal mein Glas nachfüllen lassen.«

Das leere Glas entschlossen im Griff, stöckelte sie los. Jim Whitaker sah mich entschuldigend an. »Sie kann nicht anders. Das Leben anderer Menschen fasziniert sie.«

Ich quittierte seine Bemerkung mit einem Lächeln. Wie verschieden die beiden doch waren, Jim und Garland. Ich konnte mich kaum erinnern, jemals einem Paar begegnet zu sein, das so wenig zueinander paßte. Der Gedanke ließ mich wieder zu dem Zimmerfenster neben dem meinen hinaufblicken, hinter dem der frischgebackene Ehemann jetzt vermutlich allein auf der Bettkante hockte.

»Aber was das Zimmer betrifft, irrt sich Garland«, sagte ich und mußte dabei daran denken, was François mir über seine bedauernswerte Schwester erzählt hatte. »Isabelle hat sich nicht in diesem Zimmer umgebracht, ja, ich glaube nicht einmal, daß sie sich überhaupt das Leben genommen hat.«

»Ich weiß.« Bedächtig hob Jim seinen Drink. »Sie ist vor zwanzig Jahren in Savannah, Georgia, an Krebs gestorben. Sie war meine Mutter.«

27

Hab acht auf Verräter in deinem Lager ...

»Das war eine hübsche Geschichte, die wir neulich in der Bar gehört haben«, sagte Jim Whitaker. »Und sie entsprach auch in weiten Teilen den Tatsachen, bis auf den Schluß eben. Hans mag das Kriegsende nicht mehr erlebt haben, aber Isabelle ...« Er schüttelte nachdenklich den Kopf. »Sie hat es gewollt, sie hat wirklich daran gedacht, aber sie konnte sich nicht noch einmal vor Gott versündigen. Also hat sie das Nächstbeste getan. Sie hat meinen Vater geheiratet.«

Über unseren Köpfen drang das Sonnenlicht durch das im Wind schwankende Blätterdach und ließ die Schatten tänzeln. Neben uns besprühten die Fontänen des Springbrunnens das Pflaster. Die Stimmen von den anderen Tischen bildeten eine dezente Kulisse wie bei einem Gemälde, auf dem Jim Whitaker jetzt Konturen annahm und in den Vordergrund trat, Jim Whitaker, den ich immer für so farblos, so nichtssagend gehalten hatte ...

Seine wohlklingende Stimme blieb so zurückhaltend wie immer, als er weitererzählte: »Er hat sie kurz nach der Befreiung kennengelernt, hier in Chinon. Wahrscheinlich hat sie ihm leid getan. Die Franzosen hatten nicht viel übrig für Kollaborateure jedweder Sorte, und alle im Ort wußten, daß meine Mutter etwas mit einem deutschen

Offizier gehabt hatte, also machte man ihr das Leben nicht gerade leicht. Mein Vater bot ihr einen Ausweg. Er hat sie in aller Stille geheiratet und sie anschließend mit nach Hause in die Staaten genommen. Das ist die ganze Geschichte.«

Das Sonnenlicht blendete mich, und ich mußte mir die Hand über die Augen halten, als ich ihm antwortete: »Aber wenigstens hat sie einen glücklichen Ausgang genommen.«

»In gewisser Weise, ja. Sie hatte kein schlechtes Leben – drei Kinder, ein hübsches Haus und einen treusorgenden Ehemann. Aber ich bin mir nicht sicher, ob man meine Mutter als glücklich hätte bezeichnen können.« Er schlug ein Bein über das andere und überlegte. »Ich weiß nicht – ist Glück etwas, auf das man Einfluß nehmen, das man anstreben und erreichen kann, oder ist Glück eine Gnade, die dem einen zuteil wird und dem anderen nicht?«

»Beides trifft gleichermaßen zu, würde ich meinen.«

»Meine Mutter hätte gesagt, es wäre Gottes Wille gewesen, daß sie und Hans getrennt wurden. Aber ich weiß nicht so recht.« Er wandte den Blick der offenen Tür zu, hinter der wir die Silhouette seiner Frau sehen konnten. Garland war in ein angeregtes Gespräch mit der jungen Schwedin vertieft. »Es ist meine Überzeugung, daß wir alle in unserem Leben Entscheidungen treffen, die uns auf den Weg zum Glück oder in die Enttäuschung führen, nur daß wir oft nicht erkennen können, wohin der Weg geht, ehe wir die halbe Strecke zurückgelegt haben.« Eine Spur Bedauern war in seiner Stimme – und auch in seinen Augen, als er mich wieder ansah. »Meine Mutter hat jedenfalls ihren Weg gewählt.«

Am Nebentisch lachte jemand, und ein Windhauch sandte den Duft von Rosen zu uns herüber. »Es wird ihr bestimmt nicht leichtgefallen sein, ihre Heimat für immer zu verlassen«, sagte ich.

»Wohl kaum. Aber sie hat nie ein Wort darüber verloren, zumindest nicht mir gegenüber. Bis sie starb, habe ich nichts von der Vergangenheit meiner Mutter gewußt. Am Tag ihrer Beerdigung hat sich mein Vater betrunken, und da ist die ganze vertrackte Geschichte in ihm hochgekommen.« Er legte den Kopf in den Nacken und überließ sich seiner Erinnerung. »Seit diesem Tag hatte ich den Wunsch hierherzukommen, den Ort zu sehen, an dem sich das alles zugetragen hat. Ich hätte es schon vor Jahren tun sollen – damals, als ich in Deutschland stationiert war. Es wäre ein leichtes gewesen, einfach den Zug zu besteigen und ...« Man sah ihm an, wie auch er verpaßten Chancen nachtrauerte. »Aber irgendwie hat es sich nie ergeben. Nächstes Jahr oder das Jahr darauf, habe ich mich selbst immer wieder vertröstet ... bis sich dann letztes Jahr Garland beklagte, es sei ihr langweilig, immer nur ans Mittelmeer zu fahren, sie wolle die Ferien auch einmal woanders verbringen, und da habe ich gesagt, wie wäre es mit Chinon.« Noch einmal galt sein Blick seiner aufgeregt gestikulierenden Gattin. »Sie weiß nichts davon«, sagte er. »Ich habe ihr nie von meiner Mutter erzählt.«

Ich sah ihn erschrocken an. »Aber mir haben Sie's jetzt erzählt!«

»Das stimmt. Ich weiß nicht, ob Sie es nachempfinden können, aber irgendwie ist es etwas anderes, es Ihnen zu erzählen. Ich hoffe, Sie verstehen das nicht falsch, aber in den letzten Tagen hat es Augenblicke gegeben, in denen ich an sie denken mußte, an meine Mutter, wenn ich Sie ansah. Ich kann nicht genau sagen, was es ist, aber es gibt da eine gewisse Ähnlichkeit.«

Ich lächelte. »Sie sind heute schon der zweite, der mir das sagt.«

»Tatsächlich? Und wer war der andere?«

»Ein Mann, den ich kennengelernt habe, oben, auf dem Weingut ... Himmel, dann muß er ja Ihr Onkel sein! Der jüngere Bruder Ihrer Mutter, ein liebenswerter alter Mann namens –«

»François. Ja, ich weiß. Onkel François. Er hat uns manchmal geschrieben, damals, als ich noch ein Junge war. Aber nach dem Tod meiner Mutter hörten die Briefe auf. Ich hatte gedacht, er wäre ebenfalls schon gestorben. Ich habe immer noch nicht den Mut aufgebracht, zu ihm zu gehen. Natürlich habe ich viele Fragen, die ich ihm gerne stellen würde ... Fünfzig Jahre sind eine sehr lange Zeit.«

»Wegen François brauchen Sie sich keine Sorgen zu machen. Er ist noch recht gut beisammen und spricht voller Liebe von Ihrer Mutter. Er würde sich bestimmt sehr freuen, Sie kennenzulernen. Ich glaube sogar, er weiß bereits, daß Sie hier sind.« Da erzählte ich ihm von der Bemerkung, die François mir gegenüber gemacht hatte, daß das Hotel de France voll von Gespenstern sei.

»Und Sie glauben, damit hat er mich gemeint?«

»Sie sind der einzige hier, der eine Verbindung zu Hans und Isabelle darstellt.«

»Wirklich?« Er legte den Kopf in den Nacken und sah hinauf zu dem grünen Blätterdach über uns. »Ich frage mich«, sagte er so leise, daß ich es kaum hören konnte, »ich frage mich bloß ...«

Eine Bewegung in der Bar unterbrach seinen Gedankenfluß. Garland war in der offenen Tür erschienen und winkte ihrem Mann, er solle hereinkommen und sich zu ihr gesellen. Er fing ihren Blick auf und nickte kaum merklich, seufzte nur einmal kurz mit zusammengekniffenen Lippen. »Entschuldigen Sie«, sagte er, »ich werde herbeizitiert. Hören Sie, ich fände es schrecklich, wenn sie wüßte ...«

»Von mir erfährt keiner was.«

»Nicht nur, weil es sich um eine sehr persönliche Angelegenheit handelt. Reiner Eigennutz. Vor allem nach der Geschichte Sonntag abend ...« Ein kleines Lächeln spielte um seine Mundwinkel. »Wenn Garland je erfährt, daß diese Isabelle, über die gesprochen wurde, meine Mutter war, ist es mit meinem Frieden ein für allemal aus.«

»Und wieso?«

»Wegen der Geschichte mit den Diamanten, meine Liebe. Garland würde sich darin verbeißen wie ein Hund in einen Knochen. Sie würde mich loshetzen, damit ich auf der Suche nach den Dingern überall auf dem verdammten Berg kleine Löcher buddele.«

Sie ist ja genau wie Simon, dachte ich. »Aber Ihre Mutter hat nie jemandem ... Ich meine, Sie hat nie erwähnt ...«

»Wo sie sie versteckt hat?« Mühsam erhob er sich. »Meinem Vater hat sie gesagt, sie seien mit Blut besudelt und würden jedem, der mit ihnen in Berührung kommt, bloß Unglück bringen. Sie wollte nicht, daß sie je wiedergefunden werden.«

Ich sah ihm nach, wie er nach drinnen ging. Er hielt die Schultern kerzengerade, was aussah, als bereite er sich darauf vor, gleich eine schwere Last aufgebürdet zu bekommen. Er hatte es bestimmt nicht leicht mit Garland. Sie ließ ihm nicht einmal Zeit, seinen Pernod auszutrinken. Das Glas stand noch halbvoll auf dem Tisch. Wo hatte ich, vor ganz kurzem erst, schon mal so ein Glas gesehen ...?

Da fiel es mir wieder ein. Es war am Sonntag gewesen, als ich mit Paul und Simon von Clos des Cloches heruntergekommen war und wir Martine getroffen hatten. Auf ihrem Tisch hatte genau so ein halbgeleertes Glas Pernod gestanden. Und Garland – mein Blick strich über die schemenhaften Gestalten im Halbdunkel der Hotelbar – Garland hatte mit einem ihrer Migräneanfälle oben im Bett gelegen, wie schon am Abend davor, dem Abend, als Lucie Valcourt Martine und ihrem männlichen Begleiter abhanden gekommen war, dem Mann, der Lucie zufolge hier im Hotel wohnte und von dem ich angenommen hatte, es müsse sich bei ihm entweder um Neil oder um Christian handeln ... Auf Jim wäre ich nie gekommen! Im Geiste schob ich die Puzzlestücke hin und her, bis sie langsam zueinander zu passen schienen, und empfand eine sonderbare Befriedigung bei dem Gedanken, daß Jim sich neben Garland noch eine kleine Freude gönnte. Es war nur recht, daß er ihr nicht die Wahrheit über seine Mutter erzählte. Die Geschichte von den Diamanten wäre für Garland ein gefundenes Fressen. Wahrscheinlich war sie wie Didier, der auch nur des Geldes wegen geheiratet hatte.

Und dabei fiel mir noch etwas ein, etwas, das Jim gesagt hatte und mich ebenfalls an Didier Muret denken ließ. Was um alles in der Welt war das gewesen ...? Überall auf dem Hügel Löcher buddeln. Das hatte François heute morgen auch über Didier gesagt, daß der überall auf dem Berg Löcher gegraben hätte – wie besessen. Nur, daß er die Diamanten nicht gefunden hatte. Oder doch?

Ein unangenehmer Gedanke beschlich mich, wollte mich nicht mehr loslassen. Ich wälzte ihn in meinem Kopf hin und her. Alles ergibt einen Sinn, wenn man es nur aus dem richtigen Blickwinkel in Augenschein nimmt – das waren Pauls Worte gewesen. Und bei unserem letzten Treffen versuchte er gerade herauszufinden, aus welchem Blickwinkel Didier Muret in die ganze Geschichte passen könnte, der unbeliebte, arbeitsscheue Didier Muret, der bis zuletzt immer noch mit Geld um sich geworfen hatte. Das war Paul verdächtig vorgekommen. Falls Didier diese Diamanten gefunden hatte, würde das eine ganze Menge erklären, nämlich, wo all das Geld herstammte, und zum anderen ... zum anderen möglicherweise sogar, wieso er hatte sterben müssen.

Garland war überzeugt, »die Nazis« steckten hinter alledem. Vorhin hatte ich das als idiotische Idee abgetan, aber nun konnte vielleicht doch etwas daran sein. Wohl nicht gerade die Nazis, aber jemand anderer, der die Geschichte von Hans und Isabelle kannte, jemand, der sich in Chinon befand, um nach den Steinen zu suchen, und dann feststellte, daß Didier ihm zuvorgekommen war. Die Menschen schlugen einander um geringere Dinge die Köpfe ein, wenn die Gier sie packte ...

Ich überlegte. Paul hatte gesagt, daß Harry Didiers geheimnisvoller Besucher vom vergangenen Mittwoch abend gewesen sein könnte, am Abend vor Didiers Tod. Und wenn es kein Unfall gewesen war, wenn jemand den unangenehmen Monsieur Muret übers Treppengeländer gestoßen hatte ... Ja, was dann? War Harry Zeuge dieser Tat geworden und nun selbst in Gefahr? Hatte er seinen Talisman in voller Absicht dort abgelegt, damit ich ihn fand? Als Warnung? Und Paul? Hatte Paul vielleicht auch dieses Puzzlespiel gelöst und war dem Mörder gefährlich nahe gekommen? Ich preßte die Finger gegen die Stirn und versuchte, aus all dem schlau zu werden.

Eine Gruppe junger Männer kam laut schwatzend um die Ecke und betrat die Hotelbar. Sie sahen nicht aus wie

Franzosen und unterhielten sich auch in einer anderen Sprache. Deutsch? Ja, das mußten Deutsche sein. Das Hotel de France steckte in dieser Woche voller Gespenster, wie François gesagt hatte. Lebende Geister, so wie Isabelles Sohn, der seine guten Gründe gehabt haben könnte, Didier Muret beiseite zu schaffen; der vielleicht in Wirklichkeit nur wegen der Diamanten nach Chinon zurückgekehrt war; der irgendwo unterwegs war, als Paul getötet wurde. Und doch konnte ich mir Jim Whitaker nicht als Mörder vorstellen. Er würde mir wohl kaum von seiner Mutter erzählt haben, wenn ihm daran gelegen war, keinen Verdacht zu erwecken.

Ich sponn den Faden weiter. Wenn Isabelle durch ihren Sohn im Geiste hier weilte, wie verhielt es sich dann mit Hans? War der etwa auch hier? Christian war alt genug, sein Enkel zu sein, und kannte vielleicht auch die Geschichte von den Diamanten. Neil schied zum Glück aus – wieso zum Glück? Ich forschte dem Gefühl lieber nicht weiter nach ... Sein Vater hatte in England bei der Bahn gearbeitet. Und Neil war auch in seinem Zimmer gewesen, als es passierte. Ich hatte ihn Beethoven spielen gehört, ich hatte ihn mit eigenen Augen gesehen.

Und genau in diesem Augenblick kam Neil aus dem Hotel – nicht durch den Haupteingang, sondern aus einer kleinen versteckten Tür neben der Garage, derselben Tür, die ich am Samstag benutzt hatte, nachdem ich auf der Terrasse eingeschlafen und ausgesperrt worden war. Durch diese Tür konnte man sich ganz geschickt hinein- und hinausschleichen, wenn man nicht gesehen werden wollte, und hätte ich nicht zufällig gerade in diese Richtung geblickt, wäre er mir auch gewiß nicht aufgefallen.

Er jedenfalls nahm keine Notiz von mir. Mit raschen, zielstrebigen Schritten ging er auf der anderen Seite des

Springbrunnens an mir vorbei und verschwand in der Rue Voltaire. Ich war nicht vorbereitet auf das jähe Verlangen in meiner Brust bei seinem Anblick. Verflixt, dachte ich, was ist denn bloß in mich gefahren …? Und in diesem Augenblick gewahrte ich die eigentliche Bedeutung dessen, was ich gerade gesehen hatte.

Ich hätte ihn beinahe nicht bemerkt, sagte ich mir noch einmal. Ich saß mitten vor dem Hotel, er war herausgekommen, und ich hätte ihn um ein Haar übersehen. Dann könnte gestern jemand genauso unentdeckt aus dem Hotel geschlichen und die Stufen hinauf zu der Stelle gelaufen sein, an der Paul … Ich stand auf und ging zu der Tür. Sie öffnete sich knarrend nach innen, machte aber kein Geräusch mehr, als ich sie sachte wieder schloß. Ich stieg die gewundene Steintreppe hinauf und wollte gerade die Terrasse betreten, als im Hotel die Geige zu ihrem Klagegesang anhob. Doch dann brach die Melodie, so unvermittelt, wie sie begonnen hatte, wieder ab. Ein prickelnder Schauder lief mir den Rücken hinunter. Es gibt keine Gespenster, versicherte ich mir, und doch … und doch konnte das nicht Neil sein, der da spielte, denn ich hatte ihn gerade das Hotel verlassen sehen.

Ich hörte ein schnappendes Geräusch, ein Surren, und dann wiederholte sich das gespenstische Musikstück – zwei Takte nur, die abrupt abbrachen.

Ich nahm all meinen Mut zusammen und wagte es, durch die Terrassentür in den Gang hineinzusehen. Neils Zimmertür stand offen, aber er war nicht da. Statt dessen blickte Thierry auf, als ich in der Tür erschien.

»Hallo«, begrüßte er mich. Von den Anstrengungen eines nachmittäglichen Verhörs auf der Polizeiwache war ihm nichts anzumerken. »Suchen Sie Monsieur Neil?«

»Mir war, als hätte ich jemanden Geige spielen hören.«

»Das war bloß ich.« Er hielt mir eine Musikkassette hin. »Ich suche nach dem Band, das ich Monsieur Neil zum Anhören gegeben habe. Mein Freund Alain möchte es sich überspielen.« Er wühlte sich durch den Stapel unbeschrifteter Kassettenbänder neben der Stereoanlage. »Das war's auch nicht ... Dies hier?« Er steckte eine weitere Kassette in das Tapedeck. Ein ganzes Orchester stimmte mit alarmierender Lautstärke einen Strauss-Walzer an, und Thierry schaltete die Musik schleunigst ab.

Ich zeigte auf die Anlage. »Ich dachte, die ist kaputt.«

»Was?« Er blickte von seiner Suche auf. »Nein, die habe ich ihm vor zwei Tagen repariert. Ah!« Zufrieden schloß sich seine Hand um die verlorengeglaubte Kassette. »Die ist es, die gehört mir.« Er spielte die Kassette kurz an, um sich zu überzeugen, und legte dann das Band wieder ein, das sich in der Anlage befunden hatte. »Bien. Monsieur Neil wird es nicht vermissen.«

»Thierry«, bat ich ihn, »könnten Sie das noch einmal spielen, nur ganz kurz?«

»Sicher.« Er drückte den Knopf, und das Heldenthema von Beethovens Eroica drang an mir vorbei in den Flur hinaus. Es war keine Version mit voller Instrumentierung, sondern nur eine einzelne Geige – das Allegro, das Neil jeden Nachmittag übte und von dem er mir gesagt hatte, er kenne es in- und auswendig.

»Er mag es gerne laut, wie?« Thierry schrie fast, um die Musik zu übertönen, und ich nickte. Aber irgend etwas stimmte nicht. Neil spielte seine Kassetten nicht gerne laut. Man kann die Lautstärke nicht höher als drei stellen, sonst platzt einem das Trommelfell, hatte er gesagt. Thierry fuhr fort, stolz die Vorzüge seiner Anlage zu preisen. »Hat einen guten Sound, das Gerät. Genauso, als ob Monsieur Neil höchstpersönlich spielt, nicht?«

Da konnte ich ihm nur beipflichten. Genau wie Neil. Aber im Augenblick wollte ich diesen Gedanken nicht weiter verfolgen. »Gut«, sagte ich zu Thierry. »Das reicht.«

Er schaltete das Band ab und sah sich zufrieden um. »Da fällt mir ein«, meinte er im nächsten Augenblick, »unten ist eine Nachricht für Sie.«

»Eine Nachricht?«

»Ja, in einem Umschlag. Der Mann, der sie gebracht hat, kam, als Sie schliefen, und sagte, ich solle Sie nicht wecken. Er meinte, es sei nicht dringend.«

»Und kannten Sie den Mann?« fragte ich argwöhnisch.

»Der Diener vom Clos des Cloches. Ich kenne seinen Namen nicht.«

François? Ich folgte Thierry nach unten. Aus der Bar hörte ich Garlands schrilles Gegacker, und ich fuhr dabei zusammen wie beim Geräusch eines Nagels, der über eine Schiefertafel kratzt. Ihr Lachen war noch lauter als das Stimmengewirr vom Tisch der Deutschen, die ich vorhin hatte hereingehen sehen. Thierry verdrehte über den Lärm die Augen. »Es ist ein ... wie nennt man das noch mal? Ein Kongreß diese Woche in Chinon. Diese Männer sitzen nicht gerne an der Bar in ihrem eigenen Hotel, deswegen kommen sie hierher. Arme Gabrielle, sie sollte Neil holen, damit er die Bestellungen für sie aufnimmt. Neil spricht gut Deutsch, sagt Christian. Nichts für mich, diese Sprache. Zu schwer zu lernen.«

Schwer ja, dachte ich, aber vor allem durchdringend. Ich schloß die Augen und ließ das Durcheinander von Gelächter und Gerede über mir zusammenschlagen wie die Wogen eines Meeres. Ich stellte mir vor, wie die Wände des Hotels all diese Stimmen schon einmal gehört hatten, damals im Zweiten Weltkrieg, als die Stadt okkupiert war. Nun waren sie als Geister zurückgekehrt ...

Thierrys Stimme holte mich in die Gegenwart zurück. »Hier ist Ihr Umschlag.«

Die Nachricht stammte tatsächlich von François. Nein, eigentlich war es gar keine Nachricht, sondern ein knapper, handgeschriebener Text, in den ein vergilbtes Foto eingeschlagen war. »Ich dachte, das würde Sie interessieren«, stand in französischer Sprache auf dem Zettel, »damit Sie einmal sehen, wie sehr Sie ihr ähneln.«

Das Bild zeigte einen Mann und eine junge Frau. Die Frau lachte und hielt den Kopf leicht abgewandt, als hätte der Fotograf zu spät den Auslöser gedrückt. Das Schwarzweißbild war ein bißchen abgegriffen, aber die Gesichtszüge der beiden Menschen konnte ich deutlich erkennen. Ich mußte zugeben, daß ich tatsächlich ein wenig Ähnlichkeit mit Isabelle besaß. Wir wären zwar keinesfalls als Zwillingsschwestern durchgegangen, aber es gab eine gewisse Ähnlichkeit in unseren Augen, der Art, den Kopf zu halten, und der Form unserer Nasen.

Aber es war nicht Isabelle, die mich so fasziniert auf das Bild starren ließ, sondern das Gesicht des Mannes neben ihr. »Mein Gott«, entfuhr es mir.

Das Foto hätte gestern erst aufgenommen worden sein können. Seine ruhigen dunklen Augen blickten geradewegs in die Kamera, und obwohl das kurzgeschnittene helle Haar auf dem alten Foto weiß wirkte, wußte ich doch, daß es nicht weiß war. Es war blond. Und ebenso ahnte ich, daß diese dunklen Augen blau sein mußten.

Meine Hände zitterten, als ich das Bild umdrehte und die mit Bleistift geschriebene Zeile auf der Rückseite las:

Hans und Isabelle, Juni 1944.

Ich hatte Thierry vollkommen vergessen. Über den Empfangstresen hinweg sah er mich leicht verwundert an. »Mademoiselle?«

»Thierry, wissen Sie, wo Monsieur Grantham ist?«

»Ich glaube, er wollte zur Präfektur, um mit Monsieur Belliveau zu sprechen. Der Dichter – wissen Sie noch? Als ich die Präfektur verließ, brachten sie gerade Monsieur Belliveau zur Vernehmung. Nicht wegen Paul, verstehen Sie. Es war wegen eines Engländers, der vermißt wurde. Und Monsieur Neil will helfen, weil sie Freunde waren.«

Natürlich waren sie Freunde. Neil und Victor Belliveau und Christian Rand: Sie alle gehörten zu dem Künstlerkreis, den Brigitte nach Clos des Cloches einzuladen pflegte. Und Belliveau teilte sich seinen Landbesitz nun mit Zigeunern, also dürfte Neil zweifellos auch dem Mann mit dem kleinen Hund begegnet sein, dem, der mir überallhin zu folgen schien.

»Mein Gott«, sagte ich noch einmal. Ich bemühte mich, die Tränen zurückzuhalten, während ich auf dieses verräterische Foto blickte, von dem Neils Augen mich aus dem Gesicht eines anderen Mannes, dessen Antlitz unter dem verkrampften Druck meiner Finger fast knickte, anlächelten.

Er mußte einen Grund haben zu verschweigen, daß er mit Hans verwandt war. Genau, wie es einen Grund dafür geben mußte, daß er die Kassette in Thierrys Anlage gesteckt und diese dann so laut eingestellt hatte, daß er selber es nicht würde ertragen können. Doch es war Neil gewesen, der da gespielt hatte, es war Neil, ich hatte ihn ja selbst gesehen, möglicherweise erst gegen Ende seiner Übungsstunde, aber dennoch ... Und es war kein leichtes Stück. Deswegen hatte er so erschöpft gewirkt, als ich ihn unterbrach, deswegen auch die Schweißtropfen auf seiner Stirn, sein kurzer, stoßweiser Atem, gerade so, als ob er gerannt wäre ... gerannt ...

»Ah«, sagte Thierry und blickte über meine Schulter hinweg, »sehen Sie? Man muß nur vom Teufel sprechen. Da kommt Monsieur Neil.«

Ich drehte mich abrupt um und ließ im nächsten Moment, zu Thierrys größtem Befremden, das Foto fallen und lief davon. Ich rannte wie ein Hase, der von einem Habicht verfolgt wird, die Wendeltreppe hinauf bis in den ersten Stock, durch die immer noch offenstehende Tür auf die Terrasse und von dort wieder die schmale Treppe hinunter zum Seitenausgang, der mich auf den Platz führte. Niemand schenkte mir Beachtung. Die Gäste waren alle damit beschäftigt, ihren Wein oder ihren Kaffee zu trinken, während ich in halsbrecherischem Tempo die Stufen zum Schloß hinaufhetzte.

Ich hörte nicht auf zu laufen, bis ich oben ankam, und blieb schließlich auch nur stehen, weil ich vor Seitenstichen keinen Schritt weiter konnte. Die niedrige Mauer im Rücken kauerte ich mich hin und rang unter stechenden Schmerzen nach Luft.

Das plötzliche Ratschen eines Streichholzes ließ mich jäh aufblicken, und ich sah in die lächelnden Augen des Zigeuners, der sich eine gelbgefilterte Zigarette ansteckte.

28

»Ach, wären wir doch niemals an diesen Ort gekommen! Ich fürchte seine Unwirtlichkeit und die Mächte der Nacht.«

Das Zündholz loderte im Windzug einmal kurz auf und erlosch. »Es ist nicht sicher, Mademoiselle«, sagte er in holperndem Englisch, »so nahe bei der Mauer zu stehen.«

Ich wollte gerade um Hilfe schreien, als er sich bewegte. Aber er kam nicht auf mich zu. Er drehte sich um und ging bedächtigen Schrittes die Straße hinauf, auf das Schloß zu, hinter seiner kleinen Promenadenmischung her.

Verwundert sah ich ihm nach.

Meine Angst verwandelte sich in grenzenloses Erstaunen, während ich geräuschlos ausatmete. Es dauerte einen Moment, bis ich meine Stimme wiedergefunden hatte und ihm nachrufen konnte: »Bitte warten Sie!«

Er blieb stehen. Auch der Hund verharrte ungeduldig zu den Füßen seines Herrn.

»Sie wissen, was mit ihm passiert ist, nicht wahr? Sie waren hier«, rief ich.

Das war eine recht vieldeutige Frage, aber er tat nicht, als würde er mich nicht verstehen. Er sah mich an und nickte bedächtig. »Aber ich«, sagte er, »war es nicht, der ihn hinuntergestoßen hat, Mademoiselle.«

Und damit wandte er sich wieder ab und ging noch ein paar Schritte weiter bis zu einer schiefen Holztür, die in die Felswand eingelassen war. Ohne einen weiteren Blick nach hinten verschwanden Herr und Hund durch diese Holzpforte. »Warten Sie!« rief ich noch einmal, aber zu spät. Die Tür war zugefallen. Eine Wolke zog an der sinkenden Sonne vorbei, und in ihrem Schatten blies mir der Wind kalt ins Gesicht. »Folge«, flüsterte dieser Wind, der an der uralten Steinwand vorbeistrich, »folge ...«

Mein Gehirn wollte nicht gehorchen. Sei nicht dumm, sagte es mir, geh wieder diese Treppe hinunter und schnurstracks zur Polizei ... Doch die unsichtbaren Mächte riefen, beschworen mich, reagierten nicht auf rationale Einwände. Sie zogen mich wie mit Geisterhand auf diese Pforte zu und ließen mich durch sie hindurchtreten wie Alice im Wunderland auf der Suche nach dem weißen Hasen. Im pyramidenförmigen Lichtschein, der durch die geöffnete Tür fiel, erkannte ich eine flache Treppe, die in die Finsternis hinunterführte, eine Finsternis, die erst so recht greifbar wurde, als die Tür sich hinter mir mit einem Ächzen schloß.

»Oh, Mist«, dachte ich. Warum mußte es hier schon wieder in einen Keller gehen? Ich hielt die Luft an und schluckte die aufsteigende Panik hinunter. Sei kein Feigling, sagte ich mir. Denk an Paul. Der Zigeuner weiß, was geschehen ist ...

Es waren auch insgesamt nur sechs Stufen. Ich zählte sie, während ich mich mit einer Hand an der schroffen Steinwand entlangtastete, bis ich mit einemmal ins Leere griff und mich Schritt für Schritt weiter vorfühlen mußte, als ich fast mit der Nase gegen eine weitere Wand stieß, die mir den Weg versperrte.

Verwirrt machte ich einen kurzen Schritt nach hinten und streckte in der vollkommenen Schwärze, die mich umgab, die Arme aus. Weil ich nichts sehen konnte, nahm ich meine anderen Sinne zu Hilfe. Der Geruch seiner Zigarette stach in der Nase, wie auch der modrige Dunst des Felsens, der nie das Licht der Sonne erblickte. Über dem Rasseln meines eigenen Atems vernahmen meine Ohren das trippelnde Geräusch der Hundepfoten auf dem Steinboden, das zu meiner Rechten widerhallte und immer leiser wurde.

Meine tastenden Hände berührten staubtrockenen, glattgemeißelten Stein über meinem Kopf. Es gab hier also eine gewölbte Decke, so ähnlich wie die in Armands Weinkeller. Und da wußte ich sonderbar instinktiv, wo ich mich befand: Dies war nicht etwa eine gewöhnliche Höhlenbehausung. Sie gehörte zum unterirdischen Gängesystem.

Mein erster Gedanke war, rasch zurückzugehen, solange ich noch die Pforte ein paar Schritte hinter mir wußte. Mir war ja nun bekannt, daß diese Tunnel das reinste Labyrinth darstellten, dessen sich dahinwindende Gänge tief in den Felsen eindrangen, unerforscht, gefährlich, zur Hälfte vergessen und schon seit Ewigkeiten eingestürzt. Du wirst dich hoffnungslos verlaufen, warnte eine Stimme in meinem Kopf mich, und niemand wird dich hier je wieder herausholen. Mir klopfte das Herz bis zum Hals, während ich dastand und überlegte, was ich tun sollte.

Irgendwo in der Dunkelheit hielten die Schritte des Hundes kurz inne, als hätte das Tier meine Unentschlossenheit gespürt. Der Zigeuner pfiff leise, und auch dieser Pfiff echote von den Wänden wieder. »Allez!« befahl er, und ich wußte natürlich, daß dies dem Hund galt, der ihm folgen sollte, doch auch ich faßte den kurzen Ruf als Signal auf und tauchte tiefer in die unterirdische Nacht ein.

Der Boden war alles andere als eben, aber zu meiner Überraschung stolperte ich nicht ein einziges Mal. Immer noch die eine Hand an der Wand neben mir, versuchte ich, so gut es ging, mein Gleichgewicht zu halten, und lauschte angestrengt den Schritten des Zigeuners vor mir. Er mußte wissen, daß ich ihm folgte, denn ich hatte das Gefühl, er verlangsamte sein Tempo, damit ich es leichter hatte, und kurz bevor ich eine Tunnelabzweigung erreichte, an der ich mich hätte verlaufen können, fing er wieder in der Dunkelheit vor mir zu pfeifen an, und ich folgte dem Geräusch wie ein Schiff dem Schimmer eines Leuchtfeuers.

Zum größten Teil zog sich der Tunnel ohne Biegung oder Abzweigung gerade dahin, und nur meine Beinmuskeln verrieten mir, wann wir tiefer hinunter in den Felsen eindrangen und wann der Weg wieder ein Stück aufwärts führte.

Im Moment ging es gerade bergauf. Der stakkatohafte Rhythmus der Hundeschritte vor mir ging in eine Art Scharren über, doch die schweren Stiefel des Zigeuners bewegten sich unbeirrt weiter auf dem Stein voran, obwohl sich auch an ihrem Schritt etwas verändert zu haben schien. Stufen, sagten mir meine Sinne, die sich inzwischen ganz gut an die Finsternis gewöhnt hatten, sie steigen eine Treppe hinauf. Entsprechend verlangsamte auch ich mein Tempo, bis meine tastende Hand ein weiteres Mal ins Leere griff und im selben Moment ein schmaler Lichtstreifen auf die Stelle fiel, an der ich wie angewurzelt stehengeblieben war.

Meine Ohren hatten mir keinen Streich gespielt. Ich stand tatsächlich am Fuße einer langen, schmalen Treppe, einer Art Kellertreppe, auf deren oberem Absatz jemand gegen eine offene Tür gelehnt stand – der Zigeuner, wie ich annahm, obwohl ich nur einen schattenhaften Umriß erkennen konnte und schon gar nicht sein Gesicht sah. Er schob die Tür weit auf und ließ sie offenstehen, während er selbst sich in das zurückzog, was sich dahinter befinden mochte.

Anfangs war es mir nur logisch erschienen, dem Zigeuner nachzugehen, aber während ich nun die Treppe erklomm, machte ich mir Gedanken, ob ich mir nicht doch zuviel vorgenommen hatte. Wer weiß, wo ich da oben landen und was mir da bevorstehen würde. Die letzten Stufen mußte ich mich geradezu hinaufzwingen. Aber dann dachte ich wieder an Paul und daran, warum ich mich überhaupt auf diese Verfolgung eingelassen hatte, und trat entschlossen über die Schwelle.

Ich hatte allerdings nicht erwartet, nach meinem Irrgang durch den Tunnel ein gemütliches Zimmer mit Kühlschrank, Kochstelle und einem im Kamin prasselnden Feuer vorzufinden – eher war ich auf eine kahle Höhle, eine Art Kerkerzelle gefaßt, in der mich aus finsteren Ecken bedrohliche Augenpaare anstarren würden. Aber das hier sah ganz und gar nicht danach aus, und die einzigen Augen waren die des Zigeuners, seines Hundes und die des bläßlichen, ziemlich ungepflegten jungen Mannes, der auf dem Bett in der Ecke lag. Dieser junge Mann warf dem Zigeuner einen anerkennenden Blick zu.

»Gut gemacht, Jean«, sagte Harry. »Du hast sie hergelockt.«

»Geht's dir jetzt besser?«

Ich preßte mir die Handfläche auf die Stirn und nickte, lehnte allerdings das Angebot des Zigeuners, mir einen Cognac oder ein Glas Wasser einzugießen, ab. Harry machte es sich zwischen den Kissen gemütlich und trug eine reuige Büßermiene zur Schau. »Ich hatte ja keine Ahnung …«

»Das ist bei dir öfter der Fall.«

»… daß du mir gleich aus den Latschen kippst. Dich haut doch sonst so leicht nichts um.«

»Ist ja gut.« In einer erschöpften Geste fuhr ich mir durchs Haar. Es hatte keinen Sinn, Harry auf die Nase zu binden, daß ich zu allem Überfluß auch noch fastete. Er würde nur versuchen, es mir auszureden. »Das war vielleicht eine Woche«, sagte ich statt dessen.

»Vermutlich alles meine Schuld.«

»Größtenteils. Harry, was um Himmels willen –«

»Ich kann's dir erklären«, versprach er und schnitt mir mit erhobener Hand das Wort ab. »Ich schätze, ich fange am besten ganz von vorne an, mit meinem Eintreffen in Chinon.«

»Das dürfte am Mittwoch morgen letzter Woche gewesen sein.«

»Richtig. Ich bin über Nacht von Bordeaux hergefahren und kurz nach dem Frühstück hier angekommen, immerhin zwei volle Tage vor dir.«

»Aber du bist nicht ins Hotel gezogen.«

»Ja, das stimmt. Ich war zu früh dran. Wir hatten erst ab Freitag reserviert, und es war auch noch zu früh am Tage, um einzuchecken. Aber jetzt, in der Nebensaison, gibt's ja Zimmer noch und nöcher, also habe ich erst mal in aller Ruhe den Wagen abgestellt und mich auf die Suche nach dem Knaben gemacht, der mir geschrieben hatte.«

»Didier Muret.«

»Stimmt. Aber woher weißt du –?«

»Erzähl weiter. Ich nehme an, du hast ihn getroffen?«

»Ja. Er war nicht zu Hause, aber sein Nachbar sagte mir, ich solle es mal unten am Fluß versuchen. Er sei wohl dort, um mit seiner Nichte –«

»– die Enten zu füttern«, beendete ich seinen Satz.

»Stimmt ebenfalls.« Ehe er fortfuhr, sah er mich ein wenig verdutzt an. »Na gut, also dort habe ich ihn dann gefunden, aber es dauerte nicht lange, um herauszubekommen, daß alles ein Mißverständnis war. Er konnte gar kein Englisch, er hatte bloß den Artikel bei jemand anderem gesehen und die Überschrift entziffert: ›Isabelles verlorener Schatz‹ – das kann wohl jeder einigermaßen übersetzen –, und mir daraufhin den Brief geschrieben. Bloß daß es gar nicht Isabelle von Angoulême war, die ihn interessierte –«

»– sondern eine andere Isabelle. Soviel weiß ich auch schon.«

Harrys Augen verengten sich zu schmalen Schlitzen. »Vielleicht möchtest du lieber weitererzählen.«

Der Zigeuner lachte kurz auf und zog sich einen Stuhl heran, den er neben meinen stellte. »Siehst du, sie wußte sich zu beschäftigen in dieser Woche. Sie findet dich von selbst, sagte ich dir, auch ohne mich.«

»Scheint mir auch so«, bemerkte mein Vetter trocken.

»Ich weiß nur, daß Didier Muret hinter Diamanten her war«, sagte ich. »Einem Beutel Diamanten, den ein Mädchen namens Isabelle gegen Kriegsende hier irgendwo versteckt hat. Ich war davon ausgegangen, daß er gefunden hatte, was er suchte, nur ...« – ich machte eine vielsagende Pause – »Wenn das der Fall gewesen wäre, hätte er deine Hilfe nicht gebraucht.«

»Nun, ich hätte ihm auch gar nicht groß von Nutzen sein können«, räumte Harry ein. »Er hat mich dauernd über die Gänge unter dem Weingut ausgefragt, und von denen habe ich ja keinen Schimmer. In seinem Brief hatte er geschrieben, daß er Informationen für mich hätte, aber mir kam es genau anders herum vor. Trotzdem tat es mir leid, ihm nicht weiterhelfen zu können. Ich habe sogar deinen Vater angerufen.«

»Aber der war nicht zu Hause.«

»Woher, zum Kuckuck, weißt du denn das schon wieder?«

»Er hat zurückgerufen, um den Grund für deinen Anruf zu erfahren. Ich muß zugeben, daß ich den auch gerne gewußt hätte.«

»Das ist gar kein so großes Geheimnis. Dein Vater hat über ganz Europa hinweg ein Netz von Verbindungsleuten, um das ihn unser Geheimdienst nur beneiden kann. Ich dachte, er würde möglicherweise jemanden kennen, der wiederum jemanden kennt, der diesem Didier in irgendeiner Weise nützlich sein könnte.«

»Aber auf Daddys Anrufbeantworter hast du die Telefonnummer des Hotels hinterlassen.«

»Ich glaubte ja, ich würde um die Mittagszeit schon dort sein, verstehst du? Nur hat dieser Didier Muret darauf bestanden, daß wir zusammen essen, und die Verwechslung der beiden Isabelles hatte ihn so enttäuscht, daß ich seine Einladung nicht abschlagen wollte. Also bin ich auf ein Gläschen mit zu ihm nach Hause« – er grinste wieder verlegen, wie ich es nur zu gut von Harry kannte – »aber in Wirklichkeit sind dann ein paar Gläschen mehr daraus geworden. Ich wollte ihn ein bißchen aufmuntern. Und ehe ich mich versah, war es schon Abend, und ich bot an, loszugehen und etwas aus einer Pizzeria zu holen. Tja, und auf dem Rückweg habe ich mir das hier eingefangen.«

Er legte den Kopf auf die Seite, um mir die Wunde hinter seinem Ohr gleich unterhalb des Haaransatzes zu zeigen.

»Er hat dich geschlagen?«

»Nein«, sagte mein Vetter lächelnd. »Es ist ziemlich kompliziert. Vielleicht lassen wir das lieber Jean erzählen.«

Der Zigeuner steckte sich eine Zigarette an. Wie merkwürdig, dachte ich, hier so ganz friedlich mit einem Mann zu sitzen, dem ich die letzten Tage dauernd aus dem Wege zu gehen versucht habe, einem Mann, den ich des Mordes verdächtigt hatte. Seine Stimme klang rauh, aber auch melodisch, und sein Englisch war gar nicht so schlecht. »Diesen Abend«, begann er, »den Abend, als Monsieur Muret stirbt, bin ich mit Bruno unterwegs« – sein Blick streifte den kleinen Hund – »als ich sehe, daß bei Muret Licht ist. Das ist Glück, denke ich. Monsieur Muret hat immer Whisky. Also gehen Bruno und ich in den Garten, aber bevor wir zum Haus kommen, hören wir Stimmen. Laute Stimmen. Ich sehe durchs Fenster, wie zwei sich streiten. Also warte ich, sehe weiter zu. Muret und der andere gehen nach oben. Muret ist sehr wütend, ein Handgemenge, Muret stürzt über die Treppe.« Der Zigeuner fuhr sich mit der Handkante die Kehle entlang. »Er muß tot sein, denke ich. Der andere sieht das auch. Er läuft aus dem Haus, durch die Hintertür in den Garten. Dort ist es auch ganz dunkel. Er sieht mich und Bruno nicht, wir verstecken uns an der Mauer, und in diesem Moment kommt Ihr Cousin mit seiner Pizza durch das Gartentor.«

»Das nennt man schlechtes Timing«, kommentierte Harry.

»Aus dem Haus dringt Licht. Und der Mörder sieht Ihren Cousin, und Ihr Cousin sieht den Mörder.« Wieder die vielsagende Handbewegung. »Ihr Cousin ist schwer verletzt. Er sagt zu mir: ›Hotel de France‹, aber wir kommen dort um die Ecke, und da steht das Auto vom Mörder, also bringe ich Ihren Cousin zu meiner Familie, wo er sicher ist.«

Ich sah Harry erschrocken an. »Du hast den Mörder von Didier Muret gesehen?«

»Das ist es ja gerade, habe ich eben nicht. Es war so verflucht dunkel, und im Licht aus dem Fenster sah ich nur seinen Schatten. Ich konnte nichts erkennen. Er hat mich völlig grundlos niedergeschlagen.« Harry massierte seine Wunde.

»Aber Sie haben ihn erkannt?« fragte ich den Zigeuner.

»Ja.«

»Und Pauls Mörder.«

»Auch.«

Ich ahnte bereits die Antwort, fragte aber trotzdem: »War es derselbe Mann?«

»Ja.«

»Und Sie sind nicht zur Polizei gegangen?«

Er sah mich an, als hätte ich zwei Köpfe. »Die Polizei? Wir sind hier nicht in England, Mademoiselle. Die Polizei hört nicht, was ein Mann wie ich sagt. Sie meinen, alle Zigeuner lügen. Und Ihr Cousin sieht nicht, wer ihn schlägt. Also ... wir reden, wir denken nach, wir warten.«

»Aber warum seid ihr nicht zu mir gekommen?«, fragte ich Harry vorwurfsvoll. Denn, dachte ich, dann hätte ich mich nicht auf diese Geschichte mit Neil eingelassen, dann würde ich jetzt nicht diese Leere in mir spüren, dieses Gefühl, mein Herz wäre zu einem Klumpen Eis zusammengeschrumpft. Und Paul ... Paul wäre noch am Leben.

»Ich versuche es«, sagte der Zigeuner. »Ihrem Cousin geht es nicht so gut in den ersten Tagen. Er kann nicht die Augen aufhalten, aber er sagt immer ›Hotel de France‹ und ›Emily‹, und in seiner Tasche finde ich dies Bild.« Er hielt mir einen mehrere Jahre alten, wenig schmeichelhaften Schnappschuß von mir hin. »Also gehe ich zum Hotel. Ich suche Sie. Freitag endlich kommen Sie, aber es ist nicht möglich, Sie zu sprechen. Also warte ich, bis Sie Essen gehen, ich rufe im Hotel an, sage, ich bin Ihr Cousin.«

»Und wieso das?«

Harry beantwortete diese Frage. »Ich fürchte, an diesem Tag war Jean ziemlich gefordert. Er mußte sich etwas einfallen lassen, damit du dir keine Sorgen machst, aber ohne dadurch den Mörder auf meine Spur zu locken. Also hat er die Nachricht hinterlassen, ich würde mich verspäten. Wirklich pfiffig, wenn man bedenkt, daß er mich ja kaum kannte. Und dann mußte er ein Auge auf dich haben, damit dir nichts zustieß.«

Der Zigeuner lächelte. »Wir machen Ihnen Angst, Bruno und ich. Ich sehe das. Aber es muß sein. Der Mörder ist immer in Ihrer Nähe.«

Mit einem fauchenden Zischen kippte ein Holzscheit ins Feuer, ein abstoßendes Geräusch, wie das hämische Kichern eines Dämons.

»Ich sehe, wie Sie immer lachen, wenn Sie ihn ansehen«, sprach der Zigeuner weiter. »Und ich denke, nein, sie glaubt mir nicht.«

»Sie hätten mich ja gleich bei meiner Ankunft warnen können, dann wäre ich ihm gar nicht begegnet.«

»Natürlich! Du warst ihm doch schon begegnet«, schaltete sich Harry ein. »Der Kerl hat dich schließlich vor dem Hotel abgesetzt.«

29

... bei Sonnenuntergang wurden
die Tore geschlossen ...

»Und all diese Leute, die du kennengelernt hast, gleich am Tag deiner Ankunft«, fuhr mein Vetter kopfschüttelnd fort.

Ich war wie benommen, fühlte mich wie ein Rennfahrer, der um die Kurve geschossen kommt und plötzlich eine Ziegelmauer auf sich zurasen sieht. »Aber es kann nicht Armand gewesen sein.«

Die beiden Männer tauschten wissende Blicke. »Meine Liebe«, sagte Harry schließlich, »ich weiß, daß du den Mann gern magst, aber ...«

»Nein, das hat damit nichts zu tun«, fuhr ich ihm ungeduldig über den Mund, damit er endlich begriff. »Ich glaube zu wissen, wer Paul umgebracht hat, und Armand Valcourt ist es nicht gewesen. Es war Neil.«

So, jetzt war es raus. Endlich hatte ich den scheußlichen Gedanken ausgesprochen. Es gelang mir, das Zittern meiner Lippen zu unterdrücken, als ich merkte, wie die beiden Männer mich anstarrten. Ahnten sie denn nicht, wie sehr ich mir wünschte, glauben zu können ...

Mein Vetter sprach als erster. »Wer ist denn Neil?«

»Neil Grantham. Ein Konzertgeiger, der bei mir im Hotel wohnt.«

»Aha.«

»Aber gestern hat er gar nicht Geige gespielt, sondern ein Tonband laufen lassen, und weil das Allegro von Beethovens dritter Sinfonie mindestens fünfzehn Minuten lang ist, hat ihm das genug Zeit gegeben, zum Schloß hinaufzulaufen und Paul in die Tiefe zu stoßen. Ich bezweifle, daß ich selber mehr als ein paar Minuten brauchen würde, dort raufzukommen, und ich bin längst nicht so trainiert wie Neil.«

»Aha«, sagte Harry noch einmal, als sei meine Erklärung vollkommen plausibel. »Und welchen Grund sollte dieser Geiger haben, einen kanadischen Touristen dort hinunterzuschubsen, wenn ich fragen darf?«

»Weil ... weil ...« Ich mußte zugeben, mir da selbst nicht ganz sicher zu sein.

»Du bist total auf dem falschen Dampfer, meine Liebe. Valcourt ist es gewesen.«

»Sind Sie sich ganz sicher?« fragte ich, an den Zigeuner gewandt.

»Gestern nachmittag komme ich von hier runter in die Stadt, durch die Souterrains, die Tunnel. Ich bleibe an der Tür stehen. Da ist ein Spalt zwischen den Brettern, und ich sehe hinaus, wie immer, ob jemand draußen ist, ob die Luft rein ist. Und sie ist nicht rein, es ist jemand da. Er ist da.«

»Monsieur Valcourt?«

»Er sitzt auf der Mauer, neben Ihrem jungen Freund, dem Canadien. Sie rauchen, sie reden – sie reden wie Freunde. Aber der Junge paßt nicht auf. Er sieht nicht Valcourts Gesicht, so, wie ich es sehe, und er sieht nicht die Gefahr. Als Monsieur Valcourt ihm eine neue Zigarette gibt, hebt der Junge beide Hände für das Streichholz, und ...« Keine wüste Geste, nur ein bedauerndes Schulterzucken. »Es geht so schnell, es macht kein Geräusch.

Der Junge fällt, und Valcourt geht eilig aufs Schloß zu. Als er weg ist, mache ich die Tür auf und komme heraus. Es ist schrecklich, was ich sehe, Sie verstehen? Ich laufe gleich hinunter, aber der Junge ist schon tot. Tot.«

Irgend etwas stimmte nicht so recht an dieser Geschichte, ohne daß ich sagen konnte, was es war. Der kleine Hund gähnte herzhaft, sprang zu Harry aufs Bett und streckte sich auf der Decke aus. Und dabei fiel es mir dann wieder ein. Ich wußte noch ganz genau, daß ich den Hund am Nachmittag gesehen hatte, und zwar neben der Telefonzelle auf dem Platz vor dem Hotel. Ich wagte einen Schuß ins Blaue. »Also sind Sie zur Telefonzelle gegangen, um Monsieur Grantham anzurufen?«

»Monsieur –? Ah! Der die Fiedel spielt. Nein, ich telefoniere nicht mit ihm, Mademoiselle, ich telefoniere mit der Polizei, sage, es gibt einen Unfall. Und dann verschwinde ich, so schnell ich kann. Komme hierher zurück und erzähle Ihrem Cousin.«

»Ich habe gerade geschlafen«, sagte Harry. »Als ich von Jean alles erfahren hatte, war unten im Hotel schon die Hölle los, was es mir sehr schwer machte, mit dir Kontakt aufzunehmen. Ich bin ein ganz schöner Egoist, was? Ich war so sehr mit mir selber beschäftigt, daß ich gar nicht auf die Idee gekommen bin, du könntest dich in Gefahr befinden. Ich wähnte dich sicher, solange Jean ein Auge auf dich hielt, und nach dem, was ich gehört hatte, war dieser Valcourt ja auch ziemlich von dir eingenommen. Doch als ich erfuhr, daß Valcourt deinen Freund gerade von der Mauer gestoßen hatte, erkannte ich meinen Fehler. Zu diesem Zeitpunkt war natürlich schon die ganze Polizei hinter Jean her. Seine Schwester kam, um uns zu warnen. Also konnte ich ihn kaum hinunterschicken, damit er auf dich aufpaßt ...«

»Ich sagte doch, sie kommt. Ihre Cousine kommt ganz von selber.« Er schien tief befriedigt darüber, daß sich seine Vorsehung erfüllt hatte.

»Ja«, meinte Harry, »das hast du gesagt, Jean.«

Mir war es gleich, ob sie mich gefunden hatten oder ich sie. Jetzt kam es darauf an, was wir als nächstes unternehmen mußten. Trotz Harrys geschwächten Zustands ...

Ich sah ihn an. »Bist du schwer verletzt? Brauchst du einen Arzt?«

»Nein«, sagte er eilig und setzte sich im Bett auf, »ich brauche keinen Arzt.« Er sah ziemlich angeschlagen aus, aber allzu schlecht schien es ihm auch wieder nicht zu gehen.

Jean hielt ebenfalls nicht viel von meinem Vorschlag. »Meine Schwester sieht nach ihm. Sie ist besser als ein Arzt. Sie findet dieses leere Haus für uns, damit er bleiben kann, und kommt jeden Tag, um die Medizin für ihn zuzubereiten. Es ist nicht gut, sagt sie, wenn er sich zuviel bewegt.«

Trotzdem wollte ich hier nicht länger untätig herumsitzen. Nun gab es schon zwei Tote, und mein Vetter hätte der dritte sein können. Ich räusperte mich und wollte gerade etwas sagen, als mich ein leises Klopfen innehalten ließ, das sich anhörte wie ein Ast, der vom Wind ein paarmal gegen eine Fensterscheibe gedrückt wird.

Jean schob seinen Stuhl zurück und stand auf, um zur Tür zu gehen, zu einer anderen Tür allerdings als der, durch die ich gekommen war. Das Klopfen kam nicht aus dem unterirdischen Gang, sondern von draußen.

Als die Tür geöffnet wurde, sah ich, wo ich eigentlich war. Ich erkannte den schmalen Pfad, das wehende Gras und die Dächer dahinter. Ich mußte genau an dieser Stelle vorbeigegangen sein, als ich das erste Mal allein hier oben war und mich zu der Kapelle der heiligen Radegunde verlaufen hatte, und später noch einmal mit Paul. Ich würde nach draußen gehen müssen, um mich genauer zu orientieren, aber ich wußte, daß ich mich oben auf dem Felsen befand und die Kapelle höchstens einen Steinwurf entfernt sein konnte. An diese Stelle also hatte mich der unterirdische Gang geführt.

Eine Frau erschien in der Tür. Sie war noch recht jung, hatte ein markantes Gesicht und eine Figur, die man nur als sinnlich bezeichnen konnte. Wäre sie mir auf der Straße begegnet, hätte ich sie für eine Südländerin gehalten, eine Italienerin oder auch eine Türkin, mit den dunklen Augen, dem dunkeln Haar und der olivfarbenen Haut, aber bestimmt nicht für eine Zigeunerin. Denn sie sah so ... modern aus in den engen Jeans und dem Sweatshirt, entsprach so gar nicht meiner Vorstellung von einer Zigeunerin, aber wie ich sie hier neben Jean stehen sah, konnte man den beiden eine gewisse Familienähnlichkeit durchaus nicht absprechen.

Dann war das also Jeans hilfreiche Schwester mit den heilenden Händen, die jeden Tag kam, um Harrys Kopfverletzung zu behandeln. Was auch erklärte, warum er es in dieser Kammer so gut ausgehalten hatte. Er war schon wieder in die Kissen zurückgesunken und verlangte sichtlich nach Fürsorge.

Aus den Begrüßungen hörte ich heraus, daß die Frau Danielle hieß. Wir wurden einander vorgestellt, aber sie war viel zu sehr mit anderen Dingen beschäftigt und hatte für mich nur ein paar knappe Worte und ein abwesendes Kopfnicken übrig. »Sie haben Victor auf die Wache mitgenommen«, sagte sie mit sorgenvollem Gesicht.

Ihr Bruder nickte. »Ich weiß.«

»Du weißt es? Und du bist noch hier? Was für ein

Mensch bist du, einen Freund an deiner Stelle in Schwierigkeiten zu wissen und nichts zu tun?«

»Sie lassen ihn wieder gehen.«

»So? Meinst du? Da habe ich aber was anderes gehört. Sie sind der Meinung, er hätte ihn umgebracht«, sagte sie mit einer Kopfbewegung in Harrys Richtung, »und versucht jetzt, die Beweise zu verbergen.«

Mein Vetter schoß im Bett hoch. »Wieso denn das?«

»Sie halten ihn für den Täter, weil ich Harrys Auto in Victors Scheune versteckt habe.«

Ja, natürlich. Harrys Wagen. Den mußte er ja schließlich auch irgendwo gelassen haben. Ich erinnerte mich, wie die Tür von Victor Belliveaus heruntergekommener Scheune im Wind geächzt und gerattert hatte.

»Der arme Victor weiß nicht mal etwas von dem Auto«, fuhr Danielle fort. »Er benutzt die Scheune ja gar nicht, und deswegen hielt ich sie für einen sicheren Ort. Es ist alles meine Schuld. Und dabei ist er so gut zu uns gewesen. Du mußt in den Ort gehen, Jean, und alles aufklären.«

»Das ist zu riskant ...« wehrte sich Jean, aber mein Vetter unterbrach ihn sofort.

»Schon gut. Das reicht. Ich gehe.« Und sogleich begann er, sich stöhnend aus dem Bett zu hieven, obwohl ich nicht wußte, wieviel von seinen Schmerzen nur für Danielle simuliert war.

»Aber die Polizei, sie hört nicht auf ...«

»Dann müssen wir eben dafür sorgen, daß sie uns zuhört.«

Harry schwang die Füße auf den Boden und tastete nach seinen Schuhen. Er hatte vollständig angezogen im Bett gelegen, wahrscheinlich zum Schutz vor der heraufkriechenden Herbstkälte, die auch vor diesen Steinmauern nicht haltmachte. In seinen schmutzigen Jeans, dem zerknüllten Hemd und mit seinem eine Woche alten Bart sah er nicht eben respektabel aus – eher wie die Sorte Leute, die man mit einer Flasche billigen Fusels unter Brückenbogen findet.

Danielle trat rasch zu ihm, wohl in der Sorge, er könne hinfallen und sich noch einmal den Kopf verletzen. Er schien wirklich ein bißchen unsicher auf den Füßen, obwohl der wild entschlossene Ausdruck auf seinem Gesicht mir zeigte, daß er sich von seinem mißlichen Zustand nicht unterkriegen lassen wollte. Falls das nicht ohnehin alles nur gespielt war, dachte ich mit einem Blick auf Harrys zufriedenes Lächeln, als Danielle seinen Arm um ihren Hals legte, um ihn zu stützen.

»Dann komme ich auch mit«, meinte Jean.

»Nein.« Harry schüttelte den Kopf. »Du bleibst schön hier oben, außer Sichtweite, bis ich die Sache bei der Polizei ins reine gebracht habe. Danielle kann mir helfen. Wir nehmen den Tunnel. Sie kennt sich doch dort aus?«

»Genausogut wie mein Bruder«, sagte Danielle ein wenig beleidigt. »Ich werde dich führen.«

»Und ich? Soll ich hier hockenbleiben?«

»Wieso? Ich dachte ... Ach ja. Unterirdische Gänge. Das war mir ganz entfallen.« Und wie nicht anders zu erwarten, klärte er die beiden unverzüglich über meine Phobie gegen Kellerräume auf. »Warum gehst du nicht außen herum? Es ist ja noch hell, also kannst du dich nicht verlaufen, und wir treffen uns dann vor dem Château, bei der Tür zum Gang. Einverstanden?«

»Einverstanden.« Eine Spur Unsicherheit mußte aus meiner Stimme herauszuhören gewesen sein, denn Danielle beeilte sich, mir zu versichern, sie werde gut auf Harry achtgeben.

Und Harry wirkte auch höchst zufrieden, als seine selbsternannte Krankenschwester ihn zur Tür geleitete. Im nächsten Augenblick hörte ich schon ihre Schritte auf der engen Treppe, die in die Finsternis der unterirdischen Gänge führte. Ich erschauderte bei der Erinnerung daran, was Jean mißverstand.

»Keine Angst, Mademoiselle. Es ist ein leichter Weg, leichter als über den Berg, und niemand sieht sie, bis sie in der Stadt sind. Da sind sie sicher.« Er führte mich zur Außentür und blieb im Schatten stehen, während er sie mir aufhielt, damit ich hindurchschlüpfen konnte. »Geben Sie auf sich acht, Mademoiselle«, war der knappe Rat, den er mir mit auf den Weg gab, und schon fiel die Tür hinter mir ins Schloß. Da stand ich nun wieder mutterseelenallein auf dem Pfad zwischen dem Schloß und der Kapelle der heiligen Radegunde, wo die Fensterhöhlen verlassener Behausungen mich düster anstarrten.

Von außen besehen, wirkte das Haus größer, als ich gedacht hatte. Es war ein sehr schmuckloses Haus, fast wie auf einer Kinderzeichnung – vier Wände, ein Satteldach, zwei Fenster und ein Ziegelschornstein, ohne jede Dekoration, um die strengen Linien aufzulockern. Es gab noch ein oberes Stockwerk, also noch ein zweites, ebenso enges Zimmer, und doch erschien es mir gar nicht so winzig, vielleicht auch, weil keine anderen Häuser in der Nähe waren, mit denen man es hätte vergleichen können. Dahinter stieg steil der Berg in die Höhe, daneben befanden sich nur noch die in den Stein gehauenen Höhlen und hinter mir – der tödliche Abgrund.

Ich erinnerte dieses Haus von meinem ersten Ausflug hierher am vergangenen Montag. Da hatte ich noch Angst davor gehabt, vor dem Stacheldrahtzaun, vor der verfallenen Tür, dem Bellen des Hundes und dem

Geräusch des Windes. Was wäre passiert, dachte ich, wenn ich an jenem Tag an die Tür dieses Hauses geklopft hätte, anstatt ängstlich davonzurennen? Hätte ich Harry gefunden, und wären wir jetzt schon wieder sicher und wohlbehütet zurück in England? Und die Polizei von Chinon könnte sich allein mit Armand Valcourt und vielleicht auch mit Victor Belliveau beschäftigen. Und Paul könnte mit seinem Bruder zur Feier des Jom Kippur fasten.

Aber hinterher weiß man es ja immer besser und kann sich noch so sehr mit Selbstvorwürfen quälen – an dem Verlauf, den die Dinge genommen haben, gibt es doch nichts mehr zu ändern.

Ich steckte die Hände tief in die Taschen von Pauls roter Jacke und machte mich auf den Weg zum Schloß.

Als ich den Uhrenturm erreichte, sah ich hinauf. Gerade sieben vorbei. Ich hatte weniger als zehn Minuten gebraucht, was bedeutete, daß ich vor Harry und Danielle am vereinbarten Treffpunkt ankommen würde, obwohl die beiden zuerst aufgebrochen waren. Um meinem immer noch wie wild schlagenden Herzen eine Pause zu gönnen, verlangsamte ich meine Schritte.

Doch dann schien mein Herz mit einem Male stillstehen zu wollen.

Vor mir, beinahe genau an der Stelle, an der Paul gestern abgestürzt war, saß ein Mann auf der Mauer, den Oberkörper vorgebeugt, die Ellenbogen auf die Knie gestützt, in die Betrachtung seiner Finger vertieft.

Hinter Armand Valcourts nachdenklicher Gestalt warf das Schloß einen langgestreckten Schatten auf die noch menschenleer daliegende Straße – noch, denn jeden Moment konnten mein Vetter und seine Krankenpflegerin aus dem Eingang zum Tunnel treten. Gott, betete ich mit der verzweifelten Hoffnung der Ungläubigen, laß sie vorher einen Blick durch den Spalt zwischen den Brettern werfen, so wie Jean es immer tat, um zu schauen, ob die Luft rein war.

Um meine eigene Sicherheit machte ich mir in diesem Augenblick gar keine Gedanken. Armand war schließlich kein psychopathischer Killer. Er mußte von Anfang an geargwöhnt haben, daß ich in irgendeiner Verbindung zu Harry stand, dem Mann, dem er bei Didiers Haus begegnet war. Jedem Dummkopf wäre die Ähnlichkeit zwischen meinem Vetter und mir aufgefallen, und Armand Valcourt war bestimmt kein Dummkopf.

Aber mein Vorteil war, daß er ja nicht wissen konnte, was ich inzwischen wußte, daß ich geradewegs von Harry kam, also hatte er keinen Grund, mir etwas anzutun, solange ich mir nichts anmerken ließ. Ich konnte ihm weismachen, ich befände mich auf einem Spaziergang, und ihn in dem Glauben lassen, zwischen uns hätte sich nichts geändert. Falls er nun aber plötzlich Harry gegenüberstände, der ja kaum in der Lage war, sich auf den eigenen Füßen zu halten, geschweige denn, sich gegen einen Angriff zur Wehr zu setzen …

Jetzt, um die Abendessenszeit, waren hier auch keine Touristen mehr unterwegs. Keine Menschenseele weit und breit. Die Geschichte, pflegte Harry immer zu sagen, sei eine einzige Abfolge von Wiederholungen, aber die grausame Tragödie von gestern würde sich hier heute nicht noch einmal abspielen, nicht, solange ich da war, um es zu verhindern. Ich setzte ein unverfängliches Lächeln auf und trat mutig ein paar Schritte vor.

Er war so geistesabwesend, daß er mich nicht näher kommen hörte, und als ich ihn schließlich ansprach, fuhr sein Kopf erschrocken herum.

»Einen Penny für deine Gedanken«, sagte ich und hätte wirklich gerne gewußt, was in seinem Kopf vorging.

»Meine Gedanken sind keinen Penny wert«, antwortete Armand. »Was machst du denn hier oben? Es ist nicht gut, als Frau ganz alleine in dieser Gegend unterwegs zu sein.«

»Ach, solange es noch hell ist, kann mir doch wohl nicht viel passieren.« Bei Tageslicht ist alles sicherer, dachte ich, selbst eine Unterhaltung mit einem Mörder. Aber vom Tageslicht war auch nicht mehr allzuviel übrig, und ich mußte mir rasch etwas einfallen lassen, um Armand wegzulocken, damit Harry ungehindert zur Polizei gehen konnte.

Ich merkte, daß meine Hände zitterten, und steckte sie schnell in die Jackentaschen zurück.

»Ist dir kalt?« fragte Armand.

»Nein, es ist bloß –« Und da fiel er mir endlich ein, der ersehnte Vorwand. »Es ist bloß das Gefühl, an dieser Stelle zu stehen, so kurz, nachdem es ...«

»Dieu, daran hatte ich gar nicht gedacht. Entschuldige.« Er strich sich mit der Hand übers Haar. »Hast du schon mal von oben vom Château aus den Sonnenuntergang beobachtet?«

Das Schloß. Dort würden auch um diese Zeit noch andere Menschen sein. Ich bemühte mich, mir meine Erleichterung nicht in der Stimme anmerken zu lassen, und sagte, ich hätte noch keine Gelegenheit dazu gefunden.

»Es ist ein unvergeßlicher Anblick.«

Der Weg hinauf war nicht weit, aber mir kam es wie eine Ewigkeit vor. Ich hielt den Atem an, als wir an der Tunneltür vorbeikamen, und meinte, dahinter ein Geräusch gehört zu haben, aber das war wohl bloß meine Einbildung gewesen oder der Wind, der mit einsetzendem

Sonnenuntergang aufkam und dessen Kälte ich beim Einatmen im Hals spürte, als ich mich beeilte, um mit Armand Schritt zu halten.

Die junge Frau an der Kasse schien über unser Auftauchen ein wenig überrascht. Aus ihren großen Augen blickte sie abwechselnd mich und Armand an. »Monsieur ...«

Armand zückte seine Geldbörse. »Zwei Erwachsene.«

»Aber Monsieur ...«

»Wir möchten uns den Sonnenuntergang ansehen«, erklärte er und schob einen Geldschein über den schmalen Tresen voller bunter Broschüren und Souvenirs. Ich erkannte nicht, was für ein Schein es war, aber gewiß weit mehr, als der Eintritt für uns beide kosten konnte. Zögernd nahm das Mädchen ihn an und reichte Armand zwei rosafarbene Billetts.

Ich zitterte immer noch ein bißchen, als wir auf dem Kiesweg an den königlichen Wohnräumen vorbei zur Westmauer der Festungsanlage gingen. »Wofür die Bestechung?« fragte ich beiläufig. Alle übrigen Besucher schienen sich schon auf dem Rückweg zu befinden, also konnte ich mir seine Antwort fast denken.

»Um diese Zeit wird das Château für Besucher geschlossen«, sagte er. »Aber das macht nichts, es bleibt noch Personal hier, und außerdem kennen mich die Leute. Wir sind ja sozusagen Nachbarn.« Hinter der Brücke über den trockengelegten Burggraben, der das Mittelschloß von dem Teil der Anlage, unter der die unterirdischen Gänge begannen, trennte, erhob sich an der südwestlichen Mauerumgrenzung auf der Spitze des Hügels der dachlose Mühlenturm als Aussichtsposten vor dem Hintergrund des prächtigen Farbenspiels, das die Abendwolken boten.

Es sah aus, als würde der ganze Himmel in Flammen stehen.

»Warte noch einen Augenblick, es wird noch besser.« Ich hörte das Klicken von Armands Feuerzeug, und der Rauch seiner Zigarette stieg mir in die Nase, als er sich neben mich stellte. »Ich hoffe, deinem Cousin geht es gut, wo du ihn doch jetzt endlich wiedergefunden hast.«

»Waas?« Mein Mund wurde ganz trocken.

»Man kann ziemlich gut in deinem Gesicht lesen.«

Irgendwo knarrte klagend ein Scharnier, und ein Tor wurde zugeschlagen. Die Anlage war jetzt für Besucher geschlossen.

»Über kurz oder lang mußte es ja so kommen«, sagte Armand und hob die Hand, um mir zärtlich übers Haar zu streichen. »Aber es ist trotzdem schade, daß er's dir erzählt hat.«

30

Zur Ehre muß die Tat gereichen, wenn sie denn sein muß ...

Er ließ die Hand wieder sinken. »Du fürchtest dich vor mir«, sagte er. »Das habe ich nicht gewollt ...« Er nahm einen tiefen Zug an der Zigarette. Schon wieder schlug mir das Herz bis zum Halse. Immer langsam, beruhigte ich mich, keine Panik. Inzwischen dürfte Harry an unserem Treffpunkt angelangt sein und sich fragen, wo ich abgeblieben war. Denn im Gegensatz zu Harry pflegte ich nicht herumzutrödeln.

Nein, er würde Verdacht schöpfen und auf direktem Wege zur Polizei gehen, und die Polizei würde beim Schloß anrufen und jemanden vom Personal fragen, ob man mich oben an der Straße gesehen hatte, und irgendwer mußte doch ... Ja, genau so würde es ablaufen, versuchte ich mir einzureden. Wenn ich einen klaren Kopf behielt und es mir gelang, Armand in ein Gespräch zu verwickeln, würde alles gutgehen. Es war nur eine Frage der Zeit, bis jemand kam, um nach mir zu suchen.

Er wird kommen ... versprach eine Stimme. Dieser Satz geisterte mir plötzlich durch den Kopf, und obwohl ich nicht das Gefühl hatte, eine innere Stimme hätte zu mir gesprochen, erfüllte er mich mit einer seltsamen Ruhe. »Kann ich bitte auch eine Zigarette haben?«

Ich wußte, daß ich damit meinen Treueschwur Paul

gegenüber brach. Nichts zum Vergnügen, so hatte Thierry die Grundregel des Jom Kippur umschrieben. Nichts essen, nichts trinken, und ganz bestimmt keine Zigaretten. Aber ich wollte gar nicht zum Vergnügen rauchen, ich wollte Zeit schinden. Armand schien an meinem Wunsch nichts aufzufallen. Ohne eine Miene zu verziehen, reichte er mir die Packung und das Feuerzeug.

Hier oben auf dem Berg wehte ein noch kräftigerer Wind, und es kostete mich mehrere Versuche, die Zigarette anzuzünden, weil die Flamme immer wieder ausgeblasen wurde.

Armand beobachtete meine Bemühungen. »Ich hätte dir nichts getan«, sagte er.

Wieso sprach er in der Vergangenheitsform? Zu meiner Überraschung klang meine Stimme ganz ungerührt.

»Was passiert jetzt?« fragte ich.

»Ich weiß es nicht.« Er wirkte plötzlich sehr müde, fast wie ein alter Mann. »Es ist … eine schwierige Sache. Und es hängt ja auch viel von dir ab.«

»Von mir?«

»Wie du dich entscheidest.«

»Ja? Also ich wüßte nicht, wie ich eine Entscheidung treffen sollte. Ich kenne ja auch deine Version der Geschichte gar nicht.«

»Und du möchtest sie hören?«

»Selbstverständlich.«

Er sah mich an. »Das glaube ich dir nicht.«

»Glaub doch, was du willst.«

»Nein, das sagst du doch nur, weil du Angst hast …«

»Natürlich habe ich beschissene Angst!« schrie ich ihm gegen besseres Wissen ins Gesicht. »Du hast höchstwahrscheinlich zwei Menschen umgebracht, und, wer weiß, vielleicht auch deine eigene Frau. Den möchte ich kennenlernen, der da nicht Angst vor dir hätte, Armand!« Entsetzt über meinen Ausbruch hielt ich mir die Hand vor den Mund. Wie hieß es immer in den Selbstverteidigungsbroschüren? Eine Frau, die von einem Mann bedroht wird, darf ihn nicht reizen, ihm ihre Angst nicht zeigen.

Armand betrachtete die glühende Spitze seiner Zigarette, schnippte mit dem Daumennagel gegen den Filter und erzeugte einen Funkenflug, der rasch vom Wind verstreut wurde. »Meine Frau habe ich schon mal nicht umgebracht.« Sein Lächeln wirkte krampfhaft. »Ab und zu habe ich schon daran gedacht. Sie konnte einen ... zur Weißglut bringen, und bisweilen hat sie mich beinahe zum Äußersten getrieben, aber gestorben ist sie eines ganz natürlichen Todes ...« Er blickte unverwandt über die Landschaft unter uns hinweg. Die Hand, mit der er die Zigarette hielt, zitterte kein bißchen. »Dann kam Didier, mein geliebter Schwager, zu mir, und fragte mich, ob ich etwas über das Testament wüßte, Brigittes letzten Willen. Nicht das Testament, das bei unserer Eheschließung aufgesetzt worden war, sondern das, welches sie noch in der Woche vor ihrem Tod geschrieben hatte. Didier arbeitete damals ja als Gehilfe bei Brigittes Anwalt, und eines Morgens war ihm der von ihr adressierte Umschlag in der Post aufgefallen. Neugierig, wie er war, hat er ihn aufgemacht. Das Testament sei rechtlich unanfechtbar gewesen, sagte er, unterschrieben und beglaubigt und alles. Brigitte hatte mir ihr gesamtes Vermögen hinterlassen, aber unter der Bedingung, daß ich mein Haus in ein Heim für ihre vermaledeiten Künstler umwandele. Gottverdammt!« Die ganze Wut, die in ihm steckte, war aus dem Fluch herauszuhören. »Ohne ihr Geld wäre ich ruiniert gewesen – ich besaß selber nicht genug, um das Weingut zu halten, doch um an ihr Geld zu kommen, mußte ich alles aufgeben, was ich besaß. Sie wollte ihre Tochter des Erbes berauben, das seit den Tagen der Revolution den Valcourts gehörte. Nein«, sagte er mit fester Stimme, »das Geld mochte Brigitte gehört haben, aber das Land war meines. Es wird Lucie gehören, wenn ich nicht mehr da bin, und niemand hat das Recht, es ihr fortzunehmen. Niemand«, wiederholte er noch einmal mit Nachdruck. »Didier wußte genau, was ich empfand. Sein Plan beruhte darauf. Er hatte das Testament Brigittes Anwalt vorenthalten und es gut verschlossen in seinem Schreibtisch versteckt. Er wollte Geld von mir haben und dafür das Testament vernichten, und er wußte, daß er jede Summe von mir verlangen konnte.«

»Aber irgend jemand hat das Testament doch beglaubigt ...?«

»Ja. Dein Monsieur Grantham war einer dieser Zeugen, hast du das gewußt? Und nach Brigittes Tod hat er mich gefragt, was aus dem Testament geworden sei. Ich habe gesagt, sie hätte es sich noch einmal anders überlegt, und Didier hat das bestätigt.«

»Aber sein Versprechen, das Testament zu vernichten, hat er nicht gehalten?«

»Nein. Bei jeder sich bietenden Gelegenheit wedelte er mir mit diesem verdammten Wisch vor der Nase herum. Ein vorzügliches Druckmittel, das muß ich zugeben.«

»Hättest du dich nicht an die Polizei wenden können und ...«

»Nein, nein, du verstehst nicht. Du hast selber keine Kinder, Emily. Kinder sind das Schönste, was es im Leben gibt. Es war meine Pflicht, um Lucies willen den guten Namen Valcourt nicht zu beschmutzen und ihre Zukunft zu sichern. Ich durfte keinen Skandal riskieren.«

»Und deswegen hast du Didier umgebracht?«

»Es ist kalt hier.« Seine Zigarette war ausgegangen, und er griff in die Tasche, um sich eine neue anzuzünden. »Es ist der Wind. Du mußt ja furchtbar frieren.«

»Nein, mir geht's gut.«

»Aber du zitterst. Komm, wir setzen uns.«

Doch die einzige Sitzgelegenheit war auf der flachen Mauer, der westlichen Begrenzung der Anlage unterhalb des Mühlenturms. Jenseits dieser Mauer war die Sonne auf die Hügel niedergesunken, hüllte sie in einen violetten Dunstschleier und tauchte den dunkel dahingleitenden Fluß in ihren verlöschenden Glanz. Ich konnte die Spannung in der Luft spüren, die das drohende Aufkommen eines Sturms verhieß, und mußte gleichzeitig daran denken, wie steil es auf der anderen Seite der Mauer in die Tiefe ging. Komischerweise kam mir dabei gar nicht Paul in den Sinn, sondern ein Ausflug, den unsere Familie vor Jahren nach Cornwall unternommen hatte. Meine Mutter war bei unserem Spaziergang entlang der Steilküste dauernd hinter mir hergewesen, damit ich nicht zu nahe an die Kante der Klippen geriet. Sie wäre stolz, dachte ich, wenn sie wüßte, daß ich jetzt endlich, als erwachsene Frau, auf sie hörte. Ich schüttelte den Kopf.

»Nein«, sagte ich. »Ich möchte mich nicht hinsetzen.« Halt dich ein Stück fern von ihm, sagte meine innere Stimme. Sei auf der Hut.

Armand schien schon wieder meine Gedanken gelesen zu haben. »Nein, doch nicht auf die Mauer«, sagte er. »Da drüben, bei der Tür.« Ein grabenähnlicher Zugang führte zur Turmtür, dessen Boden dicht mit Blättern bedeckt war, ein Zeichen dafür, daß die Stelle offenbar windgeschützt sein mußte. Inmitten des wuchernden Efeus entdeckte ich eine schmale steinerne Sitzbank. Doch ich wähnte mich sicherer, wenn ich auf dem Rasen blieb, wo man mich sehen konnte.

Wiederum schüttelte ich den Kopf. »Nein. Ich möchte hierblieben.« Ich schlang die Arme um den Körper, damit das Zittern nachließ. »Du wolltest mir von Didier erzählen.«

»Das«, sagte Armand, »war ein Unfall. Nicht, daß ich seinen Tod bedauere, aber gewollt habe ich ihn nicht. Ich war in dieser Woche in Paris gewesen, um mich mit Kunden zu treffen, und rief wie jeden Mittwoch Lucie an. Sie freut sich immer über meine Anrufe, wenn ich nicht in der Stadt bin. Sie erzählt mir dann von der Schule, von François, aber an diesem Mittag ging es ihr hauptsächlich darum, ob sie sich eine Schaufel kaufen dürfe. Ich fragte sie, was sie denn damit wolle, und sie sagte, ihr Onkel Didier würde mit noch einem weiteren Mann, einem Engländer, auf Schatzsuche gehen. Sie hätte die beiden am Morgen darüber sprechen hören, unten am Fluß, und meinte, so eine Schatzsuche sei etwas Lustiges. Lustig! Ich fühlte mich, als hätte ich einen Schlag ins Gesicht bekommen. Ich gab Didier Geld, gutes Geld, damit er es unterließ, auf meinem Land herumzugraben und auf der Suche nach diesen idiotischen Diamanten meine Weinstöcke kaputtzumachen. Ich hatte ihm gesagt, ich würde ihn umbringen, wenn ich ihn noch einmal dabei erwischte, wie er sich an meinem Land, am Land meiner Tochter, vergriff. Natürlich habe ich es nicht wirklich so gemeint«, berichtigte er sich. »Jedenfalls glaube ich, daß ich es nicht so gemeint habe. Aber ich mußte ihm doch deutlich klarmachen, daß ihm das verboten war, und als ich von Lucie hörte, was er vorhatte, bekam ich einen Wutanfall.«

Nur war mit Lucie leider wieder einmal ihre Phantasie

durchgegangen. Harry und Didier hatten über die unterirdischen Gänge gesprochen, und von Armands Weinberg war vermutlich gar nicht die Rede gewesen. Und Didier, der sich von Harry einen Tip für seine Schatzsuche erhofft hatte, mußte erfahren, daß seine Freude vergeblich war ... Kleine Kommunikationsprobleme, und was war daraus geworden? Mord und Totschlag.

»Ich mußte mit Didier reden, um ihn davon abzuhalten«, erzählte Armand weiter, »also habe ich mir einen Wagen gemietet und bin nach Chinon zurückgerast. Als ich am Abend bei ihm ankam, lag er betrunken in seinem Haus. Er hat mich ausgelacht ... gelacht hat er ... und da habe ich ihm gesagt, mir würde es jetzt reichen, jetzt sei Schluß. Daß ich nicht einmal mehr glaubte, daß er sich überhaupt noch im Besitz des Testaments befände. Seit Monaten schon hatte ich nichts mehr davon gesehen. Da ist er wütend geworden.« Im dämmernden Licht sah ich ein Lächeln um seine Lippen spielen. »Didier ließ sich nicht gerne einen Lügner schimpfen. Er sagte, er würde mir beweisen, daß ich mich irrte. Er rannte nach oben. Jetzt würde ich wenigstens erfahren, wo er Brigittes Testament aufbewahrte. Ich wollte es ihm wegnehmen, es verbrennen, aber er wehrte sich natürlich ...«

»Und da hast du ihn umgebracht.«

»So sturzbetrunken, wie er war, hatte ich es nicht schwer, ihm das Testament aus der Hand zu reißen, aber er kam mir nach, fiel auf dem Treppenabsatz des ersten Stocks über mich her, ich stieß ihn weg, gar nicht so heftig, aber er ist sofort über das Treppengeländer gekippt.« Armand zuckte mitleidslos die Schultern. »Da wäre jede Hilfe zu spät gekommen.«

»Aber du hättest das doch melden müssen, wenn es wirklich ein Unfall war.«

»Wozu? Warum sollte ich mich von dem Mistkerl in eine Ermittlung hineinziehen lassen? Möglichst noch in der Presse durch den Schmutz gezogen werden? Dem Tratsch Tür und Tor öffnen? Er war tot, ich schuldete ihm keinen Gefallen mehr, also ließ ich ihn da liegen, und ich bereue nicht, so gehandelt zu haben. Ich würde es jederzeit wieder genauso machen, mit dem einzigen Unterschied, daß ich dann das Haus besser durch die Vorder- und nicht durch die Hintertür verlassen sollte. Ich glaubte, hintenrum wäre es sicherer, weil da nicht so viele Fenster sind, durch die man mich hätte sehen können, und der Weg am Haus vorbei unbeleuchtet ist. Aber ich konnte natürlich nicht damit rechnen, deinem Cousin in die Arme zu laufen.«

»Er hat dich übrigens gar nicht richtig gesehen«, klärte ich ihn auf.

»Hat er nicht? Ich war mir ganz sicher. Zuerst hatte ich Angst, ich hätte ihn auch umgebracht, aber es blieb keine Zeit, mir Gewißheit zu verschaffen. Ich durfte nicht riskieren, daß ein Nachbar aus dem Fenster schaute und mich sah. Am nächsten Tag, als Martine mich in Paris anrief, um mir zu sagen, Didier sei tot, erfuhr ich auch, daß man keine weitere Leiche auf dem Grundstück gefunden hatte. Der Mann, dem ich dort begegnet war, lebte also, und obwohl er sich offenbar noch nicht an die Polizei gewandt zu haben schien, stellte er ein Risiko für mich dar. Ich wollte mir nicht noch einen Erpresser auf den Hals laden. Also bin ich gleich nach Chinon zurückgefahren, und da … bin ich dir begegnet.«

Also hatte ich richtig vermutet. Ihm war die Ähnlichkeit im ersten Augenblick aufgefallen. »Hast du mir deswegen die Einladung geschickt? Weil ich dich zu meinem Vetter führen sollte?«

»Ich wollte herausbekommen, wer du bist. Und als ich erfuhr, daß du keinen Bruder hast, daß du ganz alleine nach Chinon gekommen warst, hielt ich es für einen Zufall, daß der Mann dir so ähnlich sah. Doch als du dann im Restaurant einen Cousin erwähntest – die Möglichkeit hatte ich gar nicht erwogen –, aber gleich hinzufügtest, er würde in England leben … war ich etwas verunsichert. Bis heute morgen. Als du mir alles erzählt hast.« Er dachte kurz über etwas nach. »Du hast gesagt, dein Cousin hätte mich nicht gesehen. Und doch weißt du über alles Bescheid. Woher?«

»Jemand anderer hat dich gesehen, jemand, der dich kennt.«

»Das muß deinem Bericht von heute morgen nach der Zigeuner gewesen sein.« Armand war nicht auf den Kopf gefallen. »Der Zigeuner mit dem Hund, stimmt's? Der, der dir überallhin folgt. Das ist gut. Dann steht sein Wort gegen das meine.« Ich hätte mich am liebsten selbst dafür geohrfeigt, Armand das alles anvertraut zu haben.

»Und gegen mein Wort«, sagte ich und hob, überrascht über meinen eigenen Mut, herausfordernd den Kopf. »Du solltest dir genau überlegen, was du mir erzählst.«

»Dir? Aber du wirst es doch niemandem sagen.«

Mir wurde plötzlich ganz kalt in der Magengrube. »Ach? Und wieso nicht?«

»Deswegen.« Als sein Oberkörper vorschnellte, ahnte ich, was er vorhatte, aber ich konnte ihm nicht mehr ausweichen. Sein Kuß war leidenschaftlich, fast brutal, aber dennoch spürte ich ihn kaum – in mir waren sämtliche Gefühle erloschen. Ich stand einfach stocksteif da und ließ seine Küsse über mich ergehen. Endlich ließ er von mir ab und berührte nur noch mit der Hand meine Wange. »Das verbindet uns beide, dich und mich«, flüsterte er. »Vom ersten Moment an, als ich dich gesehen habe …«

Als er mich wieder umarmte, analysierte ich eiskalt berechnend meine Situation. Über seine Schulter hinweg sah ich die kleine, efeubewachsene Sitzbank, unter der das Laub raschelte. Ich sah auch die hölzerne Eingangstür zum Mühlenturm, fest verankert in ihren eisernen Scharnieren, und wie sie durch eine plötzliche Windböe einen Spalt breit aufgedrückt wurde. Aber das war doch unmöglich, dachte ich. Der Turm war für Besucher nicht zugänglich, und die Tür war bestimmt verschlossen. Sie konnte sich gar nicht bewegt haben.

Ich rührte mich nicht von der Stelle, aber im Geiste trat ich fünf Schritte zurück. Den Tod Didiers konnte ich ihm möglicherweise vergeben – ein tragischer Unglücksfall, ohne Vorbedacht, zum Teil vom Opfer selbst herbeigeführt, – das wollte ich ihm nicht nachtragen, und was Brigittes Testament betraf – ich begriff den dringenden Wunsch eines Vaters, die Zukunft seiner Tochter zu sichern, auch wenn ich die Art und Weise nicht gutheißen konnte. Aber Paul? Nein. Niemals. Tag der Versöhnung hin, Tag der Versöhnung her. Sein Tod war unverzeihlich.

»Du denkst an den Jungen?« fragte Armand. Daß mein Gesicht aber auch jeden meiner Gedanken verraten mußte. »Zwei Menschen. Du hast gesagt, ich hätte zwei Menschen umgebracht. Ist beim zweiten der Zigeuner etwa auch dabeigewesen?«

Diesmal sagte ich nichts, aber er las die Antwort aus meinem stoischen Schweigen.

Er schien die Tatsache, daß es einen Zeugen gegeben hatte, recht gelassen hinzunehmen. »Ich wußte nicht, daß er dir so am Herzen lag.«

»Und, hätte das einen Unterschied gemacht?«

»Nein. Er durfte nicht am Leben bleiben.«

Mir schnürte sich der Hals zusammen. »Aber wieso denn nicht?«

»Dein Freund war mir zu schlau. Aber bis gestern habe ich gar nicht gewußt, wie schlau, als wir uns durch Zufall auf der Straße dort drüben begegnet sind.« Er nickte in Richtung auf das Schloßtor. »Er fing an, mir Fragen über Didier zu stellen, über die Zeit, als Didier noch bei dem Anwalt gearbeitet hat. Wäre es der andere Junge gewesen, Simon, hätte ich pure Neugier vermutet – er scheint ja ziemlich in Martine verschossen zu sein – und mir nichts Böses dabei gedacht. Aber die Fragen dieses Paul gaben mir zu denken. Also haben wir uns hingesetzt, ich habe ihm eine Zigarette angeboten und wollte von ihm wissen, warum er sich so für meinen Schwager interessiert.« Armand hörte sich an, als könne er selbst immer noch nicht ganz glauben, was er mir gerade erzählte, als bewundere er Paul fast für seine detektivischen Fähigkeiten. »Stell dir vor, er hat sich die Geschichte ganz alleine zusammengereimt: die Erpressung, das Handgemenge an der Treppe. Erpressung, sagte er, sei die einzig mögliche Erklärung für Didiers relativen Wohlstand, und daß er vermute, diese Erpressung habe etwas mit Didiers Arbeit in der Anwaltskanzlei zu tun. Außerdem vertraute mir dein Freund an, er sei sich sicher, Didier sei an dem verhängnisvollen Abend nicht alleine im Haus gewesen, jemand anderer könne ihn über das Geländer gestoßen haben ...« Armand schüttelte ungläubig den Kopf. »Er war einfach zu clever, dieser Junge. Natürlich hatte er keine Ahnung, daß ich es gewesen war, und diesen Engländer, deinen Cousin, hat er auch mit keinem Wort erwähnt ...«

»Nein, weil er mir hoch und heilig versprochen hatte, niemandem zu sagen, daß wir nach Harry suchten.«

»Hoch und heilig«, wiederholte Armand. »Dann hätte ich ihn vielleicht auch hoch und heilig versprechen lassen sollen, über Didier Schweigen zu bewahren. Aber ich konnte ihn nicht herumlaufen und im Hotel von Erpressern und Anwälten reden lassen ... nein, das wäre zu gefährlich gewesen.«

»Aber wem im Hotel hätte Paul denn davon erzählen sollen?«

»Neil zum Beispiel. Denn der würde sich an Martines Testament erinnern und Fragen stellen. Nein, das war zu gefährlich.« Das letzte Wort schien von den Burgmauern um uns herum widerzuhallen. Genau in diesem Moment glaubte ich, aus den Augenwinkeln einen Schatten in der Fensteröffnung des Mühlenturms gesehen zu haben, doch als ich den Kopf drehte, war er schon wieder verschwunden. Aber unter dem Fenster schien die uralte Holztür noch ein Stückchen weiter aufgegangen zu sein ...

Ich versuchte, die Entfernung zwischen uns und dieser Tür abzuschätzen, und wußte, daß ich es schaffen könnte, wenn ich ganz unvermittelt losrannte. Dann würde ich die Tür hinter mir zuwerfen, wäre sicher, bis jemand kam ... falls jemand käme.

Die Glocke vom Uhrenturm schlug halb acht. Ich warf einen Blick hinauf und sagte: »Wer ist das da oben?«

Als auch er hinaufschaute, spurtete ich los.

Ich hörte ihn fluchen, seine Schritte dicht hinter mir, aber ich lief wie eine Besessene, und als ich die Tür erreichte, gelang es mir tatsächlich, hindurchzuschlüpfen und sie hinter mir zu schließen, doch dann stellte ich fest, daß es innen keinen Riegel gab. Es war aussichtslos, zu versuchen, die Tür mit eigenen Kräften zuzudrücken. Schon sah ich, wie der schwere Ring sich drehte ...

Ich wich von der Tür zurück. Meine Augen hatten sich

noch nicht an die Dunkelheit gewöhnt. Halbblind stolperte ich quer durch das kahle Rund, und dann war da plötzlich eine Treppe, die spiralenförmig an der Mauer entlang nach oben führte. Hinter mir flog mit einem Krachen die Tür auf.

»Emily! Um Gottes willen, mach keinen Unsinn. Ich tue dir doch nichts!«

Aber ich tastete mich bereits die Stufen hinauf. Ich war viel zu hektisch, um die Feuchtigkeit, die mir beißend in die Nase kroch, richtig wahrzunehmen. Mit zitternden Knien erreichte ich die obere Kammer und suchte verzweifelt nach einer Stelle, an der ich mich verstecken konnte. Ich saß in der Falle. Oder doch nicht? Irgendwo mußte der pfeifende Wind herkommen. Er besaß eine Stimme, dieser Wind – halb menschlich, halb dämonisch, die die Seele betäubte und das Herz zu Stein erstarren ließ. Da war ein Lichtschein. Ein Fenster! Zitternd schob ich mich Schritt für Schritt näher an die Öffnung in der Mauer des Turmzimmers. Sie hatte etwa meine Höhe und Breite.

Zu früheren Zeiten wäre hier ein Bogenschütze postiert gewesen, der mit wachenden Augen nach möglichen Angreifern, die sich über im Halbdunkel liegenden Hügel nähern könnten, Ausschau hielt. Und vor fast acht Jahrhunderten mochte an eben dieser Stelle ein verängstigtes Mädchen von fünfzehn Jahren gewartet und auf die ringsum lodernden Feuer der Belagerer hinabgeblickt haben. Ich selbst glaubte, diese Feuer zu sehen – es waren nur die Lichter der hellerleuchteten Rue Voltaire, aber ich stellte mir doch vor, den Berg hinauf eine von Kerzen erleuchtete Prozession auf mich zukommen zu sehen. O Gott, betete ich, laß Harry bald hier sein.

»Ich komme rauf«, rief Armand unter mir. Er war

schon auf den Stufen. »Hörst du, Emily? Ich komme jetzt rauf. Beweg dich nicht von der Stelle!«

Ich tastete mich weiter an der Mauer entlang, dicht an den feuchtkalten Stein gedrückt. Armand ließ sich Zeit. Er wußte, daß es von hier oben kein Entrinnen für mich gab. Seine Schritte waren deutlich auf den Steintreppen zu vernehmen.

»Bitte, Emily. Ich verspreche, dir nichts zu tun. Ich könnte doch nie ...« Die Stimme versagte ihm. Er hustete und setzte noch einmal von vorne an. »Beweg dich bloß nicht. Die Wände sind an manchen Stellen brüchig, du könntest ...«

Jetzt sah ich die Umrisse seines Körpers auf den oberen Stufen. Ein paar Schritte noch, und er hatte mich erreicht. Vor Angst war ich wie erstarrt, klammerte mich an den Steinbrocken fest, während er mir immer näher kam, an der Maueröffnung vorbei ...

Ein heller Lichtstrahl schoß jäh durch diese Öffnung und traf Armand voll ins Gesicht. Er mußte wie geblendet sein, stolperte hilflos auf die Mauer zu, und binnen eines Sekundenbruchteils hörte ich den uralten Stein nachgeben und sah, immer noch unfähig, mich zu rühren, mit an, wie Armands Körper zur Seite kippte und verschwand. In dem Lichtstrahl, der ihm zum Verhängnis geworden war, sah ich den herabrieselnden Staub tanzen.

Und dann wußte ich, woher dieser helle Schein rührte: Die Sonne war beinahe vollständig hinter dem Horizont verschwunden. Sie hatten die Flutlichtstrahler eingeschaltet.

Armand war nicht in die Tiefe gestürzt. Mit einer Hand klammerte er sich an den unterhalb der Fensteröffnung herausgebrochenen Steinrand. Fast wie benommen tastete ich mich vor und sah, wie er vergeblich versuchte, sich mit dem Fuß abzustützen. Dann tauchte auch seine zweite Hand auf und fand eine Stelle, an der sie sich festhalten konnte. Da hing er nun und versuchte mit ganzer Kraft, sich hoch- und auf sicheren Boden zu ziehen.

Seine Finger waren nur wenige Zentimeter von mir entfernt – ich hätte darauftreten können. Hätte er es anders verdient? Dieser Mann hatte Paul auf dem Gewissen. Aber selbst beim Gedanken an Paul konnte ich mich nicht überwinden, Armand den Todesstoß zu versetzen, denn ich sah Pauls Gesicht vor mir, hörte seine Stimme sagen, wie damals an unserem ersten gemeinsamen Abend unten am Flußufer: Es gibt schon so zuviel Haß auf dieser Welt, weißt du?

Jetzt wußte ich es.

Und ich wußte ebenso, daß es eine Sünde war, an Jom Kippur jemanden zu hassen. Ich ging langsam in die Hocke und stützte mich mit einer Hand an dem, was von der Mauer übriggeblieben war, ab. Die andere streckte ich aus, um damit Armands Handgelenk zu umfassen. Er hob den Kopf und sah mich an, aber im gleißenden Licht der Strahler konnte ich nur die Kontur seines Kopfes erkennen, nicht seine Augen, und doch glaubte ich aus einem unerfindlichen Grund, ich hätte ihn in diesem Moment lächeln gesehen. Er drehte seine Hand, bis unsere Finger sich umschlossen, und dann ließ er ganz einfach los.

Später hat man mir erzählt, genau in dem Moment, als Armand abstürzte, seien meine Retter am Schloß eingetroffen. Harry sei noch in eine Diskussion am Tor verwickelt worden, weil er dringend Einlaß begehrte, aber Neil war es, in dessen starken Armen ich landete, als ich mich von der Mauerkante und der darunter gähnenden Tiefe abstieß und nach hinten überfiel.

Ich klammerte mich an ihn, während über uns der

Himmel ein letztes Mal orangerot aufglühte, so, als hätten sich die Himmelstore für einen ganz kurzen Augenblick geöffnet und sofort wieder geschlossen. Mein Zittern ließ nach; auch der Wind schien sich urplötzlich gelegt zu haben, und es war, als würde mir eine Last von der Brust genommen, eine jahrhundertealte Schwermut, die wie ein in Erfüllung gegangenes Gebet in der Dunkelheit davonschwebte.

»Du brauchst dich nicht mehr zu fürchten«, sagte Neil und hielt seine Lippen an mein Haar gepreßt. »Ich bin ja da.«

31

... diese lange, wunderliche Nacht mit allem, was geschehen und doch nicht geschehen war, und jedes Ding ward wirklich und auch wieder nicht.

Inspektor Prieur stellte sich als echter Gentleman heraus. Inmitten all der Konfusion näherte er sich gemessenen Schrittes über den Innenhof des Schlosses, um Neil dazu zu bewegen, mich aus seiner schützenden Umarmung zu entlassen. Er war wie ein Großvater, der nach dem Sportfest mit einer Thermosflasche und einer wärmenden Decke zu einem kommt. »Ihnen muß ja furchtbar kalt sein«, sagte er. »Ich habe heißen Kaffee für Sie.« Und als ich wieder einigermaßen hergestellt war, begann er, mir seine Fragen zu stellen, aber auch das tat er ganz und gar unaufdringlich; es kam mir eher wie ein Plausch als wie eine polizeiliche Einvernahme vor. Als er alles erfahren hatte, was er wissen wollte, sah er mich verständnisvoll an. »Soweit ich gehört habe, ist da noch ein Kind.«

»Ja. Ein siebenjähriges Mädchen.«

»Ein schwieriger Fall. Der mutmaßliche Täter ist tot, es gibt nur einen Zeugen, keine greifbaren Beweise ... Und wenn der Zeuge seine Aussage widerruft oder sich weigert, vor Gericht zu erscheinen ...« Mit einem vielsagenden Schulterzucken ließ er den Rest des Satzes unausgesprochen. »Die Waagschalen der Gerechtigkeit pendeln sich bisweilen ganz ohne unser Zutun aus. Nicht immer dienen wir der Gerechtigkeit, indem wir nach ihr streben.

Verstehen Sie, was ich sagen will?« Ich hielt es für besser, darauf nur mit einem Kopfnicken zu reagieren.

»Gut. Dann will ich mal sehen, was ich tun kann. Natürlich wird es Gerüchte geben. Dagegen kann man nichts unternehmen. Wenn das Kind älter ist, kann es selber versuchen, hinter die Wahrheit zu kommen. Aber vielleicht ist es besser, wenn sie das nicht tut, nicht an dem Bild rührt, das ihr von ihrem Vater bleibt.«

Was für ein hochanständiger Mensch, dachte ich. Mir war nach Weinen zumute, als ich ihm dankte, aber dann beschlich mich ganz unvermittelt das sonderbare Gefühl, diese väterlich lächelnden Augen schon früher einmal gesehen zu haben, in dem viel jüngeren Gesicht eines Mannes in Uniform, das mich genauso angesehen hatte ...

»Bitte lachen Sie mich nicht aus«, sagte ich, »aber kennen wir uns irgendwoher ...?«

Die Frage schien ihn zu befriedigen. »Ihr Vater war überzeugt davon, daß Sie sich an mich erinnern würden. Ich sagte ihm, das sei eigentlich kaum möglich, weil Sie damals doch noch so klein waren, aber er war sich ganz sicher.«

»Mein Vater?«

Also hatte er sein Versprechen doch gehalten, hatte seine Freunde in Paris auf Harrys Spur angesetzt, während ich davon ausgegangen war, er würde die Hände in den Schoß legen.

Ich wäre nie auf den Gedanken gekommen, er könne sogar einen Chefinspektor aus Paris nach Chinon schicken. Harry hatte recht gehabt, als er sagte: Dein Vater hat über ganz Europa hinweg ein Netzwerk von Verbindungen, um das ihn unser Geheimdienst nur beneiden kann.

Ich wollte mich bei dem alten Inspektor noch einmal

für all seine Umstände bedanken und dafür, daß er, um unsere Familienangelegenheiten zu regeln, sogar seinen Urlaub unterbrochen hatte, aber er wollte nichts davon hören.

»Ihr Vater ist ein alter Freund von mir. Er machte sich Sorgen, und wenn sich Andrew Braden Sorgen macht, gibt es meistens einen triftigen Grund dafür.« Und damit legte er mir die Decke um die Schultern und ließ mich mit der Thermoskanne starken, belebenden Kaffees stehen.

Zum zweiten Mal in dieser Woche blieb die Bar des Hotel de France weit über die übliche Öffnungszeit hinaus hell erleuchtet. Es herrschte eine Stimmung wie zur Cocktailstunde, aber tatsächlich war es schon lange nach Mitternacht, obwohl ich gar nicht mal wußte, wie spät wirklich, denn ich hatte irgendwo meine Armbanduhr verloren. Als ich zuletzt Jim Whitaker nach der Uhrzeit gefragt hatte, war es auf eins zugegangen, und das war lange bevor Monsieur Chamond die zweite Flasche Calvados auf den Tisch stellte.

Auch dieser Flasche war bereits kräftig zugesprochen worden. Monsieur Chamond saß neben seiner Frau an der Bar und überließ es Thierry, unsere Gläser wohlgefüllt zu halten. Thierry für seinen Teil befand sich in einer angeregten Diskussion mit Christian und schenkte sich selbst öfter nach als seinen Gästen. Nachdem ich nun seit vierundzwanzig Stunden nichts mehr gegessen hatte, verbreitete das hochprozentige Getränk eine wohlig-milde Wärme in meinen schmerzenden Gliedern, und ich verfolgte nur noch am Rande, was um mich herum vorging.

François war da ... Das wunderte mich. Ich wollte ihn mehrfach nach dem Grund dafür fragen, aber mein müdes Gehirn brachte die Frage nicht zustande, und außer mir schien es niemanden zu interessieren, also ließ ich es. Ich hatte genug damit zu tun, mich wieder an Harrys Gegenwart zu gewöhnen. Er unterhielt sich mit Neil, als sei dies ein Abend wie jeder andere. Der Genesungsprozeß meines Vetters schien auch ohne Danielle beachtliche Fortschritte gemacht zu haben. Sie war auf der Präfektur, wo sie, ihr Bruder und der Chefinspektor noch einmal die Ereignisse jener verhängnisvollen Tage durchgingen.

Ich konnte mir vorstellen, worauf der abschließende Bericht hinauslaufen würde. Es war wie eine stillschweigende Übereinkunft. Hier, unter uns, konnten wir offen darüber sprechen, aber ich wußte, daß am nächsten Morgen selbst Thierry, von seinen Freunden mit Fragen bedrängt, nur die eine Antwort parat haben würde: ein tragischer Unglücksfall. Bei all dem verständlichen Groll, den ein jeder, der Paul gekannt hatte, gegen Armand Valcourt hegen mußte, wollte doch niemand Lucie Valcourt darunter leiden lassen. Das Mädchen sollte nicht für die Sünden seines Vaters büßen müssen.

Martine würde dafür sorgen, daß es dem Kind gutging. Oben auf dem Schloß war sie mir wie ein völlig veränderter Mensch vorgekommen. Mit ausdruckslosem, gefaßtem Gesicht hatte sie sich von Inspektor Prieur über die Ereignisse ins Bild setzen lassen und sich dann nach ihrer Nichte erkundigt.

»Einer unserer Beamten ist bei ihr. Wir haben ihr noch nichts gesagt.«

»Vielen Dank. Ich werde mich um sie kümmern.« Lucie schien in guten Händen.

Neben mir sagte François etwas zu Jim. Ich bekam gerade noch den Rest des Satzes mit: »… freue ich mich, Ihnen und Ihrer Gattin zur Verfügung zu stehen, falls Sie –«

»Meine Frau bleibt nicht hier«, sagte Jim. »Sie fährt morgen nach Paris und fliegt von dort nach Hause.«

Ich fand es merkwürdig, daß Garland sich nicht zu uns gesellt hatte, aber irgendwann zwischen meinem dritten und vierten Calvados war es mir nicht mehr wichtig erschienen. Als ich Jim jetzt ansah, dämmerte mir der Grund für Garlands Abwesenheit. Jim hat es ihr erzählt. Er hat ihr von sich und Martine erzählt.

»Ich werde wohl noch eine Zeitlang hierbleiben. Solange, wie ich gebraucht werde«, sagte Jim gerade.

Auch Christian gab auf deutsch einen leisen Kommentar von sich, und ich sah, wie ein zustimmendes Lächeln über Neils Gesicht huschte. Schnell blickte ich woanders hin, um die beiden nicht merken zu lassen, daß ich sie anstarrte. Warum eigentlich? Oder hatte sein Lächeln vielleicht mir gegolten, dann ... ja, dann ...

Aber genau damit hatte ich Probleme – daß Neil mich ständig so von der Seite anlächelte. Wie würde es jetzt weitergehen? Ich wußte nur, daß ich mich bemühte, Neil zu meiden, seit wir vom Schloß heruntergekommen waren, weil ich mich ihm gegenüber irgendwie befangen fühlte, ohne so recht zu wissen, warum. So kann's gehen, sagte ich mir, wenn jemand wie ein Märchenprinz zu deiner Rettung herbeieilt und dich dann in die Arme nimmt, wie Liebende es tun, so, als ob du ihm wirklich etwas bedeutest.

Ich spürte den neugierigen Blick meines Vetters. Ich nahm einen Schluck aus meinem Glas, verfluchte alle Männer dieser Welt und ignorierte Harry.

Als er das merkte, wandte er sich gleich wieder Neil zu. »Meine Cousine war überzeugt davon, Sie wären der Schuldige«, sagte er munter.

»Ach? Tatsächlich?«

»Genau. Irgendwas mit Nazis und Diamanten. Ich fürchte, ich habe ihr nicht ganz folgen können, aber das ist nie leicht bei Emily, wenn sie sich aufregt.«

»Tatsächlich?« sagte Neil noch einmal.

»Das war wohl meine Schuld. Das Foto ...« schaltete sich François ein.

»Ja, wo haben Sie das bloß ausgegraben? Die Ähnlichkeit ist ja geradezu frappierend«, sagte Neil.

Christian drehte sich auf seinem Barhocker zu Neil um. »Ich bin ganz schön sauer auf dich. All die Jahre hast du mir verschwiegen, daß du auch deutscher Abstammung bist.«

»Nur zur Hälfte. Meine Mutter ist waschechte Engländerin. Mein Vater ist bei Kriegsende nach England gekommen.«

»Aber Ihr Name«, gab Madame Chamond zu bedenken, »Grantham. Das hört sich für mich nicht sehr deutsch an.«

»Mein Vater war in jenen Tagen nicht gerade stolz auf seine deutsche Herkunft. Da hat er den Namen der Stadt in Lincolnshire angenommen, in deren Nähe er wohnte.«

»Stimmt«, sagte Harry. »Durch Grantham bin ich Dutzende Male mit dem Zug gekommen. Das liegt an der Strecke hinauf nach York, nicht wahr?«

»Genau. Meine Eltern und mein Bruder Ron leben heute noch da.«

Ich versuchte, mich zu erinnern, was er mir über seine Familie erzählt hatte. »Ist das der Maler?«

»Nein, er ist Apotheker. Der Maler ist mein Bruder Michael. Er lebt in London. Und dann gibt's noch meine Schwester Isabelle. Ihr seht, er hat sie nicht ganz vergessen.«

»Aber er ist nicht, wie versprochen, zu ihr zurückgekehrt«, hielt Jim dagegen.

»Ich glaube, er hatte Angst, sie würde ihn hassen. Als Junge habe ich das immer schrecklich romantisch gefunden.«

»Deswegen sind Sie wohl überhaupt nach Chinon gekommen«, fragte François, »um das Versäumnis Ihres Vaters nachzuholen?«

»Nennt es meinetwegen Bestimmung«, antwortete Neil.

»Ach ja«, sagte François. »Und die Vorsehung hat auch dafür gesorgt, daß Ihre Freundin Brigitte Armand Valcourt geheiratet hat, zu uns ins Haus kam und dann wiederum Sie dorthin einlud.«

Madame Chamond blickte von Neil zu Jim, dann von Jim zu François. »Und dafür, daß Sie alle drei jetzt hier bei uns zusammensitzen.«

»Obwohl wir das im Grunde genommen Emily zu verdanken haben«, warf Neil ein.

»Mir? Was, um alles in der Welt, soll ich denn damit zu tun gehabt haben?«

»Du bist wie ein erschrecktes Kaninchen davongelaufen, als du mich kommen sahst, und niemand wußte, wo du stecktest. Der arme Thierry war außer sich vor Sorge.«

Als sein Name fiel, blickte Thierry von seinem Posten hinter der Bar auf. »Comment?«

»Du hattest Angst um Emily.«

»Ah ja. Ich habe Monsieur Neil das Foto gezeigt, ein Foto von ihm, wie ich glaubte, und er fragte mich, wo ich das herhabe, und ich erzählte es ihm –«

»Also habe ich François angerufen«, nahm Neil den Faden wieder auf, »weil ich dachte, du wärest vielleicht zum Weingut gelaufen, weil du mit François reden wolltest, aber er sagte, er hätte dich nicht gesehen.«

»Und da fing ich an, mir ernsthaft Sorgen zu machen«, ergriff François das Wort. »Nachdem ich gehört hatte, Sie seien sehr aufgebracht, habe ich jemanden geholt, der sich um Lucie kümmert, und bin hinunter in die Stadt geeilt.«

»Wo er mich traf«, ergänzte Jim. »Sie sehen, Emily, es war alles Ihr Werk.«

Und dann war alles so gekommen, wie ich es vermutet hatte. Als Danielle und Harry mich nicht am Treffpunkt vorfanden, waren sie zur Polizeipräfektur gelaufen, wo Harry einen ziemlichen Aufruhr veranstaltet hatte. Die Polizei wiederum hatte dann im Hotel angerufen, um sich nach meinem Verbleib zu erkundigen, was neuerliche Bestürzung hervorrief, bis endlich fünfzehn Leute zusammengetrommelt waren, die, mit Taschenlampen bewaffnet, loszogen, um nach mir zu suchen. Aber komisch, dachte ich, nur einer hat mich gefunden.

Monsieur Chamond schenkte die letzte Runde Calvados ein und schnalzte bedauernd mit der Zunge. »Wieder eine Flasche leer. Thierry, würdest du ...«

»Aber gerne.« Thierry schien mehr als alle anderen zu vertragen. Er eilte sogleich zur Tür hinter der Bar, wo er fluchend gegen etwas stieß, das ich von meinem Platz aus nicht sehen konnte.

»Vorsichtig«, Christian lehnte sich besorgt vor, »das ist zerbrechlich.«

»Mein Fuß ist auch zerbrechlich«, schimpfte Thierry. »Nun gib es ihr doch endlich ...«

»Ich glaube, jetzt ist nicht der richtige Zeitpunkt.«

Ich sah die verstohlenen Blicke und merkte, daß über mich gesprochen wurde. »Was soll Christian mir geben,

Thierry?« Als Antwort hob Thierry einen in Packpapier eingewickelten flachen Gegenstand in die Höhe.

Ein Bild. Das konnte nur ein Gemälde sein. Und ich wußte auch schon, welches, ehe ich es mit meinen ungeschickten Händen ausgepackt hatte. Christian beobachtete nervös meine Reaktion. Alle schienen mich anzusehen. Meine Finger hörten zu zittern auf, als ich die Verpackung auseinanderfaltete. Nummer 88, die Stufen am Fluß, mit Rabelais' Schatten im Hintergrund.

Christian räusperte sich verlegen. »Martine hat mir erzählt, daß dir das besonders gut gefallen hat, und da dachte ich ...«

Er wußte ganz genau, was mir dieses Bild bedeutete. Sein Lächeln zeigte es überdeutlich. Und dann faßte er seinen Gedanken in Worte: »Hätte ich Paul dort hinmalen sollen? Da, auf die Stufen?«

Ich schüttelte den Kopf und fuhr liebevoll über die siebte Stufe. »Nicht nötig. Er ist schon da.«

Harry war der einzige, der nicht wußte, wovon die Rede war. Ich warf ihm einen Blick zu, der ihm zu verstehen geben sollte, ich würde es ihm später erklären, er solle mich jetzt bitte nicht danach fragen.

»Das hast du einfach fabelhaft hingekriegt, Christian«, sagte Neil bewundernd über meine Schulter hinweg. »Der Fluß bewegt sich ja richtig.«

»Schade nur«, meinte Jim, »daß Didier Muret nie erfahren hat, was aus den Diamanten geworden ist. Da wäre uns einige Aufregung erspart geblieben.«

François wirkte wie vom Donner gerührt. »Du meinst doch nicht ...?«

»Gewiß. Wenn er gewußt hätte, daß sie sie in den Fluß geworfen hat, hätte er sich doch nie auf die Suche danach begeben.«

»Woher weißt du, daß Isabelle die Diamanten in den Fluß geworfen hat?«

»Von ihr selber. Jedenfalls hat sie es meinem Vater erzählt.«

»Was genau hat sie deinem Vater erzählt?«

»Genau weiß ich das nicht mehr, dafür ist es zu lange her. Ich dachte immer …«

»Nicht der Fluß«, korrigierte ihn François. »Sie mag ›ins Wasser‹ gesagt haben, aber nicht ›in den Fluß‹.«

Endlich begriff auch mein umnebeltes Hirn, wovon die Rede war. »Wollen Sie damit sagen, Sie … Sie wissen, wo die Diamanten sind?«

»Natürlich. Ich war ja selber dabei, habe ihr geholfen. Sie sagte, sie seien mit Blut befleckt und es gäbe nur eine Möglichkeit, sie wieder reinzuwaschen.« Er warf Jim einen entschuldigenden Blick zu. »Sie hat sie nicht in die Vienne geworfen. Sie hat sie Gott zurückgegeben.«

32

... und alles Vergangene schmilzt dahin in
dieser strahlenden Morgenstunde ...

Mit einem geräuschvollen Knarren öffnete sich die schwere Tür. Der Lichtkegel der Taschenlampe wanderte über eine der uralten Säulen und dann hinauf zu den mit Gräsern überwucherten Mauerresten. Unter den rasch am Mond vorbeiziehenden Wolken lag die Kapelle der heiligen Radegunde in tiefem, ewigem Schlaf. Nichts rührte sich um uns herum.

Noch nichts. Christians Schlüsselbund fiel klirrend zu Boden. Er stieß auf deutsch einen Fluch aus, während mein Vetter ihm mit der Lampe zu Hilfe kam. »Da drüben liegen sie, neben den Blumen.«

»Bei Tageslicht wäre alles etwas einfacher.«

»Aber jetzt sind wir nun mal hier, da wollen wir es auch hinter uns bringen. Daß Jim und François kein Verlangen haben, hier nachts herumzustolpern, kann ich ja verstehen. Sie sind alte Männer, kennen keine Abenteuerlust mehr – anders als wir.«

»Jim Whitaker ist kein alter Mann«, widersprach ich.

»Natürlich. Der ist doch garantiert über Vierzig.«

»Danke«, sagte Neil hinter mir. »Dann muß ich wohl auch bald ins Bett?«

»So habe ich das ja nicht gemeint ...«

»Weiß ich doch. Emily, könntest du deine Lampe dahin

richten, damit Christian nicht stolpert? Ja, so ist es gut, danke.«

Christian ging voraus. Im Schein unserer Taschenlampen bewegte er sich wie ein Pantomime auf der Theaterbühne. Sein riesiger Schatten auf der mit Fresken bemalten Mauer hinter dem Eisentor wirkte furchteinflößend. Wieder klapperte er mit den Schlüsseln, als er den passenden suchte. »Ich hoffe, Radegunde hat nichts dagegen, daß wir ihre Nachtruhe stören.«

»Bestimmt nicht.« Harry klang sehr zuversichtlich. »Es ist ja nicht so, daß wir hier etwas Verbotenes tun. Wir schauen uns nur ein bißchen um. Ganz normale menschliche Neugier.«

Und doch erwartete ich, daß mir das Standbild der Heiligen jeden Augenblick einen strafenden Blick zuwerfen würde, als ich die höhlenartige Apsis mit ihren geisterhaft aufragenden Säulen betrat. Doch selbst die Heiligen schienen Verständnis für kleine menschliche Schwächen zu haben, dachte ich, als ich in Radegundes milde lächelndes steinernes Antlitz blickte.

Hoffentlich ist Thierry nicht beleidigt, wenn er merkt, daß wir ohne ihn auf Schatzsuche gegangen sind, dachte ich. Aber er war gleich nach unserer Feier schlafen gegangen – Pech für ihn. Auch Jim und die Chamonds waren zu müde gewesen, und François mußte aufs Weingut zurück, um Lucie ins Bett zu bringen. Blieben wir vier – Harry, Christian, Neil und ich, wohltuend vom Calvados beschwipst und längst über unseren toten Punkt hinweg.

Ich zumindest hatte jenen angenehmen Zustand erreicht, in dem Zeit und Raum zu verschwimmen beginnen und alles, einfach alles möglich scheint, weswegen ich auch, als Harry sich verschwörerisch zu uns vorbeugte und »Mir kommt da gerade eine Idee ...« sagte, alle Vorsicht in den Wind schrieb und mir meine Jacke überwarf, um ihm gehorsam zu folgen. Wäre ich nüchtern gewesen, hätte ich es mir vielleicht anders überlegt und mich nicht zu mitternächtlicher Stunde auf diesen Pfad hoch oben über der Stadt begeben.

»Da wären wir«, sagte Christian, als er auch das dritte und letzte Schloß aufbekommen hatte. Harry interessierte sich als erstes für das Wandgemälde mit den Plantagenets und beleuchtete mit der Taschenlampe die Gesichter der jungen Isabelle und ihres Königs. »Genauso wie beim letztenmal.«

»Was soll sich denn auch innerhalb einer Woche daran verändert haben?« fragte ich.

»Nicht innerhalb einer Woche. Es ist mindestens zwei Jahre her, daß ich in dieser Kapelle gewesen bin. Hätte ich gewußt, daß mein Versteck so ganz in der Nähe lag, hätte ich ihr schon früher einen Besuch abgestattet. Man vergißt, wie unbeschreiblich schön …«

»Immer langsam. Du mußt letzte Woche hier gewesen sein. Deswegen habe ich doch überhaupt erst gemerkt, daß du verschwunden warst, weil du deine Münze, deinen Talisman, dort auf dem Altar auf den Spendenteller gelegt hast.«

»Du spinnst.«

»Doch«, beharrte ich störrisch. »Und wenn du sie nicht da hingelegt hast, dann eben der Zigeuner …«

»Meine liebe Emily, ganz so schusselig bin ich ja nun auch nicht.« Er hielt mir die Münze auf der ausgestreckten Hand hin. »Auf meinen kleinen König passe ich auf wie ein Schießhund.«

Kein Zweifel, das war die Münze mit King John, und sie befand sich auch noch immer in ihrer Schutzhülle. Ich wollte es nicht wahrhaben und holte das Gegenstück aus meinem Portemonnaie. Harry richtete die Taschenlampe darauf.

»Das ist ja erstaunlich. Wie ist die den hierhergekommen?«

»Keine Ahnung.«

Auch Christian besah sich die Münze. »Die ist wohl sehr alt, was? Kann doch sein, daß jemand sie auf dem Boden gefunden und zu den anderen Spenden gelegt hat.«

»Ja, so wird es wohl gewesen sein.«

»Du hörst dich nicht gerade sehr überzeugt an«, meinte Harry. »Welche andere Erklärung sollte es wohl geben? Ist sie vom Himmel gefallen? Erzähl mir nicht, daß du plötzlich angefangen hast, an Wunder zu glauben, Emily.«

»Selbstverständlich nicht.« Obwohl ...

Hinter dem Altar blickten Radegundes blinde Augen nach wie vor ins Leere, während ich die Münze in ihre Opferschale zurücklegte und sie tief unter die anderen Gaben schob. »Wie langweilig die Welt doch sein würde, wenn es für alles eine einfache Erklärung gäbe«, sagte Neil.

»Der Standpunkt des Romantikers«, Harry grinste. »Sind wir dann soweit? Jetzt geht's wieder in den Keller, Emily. Nimm deinen Mut zusammen. Sie hat was gegen unterirdische Räume«, flüsterte er Neil zu.

»Ach, wirklich? Gut, daß ich das weiß.«

Hinter dem zweiten Gittertor ging wieder das grelle elektrische Licht an, das so gar nicht zu diesem Ort passen wollte, der nach Kerzen verlangte, nach dem flackernden Schein alter Kandelaber. Die herabhängenden Glühbirnen und die Knipsschalter nahmen der Kapelle etwas von ihrer geheimnisvollen Aura, und erst als wir an der steilen Treppe standen, die zum heiligen Brunnen hinunterführte, empfand ich wieder das wundersame Staunen, das schon Generationen von Höhlenforschern vor mir ergriffen haben mußte.

Während wir anderen uns noch die Stufen hinunterhangelten, hatte Harry sich bereits bis auf die Unterhose ausgezogen. Offenbar wollte er in den schmalen Brunnenschacht steigen.

»Das kann doch nicht dein Ernst sein.«

»Von hier oben sieht man ja nichts. Ich bin doch nicht umsonst den ganzen langen Weg gekommen.«

Und schon war er in den mehrere Meter tiefen Brunnen gesprungen. Mich trafen eiskalte Spritzer im Gesicht. Wir sahen zu, wie er zum Grund des Brunnens tauchte und, unten angekommen, anfing, mit gespreizten Fingern in den Kieselsteinen zu wühlen. Neil kniete neben mir am Rand und hielt den Arm schützend vor mich, damit ich nicht womöglich versehentlich hineinfiel. »Wir fischen ihn da schon wieder raus. Keine Angst.«

In diesem Augenblick kam Harry nach Luft schnappend auch schon an die Wasseroberfläche zurück und streckte uns triumphierend die Hände entgegen. Ich sah das Glitzern, bevor ich die Edelsteine erkennen konnte. François hatte also recht gehabt.

»Mein Gott!« entfuhr es Christian auf deutsch.

»Du sagst es.« Und dann herrschte ein paar Minuten lang feierliches Schweigen. Ich mußte an Isabelle denken, die vor vielen Jahren hier an einem Sommerabend mit den befleckten Diamanten, die keines Menschen Hand je würde reinwaschen können, gestanden hatte, während die Welt um sie herum in Scherben fiel, und an Hans ... Wo mochte er an jenem Abend gewesen sein? Meilenweit weg. Auf eine ganz andere Weise hatte auch er die Erlösung gesucht. Er hatte sich freiwillig in Kriegsgefangenschaft begeben, war nie wieder in seine Heimat zurückgekehrt, hatte sogar einen anderen Namen angenommen. Vorbei und vergangen. Der Jom Kippur mag mit dem Untergehen der Sonne zu Ende sein, dachte ich, aber seine Botschaft bleibt bestehen. Es gibt zuviel Haß auf der Welt.

»Hier unten sind auch ein paar Münzen«, rief Harry. »Keine alten, aber ...«

Darunter mußten auch die sein, die Paul hineingeworfen hatte. »Laß sie bitte dort liegen«, bat ich Harry.

»Dein Wunsch ist mir Befehl. Und die bleiben besser auch hier unten«, sagte er und ließ die Edelsteine zurück in das kristallklare Wasser rieseln. »Bringt kein Glück, etwas aus einem heiligen Brunnen zu stehlen. Wir wollen es uns doch nicht mit Radegunde verderben.«

Ich sah zu, wie die glitzernden Steine zwischen den Kieseln am Boden verschwanden. Wie viele mochten es gewesen sein? Aber eigentlich wollte ich es gar nicht wirklich wissen. Es waren nichts anderes als kleine Steine, die manche Menschen schön fanden, und diese Illusion verlieh ihnen ihren Wert. Wahrhaft kostbar waren nur Freundschaften, Gefühle, die Familie ...

»Verflucht noch mal!« stieß Harry hervor. »Verdammt, jetzt habe ich mir die Hand eingeklemmt.« Er befand sich bereits wieder beim Aufstieg an der glatten Wand, zog die Hand aus der Trittmulde und schüttelte sie.

Er war noch einige Meter unter uns. Ich mußte mich über den Brunnenrand beugen, um ihn zu sehen. »Scheint aber nichts gebrochen zu sein.«

»Ja, vielleicht nicht, aber beinahe. Hier ist irgendwas hereingestopft. Scheint ein Stück Holz zu sein.« Vorsichtig schob er seine Hand in die Vertiefung unmittelbar über der Wasseroberfläche. »Wartet mal, das ist kein Holz. Es fühlt sich an wie ... na, so was!«

»Was ist denn da?« Auch Christian sah gespannt in den Schacht hinunter, während Harry sich bemühte, das rätselhafte Objekt freizubekommen. Ich erkannte nur einen eckigen, handtellergroßen Gegenstand. Harry reichte ihn Christian nach oben. »Erzähl du mir, was das ist.«

Auf jeden Fall war es schmutzig. Harrys Finger hinterließen schwarze Abdrücke auf dem hellen Stein, als er sich wieder über den Brunnenrand schwang. Christian schnüffelte an dem kleinen Päckchen. »Öl«, sagte er. »Es ist mit Öl eingerieben.«

»Und auch mit Wachs versiegelt.« Harry zeigte auf das Siegel, das das Paket verschloß. »Jemand hat nicht gewollt, daß da Wasser drankommt.« Er war selbst klatschnaß, aber das schien ihn nicht zu kratzen. Er strich sich das Haar zurück, bat mich, ihm seine Hose herüberzuwerfen, und holte sein Klappmesser aus der Tasche. Er mußte sehr behutsam vorgehen, weil das Paket in seine Bestandteile zu zerfallen drohte, als er das Siegel aufschnitt.

Zum Vorschein kamen gefaltete Pergamentbögen, die so lange fest zusammengedrückt gewesen sein mußten, daß sie wahrscheinlich zerbröseln würden, wenn wir versuchten, sie auseinanderzufalten. Harry betastete sie vorsichtig mit den Fingern, suchte nach einer Schrift oder etwas Ähnlichem. »Himmel«, sagte er schließlich.

»Was ist?«

Er hielt mir das kleine Bündel hin. »Da, in einer Ecke ist eine Unterschrift. Kommt sie dir nicht bekannt vor?«

Ich brachte kein Wort hervor.

»Was ist denn das nun wieder?« fragte Neil neugierig.

»Briefe.« Harrys Stimme klang ein wenig brüchig, wie immer in Zuständen der Gemütserregung. »Liebesbriefe, würde ich sagen. Vor achthundert Jahren von einem König geschrieben.«

Christian strich mit dem Finger über eine Ecke des öligen Päckchens. »Achthundert Jahre sind die alt? Unglaublich.«

»Ein Fund von unschätzbarem Wert.« Harrys Augen waren ganz feucht geworden. »Das war die Kostbarkeit, von der die alte Chronik berichtete, der Schatz, den Isabelle hier in Chinon versteckt haben soll. Nur handelte es sich dabei nicht um Edelsteine oder Geld. Wer hätte das geahnt ...« Verträumten Blickes schüttelte er fassungslos den Kopf, als ihm plötzlich einfiel, daß Neil und Christian wahrscheinlich keine Ahnung hatten, wovon die Rede war und willkommene Opfer für eine kleine Vorlesung sein dürften. »Wißt ihr«, begann Henry Yates Braden, PhD, zu dozieren, »es gab hier schon einmal ein Mädchen namens Isabelle ...«

33

... hebe deinen Blick; meine Zweifel sind dahin ...

»Und? Nichts zu meckern?« fragte Harry, als Christian das Gittertor verschloß.

»Wovon redest du?« fragte ich.

»Ich habe die Edelsteine schön dort gelassen, wo sie hingehören. Ich weiß ja, daß du in dieser Hinsicht ziemlich eigen bist. Erinnerst du dich noch, was für einen Aufstand du gemacht hast, als ich in Tintagel mal einen kleinen Steinbrocken eingesteckt habe?«

»Das war nicht irgendein Steinbrocken, sondern ein Stück aus einer alten Burgmauer. Wenn das jeder täte ...« Als ich sein Grinsen sah, unterließ ich es weiterzusprechen. »Abgesehen davon halte ich mich ja auch nicht gerade an meine strengen Prinzipien, wo ich doch eine Münze aus einer Opferschale mitgenommen habe.«

»Aber du hast sie wieder zurückgelegt.«

»Und du hast versprochen, die Briefe der Universität von Paris zu überlassen.«

»Richtig. Sowie ich Zeit gefunden habe, sie mir etwas näher anzusehen.«

»Harry!«

»Hab doch mal ein Einsehen. Du kannst doch nicht erwarten, daß ich sie so mir nichts, dir nichts gleich wieder aus den Händen gebe. Ich bin schließlich auch kein Heiliger.« Er schielte zu Radegunde hinüber, als erwarte er, jeden Augenblick durch einen von ihr gesandten Donnerblitz niedergestreckt zu werden. »Außerdem«, fuhr er mit gedämpfter Stimme fort, »weiß ja niemand etwas von der Existenz dieser Briefe, also wird es keinem auffallen, wenn ich sie noch ein paar Tage behalte.«

»Aber nur ein paar Tage.«

»Na ja, vielleicht ein paar Wochen.«

»Aber dann schickst du sie nach Paris?«

»Bei meiner Ehre.« Er hob sogar die Hand zum Schwur.

Harry, dachte ich, war wirklich jenseits von gut und böse. Bei seiner Ehre. Ich sah an ihm vorbei zum Eingangstor hin, hinter dem die Morgendämmerung den neben dem Kapelleneingang wachestehenden Lorbeerbaum in ihr erstes zartes Licht tauchte.

»Kalt?« fragte mich Harry.

»Nein.«

»Wieso zitterst du dann?« Seine Augen folgten meinem Blick, und er sagte nur »Aha.«

»Was meinst du mit ›aha‹?«

»Gar nichts. Einfach ›aha‹.«

Er hatte eine raschere Auffassungsgabe, als mir lieb war. Er las meine Gefühle, noch ehe ich sie selbst registrieren konnte. Ich merkte, wie ich hektische rote Flecken im Gesicht bekam, und wandte mich wieder dem Lorbeerbaum zu und dem Mann, der darunter saß.

Er hatte es sich an der Mauer bequem gemacht, die Hand, die damals bei der Schlägerei in München verletzt worden war, aufs Knie gestützt, das andere Bein vor sich ausgestreckt. Er hielt seine Hand so, als bereite sie ihm Schmerzen, und mir fiel wieder ein, daß Harry mir erzählt hatte, Neil sei über die Mauer des Schlosses geklettert, um in den Innenhof zu gelangen. Eine Mauer, die selbst an ihrer niedrigsten Stelle an die acht Meter hoch sein mußte! Innen war die Entfernung zum Boden natürlich nicht so groß, aber trotzdem ... Er wollte nicht abwarten, bis man ihnen das Tor öffnete, hatte Harry gesagt. Diese verzweifelte Ungeduld – das war ein Neil Grantham, den ich noch gar nicht kannte.

Wie konnte dieser stille Mann, der dort so unbeweglich in Betrachtungen versunken saß und kaum zu atmen schien, das geschafft haben? Das blasse Morgenlicht verlieh seinem Haar einen goldenen Schimmer. Alles um ihn herum war in Dunkelheit gehüllt, und obwohl er sich weder bewegte noch etwas sagte, war es ganz einfach diese Unbewegtheit, die den Blick wie magisch anzog und ihn dann nicht mehr losließ, bis man nur noch den Wunsch hatte, seinen ehrfurchtsvollen Frieden mit ihm teilen zu dürfen.

Harry schien meine Gedanken zu lesen. »Ich mag ihn, falls das für dich eine Rolle spielt.«

»Ich weiß nicht, wovon du redest.«

»Schon gut.« Mein Vetter wandte sich lächelnd Christian zu. »Tut mir leid, daß ich Sie um ihren Schlaf beraubt habe, aber ich bin Ihnen wirklich dankbar dafür, daß Sie mit uns hergekommen sind. Und dafür.« Er klopfte auf die Innentasche seines Sakkos, in der er das Päckchen Briefe sorgfältig verstaut hatte.

»Kein Problem. Und jetzt mache ich uns allen einen starken Kaffee, ja? Das war eine ereignisreiche Nacht. Da kriegt man richtig Kopfschmerzen.«

»Kaffee?« meldete sich Neil. »Das hört sich gut an.« Er lächelte uns zu und erhob sich ein wenig mühsam. »Bei mir sind es nicht so sehr die Ereignisse als vielmehr der Alkohol. Dieser verflixte Calvados. Ich habe einen scheußlichen Brummschädel.«

Mein Vetter lachte. »Ja, im Alter verträgt man nicht mehr so viel. – Bist du soweit, Emily?«

Nein, dachte ich, ich bin noch nicht soweit. Auf dem Rückweg hielt ich mich ein Stück hinter den anderen, war zu sehr mit meinen eigenen Gedanken beschäftigt, um mich an ihrem Gespräch zu beteiligen. Ich erinnere mich vage, wie wir an dem Haus vorbeikamen, in dem Harry sich versteckt gehalten hatte, dann unter ein paar duftenden Kiefern hindurchgingen und uns schließlich auf dem Abstieg in die Stadt befanden, aber richtig wach wurde ich erst wieder, als wir vor Christians Haus ankamen.

Ich sah erst Harry an, dann Neil und sagte: »Mir ist irgendwie gar nicht nach Kaffee. Ich möchte lieber noch ein bißchen schlafen.«

Harry schien an meinen Worten zu zweifeln. »Bist du sicher?«

»Ja. Ich gehe jetzt ins Hotel zurück.«

Neil warf mir ein vielsagendes Lächeln zu. Ich gab mir alle Mühe, meinen Abgang würdevoll zu gestalten, aber in Wirklichkeit hätte ich am liebsten auf der Stelle kehrtgemacht und wäre das Stück Weges die gewundenen, schlafenden Gassen entlanggelaufen. Jeder zugeklappte Fensterladen schien mich einen Feigling zu nennen, und selbst, als ich am Platz mit dem Springbrunnen eintraf, schienen die drei Grazien über mein Auftauchen nicht sehr erbaut.

Ruhm, Glück und Schönheit – ihre drei Gesichter sahen mich so emotionslos an wie eh und je. Oder hatte ich da eben ein süffisantes Lächeln gesehen? Ich kniff die Augen zusammen und blickte durch den Schleier der Wassertropfen, die im Morgenlicht wie Diamanten glitzerten. Nein, sagte ich mir, da war nichts gewesen. Und doch hatte ich das Gefühl, die Figuren versuchten, mir etwas mitzuteilen.

»Gebt euch keine Mühe«, sagte ich zu ihnen, »es würde doch nichts dabei herauskommen.« Ich wollte ihnen klarmachen, alle schönen Märchen seien Lügen, reine Lügengespinste, aber das war gar nicht so einfach, denn in diesem Augenblick verwandelten die Strahlen der Morgensonne die Burg in das reinste Märchenschloß, und es fiel mir selbst nicht leicht, die Existenz von Märchenprinzen zu leugnen, wo doch erst gestern abend einer zu meiner Rettung herbeigeeilt war. Wie heißt es immer? Am Ende wird alles gut? Ein lauer Wind bewegte die Blätter der Akazien. Ein zweites Mal hörte ich Jim Whitakers Stimme mich fragen: Ist Glück etwas, auf das wir Einfluß nehmen können, oder eine Gnade, die dem einen zuteil wird und dem anderen nicht? Das fragte ich mich in diesem Augenblick auch, aber mir fiel keine Antwort ein.

Ich hatte kalte Hände. In meiner Tasche suchte ich nach meinen Handschuhen, wühlte mich immer tiefer, bis ich etwas Glattes fand, das mich die Handschuhe vergessen ließ. Ich schloß die Finger um die zweifarbige Münze und glaubte, Neils Augen vor mir zu sehen, die mich schweigend drängten, mir etwas zu wünschen ... Es muß nicht sofort sein. Die Münze verliert ihre Kraft nicht.

Jahre waren vergangen, seit ich zum letztenmal mein kleines Ritual vollzogen hatte, aber es kam mir doch gleich wieder wie selbstverständlich vor. Ich holte tief Luft, küßte das 500-Lire-Stück und warf es in den Brunnen.

Ich war so beschäftigt damit zu verfolgen, wie es langsam auf den Boden sank, daß ich den Kater gar nicht bemerkte. Die kleine Kreatur war mir zweimal an den Beinen entlanggestrichen, ehe ich aus meinen Gedanken erwachte und nach unten sah. Er kam ohne zu zögern in meine Arme, als ich mich bückte, um ihn hochzunehmen, und schmiegte sich schnurrend an mein Kinn.

Hinter mir vernahm ich Neils Stimme: »Du wirst dir Flöhe holen.«

Ich zuckte zusammen, sah mich aber nicht nach ihm um. »Das kümmert mich nicht.« Ich weiß nicht, wie lange er schon dastand. Ich hatte ihn nicht kommen hören und blickte weiter unverwandt ins Wasser, während er sich zu mir an den Rand des Brunnens stellte. Meine Hände, mit denen ich den Kater an mich drückte, waren ganz ruhig. Fast.

Neil entdeckte die Münze auf dem Grund des Beckens. »Ich sehe, du hast dir was gewünscht.«

»Ja.«

»Aber doch hoffentlich nicht, daß dieser Kater ein Zuhause findet, oder?«

Da sah ich ihn an und entdeckte, daß seine Augen von einer plötzlichen Unruhe erfüllt waren und aus ihrer mitternächtlichen Tiefe eine Frage sprach. Ich schüttelte langsam den Kopf.

Die Frage verschwand wieder, und er lächelte. »Gott sei Dank«, sagte er. »Ich fürchtete schon, du hättest ihn vergeudet.« Er hob die Hand, um mein Gesicht zu berühren, eine warme, willkommene Geste, ich gab mir alle Mühe, sein Lächeln zu erwidern, und dann küßte er mich. Es war so schön, so ganz folgerichtig nach allem, was geschehen war, ich spürte die Tränen in meinen Augen, fühlte, wie meine hohlen Glieder von Leben erfüllt wurden, und verlor abermals sämtliches Gefühl für Ort und Zeit. Eine Minute oder eine Stunde mochte vergangen sein, bis sein Blick auf das schwarzweiße Pelzknäuel in meinem Arm fiel. Der Kater erwiderte Neils Blick ein wenig selbstgefällig.

»Ich gehe davon aus, daß wir dieses Viech mitnehmen müssen?«

»Ich dachte, deine Vermieterin erlaubt keine Tiere im Haus?«

»Genausowenig wie andere Frauen, aber sie wird sich schon an euch beide gewöhnen. Was die Vorsehung zusammengeführt hat, kann auch eine österreichische Zimmervermieterin nicht trennen.« Seine geschmeidige Hand strich mein Haar zurück. »Trotzdem sollten wir deinen kleinen Straßentiger impfen lassen. Hat er schon einen Namen?«

Über so etwas hatte ich weiß Gott nicht nachgedacht, aber ganz wie von selbst wußte ich plötzlich, wie er heißen mußte. »Ulysses«, sagte ich. »Sein Name ist Ulysses.«

»Stimmt. Das ist der einzige Name, der zu ihm paßt. Laß ihn runter.«

»Warum?«

»Laß ihn einfach runter.«

Der Kater gähnte mürrisch, als ich ihn auf den Boden setzte. Ein Windstoß trieb die Wassertropfen aus dem Springbrunnen jäh in unsere Richtung, der Kater machte rasch einen Satz zur Seite, um sich in Sicherheit zu bringen, und kroch unter die nächstliegende Sitzbank, wo er sein Nickerchen fortsetzte. Auch mich hatte der eiskalte Sprühregen erwischt, aber das störte mich überhaupt nicht. Neils Augen, sein Lächeln, seine Berührung verbreiteten genug Wärme. Vielleicht hat er recht, dachte ich – es war gar nicht so schwer, an etwas zu glauben. Ich hob die Hand, streichelte sein Haar und zog sein Gesicht näher an meines heran. Und in dem Augenblick, als sich unsere Lippen zu einem Kuß vereinten, hätte ich schwören mögen, daß eine der drei Grazien lächelte.

Susanna Kearsley

Haus der Stürme

Roman. 432 Seiten. Geb.
Aus dem Englischen von Karin Diemerling.

Die junge englische Schaupielerin Celia Sands wird in eine wunderschöne Villa nach Italien eingeladen: »Il Piacere« gehörte zu Beginn des 20. Jahrhunderts dem Dichterfürsten Galeazzo D'Ascanio, dessen Enkel Alessandro jetzt dort das letzte Stück seines berühmten Vorfahren aufführen möchte. Geschrieben hatte es Galeazzo für seine große Liebe, die ebenfalls Celia hieß und damals kurz vor der Premiere auf rätselhafte Weise verschwand.

In dem traumhaften Anwesen, in dem es vor Kunstschätzen und Spukgeschichten nur so wimmelt, ist die Vergangenheit ebenso spürbar wie die Gegenwart. Bei den Proben fühlt sich Celia mehr und mehr zurückversetzt in die Epoche D'Ascanios und seiner Geliebten; fast unvermeidbar scheinen die beiden Frauenschicksale zusammenzulaufen. Und während Celia in den Sog der Zeitreise gerät und sich immer stärker in Alessandro verliebt, häufen sich die unerklärlichen Ereignisse, und spitzen sich schließlich dramatisch zu...

KABEL

Anita Shreve

Das Gewicht des Wassers

Roman. Aus dem Amerikanischen von Mechtild Sandberg. 292 Seiten. SP 2840

»Anita Shreve ist eine clevere Mischung aus schaurigem Kriminalfall und psychologisch ausgefeiltem Beziehungsdrama gelungen.«

Der Spiegel

Gefesselt in Seide

Roman. Aus dem Amerikanischen von Mechtild Sandberg. 344 Seiten. SP 2855

Maureen, die junge Journalistin, lebt mit ihrem Mann Harrold und ihrem kleinen Töchterchen Caroline in einer trügerischen Idylle. Denn niemand ahnt, wieviel Gewalt und Mißhandlung Maureen von ihrem Mann ertragen muß. Und sie schweigt, vertraut sich niemandem an, entschuldigt seine Handlungen vor sich selbst. Erst nach Jahren flieht sie vor ihm. Für eine kurze Zeit findet sie in einem kleinen Fischerdorf Unterstützung, Zuneigung und Liebe. Aber Harrold spürt sie auf, und die Tragödie nimmt ihren Lauf.

Eine gefangene Liebe

Roman. Aus dem Amerikanischen von Mechtild Sandberg. 253 Seiten. SP 2854

Durch Zufall stößt Charles Callahan in der Zeitung auf das Foto einer Frau, die ihm seltsam bekannt vorkommt. Es ist Siân Richards, die er vor einunddreißig Jahren als Vierzehnjähriger bei einem Sommercamp kennengelernt hatte und die seine große Sehnsucht blieb. Überwältigt von den Erinnerungen schreibt er ihr und bittet um ein Treffen. Auch für Siân war die Geschichte mit Charles nie beendet, sehr zart sind die Bilder der Vergangenheit, sehr heftig das Verlangen. Und aus der unerfüllten Liebe von einst wird eine leidenschaftliche Affäre. Aber beide sind inzwischen verheiratet, haben Kinder und leben in verschiedenen Welten. Sie geraten in einen Strudel von Ereignissen, die unaufhaltsam auf einen dramatischen Höhepunkt zusteuern. Am Weihnachtsabend entschließt sich Charles zur Wahrheit – und zwingt damit Siân zu einer lebenswichtigen Entscheidung, die tragische Folgen hat.

SERIE PIPER

Anita Shreve

Die Frau des Piloten

Roman. Aus dem Amerikanischen von Christine Frick-Gerke. 277 Seiten. SP 3049

Für Kathryn war klar, daß sie zu niemandem auf der Welt ein so inniges, so vertrautes Verhältnis hatte wie zu ihrem Ehemann Jack. Bis zu seinem plötzlichen Unfalltod: denn nun tut sich für sie ein Abgrund an schrecklichen Vermutungen und Gewißheiten auf.
Eigentlich war ihre Ehe glücklich, ja sogar leidenschaftlich gewesen. Ihre Geschichte hatte begonnen in jenem Haus am Meer, mit seinen hohen Fenstern, durch die man den blaugrünen Atlantik sehen kann. Eines Tages hatte Jack ihr dieses Haus tatsächlich geschenkt – als Besiegelung ihrer großen Liebe.
Unfaßbar ist für Kathryn daher die Nachricht seines plötzlichen Todes – Jack, Pilot bei einer großen amerikanischen Fluggesellschaft, ist mit einer vollbesetzten Passagiermaschine vor der irischen Küste abgestürzt. Die Medien munkeln von Selbstmord – aber Kathryn will es einfach nicht glauben. Was könnte ihr Mann vor ihr verborgen haben? Eine rätselhafte Londoner Telefonnummer, die sie in einem seiner Kleidungsstücke findet, weckt einen furchtbaren Verdacht in ihr …

Verschlossenes Paradies

Roman. Aus dem Amerikanischen von Heinz Nagel. 348 Seiten. SP 2897

Die Nachbarskinder Andrew und das Adoptivkind Eden verband zuerst eine tiefe Freundschaft und dann innige, fast mystische Liebe. Doch ein entsetzliches Verbrechen, das Eden für immer zeichnete, setzte ihrer unbeschwerten Jugendzeit ein jähes Ende. Siebzehn Jahre später, die beiden haben sich inzwischen aus den Augen verloren, kehrt Andrew an den Ort des Geschehens zurück, eine ländliche Kleinstadt unweit von New York. Und erst jetzt beginnt er, diese unheilvolle, seltsam magische Liebesbeziehung zu entschlüsseln. Als die gespenstische Wahrheit über Edens Vergangenheit zur Gewißheit wird, erkennt Andrew die Gründe seiner Beziehung zu diesem Mädchen aus verlorener Zeit. Ein meisterhaft komponierter, poetischer Roman voll tiefgründiger Spannung.

Barbara Neil

Delias Verlangen

Roman. Aus dem Englischen von Carina von Enzenberg und Hartmut Zahn.
315 Seiten. SP 2964

Die junge Witwe Delia Sutherland lebt – nach der unglücklichen Ehe mit dem viel älteren Lebemann Francis – nun allein auf dem altenglischen Landsitz Sleet. Doch nach Francis' plötzlichem Tod erfährt sie mit Bestürzung, daß er Sleet nicht ihr, sondern seinem Sohn Leon vermacht hat, der einer vorehelichen Beziehung zu einer schwarzen Prostituierten entstammt. Als der junge Mann dann tatsächlich eines Tages vor ihrer Tür steht, beginnt für die spröde Delia, inzwischen Anfang Vierzig, ein neues Leben. Leon ist nämlich nicht nur schön, kultiviert und liebenswürdig, sondern er möchte, daß Delia von nun an zusammen mit ihm auf Sleet wohnt. Eine zarte, leidenschaftliche Liebesgeschichte entspinnt sich zwischen den ungleichen Partnern …

Diane Schoemperlen

In der Sprache der Liebe

Roman. Aus dem Englischen von Margarete Längsfeld.
509 Seiten. SP 2966

»Wenn ich alles richtig mache, ist das Glück auf meiner Seite«, glaubte Joanna als Heranwachsende. Inzwischen ist der jungen Künstlerin klargeworden, daß das Leben nicht nur vom eigenen Willen bestimmt wird. Eigentlich möchte sie nur eines: emotionale Sicherheit. Doch die Liebe, der Joanna in ihrem Leben begegnet, ist um einiges vielschichtiger, als sie es sich in ihrer Jungmädchenromantik vorgestellt hatte. Da ist die wohlüberlegte, aber etwas langweilige Ehe mit Gordon; die aufregende Affäre mit dem verheirateten Lewis; die Sorge und das Mitgefühl für ihren alten Vater – und die Zuneigung zu ihrem Sohn Samuel. Joanna muß sich in diesem Labyrinth der Gefühle zurechtfinden – als Ehefrau, Geliebte, Tochter und Mutter.

SERIE PIPER

Edith Wharton

Der flüchtige Schimmer des Mondes

Roman. Aus dem Amerikanischen von Inge Leipold. 320 Seiten. SP 2271

»Die Menschen sind oberflächlich, je reicher desto mehr und nur ganz selten entstehen Augenblicke der wahren Empfindung. Wenn Edith Wharton diese raren Momente der Ungeschütztheit beschreibt, plötzlich inmitten der verlogenen und verschwätzten Sozialität, wird die ironische Gesellschaftskritikerin ganz ernst und melancholisch. Das sind – neben dem Vergnügen am (heute so sehr vermißten) Esprit – die großen Momente dieses heiteren Romans.«
Süddeutsche Zeitung

Die kühle Woge des Glücks

Roman. Aus dem Amerikanischen von Karen Lauer. Mit einem Nachwort von Elaine Showalter. 506 Seiten. SP 2763

Die selbstbewußte junge Undine Spragg hat sich ein einziges Ziel gesetzt: die schicke New Yorker Society zu erobern. Und schon bald hat sie sich Ralph Marvell geangelt aus einer der ältesten und vornehmsten Familien. Aber statt mit ihr die Flitterwochen in den Pariser Salons zu verbringen, schleppt sie der frischgebakkene Ehemann in verschlafene kleine Hotels in italienischen Fischerorten. Spätestens hier dämmert Undine ihr kapitales Mißverständnis…

Zeit der Unschuld

Roman. Aus dem Amerikanischen von Richard Kraushaar und Benjamin Schwarz. 480 Seiten. SP 1264

Dies ist die Geschichte des jungen New Yorker Anwalts Newland Archer, der aus gesellschaftlichen Gründen das Glück seines Lebens verspielt.

Sommer

Roman. Aus dem Amerikanischen von Michaela Nissen. 260 Seiten. SP 1263

Eine beklemmend schöne Liebesgeschichte.

Winter

Novelle. Aus dem Amerikanischen von Michaela Nissen. 160 Seiten. SP 1262

SERIE PIPER

Jane Campion, Kate Pullinger

Das Piano

Der Roman. Aus dem Englischen von Carina von Enzenberg. 240 Seiten. SP 2606

Die junge Schottin Ada McGrath, streng viktorianisch erzogen, ist seit ihrem sechsten Lebensjahr stumm – nur ihr Klavier gibt ihr die Möglichkeit, sich auszudrücken und dem Gefängnis ihrer Sprachlosigkeit zu entkommen. Zusammen mit ihrer kleinen Tochter Flora schifft sie sich nach Neuseeland ein, wo sie Alisdair Stewart erwartet, ihr neuer Ehemann. Er weigert sich, ihr Klavier durch die sumpfige Wildnis des Dschungels nach Hause zu schleppen. Es bleibt am Strand. Ada ist verzweifelt und sieht erst einen Lichtblick, als sie erfährt, daß Stewart das Instrument an George Baines gegen Land veräußert hat. Baines, ebenfalls Einwanderer, der mit den Maori lebt und ihre Sprache spricht, ist fasziniert von der schönen jungen Frau: Eine dramatische Liebesgeschichte beginnt. – Mit ihrem preisgekrönten Film »Das Piano« schuf die neuseeländische Regisseurin Jane Campion eines der ungewöhnlichsten Kinoereignisse und ein weltweit gefeiertes Meisterwerk. Mit dem Roman hat Jane Campion den Stoff vollendet und um die Vorgeschichte ihrer beiden Helden – die Stummheit Adas und die Herkunft von Baines – erweitert.

»Jane Campion bewundert Menschen, die das Risiko suchen, die Grenzerfahrung, die ihr Leben in Gefahr bringt.«
Die Zeit

Ann-Marie MacDonald
Vernimm mein Flehen
Roman. Aus dem Englischen von Astrid Arz. 684 Seiten. SP 2728

Die preisgekrönte kanadische Dramatikerin und Schauspielerin hat mit ihrem ersten Roman ein mitreißendes, opulentes Familienepos geschaffen. Darin spielt die herbschöne mystische Landschaft der Nordostküste Kanadas eine ebenso bestimmende Rolle wie das ungewöhnliche Schicksal von vier Schwestern.
Anfang des Jahrhunderts in Low Point, einem gottverlassenen Bergwerksflecken an der Nordostküste Kanadas: Nicht gerade der ideale Ort, um als junger, ehrgeiziger Klavierstimmer zu Geld und Ansehen zu komen. Doch James Piper ist entschlossen, hier seine Träume Wirklichkeit werden zu lassen: ein großes Haus voller Musik und Literatur, elegante Möbel, eine Frau mit weichen Händen. Mit seiner Kindfrau Materia, einer dreizehnjährigen Libanesin, bekommt James vier außergewöhnliche Töchter, die seine Träume wahrmachen sollen: Kathleen, die grünäugige Schönheit mit der begnadeten Stimme, die wilde, unberechenbare Frances, Mercedes, die besessene Katholikin, und die behinderte Lily, die von allen vergöttert wird und die einem tödlichen Geheimnis auf die Spur kommt.

»Mit diesem Roman rückt Ann-Marie MacDonald in den ersten Rang literarischer Autoren. Die Handlung ist mitreißend, die Figuren tief berührend und der Stil atemberaubend.«
The Toronto Star

SERIE PIPER

SERIE PIPER

Judith Lennox

Das Winterhaus

Roman. Aus dem Englischen von Mechtild Sandberg. 541 Seiten. SP 2962

Die drei jungen Freundinnen Robin, Maia und Helen schwören, sich ein Leben lang alles anzuvertrauen – aber das Schicksal läßt sie ganz unterschiedliche Wege gehen. In der Tradition von Margaret Mitchell erzählt Judith Lennox diese große englische Saga: Die bewegte erste Hälfte unseres Jahrhunderts bildet den Hintergrund für diese drei spannenden Frauenschicksale, die immer wieder in ein idyllisches Gartenhaus der Fenlands zurückführen.

Der Gartenpavillon der Familie Summerhayes – genannt das »Winterhaus« – ist ein Ort der Zuflucht für drei Freundinnen, die zwischen den Weltkriegen in der idyllischen Umgebung von Cambridge aufwachsen. Da ist die idealistische, kluge Robin, die in der nahegelegenen Universitätsstadt studieren soll. Da ist Maia, die schönste und ehrgeizigste der drei, auf der Suche nach einem reichen Mann, und da ist die stille Helen, die von ihrem scheinbar gutherzigen Vater, dem Vikar der Gemeinde, mehr als vereinnahmt wird. Dramatisch, romantisch und voller Warmherzigkeit erzählt Judith Lennox, wie sich diese drei jungen Frauen in einer Welt behaupten lernen, die rauher und aufregender ist als das grüne Paradies der Kindheit.

»Judith Lennox' Winterhaus steht in bester Tradition des romantisch-realistischen Gesellschaftsromans.«
Brigitte

Madeleine Bourdouxhe

Gilles' Frau

Aus dem Französischen von Monika Schlitzer. Mit einem Nachwort von Faith Evans. 166 Seiten. SP 2605

Madeleine Bourdouxhes Drama einer zerstörerischen Leidenschaft ist eine Wiederentdeckung von höchstem literarischen Rang. Die leidenschaftliche Dreiecksgeschichte zwischen Elisa, ihrer Schwester Victorine und Gilles ist in ihrer Direktheit und Ausweglosigkeit ein Glanzstück der klassischen Moderne: Sinnlich, kühn – und von kammerspielartiger Intensität.

»Schwer zu sagen, was beeindruckender an der Leistung Madeleine Bourdouxhes ist: die kühle Liebe zu ihren Figuren oder die unsentimentale, aber doch fast zärtliche Darstellung ihrer Zerrüttung ... Madeleine Bourdouxhe formt kleine Szenen aus dem Alltag zu einer klassischen Tragödie. Mit einer kühlen, präzisen Sprache entwirft sie Bilder von höchster Anschaulichkeit und Glaubwürdigkeit, Stilleben der Seele, die den Leser durch ihre innere Spannung sofort fesseln. Gerade die scheinbar ruhig distanzierte Darstellung schafft einen Sog der Erzählung, dem man sich nicht entziehen kann. Da ist kein Wort zuviel, und jeder Satz zieht den Leser tiefer hinein in diese verhängnisvolle Affäre.«
Die Woche

Auf der Suche nach Marie

Roman. Aus dem Französischen von Monika Schlitzer. Mit einem Nachwort von Faith Evans. 192 Seiten. SP 2969

»Dieser Roman ist einer der schönsten Liebesromane, die es momentan zu lesen gibt.«
Die Woche

Wenn der Morgen dämmert

Erzählungen. Aus dem Französischen von Monika Schlitzer und Sabine Schwenk. 152 Seiten. SP 2067

»Sie wurde in der französischen Literaturszene gefeiert wegen ihrer subtilen und dichten Sprache, wegen ihrer genauen Beobachtungen und vor allem wegen der ungeheuren Intensität, mit der Madeleine Bourdouxhe Ängste, Hoffnungen, Stimmungen und Stille beschreibt.«
Der Spiegel